고전서사의
대중성

유광수 지음

보고사

고소설은 대중소설이다

소설을 읽는 이유는 재미가 있기 때문이다. 교훈을 얻으려고 소설을 읽는 사람은 없다. 읽고 나니 유익하더라고 느낄 수는 있지만 그 유익함을 얻기 위해 의도적으로 소설을 찾아 읽지는 않는다. 너무 당연한 말이지만, 그렇게 생각하지 않는 사람들이 꽤 많다. 소설을 뭔가 대단한 것으로 보지 않으면 안 되는 위치에 있는 사람이라면 그럴 만도 하다. 소설가라든가 소설을 연구하는 사람이라든가 하면 말이다. 하지만 진지하게 소설을 쓰고 연구하는 분들은 소설이 흥밋거리란 말에 끄덕이신다. 빙긋 웃으시며 말이다. 당연하지 않은가 소설의 본질을 모르고 무슨 연구를 하고 쓰고 한단 말인가.

'재미'라는 말은 참 난감한 말이다. 내포하는 의미나 외연이 사회마다 문화마다 그리고 개인마다 천차만별이니 말이다. 하지만 분명한 것은 그런 재미 때문에 소설을 읽는 것은 맞다.

이렇게 당연한 재미와 흥미를 따라 소설을 읽는 것이 옛날이라고 달랐을 리는 없다. 오히려 옛날은 더 심했을 거란 생각을 오래 전부터 했다. 동네에 엿장수만 와도 흥분해서 모일 정도로 재미에 굶주린 사람들에게 소설은 딱 맞는 오락거리였다. 동네 사랑방 한 곳에 모여 길고 긴 밤 누군가가 구수하게 읽어주는 소리에 귀 기울이는 재미를 어찌 비교할 수 있단 말인가. 온 몸이 짜릿짜릿했을 게다.

게다가 지금은 소설을 쓰면 돈이라도 벌고 또 그럭저럭 폼도 잡을 수 있지만, 옛날에는 소설을 쓴다는 것은 물론 읽는 것도 천시 되었다. 지금보다 더 품위를 따지던 시대에 소설은 달콤한 마약 같은 거였다. 버리지는 못하겠지만 그렇다고 대놓고 읽기에는 조금, 아니 많이 저속한 뭐 그런 거 말이다.

지금 눈으로 옛날 소설을 읽으면 재미가 없다. 당연하다. 시간도 많이 흘렀고 문화도 꽤 많이 바뀌었으니 말이다. 하지만 그때 그 공간을 머릿속에 재구성할 수 있는 사람이라면 충분히 재미있다. 그리고 그때 그 공간에 있던 조선시대 사람들은 틀림없이 재미를 만끽했을 거다. 분명히 말이다.

고소설이 대중소설이란 말을 하기가 정말 어려웠다.

대중적 텍스트인 판각본이나 세책본, 활판본을 연구할 때도 그 매체에 한해서는 '대중성'을 말했지만, 정작 그 텍스트에 쓰여 있는 내용을 두고 대중성이나 흥미성을 말하지는 않았다. 억지로 찾아보면 '천편일률적이다'는 폄하 정도가 대부분이었다. 그 말을 들을 때마다 은근한 반발심이 생긴 것은 천편일률적이지 않은 고소설도 엄청 많고, 또 천편일률적이라고 한 그 작품도 그렇게 한두 마디로 재단하듯 말할 것이 아니었기 때문이다. 무엇보다 그토록 천편일률적인데도 그 당시 사람들이 열심히 읽고 열심히 만들어내고 유통시킨 것은 그 천편일률적인 것에 뭔가가 있기 때문이었다. 하지만 그런 것에는 별로 주목하지 않았다.

그동안의 연구를 보면 고소설을 대중적이지 않다고 못 박은 적은 없지만 대중적이라고 강조한 것도 역시 없다. 대중적이라고 말하면서도 뭔가 대단한 가치와 의미를 지닌 주제의식이 있다는 식으로 말하지 않으면 안 된다는 식의 불안이 느껴졌다. 연구하는 텍스트가 대중적이라고 말하면 연구의 격까지 떨어진다고 생각해서 그런 것인지도 모르겠다. 하지만 대중적인 것을 대중적이라고 말하는 것이, 수준 낮은 작품을 수준 낮다고 평가하는 것이 왜 격이 떨어지는 것이란 말인가? 내 짧은 경험에 의하면 대단한 수준의 작품을 설명하는 것은 오히려 쉬웠다. 워낙 심오하고 엄청난 작품이다 보니 몇 마디 영글지 않은 말을 해도 그럭저럭 작품에 묻혀 갈 수 있었다. 하지만 단순해 보이고 천편일률적으로 폄하되는 작품들은 생각보다 훨씬 높은 수준의 밝은 눈과 맑은 귀가 있어야 했다. 그렇지 않으면 그것을 제대로 풀어내기가 어려웠다. 아직도 내가 고소설을 제대로 설명하지 못하는 것은 모두 내 공부가 천박하기 때문이지 소설이 천박하기 때문은 아니다. 대중소설을 연구하는 것이 훨씬 힘들다는 것이 내 생각이다.

물론 내가 아무리 아둔해도 <금오신화>와 <옥루몽>이 전혀 다른 소설이란 것쯤은 안다. 그래도 난 그 작품들이 각각의 대중성과 흥미성을 획득했기에 '소설'이라고 생각한다. 아직 제대로 풀이하지는 못하지만 말이다.

난 고소설을 대중소설이라고 믿는다. 그리고 자연스레 내 관심은 '지금과는 다른 그 옛날의 흥미라는 것이 어떤 것일까?' 하는 것에 집중되어 있다. 이 책에 실린 논문들은 모두 그런 과정의 발자국들이다. 그동안 여러 학술지에 실었던 논문들을 이번 기회에 몇 가지 항목으로 묶어 정리해 보았다.

1장에서는 설화가 어떻게 소설의 원천소재로 활용되는지의 문제와 소설의 소설다움이 어떻게 형성되는지를 고민해 보았다. 또한 기존 작품을 개작함으로써 새롭게 소설을 창작하는 방식을 살펴보았다.

2장에서는 우리 고소설에서 꿈과 깨달음 이야기의 주요 계보에 서 있는 <조신>설화, <구운몽>, <옥루몽>을 따라가 보았다. 작품의 주요 내용이 어떻게 서사에 기여하면서 구조와 의미를 완성해내는지를 분석해 보았다.

　3장에서는 대중적 텍스트인 방각본, 세책본, 활판본이 원전인 필사본과 어느 정도의 거리에 놓여 있는지를 집중적으로 탐색했다. 이를 통해 대중적 텍스트가 어떻게 제작되는지를 고민해 보았다.

　모아놓고 보니 모자라고 아쉬운 게 한둘이 아니다. 그래도 만용을 부린 것은 지난날을 돌아보아야 앞으로 갈 수 있을 것 같은 생각에서다. 첫 논문을 쓸 때의 패기와 용기를 다시 한 번 되새기며 반걸음이라도 더 나가고 싶다.

　바람이 있다면 오늘보다는 내일이, 내일보다는 모레가 더 나은 연구자였으면 좋겠다. 그리고 조금 더 나은 글을 썼으면 좋겠다. 제대로 우리 고소설을 설명할 수 있는 날이 온다면 정말 좋겠다.

2013년 7월
백양관 연구실에서
유광수

차례

2장 | 서사 전략과 이야기의 의미

3장 | 대중적 텍스트의 계보와 연원

1장

대중서사의 원천과 창작방식

'쥐 변신 설화'의 소설적 적용과 원천소재 활용 양상

－〈옹고집전〉, 〈배따라기〉를 대상으로 －

1. 서론

　새로운 작품을 창작한다는 것은 생각만큼 쉬운 일이 아니다. 주제와 메시지만 가지고 작품을 만들어 내는 작가는 어디에도 없다. 주제 이상의 그 무엇이 작품 속에 있다. 같은 주제여도 다양한 장르에 다양한 작품들이 있는 이유가 이 때문이다. 소설을 놓고 볼 때 주제 이상의 것으로 구체적 사건, 인물, 배경 등이 있는데, 이런 것들을 잘 설정한다고 해도 역시 좋은 작품이 되는 것은 아니다. 그것을 적절히 잘 엮어내야 한다. 그 엮어내는 것이 작가의 능력으로 그 과정에서 작가의 창조성이 드러난다. 그러므로 소설을 분석할 때 주제를 비롯한 여러 요소뿐만 아니라 그것을 좋은 작품이 되게 만든 그 방식에도 관심을 기울여야 할 것이다.

　옛날 사람들은 작품을 창작할 때 이전에 있던 좋은 것들[典故]을 가져다가 자기 작품에 쓰기를 즐겼다. 그렇게 창작한 작품을 통해, 적절한 전고(典故)를 선별하는 감식안, 그 전고가 사용된 상황과 맥락을 제대로 이해했는지의 여부, 그리고 전고를 어떻게 자기화해서 새롭게 창조했는가까지 판단 받았다. 이때 작가들이나 독자들은 모두 작품 내에서 전고

가 어떻게 변용되어 사용되었는지를 알기에 더욱 큰 독서의 편폭이 이루어졌다.[1] 이렇게 작가는 의도적으로 이전 것들에서 자기 작품에 필요한 것을 선별하여 가져왔는데, 이 과정에서 중요한 것은 어떤 것을 가져오느냐보다, 가져온 그것을 '어떻게' 자기 작품에 적용시키느냐였다. 작품의 성패를 좌우하는 것이 결국 그것이기 때문이다.

현재 진행 중인 문화콘텐츠(Cultural Contents)에 대한 논의에서[2] 좀처럼 주목하지 않는 것이 '어떻게'란 점을 볼 때 우려가 없지 않다. 아무리 좋은 원천소재를 '찾아서', '적절하게 변형시킨다' 해도 '자기 작품에 맞는 적용'이 적절하지 않으면 의도한 목표가 잘 이루어지지 않기 때문이다.

이런 문제의식에서 본고는 '쥐 변신 설화'가 어떻게 <옹고집전>과 <배따라기>에 적용되었는지를 면밀하게 탐색하여, 선택된 원천소재가 어떻게 상황에 따라 적용되었는지를 구체적으로 분석한다. 이는 '원천소재를 어떻게 적용해야 하는가?'에 의미 있는 시사점을 줄 것이다.

---

1) 이런 독서 과정은 유광수, 「<옥루몽> 연구」, 연세대학교 박사논문, 2005, 24~29쪽 참조.

2) 문화콘텐츠에 대한 논의와 '콘텐츠', '문화원형', '창작소재', '원천소재' 등의 용어에 대해서는 김기덕, 「콘텐츠의 개념과 인문콘텐츠」, 『인문콘텐츠』1, 인문콘텐츠학회, 2003, 5~27쪽 ; 우정권 편저, 『한국문학콘텐츠』, 청동거울, 2005, 13~346쪽 ; 김교빈, 「문화원형의 개념과 활용」, 『인문콘텐츠』6, 인문콘텐츠학회, 2005, 7~22쪽 ; 배영동, 「문화콘텐츠화 사업에서 '문화원형' 개념의 함의와 한계」, 『인문콘텐츠』6, 인문콘텐츠학회, 2005, 39~54쪽 ; 김기덕, 「문화원형의 층위(層位)와 새로운 원형 개념」, 『인문콘텐츠』6, 인문콘텐츠학회, 2005, 55~74쪽 ; 송성욱, 「문화콘텐츠 창작소재와 문화원형」, 『인문콘텐츠』6, 인문콘텐츠학회, 2005, 75~89쪽 참조.

2. '쥐 변신 설화'의 풍자·해학적 적용 : 〈옹고집전〉

1) 쥐뿔과 허수아비 자식

〈옹고집전〉의 근원에 대한 논의는 일찍부터, 쥐 설화,3) 김경쟁주설화(金慶爭主說話),4) 구두쇠 이리이샤 설화,5) 장자못 전설,6) 유연옥사(柳淵獄事),7) 일리샤 장로의 전생담8) 등으로 폭넓게 전개되었다. 앞선 〈옹고집전〉 연구가 '쥐 변신 설화'를 주목하면서도 핵심을 놓쳤는데, 주로 진가쟁주(眞假爭主) 과정만 주목했기 때문이다.9) 쥐 변신 설화의 핵심은 진가쟁주 과정보다 오히려 '쥐뿔'로 드러나는, 상황에 대한 성적(性的) 낄낄거림에 있다. 〈옹고집전〉 여러 이본 중10) 김삼불본은 이를 효과적

---

3) 김동욱, 『한국가요의 연구』, 을유문화사, 1961, 405~407쪽 ; 장덕순, 「說話의 小說化 −雍固執傳과 裴裨將傳을 中心으로」, 『동아문화』7, 1967, 97~98쪽.

4) 장덕순, 앞의 논문, 1967, 99~102쪽.

5) 장덕순, 앞의 논문, 1967, 102~104쪽.

6) 최래옥, 「설화와 그 소설화 과정에 대한 구조적 분석−특히 장자못전설과 옹고집전의 경우」, 『국문학연구』7, 서울대 대학원, 1968, 1~143쪽.

7) 김현룡, 「「雍固執傳」의 根源說話 研究」, 『국어국문학』62·63, 국어국문학회, 1973, 81~96쪽.

8) 정인한, 「雍固執傳의 說話 研究」, 『문학과 언어』1, 문학과 언어 연구회, 1980, 141~158쪽.

9) 〈옹고집전〉에서 쥐 변신 설화를 주목했던 장덕순은 쥐 설화를 孝의 문제로 보았고 (장덕순, 앞의 논문, 1967, 104~107쪽), 곽정식은 眞假爭主를 중심으로 전개된 민간 사고의 동화적 분위기로 보았다(곽정식, 「「雍固執傳」 研究」, 『한국문학논총』8·9, 한국문학회, 1986, 64쪽). 이외에도 직접적인 언급을 하지 않았지만 모두 쥐 변신 설화를 眞假爭主의 과정 측면에서만 파악하고 있다.

10) 이본에 대해서는 최래옥, 「雍固執傳의 諸問題 研究」, 『동양학』19, 동양학연구소, 1989, 187~217쪽 ; 최래옥, 「옹고집전」, 『고전소설연구』, 화경고전문학연구회, 1993, 562~576쪽 ; 정충권, 「「옹고집전」 이본의 변이양상과 그 의미」, 『판소리연구』4, 판소리학회, 1993, 317~347쪽 ; 김종철, 「「옹고집전」 연구−조선후기 요호부민의 동향과 관련하여」, 『한국학보』75, 일지사, 1994, 106~143쪽 참조.

으로 적용하여 확장시킨 이본이다.

'쥐 변신 설화'가11) 성적인 것과 관련 깊음은 이야기 대부분에서 '쥐 좆'이나 '쥐뿔'을 직접적으로 언급한다는 것만 보아도 알 수 있다. 구연 자가 어느 정도 품위를 가진 경우에 '쥐좆' 같은 말을 하지 않으려고 애 쓰기도 하는데,12) 이는 이 이야기가 성(性)과 관련 있음을 구연 상황에 모인 모두가 알고 있다는 것을 말해 준다. '쥐뿔'은 '쥐좆'을 돌려서 표현 한 것이다.13) '쥐뿔도 모른다'는 말은 부인이 남편이 아닌 자와 성관계 를 맺고도 그 사실을 전혀 모른다는 말로, 성에 대한 원초적 상상력을 자극한다. 이 상상력은 가능하지 않은 사실까지 부풀려 믿게 한다. 쥐 변신 설화 각 편은 다음과 같은 성적 상상력을 보여 주고, 또 그것을 말하고/듣고 싶어 하는 정황을 잘 보여 준다.

---

11) 이 설화는 『韓國口碑文學大系』에 '631-2 둔갑해서 주인을 몰아낸 쥐 물리치기(옹 고집전 유형)'으로 분류되어 있다. 이하 인용은 이 책을 이용하며, ' : '를 중심으로 앞 에 권, 뒤에 쪽수를 써서 표시한다.

12) <가짜 신랑노릇 한 쥐(2-7 : 395~403)>의 경우가 그렇다. 여러 古家具를 갖춘 古家 에 흰 모시옷을 입고 있던 79세 진병두 翁은 '쥐좆'이란 말이 '상스러워' 사용하지 않 으려 한다. 진병두 翁 스스로의 품위 때문도 그렇겠지만, 조사자가 여성(김대숙, 고혜 경)인 것도 어느 정도 작용했을 것이다.
  게서 쥐 밑천두 모르느냐 하는 것이 그 속설이 으 모르는 걸 가주구 쥐 뭣두 모르, 밑천을 모르느냐 한는 것이 거기서 나온 말이라. [조사자 : 제 제 밑천 두 모르냐?] 쥐. [조사자 : 쥐 밑천두 모르느냐.] 쥐 신이램 좋지만 너무 상시러워서. 그런 말… [정 연덕 : 바루 얘기 하죠. 쥐좆두 모르느냐 하는 얘기랍니다.] [조사자 : 어 네네.] [웃음] [진병두씨 아들 : 그래야 바루 알아 듣지.] [정연덕 : 웃음]

13) 이는 설화 구연에서도 분명히 드러난다.
  이 쥐 좆도 모르고 사람 좆도 모른다.   <사람이 된 쥐 (9-3 : 726~728)>
  "쥐 좆도 모르는 년." 이라구 그릏해서, 그댐이부텀 그 뭐 쥐좆이라고 하긴 뭘하고 하니까 '쥐뿔두 모르는 늠'이라구 하는 소리가 그래서 생겼다거든.
                                    <쥐뿔도 모른다 (1-4 : 154~155)>

㉮ 그래갖고 그 쥐하고 자석을 났는디 쥐 반틈 사람 반틈 튀기를 났드
라요.   <둔갑한 쥐2(6-5 : 30~32)>

㉯ 이 각시는 쥐 새끼를 그마치 뱄드란다. 그래 뱄드란다.
                                          <사람으로 변한 쥐(7-6 : 93~94)>

㉰ 쥐란 말이야. 그 췬데. 아, 이게 애를 뱃어. 그 담에는 애를 뱃는데
그 마누라가 낳는데 보니께 맨 쥐 새끼가 오골오골하게 나와 그러
니께 시어미가 "아 이 년아! 쥐좃도 몰랐느냐?" 이래더래.
                                          <쥐좃도 모르느냐(3-1 : 338~339)>

㉱ 자기 남편이라고. 이래 살었단 말이라. 한 삼 년 이상 살었어. [청중
: 그 부인은 만날 쥐하고 잤겠네.] 그렇지. [일동 : 웃음] 그래 고만 여
여 모가질 고만 꽉 물어 고만에 대번 죽였어. 죽이닝께 …… 그 쥐란
놈이 쥐란 놈은 죽었고. 그러닝께 한 삼 년 넘게 됐으닝께 말여. 그
그러다 보니께 이 저기 며느리가 포태를 해서 알(애) 낳을 때가 됐거
든? [청중 : 알(아이를) 가졌구만.] 그래 참 아 낳는다고 그렇카는데
그거 참 아 놓는데 말여. 햐. [청중 : 모두 웃음] 쥐새끼를 오무루하게
낳드랴. [웃으면서] 그래 그렇다고 ……
                                          <신랑으로 도습한 쥐(3-4 : 892~896)>

모두 생물학적으로 있을 수 없는 인간과 쥐의 자식 이야기를 구술하
고 있다.14) 특히, ㉮는 시어머니(95세)의 <둔갑한 쥐1>을 듣고 잘못 되
었다며 며느리(66세)가 다시 한 것인데, 두 이야기의 차이가 바로 인용한
㉮부분이 있느냐 없느냐이다. 민간에서는 이 부분이 상당히 궁금했고
또 듣고 싶고 말하고 싶었을 것이다. 이런 구연의 구체적 상황을 잘 보

---

14) 인간과 동물의 性交가 불가능한 것은 아니지만 種이 다를 경우 자식이 생산되지 않
는다. 이런 생물학적 진실에 상관없이 민간에서는 결코 일어날 수 없는 것을 사실로
받아들인다. 이것은 최치원 설화에서 '멧돼지와 인간의 자식이 가능하다'는 생각과 통
한다. 그러나 최치원이나 견훤 이야기 같은 '신성성'이나 '신이함'을 찾아 볼 수 없다는
점에서, '쥐 변신 설화'는 신성한 자식에 대한 의미 부여가 아니라 性的 농담과 性的
판타지에 대한 것임을 짐작할 수 있다.

여 주는 것이 ㉐이다. 청중들은 계속 '웃으면서' 성적 이야기를 유도하고
있다. 이런 인간과 쥐의 자식 이야기는 쥐 변신 이야기가 단순히 진가쟁
주만의 문제가 아니라 성적 환상의 낄낄거림과 깊은 관련이 있음을 알
게 한다. 낄낄거리는 상황을 단적으로 드러낸 것이 '쥐좆'이고 '쥐뿔'이
다. 굳이 다른 동물이 아닌 '쥐'의 '뿔'인 이유는 다른 동물 변신담에서는
성적 농담과 낄낄거림보다는 징치담이나 해결담이 우선된다는 점 때문
이다. '쥐'가 성적 환상의 핵심인 것이다.15) 이런 성적 환상과 낄낄거림
의 상황을 가져와 새롭게 구성하여 풍자적으로 적용해서 해학성을 높인
것이 김삼불본 <옹고집전>이다.16)

 <옹고집전>에 대해서는, 효(孝)를 내세워 권선징악을 주제로 했다는
시각이나,17) 옹고집을 서민의 차원으로 저하시켜 그의 가치를 부정하
고, 이로써 긍정적 공동체 윤리를 회복하려는 생산적 민중의 소망으로
파악한 것,18) '물질보다 정신적 가치를 더 소중히 여겨야 한다'는 휴머
니즘적 주지로 본 것,19) 자기만이 유일하고 옳다는 독선적이고 절대적

---

15) "무슨 일을 당하고도 남에게 창피하여 말도 못한다"는 뜻으로 '뒷간 쥐에게 보지 물
   린다'는 속담이 있는데(송재선 엮음, 『동물 속담사전』, 동문선, 1997, 303쪽), 이 역시
   '쥐'와 관련 있다. 이 '쥐'의 의미를 '쥐뿔도 모른다'의 쥐와 같이 놓고 보아야 제대로
   이해된다.
    또, <남원고사>에서 옥에 갇힌 춘향에게 월매가 "물나는 쥐나 무지 슈졀이 무어시
   니?(<남원고사> / 김동욱 외, 『春香傳 比較 硏究』, 삼영사, 1979, 467쪽)"라고 하는
   말을 보아도, '쥐'와 '쥐뿔' 그리고 '쥐좆'의 관계가 드러난다.
16) 김삼불본 <옹고집전>은 정주동이 주해한 것(김기동 외, 『한국고전소설선』, 새글사,
   1965, 271~290쪽)을 대본으로 하고, 인용할 때 해당 쪽수만 표시한다. 본고에서 이후
   '<옹고집전>'은 김삼불본 <옹고집전>을 가리킨다.
17) 장덕순, 앞의 논문, 1967, 106~107쪽.
18) 이석래, 「「雍固執傳」의 硏究」, 『관악어문연구』3, 서울대 국어국문학과, 1978, 339~
   351쪽.
19) 정인한, 앞의 논문, 1980, 141~158쪽.

인 세계관을 버리고 상보적 세계로 나가야 한다며 불교적 성격과 사회
적 맥락에서 이해한 것,20) 삶 양식의 문제로 본 것,21) 배불론자인 옹고
집을 징치하여 불심(佛心)을 촉발시킨다는 표면적 의미와 함께 서민들
의 적대세력인 실세양반층에 대한 저항의식의 구현이라고 본 것,22) 구
원의 문제로 본 것,23) 조선후기 요호부민(饒戶富民) 측면에서 분석하면
서 옹고집의 성격적 결함, 반사회성, 풍자의 문제를 분석한 것,24) 불교
적 측면에서 설화와 주제를 살핀 것,25) 대립을 넘어선 통합의 자기실현
으로 본 것,26) 개인-가족-향촌 공동체를 소통시킬 어른으로서 '장자다
움'이 무엇인지를 묻기 위한 우언으로 본 것27) 등 다양한 해석이 있었
다. 그러나 '쥐 변신 설화'와 관련지어 성(性)적 측면을 구체적으로 분석
한 논의는 없었다. 주제 의식에 관계없이 그 주제를 '어떻게' 구현해 보
이느냐에 따라 다양한 이야기가 가능한 것이 소설이고 보면, 쥐 변신
설화를 강조해서 이루어진 김삼불본은 그 '어떻게'를 탐색하는 좋은 자
료라 할 것이다.

---

20) 설중환, 「옹고집전의 구조적 의미와 불교」, 『문리대논집』4, 고려대 문리대, 1986, 45
~55쪽.
21) 곽정식, 앞의 논문, 1986, 47~67쪽.
22) 정상진, 「雍固執傳의 庶民意識과 판소리로서의 失傳考」, 『국어국문학』23, 부산대
국어국문학과, 1986, 159~177쪽.
23) 장석규, 「<옹고집전>의 구조와 '구원'의 문제」, 『문학과 언어』11, 문학과 언어 연구
회, 1990, 261~291쪽.
24) 김종철, 「「옹고집전」 연구-조선후기 요호부민의 동향과 관련하여」, 『한국학보』75,
일지사, 1994, 106~143쪽.
25) 인권환, 「雍固執傳의 불교적 고찰-근원설화와 주제를 중심으로」, 『민족문화연구』28,
민족문화연구소, 1995, 159~194쪽.
26) 이강엽, 「'자기실현'으로 읽는 <옹고집전>」, 『고소설연구』17, 한국고소설학회, 2004,
225~248쪽.
27) 윤주필, 「베트남의 <鼠精傳>과 한국의 <雍固執傳>의 비교-眞假爭主 설화의 수
용미학적 관점」, 『고소설연구』, 한국고소설학회, 2006, 119~144쪽.

<옹고집전>은 좌수(座首)요, 유지인 양반 옹고집이 그의 불효와 무도함으로 인해 웃음거리가 되고, 우여곡절 끝에 다시 자신의 위치로 돌아오기는 하지만 여전히 웃음거리에 머문다는 이야기다. 개과했든 용서받았든 다시 자기 위치로 돌아온 옹고집은 이전과 달라질 수밖에 없는데, 이는 더 이상 품위와 권위를 내세울 수 없는 위치로 돌아왔기 때문이다. 그와 그의 처는 이미 웃음거리가 되었고, 그렇게 웃음거리가 된 '오쟁이 진 상황'은 가짜를 퇴치했다고 해서 바뀌는 것이 결코 아니기 때문이다. '허수아비 자식'이 오쟁이 진 상황의 증거물로 공개되어, 은밀히 숨어 있던 설화의 '쥐뿔'이 구체적으로 드러난 것이다.

2) 서사 구성을 통한 고조된 해학

김삼불본 <옹고집전>은 옹고집의 오쟁이 진 상황을 강조하기 위해, 쥐 변신 설화를 해학적이고 풍자적으로 적용한다. 그래서 '진가쟁주 과정에서 성적 측면을 계속해서 암시'하며 '차츰 성적 흥미를 고조'시키고, '허옹(虛雍)과의 동침 내용을 구체적으로 확장'시켜 보여준다. 이런 일련의 과정을 통해 '옹고집의 처를 품위 없는 경박한 인물로 격하'시킨다. 설화에서 처는 품위 없게 격하되는 것이 아니라 부당한 피해자로 드러나며, 때로는 가짜를 퇴치하기 위해 능동적으로 기능하기까지 한다. 그러나 <옹고집전>은 앞의 지적처럼 되어 있다. 진가쟁주부터 내용을 요약하면 다음과 같다.

① 허옹(虛雍)이 나타나자 종들이 확인하나 구별하지 못하고, 부인에게 변고를 말한다.
② 부인이 춘단어미를 통해 도포 안자락의 불똥 구멍을 확인하게 하나 구별하지 못한다.

③ 부인이 "우리 둘이 만날 적에 여필종부 본을 받아 서산에 지는 해를 긴 노로 잡아매고, 살아서 이별 말고 죽어도 한날 죽자 천지로 맹서하고 일월로 증인터니, 의외의 변이 있으니 꿈이냐 생시냐. …… 우리 집에 이런 변이 또 있을까. <u>내 행실 가지기를 송백같이 굳은 마음 두 낭군이 무삼 일꼬.</u>(279~280)"라며 탄식한다.

④ 며느리가 시아버지(옹고집)의 머리에 있는 백발을 확인하나 결정하지 못한다.

⑤ 옹고집의 아들이 나서나 구별하지 못한다.

⑥ 허옹(虛雍)이 "<u>너의 모께 무엇인지 좀 나오라 하여라. 이렇듯 가변 중에 내외가 무엇이냐</u>(282)."고 말하자, 아들이 부인을 데리고 나온다.

⑦ 허옹(虛雍)이 "내 말 자세 들어보소 우리 처음 만나 새방 차려 동숙할 제 <u>동품하자 하니 초연불응하옵기</u>에 내 다시 개유할 제 <u>좋은 말로 자네를 홀릴 적에 '이 같이 어진 밤은 백년일득 뿐인지라. 어찌 서로 허송할까'</u> 하니 그제야 서로 동품하였으니 그런 일을 생각하여 진위를 분별하소(282)."라고 말한다.

⑧ 김별감이 나서나 구별하지 못한다.

⑨ 관청에서 사또가 허옹(虛雍)을 진짜로 결정하고, 실옹(實雍)에게 곤장을 때리고 쫓아낸다.

⑩ 허옹(虛雍)이 집으로 의기양양하게 손춤을 추면서 이리저리 다니면서 "<u>허허 흉악한 놈 하마트면 우리 고운 마누라 빼앗길 번하였다</u>(287)."라고 하고 집으로 들어간다.

⑪ 허옹(虛雍)이 오자 부인이 왈칵 뛰어 내달아 허옹(虛雍)의 손을 잡으며 득송하였냐고 묻고, 허옹(虛雍)이 "허허 그리 하였네 그새 편안히 있는가. <u>세간은 고사하고 하마트면 자네 노칠 번하였네.</u> 원님이 명찰하여 주시기로 <u>자네 얼굴 다시 보니 이런 존 일 또 있을가 불행중 행이로다</u>(288)."고 한다.

⑫ 허옹(虛雍)이 부인과 동침하고 부인이 허수아비 태몽을 꾼다.

⑬ 10달이 되어 부인이 '개구리 해산하듯 도야지 새끼 낳듯 무수히 퍼 낳는'다.

⑭ 실옹(實雍)이 대사가 준 부적을 몸에 붙이고 집으로 돌아오자 허옹
(虛雍)이 지푸라기가 되고 자식들도 허수아비가 된다.

⑮ 주위 사람들이 모두 웃고, 실옹(實雍)이 부인에게 면박을 주자 부인
은 한편으로는 반갑고 한편으로는 부끄러워한다.

진가쟁주 과정은 집안 내적 문제가 차츰 사회적 문제로 확장되는 과
정이다. 이 과정에서 주가 되는 것은 성적 분위기의 확산·고조이다. 허
옹(虛雍)은 계속해서 성적 측면을 부추긴다. 내외할 필요 없다며 굳이
부인을 불러내는 것(⑥)이나, 첫날밤 이야기를 꺼내 폭로하는 것(⑦), 득
송하고 돌아와 "고운 마누라", "자네 얼굴 다시 보니 이런 존 일 또 있을
가"라며 수작하는 것(⑩,⑪) 등에 모두 성적(性的) 의도가 있다. 이런 성
적 측면의 강조는 김삼불본만의 특징으로, "세간은 고사하고 하마트면
자네 노칠 번하였네"라는 말도 오직 김삼불본에만 있다. 다른 이본들에
서는 허옹(虛雍)이 실옹(實雍)의 재산을 축내든지, 실옹이 거듭 '재산을
잃게 되었다'는 말을 반복하여, 경제 문제가 중요한 핵심이 되는데, 김삼
불본은 재산 문제보다 성적 문제를 더 앞세우고 있다. 진가쟁주의 결과
로 옹고집은 결국 오쟁이 지게 되고, 그의 처는 허수아비와 동침하여
허수아비 자식들을 낳게 되는데(⑫,⑬), 이렇게 성애 장면이 구체적으로
강조되어 확장된 것도 김삼불본만의 특징이다.

구체적으로 보면, 허옹이 나타나자 상황에 어울리지 않게 부인은 "내
행실 가지기를 송백같이 굳은 마음 두 낭군이 무삼 일꼬."라며 생각지
않은 '두 낭군' 이야기를 꺼낸다. 집안의 '가장이 둘'이라는 것도 아니고,
자식들의 '아비가 둘'이라고 탄식하는 것도 아니다. '남편이 둘'이라는
부인의 이 말은 은연중에 자신과 다른 남성과의 성관계를 함유한다. 이
런 분위기에, 허옹이 "내외가 무엇이냐"며 부인을 불러내고, 첫날밤의

정사(情事)를 말하여 성적 분위기를 한껏 고조시켜 놓는다. 득송하고 돌아와서는 '아름다운 부인'을 못 볼 뻔하였다면서 너스레를 떨고, 드디어 능글맞게 동침한다. 이렇게 성적 분위기를 차츰 고조시키기 위해 김삼불본은 진가쟁주 과정을 성적 상황 위주로 변이시켰다. 그래서 이 대목을 수용하는 청자/독자들은 숨죽이며 웃음을 참기도 하고, 참다못해 낄낄거리기도 하다가, 허수아비 자식을 낳는 대목에서 참았던 음탕한 웃음을 터뜨리고, 옹고집이 부인에게 "마누라 그새 허수애비 자식을 저렇듯이 무수히 낳았으니 그 놈과 한가지로 얼마나 좋아하였는가 한상에 밥도 먹었는가."라며 면박을 주는 대목(⑮)에[28] 이르러서는 급기야 자지러지게 웃게 된다.

옹고집의 처는 양반가 부인의 품위 있는 모습에서 차츰 격하되어 어리석고 우둔한 풍자의 대상이 되기에 꼭 맞는 모습으로 변한다. 김삼불본에서 옹고집은 첩이 없다. 허옹은 그의 처와 성교하고 자식까지 낳는데, 이렇게 직접적인 비판적 웃음을 유발하려고 첩을 배제한 것이다.[29] 첩이 허수아비 자식을 낳고 웃음거리가 된다 해도 첩은 첩일 따름이다. 그러나 처의 경우는 그렇지 않다. 또 옹고집의 처가 상당히 아름다운 것으로 허옹의 시각을 통해 드러나는데(⑩), 이는 성적 분위기로 끌고 가는 기능을 함과 동시에 허옹의 목적이 처에 대한 성적 공략이라는 점을 분명히 말해 준다. 허옹(虛雍)의 목적은 실옹(實雍)을 오쟁이 지게 하기 위해 그의 처를 공략하는 것이었다.

---

28) 설화에서 '쥐를 오글오글 낳는 장면'은 '허수아비 자식을 낳는 대목'으로, '쥐뿔도 몰랐냐고 구박하는 장면'은 옹고집이 '같이 밥상에서 먹었냐며 타박하는 상황'으로 적용되었다고 할 수 있다.

29) 妾이 있는 이본은 연세대본, 강전섭본인데, 이 경우는 처를 소박 놓고 장모를 박대하는 기능으로 옹고집의 무도함을 강조하려는 것이다. 부인을 첩으로 바꿔 성관계 문제를 해결하려 한 이본은 없다.

처가 처음에는 진가쟁주 과정에서 성적 도발을 하는 허웅에게 휘둘리는 것처럼 보인다. 그러나 차츰 처는 격하되어 마땅히 그렇게 되어야 하는 것처럼 바뀐다. 송백 같은 절개를 운운하던 처가 자기의 첫날밤이 공개되는 것을 조금도 저어하지 않는다(⑦). 부부간의 성애 내용은 둘만의 것으로 외부로 들춰지는 것은 수치가 아닐 수 없다. 그 내용이 진가쟁주의 결과를 주목해서 보고 있는 자식들과 노복들이 있는 상황에 그대로 까발려지듯이 공개되지만, 처는 괘념하지 않는다. 처음 내외해야 한다는 생각에 춘단어미를 시켜 진가(眞假)를 확인해보게 한 것(②)에 견주어 보면 차이가 크다. 물론 첫날밤 이야기의 공개가 진짜 가짜를 구분하겠다는 의도에서 나온 것이기에 용납될 수 있겠지만, 그 방식과 상황은 성적(性的) 흥분을 불러일으키기에 충분하다. 더욱 두 옹고집 중 한 명은 가짜가 분명하므로 그 가짜에게, 즉 자신을 탐내는 가짜에게, 자신의 은밀한 성애 내용을 공개한다는 점에서 더 성적이며, 공개된 첫날밤 이야기가 자신의 수줍음과 관련된 것이란 점에서 이 상황은 그대로 포르노그래피(pornography)적 환상을 자극한다.[30] 그러나 처는 이 상황을 거부하거나 멈추게 하지 않고 '동의'하고 '인정'한다. 더더욱 관가에서 득송하고 온 허웅을 호들갑스럽게 맞이하는 그녀의 모습은 결코 정상이라 보기 어려울 정도다.

'쥐 변신 설화'에서 쥐에게 폭력적으로 당하는 여성의 경우는 비참한 면이 없지 않다. 왜냐하면 진가쟁주 이전에 이미 동침이 이루어졌기 때문이다. 즉, 그녀는 '당연히 자신이 동침하는 존재가 남편이 아니다'는

---

30) 포르노그래피에 나타나는 여성의 이미지와 남성의 시선과 욕망, 실제와 왜곡된 환상의 거리 등에 대해서는 안드레아 드워킨, 『포르노그래피』, 유혜연 옮김, 동문선, 1996, 51~65쪽 ; 앤소니 기든스, 『현대 사회의 성·사랑·에로티시즘』, 배은경·황정미 옮김, 새물결, 2001, 188~189쪽 참조

의심을 할 수 없는 상황이었기에 이후 그녀에게 "쥐뿔도 몰랐냐"는 질책은 억울한 측면이 없지 않다. 비록 느낌이 달랐어도, 그 느낌은 '공개적으로 드러내서 말할 수 없는 은밀한 것'이고, 모두들 진짜라고 여기고 있는 존재를 '느낌이 다르니 남편이 아니다'라고 말하면, 받아들여지지도 않을 뿐만 아니라 행실이 나쁜 여성으로 낙인찍히기 십상이기 때문이다. 그러므로 설화에서 진가쟁주 이후 진짜 남편, 시어머니, 자식 등 주변 사람이31) 그녀를 향해 "쥐뿔도 몰랐냐"며 공박하는 것은 같이 속았던 사람들이 자신들의 잘못을 모두 그녀에게 떠넘기려는 행동이다. 심지어 어떤 각편은 여성의 배를 가르는 것이 당연하다는 극단적 의식을 내비치기까지 한다.32) 이것은 가족 구성원 모두 속아 놓고 모든 잘못을 애매한 여성에게 뒤집어씌워, 어지럽혀진 질서를 회복시키려는 전형적인 희생양 만들기 전략이다.33) 여성의 배를 가르는 극단적 방법이 당연하다는 것은 뱃속에 둔갑한 쥐의 자식이 있고 그 자식이 나타나면 다시 집안이 풍비박산날 것이라는 합리적인 상황으로 미화시켜 드러냈지만, 그 본질은 성적으로 더럽혀진 여성에 대한 제거이며, 자신들의 잘못

---

31) 설화 각 편에 따라 인물이 다르다.
32) 즈 여펜네를 데리다 놓고서 배를 갈렀어. 그놈 새끼가 거가 들었은게. 근게 낳다는 집안이 망허게 생겼은게. 배를 갈른게 하얀 백쥐가 여러 마리가 들었어. [청중:그 놈 다 낳으면 큰 일 날 뻔 알었네?] 집안 망허지 그리놓고서는 ……
　　　　　　　　　　　　　　<둔갑한 쥐의 퇴치1 (5-4:866~872)>
　이렇게 배를 가르는 것 외에도 '쥐와 살았다고 부인을 버리는 각편 [<쥐의 변신 (4-2 :138~144)>]', '쥐의 새끼를 없애기 위해 끓는 기름 가마 위에 속옷 벗고 걸터앉게 하는 각편 [<가짜 주인노릇 한 쥐 (2-6:405~408)>]', '쥐와 살았다고 부인을 몽둥이로 때려죽이는 각편 [<둔갑한 쥐의 퇴치2 (5-4:905~913)>]' 등이 있다. 설화에서는 이렇게 여성에게게만 책임을 전가하는 측면이 강하다.
33) 희생양에 대해서는 르네 지라르, 『폭력과 성스러움』, 김진식·박무호 옮김, 민음사, 1993, 9~60쪽 ; 르네 지라르, 『희생양』, 김진식 옮김, 민음사, 1998, 44~81쪽 ; 리처드 커니, 『이방인·신·괴물』, 이지영 옮김, 개마고원, 2004, 49~88쪽 참조.

을 회피·은폐시키려는 기제이다. 남성의 잘못을 철저하게 여성에게 전
가시킨 것이다.

　그런데, <옹고집전>은 동침 이전에, 한 명이 가짜임이 분명한 '두 명
의 남편'이 있다는 점에서 설화와 전혀 다르다. 누구를 선택하든 그 선
택이 잘못될 확률은 정확히 반이다. 그러므로 자신이 비록 옳은 선택을
했다 해도 분명히 찜찜한 구석이 없지 않아야 정상이다. 더욱 진가(眞假)
결정도 자기가 하지 않고 외부의 결정을 그대로 따른다. 비록 사또가
그렇게 결정했다 해도 같이 동침해야 할 처는 자기 판단이 있어야만 했
다. 그런데도 처는 허옹이 오자 "왈칵 뛰어 내달으며" "손을 잡고(287)"
호들갑스럽게 득송하였는지를 묻는다. 이것은 누가 결정되어도 상관없
다는 태도이다. 득송한 자가 누구이든, 자신도 판단하지 못했던 둘 중에
하나일 것이 분명할 텐데, 그녀는 전혀 그 진위에 관심이 없다. 득송하
였는가라는 엉뚱한 물음을 던지고, 허옹과 운우지락을 거리낌 없이 맺
는다. "양인 심사 깊은 정에 좋은 마음 측량 없다(288)"는 서술은 처의
마음속에 한 점 의혹도, 꺼림도 없다는 것을 단적으로 보여 준다. 이쯤
오면 처가 '송백 운운한 것'이나 '내외하겠다고 한 것' 등이 가식으로 느
껴지기까지 한다.

　이제 처는 허수아비 꿈을 꾸었음에도 이상하게 여기지 않고, 그 꿈의
해몽으로 허옹이 "아마도 잉태할 듯하나 꿈과 같을진댄 떼 허수아비 낳
을 듯하네(288)."라고 조롱해도 아랑곳하지 않는다. 또, 보통 인간과 달리
그야말로 동물처럼 무수히 출산하였음에도 그녀는 "좋아라고 부지기고
하고 길러(288)"낸다. 정상적인 양반가 여성의 모습이라 하기 어렵다.

　설화에서 부인에게 '쥐뿔도 몰랐느냐'는 질책은 억울한 측면이 없지
않지만,34) 옹고집 처는 억울할 것이 없다. 구체적으로 나타난 허수아비
자식들은 처의 어리석음을 드러내고, 그녀가 몸달아했던 성애가 오쟁이

지게 하는 것이었음을 명확히 보여준다. 집안 상하 모두 동일하게 속아
놓고도 "가중제인이 박장대소"한 것은 성애적 낄낄거림의 구연적 상황
을 소설 속에서 투영한 것이다. 집안 상하가 모두 속았지만 그들은 속을
수밖에 없었다는 피할 구멍이 있다. 왜냐하면 모두 진가(眞假)를 구분하
지 못했기 때문이다. 그러나 오랜 시간 동안 동침하고 살면서 애까지
낳아 기른 처는 그야말로 '쥐뿔도 몰랐던 상황'이기에 피할 구멍이 없다.
처가 격하되는 과정을 향유자들은 낄낄거리며 즐겼다. 그 대상이 되는

---

34) 본 논문은 '한국고소설학회 76차 정기학술대회'에서 발표한 것을 수정·보완한 것인
데, 이 부분에 대해 "진가논쟁 이전에 아내가 가짜와 동침했는지 여부"를 설화 각편을
분석하여, 전체 37편 중 '모호하다' 3편, '이전에 동침했다' 18편인데, '이후에 동침했다'
가 16편이므로 논의가 적절치 못하다는 지적이 있었다. 그러나 '이후에 동침했다'는
16편을 보면, 다음과 같은 것이 포함되어 있어 논의가 필요하다.
　<1-7 쥐좆도 모른다>-동침 여부가 모호함.
　<3-2 쥐가 도습한 신랑의 퇴치>-초례청에서 가짜를 완전 퇴치한다. 그러므로 쥐와
동침이 없고, 그러므로 쥐뿔도 모른다는 타박이 아예 없다.
　<4-5 손톱 먹고 변신한 쥐>-무척 짧은 각편으로, 쥐뿔도 모른다는 타박이 없다.
　<5-1 진짜 신랑 가짜 신랑>-장가들러 가는 도중에 나타난 가짜를 그 아버지가 진짜
라고 결정한다. 그러므로 부인 입장에서는 전혀 그가 가짜인지 알 수 없다. 당연히
쥐뿔도 몰랐냐는 타박이 없다.
　<5-5 변신한 쥐에 쫓긴 사내>-초례청에 나타난 가짜를 남편의 아버지가 진짜라고
결정한다. 결혼하는 부인 입장에서는 시아버지의 의견을 좇을 수밖에 없다. 역시 쥐뿔
도 모른다는 타박이 없다.
　<6-5 둔갑한 쥐1>-쥐뿔도 모른다는 타박이 없다.
　<6-11 진짜 아들은?>-쥐뿔도 모른다는 타박이 없다.
　<8-14 신동지 이야기>-쥐가 변신하지 않고, 중이 삼마로 가짜를 만든다. 당연히 쥐
뿔도 모른다는 타박이 없다.
　<9-3 구두쇠 옹좌수>-쥐뿔도 모른다는 타박이 없다.
　'부인이 쥐뿔도 모른다는 타박을 받는 것이 억울한 측면이 없지 않다'는 것이 필자의
주장이므로, 원래부터 부인을 타박하지 않는 각편은 동침 여부에 관계없이, 대상이
아닌 것이다. 그러므로 "진가논쟁 이후에 가짜와 동침"하는 각편은 총 37편 중 16편이
아니라 7편(18.9%)이 된다. 그렇지만 이 역시 적지 않은 수이고, 또 연구 자료를『한
국구비문학대계』로만 한정했기 때문에 조금 유동적이라 할 것이다. 그러나 다수의 각
편에서 부인의 억울함이 드러난다는 점은 분명한 것 같다.

여성이 양반가의 부인이라는 점에서 풍자적 비판의 요소와 함께, 성적
측면에서 더욱 흥분되었을 것이다.[35]

이렇게 처를 의도적으로 비하하여 노골적 성애 표현을 통해 드러내
고 급기야 성적으로 부도덕하게 느껴지게까지 만들었다. 결과적으로 옹
고집이나 부인은 가짜를 퇴치해도 결코 이전 수준으로 돌아가지 못한
다. 왜냐하면 옹고집은 오쟁이 진 남편, 처는 경박한 여자, 집안은 웃음
거리 집안이 되었기 때문이다. 가짜는 퇴치되었지만 주변 사람들은 모
두 낄낄대며 조롱한다. 그 숨죽인 낄낄거림과 눈길은 결코 막을 수 없다.
부부간의 동침이나 진가쟁주는 사실 그들 집안만의 문제였고 이웃 사람
들과 관련 없는 것이었지만, 허수아비 자식으로 드러난 쥐뿔로 인해 더
이상 그들만의 문제가 아니게 되어 버렸다. 그래서 그들은 집안의 문제
를 해결했지만 결코 다시 예전의 품위 있는 수준으로 돌아가지 못했다.
숨겨진 쥐뿔이 피할 수 없는 구체적 증거, 허수아비 자식으로 공개되었
기 때문이다.

3. '쥐 변신 설화'의 비극적 적용 : 〈배따라기〉

1) 쥐잡기와 의처증

〈배따라기〉가 고전에 기대고 있음은 그 제목에서부터 민요 '배따라
기'를 따왔다는 점에서 알 수 있다. 서술자의 구슬픈 사연과 노래 배따
라기의 아련한 감정은 고전 원천소재를 현대화시킨 탁월함이 돋보인다.
그런데 이보다 더 본질적인 핵심 요소로 '쥐 변신 설화'를 가져왔음은

---

35) 고귀한 것의 벗어짐, 망쳐짐, 더럽혀짐에 대해서는 죠르주 바따이유, 『에로티즘』, 조
한경 옮김, 민음사, 1989, 160~162쪽 참조.

아직 구체적으로 논의되지 않았다.[36]

　외모에서 동생에게 꿀린다고 생각한 남편은[37] 자신이 생각하기에 과분하다할 만한 아름다운 아내를 얻는다.[38] 아내는 별다른 생각 없이 사람들과 친하게 지내는데 그것이 남편의 의처증을 유발시키고 강화시킨다. 그러다가 남편은 급기야 동생이 자기 아내와 사통했다고 오해하고 분노로 이성을 잃은 남편은 결국 아내를 죽음으로 내몬다.

　형수와 시동생이 사통했을 것으로 오해하는 장면에 '쥐 변신 설화'가 적용되었다. 형이 시장에 간 사이에, 아내만 있는 형의 집에 형을 만나러 시동생이 찾아온다. 남편/형의 의처증을 익히 아는 이들은 외려 서먹서먹해지고, 아내는 시동생에게 떡을 먹으라고 내민다. 이때 문제의 쥐가 나타나 그 떡을 먹으려 하고, 그 쥐를 잡으려고 동생과 형수가 정신없이 부산을 떠는데, 형이 생각보다 일찍 집에 돌아와 그 광경을 보게 된다. 오해는 그렇게 시작되고 결국 남편은 아내를 홧김에 죽으라며 내쫓는다. 그리고 그 걷잡을 수 없는 말로 인해 아내는 물에 빠져 죽게 되어, 남편과 아내, 그리고 동생의 한과 비극이 된다.

---

36) 아직까지 <배따라기> 연구서 이 대목을 쥐 변신 설화와 연관지어 언급하거나, '쥐문제'를 구체적으로 분석하지는 못하고 있다. <배따라기> 연구에 대해서는 柳基龍, 「<배따라기>의 審美的 作品構造」, 김열규 외, 『金東仁 硏究』, 새문사, 1986, Ⅱ-2~13쪽 ; 이문구, 『金東仁 小說의 美意識 硏究』, 경인문화사, 1995, 53~58쪽 참조.

37) 준수한 동생의 모습에 전형적인 시골 어부의 모습인 형은 콤플렉스를 느꼈다.
　그(남편/형-인용자)의 아우는, 촌사람의게는 다시 업도록 름＂흔 위엄이 이섯고, 맛날 바다ㅅ바람을 쏘엿지만 얼굴이 희엿다. (Ⅳ:6쪽)

38) 아내의 용모에 대해서는 액자 바깥에서 남편이 하는 말에도 드러난다.
　그(남편-인용자)는, 안해를 「이리캐 말흐기는 우섭디만 고와했다.」 그의 안해는, 촌에는 드믈도록 연＂흐고도 엡브게 생겻다.(김동인, <배따락이>, 『創造』9, 1921. / 김열규 외, 『金東仁 硏究』, 새문사, 1986, Ⅳ:5쪽. 이하 인용은 해당 쪽수만 표시한다.)

그(남편/형-인용자)가, 그의 집 방안의 드러선 째에는, 쯧도 안 ᄒ엿던 관경이 그의 눈 아페 버리엇다. 방 가운데는, 썩샹이 잇고, 그의 아우는, 수건이 버서저서 목뒤로 느러지고, 저구리 고름이 모도 푸러저 가지고, 한편 모퉁이에 서 잇고, 안해도, 머리채가 모도 뒤로 느러지고, 치마가 배꼽 아레 느러지도록 되여이스며, 그의 안해와 아우는, 그를 보고, 엇지홀 줄을 모르는 듯이 음직도 안코 서 이섯다.

세 사람은, 한참동안, 어이가 업서 〃 서 이섯다. 좀 잇다가 그의 아우가 겨우 말햇다.

「그 놈의 쥐 어듸 갓늬?」

「흥! 쥐? 흉능흔 쥐 잡댓다」, 그는 말을 꼿내지 안코 짐을 버서 버리고 쒸여가서 아우의 멱살을 그러 쥐엿다.

「형님, 정말 쥐가!」

「쥐? <u>이 놈, 형수와 그런 쥐 잡는 놈 어듸 잇늬?</u>」

그는 짜구를 몃 번 짜린 뒤에 등을 미러서 문밧게 집어 던젓다. 그런 뒤에, 이제 자긔게 니를 매를 생각ᄒ고 우들∼ 썰면서 아렛목에 서 잇는 안해의게 달녀드럿다.

「이년! <u>싀아우와 그르는 년이 어듸 이서!</u>」, 그는 안해를 썩구러치고 함부로 내려찌엇다.

「정말 쥐가 …… 아이 죽겟다!」

「이년! 너두 쥐? 죽어라」, 그의 팔 다리는 함부로 안해의 몸 우에 오르내렷다.

「아이 죽갓다. 정말 아까 적오니가 왓게, 썩 먹으라구 내놧더니……」

「듯기 실타. 무슨 잔소릴……」

「아이∼ 정말이야요, 쥐가 한 마리 나……」

「그냥 쥐?」

「<u>쥐 잡을내다가……</u>」

「샹년 죽얼! 물에라두 빠데 죽얼!」

그는 실컷 짜린 뒤에 안해도 아우와 가치 등을 미러 내여 쏘앗다. 그 뒤에 그의 등으로

「고기 배ㅅ대기에 쟝사해라!」 토ㅎ엿다.

　분푸리는 실컷ㅎ엿지만, 그래도 마음 속이 자못 편치 못ㅎ엿다. 그는 아랫목으로 가서, 바람ㅅ벽을 의지ㅎ고 실신흔 사람가치 우두커니 서〃 씩샹만 듸리다보고 이섯다.(중략)

　여긔저긔 뒤적이노라니까, 어떤 낡은 옷뭉치를 들칠 째에, 쥐소리가 나면서 무엇이 후덕〃 쒸여 나온다. 그리ㅎ여, 저편으로 긔어서 도망흔다.

　「역시 쥐댓다」 그는, 조고만 소리로 부르지젓다. 그리고, 고만, 그 자리에 맥업시 덜석 주저안젓다. (Ⅳ:8-9쪽)

"이 놈, 형수와 그런 쥐 잡는 놈 어듸 잇늬?"라고 한 것을 보아 남편은 분명하게 '쥐를 잡는다'는 말을 성교(性交)의 의미로 사용하고 있음을 알 수 있다. 아내가 남편에게 상황을 설명할 때, 그녀는 실제 있었던 대로 "쥐 잡을내다가"라고 말하지만, 그 바른 말이 상황을 증폭시킨다. 왜냐하면 '쥐를 잡는다'는 말이 '정을 통한다'는 말로 들려지기 때문이다. 평소에 의처증이 있던 남편 입장에서 보면 정황은 간통 현장이다. 더욱 상대가 자기 친동생이라는 점에서 큰 충격에 휩싸여 있는 상태이다. 이때 그 당사자가 하는 말이 감정을 자극하는 '쥐를 잡는다'는 말이다 보니, 걷잡을 수 없는 분노가 폭발한 것이다. 아내를 때리면서 잠시 진정되는 듯하던 남편은 아내의 이 말 때문에 다시 감정이 폭발한다. 그래서 "샹년 죽얼! 물에라두 빠데 죽얼!"이라며 극한 말을 내뱉은 것이다. 이후 남편이 진짜로 쥐가 떡을 먹으려고 나왔었다는 사실을 알고는 "역시 쥐댓다"라고 놀라는데, 이 말은 간통의 의미로 받아들였던 그 쥐가 아니라, '진짜 쥐였구나'라는 충격과 놀람의 표출이다.

2) 상황 설정을 통한 충격의 개연성

쥐가 갑자기 나타나 떡 그릇을 건드리는 것은 형수와 동생의 어색한 관계를 해소하는 중요한 기능을 한다. 형의 의처증에 대해 잘 알고 있기에, 아내/형수는 형을 만나러 온 동생을 형이 없다고 보낼 수도 없고 그렇다고 그냥 마주 앉기도 어색했을 것이다. 그래서 떡을 내왔던 것이다. 둘 사이는 아무런 관계도 아니었으나 형을 의식한 둘은 어색할 수밖에 없었는데 그 어색함을 때마침 나타난 쥐가 해결해 준 것이다. 그래서 동생과 형수 둘은 '결사적으로 쥐를 잡으려 했던 것'이다. 사실 쥐는 시골 어디에나 있다. 그리고 쥐를 쫓으면 그만이지 그렇게 죽이려고 잡을 필요는 없었다. 둘이 쥐를 결사적으로 잡으려 한 이유는 '그 어색함'을 해소하려는 것이었지, 꼭 쥐를 잡아 죽이려는 것은 아니었다. 어색한 둘 사이의 긴장감을 해소할 기회였기에, 정말 결사적으로 이런저런 생각 없이 쥐를 잡으려고 부산했던 것이고, 그랬기 때문에 바깥에 형이 왔는지 몰랐던 것이고, 머리가 흐트러지고 치마가 내려가는 것도 몰랐던 것이다. 의처증과 쥐 때문에 이런 어처구니없는 상황이 개연적으로 설정된 것이다.

단순히 쥐는 이런 개연적 상황만을 위해 설정된 것은 아니다. 형의 의처증에 기름을 붓는 '상황'과 '말'이 되기 위한 미묘한 설정이기도 하다. 아무리 형의 의처증이 심해도 그 당사자들의 말을 들어보지도 않고 일방적으로 판단하지는 않는다. 우선 해명을 들으려 할 것이다. 또한 형의 의처증을 아는 동생이 상황을 조리 있게 설명하려 할 것이다. 그런데 형은 제대로 알아보지도 않고 분노하고, 동생은 제대로 변명조차 하지 못하고 쫓겨난다. 형이 더 분노한 이유도, 동생이 더 이상 형에게 뭐라고 해명할 수 없게 된 상황도, 모두 '쥐'라는 말과 '쥐를 잡는다'는 말이 주는 미묘함 때문이었다. 형이 동생의 말에 흥분한 것은 매우 타당한 반응이었다. 동생은 의처증이 심한 형이 나타나자, 놀랐을 것이고 그 오해를 풀어야 한다고 생각했을 것이다. 사실 형수와 사이에 아무 일도 없었다. 그러므로 사실대로 말한 것이다. 그것은 너무나 당연하다. 그런데 그 사실대로 한 말이 오히려 '형은 오쟁이졌어!'라는 말로 들리고, 일단 그렇게 전달된 상황에서 형의 마음을 돌리기란 불가능하다. 아마도 동생은 자기가 말을 하면서도 자기 말이 가지고 있는 중층적 작용에 섬뜩하게 놀랐을지도 모른다. 쫓겨나간 동생이 더 이상 형에게 다시 변명 아닌 변명을 늘어놓지 못했던 이유가 바로 여기에 있었다.

형의 입장에서 보면, 의처증이 있다고는 해도 동생과 사통할 것이라고는 전혀 생각지 못했는데 그 말, '쥐를 잡는다'는 그 말을 듣자, 자신을 '오쟁이 진 사람'이라고 비웃는 것처럼 들리게 된다. 평소에도 자신의 외모와 아내의 외모로 인해 맘고생이 심했다. 그 외모에 대한 열등감의 대상이 바로 동생이었는데, 다른 사람도 아닌 바로 그 동생이 오쟁이 졌다고 말하자, 억눌렸던 무의식이 발동하여, 그 순간 눈앞에 아무 것도 보이지 않게 된 것이다. 동생과 아내를 쫓아낸 후 멍하니 주저앉아 허탈해하는 모습은 바로 이런 그의 정신적 공황상태를 잘 보여 준다. 자신이 오해했을지도 모른다고 반추하는 것이 아니라, 어떻게 이런 일이 일어날 수 있을까 하고 멍해 있던 것이다. 이때까지 형은 결코 자신의 판단이 잘못되었다고 생각지 않는다. '쥐를 잡으려고 했다'는 동생의 말을 듣는 순간 모든 상황을 명확하게 간통의 상황으로 이해했기 때문이다. 형이 어리석고 맹목적인 사람이 아님은, 아내가 다른 남자들과 시시덕거린 것을 확대해서 구타를 자주 했다는 것에 역설적으로 나타난다. 형은 의처증으로 아내를 의심하면서도 결코 아내가 그렇게 하지 않았다는 것을 어느 정도 유연하게 믿고 있었던 것이다. 그래서 그렇게 구박하면서도 아내와 살았고, 또 문제의 그날 아내에게 예쁜 거울을 주려고 서둘러 왔던 것이다. 그런데 '쥐를 잡는다'는 말이 들린 그 순간만큼은 그런 객관적이고 유연한 사고가 이루어지지 않는다. 왜냐하면 '쥐뿔도 모르는 사람'과 사는 '오쟁이 진 남편'이라고, 다른 사람이 아닌 바로 그 열등감의 대상인 동생이 비웃었기 때문이다. 그러나 물론 이것은 사실이 아니었다. 남편의 오해였다. 이 오해가 사실인 것처럼, 그리고 독자들에게까지 설득적으로 전달된 이유는, 바로 그 오해의 중심에 쥐와 성교(性交)를 의미하는 '쥐를 잡는다'는 것이 있었기 때문이다. 작가가 '쥐 변신 설화'에서 핵심을 가져와, 그것을 이 미묘한 상황에 맞게 효과적으로 적용했기 때문이다.

<배따라기>에서 쥐 이야기를 뺀다면, 텍스트가 말하려는 핵심을 빼고 이해하는 것이 된다. 왜 형이 그렇게도 흥분했는지, 왜 동생은 더 이상 변명을 하지 못했는지, 아내 역시 별다른 변명을 하지 못하고 자살을 택할 수밖에 없었는지를 제대로 이해하지 못한다. 그리고 그것이 하필이면 '정말 쥐가 나타났던 것'과 정말 '그 쥐를 잡으려고 했던 것'을 이해하지 못하게 하고, 그런 우연적인 것들의 연속으로 인해 인간의 운명이 어이없게도 얽히고 결정된다는 것을 말하는 주제에 접근하지도 못한다. 바로 쥐였기 때문에 문제였고, 쥐였기 때문에 그렇게 미묘하게 얽힌 것이고, 쥐였기 때문에 해명하려 하면 할수록 더 이상해졌던 것이다. 쥐 대신 떡을 먹으러 다른 동물이 나타났다면 결코 이렇지 않았을 것이다.

4. 결론

고전의 좋은 원천소재를 가져온다고 해서 그대로 좋은 작품이 되는 것은 아니다. 반드시 상황에 맞게 새롭게 꾸며야만 한다.[39] 독자들은 그

것이 '어떻게 변주되느냐'에 더 관심이 많다.40) 작품의 성패는 원천소재
를 맥락에 맞게 잘 적용시키느냐에 달려 있다. 쥐 변신 설화를 각기 다
른 방향에서 적용했던 <옹고집전>과 <배따라기>를 보면, '원천소재를
어떻게 적용해야 하는가?'하는 물음에 좋은 시사점을 준다.

쥐 변신 설화에서 정황상 추측되던 쥐와 부인의 성교가 김삼불본
<옹고집전>에서는 운우지락에 대한 묘사와 허수아비 자식 출생이라는
것으로 명시된다. '낄낄거리기 위해', 그리고 '가짜가 퇴치된 이후에도
옹고집과 처가 격하되기 위해' 쥐뿔이 허수아비 자식으로 적용되었을
뿐만 아니라, 그 풍자의 웃음이 '유쾌한 웃음이 되기 위해' 그렇게 된
것이다. 처가 쥐와 육체관계를 가졌다고 한다면 옹고집이 돌아온 이후
가 문제가 된다. 지푸라기 허수아비는 누가 보아도 생명이 없는 가짜임
이 분명하므로, 비록 허수아비와 성교했다고 해도 '홀렸음' 정도로 치부
되어 낄낄거릴 수 있지만, 설화에서처럼 쥐였다면 단순히 넘어가기가
쉽지 않다. 쥐와 양반가 여성의 성교는 비록 풍자적이라고는 해도 너무
과도하여 소설적 상황을 훼손할 수 있고, 낄낄거림보다는 섬뜩함이 앞
선다. 쥐가 변신하나 지푸라기가 변신하나 환상적이기는 마찬가지지만,
이후 성교를 한다는 점에서 어느 정도 사실적인 생물보다는 완전히 비
현실적인 지푸라기가 낫다.41) 쥐와 성교했다고 말할 경우 느껴지는 감

---

39) 고전에서 영양분을 섭취할 때 단순히 있는 그대로 받아들이는 것이 아니라 그것을
넘어서야 한다. 프로프는 넘어서는 '그 무엇'을 보통 제대로 해내지 못하고 있다고 지적
했는데(블라디미르 프로프, 『러시아 민담 연구』, 이종진 옮김, 한국외국어대학교 출판
부, 2005, 32쪽), 이 지적은 현재 원천소재를 활용하는 콘텐츠 개발자에게도 해당한다.

40) J. G. 카웰티, 「도식성과 현실도피와 문화」, 박성봉 편역, 『대중예술의 이론들』, 동연,
2000, 82~107쪽 참조.

41) 이는 환상의 단계에서 '괴기(étrange)'와 '경이(merveilleux)'의 차이이다. '괴기'는 초
자연적 요소가 현실적 법칙의 범위에서 설명 가능한 경우이고, 경이는 새로운 초자연
적 법칙을 인정하지 않으면 안 되는 경우이다. 쥐와 처의 성교는 '괴기'이고, 허수아비

정보다는 허수아비와 성교했다고 말하는 것이 더 즐겁고 유쾌하다. 그 래서 쥐 변신 설화에서는 부인의 배를 가르는 섬뜩한 각편이 있을 정도 였지만, <옹고집전>에서는 모두 크게 웃는 것이 가능했다.

그러나 <옹고집전>에서 오쟁이 지게 되는 상황을 보면서 맘 놓고 웃 을 수 있는 것은 구연 상황에서 청자/독자들 자신을 옹고집 바깥에 존재 하는 사람들로 여겼기 때문이다. 자신을 옹고집이나 그 부인이 처한 상 황 내부에 놓지 않고 외부에 놓았다. 쥐 변신 설화 각편 대부분의 시각 이 그렇다. 모두 '쥐뿔도 모르는 상황'에 대해 성적으로 흥분하며 즐겁게 '남의 말'을 한다.

그런데, '오쟁이 진 남편'에 대한 낄낄거림과 비웃음은, 청자/독자들 이 자신을 그 '오쟁이 진 남편'의 내부에 놓는 순간, 비극과 인간 운명의 슬픔으로 나타난다. '남의 말'이 아니라 '우리의 말' 아니 '나의 말'이 될 수도 있다고 받아들이는 순간, 더 이상 낄낄거릴 수 없다. <배따라기> 의 시각이 그렇고, 쥐 변신 설화의 몇 각편들이 은연중에 내비치는 시각 이 그렇다. <배따라기>의 불안은 이것이다. 예전 설화의 선비/남편은 입신양명을 하기 위해 부인/집안을 버리고 공부하러/성공하러 떠났지 만,[42] <배따라기>의 남편은 부인을 사랑하고 그 부인과 행복하게 살기 위해, 즉 열심히 일하기 위해 나갔다. 그 틈에 쥐가 나타났고 그것이 그 들의 비극이 되었다. 선비를 향해 낄낄거리던 것이 어부 남편에게 오면 그렇게 되기 어렵다. 그 남편이 바로 우리의 다른 모습이고, 그의 부재 는 '자기 욕망을 위한 부재'가 아니라 '먹고 살기 위한 일상'이었고, 그

와의 성교는 '경이'라 할 수 있다. 츠베탄 토도로프, 『환상문학서설』, 이기우 옮김, 한 국문화사, 1996, 145~161쪽 참조.
42) 쥐 변신 설화에서 '남편의 부재'는 문제적 상황으로 이를 대사회적인 '자리 비움'의 측면으로 보아야 한다. 윤주필, 앞의 논문, 2006, 125~131쪽.

일상의 틈에 끼어든 쥐는 피할 수 없는 운명의 안타까움을 불러일으키기 때문이다. 남의 문제에서 자기 문제가 될 때, 그리고 욕망을 위한 부재에서 삶을 위한 일상이 될 때, 오쟁이 지는 것이 마땅해 보이는 존재들이 피할 수 없는 운명에 놓인 인간이 될 때, 낄낄거림은 숙연함과 안타까움, 동정심으로 바뀌게 된다. 그리고 그 남편이 동생을 찾아 평생 배따라기를 부르며 떠도는 구슬픔과 조응하게 된다.

쥐 변신 설화의 '쥐뿔도 모른다'는 상황은 남편 입장에서는 '오쟁이 진 남편' 이야기이고, 부인 입장에서는 '억울한 여자' 이야기이다. 이것에 시선을 바깥에 둔 것이 <옹고집전>이고, 안에 둔 것이 <배따라기>이다. 원천소재를 확장해 구조적으로 이용한 것이 <옹고집전>이고 응축하여 화소적으로 이용한 것이 <배따라기>이다. <옹고집전>이 <옹고집전>이고 <배따라기>가 <배따라기>인 것은 쥐 변신 설화에서 원천소재를 가져왔기 때문이 아니라, 그 활용 양상이 목적과 상황에 따라 각기 효과적으로 적절히 이루어졌기 때문이다.

〈최고운전〉의 설화적 전승과 '최치원설화'의 연원

1. 서론 : 현황과 문제

언뜻 보기에 설화와 소설의 관계는 명확하다. 설화가 소설보다 먼저 출현했고, 소설에 영향을 주기도 했다고 생각된다. 주로 단순한 구성을 가지고 있는 설화보다 상대적으로 복잡한 구성을 하고 있는 소설이 더 후대의 것으로 여겨지기 때문이다. 소설의 경우 종종 인물의 내면까지 그려지기에 더 완결된 양식으로 이해되기도 한다. 이런 생각이 온당치 않은 것은 아니지만, 모든 경우에 언제나 옳다고 인정하는 것은 조금 저어된다. 소설에 영향을 준 설화가 항상 먼저 출현했는지에 대해서도 검증이 필요하고, 소위 '설화의 소설화' 같이 설화가 발전해서 소설이 되었다는 견해에 대해서도[1] 충분한 검토가 필요한 것 같다.

---

1) 설화와 소설의 관계를 규명하려 한 앞선 연구들이 대부분 소설에 무게 중심을 두었는데, 이는 신동흔의 지적처럼 두 장르를 동등한 층위에서 검토하는 것이 아니라 발전적 시각에서 말하고 있다는 한계를 안고 있다. 그래서 설화의 미학과 소설의 미학을 규명하는 데 오히려 방해가 될 수도 있는 측면이 없지 않다. 조동일, 『한국소설의 이론』, 지식산업사, 1997, 66~136쪽 ; 임형택, 「나말여초의 전기문학」, 『한국문학사의 시각』, 창작과 비평사, 1984, 22쪽 ; 박희병, 「한국고전소설의 발생 및 발전단계를 둘러싼 몇몇 문제에 대하여」, 『한국전기소설의 미학』, 돌베개, 1997, 58~61쪽 ; 신동흔, 「설화와 소설의 장르적 본질 및 문학사적 위상」, 『국어국문학』138, 국어국문학회, 2004, 235~276쪽 참조.

본고에서 설화와 소설의 관계 전반에 대해 다룰 수는 없지만, 두 장르의 관계 규명을 위한 한 가지 사실을 검토할 생각이다. 설화가 소설에 영향을 주었다는 것이 큰 담론으로는 타당하지만 미시적 수수(授受)관계에서도 정말 그런지 구체적인 근거를 통해 확인해 보고자 한다. 이는 '설화의 소설화'가 보편타당한 명제가 될 수 있는지를 검토하는 것이 되기도 한다.

이론의 여지가 있지만 우리 소설의 시작을『금오신화』가 출현한 15세기 즈음으로 잡는다면, 후대의 소설보다는 이 시기에 근접한 소설을 대상으로 설화와 소설의 관계를 검토하는 것이 타당성이 더 높을 듯하다. 아울러 설화와 수수관계가 분명한 소설이어야 할 것이다. 이런 점에서 〈최고운전〉은 알맞은 텍스트다.[2] 상당히 이른 시기의 작품일 뿐만 아니라,[3] 설화와 깊은 관계를 맺고 있는 소설이기 때문이다.[4]

---

2) 이본에 따라 다양한 제명이 있지만, 가장 일반적인 '〈최고운전〉'으로 통칭한다. 대본은 先本인『신독재수택본전기집』에 있는〈崔文獻傳〉을 사용한다. 정학성,『역주 17세기 한문소설집』, 삼경문화사, 2000, 57~127쪽 참조.

3) 김현룡은 고상안의『效嚬雜記』를 근거로〈최고운전〉이 1579년 이전에 창작되었음을 밝혔고, 박일용은『話東人物叢記』를 근거로 1392년 이전으로 비정했다. 현재로서는『話東人物叢記』의 위작 문제가 있기에 1392년 이전 창작설에 대해서는 어느 정도 유보해야겠지만,〈최고운전〉이 적어도 1579년 이전에 창작된 것은 분명한 것 같다. 김현룡, 「『崔孤雲傳』의 形成時期와 出生談攷」,『고소설연구』4, 한국고소설학회, 1998, 1~28쪽 ; 박일용, 「〈최고운전〉의 창작 시기와 초기본의 특징」,『고소설연구』 29, 한국고소설학회, 2010, 85~115쪽 참조.

4) 〈최고운전〉과 설화의 관련성에 대해서는 이른 시기부터 활발한 논의가 있어 왔다. 정병욱, 「최문헌전(崔文獻傳)에 대하여」,『한국고전의 재인식』, 홍성사, 1979, 269~278쪽 ; 김현룡,『韓中小說說話比較研究』, 일지사, 1976, 318~329쪽 ; 민영대, 「崔忠傳 異本研究」,『한남어문학』7·8, 한남대 국어국문학회, 1982, 17~50쪽 ; 이신복, 「崔孤雲傳에 대하여」,『한문학논집』1, 근역한문학회, 1983, 57~70쪽 ; 이혜화, 「崔孤雲傳의 形成背景研究」, 고려대학교 석사논문, 1984, 54~98쪽 ; 최삼룡, 「崔孤雲傳의 出生譚考」,『어문논집』24, 민족어문학회, 1985, 815~831쪽 ; 최삼룡, 「崔致遠의 人物傳說과 崔孤雲傳」,『고전문학연구』3, 한국고전문학회, 1986, 336~360쪽 ; 한석수,『崔致遠傳承의 研究』, 계명문화사, 1989, 35~188쪽 ; 박일용, 「『崔孤雲傳』의 작가 의식과

<최고운전>과 관련 있는 주요 설화들로 야래자설화, 지하대적퇴치설화, 관부요괴설화(아랑형 설화) 등이 지목되었는데, 본고에서는 지하대적퇴치설화의 경우를 분석할 생각이다. 앞선 연구들에서 다른 설화와의 관련성은 어느 정도 밝혀졌지만, 지하대적퇴치설화와는 좀 더 살펴볼 부분이 있다. 설화로 전승되는 '최치원설화'와5) 소설 <최고운전>의 관계는 어떠한지, 둘 중 어느 것이 먼저 출현한 것인지, 그리고 최치원설화는 과연 지하대적퇴치설화인지 등은 보다 명확해져야 할 것 이다.

본고에서는 이런 점을 <최고운전>의 앞대목인 '최치원탄생담'과 최치원설화의 관련성 검토를 통해 밝혀보도록 하겠다. 그래서 설화와 소설이 관계 맺는 한 가지 방식을 확인하고, 최치원설화의 연원을 규명하도록 하겠다.

2. 지하대적퇴치설화와 최치원설화의 거리

<최고운전>의 앞 대목에는 최치원이 어떻게 탄생하게 되었는지에 대한 이야기가 나온다. 최충이 문창현에 부임하는데 그 부인이 금돼지의 변을 당해 아들 최치원을 낳는다는 내용이다. 이 최치원탄생담의 주요 내용을 살펴보면 다음과 같다.

소설사적 위상」, 『고전문학연구』16, 한국고전문학회, 1999, 145~176쪽 ; 정출헌, 「<최고운전>을 통해 읽는 초기 고전소설사의 한 국면」, 『고소설연구』14, 한국고소설학회, 2002, 39~45쪽 ; 권택경, 「「최고운전(崔孤雲傳)」 연구」, 한국교원대학교 박사논문, 2006, 1~298쪽 ; 이종필, 「<崔孤雲傳>의 초기 소설사적 의의에 관한 연구」, 고려대학교 석사논문, 2006, 1~74쪽 참조.

5) 본고에서 '최치원설화'는 <쌍녀분>과 같은 내용의 설화나 여타 최치원 관련 이야기가 아닌, 금돼지의 변(變)으로 최치원이 탄생했다는 설화를 지칭하기로 한다. 『韓國口碑文學大系』 '132-1유형'의 여러 각편 참조.

① 신라 때 수령의 부인이 사라지는 문창현에 최충이 부임한다.
② 어느 날 부인이 감쪽같이 사라진다.
③ 부인 손에 묶어 두었던 실을 따라가니, 뒷산 바위틈으로 들어갔다.
④ 밤에만 열리는 그 틈으로 들어가 보니, 금돼지가 부인의 무릎을 베고 자고 있다.
⑤ 최충이 온 것을 안 부인이 금돼지에게 약점을 묻고, 그에 따라 鹿皮를 금돼지 목에 붙여 죽인다.
⑥ 최충이 부인을 구출해서 돌아오고, 부인은 최치원을 낳는다.

〈최고운전〉은 소설이기에 후대로 이어지면서 이본의 변개가 있었지만[6] 이 최치원탄생담은 문면까지 거의 같다.

〈최고운전〉의 최치원탄생담은 민간에서 설화로 전승되는 최치원설화와 내용이 동일한데,[7] 그동안 이에 대해 명확한 선후정리가 이루어지지 않았다. 설화가 〈최고운전〉에 영향을 주었다는 식의 포괄적인 언급이나, 또는 딱히 짚어 언급을 하지 않는 경우가 일반적이었다. 지하대적퇴치설화가 영향을 주었다고 설명하는 경우에도 명확하지 않기는 마찬가지였다. 영향을 주었다는 설화가 그들이 지하대적퇴치설화로 분류하는 최치원설화인지 아니면 다른 지하대적퇴치설화인지 분명하게 지적하지 않고 지나쳤다.[8]

---

6) 〈최고운전〉 이본에 대해서는 윤영옥,「崔孤雲傳攷-「嶺南大學本」紹介를 兼하여」,『영남어문학』3, 1976, 5~20쪽 ; 민영대, 앞의 논문, 1982, 17~50쪽 ; 이혜화, 앞의 논문, 1984, 11~38쪽 ; 한석수, 앞의 책, 1989, 37~72쪽 ; 권택경, 앞의 논문, 2006, 14~129쪽 참조.
7) 최치원탄생담과 최치원설화가 동일하기에, 주요 최치원설화 각편의 전문을 인용하지 않고 단락구성만 제시하는 것은 최치원탄생담과 중복되는 번잡함만 야기한다. 그래서 단락구성을 제시하는 것은 생략한다. 최치원설화의 각편은 『韓國口碑文學大系』'132-1유형'의 자료들을 참조하고, 단락구성과 설화 각편의 편폭에 대해서는 한석수의 정리(한석수, 앞의 책, 1989, 39~72쪽)를 참조.
8) 오직 한석수만이 분명하게 최치원설화가 소설의 최치원탄생담에서 나왔음을 지적했

이런 문제는 최치원설화를 지하대적퇴치설화의 한 유형으로 분류하는 시각을 무비판적으로 받아들인 것에서부터 시작된 것이다. 그러므로 우선 최치원설화가 정말 지하대적퇴치설화인지부터 살펴보아야 한다.

1) 지하대적퇴치설화

지하대적퇴치설화는 전 세계적인 분포를 보이는 설화로 우리나라에도 오래 전부터 널리 퍼져 전승되었다.[9] 그러면서 다양하게 변이하여 여러 각편들이 생겼는데,[10] 연구자의 주안점에 따라 각기 다르게 유형을 분류하지만[11] 기본적인 내용은 다음과 같다.

① (한량)이 있다.
② 대적이 (부잣집 딸)을 납치해 가자, 구해주는 자에게 상을 내린다고 한다.
③ 한량이 조력자를 만나고 그의 도움을 받아 대적이 있는 지하세계로 간다.
④ (딸의 도움을 받아) 대적을 퇴치한다.
⑤ (부잣집 딸)을 구출하여 귀환하고 그녀와 결연한다.

을 뿐이다. 하지만 정작 최치원탄생담에 대한 분석은 여러 설화가 간여했을 거라는 원론적인 입장에 머물러서, 최치원설화가 지하대적퇴치설화가 아님을 밝히는 것까지는 나가지 못했다. 한석수, 앞의 책, 1989, 37~188쪽, 206~230쪽 참조.

9) 손진태, 「地下國大賊除治說話」, 『한국민족설화연구』(『손진태선생전집』2, 태학사, 1981), 613~639쪽 참조.

10) 자세한 각편은 『韓國口碑文學大系』 '134-1유형'의 각편 참조.

11) 유형 분류에 대해서는 주명희, 「婦女拉致型 大賊退治說話考」, 『韓國古典散文研究』, 동화문화사, 1981, 21~54쪽 ; 이혜화, 앞의 논문, 1984, 58~62쪽 ; 이채연, 「<대적퇴치> 설화의 탐색담적 구조와 의미」, 『한국문학논총』11, 한국문학회, 1990, 225~244쪽 ; 김기창, 「지하국대적퇴치설화 연구」, 『국제어문』18, 국제어문학회, 1997, 23~65쪽 참조.

괄호 친 부분은 설화 각편에 따라 명시적인 것이 바뀌는 부분이지만 서사적 기능은 동일하다.[12] 그리고 ④에서 지하대적을 퇴치하지만 조력자의 배신으로 지하에 갇혔다가 탈출하는 각편도 있고, ⑤에서 잡혀간 부잣집 딸이 배신하여 한량이 딸의 여종과 맺어지는 각편도 있는데, 역시 큰 줄기는 같다. 즉, 주인공이 한량, 무사, 선비 등으로 다양하게 변이하지만 지하대적을 퇴치하는 영웅적 행동을 하기는 마찬가지이고, 납치되어가는 여성도 부잣집 딸, 공주, 부녀자 등 각편마다 다르지만 그녀들이 기존 사회의 기득권을 가진 상층에 속한다는 점은 동일하다. 물론 지하대적은 기존 사회 질서를 어지럽히는 존재로 기능한다.

지하대적의 출현은 사회에 큰 해악을 초래하는 문제적 상황이 아닐 수 없는데, 납치당한 여성들의 수가 상당하고 훔쳐간 금은보화 역시 많은 것으로 미루어, 그의 행패는 지속적이고 극심했음을 알 수 있다. 하지만 아무도 이 문제를 해결하지 못한다. 신출귀몰한 대적의 정체는 물론 대적의 소재조차 파악하지 못한다. 그야말로 사회의 질서와 기강이 무너질 대로 무너진 혼돈 상황이다. 이때 한량이 나타나 대적을 퇴치하고 납치된 여성을 구출해 귀환한다. 한량은 기존 사회에 도전하는 근본적인 문제를 해결하고 훼손된 질서를 바로잡는 영웅인 것이다.

결국, 지하대적퇴치설화는 당대 질서를 어지럽히는 대적을 제거하는 영웅 이야기라고 할 수 있다. 이 영웅은 당대 사회를 위협하는 이질적인 존재를 퇴치하여, 도전받는 기존 질서를 회복하고 공고히 하는 역할을 한다. 이 영웅은 새로운 질서를 창출·구현하는 것이 아니라 기존 질서를 재건·회복하는 기능을 하고, 구해낸 여성과 결합함으로써 궁극적으

---

12) 프로프는 민담을 구성하고 있는 요소의 '기능적 측면'이 민담 구성의 핵심임을 강조하고, 이를 통해 유형화를 꾀했다. 블라디미르 프로프, 『민담형태론』, 유영대 옮김, 새문사, 1987, 24~72쪽.

로 기존 질서에 편입한다. 서사는 그것을 '행복'하다는 것으로 이해한다. 이렇게 행복하게 끝나는 지하대적퇴치설화는 결국, 뭔가가 '어지럽힌 것'을 다시 '되돌리는' 이야기인 셈이다.13)

2) 최치원설화

지하대적퇴치설화에서 극명하게 두드러지는 것은 지하대적과 한량의 대립이다. 지하대적은 퇴치되어 마땅한 부정적 존재이고 한량은 바라마지 않던 긍정적 존재이다. 그러므로 지하대적에게 납치당한 여성들은 그의 압제 속에서 살지만 결코 그에게 굴복해서는 안 된다.14) 왜냐하면 지하대적이 부정적 존재이기 때문이다. 그래서 일부 각편에서는, 지하대적에게 굴복해 그와 야합한 부잣집 딸들이 영웅 한량에게 버림받고 지하대적과 함께 퇴치당하고, 대신 그녀의 몸종이 구출되는 것으로 변이된다. 귀족 여성이 버림받고 천한 몸종이 선택받을 정도로, 지하대적퇴치설화에 내재하고 있는 옳고 그름의 이분법적 대립은 극명하다.

하지만 최치원설화는 그렇지 않다. 지하대적퇴치설화라면 버림받았을 부인이 구출되고, 돌아온 그 부인은 아들 최치원을 낳는다. 자식을 낳는다는 것은 지하대적퇴치설화에서 볼 수 없는 일이다.15) 왜냐하면

---

13) 지하대적퇴치설화를 주인공의 측면에서 보면 영웅의 탐색담이자 영웅의 입사식(initiation) 이야기이고, 이 영웅이 궁극적으로 실현하는 가치의 측면에서 보면 무너지는 질서를 바로잡아 재건하는 이야기이다.

14) 그녀들이 성적 순결을 유지한 것으로 서사에 두드러지게 나타나는 것이 바로 그런 관념이 외현화된 것이다.

15) 연구자들이 지하대적퇴치설화로 구분한 것 중, 자식 낳는 것은 최치원설화와 『태평광기』의 <구양흘> 이야기이다(이혜화, 앞의 논문, 1984, 58~62쪽 참조). 본문에서 말하겠지만 최치원설화는 창작된 소설 <최고운전>에서 비롯한 설화이고, <구양흘> 이야기 역시 중국문헌에 기록된 각편이다. 즉, 민간에서 전승되는 지하대적퇴치설화와 거리가 있다. 그럼에도 불구하고 '자식을 낳는 지하대적퇴치설화가 있다'고 굳이

지하대적퇴치설화는 기존 질서에 도전한 대적을 퇴치하고 현 질서를 회복한다는 내용의 설화로, 잡혀갔던 부녀자들의 출산에 의한 2세 출현은 있을 수 없다. 만약 출산한다면 그 2세는 지하대적의 자식이고, 그렇다면 지하대적이 초래한 기존 질서에 대한 도전은 여전히 유효한 진행적인 도전이며, 결국 궁극적인 질서 회복은 이루어지지 않은 것이기 때문이다. 각편에 따라 잡혀간 부녀자들이 성적으로 순결을 유지했다는 점이 과도하게 부각되기도 하는데,16) 이는 단순히 순결 이데올로기 때문만이 아니라 돌아온 부녀자들이 결코 출산을 해서는 안 된다는 생각이 설화 전승자들의 의식 속에서 작용하기 때문이다.

물론 지하대적과 잡혀간 여성들과의 성관계는 전제되는 경우가 대부분이다. 지하대적이 여성들의 넓적다리를 베고 잠이 든다는 것은 성관계의 은유가 분명하다. 하지만 이때 성관계는 생산을 위한 성이 아니라, 지하대적 입장에서는 쾌락적 즐김의 성이고, 잡혀간 여성들과 빼앗긴 기존 세계 입장에서는 질서의 훼손을 의미하는 성이다. 잡혀간 여성들

유형을 분류한다면, 그렇게 자식을 낳는 지하대적퇴치설화의 기능과 의미가 무엇인지, 기존 유형과 어떻게 다른 것인지에 대한 설명이 있어야 할 것이다. 그것은 분명 '기존 질서를 재건하는 영웅 이야기'는 아닐 것이다. 그렇다면 그것은 본래의 지하대적퇴치설화와는 거리가 있는 다른 설화군이라 해야 온당하다.

여기서 〈구양흘〉 이야기에 대해 간략히 언급하면, 〈구양흘〉 이야기는 〈최고운전〉에 영향을 준 것으로 여겨진다. 둘을 비교하면 〈구양흘〉 이야기는 납치된 여인에 의해 뛰어난 인물이 출생한다는 점에서는 〈최고운전〉과 같지만, 납치된 여성의 역할이 축소된 것이나 지하대적에 해당하는 白猿이 자신의 내면을 길게 진술하는 것, 白猿이 태어난 자손을 잘 길러달라는 부탁을 하는 등 향유자에 따라 동일시가 가능하도록 일정 부분 긍정적인 측면을 열어놓았다는 점에서 〈최고운전〉과 다르다. 이런 차이는 〈최고운전〉 작가의 미적 감식안에 의해 선별되어 소설로 창작되는 과정을 거친 것이라 할 수 있다. 이런 구체적 차이와 의미는 본고의 범위를 넘어서므로 자세한 것은 지면을 달리해 논하겠다.

16) 여성이 자신의 넓적다리를 보여주며 '헐미'를 내서 잠자리를 피했다고 말하는 화소나, 지하대적이 암컷이었다는 서술을 부가하는 것 등이 있다.

이 기득권을 가지고 있는 고위 신분이라는 점이나 처녀가 아닌 유부녀까지 있다는 점을 생각하면, 이들이 잡혀가서 당하는 성관계는 능욕의 문제가 되며, 이는 기존 질서를 모욕·훼손하는 행위이다. 이렇게 지하대적이 여성을 납치해가는 목적은 기존 질서를 혼란시키려는 것이지, 자신의 자식인 다음 세대 출산을 위한 방편이 아니다.

무엇보다 '최치원'처럼 특출한 다음 세대 생산을 위한 성이라고 보기에는 잡아간 여성들이 너무 많다는 것도 문제가 된다. 특정 여성으로 한정되는 것이 아니라, 지속적으로 다수의 여성이 납치되었다는 것은 확실히 쾌락과 모욕·훼손의 문제와 연결됨이 분명하다. 아울러 지하대적이 많은 재물을 빼어간 것도 기존 질서의 붕괴를 초래하는 행위로 기능하는 것이다. 결국 지하대적이 '부녀자'와 '재물'을 빼어가는 행위는 기존 질서를 능욕·훼손하는 행위이지, 새 세대를 출산하기 위한 방편이라고 할 수 없다.

이렇게 볼 때, 최치원설화는 지하대적퇴치설화와 꽤 다름을 알 수 있다. 설화전승자들은 모두 '최치원이 금돼지의 아들'이라는 점을 인정한다.[17] 이것은 중요한 지점인데, 결국 부인과 지하대적인 금돼지와의 성관계가 있었다는 것으로, 결국 부인이 퇴치되어 마땅한 지하대적을 부정하지 않았다는 것이고, 그런데도 구원받았으며, 나아가 그렇게 출산한 다음 세대인 최치원이 특출한 인물이라는 점에서, 지하대적인 금돼지를 부정적으로 보아야하는지에 대한 시각에 혼선이 빚어진다.[18] 옳고 그름이 분명한, 그래서 지하대적은 퇴치되고 그에 동조했던 부잣집 딸 역시

---

17) 소설의 경우 이 점을 '최충의 처가 임신한 이후 금돼지의 변을 당했다'는 것으로 우회하고 있다. 하지만 설화는 모두 최치원이 금돼지의 자식이라는 점을 분명하게 언급한다.

18) 이런 혼선은 여기에 지하대적퇴치설화만이 아닌 야래자설화가 혼재되어 있기 때문이다. 이 두 설화가 어떻게 조합·확장되었는지에 대한 것은 지면을 달리해 심도 있게 논할 것이다.

버림받는 명쾌하고 분명한 지하대적퇴치설화와 일정한 거리가 있다.

이렇듯 최치원설화는 지하대적퇴치설화가 가지고 있는 의미와 기능에서 일정 부분 벗어난 설화이다. 최치원설화를 지하대적퇴치설화로 함께 묶어 보는 것은 온당치 않은 것 같다.

3. 〈최고운전〉과 최치원설화의 선후관계

앞의 논의를 통해 최치원설화는 지하대적퇴치설화와 어느 정도 거리가 있는 설화임을 알았다. 그렇다면 민간에 전승되는 최치원설화는 어떤 설화인지, 어떻게 발생해서 전승된 것인지가 궁금해진다. 훌륭한 인물의 탄생담이 꽤 많이 다양하게 전해지는데도 불구하고, 유독 최치원에 대한 이야기만은 최치원설화로 묶을 수 있을 정도로 강한 결속력을 보이고 있다. 이는 분명 규명해야 할 문제이다.

여기서 우리가 주목할 것이 최치원설화가 소설 〈최고운전〉의 최치원탄생담의 내용과 같다는 점이다. 물론 설화인 최치원설화는 다양한 각편의 변이가 있기에 〈최고운전〉과 완전히 부합하는 것에서부터 조금 떨어진 것까지 약간의 편폭이 있기는 하다. 하지만 최치원설화로 묶을 수 있는 모든 설화가 최치원탄생담과 유사함은 분명하다.[19]

소설의 일정 대목과 설화가 동일하다면, 우리가 추측해 볼 수 있는 경우는 다음 두 가지라 하겠다.[20]

---

19) 설화 각편에 따라 탄생담 부분만이 아니라 〈최고운전〉의 다른 부분인 파경노 화소, 중국에서 낸 문제 풀이 화소 등 소설 끝부분까지 전부가 있는 경우도 있다.

20) '설화→소설→설화'의 가능성이 제기될 수도 있다. 하지만 최치원탄생담과 최치원 설화가 동일하다는 점을 감안한다면, '설화→소설' 또는 '소설→설화'의 경우 중 하나에 포함된다 할 수 있다.

<가설1> 설화 → 소설 : 최치원설화가 <최고운전>의 최치원탄생담으
　　　　　　　로 삽입
<가설2> 소설 → 설화 : <최고운전>의 최치원탄생담이 최치원설화로
　　　　　　　전해짐

가설1의 경우는 최치원설화가 독립적인 하나의 완결된 설화로 존재
하고 있었는데 그것이 <최고운전> 작가에 의해 텍스트 속에 삽입되었
다는 설명이다. 이 가설에는 몇 가지 선결해야 할 문제가 있다.

ⓐ 최치원설화가 <최고운전>보다 앞서 전승되어 있었다는 사실 규명
ⓑ 최치원설화에 다른 설화가 섞여 있다는 지적에 대한 대안
ⓒ 최치원설화에 '금돼지', '녹피' 등 명시적인 것이 바뀌지 않고 강한 결
　 속력을 갖는 이유 설명
ⓓ 최치원설화 각편 중에 허구적 공간인 '문창현'이 나오는 이유 해명

ⓐ의 경우는 가장 중요한 사실이면서도 가장 확인하기 어려운 사실
이다. 소설의 창작시기는 어느 정도 가늠할 수 있지만, 설화는 그렇지
않다. 설화의 채록 시기가 근대이긴 해도 그 설화의 발생시점은 가늠할
수 없는 먼 옛날일 수도 있기 때문이다.
　하지만 다행히도 ⓐ의 경우에 대해 어느 정도 방증할 수 있는 단서가
있다. 바로 『효빈잡기(效顰雜記)』의 기록이다.
　고상안(高尚顔 : 1553~1623)이 젊은 시절에 보령 군수 김황(金滉)이 내
보여준 소설 <최문창전(崔文昌傳)>[21]을 보고 매우 신기해하며, 금돼지
문제에 관해 관심을 표했는데,[22] 이를 보면 적어도 젊은 고상안이 <최
고운전>을 보았던 1579년 이전에는 금돼지 이야기가 널리 퍼져 있는

---

21) <최고운전>의 이본으로 여겨진다.
22) 김현룡, 앞의 논문, 1998, 8쪽 참조.

설화가 아니라는 것을 알 수 있다. 또, 말년의 고상안이 『효빈잡기』에
이 일화를 기록하면서, 당사(唐史)를 열람하다 깨달았다며 〈백원전(白猿
傳)〉의 효빈이라고만 지적했는데, 이를 통해 그가 늘그막까지 '최치원
이 금돼지의 자식'이라는 이야기를 민간에서 들어보지 못했다는 것을
알 수 있다. 그런 이야기를 들었다면 그에 대해 언급했을 것이다. 그때
까지 금돼지가 최치원을 낳았다는 이야기를 김황이 보여준 소설 외에서
는 보지도 듣지도 못했기에, 굳이 당사를 열람하다 깨달았다는 이야기
를 끌어들여 설명한 것이다. 이렇게 보면, 고상안이 얼마나 넓은 견문을
가지고 있느냐는 문제는 차치하더라도, 그의 경우에 소설 〈최고운전〉
에서 처음 '최치원이 금돼지의 자식이다'는 것을 읽었지, 민간에서 전승
되는 설화에서 들은 것이 아니라는 것이 확실해진다. 조금 더 나간다면,
〈최고운전〉이 출현하기 전에는 민간에 그런 설화가 전승되지 않았다
고도 추측해 볼 수 있다.23) 비록 정황 증거이긴 하지만, 만약 〈최고운
전〉보다 최치원설화가 후대의 것이라면, '소설 → 설화(가설2)'일 가능성
이 더 높다 하겠다.

ⓑ의 경우는 어느 정도 연구자들에 의해 간접적으로 지적되어 온 사
실이다. 앞서 말했듯이 최치원설화와 〈최고운전〉의 최치원탄생담이 동
일하다. 선행 연구 대다수가 〈최고운전〉의 최치원탄생담에 대해 야래
자설화, 지하대적퇴치설화, 관부요괴설화(아랑형 설화)의 영향을 논했는
데, 그렇다면 결과적으로 선행 연구들은 모두 최치원설화가 야래자설화
와 지하대적퇴치설화의 영향관계에 있음을 간접적으로 언급한 셈이다.

---

23) 고상안은 『效矉雜記』에서, 〈최고운전〉이 〈白猿傳〉의 효빈이라는 지적을 하면서
"금돼지 이야기는 사건 꾸미기 좋아하는 사람들에 의해 나왔다"(김현룡, 앞의 논문,
4쪽에서 재인용)고 했다. 〈최고운전〉의 창작에 대한 그의 생각이다. 그의 논평이 얼
마나 날카로운지는 관점에 따라 다를 수 있지만, 의미 있게 받아들여야 할 것 같다.

즉, 최치원설화가 <최고운전>보다 선행하려면, 지금 우리가 향유하듯 최치원설화 그대로의 단독적 형태로 발생·전승되고 있었다는 말이고, 그렇다면 그것은 최치원설화가 발생에서부터 앞서 언급한 여러 설화들의 조합에 의한 설화라는 말이 된다. '과연 여러 설화가 합해진 설화가 출현하는 것이 가능하냐?'는 질문에서부터 '그렇게 발생한 최치원설화의 의미와 기능은 무엇이냐?'까지 다양한 질문이 이어지지 않을 수 없다.

최치원설화가 다양한 설화가 결합된 형태라면, 그것이 설화로 시작되었다기보다는 일정한 목적을 가진 특정 작가에 의해 의도적으로 창작된 것일 가능성 쪽에 더 무게가 실린다. 더욱 <최고운전> 작가는 이 최치원탄생담 말고도 <최고운전> 텍스트 전반에 상당수의 설화들을 삽입하여 의도적으로 조합·변용을 꾀하고 있기에 더욱 그렇다.[24]

ⓒ의 경우는 최치원설화가 상당히 공고한 결속력을 보이고 있음에 대해 해명이 필요하다는 점을 지적한 것이다. 설화는 그 기능을 유지하는 한, 각 시기와 지역에 따라 명시적으로 드러나는 것들이 편차를 보이는 것이 일반적인데[25] 최치원설화는 그렇지 않기 때문이다. 다시 말하면, 설화 전승에서 중요한 것은 화소의 기능이지 표면에 드러나는 것이 아니다. 표면적인 것은 기능을 유지하는 한, 지역과 상황에 따라 쉽게 바뀐다. 앞서 지하대적퇴치설화에서 보았듯이 딸이 공주가 되기도 하고 부인이 되기도 하고, 한량이 선비가 될 수도 있고 무사가 될 수도 있다. 그렇게 시대와 지역에 따라 변이하는 것이 자연스러운 것이다. 그런데 최치원설화는 전승되면서 향유층의 시공간적 상황에 따라 다양하게 유

---

24) 최치원탄생담 이외의 부분에서도 다수의 설화가 적용되었음은 정병욱에서 시작된 초기 연구부터 줄곧 지적되어 온 사실이다.

25) 프로프는 민담을 구성하고 있는 요소의 '기능적 측면'이 민담 구성의 핵심임을 강조하고, 이를 통해 유형화를 꾀했다. 이때 중요한 것은 명시적으로 드러나는 양상이 아니라 그 기능을 담당하는 핵심 요소이다. 블라디미르 프로프, 앞의 책, 1987, 24~72쪽.

동하는 것이 아니라 특정 내용은 고정된 모습을 유지한다. 지하대적은 꼭 '금돼지'이고 그를 퇴치하는 방법도 언제나 '녹피(鹿皮)를 붙여 죽이는 것'이며, 탄생하는 인물도 항상 '최치원'이다. 이렇게 표면적이고 명시적인 것이 크게 바뀌지 않고 전승되는 것은 그 이야기가 명시적인 것까지 구속할 정도로 강한 결속력을 가지고 있다는 것이다. 즉, 뭔가가 강하게 잡아매는 구심점 역할을 하고 있는 것이다.

구심점이 될 만큼 확고한 것, 금돼지와 녹피처럼 명확한 것까지 분명하게 규정하고 있는 것은 기록으로 된 텍스트일 가능성이 높다. 최치원설화의 경우 소설 〈최고운전〉이 그 역할을 했을 것으로 보인다. 구비전승되는 최치원설화가 기록으로 전승되는 〈최고운전〉의 텍스트 때문에 기록된 범위에서 크게 벗어나지 못하고 고정화된 것이다. 설화 중에, 출생과 금돼지 퇴치는 물론 파경, 혼인, 석함 문제, 중국 활동 등까지 거의 소설의 전 부분과 유사한 각편이 있을 정도다. 이는 분명 '소설 → 설화(가설2)'의 방향으로 수수관계가 있었음을 의미한다.

최치원설화가 소설에서 시작되었다고 해도, 이후 최치원설화는 설화로 전승되었기에 모든 요소가 언제나 완벽하게 소설의 내용과 일치하는 것은 아니다. 사슴 가죽이 노루 가죽 정도로 바뀌는 편폭이 있기 마련이다. 여기서 한 가지 눈여겨 볼 것이 있는데, 바로 최충이 부임하는 고을의 지명이다. 설화가 〈최고운전〉처럼 '문창(文昌) 고을'인 경우도 있지만,26) 다른 지명인 경우가 대다수다. 이는 설화가 전승되면서 지역적 기반에 영향을 받아 바뀐 것이다. 금돼지 굴이 있다는 근거를 들면서 자기 고장을 말하는 경우가 꽤 많은데, 특히 평북 철산(鐵山)이나 전북 옥구(沃溝)처럼 구체적인 지명이 나타나기도 한다. 물론 해당 지역에서 최치

---

26) 한석수, 앞의 책, 1989, 237~239쪽 자료 참조.

원설화가 발생한 것은 당연히 아니다.[27]

숭앙받는 최치원이 자기 고장 사람이라는 것을 드러내기 위해 설화의 지명을 자기 고장으로 바꾸었다는 것을 생각하면, 역시 '소설 → 설화(가설2)'의 근거가 됨을 방증할 수 있다. 철산, 옥구처럼 구체적인 지명 외에도 '문창 고을'이 나오는 각편이 있기 때문이다. 실제 현실에 문창 고을이 존재하고 그곳에서 전승되는 설화라면 문제가 없겠지만, 실상은 전혀 다르다. 왜냐하면 최충이 부임한 '문창(文昌)'은 <최고운전> 작가가 '문창후(文昌侯)'였던 최치원에서 착상해서 창조해낸 가상의 공간이기 때문이다. 즉, 지역적 기반에 아무 상관없는 '문창 고을'이 설화 각편에 보이는 것은 소설에 '문창 고을'이라 되어 있기 때문이다.

<최고운전>의 최치원탄생담이 설화로 전승되었음(가설2)은, 소설 <최고운전>의 내용을 사실(史實)처럼 받아들였던 것에서도 어느 정도 찾을 수 있다. 소설 향유자들은 <최고운전>의 등장인물 나 씨(羅氏)를 최치원의 진짜 처로 생각했다. 그래서 『경주최씨대동보』에 "羅州 羅氏 承相 業의 딸"로 올릴 정도였다. 신라 관직명에 승상(承相)이 없고, 그렇기에 근본적으로 '나업(羅業)'이란 승상은 존재할 수 없다[28]는 것 등은 전혀 개의치 않았다. 이렇게 작가가 창조한 캐릭터 '나업'을 실존인물로 여길 정도로 향유자들은 <최고운전>의 이야기를 진실처럼 받아들

---

27) 여러 사료와 전승되는 설화들을 중심으로 최치원을 沃溝 출신으로 보는 것이나(최삼룡, 앞의 논문, 1985, 815~831쪽), 지명을 거론하며 민간적·무속적 담론 층위에서 형성되었다고 논한 것(정출헌, 앞의 논문, 2002, 39~45쪽)이 타당성을 얻으려면 우선 논거로 활용한 각종 사료들이 소설 <최고운전>의 창작 연도보다 선행한다는 것을 논증해야 할 것이다. 또한 최치원이 두 군데서 동시에 출생할 수는 없는 노릇이므로, 비록 최치원설화가 鐵山이나 沃溝 둘 중에 한 곳에서 발생했다 해도 둘 중 한 곳의 전승은 설화적 변용인 것이 분명하다. 아울러, 최치원이 鐵山, 沃溝 출신이 될 수 없음에 대해서는 한석수가 이미 명쾌하게 논증했다. 한석수, 앞의 책, 12~18쪽 참조.
28) 한석수, 앞의 책, 1989, 138~142, 207쪽.

였다. 이런 분위기 속에서 소설에서 파생된 최치원설화가 강한 구심력을 갖는 소설 텍스트에 맞춰 전승하게 되었던 것이다.

소설을 향유한 자들에 의해 소설이 회자되면서 민간에서 소설의 내용이 설화로 전승되는 경우는 이 〈최고운전〉의 경우 외에도 꽤 있다. 〈콩쥐팥쥐〉, 〈박씨전〉 같은 작품은 물론, 〈옥루몽〉처럼 특정 작가의 창작이 분명한 작품까지 구비 전승되고 있음을 구체적으로 확인할 수 있다.[29]

이상의 논의를 통해 보면, 최치원설화가 〈최고운전〉에 삽입된 것(가설1)이 아니라, 오히려 〈최고운전〉을 향유한 자들에 의해 최치원설화로 파생되었을(가설2) 가능성이 훨씬 크다는 것을 알 수 있다.

4. 결론 : 앞으로의 과제

같은 서사 장르에 속하는 설화와 소설은 오랜 인연을 맺고 있는 장르이다. 보통 설화를 소설보다 못한 장르처럼 인식하는 통념에 기반한, 발전론적 사고에 따라 설화가 소설에 영향을 주었다고 생각하기 쉽다. 이렇게 설화가 소설에 영향을 주었다는 생각이 확대되어 고정된 '설화의 소설화' 같은 관념은, 그래서 설화의 설화다움과 소설의 소설다움을 탐색하는데 장애가 되는 경우가 종종 있다. 실제로 대부분의 경우 설화가 소설에 영향을 주었을 테지만 꼭 그렇게 한 방향으로만 진행된 것은 아닌 것 같다. 본고에서는 〈최고운전〉의 최치원탄생담과 최치원설화를

---

29) 〈콩쥐팥쥐〉는 『韓國口碑文學大系』1-4권 786~789쪽, 1-9권 246~252쪽, 1-9권 460~466쪽 등 '441-1유형', 〈박씨전〉은 1-7권 912~915쪽 등 '231-5유형', 〈옥루몽〉은 8-9권 544~562쪽 참조.

통해 이런 점을 살펴보았다.

크게 두 가지 점인데, 우선 <최고운전>의 최치원탄생담과 동일한 내용으로 되어 있는 최치원설화를 검토해 보았다. 그동안 최치원설화를 별다른 검증 없이 지하대적퇴치설화와의 유사성으로 인해 지하대적퇴치설화로 묶었다. 하지만 최치원설화는 지하대적퇴치설화라 하기 어렵다. 기존 사회 질서를 훼손하는 지하대적을 퇴치하는 영웅 이야기인 지하대적퇴치설화는 2세 출현이 있을 수 없기 때문이다. 납치된 여성이 부정적 존재인 지하대적에게 굴복해서는 안 되기 때문이다. 더욱 최치원처럼 뛰어난 인재를 출산한다는 것은 지하대적이 긍정적 존재로 기능할 수도 있음을 암시하는 것이어서, 지하대적퇴치설화가 지니고 있는 분명한 의미망을 훼손한다.

다음으로 <최고운전>의 최치원탄생담과 최치원설화의 선후관계에 대해 검토해 보았다. 고상안의 『효빈잡기』를 통해 <최고운전>이 최치원설화보다 먼저 출현했을 가능성과, 최치원출생담/최치원설화에 여러 설화가 영향을 주었다는 사실, 소설에서나 가능한 '금돼지', '녹피', '문창고을'과 같은 명시적인 것들이 설화에서도 그대로 이어진다는 점 등을 통해 소설 <최고운전>을 향유했던 사람들에 의해 최치원설화로 민간에서 전승되었을 것으로 판단했다. 아울러 <최고운전>을 사실처럼 받아들였던 당시 정황도 확인했다.

본고의 이런 두 가지 검토 결과는 향후 이루어질 <최고운전>의 작가의식과 창작 방법 문제와 깊이 연관된다. 최치원탄생담이 지하대적퇴치설화가 아니지만 유사하게 구성되어 있는 것이나, 창작된 최치원탄생담이 민간에서 설화로 유통하게 된 것은, 모두 소설 <최고운전>의 작가가 특정 목적에 의해 창의적으로 소설을 창작해낸 결과에 기인한다.

거듭 말하지만 최치원탄생담이 지하대적퇴치설화가 아닌 것은, 앞선

연구자들의 지적처럼 소설의 해당 부분이 지하대적퇴치설화와 야래자
설화, 관부요괴설화가 조합된 형태이기에도 그렇다.[30] 이들 여러 설화
들이 어떻게 소설 속에 조합하게 되었는지(창작 방식)와 그렇게 설화들을
소재로 조합한 이유(작가 의식)에 대해서는 보다 면밀한 검토가 필요하지
만,[31] 일단 이들 설화가 조합된 것이 최치원탄생담이라면 결코 최치원
탄생담은 그 원천소재의 하나인 지하대적퇴치설화로 분류될 수 없다.
그런 분류는 논리적 결함을 일으킨다. 조금 유보해서 최치원설화를 지
하대적퇴치설화의 확장형으로 이해하는 시각을[32] 인정한다 해도 문제
는 여전하다. 그런 확장형이 생긴 이유는 무엇인지, 어떻게 해서 생긴
것인지, 그런 확장형의 의미망은 분명 원형이라 할 수 있는 지하대적퇴
치설화의 의미망과 충돌하는데 그것을 어떻게 이해할 수 있는지, 그리

---

30) 필자는 관부요괴설화에 대해서는 기존 논의와 생각을 달리한다. 관부요괴설화는 官
府에 나타난 원혼을 신원해 주는 것이 주된 내용인데, 최치원탄생담에는 원혼도, 신원
도 존재하지 않기 때문이다. 단지 관부에 정체 모를 존재가 나타난다는 것만을 들어
동질적이라고 보는 것은 온당치 않은 것 같다. 이에 대한 자세한 논의는 〈최고운전〉
의 작가 의식과 창작 방법을 분석하는 후속 연구로 미룬다.

31) 이에 대한 가장 주목할 연구는 박일용(앞의 논문, 1999, 145~176쪽)이다. '문제적
인물로서 최고운의 삶이라는 거시축과 그것을 구성하는 세부 화소들과의 의미 교합
양상을 정합적으로 해석해내어 작가 의식과 연결시킨 것'이나 '최고운의 탄생담을 지
하국대적퇴치설화보다는 야래자설화에 가까운 것'으로 해석해낸 점, '지하국대적퇴치
설화와 야래자설화는 대극적 성격을 지녔다'고 명쾌히 분석한 점, 작가가 '민담적 성
격의 지하국대적퇴치설화와 전설적 성격의 야래자설화를 결합시켜 질적 전환을 이룩
하였다'는 점 등은 타당한 분석으로, 필자 역시 동의한다. 하지만 야래자설화와 지하
대적퇴치설화의 결합 양상을 보다 면밀히 분석해내는 데까지 나가지 못했다는 아쉬움
이 있다. 그래서 작품에서 최치원이 보여주는 일련의 행동을 야래자설화가 아닌 지하
대적퇴치설화와 유사한 것으로 본 점이나, 최치원 실패의 근본 원인을 추적하는 등에
서 좀 더 논의할 부분이 있다고 생각한다.

32) 대부분의 연구자들은 지하대적퇴치설화와 최치원설화의 차이를 인지해 따로 분류했
다. 이를 '확장형'이란 명칭을 사용해 구분한 연구도 있고 그렇지 않은 경우도 있지만,
따로 분류했다는 것만으로도 두 설화의 일정 부분 간격을 충분히 인식하고 있음이
분명하다.

고 그렇게 의미망이 충돌하는 것을 확장형으로 볼 수 있는지 등에 대해 해결해야 한다.

이는 최치원설화에 지하대적퇴치설화만이 아닌 야래자설화가 결합되어 있기 때문이다. 이 점은 앞서 지적했듯이, 최치원설화가 최치원탄생담과 동일하므로 앞선 연구자들의 지적과 맥을 같이 하는 것이다. 그간의 문제는 <최고운전>의 최치원탄생담에 대해서는 여러 설화가 개입했다고 지적하면서도, 최치원탄생담과 동일한 최치원설화에 대해서는 단순히 지하대적퇴치설화의 한 유형으로 분류한 점이다.[33]

여기서 자연스레 이어지는 것은, 이런 최치원설화는 과연 민간에서 설화로 발생한 것이 우선이냐의 문제이다. 본고의 검토 결과와 달리, 최치원설화가 설화 형태로 소설보다 먼저 존재했다고 한다면 <최고운전>의 작가가 이 설화를 그대로 작품 속에 수용한 것이 된다. 만약 그렇다면 지하대적퇴치설화와 야래자설화가 결합되어 있는 최치원설화에 대해 문학사적으로 새롭게 조망해야 할 필요가 생기는데, 완결된 특정 설화들이 상호 결합하여 다른 특정 설화를 만들어냈다는 것은 주목할 만한 것이다. 과연 민간에서 전승되면서 두 설화가 결합하여 하나의 독창적인 설화가 탄생할 수 있는 것인지, 그 결과로 만들어진 설화가 분명하게 '금돼지', '최치원', '녹피' 등의 명시적인 것을 간직하게 되는 것인지 등 의문이 이어진다. 필자는 앞서 검토한 바와 같이 소설의 최치원탄생담이 설화의 최치원설화보다 먼저라고 생각한다. 이는 특정 작가가 <최고운전>을 창작하면서 여러 설화를 소재로 가져와 의도적으로 조합했다고 보는 것이다. 이런 시각은 <최고운전>의 최치원탄생담 대목

---

33) 여기서 '얼마나 <최고운전>의 최치원탄생담과 최치원설화가 相似한가?'의 문제가 불거질 수 있는데 이에 대해서는 한석수를 비롯한 앞선 연구에서 정치하게 비교했다. 한석수, 앞의 책, 1989, 35~188쪽 참조.

외에도 다른 대목에 수다한 설화들이 이용되었다는 것을 볼 때 더 합리적이고, 특정 작가의 의도적 조합이 민간에서 자연발생적으로 합해지는 것보다 더 공고하고 명확할 거라는 생각에서다. 그래서 '금돼지', '최치원', '녹피' 등이 힘 있게 살아남았다고 본다.

이런 점들은 모두 〈최고운전〉의 작가 의식과 창작 방법을 검토하는 것을 통해 드러날 것으로, 본고에서 검토한 결과를 보다 분명히 할 것으로 생각된다.34)

비록 〈최고운전〉이 설화로 전승되면서 최치원설화가 되었다는 점을 본고의 검토를 통해 확인했지만, 그렇다고 해서 모든 설화의 연원이 소설과 같은 고정적 텍스트일 수는 없고, 본고의 주장 역시 그 점을 지적하는 것은 아니다. 대부분의 경우 설화가 소설보다 먼저 발생했음이 분명하고, 설화가 소설에 영향을 주는 것이 일반적으로 일어나는 일이다.

하지만 설화가 언제나 소설보다 선행하고, 그 설화가 소설에 영향을 주었다는 고정관념은 자칫 서사문학의 거대한 흐름 속에 파묻힌 의미 있는 진실을 놓치게 만들 수 있다. 면밀한 텍스트 분석과 검증을 거치지 않은 거대한 담론은 우리 서사문학의 중요한 지점을 너무 범박하게 만들 우려가 있고, 그것은 그대로 우리 문학을 오늘에 되살리는 데 장애가 될 수 있다. 우리 문학의 미적 특질을 밝히는 일은 한순간에 이루어지는 일은 아니다. 하지만 이렇게 구체적이고 작은 논의를 통해 접근하다보면 언젠가 그 본질이 드러날 것이라 생각한다.

앞으로 〈최고운전〉의 작가가 어떻게 여러 설화들을 조합·변용시켜

---

34) 최치원출생담이 왜 지하대적퇴치설화와 유사하게 되었는지, 왜 신이한 탄생담 정도의 단순 서술이 아니라 복잡한 구조를 지니게 했는지 등에 대해서는 보다 면밀한 검토가 필요하다. 그것은 여러 설화들을 〈최고운전〉 작가가 어떻게 활용했는지를 밝히는 작업이 될 것이다. 이런 〈최고운전〉의 작가 의식과 창작 방식을 탐색하는 것은 본고의 논지를 벗어나므로 지면을 달리해 논하도록 하겠다.

<최고운전>을 창작했는지, 그 의도와 의미는 무엇인지를 규명해야 할
것이다. 제대로 밝혀낼 수만 있다면 <최고운전>의 최치원탄생담과 최
치원설화의 의미가 더욱 자세히 드러날 것이다. 이는 이후의 과제이다.

〈최고운전〉의 원천소재 활용 양상과 '의미 겹침'으로서의 소설

1. 서론

여러 설화가 수용되었지만, 〈최고운전〉[1]이 '소설'이라는 점에는 별다른 이론이 없을 듯하다. 하지만, '왜 소설인가?'라는 물음에 답하기는 쉽지 않아 보인다. 이 질문에 우선 떠오르는 대답은 허구성이다. 금돼지가 사람을 낳고 선녀가 젖을 먹여 기르며 용이 인간 모습으로 변신하는 등과 같은 일이 현실에선 불가능하므로, 역사적 실존 인물 최치원과는 별개의 꾸며낸 이야기라고 답할 수 있다. 이렇게 꾸며낸 가공의 이야기이므로 소설이라고 말한다면 틀린 것은 아니다. 하지만 정곡을 짚었다고 하기에는 부족하다. 허구성만으로는 설화와 또렷이 구별되지 않기 때문이다. 설화를 허구적으로 받아들이는 향유층이 있을 수 있고,[2] 소

---

1) 이본에 따라 다양한 제명이 있지만, 가장 일반적인 '〈최고운전〉'으로 통칭한다. 대본은 先本인 『신독재수택본전기집』에 있는 〈崔文獻傳〉을 사용한다. 정학성, 『역주 17세기 한문소설집』, 삼경문화사, 2000, 57~127쪽 참조.
2) 설화를 신화, 전설, 민담으로 나누면 각기 신성성, 진실성, 흥미성을 그 미적 기반으로 한다고 할 수 있다. 이때 민담은 쉽게 소설의 허구성과 만나게 된다. 또한 신화와 전설이 후대로 전승되면서 그 발생적 의미가 퇴색하여 신성성과 진실성을 상실하게 될 경우 민담과 구별되지 않는다. 그러므로 발생 시점에서 상당히 멀어진 설화들은 향유층에게 쉽게 허구적으로 받아들여지곤 한다.

설을 진실되게 받아들이는 향유층도 있을 수 있기[3] 때문이다.

허구성 문제를 설화의 발생, 소설의 창작 시점에 주목해 살펴보아도 구분하기 어렵기는 마찬가지이다. 설화의 발생 시점의 정황을 살펴보면, 설화는 결국 특정 상황이나 사건을 해독(decoding)한 통역(interpretation) 이고 번역(translation)이라 할 수 있다. 그 신성하고 경이로운 것의 핵심을 풀어내, 전달하는 중계자 역할을 설화가 담당하게 되므로, 설화는 필연적으로 매체 변환에 따른 변화가 일어난다.[4] 즉, 신성하고 진실된 것을 전달하기 위한 노력에도 의도치 않은 창작적 요소가 끼어들 수밖에 없다. 반대로 허구성이 바탕인 소설도 작가가 창작할 때 무조건 거짓을 만들어내려는 것은 아니다. 어떤 의미 있는 진실을 말하려는 의도에 따라 거짓일 수밖에 없는 상상의 이야기를 꾸며내는 것이다. 다시 말해, 허구를 목적으로 허구적 이야기를 만들어내는 것이 아니라, 무엇인가 '어떤 의미(message)'를 전달하겠다[5]는 것이 앞서고, 그 목적을 이루기 위해 허구가 추동될 뿐이다. 결국, 설화와 소설의 허구성은 정도와 의도

---

3) 正史『三國志』보다 <三國志演義>를 진실처럼 받아들이는 세태를 개탄한 일은 조선시대에도 있었지만, 지금도 그와 비슷한 경우가 흔하다. 역사를 소재로 한 소설/드라마에 대해 왜곡 운운하는 비판이 끊이지 않는 가장 큰 이유는 독자/시청자들이 꾸며낸 허구를 진실로 받아들이기 때문이다.

4) 발생 시점에서 볼 때 설화의 구현행위는 태초의 문제, 고대의 생활, 신성한 존재들에 대한 이야기를 전하는 것이다. 그래서 이런 이야기들에는 우주관과 신이나 영웅들의 세계에 대한 설명이 들어 있다. 이때 전달하는 이야기꾼은 자신의 전달 능력을 자랑스럽게 생각하는데, 이런 이야기꾼들의 수준과 상황에 따라 내용이 서투르게 때론 노련하게 전달된다. 즉, 이야기꾼의 이해와 인식, 해석과 전달 능력에 따라 동일한 유무형의 텍스트가 상이하게 전달되는 것이다. 자세한 것은 스티브 톰슨,『설화학원론』, 윤승준·최광식 공역, 계명문화사, 1992, 3~6쪽 참조.

5) 물론 이 '의미(message)'는 엄청난 거대담론에서부터 사소한 사적 사실까지 넓은 편폭의 다양한 스펙트럼을 갖는다. 물론 이 '의미'는 작가의 머릿속 텍스트에서 이루어진 창작을 위한 방향성이지, 창작된 텍스트 속에서 찾아지는 '결과적 의미'와는 다르다. 창작과 해석에는 일정한 간극이 상존하기 마련이다.

에 따라 어느 정도 차이는 있지만 크게 보아 같은 범주 안에 속하는 것이다.

공동창작이냐 개인창작이냐로 설화와 소설을 구분하는 것도 명쾌하지만은 않다. 판소리계소설처럼 쉽게 개인의 창작의식을 말하기 어려운 문제도 있고, 비록 개인이 창작한 작품이라고 해도 기존의 유·무형 텍스트(text)에 직·간접으로 영향을 받은 작가를 과연 창조적 개인으로 볼 수 있느냐는 더 근본적인 문제도 있다.[6] 소설을 창작할 때 이용한 기존의 자료들은 물론이고 세세한 요소들에 이르기까지 모든 것을 작가가 무에서 유로 창조하는 것은 아니기 때문이다.

'자아와 세계의 대결 양상'으로 설화와 소설을 구분해 보는 것이나,[7] '작가의 창작성 및 문식의 가미, 사회 현실의 보다 풍부한 반영'과 같은 특성을 근거를 내세우는 것,[8] '인물과 환경의 구체적 묘사와 서술, 시간의 본질, 섬세하고 내면적이며 고독한 인간상 형상화, 창작의 목적의식, 문체' 등을 준거로 삼는 것[9] 등은 각기 나름의 타당성을 지니고 있지만, 설화와 소설이 명확히 구분되지 않기는 마찬가지다.[10] 예를 들어 '문식의 가미'를 어느 정도까지로 볼 것인지는, 경우와 입장에 따라 제각기 상이하지 않을 수 없다. 이렇듯 어떤 구분이든 실제로 존재하는 현상에

---

6) 텍스트의 상호텍스트성(intertexuality)을 생각하면 이는 자명한 것이다. 김욱동, 「단성적 문학과 다성적 문학」, 『대화적 상상력』, 문학과지성사, 166~181쪽 ; 빅토르 츠매가치·디터 보르흐마이어 편저, 「상호텍스트성」, 『현대 문학의 근본개념 사전』, 류종영 외 공역, 솔, 1996, 209~214쪽 참조.
7) 조동일, 『한국소설의 이론』, 지식산업사, 1997, 66~136쪽 참조.
8) 임형택, 「나말여초의 전기문학」, 『한국문학사의 시각』, 창작과 비평사, 1984, 22쪽.
9) 박희병, 「한국고전소설의 발생 및 발전단계를 둘러싼 몇몇 문제에 대하여」, 『한국전기소설의 미학』, 돌베개, 1997, 58~61쪽.
10) 이에 대해서는 신동흔의 날카로운 지적이 있다. 신동흔, 「설화와 소설의 장르적 본질 및 문학사적 위상」, 『국어국문학』138, 국어국문학회, 2004, 235~276쪽 참조.

대한 규정은 연역적인 일반화이기 마련이고,11) 그렇기에 그 구분의 경
계선은 모호하지 않을 수 없다.

　어떤 의미에서 설화와 구별되는 소설다움을 찾는 하나의 방법은 각
텍스트 실상에서 풀이되어 나오는 구체적 결과들을 좀 더 많이 모아 정
리하는 것이 아닌가 생각한다. 위에서 언급한 준거들 외에도 가능한 새
로운 준거를 더 많이 찾아 정립할수록, 설화와 소설의 구분이 그만큼
분명해지고 두 장르의 독특한 미적 양상이 명확해질 것으로 생각된다.

　본고에서 <최고운전>을 주목하는 이유는 이런 까닭이다. <최고운
전>은 적어도 16세기에는 창작된, 상당히 이른 시기의 작품일 뿐만 아
니라12) 설화가 많이 활용된 소설이기에,13) 설화와 소설의 관계를 살펴

---

11) 장르 문제에는 필연적으로 이런 점이 내재된다. 츠베탕 토도로프, 「문학의 장르」, 『환
　　상문학서설』, 이기우 옮김, 한국문화사, 1996, 99~119쪽 참조.

12) 김현룡은 고상안의 『效顰雜記』를 근거로 <최고운전>이 1579년 이전에 창작되었음
　　을 밝혔고, 박일용은 『話東人物叢記』를 근거로 1392년 이전으로 비정했다. 현재로서
　　는 『話東人物叢記』의 위작 문제가 있기에 1392년 이전 창작설에 대해서는 어느 정도
　　유보해야겠지만, <최고운전>이 적어도 1579년 이전에 창작된 것은 분명한 것 같다.
　　김현룡, 「「崔孤雲傳」의 形成時期와 出生談攷」, 『고소설연구』4, 한국고소설학회,
　　1998, 1~28쪽 ; 박일용, 「<최고운전>의 창작 시기와 초기본의 특징」, 『고소설연구』
　　29, 한국고소설학회, 2010, 85~115쪽 참조.

13) <최고운전>과 설화의 관련에 대해서는 이른 시기부터 활발한 논의가 있어 왔다.
　　정병욱, 「최문헌전(崔文獻傳)에 대하여」, 『한국고전의 재인식』, 홍성사, 1979, 269~
　　278쪽 ; 김현룡, 『韓中小說說話比較研究』, 일지사, 1976, 318~329쪽 ; 민영대, 「崔忠
　　傳 異本研究」, 『한남어문학』7·8, 한남대 국어국문학회, 1982, 17~50쪽 ; 이신복, 「崔
　　孤雲傳에 대하여」, 『한문학논집』1, 근역한문학회, 1983, 57~70쪽 ; 이혜화, 「崔孤雲傳
　　의 形成背景研究」, 고려대학교 석사논문, 1984, 54~98쪽 ; 최삼룡, 「崔孤雲傳의 出生
　　譚考」, 『어문논집』24, 민족어문학회, 1985, 815~831쪽 ; 최삼룡, 「崔致遠의 人物傳說
　　과 崔孤雲傳」, 『고전문학연구』3, 한국고전문학회, 1986, 336~360쪽 ; 한석수, 『崔致
　　遠傳承의 研究』, 계명문화사, 1989, 35~188쪽 ; 박일용, 「「崔孤雲傳」의 작가 의식과
　　소설사적 위상」, 『고전문학연구』16, 한국고전문학회, 1999, 145~176쪽 ; 정출헌, 「<최
　　고운전>을 통해 읽는 초기 고전소설사의 한 국면」, 『고소설연구』14, 한국고소설학회,
　　2002, 39~45쪽 ; 권택경, 「「최고운전(崔孤雲傳)」 연구」, 한국교원대학교 박사논문,
　　2006, 1~298쪽 ; 이종필, 「<崔孤雲傳>의 초기 소설사적 의의에 관한 연구」, 고려대학

보는 데 적절한 것 같다.

그동안 소위 '근원설화(根源說話)'라는 용어와 함께 '설화의 소설화'와 같은 개념이 일반적으로 받아들여졌다. 그러다 보니 설화를 소설에 비해 열등한 것처럼 생각하는 온당치 못한 인상이 드리워졌고, 아울러 설화를 부연·확장하면 소설이 될 거라는 상상적 허위에서 벗어나기 어려웠다. 이는 설화, 소설 모두의 미적 가치를 폄하하는 시각이며 각 장르의 독특한 미의식을 탐색하는 데 큰 장애물이 아닐 수 없다. 설화와 소설은 다른 장르이고, 다름은 결코 우열의 문제로 환원시켜 볼 수 없으며, 한 장르에서 다른 장르로 전환하는 것은 부연·확장처럼 단순한 기능적 과정 이상의 것이다.

본고의 대상인 〈최고운전〉만 놓고 보면, 초기 연구부터 설화와의 관련성에 주목하면서 야래자설화, 지하대적퇴치설화, 관부요괴설화(아랑형 설화) 등 여러 설화의 영향이 거론되었다.14) 의미 있는 성과가 축적되었지만 여전히 풀리지 않는 것이 있다.15) 그렇게 많고 다양한 '근원설화'

교 석사논문, 2006, 1~74쪽 참조.

14) 정병욱이 "10여 개의 독립된 설화가 한데 엉기어 하나의 소설을 이루고 있다"고 지적하며 다양한 설화들을 제시한 이후, 대부분의 연구자들이 이에 동의하고 있다. 정병욱, 「최문헌전(崔文獻傳)에 대하여」, 앞의 책, 1979, 269~278쪽 참조.

15) 가장 주목할 연구는 박일용(「『崔孤雲傳』의 작가 의식과 소설사적 위상」, 앞의 논문, 1999, 145~176쪽)이다. '문제적 인물로서 최고운의 삶이라는 거시축과 그것을 구성하는 세부 화소들과의 의미 교합 양상을 정합적으로 해석해내어 작가 의식과 연결시킨 것'이나 '최고운의 탄생담을 지하국대적퇴치설화보다는 야래자설화에 가까운 것'으로 해석해낸 점, '지하국대적퇴치설화와 야래자설화는 대극적 성격을 지녔다'고 명쾌히 분석한 점, 작가가 '민담적 성격의 지하국대적퇴치설화와 전설적 성격의 야래자설화를 결합시켜 질적 전환을 이룩하였다'는 점 등은 타당한 분석으로, 필자 역시 동의한다. 하지만 야래자설화와 지하대적퇴치설화의 결합 양상을 보다 면밀히 분석해내는 데까지 나가지 못했다는 아쉬움이 있다. 그래서 작품에서 최치원이 보여주는 일련의 행동을 야래자설화가 아닌 지하대적퇴치설화와 유사한 것으로 본 점이나, 최치원 실패의 근본 원인을 살펴보는 것 등에서 좀 더 논의할 부분이 있다고 생각한다.

들이 어떻게 소설 텍스트 형성에 영향을 미쳤는지, 그 추동력은 '설화의 소설화'처럼 자연스레 이루어진 것인지, 그렇게 해서 성취된 것은 무엇인지 등등은 여전히 풀리지 않았다. 세부적으로 말하면, 금돼지는 과연 지하대적인지, 최치원이 실패한 궁극적 이유는 무엇인지, 야래자설화가 영향을 주었다면 어느 부분인지, 지하대적퇴치설화는 또 어떤 영향을 주었는지 등에 대해서 분명한 해석이 필요하다.

　결론을 미리 말하면, 필자는 그렇게 의도했든 의도하지 않았든 근원 설화라는 용어가 함축하고 있는 '설화의 소설화'라는 생각에는 동의하지 않는다. 설화가 차츰 확장·발전하여 소설이 된다는 것도 온당치 않다고 생각한다. 소설에 설화가 활용된 것은, 소설 작가가 자신의 주체적 선택에 의해 해당 설화를 발굴하고, 그 설화를 조작하고 다듬어 자신의 서사에 맞게 배열하고 조직했기 때문이라고 생각한다. 즉, 모두 작가의 의도적 창조성에 기인한다고 본다. 인물, 사건, 배경 등의 소설의 다른 재료들과 마찬가지로, 설화 역시 그것들과 같은 층위에서 작가에 의해 활용된 원천소재의 하나라고 생각한다.

　이런 시각에서, 본고에서는 <최고운전>에 원천소재로 활용된 설화들 중에서 야래자설화와 지하대적퇴치설화를 중심으로 설화의 의미를 분석하고,[16] 그 설화가 '어떻게' 소설 속에서 소재로 활용되었는지를 탐색할 생각이다. 이를 통해 단순한 소재 차원의 이야기들을 모아 놓는다고 해서, 또 그것들을 확대·부연한다고 해서 소설이 되는 것이 아니라, 작가의 창조적 상상력에 의해 전혀 다른 차원으로 구현되어야 한다는 점을 밝힐 것이다. 이런 과정을 통해 설화와는 다른, 소설의 소설다움이

---

16) <최고운전>에 많은 설화가 활용되었는데, 본고에서 이 둘만 한정해서 논하는 이유는 이 두 설화가 가장 중심이 되는 설화이고, 또 다른 설화들과 달리 아직까지 그 실상이 제대로 밝혀지지 않았기 때문이다.

어떤 것인지를 살피게 될 것이다.

2. 원천소재로서의 설화

작가가 설화를 소재로 가져와 자신의 소설에 적용했다면, 그 소재의 의미와 기능에 대해 분명하게 파악했을 것이다. 그렇게 한 후 그 설화가 자신의 주제의식에 적합하다고 판단했기에 소재로 가져와 활용한 것이다. 그러므로 작가가 〈최고운전〉에 설화를 어떻게 적용했는지를 알기 위해서는, 우선 해당 설화의 의미가 무엇인지를 먼저 알아볼 필요가 있다.

그동안의 연구에서 〈최고운전〉의 '최치원탄생담'17)에 활용된 설화를 크게 셋으로 보았는데, 이 중 관부요괴설화(아랑형설화)는 온당치 않은 것으로 보인다. 이 설화는 官府에 나타난 원혼을 신원해 주는 것이 주된 내용인데, 최치원탄생담에는 원혼도, 신원도 존재하지 않기 때문이다. 단지 관부에 정체 모를 존재가 나타난다는 것만을 들어 동질적이라고 보는 것은 옳지 않다.18) 최치원탄생담을 창작할 때 작가가 원천소재로 사용한 설화는 야래자설화와 지하대적퇴치설화 둘이라고 생각한다.

1) 야래자설화

야래자설화는 『삼국유사(三國遺事)』「기이(紀異)」 〈후백제 견훤(後百

---

17) 〈최고운전〉의 서두에 해당하는 부분으로 최충의 처가 금돼지에게 납치되었다가 돌아와 최치원을 낳는 부분까지를 '최치원탄생담'이라 부른다. 소설의 '최치원탄생담'이 민간에서 설화가 되어 전승되었는데 이를 '최치원설화'라고 지칭한다. 이에 대해서는 유광수, 「〈최고운전〉의 설화적 전승과 '최치원설화'의 연원」, 『한국문화연구』39, 동국대학교 한국문학연구소, 2010, 5~29쪽 참조.

18) 여기에 덧붙여 〈최고운전〉보다 관부요괴설화가 선행한다는 것을 입증해야 할 것이다.

濟 甄萱)>조에 실려 있는 견훤탄생담이 대표적인데,[19] 요약하면 다음과
같다.

> ① 딸이 하나 있는데, 밤마다 자줏빛 옷을 입은 남자가 와 동침하고 간
> 다고 말한다.
> ② 딸의 말에 (아버지)는 옷깃에 실 꿴 바늘을 찔러 두라고 한다.
> ③ 다음날 실을 따라가 보니 (지렁이)가 죽어 있었다.
> ④ 딸이 (견훤)을 낳았다.

괄호 친 부분은 설화 각편에 따라 바뀌는 부분인데, 서사에서 기능적
으로는 동일하다.[20] 즉, 바늘을 찔러 두라는 조언을 아버지가 아닌 제3
자가 해도, 야래자의 정체 확인을 위한 기능만 수행하면 상관없다. 마찬
가지로 야래자의 정체는 지렁이 외에도 각편에 따라 다르고, 야래자의
자식 역시 견훤 외에도 다양하게 나타난다. 즉, 야래자설화는 '견훤 같은
인물'의 탄생을 말하는 것으로, 꼭 '견훤'이어야만 하는 것은 아니다.

야래자설화는 정체 모를 존재에 의한 자식 출산이 중심 이야기인데,
야래자가 주로 지렁이같이, 현재적 관점에서 볼 때 폄하되기 쉬운 것들
이기에 논란이 있어 왔다. 이런 상황에 옷깃에 바늘을 꿰는 행위를 야래
자 퇴치로 볼지, 정체 확인으로 볼지도 세부적으로 의견이 갈렸다.[21]

야래자설화를 제대로 이해하기 위해서는, 야래자의 자식이 견훤을 비

---

19) 설화가 기록으로 정착한 시기(13C)가 분명하게 <최고운전>보다 선행하므로 작가가
창작할 때 설화를 사용할 수 있었다는 것을 밝히기 위해 『삼국유사』를 대표한 것이지,
작가가 꼭 이 기록을 원천소재로 사용했다는 것을 말하는 것은 아니다.

20) 프로프는 민담을 구성하고 있는 요소의 '기능적 측면'이 민담 구성의 핵심임을 강조
하고, 이를 통해 유형화를 꾀했다. 블라디미르 프로프 『민담형태론』, 유영대 옮김, 새
문사, 1987, 24~72쪽.

21) 야래자설화에 대한 연구사는 박병완, 「夜來者傳說」, 『설화문학연구』下, 화경고전문
학연구회, 단국대학교 출판부, 1998, 293~316쪽 참조.

롯해 백제 무왕(서동), 청 태조, 평강 채씨(平康 蔡氏)의 시조, 창녕 조씨 (昌寧 曺氏)의 시조 등, 한 나라의 왕이든지 한 가문의 시조(始祖)인 경우가 대부분이라는 점에 주목해야 한다. 즉, 야래자의 자식이 새로운 질서를 창출·개척·구현한 영웅들이었다는 것을 놓치지 않아야, 야래자가 본래 신성한 존재였다는 것과 옷깃에 바늘을 꿰는 행위가 영웅의 신성한 혈통을 확인하는 행위, 즉 야래자의 정체 확인이라는 것을 알 수 있다.

견훤이 현실에서 결국 패배했다는 역사적 사실과, 지렁이라는 동물에 대한 지금의 부정적 시각에서, 야래자의 자식을 폄하하는 것은 온당치 않다. 견훤은 후백제를 건국했고, 당대 민중의 지지를 받아 영향력을 행사한 영웅이었다. 또, 『삼국유사』의 기록도, 전후 문맥이나 '기이(紀異)' 편의 편찬 의도로 볼 때, 견훤을 폄하하는 것이 아니었다. 청 태조의 경우도 마찬가지다. 현재적 관점에서 청 태조를 부정적으로 볼 수는 있지만, 과연 그 설화의 발생 시기에도 부정적이었는지는 섣불리 말하기 어렵다.[22] 특히 특정한 가문의 시조 기원에 대해 야래자설화가 말하고 있다는 것을 감안하면, 야래자나 야래자의 자식을 부정적으로만 볼 수는 없다.[23]

견훤, 청 태조, 각 가문의 시조들과 달리, 누가 봐도 부정적일 수밖에 없는 것이 있다. 바로 무수한 뱀 새끼를 낳는 각편이다. 그 각편 중에는 어떻게 뱀 새끼를 죽이느냐는 화소가 첨가된 것도 있는데, 뱀 새끼를 출산하거나 없애는 것이 모두 그로테스크한 성적(性的) 분위기와 맞물

---

22) 병자호란의 참상을 겪었음에도 불구하고, 그 직후 〈강로전〉, 〈최척전〉, 〈김영철전〉과 같이 청 태조와 태종의 도량을 긍정적으로 그린 작품이 있었음(권혁래, 「동아시아 전쟁의 기억과 후금(後金)·청(淸)의 형상화」, 『한국고소설학회 87차 정기학술대회 논문집』, 한국고소설학회, 2009.11.14, 28~34쪽)을 생각할 때 더욱 그렇다.

23) 그들 가문을 폄하 또는 모욕하기 위해 지어졌다고 보기 힘든 것은 오랜 세월의 전승과 그에 대한 가문 구성원들의 대응 방식을 완전히 도외시할 수 없기 때문이다.

려 있다.24) 이 각편들은 향유자들에게 결코 신성하게 받아들여질 수 없
는데, 이렇게 생각할 때, 이 각편들은 야래자설화의 후대 변이형이라고
할 수 있다.25)

야래자의 정체 역시 지렁이를 비롯해서 뱀, 수달 등처럼 물과 관련된
것들이 대부분이지만,26) 간혹 절구공이나 동삼(童參) 같은 것도 있는데
이도 역시 전승의 신성성이 사라진 후 나타나는 후대의 모습이다.27)

결국 야래자설화는 설화 발생 시점에는 시조 영웅에 대한 신성한 유
래담이었을 텐데, 그것이 후대로 내려오면서 신성성이 퇴색한 자리에
성적(性的) 기표만이 남게 된 것이다.

이 설화의 핵심은 '홀로 있는 여인'이 있고, 그 여인을 찾아오는 '낯선
존재[夜來者]'가 있는데, 이를 통해 결국 '자식을 낳는다'는 것이다. 야래
자 퇴치는 주목적이 아니다. 옷깃에 바늘을 꿰 놓는 것은 퇴치가 아니라
야래자의 정체를 확인하려는 것이기 때문이다. 만약 야래자가 그렇게
쉽게 퇴치된다면 야래자의 자식이 견훤, 청 태조 등과 같이 큰 인물이

---

24) 이물 교혼을 통해 이물을 출산하는 문제는 구연 현장에서 性的 흥분과 연결되기 쉽다.
쥐 변신 설화에서 새끼 쥐를 낳는 각편과 김삼불본 <옹고집전>도 이런 점을 보여준
다. 유광수, 「'쥐 변신 설화'의 소설적 적용과 원천소재 활용 양상」, 『고소설연구』23,
한국고소설학회, 2007, 123~151쪽 참조.

25) 서대석, 「百濟神話 研究」, 『백제논총』1, 백제문화개발연구원, 1985, 40~36쪽 ; 황패
강, 「「夜來者」 說話의 小說的 變容」, 『동아문화』31, 서울대학교 동아문화연구소,
1993, 81~109쪽.

26) 언뜻 생각하면 지렁이는 물과 관련되지 않지만, '지렁이'를 '池龍'으로 본 것이나, 용
과 관련된 龍蛇신앙과 연결되는 것 등을 생각해 보면, 모두 물과 관련이 있다. 그래서
야래자설화를 水神系 신화로 분류한다. 서대석, 앞의 논문, 1985, 40~36쪽 ; 김화경,
「百濟文化와 夜來者 說話의 研究」, 『백제논총』1, 백제문화개발연구원, 1985, 219~
222쪽 ; 조희웅, 「백두산설화와 민간의식」, 『이야기문학모꼬지』, 박이정, 1995, 290~
295쪽 참조.

27) 절구공이와 남성 성기의 유사성이나, 童參과 인간의 유사성이 性的 분위기를 환기시
킨다는 점에서 동일하다.

된다는 것과 어울리지도 않고, 그 야래자의 자식을 살려 놓는다는 것도 어색하다. 야래자 퇴치가 목적이라면 자식까지 죽이는 것이 옳다.[28] 또, 야래자가 금속성의 바늘로 퇴치되는 것이라면,[29] 바늘을 옷깃에 꽂는 순간 죽는 것이 사리에 온당하다. 야래자는 그때 죽지 않고 여인(또는 아버지)은 바늘에 꿴 실을 따라 야래자의 처소까지 가게 되는데, 굳이 이렇게 실을 따라서 야래자 처소까지 가는 화소가 하는 기능은 신비한 영역의 신이한 존재를 찾아가는 것이고, 그것은 존재의 본질을 '아는 것' 이 목적이라는 것을 말해 준다.[30] 엄밀히 말해 바늘과 실에서 중요한 것은 실이지 바늘이 아니다. 바늘은 야래자에게 꽂아서 표를 하기 위한 것일 뿐,[31] 정작 중요한 것은 이 세상과 저 세상을 연결시켜 주는 기능을 하는 실이다. 야래자 정체 확인의 목적도 야래자를 퇴치하려는 것이 아니다. 태어날 존재의 신성성을 이해하기 위한 의도였다.[32] 결국 야래 자설화는 새로운 나라, 가문을 개창할 신성한 영웅의 탄생을 말하는 설

---

28) 그래서 후대 각편에서는 뱀 새끼를 출산하는 것이 대세이고, 그것들을 퇴치하는 방법 이 주요하게 등장하는 것이다.

29) 손진태는 蛇類가 鐵을 무서워하므로 바늘에 찔려 죽는 것이라고 보았다. 손진태, 「甄 萱式傳說」, 『한국민족설화연구』(『손진태선생전집』2, 태학사, 1981, 705~717쪽).

30) 황패강은 "'실'을 '감추어진 진실'을 탐색하는 주요한 도구"로 보았다. 황패강, 앞의 논문, 1993, 102~103쪽 참조.

31) 설화 전승에서 중요한 것은 화소의 기능이다. 기능이 없는 부분은 망실되고 사라지 기 쉽다. 바늘이 아니라 실이 굳이 필요한 것은 실을 따라가서 야래자의 정체를 확인 한다는 기능을 하기 때문이다. 실제로 <최고운전>에서는 바늘은 사라지고 실만 사 용된다.

32) 장덕순은 야래자설화를 탄생이 비정상적이었다는 점, 나라를 세우는 인물로 활약했 다는 점 등에서 이 설화가 왕조기원신화적 성격을 그대로 간직하고 있다고 하고, 신이 나 비범한 인물을 잉태시킨다는 것을 들어 사람들이 지렁이나 뱀 등을 신성스런 동물 들로 인식했다고 보았다. 특히 이들 동물을 풍요와 관련된 존재로 인식하였다며, 야래 자설화를 대지에서 살아가는 인간의 기원을 말해주는 신화들의 변형으로 판단했다. 장덕순, 「韓國의 夜來者 傳說과 日本의 三輪山 傳說과의 比較研究」, 『한국민속과 문학』, 박이정, 1995, 121~139쪽.

화로, 궁극적으로 기존 질서와는 다른 새로운 질서를 구현할 시조(始祖)
가 출현하는 것을 보여 준다.[33]

　이렇게 야래자설화는 현 세계의 기존 질서와는 다른 이질적 질서가
현 세계에 끼어들어와 이질적 질서를 현 세계에 구현하는 이야기인 것
이다. 새롭게 구현될 질서는 태어난 자식이 왕조 또는 가문을 건설하는
것으로 구체화된다.[34]

　결국, 야래자설화는 뭔가가 '와서' 의미 있는 뭔가를 '준다'는 것이 핵
심이다.

2) 지하대적퇴치설화

　지하대적퇴치설화를 세부적으로 더 분류할 수 있지만[35] 기본적인 내
용은 다음과 같다.[36]

---

33) 야래자설화는 궁극적으로 왕조기원신화적 성격을 지닌 '이물교혼에 의한 비범한 인물
　　이나 신의 탄생'이라는 것으로 정리될 수 있다. 박병완, 앞의 논문, 1998, 293~316쪽.
34) 설화에는 그들이 구현하는 질서의 내용이 '왕이 되었다', '~~의 시조다'식의 한두
　　마디로 요약되기에 그들의 활약을 구체적으로 알기는 어렵다. 그렇게 간략하게 요약
　　되는 이유는 이미 그 시조가 이룩한 결과를 당대에 충분히 알기 때문일 것이다. 결국
　　구질서를 타파하고 새롭게 구현된 질서의 연원과 그 신성함을 인정하고 기리는 이야
　　기가 야래자설화인 것이다.
35) 연구자에 따라 다양한 분류를 시도했는데(주명희, 「婦女拉致型 大賊退治說話考」,
　　『韓國古典散文硏究』, 동화문화사, 1981, 21~54쪽 ; 이채연, 「<대적퇴치> 설화의 탐
　　색담적 구조와 의미」, 『한국문학논총』11, 한국문학회, 1990, 225~244쪽 ; 김기창, 「지
　　하국대적퇴치설화 연구」, 『국제어문』18, 국제어문학회, 1997, 23~65쪽) 크게 다르지
　　않다.
36) 지하대적퇴치설화는 전 세계적인 분포를 보이는 설화로 우리나라에서도 널리 퍼져
　　오래전부터 전승되던 것으로(손진태, 「地下國大賊除治說話」, 『한국민족설화연구』
　　(『손진태선생전집』2, 태학사, 1981, 613~639쪽) <최고운전>보다 앞서는 것으로 볼
　　수 있다.

① (한량)이 있다.
② 대적이 (부잣집의 딸)을 납치해 가자, 구해 주는 자에게 상을 내린다고 한다.
③ 한량이 조력자를 만나고 그의 도움을 받아 대적이 있는 지하세계로 간다.
④ (딸의 도움을 받아) 대적을 퇴치한다.
⑤ (부잣집 딸)을 구출하여 귀환하고 그녀와 결연한다.

지하대적을 퇴치하지만 조력자의 배신으로 지하에 갇혔다가 탈출하는 각편도 있고, 잡혀간 딸이 배신하여 딸의 여종과 맺어지는 각편도 있는데, 큰 줄기는 같다.

주인공은 한량, 무사, 선비 등 다양하지만 지하대적을 퇴치하는 영웅적 행동을 하기는 마찬가지다. 납치되어가는 여성도 부잣집 딸, 공주, 부녀자 등 각편마다 다르지만 그녀들이 기존 사회의 기득권을 가진 상층에 속한다는 점에서는 같다. 그래서 그녀들이 납치당하는 것은 그 사회에 큰 해악을 초래하는 문제적 상황이 아닐 수 없다. 또, 잡혀간 여성들이 상당수이고 훔쳐간 금은보화 역시 많은 것으로 보아, 지하대적의 행패는 지속적이고 극심했음을 알 수 있다. 하지만 아무도 이 문제를 해결하지 못한다. 신출귀몰한 대적의 소재는 물론 대적의 정체조차 파악하지 못한다. 그야말로 질서와 기강이 무너질 대로 무너진 혼란 상황이다. 이때 한량이 나타나 대적을 퇴치하고 여성을 구출한다. 한량은 근본적인 문제를 해결하고 훼손된 질서를 바로잡는 영웅인 것이다.

결국, 지하대적퇴치설화는 당대 질서를 어지럽히는 대적을 제거하는 영웅 이야기라고 할 수 있다. 이 영웅은 당대 사회를 위협하는 이질적인 존재를 퇴치하여, 도전받는 기존 질서를 회복하고 공고히 하는 역할을 한다. 이 영웅은 새로운 질서를 창출·구현하는 것이 아니라 기존 질서를 재건·회복하는 기능을 하고, 구해낸 여성과 결합함으로써 궁극적으로 기존 질서에 편입한다. 서사는 이것을 '행복'하다는 것으로 이해한다.

이렇게 행복하게 끝나는 지하대적퇴치설화는 결국, 뭔가가 '어지럽힌 것'을 다시 '되돌리는' 이야기인 셈이다.[37]

3. '의미 겹침'으로서의 소설

설화의 발생 시점의 상황을 생각해보면, 새로운 존재가 이 세상에 나타나 새 질서를 구현하는 야래자설화나, 이질적인 질서의 도전을 성공적으로 물리치고 질서를 회복하는 지하대적퇴치설화나 모두 긍정적으로 받아들여진다. 하지만 후대로 갈수록 야래자설화를 긍정적으로 받아들이기는 쉽지 않다. 이미 구현된 질서에 의문을 제기하며 새로운 질서를 추구하려 하기 때문이다. 이미 체계를 갖춰 안정된 세계 입장에서는 새로운 질서를 도입하려는 움직임을 도전으로 받아들일 수밖에 없다. 하지만 지하대적퇴치설화는 후대로 갈수록 더 의미 있게 받아들여지기 쉽다. 기존 체제를 옹호하는 것이기 때문이다. 이렇게 탈중심적이고 체제변혁적인 야래자설화와 중심지향적이고 체제수호적인 지하대적퇴치설화는 서로 대립되는 지향을 지니고 있다. 그런데 <최고운전>의 작가는 이 둘의 조합을 시도했다.[38]

---

37) 지하대적퇴치설화와 <최고운전>의 '최치원탄생담'과의 관계에 대해서는 필자의 앞선 연구가 있다. 지하대적퇴치설화의 의미를 위와 같이 분석하고, '최치원설화'가 지하대적퇴치설화의 한 유형이 될 수 없다는 점과 <최고운전>의 '최치원탄생담'이 '최치원설화'로 민간에서 전승되었다는 점을 구체적으로 밝혔다. 자세한 것은 유광수, 앞의 논문, 2010, 5~29쪽 참조

38) 박일용은 이를 "민담적 성격을 지닌 지하국대적퇴치설화와 전설적 성격을 지닌 야래자설화를 결합시켜 질적 전환을 이룩함으로써 주인공 최고운의 소설적 대결 형태를

작가가 많은 설화들 중에서 이 두 설화를 원천소재로 활용한 이유는 분명하다. 능력 있는 영웅성의 부각과 동시에 그 영웅성이 부각되면 될수록 필연적으로 실패할 수밖에 없는 이야기를 그려내려 했기 때문이다. 작가는 두 설화를 조합·적용하여 의미를 겹쳐내는 것이 신라 당대의 사회적 한계로 인해 자신의 이상을 실현하지 못하고 끝내 좌절할 수밖에 없었던 최치원의 삶을 효과적으로 형상화할 수 있는 가장 적절한 방법이라고 생각했다. 그렇게, 체제변혁적인 영웅이 당대 사회의 한계에 부딪혀 체제수호적인 세력의 견제와 질시로 패퇴하는 이야기, 〈최고운전〉을 창조해냈다.

1) 소재의 조합·적용

〈최고운전〉의 최치원탄생담은 표면적으로 지하대적퇴치설화의 모습을 띤다. 정체 모를 존재가 부인을 납치해 갔는데, 영웅 최충이 지하세계로 들어가 납치자인 금돼지를 퇴치하고 부인과 함께 귀환한다. 이런 일련의 과정은 지하대적퇴치설화의 구조와 정확하게 일치한다. 가정 내 훼손된 질서를 회복하고 나아가 지속적인 무질서를 초래했던 문창 고을의 숙원을 영웅 최충이 해결한 것이다. 지하대적퇴치설화라면 여기서 서사가 끝난다. 하지만 〈최고운전〉은 여기서부터 시작이라 할 수 있다. 서사는 탄생한 최치원에 주목하여 그의 행적을 따라간다. 또, 지하대적퇴치설화라면 영웅 최충이 부각될 텐데 〈최고운전〉은 그렇지 않다. 최충은 훼손된 질서를 회복한 영웅이지만 결코 영웅처럼 여겨지지 않는다. 그를 비겁하고 옹졸하게 형상화한 작가의 서술 때문이기도 하겠지만, 무엇보다 중요한 이유는 돌아온 부인이 자식, 즉 최치원을 낳기

창출하였다"고 분석했다. 박일용, 앞의 논문, 1999, 156~157쪽.

때문이다. 최충이 부인을 구출해냄으로 기존 질서에 도전해 왔던 문제
는 해결되었다. 당연히 문창 고을에는 더 이상 변이 일어나지 않는다.
기존 세계가 안돈된 것이다. 하지만 문창 고을은 새로운 문제를 안게
되는데, 바로 바닷가에 버린 최치원이 죽지 않고 천녀(天女)들의 도움으
로 살아남기 때문이다. 최충은 고을의 비웃음과 복잡한 역학관계 때문
에 병을 핑계대며 무당을 사이에 넣어 최치원을 데려와 문제를 봉합하
려 하지만, 3살 된 최치원은 최충의 행동을 "잔인하고 각박한 짓"이라
비난하며 집으로 돌아가지 않는다. 결국 최충은 자신의 잘못이라며 탄
식한다. 이것을 끝으로 최충은 서사에서 사라진다. 이런 그에게서 금돼
지를 퇴치하고 부인을 구출해낸, 문창 고을의 변고를 제거한 영웅의 모
습을 찾아보기란 힘들다. 이제 금돼지의 변으로 태어난, 그리고 죽지 않
은 최치원으로 인해 새로운 문제가 연달아 발생한다. 이 문제는 문창
고을을 넘어 나라 전체로 커진다.

거듭된 중국 황제의 시험과 그로 인해 닥쳐오는 시련을 때때마다 최
치원이 나서서 해결하기 때문에, 자칫하면 최치원이 신라를 보호하며
위기를 극복하는 것으로 생각할 수 있지만 그렇지 않다. 이미 기존 세계
는 평화롭게 유지되고 있었는데,[39] 최치원이 탄생함으로써 이 세계 질
서에 균열이 생긴 것이다. 모든 사단은 새로운 혁신적 질서를 품고 있는
최치원의 탄생으로 인해 초래된 것이다.

중국 황제가 어려운 문제를 내서 신라를 괴롭히게 된 계기가 바로 최
치원이다. 그가 읊은 시부(詩賦) 소리 때문에 황제가 경각심을 갖게 된

---

[39] 이때 기존 신라의 질서는 중국에 구속된 답답한 상황 안에서 평화롭게 유지된 상태이
다. 이것은 기득권의 기존 질서에서 볼 때는 충분히 안정적인 상황이다. 최치원의 문
제제기는 이런 점을 비판하고 전복시키려는 탈중심적 행동이라 할 수 있고 그가 구현
하려는 질서 역시 그런 전복적 질서라 할 수 있다. 이는 야래자설화의 영웅이 구현하
는 새로운 가치의 문제와 연결된다.

것이 시작이었다. 또 황제가 보낸 재사(才士)를 여지없이 냉혹하게 물리치면서 자신을 '나업(羅業)의 종'이라고 거짓으로 말해, 신라에 출중한 인재가 많다는 인상을 주고, 그래서 황제가 신라를 침공할 트집을 잡기 위해 석함(石函) 문제를 내는 데 이르게 한 것도 최치원이다. 그가 기존 세계의 질서를 구현했다면 결코 이런 식의 물의를 일으키지 않을 것이다. 최치원이 의도적으로 승상 나업의 종이 되고, 나업의 딸과 결연하고, 중국에 건너가 황제와 대결하는 일련의 과정들은 최치원 자신이 구현하려는 질서의 모습이지, 기존 세계의 질서를 답습하거나 재건·봉합하려는 것이 아니다. 나업의 종이 되기 위해 일부러 거울을 깨는 행동이나, 나업의 딸과 결연하기 위해 벌이는 거짓 수작, 발가락 사이에 붓을 끼고 희롱하듯 문제를 해결 하는 행동, 황제를 골리고 급기야 공중에 선을 긋고 올라앉는 것까지, 모두 기존 질서를 조롱, 도전하는 전복적인 모습이지 결코 순응하는 모습이 아니다.

이렇게 최치원은 탄생에서부터 그의 존재 자체와 성장 과정, 그가 추구하는 세부적인 일들까지 모두 기존 질서와 불화하며 충돌하는 모습을 보이는데, 이는 새로운 질서를 구현하려는 의지의 표출이다. 이런 모습은 야래자설화에서 탄생한 영웅의 모습이지 지하대적퇴치설화의 영웅 모습은 아니다. 즉, 최치원은 야래자의 자식으로, 야래자설화에서처럼 새로운 질서를 창출한 영웅으로 탄생한 것이다.

이렇게 〈최고운전〉에 야래자설화가 깊숙이 적용되었음은 새로운 질서를 품은 최치원이 탄생했다는 것뿐만 아니라, 부인의 손에 묶인 붉은 실에서도 찾을 수 있다.[40] 문창 고을에 부임한 최충은 처가 사라질 것을

---

40) 장덕순은 이 화소를 금돼지의 정체를 확인하려 한 것으로 파악하여 이를 야래자설화의 중요한 모티프를 차용한 것으로 보았다. 장덕순, 「崔致遠과 說話文學」, 『한국민속과 문학』, 박이정, 1995, 105~117쪽 참조.

대비/예상해 그녀의 손에 실을 묶어 두는데, 이를 통해 그녀를 납치해 간 금돼지의 처소를 찾게 된다. 금돼지가 지하대적이고 붉은 실로 금돼지의 지하세계를 찾았으므로 이 화소를 지하대적퇴치설화와 관련 있다고 잘못 생각하면 안 된다. 지하대적퇴치설화에서는 이런 식으로 대적의 처소를 찾지 않는다. 지하세계를 찾는 것은 영웅이 자력이든 조력자의 도움을 받든[41] 상당한 탐색 과정이 그려진다. 그 탐색 과정을 통해 비로소 탐색자가 서서히 영웅적 모습을 띠게 되고, 그렇게 찾은 처소로 내려가 대적을 퇴치함으로써 영웅성을 완성한다.

또, 지하대적퇴치설화에서 납치되는 여성은 불특정 다수 중에 발생하므로 예상치 못하여 미처 대처하지 못한다. 느닷없이 당하는 것이다. 하지만 야래자설화의 여성은 '자주 와서 자고 간다'는 말을 하므로 다시 올 것을 알고 그래서 옷깃을 바늘로 꿰어두라는 식의 대처를 한다. 최충이 부인 손에 붉은 실을 묶은 이유는 바로 문창 고을 원님의 부인이 사라진다는 것을 알고 있었기 때문에 그렇게 대처한 것이다. 이렇게 정체 모를 존재와 여성을 실로 연결하는 것은 야래자설화의 핵심 요소이지 지하대적퇴치설화의 요소는 아니다.[42]

---

41) 문창 고을 아전인 이적은 실이 바위틈으로 들어간 것을 보고 통곡하는 최충에게 밤에 바위가 열린다는 古老들의 말을 전하며 다독인다. 이적을 지하대적퇴치설화의 조력자로 볼 수도 있겠지만, 그도 역시 부인이 납치되어 간 지하세계의 위치를 알고 있는 것이 아니기 때문에 조력자라 하기 어렵다. 이적이 지하대적퇴치설화의 조력자라면 지하대적의 거처를 분명히 알고서 영웅을 도와줘야 한다. 하지만 그 역시 붉은 실이 이어진 것을 보고서야 알았다. 그는 古老들의 말을 전달하는 역할을 할 뿐이다.

42) 사실 서사에서 붉은 실을 부인의 손에 묶는다는 것은 어색하기 짝이 없다. 신출귀몰하는 금돼지가 부녀자를 잡아가면서 손에 묶인 붉은 실을 보지 못한다는 것은 개연성을 해친다. 더욱이 손에 붉은 실이 묶인 최충 부인의 허벅지를 베고 금돼지가 잠이 들었다는 장면까지 고려하면, 너무 어색하다. 이는 금돼지의 거처를 찾는 과정에서 최충의 영웅성이 부각되지 못하도록 하기 위한 것이면서 동시에 야래자설화를 적용했다는 것을 드러내는 표지이다.

작가가 두 설화를 원천소재로 어떻게 활용했는지 알기 위해서는, 이렇게 얽혀있는 소설 속에서 각 설화의 요소를 가려내야 한다. 그래야 어떤 맥락에 어떻게 적용했는지를 손쉽게 살필 수 있다.

야래자설화의 핵심 요소를 '야래자, 여인, 2세 영웅'이라 한다면, <최고운전>에 '금돼지, 최충의 부인, 최치원'으로 적용되었음을 알 수 있다. 마찬가지로 지하대적퇴치설화의 '지하대적, 여인, 구출자 영웅'이 <최고운전>에 '금돼지, 최충의 부인, 최충'으로 적용되었음을 알 수 있다. 작가가 두 설화를 원천소재로 가져올 수 있었던 중요한 이유는 이렇듯 '정체 모를 존재'와 '여인'이라는 공통분모가 있었기 때문이다. 그 겹쳐지는 지점을 포착한 작가는 야래자와 지하대적을 겹쳐 '금돼지'로 만들고, 출산하는 여인과 잡혀가는 여인의 속성을 '최충 부인'으로 형상화한 것이다.

하지만, 조합할 지점이 있다는 것만으로 두 설화를 가져온 것은 아니다. 둘이 합해질 공통분모만 있다면 군이 둘을 조합할 필요가 없다. 작가가 야래자설화와 지하대적퇴치설화를 원천소재로 활용해 조합한 가장 큰 이유는 그런 공통분모와 함께, '새 질서를 창조할 영웅(야래자설화)'과 '구질서를 수호하는 영웅(지하대적퇴치설화)'이라는 상이한 지향을 동시에 보여 줄 수 있기 때문이다. 작가는 그 상이한 영웅을 각기 '최치원'과 '최충'으로 형상화했다. 그렇게 해서 작가는 <최고운전>에서, 야래자설화로 '최치원 탄생 이야기'를, 지하대적퇴치설화로는 '최충의 잃은 부인 찾기 이야기'를 창조해냈고, 그 둘을 미묘하게 겹쳤다.

작가가 원천소재를 발굴해 조합·적용하는 방법으로 <최고운전>을 창작해낸 의도는 분명하다. 두 상이한 영웅과 그들의 세계가 갈등을 일으키고 충돌하여 궁극적으로 새로운 변혁이 실패하는 이야기를 형상화해내는 것이 작가의 목적이었기 때문이다.

<최고운전>에서 작가는 최치원을 주목하고 그를 부각한다. 서사는 긍정적인 시각에서 그의 행적과 삶을 따라간다. 야래자설화를 적용한 것은 이런 최치원의 탄생과 함께 야래자의 자식인 최치원이 이룩해 나가는 혁신적인 질서를 구체적으로 보여 주려 했기 때문이다. 작가는 이렇게 야래자설화의 긍정적 측면을 포착하여 적용시켰다. 작가는 후대 변이형인 야래자[뱀]와 야래자의 자식[뱀 새끼]이 부정적으로 드러나는 설화를 생각한 것은 아니다. 만약 그랬다면 금돼지는 물론 최치원까지 부정적으로 형상화했을 것이다. 작가는 후대의 야래자설화가 아닌 발생 시점의 야래자설화를 적용한 것이 분명하다. 그렇다면 작가는 군이 왜 야래자설화를 원천소재로 활용했을까, 하는 의문이 든다. 최치원을 부각시키는 다른 방법도 얼마든지 있을 수 있기 때문이다.[43] 야래자설화를 활용한 이유는 최치원의 영웅성과 그의 혁신적 이상을 강조하기 위해서도 그랬지만, 바로 지하대적퇴치설화와 절묘하게 조합이 가능하고 또 그렇게 조합함으로써 영웅의 실패가 필연적이라고 형상화할 수 있기 때문이었다.

최충은 서사 시작부터 영웅성이 박탈된다. 문창령에 제수되자 먹지도 않고 우는 것이나, 부임해서 두려움에 떠는 것, 부인을 잃고 눈물로 통곡하는 행동 등은 물론, 자식을 버렸다가 다시 데려오려고 비겁한 꼼수를 부리는 등 시종일관 옹졸한 인상을 드리운다. 작가는 의도적으로 최충을 졸렬하게 형상화하는데, 이는 그가 기존 질서의 수호자로 기능하기 때문이다. 이렇게 최충을 부정적으로 형상화하려 했다면 그가 영웅으로 기능하는 지하대적퇴치설화를 적용하지 않았으면 더 편했을 것이

---

43) 후대의 군담소설에서 주인공을 강조하는 방법이 바로 천상계의 개입이다. 천편일률이라는 비판을 받을 정도로 많은 작품들이 이 방법을 따랐던 것은 형상화하는 데 상대적으로 쉽고 편안하기 때문이었다.

다. 하지만 작가 입장에서 지하대적퇴치설화는 꼭 필요했다. 왜냐하면
최치원의 실패를 필연적인 것으로 형상화해야 했기 때문이다.

　최치원은 최충을 아버지로 인정하지 않고 거부한다. 최충을 부정하는
것은 최충의 세계를 부정하는 것이고[44] 이는 야래자의 자식으로서 최
치원이 가야 할 길이었다. 그가 승상 나업의 집에서 하는 일이나 신라,
중국에서 하는 모든 일들이 다 그러했다. 하지만 그는 궁극적으로 실패
하고 만다. 그 이유는 바로 그가 금돼지의 자식이기 때문이다.[45]

　야래자설화 입장에서는 최치원이 강조된다. 그럴 경우 최충의 역할은
감소하게 되고 최충과 그의 세계는 부정된다. 지하대적퇴치설화 입장에
서 최충이 강조될 경우 최치원은 존재 기반이 사라진다. 그의 출생조차
부정될 수 있다.[46] 작가는 두 설화를 겹침으로써 야래자이자 지하대적
인 금돼지를 부정하고, 기존 질서의 수호자인 금돼지를 최충이 퇴치하
게 함으로써 새로운 질서를 창출하려는 최치원과 긴장관계를 유지하게
한다. 나아가 최치원이 부정된 금돼지의 자식임을 기저에 내재시킴으로
써 궁극적으로 최치원이 실패할 수밖에 없는 당위를 이끌어냈다. 작가
는 최충을 부정하면서 최치원을 긍정했지만(야래자설화), 금돼지를 퇴치
한 최충의 세계와 질서에 의해(지하대적퇴치설화), 최치원 역시 패퇴당할

---

44) '최충'의 확장이 '승상 나업'이고 '신라 왕'이고 '중국 황제'인데 이들은 모두 비겁한
　　자들로 그려진다. 아내를 곤경에 처하게 하고 방임하는 것이나(최충), 자신의 문제를
　　파경노에게 해결하도록 미루고 윽박지르는 것(나업), 황제의 협박에 어린 최치원을
　　중국으로 보내고 이후 그를 내치는 것(신라 왕), 비겁한 속임수와 갖은 술수를 부리는
　　행동(중국 황제) 등은 모두 기존 질서의 문제점을 상징적으로 드러내는 행동들이다.
45) 최치원이 금돼지의 계보를 잇는 것은 분명하다. 중국에서 신라로 돌아올 때 품에서
　　'猪'자를 꺼내서 던져 사자로 변신시켜 타고 돌아오는 것만 봐도 분명하다.
46) 야래자설화에 지하대적퇴치설화가 씌워지면서 신성한 초월적 존재가 금돼지로 드러
　　나 부정되었다면, 지하대적퇴치설화에 야래자설화가 가미되면서 영웅 최충은 그 영웅
　　성이 퇴색하여 역시 부정되었다.

수밖에 없음을 형상화한 것이다.

이렇게 기존 질서의 수호자인 최충을 부정함으로써 시작한 이야기는 최치원이 실패할 수밖에 없는 이야기로 끝나게 된다. 작가는 최치원에 서사의 초점과 강조점을 놓지만, 그의 실패는 너무나 당연한 것으로 받아들여지게 한다. 최치원이 성공하면 성공할수록, 성장하면 성장할수록, 그의 성공과 성장은 기존 세계에서 받아들여지기 점점 더 어려워진다. 그는 능력이 있기 때문에, 정확히 말하면 그 능력 때문에 받아들여지지 못한다. 왜냐하면 새로운 질서를 받아들이기 어려운 시기에 나타난 야래자는 지하대적이나 다름없고, 지하대적을 손쉽게 퇴치해버리는 시기, 최충 같은 비겁한 영웅들이 주류로 득세하는 시대에 '그런 능력'은 위험한 것이기 때문이다.

2) '의미 겹침'과 소설다움

두 개의 설화가 포개져 하나가 됨으로써 의미가 겹쳐졌다. 각기 다른 의미를 가지고 자기 맥락에서 존재하던 두 이야기의 능숙한 조합은 하나가 되게 했지만, 그 내포적 의미는 두 가지 이상으로 보이게 했다. 작가가 창조한 이야기는 그 이야기 나름의 의미를 갖고 작가의 의도를 따라 지향점을 향해 가지만, 그와는 별도로 다른 층위에서는 창조된 이야기 속에 섞여 들어간 원천소재가 자기 본래의 의미를 언뜻언뜻 드러내 보이게 된 것이다. 이런 중층적인 양상은 두 설화의 의미가 겹쳐짐으로써 빚어진 것으로, 그로 인해 결국 다양한 상상력을 환기시키게 되었다. 이는 명확한 목적을 지향하는 화소들이 기능적으로 결합된 설화와는 다른, 소설다운 양상을 띠는 것이라 할 것이다.

두 설화가 합해져 하나의 이야기가 되었는데, 창조된 이야기가 원래의 설화와 다르게 느껴지는 것은 두 소재가 단순 결합된 것이 아니라 융합되어 매끄럽게 이어졌기 때문이다. 이렇게 형상화하는 과정은 전적으로 작가의 창조적 상상력에 달린 것으로, 같은 소재라 해도 결코 같은 결과물이 만들어지지 않는 이유가 이 때문이다. 그러므로 원천소재를 능수능란하게 다루어 매끄럽게 형상화시킨 작가의 창조력을 가늠하는 방법은 두 소재의 이음새, 즉 디테일한 요소를 어떻게 다루었느냐를 확인하는 것이다. 원천소재를 발굴한 감식안이나 형상화해낸 결과물의 주제와 작가 의식 등에서도 작가의 창조력을 엿볼 수 있겠지만, 작가의 진정한 창조적 역량은 디테일한 요소를 다루는 것에 달려 있다 하겠다.[47] 우리는 주제를 알기 위해, 작가의식을 찾기 위해 소설을 읽지 않는다. 작가의식은 흥미 있는 서사를 따라가는 과정에서 묻어나는 것이며 주제는 서사가 끝난 자리에서 태어나는 것이다. 소설의 소설다운, 메시지 전달 자체가 목적인 설화와 구별되는, 소설의 존재위치가 바로 여기이다.

금돼지는 지하대적과 야래자가 합해진 것이다. 그가 퇴치당한다는 점에서는 지하대적이지만, 그를 찾아가는 과정은 야래자이다. 공연히 부녀자를 납치해 간다는 것은 지하대적이지만, 문창 고을이라는 특정 공간의 원님 부인이라는 특별한 여성만 찾아온다는 것은 야래자이다. 지렁이나 수달처럼 물과 관련 없는 '금돼지'라는 점은 지하대적이지만, 자식을 낳는 것은 야래자이다. 이적이라는 아전을 조력자처럼 두지만 부인 손에 묶은 붉은 실로 처소를 찾게 하고, 문창 고을의 문제는 해결하지만 그로 인해 더 큰 문제가 일어나는 것도 모두 지하대적과 야래자가

---

47) 설화와 소설의 장르적 본질에 대해 신동흔은 두 장르의 구분을 '형상화 방식 차원'에서 찾아야 한다고 말하며, 장면구현방식을 통해 구체적으로 분석했다(신동흔, 앞의 논문, 2004, 235~276쪽 참조). 그의 방식은 결국 디테일한 요소를 어떻게 다루느냐는 문제로 모인다.

합해졌기 때문이다. 이런 것들이 마땅히 그런 것처럼 그럴듯하게 매끄럽게 이어지는 것은 작가가 효과적으로 형상화해냈기 때문이다.

또, 최충 부인은 잡혀가는 여인(지하대적퇴치설화)과 놓여진 여인(야래자설화)이 합해졌다. 그녀가 잡혀간 것(지하대적퇴치설화)은 문창 고을 원님의 아내 자리에 놓여졌기(야래자설화) 때문이고, 그녀는 남편을 도와 대적을 퇴치했지만(지하대적퇴치설화) 아들을 낳았다(야래자설화). 작가가 두 설화의 요소를 매끄럽게 이어놓았음은 그녀와 금돼지의 성관계에 대해 아무도 주목하지 않게 만들었다는 것에서도 알 수 있다. 성적 순결을 유지해야 한다는 것(지하대적퇴치설화)과 자식을 낳기 위해 당연히 성관계가 전제되어야 한다(야래자설화)는 딜레마를 작가는 '최치원이 누구의 자식이냐?'는 논란의 문제로 해결한다. 그래서 둘 사이에 성관계가 전제되었음에도 불구하고 성관계는 관심의 영역 저편으로 밀려 나가게 되었다.

작가는 부인의 임신이 금돼지의 변 이전이라고 직접 서술하고[48] 또 최치원의 언술을 통해 금돼지와의 관계를 부정하면서도,[49] 동시에 최치원이 보여주는 신이한 행적을 통해 금돼지의 자식임을 드러내고 품에서 '저(猪)'자를 꺼내 던져 사자로 변신한 것을 타고 돌아오는 것 등을 통해 분명하게 금돼지의 자식이라는 것을 드러내는 중층서술을 꾀한다. 이렇게 누구의 자식이냐에 집중하는 동안, 최충 부인의 성적 순결에 대해서는 서사가 의도적으로 회피한다. 넓적다리를 베고 누웠던 것이나, 모호한 눈물을 흘렸던 것[50] 등에 대한 문제제기가 이루어지지 않는다. 심하

---

48) 冲妻返郡而生子 是在家時孕之必矣.

49) 我之慈母 姙之三月而遭文昌之變 逾月得母 六月而生 以此觀之 果不爲金猪之子 而昭昭不疑.

50) 최충 부인의 이 눈물을 두 세계 사이의 갈등으로 본 최기숙의 시각은 바로 <최고운전>을 소설답게 읽어내는 중요한 시도인 것이다. 최기숙, 「권력담론으로 본 최치원전」, 『연민학지』5, 연민학회, 1997, 53~105쪽 참조.

게 말해 최치원을 임신한 것이 금돼지의 변 이전이라고 해도, 임신한 상태에서 금돼지와의 성관계는 충분히 있을 수 있다. 금돼지가 여성들을 납치해 가는 이유가 바로 거기에 있기 때문이다.[51] 또한 최치원이 태어난 날수로 인해 최치원이 납치되어 가기 전에 임신한 것처럼 사람들이 말하지만, 정작 남편인 최충은 그 사실에 대해 미심쩍어 한다. 즉 신이한 세계의 신이한 존재 금돼지와의 성관계와 금돼지 자식의 출생이 꼭 이쪽 세계 인간들의 법칙처럼 열 달을 채워서 태어나는 것이 아닐 수도 있다는 의혹을 갖고 있는 것이다. 궁극적으로 최충 부인은 결코 자신의 허벅지에 '헐미'를 내지도 않았고, 금돼지가 암컷이라는 서술도 없다. 그런데도 최충 부인의 성적 순결에 대해서는 서사가 별다른 주목을 하지 않는다. 이유는 간단하다. 이후 출생한 최치원에 서사의 초점이 모이면서 최치원이 누구의 자식이냐는 것에만 매달리기 때문이다. 그래서 돌아온 부인이 아무 문제 없이 최충의 부인 역할을 해도 누구 하나 이상하게 여기지 않는 것이다.[52]

최충이 문창 고을에 부임한 것이 자신의 욕망 때문인지 아니면 체제의 억압에 의한 강제인지, 최충을 향해 자신은 금돼지의 자식이 아니라고 분명하게 항변한 최치원이 승상 나업에게 고아라며 최충을 부인한 것은 무슨 의도인지, 정말 최치원의 신이한 능력은 금돼지 때문인지, 질문들은 끝이 없으며 그 질문들에 대해 〈최고운전〉은 미묘한 목소리로 대답한다. 틀림없이 최치원은 금돼지의 자식이라고 규정하는 분명하고 명확한 설화의 목소리와 달리[53] 〈최고운전〉의 답변은 조금씩 다른 화

---

51) 기존질서를 훼손시키는 지하대적의 기능이 부녀자들의 납치로 형상화되었고, 이는 성적 능욕이 전제된 것이다. 이에 대해서는 유광수, 앞의 논문, 2010, 9~15쪽 참조.
52) 돌아온 부인은 오히려 최충보다 더 당당하게 행동한다. 버린 최치원을 다시 데려오는 계책을 낸 것도 부인이고 그것을 실질적으로 시행한 것도 그녀였다.
53) 설화는 하나같이 최치원을 금돼지의 자식으로 규정한다.

음으로 메아리쳐 되돌아온다. 의미를 겹쳐 하나로 매끄럽게 형상화해냈기에 하나이면서도 미묘하게 겹쳐진 의미가 다양한 목소리를 만들어낸 것이다. 이것은 분명 설화와 구별되는 소설다움이라 할 것이다.

4. 결론

<최고운전>의 작가는 야래자설화와 지하대적퇴치설화를 원천소재로 발굴해 두 설화를 조합·적용시켜 소설을 창작했다. 두 설화를 소재로 활용한 이유는 두 설화의 핵심에 '정체 모를 존재'와 '여인'이라는 공통점과 함께 지향하는 방향이 서로 충돌하는 상이한 '영웅'이 있기 때문이었다. 작가는 능력 있는 존재의 필연적 실패를 그려내기 위해, 두 설화를 조합·적용하여 매끄럽게 하나로 만들었다. 능력 있는 최치원이 패퇴당할 수밖에 없었음에 대해, 당대 질서의 비겁한 행동에 대해, 비판적 거리가 확보되었다. 이는 야래자설화만 놓고 볼 때, 또는 지하대적퇴치설화만 놓고 볼 때는 찾을 수 없는 것이었다. 이렇게 두 설화의 조합을 통해 기존 세계에 대한 회의와 비판적 문제제기가 이루어지는 것이 '소설'의 한 가능성이라 할 것이다.

두 개의 이야기가 하나의 이야기로 합해지면서 의미가 겹쳐지는 양상이 빚어졌다. 이를 통해 우리는 다양한 목소리를 들을 수 있게 되었다. 같은 소설을 읽어도 읽는 사람에 따라 읽는 시기에 따라 각기 다르게 읽힌다. 소설이 다른 목소리를 들려 주기 때문이다. 그런 의미에서 소설은 찾아내는 자들, 읽어내려 하는 자들에게만 그 목소리를 들려 준다. <최고운전>에서 최충의 목소리를 들을지 최치원의 목소리를 들을지는 읽는 자의 몫이다.[54] 그것까지 작가가, 텍스트가, 규정할 수는 없다. 분

명한 목표의 방향을 향해 한 가지 목소리로 명확하게 말하는 설화와는 다르지 않을 수 없다.

소설은 불편한 장르이다. 누군가 어디선가는 소설로 인해 마음에 편치 않은 구석이 남는다. 소설의 존재가치는 바로 이 지점에 있다. 태생적으로 소설은 변두리의 천대받는 장르였고 그 점은 문학의 자장 안에 포섭된 지금도 마찬가지다. 중심에 있는 시와는 근본적으로 다른 길을 걷는 장르이다. 소설의 가치는 바로 거기에 있다. 소설은 하찮은 위치에서 시답지 않은 이야깃거리로 흘려보내기 꼭 알맞다. 그 시시덕거림 자체가 이미 중심이 아닌 주변에 뿌리를 두었음을 드러낸다. 감히 우러러볼 수도 없는 대문장 최치원을 금돼지의 자식으로 경박하게 만든 것이 바로 그런 행태이다. 하지만 소설은 '주변'에서 '중심의 가치'를 검토하고 회의하며 도전하고 나아가 전복을 꾀하기에 불편한 진실을 감추고 있다. 그렇게 훌륭한 최치원이 왜 신라 당대에 받아들이지 못했는지, 아니 않았는지, 또 그렇게 능력 있는 최치원을 받아들이지 않았던 것처럼 지금도 그러고 있지는 않은 것인지, 정말 그렇다면 이제 우리는 어떻게 해야 하는지, 어떻게 이 세상을 살아가는 것인지, 무엇이 옳은 것인지, 끝없는 질문의 그 지점을 포착하여 소설은 문제제기를 한다. 소설의 가능성이 여기에 있다.

〈최고운전〉이 재미있는 이유는 다양하게 여러 목소리를 들을 수 있기 때문이다. 여러 목소리가 어우러진 다른 소설들도 있지만 〈최고운

---

54) 체제옹호적이고 중심지향적인 사람은 최충에 대해 집중할 것이다. 〈최고운전〉의 후대 한글본인 〈최충전〉(한글 필사, 히브리대학소장본)으로 개작한 개작자의 의도가 그렇다. 그는 최충은 물론 신라왕, 중국 황제에 이르기까지 원래의 〈최고운전〉이 보여주었던 것과는 다른 태도로 그려냈다. 당연히 최치원의 탈중심적 성향과 혁신성에 대해서도 다르게 형상화했다. 이는 소설을 어떻게 읽어내느냐의 문제는 궁극적으로 읽어내는 사람들에 달린 문제라는 것을 잘 보여주는 한 가지 사례라 할 것이다.

전>이 더 재미있게 생각되는 것은, 체제 바깥에서 체제 안으로 진행하며 '중심'을 회의하고 점검하고 도전하는 문제를 도발적으로 제기했기 때문이다. 이것이 <최고운전>이 지금도 혁신적으로 읽히고, 흥미롭게 다가오며, 참신하게 읽히는 이유이다. <최고운전>은 소설, 그것도 재미있고 의미 있는, 소설다운 소설임이 분명하다.

〈옥련몽〉에서 〈옥루몽〉으로 개작된 여성 인물의 양상과 의미

– '윤 부인', '일지련', '강남홍'의 개작 양상을 중심으로 –

1. 서론

19세기는 소설의 허구성과 쾌락성에 대한 인식이 새롭게 부각되면서 양반 작가들이 의도적으로 소설 창작에 나서는 시기였다. 김소행(1765~1859)의 <삼한습유(三韓拾遺)>, 심능숙(1782~1840)의 <옥수기(玉樹記)>, 서유영(1801~1874)의 <육미당기(六美堂記)>, 남영로(1810~1857)의 <옥련몽(玉蓮夢)>, <옥루몽(玉樓夢)> 등이 이때 창작된 소설들이다. 작가들은 세련된 서사를 만들려고 심혈을 기울였다. 김소행은 향랑 이야기를 새롭게 해석하여 <삼한습유>를 창작했고[1] 서유영은 기존 소설들의 지리번쇄함을 덜어내어 <육미당기>라는 참신한 서사를 만들었으며,[2] 심능숙은 장회 제목을 놓고도 깊은 고심을 했고[3] 남영로는 완성된 작

---

1) 박일용, 「삼한습유를 통해서 본 김소행의 작가의식」, 『한국학보』42, 일지사, 1986 ; 조혜란, 「<삼한습유> 연구」, 이화여자대학교 박사논문, 1994 ; 서신혜, 『김소행의 글쓰기 방식과 삼한습유』, 박이정, 2004 참조.

2) <육미당기>(서울대 가람문고본) 小序 / 김기동 편, 『筆寫本 古典小說全集』1, 아세아문화사, 1980, 305쪽 참조.

3) 김종철, 「「玉樹記」 研究」, 『국문학연구』71, 서울대학교, 1985, 13~17쪽 참조.

품을 개작하는 재창작 작업을 했다.4)

이들 중 <옥련몽>과 <옥루몽>에 특히 주목해야 하는 이유는 19세기 소설 중 가장 널리 후대까지 유통된 작품이란 점5) 외에도, '특정 작가가 소설을 완성하고 그것을 다시 개작하여 새로운 소설을 만들었다'는 사실 때문이다. 고전 장편소설의 이런 '창작-개작' 양상은 현재까지 알려진 바로는 이 경우가 유일하다. 이는 작가의 소설 창작에 대한 열정을 엿볼 수 있을 뿐만 아니라, 19세기 작가의 소설 창작 방식을 가늠할 수 있다는 점에서 의미가 깊다.

그런데 그간의 연구는 <옥루몽>쪽에 치우쳐 있었다. <옥련몽>이나 두 작품에 대한 상호 비교 연구로 성현경,6) 차용주,7) 장효현,8) 신재홍9) 등의 업적이 있었지만, 본격적인 논의는 좀 더 필요한 것 같다.10) 연구

---

4) 차용주,『玉樓夢硏究』, 형설출판사, 1981, 21~31쪽 ; 성현경,「玉蓮夢硏究」,『國文學硏究』9, 국문학연구회, 1968, 23~96쪽 ; 장효현,「玉樓夢의 文獻學的 硏究」, 고려대학교 석사논문, 1981, 82~104쪽.

5) 다른 작품들에 비해 많은 필사본이 남아 있고, 활판본으로도 만들어졌다. 또, 丁貞烈(1876~1938)이 <옥루몽>을 판소리로 엮어 소리했다는 사실이나(이중훈,「丁貞烈 판소리의 玉樓夢에 나타난 音盤史的 考察」,『한국음악사학보』6, 한국음악사학회, 1991, 5~23쪽), 1950년대까지 민간에 <옥루몽>을 줄줄 구술하는 사람이 있었다는 점(이윤기,『잎만 아름다워도 꽃대접을 받는다』, 동아일보사, 2000, 178~179쪽 ; 김진영,「古典小說의 流通과 口演 事例 考察-영동군 학산면 민옥순을 중심으로」,『한국언어문학』63, 한국언어문학회, 2007, 213~241쪽 참조), 조사 지역이 한정된 것이긴 하지만 실제로 독자들이 가장 많이 읽은 것으로 조사되었다는 점(이원주,「古典小說 讀者의 性向-慶北 北部 地域을 中心으로」,『한국학논집』3, 계명대학교 한국학연구소, 1975, 557~573쪽 참조) 등은 두 작품이 널리 유통되었음을 알게 한다.

6) 성현경, 앞의 논문, 1968, 1~186쪽 ; 성현경,「夢字小說硏究」,『韓國小說의 構造와 實相』, 영남대학교 출판부, 1989.

7) 차용주, 앞의 책, 1981.

8) 장효현, 앞의 논문, 1981.

9) 신재홍,「<옥련몽>과 <옥루몽>의 비교 검토」,『韓國夢遊小說硏究』, 계명문화사, 1994, 377~405쪽.

10) 성현경은 <옥루몽>보다 <옥련몽>을 주목해야 한다고는 했지만, 연구 결과가 <옥

가 〈옥루몽〉에 치우친 이유는 두 작품의 내용이 비슷하기에도 그랬지만, 더 낫다고 여긴 개작 작품에만 주목했기 때문이다. 그 결과 〈옥련몽〉만의 고유한 특징, 〈옥련몽〉에서 〈옥루몽〉으로 개작한 작가의도와 의미, 두 작품에 대한 독자들의 반응, 둘의 경쟁에서 〈옥루몽〉이 승리한 이유 등등에 대해서는 논의가 제대로 이루어지지 않았다. 세련미가 덜하다고는 하지만 작가가 〈옥루몽〉뿐만 아니라 〈옥련몽〉도 완성작으로 창작했고, 둘 다 널리 독자에게 수용되었으며,11) 〈옥련몽〉 없이 〈옥루몽〉이 창작될 수 없었음 등을 감안할 때 〈옥련몽〉에 대한 점검은 시급하다 하겠다. 또한 작가가 〈옥련몽〉을 〈옥루몽〉으로 개작하는 과정을 탐색하여 작가의 소설 창작 방식을 밝히고, 경쟁에서 결과적으로 〈옥루몽〉이 더 큰 호응을 받게 된 이유를 분석하는 것도 이루어져야 할 것이다.12) 이런 일련의 연구는 한두 가지 측면에 대한 분석으로될 수 있는 것이 아니라, '인물', '구조', '사건', '장면과 배경', '서술기법' 등의 차이와 이를 형상화한 서사 방식을 포괄적으로 점검할 때 비로소 드러나게 될 것이다.

루몽〉의 연구 결과와 크게 차이가 없어 〈옥련몽〉만의 특징을 밝혔다고 보기 어려우며, 차용주는 원작 문제에 치중했고, 장효현은 이본 연구를 통해 〈옥련몽〉의 위상을 점검했다. 두 작품의 개작 양상을 본격적으로 주목한 신재홍은 개작의 핵심을 여러 측면에서 의미 있게 지적하였으나, 명분론과 현실비판 의식의 강화 측면에서 본 분석은 조금 더 논의가 필요할 것 같다. 이데올로기적 의도에서 개작이 이루어졌다기보다는 흥미성을 바탕으로 개작된 것이 이데올로기적 색채를 띠게 되었다는 것이 더 타당할 것 같고, 명분론과 현실비판 의식의 강화는 해석적 차원에서 가능한 것으로 이해하는 것이 온당할 것 같다.

11) 두 작품 모두 활판으로 간행되었을 뿐만 아니라 貰冊으로 유통되었다. 현재까지 확인한 바로는 〈옥루몽〉은 '동양문고본', 〈옥련몽〉은 '나손정미본'이 세책본이다.

12) 대중의 호응 문제를 밝히려는 것이 본고의 주목적이므로, 본고는 〈옥련몽〉과 〈옥루몽〉 고유의 특성보다는 두 작품의 차이에 주목하고, 작품의 품격보다는 대중성에 더 초점을 맞춘다.

이런 의도에서 본고에서는 우선 '인물 형상화' 방식에 주목하여 그 개작 양상을 밝히고자 한다. 주요 인물 중에서도 이 글에서는 '윤 부인', '일지련', '강남홍'의 개작 양상을 검토한다. 양창곡의 5처첩 중 이들만 살펴보는 이유는, 이들만이 서사에서 비중 조정을 통한 위상 변화를 보이기 때문이다. 벽성선과 황 부인 둘은 인물 형상화 측면에서 더 선명하게 개작되기는 했지만 그런 변화는 없다.[13] 또, 벽성선의 경우는 어느 정도 그 개작 양상이 밝혀지기도 했다.[14]

작가의 개작 양상을 다루기 위해서는 연구 대본이 원본이어야 할 텐데, 현재 원본을 알 수 없는 상황이어서 어느 정도 어려움이 없지 않다. 그러나 현재 남아 있는 이본들 중에서 선본(善本)을 대상으로 하고, 그 선본과 다른 이본들의 대조를 통해 논의를 진행한다면 작가가 창작한 원본에서 크게 벗어나지 않는다고 할 수 있을 것이다. 그래서 본고에서는 선본(善本)으로 여겨지는 무신본 <옥련몽>[15]과 규장각본 <옥루몽>[16]을 대본으로 하면서, 다른 이본들도 대조하여[17] 동일한 서술일

---

13) '비중 조정을 통한 위상 변화'가 이루어지는 인물들은 모두 천상 장면에서 개작이 이루어지는데, 벽성선과 황 부인의 천상 인물들은 변화가 없다. 또 이 둘은 투기 갈등을 일으킨다는 점에서도 서로 서술이 묶인다. 벽성선과 황 부인의 개작 양상은 본고에서 다루는 세 명의 개작 양상과는 다른 의도와 다른 층위에서 이루어진 것이다.

14) <옥루몽>의 벽성선은 육체를 전략적으로 이용하는 욕망의 인물 인데 비해, <옥련몽>의 벽성선은 그런 측면이 드러나지 않는다. <옥루몽>의 벽성선에 대해서와 <옥련몽>과 <옥루몽> 벽성선의 차이에 대해서는 유광수, 「<옥루몽>의 벽성선 : 욕망하는 인물, 전략화된 육체와 사회적 검열·통제」, 『한국문화연구』8, 이화여자대학교 한국문화연구원, 2005, 213~254쪽 ; 유광수, 「<옥련몽> 이본과 善本 계열 추정」, 『동양학』42, 단국대학교 동양학연구소, 2007, 1~21쪽 참조.

15) 유광수, 앞의 논문, 2007, 1~21쪽 참조.

16) 유광수, 「<옥루몽> 연구」, 연세대학교 박사논문, 2005, 22~29쪽 참조.

17) <옥련몽>의 경우, 善本인 무신본(한글필사) 외에 서강대본(한글필사), 박순호A(한글필사), 박순호B(한글필사), 국도12책본(한글필사), 박학서원본(한글활판)을 대조하였고, <옥루몽>의 경우 善本인 규장각본(한글필사) 외에 갑진본(한글필사), 신문관

경우만 논하며, 차이가 있을 경우 상세하게 밝히도록 하였다.18)

2. 여성 인물의 개작 양상

1) 천상 장면의 개작

〈옥련몽〉이나 〈옥루몽〉 모두, 천상에서 문창성과 5선녀가 만나는 방식은 지상에서 양창곡과 5처첩이 만나는 방식에 그대로 대응된다. 간략히 정리하면 다음과 같다.

> **〈천상〉**
> ⓐ 제방옥녀가 백옥루에서 완월하는 문창성을 옥황상제의 명으로 처음 찾아온다.
> ⓑ 제방옥녀가 홍난성이 올 것을 말한다.
> ⓒ 제천선녀가 나타나고 따라서 천요성이 나타나 둘이 다툰다.
> ⓓ 홍난성이 나타나 제천선녀와 천요성을 화해시킨다.
> ⓔ 도화성이 지나가는 것을 홍난성이 불러들인다.
>
> **〈지상〉**
> ⓐ 양창곡과 처음 결연하는 이는 윤 부인으로, 아버지 윤상서 명에 따라 결연한다.
> ⓑ 윤 부인이 강남홍을 죽음에서 구하여 강남홍이 살아서 돌아오게 한다.
> ⓒ 양창곡이 적소(謫所)에서 벽성선을 만나 사귀고 돌아와 황 부인을 맞는다. 벽성선과 황 부인은 투기 갈등을 일으킨다.
> ⓓ 강남홍이 살아 돌아오고 벽성선과 황 부인의 갈등이 해소된다.
> ⓔ 강남홍이 변방의 장수 일지련을 양창곡의 첩이 되게 한다.

본(한글활판), 적문서관본(한문현토)을 대조했다.

18) 원문을 인용할 때, ' : '로 권수와 쪽수를 구분해서 표시한다.

이렇게 천상 장면은 이후 지상에서 이루어질 내용을 압축적으로 보여 주는데, 천상 장면을 알고 있는 독자들에게 지상 장면은 '기대-확인'의 도식성을 통한 통속적 즐거움을 준다.19) 이렇듯 천상 장면은 단순히 지상에 적강(謫降)하기 위한 방편적 서술이 아니라 구조적 짜임까지 고려한 서술이다. 그러므로 <옥련몽>과 <옥루몽>의 천상 장면이 차이난다면, 그것이 <옥련몽>과 <옥루몽> 지상 장면의 차이와 어떻게 조응하는지, 그리고 얼마나 효과적으로 서술되었는지를 점검해야만 할 것이다. 두 작품의 천상 장면을 살펴보면, 제천선녀(벽성선)와 천요성(황 부인)은 동일한데, 제방옥녀(윤 부인), 도화성(일지련), 홍난성(강남홍)은 큰 변화가 있다.

<옥련몽>에서 윤 부인의 천상 존재인 제방옥녀는 가장 먼저 문창성을 찾아올 뿐 아니라, 500년 전 투호(投壺)할 때 만났던 깊은 인연이 있다(무신1 : 3뒤). 제방옥녀와 문창성의 인연이 다른 선녀들보다 깊고 오래되었다는 것은, 지상에서 윤 부인이 다른 처첩보다 중심에 놓인다는 사실과 대응된다. 제방옥녀가 제일 먼저 나타났듯이 윤 부인이 가장 먼저 양창곡과 결연하고, 제방옥녀가 오래전부터 깊은 인연이 있어 든든한 중심이 되듯이 윤 부인이 집안의 주모(主母)로서 구심점이 된다. 윤 부인이 주도적으로 집안을 다스리게 형상화하려는 것을 이렇게 천상에서부터 감안해서 서술한 것이다.

그러나 윤 부인의 비중이 현저하게 줄어들면서 주도적으로 집안을

---

19) '기대-확인'의 도식성에 대해서는 움베르토 에코, 『대중의 슈퍼맨』, 김운찬 옮김, 열린책들, 1994, 233~234쪽 ; 박성봉, 『마침표가 아닌 느낌표의 예술』, 일빛, 2002, 111~132쪽 참조. 그리고 천상 장면과 지상 장면의 '기대-확인'의 도식성에 대해서는 유광수, 앞의 논문, 2006, 266~269쪽 참조.

다스리는 것을 강남홍에게 넘기는 〈옥루몽〉에서는 그렇지 않다. 윤 부
인이 먼저 결연한다는 점은 바뀌지 않으므로 대응되는 '처음 출현'은 그
대로 두지만, 오랜 인연이 있다는 심정적 깊이를 강조하는 '투호 장면'은
삭제해 버린다(규장각1 : 3뒤).

　〈옥련몽〉에서는 도화성도 꽤 비중 있는 인물로 그려진다. "디기 텬
샹 녀션 듕에 도화셩이 안식이 가쟝 곱고 쏘흔 년긔 어린 고로(무신1 :
6뒤)"라고 강조하는데, 이는 지상에서 일지련이 다른 처첩들과 달리 독
특한 성적(性的) 매력을 가지고 있는 것과 조응한다.[20] 당연히 여선(女
仙)들은 모두 아름다울 것으로 이해되는데, 그중 가장 곱다고 꼭 집어서
서술자가 논평하는 것은 독자들에게 의미 있게 전달된다. 그래서 〈옥루
몽〉에서는 삭제된다. 무엇보다도 홍난성보다 아름답게 인식되는 것이
곤란하기 때문이다.

　술을 마신 도화성이 홍난성 머리에 꽂은 연화를 빼어들고 도도하게
말하는 것(무신1 : 8앞)은 그녀의 당찬 활달함이 드러내는데, 그녀의 지상
존재인 일지련의 역할이 적지 않음을 알게 한다. 그러나 〈옥루몽〉에서
는 삭제된다. 강남홍에 해당하는 홍난성의 품격을 떨어뜨린다고 여길
소지가 없지 않기 때문이며, 지상에서 일지련의 역할을 줄여야 하기 때
문이다.

　이렇게 도화성에 대한 것은 개작되면서 삭제되는 반면, 강남홍의 천
상 존재인 홍난성의 경우는 없던 오작교 화소가 첨가되어(규장각1 : 6앞)
그녀의 활기차고 당돌한 모습이 잘 살려진다.

---

20) 작가는 〈옥련몽〉 창작시에 일지련의 비중을 강남홍, 벽성선과 비슷하게 맞추었기에
　　年少하고 귀여운 모습에 독특한 性的 매력을 더한 것이다.

이렇게 천상 장면 개작의 핵심은 제방옥녀와 도화성의 축소, 그리고 홍난성의 강화에 있다. 이것은 그대로 지상에서 윤 부인·일지련의 축소와 강남홍의 강조를 위한 포석이었다.

2) 지상 장면의 개작

가) 윤 부인 : 주모(主母)로서 치가(治家) 삭제

<옥련몽>의 윤 부인과 <옥루몽>의 윤 부인은 전혀 다른 인물이라 해도 괜찮을 정도로 다르게 보인다. 대부분의 서사가 동일함에도 불구하고 이렇게 차이가 큰 것은 작가가 <옥루몽>으로 개작하면서 윤 부인의 주요 역할과 비중을 강남홍에게 옮겼기 때문이다. 개작을 통해, 처(妻) 본연의 자세로 집안을 주도적으로 다스리는 윤 부인이, 소극적으로 자신이 처한 위치에 머물며 수삽해 하는 윤 부인이 되었다.[21] 그녀가 주모(主母)로서 치가(治家)하는 모습과 내면을 삭제했기 때문이다.

① <옥련몽>에서 윤 부인은 분명하게 자신의 의견을 구체적으로 개진한다.

황소저를 못마땅하게 생각하는 양창곡의 거듭된 재촉에, 황소저에 대해 윤 부인은 "부귀 문듕의 귀히 즈라 교긍흔 긔식이 잇시나 쪼흔 총명 녕니흔 텬품이 잇셔 군즈의 훈도유렴흐심을 힘 닙은즉 족히 그 허물을 곳쳐 기워 현슉흔 녀지 될(무신5 : 18뒤)" 것이라며 핵심을 꿰뚫는 논평을 한다. 그런데 <옥루몽>은 이를 삭제한다.

또 윤 부인은 강남홍에 대해서도 "다만 성품이 조곰 편협흐고 강긔

---

21) <옥루몽>의 윤 부인과 강남홍의 우열에 대해서는 유광수, 앞의 논문, 2006, 182~209쪽 참조.

〃결흠이 널협지풍되 잇셔 초년 곤익이 잇슬가 ᄒᄂ이다.(무신3 : 4뒤)"라고 명확하게 지적한다. 그러나 이 역시 〈옥루몽〉에는 삭제된다.

이런 윤 부인의 논평은 상대를 평가하고 분석한다는 점에서 그녀가 황소저·강남홍보다 우위에 있음을 보여 주는 것이며,[22] 그녀의 평가대로 구체적인 사건으로 서사에 형상화되는 것을 통해,[23] 독자들은 윤 부인의 안목과 식견이 높다는 것을 알게 된다. 이것은 그녀가 황소저·강남홍보다 상대적으로 우월한 위치에서 이들을 속속들이 이해하고 있다는 것을 의미하며, 그래서 독자들은 윤 부인의 우월함과 주도적 치가(治家)를 인정·규정하게 되는 것이다. 그러나 윤 부인보다 강남홍이 우위에 서는 〈옥루몽〉에 윤 부인의 이런 논평이 있다면 곤란하다. 그래서 삭제한 것이다.

② 도도한 언술과 논평 외에도, 〈옥련몽〉에는 윤 부인을 주모(主母)로 인정하는 내용이 여러 측면에서 구체적으로 형상화되어 있다.

벽성선이 자객 노랑(老娘) 사건으로 죽을 뻔한 후, 윤 부인 침실로 달려가 "첩이 여익이 미진ᄒ야 야간에 검두고혼이 될 번ᄒ(무신14 : 11뒤)"였다고 있었던 사건을 보고한다. 또 황제를 풍간한 것에 대해서도 벽성선은 "첩이 금일 싱존흠은 부인[24]의 쥬쉰 비라. 만일 경계ᄒ심이 업셔던들 회듕의 날닌 칼이 잔명을 용셔치 아닐 번ᄒ(무신18 : 6앞)"였다고 고

---

22) 남을 인식하고 판단하는 것은 결국 우위에 있을 때에야 가능한 일이다. 묻는 자와 그것에 대답하는 자의 관계는 결국 권력과 지배의 관계와 비슷하다. 고백과 검열·통제와 권력 관계에 대해서는 미셸 푸코, 『성의 역사1-앎의 의지』, 이규현 옮김, 나남, 2004, 73~95쪽 참조.
23) 황 부인은 교만하게 행동하고, 강남홍은 그녀의 강개한 성품대로 투신자살을 한다.
24) 무신본은 '부인'으로 되어 있는데 이는 문맥으로 보아 윤 부인을 가리킨다. 박학서원본은 '윤 부인'으로 되어 있다.

백하여 윤 부인의 존재를 인정한다. 이때, 벽성선의 이야기를 다 들은
윤 부인은 목숨을 가볍게 여기면 징계하겠다며 치가(治家)하는 처(妻)로
서 위엄 있게 당부한다. 물론 벽성선은 공손하게 청령(聽命)한다(무신18
: 8앞). 이렇게 벽성선이 윤 부인을 주모(主母)로 인정하고 대우한다. 그
러나 <옥루몽>에는 이 모든 것이 없다.

강남홍도 <옥련몽>에서는 윤 부인을 主母로 인정한다. 윤 부인이 귀
녕(歸寧)갈 때, 강남홍이 "싱ㅇ주는 부모요 활ㅇ주는 윤각노(무신15 : 4
앞)"라며 윤 부인을 모시고 따라가서는 이전의 은혜를 생각하며 운다.
이 장면에서 윤 부인은 강남홍에 비해 위상이 높고, 강남홍은 당당함보
다는 은혜를 잊지 않은 여인으로 그려진다. 물론 <옥루몽>은 그렇게
되어 있지 않다.

강남홍이 윤 부인을 주모(主母)로 인정하는 모습은 소유경과 뇌천풍
이 양창곡에게 홍혼탈(강남홍)을 만나고 싶다고 하는 장면에도 나타난다.
남편 양창곡이 만남을 허락했지만, 전과 달리 여성임이 드러난 상황에
서 어떻게 외간남자를 만나겠냐며 곤혹스러워하던 강남홍이 윤 부인에
게 품의한다. 그리고 윤 부인의 말이 떨어지고 나서야 비로소 그들을
만나러 나간다(무신18 : 21뒤). 자신의 곤혹스러움을 주모(主母)인 윤 부인
에게 품의하고 그에 따라 처신한 것이다. 이 역시 <옥루몽>에서는 삭제
된다.

<옥련몽>에서 윤 부인이 주모(主母)됨은 그녀 스스로 그렇게 말하는
것을 통해서도 확인된다. 상춘원 음식 품평에서, 양창곡이 벽성선의 은
설회는 높이고 강남홍의 연자병은 낮춘 후 강남홍을 벌주어야겠다고 한
다. 그러자 윤 부인이 장난스럽게 "금일 홍·션 낭낭이 직조롤 낫타니여
가모롤 압두ㅎ니 첩이 쏘흔 분ㅎ야 ㅎ는 비라. 벌쥬는 첩이 쥰비ㅎ(무신
15 : 18뒤)"겠다고 말한다. 분명하게 자신이 '가모(家母)'임을 드러낸 것이

다. 그녀는 가모(家母)로서 강남홍과 벽성선 둘에게 벌주를 주고 시를 짓게 한다.

그러나 〈옥루몽〉에서는 벽성선의 은설회를 연왕이 칭찬하자 강남홍이 불쾌해하는 것으로 바뀐다.

> 연왕이 디희 왈 "······ 션슉인(벽성선-인용자)의 긔경민쳡ᄒ미 엇지 이
> 에 밋츨 줄 아라시리오." ᄒ거늘 난셩(강남홍-인용자)이 홀연 불쾌ᄒᆫ 긔식
> <u>으로 윤·황 양부인을 디ᄒ여 탄왈 "셰간의 밋지 못홀 거슨 젹국지간이라.
> 쳡이 션낭과 동시 쳥누 죵젹으로 지긔상통ᄒ여 귀문의 드러와 일호 싀심
> 이 업습더니 금일 엇지 슈단을 조랑ᄒ여 샹공의 뜻을 맛추야 쳡의 무식ᄒ
> 믈 보고져 홀 줄 아라시리잇고." 말슴을 맛고 노긔 등〃ᄒ니 연왕이 미소
> 왈 "난셩은 식노ᄒ라. 우연ᄒᆫ 일을 유심히 칙망ᄒ리오." 션낭이 무안ᄒ여
> 발명 왈 "이ᄂᆫ 샹공이 난셩의 거동을 보고져 ᄒ샤 쳡과 약속ᄒ신 비니 쳡
> 이 엇지 현능코져 ᄒ미리오." 난셩이 더옥 불쾌ᄒ여 왈 "쳡은 본더 민쳡지
> 못ᄒᆫ 지라. 엇지 샹공의 의향을 미리 짐작ᄒ리오. 다만 ᄒᆫ 그릇 츄흔 썩이
> 남아시니 낭은 그 역 나의 직조 업스물 웃지 말지어다." ᄒ고 ······ 윤 부인
> 이 미〃히 웃고 부인(태미-인용자)게 고왈 "이에 강남 연즈병이로소이다.
> 젼일 부친을 따라 항쥬의 갓실 디 이 음식을 맛보아스오나 졔되 까달라
> 강남 사롬도 져마다 만드지 못ᄒᆫ다 ᄒ더이다." 부인이 칭찬ᄒ며 ······
>
> (규장각11 : 25뒤~26뒤)

강남홍의 행위가 그녀의 말처럼 진짜가 아니라 잔꾀였을지라도, 처인 윤 부인과 시어머니인 태미까지 있는 상황에서 다른 첩인 벽성선을 남편이 칭찬했다는 이유로 위와 같이 행동하는 것은 너무 과도하다. 더욱 윤 부인이 분위기를 무마하려는 듯이 강남홍의 재주를 높이는 말을 하고, 이를 시어머니까지 인정하는 듯하게 묘사하는 것은, 분명 강남홍이 상황을 주도하고 윤 부인이 눌린 상황임을 말해 주는 것이다. 이 윤 부

인은 분명 <옥련몽>에서 '가모(家母)' 운운했던 윤 부인의 모습과 확연
히 다르다.

③ <옥련몽>에서는 윤 부인의 인간적인 면모가 드러나는데 비해,
<옥루몽>에서는 그런 측면이 삭제되면서 가부장의 욕망을 내면화한
인위적인 모습으로 형상화된다.

양창곡이 귀양을 갈 때 윤 부인은 '머리를 숙이고 슈삽초창ᄒ'여 "군
ᄌ의 도라오실 긔약이 어ᄂ 쎄의 잇ᄉ오릿가?(무신4 : 30앞)"라며 애절하
게 묻고, 또 양창곡이 남만으로 출정할 때도 윤 부인의 애절함이 부각된
다(무신5 : 28앞~뒤). 이 두 장면 모두 <옥루몽>에는 없다.

애절하게 눈물 흘리는 모습이 삭제됨으로 인해 <옥루몽>에서는 윤
부인의 인간다운 측면이 부족해졌다. 그런 내용은 가부장의 욕망을 철
저하게 내면화한 <옥루몽>의 윤 부인에게는 적절치 않기 때문이다.
<옥루몽>에서 윤 부인이 가부장의 욕망을 철저하게 내면화해야만 첩
(妾)인 강남홍이 집안을 주도적으로 치가하는 것에 대해 이의를 제기하
지도 않고 의아해하지도 않는 것이 당연하게 받아들여지기 때문이다.25)

결국 윤 부인을 개작하는 방향은 주모로서의 위상은 강남홍에게 넘
기고, 인간다움도 삭제하여 가부장의 욕망에 철저하게 복속시키는 것이
었다. 그 결과 <옥루몽>의 윤 부인은 현숙하게 자기감정을 철저하게
통제하는 모습으로 나타난다. 이는 남성들의 욕망에서 볼 때 이상적인
처의 모습으로, 역설적이게도 <옥련몽>보다 선명하고 명확한 모습으로
자리 잡게 된다. 당대 사대부가 처의 일반적인 모습에서 어느 정도 거리

---

25) 이렇게 윤 부인이 형상화된 이유는, 그런 처의 모습이 가부장 양창곡의 욕망에 부응
하기 때문이다. <옥루몽>의 윤 부인의 이런 측면과 가부장의 욕망에 대해서는 유광
수, 앞의 논문, 2006, 204~209, 343~355쪽 참조.

를 둔, 가부장의 욕망을 내면화한 '현숙함', '단호함', '감정의 배제' 등의 속성 때문에 오히려 명료하게 성격이 부각된 것이다. 익숙한 것이 아닌 낯선 것, 일상적인 것이 아닌 이상적인 것이기 때문이었다.[26]

나) 일지련 : 활달한 신비로움 삭제

일지련은 축융왕의 딸로 공주이자 남방에 유명한 장수이다. 승승장구하던 명나라 군사를 처음으로 패퇴시킨 자가 일지련이며 무예에 능한 강남홍(홍혼탈)과 대등하게 자웅을 겨룬 장수도 일지련이다. 그녀는 남방이 평정된 후 강남홍을 따라 중국으로 건너와 양창곡의 세 번째 첩이 된다. 〈옥련몽〉에서는 공주이자 장수로서 활약할 때와 집안에 들어와 첩으로 지낼 때에 큰 성격적 변화가 없는데, 〈옥루몽〉은 변화가 크다. 또한 일지련만의 독특한 매력도 〈옥루몽〉에서는 사라져 버린다.

〈옥련몽〉에서 일지련의 인물 형상화에 기여하는 것은 크게 셋으로, '이방 여인으로서의 신비한 분위기', '남방의 공주가 볼모로 중국 대신의 첩으로 오게 되는 것', 그리고 '장수로서의 활달함과 진취적인 성격'이다.

① 일지련은 이방 여인으로서의 신비한 분위기가 강조된다. 몸에서는 광채와 기이한 향내가 난다. 살빛이 '빙셜 갓희여 광치 영농ᄒᆞ고', 기이한 향기가 항상 품어져 나온다. 양창곡과 동침하는 장면을 보면, '실듕의

---

26) 일상적이지 않은 낯선 것이 독자의 흥미를 고조시키고 서사를 진행한다는 것은 잘 알려진 것이다. 명확한 성격의 형상화는 이런 일상적이지 않은 낯선 것에 기대어 강화된다. 이것은 도식성의 파괴로서의 긴장을 조장하기 때문이기도 하다. 러시아 형식주의자들의 '낯설게 하기'에 대해서는 권택영, 『소설을 어떻게 볼 것인가』, 문예출판사, 1995, 13~31쪽 ; 김치수 편저, 『구조주의와 문학비평』, 기린원, 1989, 43~79쪽 참조. 그리고 도식성을 유지하면서 긴장적으로 파괴의 일탈이 주는 명료함과 몰입에 대해서는 J. G. 카웰티, 「도식성과 현실도피와 문화」, 박성봉 편역, 『대중예술의 이론들』, 동연, 2000(5쇄), 81~107쪽 참조.

됴요ㅎ야 야광쥬를 픔은 듯 향긔 셕상의 즈옥ㅎ야 계셜향을 먹음 듯'하고 '누어던 침셕과 연왕의 몸짜지 향늬 져졋'을 정도이다(무신15 : 34뒤~16 : 1뒤). 방중(房中) 장면이어서 그렇기도 하겠지만, 이런 그녀의 모습은 성애(性愛) 분위기를 한껏 고조시킨다. 빙설 같은 살빛이나 기이한 향기는 그야말로 이방에서 온 신비로운 여인의 아름다운 모습을 한껏 강조한다.27)

일지련은 <구운몽>의 심요연과 백능파를 창조적으로 재구성한 인물로28) '이방의 신비한 여인(백능파)'이면서 '변방의 뛰어난 장수(심요연)'의 속성을 갖고 있다. 그 중 신비한 여인의 속성을 몸에서 나는 광채와 기이한 향기로 구체화시켜 형상화한 것이다. 이런 그녀의 모습은 아름답고 고혹적으로, 다른 처첩들에게는 없는 그녀만의 독특한 매력이다. 여기에 처첩 중 가장 나이가 어리다는 점, 공주이지만 슬픈 과거를 가지고 있다는 점, 그리고 자신의 고향을 떠나 볼모로 넘겨진 비련의 여인이라는 점 등이 더해져서 성적(性的) 분위기를 가장 강하게 자극하는 인물로 형상화된다.29) 양창곡과의 동침 장면이 구체적으로 제시되는 것도 이런 이유에서다. 그러나 일지련의 이런 특징과 속성은 <옥루몽>에서 모두 삭제되어 버린다.

---

27) 황제를 알현하는 장면에서도 일지련의 황홀한 광채와 향기가 강조되고, 황후는 그녀를 "진간 범골이 아니라"며 칭찬한다. (무신19 : 12뒤~13뒤) 참조.

28) 성현경, 「「九雲夢」과 「玉蓮夢」의 對比硏究」, 『韓國小說의 構造와 實相』, 영남대학교 출판부, 1989, 214~225쪽.

29) 다른 처첩들도 아름답지만 그들은 자신의 아름다움을 의도적으로 숨기려고 하지는 않는다는 점에서 일지련보다 性的 분위기를 자극하는 측면에서는 상대적으로 약하다. 일지련은 평소에 자기 몸에서 나는 광채와 향기를 감추려고 한다. 감춰진 것을 벗기려는 행위가 성적 흥분을 더 자극한다고 본다면(죠르주 바따이유, 『에로티즘』, 조한경 옮김, 민음사, 1989, 17~19쪽 참조), 일지련의 자극적 기능은 다른 여성들에 비해 높다고 하겠다.

② <옥련몽>에서는 일지련이 볼모로 양창곡에게 보내진 여인이란 점이 서사에 명시적으로 나타난다는 점이 <옥루몽>과 다르다.

축융이 "만일 홍도국을 직희라 ᄒ신즉 과인이 맛당이 녀ᄋ롤 볼모ᄒ고, 셰〃 ᄌ손이 됴공을 폐치 아닐가 ᄒᄂ니다."라고 하자, 양창곡이 허락한다(무신12 : 28뒤~29뒤). 이는 '일지련이 중국으로 건너와 양창곡의 첩이 된다.'는 것을 위한 나름의 합리적 장치이다. 남방에 이름 있는 장수이자 공주가 고향과 부모를 떠나 중국으로 건너가게 되는 것을 개연적으로 설명하기 위해, 축융의 욕심을 부각해 이렇게 꾸민 것이다. 실제로 변방을 다스리는 방법으로 볼모를 잡는 것은 흔히 있는 일[30]이고 보면, 위의 축융의 발언은 나름의 합리성을 가지고 있다.

그러나 <옥련몽>의 내용은 너무 직설적이어서 세련미가 떨어진다. <옥루몽>에서는 이를 세련되게 고치는데 '볼모'라는 말을 문면에서 빼고, 서사 구성을 바꿔, 정황상 이해되게 서술한다.

> 원쉬(강남홍/홍혼탈-인용자) 도독(양창곡-인용자) 장듕의 와 종용 고왈 "상공이 츔늉의 먼니와 슈고ᄒᄂ 뜻슬 짐작ᄒ시ᄂ니잇가?" 도독 왈 "닉 쏘한 의심ᄒ미 잇스니 낭은 몬져 말ᄒ라." 원쉬 소왈 "츔늉은 욕심이 만흔지라. 홍도지방이 광활ᄒ여 남방 듕 소국이 아니〃 츔늉이 반다시 이를 희긔(希覬-인용자)하여 뜻두는 둣ᄒ여이다." 도독이 소왈 "…… 츔늉의 소원을 일워주미 무방ᄒ가 ᄒ노라." …… 츔늉을 쳥ᄒ여 일어 왈 "디왕이 쳔ᄌ롤 위ᄒ여 멀니 와 츔셩을 다ᄒ니 그 공이 젹지 아닌지라. …… 이제 홍도국이 진압홀 지 업스니 디왕은 이 싸 왕이 되여 졍ᄉ롤 셩힝ᄒ디 ……." 츔늉이 니러 지비 왈 "과인이 셩조의 은덕을 입사와 임의 디죄롤 ᄉ흐샤 싱활지은을 더ᄒ시고 홍도국을 맛기시니 망극ᄒ신 쳔은을 도보홀

---

30) 중국이 변방 민족을 대하는 '화친', '인질', '전쟁', '교유' 등의 다양한 방법에 대해서는 니콜라 디코스모, 『오랑캐의 탄생』, 황금가지, 2005, 129~174쪽 참조.

싸히 업술지라. ……." …… 슈일 후 도독이 회군홀 시 츔늉이 졔장을 거ᄂᆞ
려 나와 …… 홍 원슈롤 향하여 초창왈 "…… 녀ᄋ 일지연이 천셩이 고이
ᄒᆞ여 평일 듕국을 구경코져 일시 경〃ᄒᆞ던 초 원슈의 풍치롤 흠앙ᄒᆞ여 천
인 만니의 아비롤 ᄇᆞ리고 지긔 상종ᄒᆞᄆᆞᆯ 밍셰ᄒᆞ니 그 뜻줄 억졔치 못할지
라. ᄇᆞ라건더 원슈는 거두어 가르치게 ᄒᆞ소셔." ……

(규장각7 : 78뒤~81앞)

축융이 홍도국을 다스리는 대신 '딸 일지련을 홍 원수(홍혼탈/강남홍)
에게 맡기겠다는 것'은[31] 볼모라는 말을 세련되게 돌려 표현한 것이다.
축융에 대해 나탁의 부하가 "다만 츔늉 더왕이 탐이 만하 녜물이 젹은
즉 즐겨 오지 아닐가 ᄒᆞᄂᆞ이다(규장각5 : 59~앞60뒤)"라고 논평한 것처럼
그는 욕심이 많은 인물이다. 일지련의 모친을 대했던 것만 보아도 정인
군자는 아니다. 이런 축융의 말과 행동의 이율배반성을 작가는 세련된
'중층서술'로 드러냈다. 이를 통해 인물들은 입체화되고 사건은 문면에
숨겨져 은근한 긴장감이 형성된 것이다.[32]

③ <옥련몽>의 일지련의 세 번째 특징인 '장수로서의 활달함과 진취
적 성격'은 매우 다양한 측면에서 구체적으로 나타난다. 일지련은 양창
곡을 따르기 전이나 후나 변함없이 활달하고 용맹함을 갖춘 여성으로
그려진다. 대표적인 내용을 요약하면 다음과 같다.

양창곡을 따르기 전
-강남홍과 대등하게 전투를 벌임

---

31) 강남홍이 남장하고 '홍혼탈'이라는 장수로 明軍의 원수로 활약하고 있는데, 축융은
그런 사실을 모른다. 그래서 일지련을 강남홍에게 바친 것이다.
32) '중층서술'은 축융의 경우에만 그런 것이 아니라 <옥루몽> 전반에 걸쳐 나타난다.
'중층서술'에 대해서는 유광수, 앞의 논문, 2006, 331~362쪽 참조.

양창곡을 따른 후

ⓐ 벽성선이 임신했음을 희롱하는 데 앞장서서 나선다.

ⓑ 술을 호탕하게 마시고 음률에도 정통해 강남홍·벽성선이 놀란다.

ⓒ 쌍륙 놀이에서 탁월한 능력을 보여준다.

ⓓ 귀양가는 양창곡을 따라가 시중든다.

ⓔ 대승사에서 부처와 극락도를 보고 "나는 평성에 격악도 업고 공덕도 업스니 투성의 갈 곳지 업도다."라고 말한다.

ⓕ 엽장(獵場)에 나타난 범을 강남홍과 함께 퇴치한다.

이렇게 〈옥련몽〉에서는 양창곡을 따르기 전이나 후나 일관되게 그녀의 성격은 씩씩하고 활달하다. 그런데 〈옥루몽〉에서 일지련은 양창곡을 따르기 전은 변하지 않지만, 양창곡을 따른 후에는 많이 바뀐다. 〈옥루몽〉에서는 ⓐ, ⓑ, ⓒ가 삭제되고, ⓓ는 강남홍이 수행하는 것으로 바뀌고, ⓔ는 연왕과 진왕이[33] 말하는 것으로 바뀐다. ⓕ는 그대로 일지련과 강남홍이 같이 범을 퇴치하는 것으로 되어 있으나 그 서술을 많이 바꿔 일지련의 용맹함이 사라져 버린다.

〈옥련몽〉의 엽장(獵場) 장면(ⓕ)을 보면, 강남홍과 일지련이 합력해서 범을 잡는데, 둘의 무예와 기량이 대등한 것으로 그려진다(무신19 : 27뒤~29앞). 그런데 문면을 자세히 보면 일지련의 무예를 의도적으로 더 강조하고 있음을 알 수 있다. 강남홍은 일찍이 남방의 괴물 사자방을 부용검으로 단숨에 없애 버렸다. 그런 그녀가 이렇게 '형세 급한' 상황에서 '디경'하여 급히 '몸으로 뼈 막으며', '부용검을 날려 범의 가슴을 질' 렀지만 범이 죽지 않는다. 강남홍의 무공이나 부용검의 날카로움으로

---

33) 규장각본에서는 대승사 장면까지 진왕이 같이 동행한다. 그래서 부처와 극락도를 보고 말하는 것이 연왕과 진왕이 같이 말하는 것으로 되어 있고(규장각13 : 8뒤), 신문관본에서 진왕이 떠난 후 연왕 일행만 대승사를 유람하는 것으로 서술되어 있으므로 연왕 혼자서 말하는 것으로 되어 있다(신문관 4 : 132).

보아 범이 죽는 것이 마땅하다. 그러나 일지련과 함께 같이 협력하여 범을 잡게 하기 위해 범이 죽지 않은 것으로 서술한 것이다. 즉, 일지련 의 무예를 부각시키려는 의도이다.

이 <옥련몽>의 장면은 <옥루몽>에서는 북방 원정에서 악호(惡虎)를 퇴치하는 것으로 바뀌는데, 일지련이 범을 유인해 오자 강남홍이 신기한 재주로 혼자서 퇴치한다(규장각10 : 31뒤~36앞). 시종일관 강남홍의 무예를 강조하는 서사에, 일지련은 시중드는 보조자 역할로 등장할 뿐이다.

<옥련몽>의 일지련은 볼모로 보내진 것이 분명함에도 불구하고 그 녀 특유의 신비함과 당당함이 양창곡의 첩이 된 후에도 빛을 발한다. 이는 '일지련'이라는 인물 형상화에는 일관성이 있어 좋지만, '강남홍'이 란 인물 형상화에 방해가 된다는 점에서 좋지 않다. 또한 볼모로 잡혀온 여인이 조금도 꺼려하지 않고 당당하고 활달하게 행동하는 것도 조금 어울리지 않는 면이 없지도 않다.[34] 그래서 강남홍 위주의 서사를 꾀하 는 <옥루몽>에서는 '신비한 여인의 속성'은 완전히 제거하고, '볼모로 보내진 여인이란 점'은 세련된 중층서술로 바꾸고, '호쾌하고 진취적인 여성 영웅 모습'은 양창곡을 따르기 이전만 살려두고[35] 이후는 약화 또 는 삭제한다. 특히 귀양 가는 양창곡을 수종하는 것을 강남홍으로 바꿔 버림으로써 서사에 등장하는 시간까지 대폭 줄어든다.

이렇게 독특한 일지련이 <옥루몽>에서는 그녀 특유의 색채를 잃고 바래져서 일반적인 여성 영웅의 모습 이상을 보여 주지 못한다. 이는

---

34) <옥루몽>은 볼모로 잡혀 온 것이라는 것도 중층서술로 숨기고, 집에 들어와서는 수 삽한 것으로 바뀌는 것을 통해 타당성을 획득한다. 그러나 너무 무리한 수삽함으로 그녀 특유의 본질을 깎아먹게 된다.

35) 양창곡을 따르기 이전을 그대로 두는 것은 일지련이 강남홍과 자웅을 겨룰 정도가 아니면 군담을 비롯한 다른 큰 서사까지 바꿔야 하기 때문이다.

모두 강남홍을 부각시키고자 하는 작가의 의도 때문이다. 파생작으로 〈강남홍전〉,36) 〈벽성선〉37)은 만들어졌지만 〈일지련전〉이 만들어지지 않은 이유는 파생작을 만든 작가가 〈옥루몽〉을 기반으로 했기 때문이다. 〈옥루몽〉을 바탕으로 할 경우 일지련은 그렇게 특별할 것이 없기 때문이다.

다) 강남홍 : 주도적 우위로 변형·첨가

앞서 본 것처럼 〈옥련몽〉이 〈옥루몽〉으로 되면서 강남홍 위주의 서사가 된다. 앞서 확인한 것들은 모두 강남홍이 여성 영웅이 된 이후의 장면들인데, 여성 영웅이 되기 이전인 기녀일 때를 살펴보면, 이 역시 마찬가지이다.

기녀로서 강남홍의 모습은 〈옥련몽〉이 사실적인 기녀의 모습을 띤다면 〈옥루몽〉은 상대적으로 관념화된 이상적인 기녀의 모습을 보여준다.38)

〈옥련몽〉에서 강남홍은 기녀의 속성이 〈옥루몽〉보다 더 부각되어 나타난다. 기녀 시절 옆 고을 황자사가 그녀를 겁박하려 할 때, 윤자사는 어쩔 수 없다는 태도를 보이는데 이에 대해 〈옥련몽〉의 강남홍은 비꼬는 말을 한다.39) 이는 기녀 시절에도 기품 있게 행동하는 〈옥루

---

36) 〈강남홍젼〉(한글활판, 회동서관 1926) / 인천대학교 민족문화연구소, 『舊活字本 古小說全集』4, 은하출판사, 1983, 1~105쪽.

37) 〈벽성선〉(한글활판, 신구서림 1922) / 인천대학교 민족문화연구소, 『舊活字本 古小說全集』4, 은하출판사, 1983, 3~116쪽.

38) 〈옥루몽〉에 나타나는 여러 기녀의 모습과 강남홍이 이상적이고 관념적인 '지조 높은 기녀'의 전형을 보여준다는 점에 대해서는 유광수, 앞의 논문, 2005, 213~254쪽 참조.

39) 천한 신분의 강남홍이 刺史에게 이렇듯 비꼬는 말을 할 수 있었던 배경에는 기녀로

몽>의 경우와 크게 다르다.

　　(황자사의 편지에 대해-인용자) 윤ㅈ시 회답ㅎ야 보니고 홍을 불너 왕
ㅈㅅ의 셔간을 뵈니 홍이 머리를 슉이고 말이 업더니 냥구에 디왈 "냥위
샹공이 못ㅈ와 승유ㅎ시니 쳔긔 엇지 편히 누엇시릿가?" …… 즉시 집으
로 나와 연일 부등의 드러가지 아니ㅎ고 홀々 불낙ㅎ야 …… (경도희 당일
이 되어-인용자) …… ㅈ시 그 눈물 흔젹을 보고 칙왈 "니 낭의 �뜻ㄹ 아느
니 싱각을 조급히 말고 긔틀을 보아 도모ㅎ라."ㅎ니 ㅆㅚ흔 답지 아니하고
집으로 나와 힝장을 찰힐 시　　　　　　　　　　　　　（무신3 : 9앞~11뒤)
　　(황자사의 편지에 대해-인용자) 윤ㅈ시 홍을 불너 황ㅈㅅ의 편지를 뵈
인디 홍이 묵々 무어ㅎ고 즉시 집의 나와 연일 부즁의 드러가지 아니ㅎ고
홀々 불낙ㅎ야 …… (경도희 당일이 되어-인용자) …… ㅈㅅ 그 누흔을 보
고 칙왈 "황ㅈㅅ의 금일 노름은 노뷔 비록 그 �뜻ㄹ 아느 불힝 인읍의 쳐ㅎ
야 간쳥ㅎㅁ를 괄시치 못ㅎㅁ니 낭도 ㅆㅚ흔 편협흔 마음을 두지 말고 사긔를
보아 쥬션ㅎ라." 홍낭이 ㅅ례ㅎ고 집의 나와 힝장을 추릴시
　　　　　　　　　　　　　　　　　　　　　　　　（규장각2 : 19뒤~21뒤）

　　<옥련몽>의 강남홍은 비꼬는 기녀의 행동을 보여 도드라지는데 비
해, <옥루몽>의 강남홍은 순종적이고 차분하게 그려진다. 경도희 장면
을 보면 이런 점이 더욱 두드러진다. <옥련몽>의 강남홍은 당돌함이
두드러지는 데 비해(무신3 : 12뒤~18뒤), <옥루몽>의 강남홍은 황자사의
겁박을 벗어나려고 하는 가련함이 두드러져 안쓰럽게 느껴진다(규장각2

서 어느 정도 인정되고 용인되는 한도가 있었기 때문이며, 이것은 사실적인 기녀의
모습의 일단을 보여준다고 할 수 있다. 실제 기녀들은 '고급 예술인으로서 기능'하기
도 하고 '애정지향의 생활'을 하기도 했지만 '실리를 추구'하기도 했다. 남자의 권세를
업고 온갖 뇌물 수수, 공물・宴幣 등을 하사받았고 심지어 각종 정사나 決訟, 각종
청탁에 개입하기도 했다. 이런 배경에는 남성을 미혹하여 갖은 아양을 떨기도 하고
희롱하고 속이는 것까지 다양한 양상이 있었다. 실제 기녀들에 대해서는 조광국, 『기
녀담 기녀등장소설 연구』, 월인, 2000, 76~90쪽 참조.

: 22앞~28앞). 비꼬는 앙탈스런 강남홍의 모습보다는 처연한 강남홍의 모습이 그녀를 더 아름답게 느껴지게 하여 그녀에게 감정적 동일시를 하게 만든다.[40]

이렇게 〈옥련몽〉 강남홍의 사실적인 모습은 그녀의 출산장면에서도 잘 드러난다.[41] 기녀 때 사실적인 모습이었던 것처럼 인간적인 모습이 잘 드러난다. 그러나 이는 이상화되어 집안을 치리하는 〈옥루몽〉의 당당한 모습에는 어울리지 않는다. 그러므로 〈옥루몽〉에서는 삭제한다.

이렇게 강남홍은 〈옥련몽〉에서 사실적이고 인간적인 모습의 기녀에서 첩이 되는 여성이었는데, 〈옥루몽〉에서는 이상적인 기녀에서 이상적인 여성 장수로, 그리고 집안을 주도하는 이상적 여성으로 바뀌어 형상화된다.

3. 개작 결과와 의미

1) 인물의 비중 조정 : 성격의 명료화

〈옥련몽〉에서는 다섯 명의 여성이 각각 비중 있게 그려진다.[42] 현숙하게 집안을 이끄는 윤 부인, 투기했다가 회과하는 황 부인, 뛰어난 무

---

40) 대중적 기법으로서의 동일시에 대해서는 J. G. 카웰티, 앞의 논문, 2000, 89쪽 참조.
41) 연왕이 창황이 방듕의 드러가 보니 난성이 운빈이 요란ᄒ고 쥬흔이 만면ᄒ야 좌불안석ᄒ다가 연왕이 일음을 보고 울어 왈 "첩이 빅만 군듕에 시석이 여우ᄒ여도 죽을가 겁이 업더니 이졔 텬지 아득ᄒ고 졍신이 현황하야 견딜 길이 업사ᄋ니 샹공은 살녀 쥬소셔." 연왕이 비록 산졈이믈 짐죽ᄒ나 년소 남조의 초견지시요 쏘흔 난셩의게 일으러논 진듕흔 체모롤 직희지 못ᄒ샤 젼도흔 닐이 만흔지라. ……
(무신14 : 31앞~뒤)
42) 그 이유는 〈구운몽〉의 8처첩을 적절하게 안배하여 5처첩으로 만들었기 때문이다. 성현경, 「「九雲夢」과 「玉蓮夢」의 對比硏究」, 앞의 책, 1989, 203~226쪽 참조.

공과 지략을 지닌 강남홍, 모진 고초에도 참고 견디는 벽성선, 활달하고 신비로운 일지련. 각기 독특한 위치를 점하고 있다. 그렇지만 <옥루몽>에 비기면 그 성격 형상화가 그렇게 명징하다 하기 어렵다. 모두 비슷비슷한 수준으로 그려졌기 때문이다.

작가는 <옥련몽>의 모든 여성들을 잘 표현하고 싶었을 것이다. 그래서 각 인물들의 비중을 적절하게 안배하여 서술한 것이다. 그런데, 그랬기 때문에 특징 없는 인물들이 되고 만 것이다.[43] 즉, 공들여 형상화한 <옥련몽>의 윤 부인은 꼭 그 '윤 부인'일 필요가 없다는 문제가 대두된 것이다. 다른 작품에 있는 '처'들도 <옥련몽>의 윤 부인처럼 기능하고 행동하기 때문이다. '윤 부인'이란 인물의 특징이 살아나는 것이 아니라, 그 시대 '일반적인 처'의 모습에 머물 뿐이다. 집안을 치리하는 것이 당연하다는 것은 사실 그것이 별다를 것이 없는 일이라는 것과 같은 말이다. 너무 당연하기 때문에 성격 형상화에는 특별한 의미가 없는 것이다.[44] 강남홍도 그렇다. 그녀가 보여주는 서사의 다채로움이 있고, 그렇게 다채로운 이야기를 이끌어가는 여성 인물이 다른 작품에 없다는 점에서는 특별하지만, 그것은 '강남홍'이기 때문에 특별한 것과는 별개의 문제다. 강남홍이란 인물의 특성 때문이 아니라 서사 구성의 특성 때문

---

43) 이는 <옥루몽>과 견주었을 때 그렇다는 것이지, 절대적 수준이나 격의 문제가 그렇다는 것이 아니다.

44) 특이한 것, 일탈, 일상적이지 않은 것에 대한 관심은 충격과 흥분을 주는 쪽에 관심을 갖는 것으로 발전하며 그것은 일상적인 인물이 평면적으로 작용하는 것에서 벗어나, 전형성을 탈피할 때 고조된다. 전형성은 쉽게 평면성으로 흐르는데 그것을 극복하는 것은 너무 당연한 상황, 당연한 인물 모습에서 탈피할 때 가능하다. 이런 인물들에 대해 통탄하고 비판하면서도 그들을 매력적으로 여기게 되는데, 그것은 평범에서 일탈했기 때문에 설득력 있게 다가서고 그래서 대중적 호응을 받는다. 빅토리아 시대에 선정소설의 유통방식과 인물 형상화에 대한 이런 변화가 이를 잘 설명해 준다. 장정희, 『선정소설과 여성』, L.I.E., 2007, 22~26쪽 참조.

에 그랬을 뿐이다. 즉, 다른 여성 영웅이어도 가능한 것이다. 결국, 강남홍의 강남홍다운 성격 형상화는 이루어지지 못한 것이다.[45]

즉, 〈옥련몽〉은 훌륭한 작품이기는 해도 인물 형상화 측면에서 볼 때는 의미 있는 인물을 보여주었다고 하기는 어렵다. 서사의 다채로움 때문에 인물이 그렇게 느껴졌을 뿐이다. 작가 남영로는 이런 점을 느끼고 〈옥루몽〉으로 개작하면서 인물을 특화시켰다. 서사와 인물 수를 크게 바꾸지 않는 동일한 조건에서[46] 특화는 차별화의 논리일 수밖에 없고, 그것은 비중 조정이 필수적으로 따르게 마련이다. 단순히 서술 분량만의 조정이 아니라 서사의 무게감을 조정해야 했다. 그래서 강남홍 위주로 비중을 조정한 것이다.

강남홍 위주로 비중을 조정한 데는 첩을 부각시키고자 하는 작가의 개인적 욕망 외에도,[47] 몇 가지 현실적 이유가 있었다. 서사의 줄기까지 바꿀 정도로 대폭적인 조정을 하지 않는 한도에서는 강남홍이 유일한 대안이었기 때문이다. 가장 활약이 두드러지고, 서사 처음부터 출현하

---

45) 물론 인물 형상화의 정도를 계량화해서 논하기는 어려운 점이 없지 않다. 그러나 기녀로서 한 남성을 그리다가 투신자살을 시도하고, 도술을 닦고, 男裝하여 장수가 되고, 군공을 세운 후 그 남성의 첩이 되는 것은 서사의 다채로움을 빼면 다른 여성영웅소설류의 주인공과 크게 다른 것이 없다. 〈옥련몽〉의 강남홍이 다른 여성영웅소설보다 어느 정도 발전한 측면이 있기는 하나 평면적인 성격 형상화에 머문다는 점에서는 비슷하다 하겠다.

46) 인물 수를 조정할 수도 있었을 테지만, 그렇게 할 경우 서사에 큰 변화가 불가피하다. 그래서 작가가 '인물 수 조정'이 아니라 '인물 비중 조정'을 택한 것 같다.

47) 남영로의 작품 창작과 그의 첩에 대한 관계는 몇 가지 구술을 통해(차용주, 앞의 책, 1981 ; 성현경, 앞의 논문, 1968 참조) 짐작할 수 있다. 어느 정도 직간접의 영향을 미쳤을 가능성을 배제할 수는 없지만, 구술의 신뢰도와 기억의 문제는 차치하고라도, 작가 개인의 창작에 첩의 욕망과 열망이 1차 원인이 되었다고 하기는 어렵다고 본다. 즉, 남영로가 자신의 첩을 아끼는 마음 때문에 강남홍을 강조했다기보다는, 의미 있는 캐릭터를 형상화하기 위해 강남홍을 이렇게 개작한 것이 먼저였다. 다만 그 과정에 작가 개인의 욕망이 반영되었을 수도 있다.

며, 집안 내·외 문제 모두에 걸쳐 있는 인물이 강남홍이기 때문이다.
또 첩이어서 이동과 공간 확장에 처인 윤 부인보다 유리한 이점도 있
다.[48] 이렇게 가장 활달한 강남홍이 강조되자 일지련이 문제였다. 그녀
는 공간 확장과 당당함에서 강남홍과 부딪히는 면이 많았다. 더욱 나이
가 어리다는 점이나 신비로움으로 보면 일지련이 더 호소적이기까지 했
다.[49] 그래서 일지련의 비중을 현저하게 낮춘 것이다. 물론 일지련 위주
로 '비중 조정'을 할 수도 있었을 것이다. 그러나 일지련이 너무 서사에
늦게 출현한다는 단점이 있다. 더욱 그녀는 주류가 아닌 변방 여인이
다.[50] 그녀가 주류가 되어 강남홍이나 벽성선 등보다 우위에 선다면 심
정적 동일시보다는 반발이 일어나기 쉬울 것이다. 나아가 처인 윤 부인
보다 우위에 선다면 그 반발이 더 커질 것이다. 심하게 말해, 일지련은
남성의 즐길 거리로 서사에 끼워준 액세서리 같은 존재일 뿐이기에 적
절치 않았던 것이다.[51]

---

48) 공간 확장과 이동에 대해서는 유광수, 앞의 논문, 2006, 256~260쪽.

49) 더욱이 일지련은 양창곡의 첩이 된 후에 女功에 힘을 쓴다. 이런 점은 당대 여성독자들
의 시각에는 상당히 긍정적으로 읽혔을 것이다. <옥련몽> 서강대본을 필사한 여성이
여성 인물들에 대해 다음과 같은 평을 하고 있음을 의미 있게 받아들여야 할 것이다.
   홍낭은 날니가 나야 일긴이요, 션낭은 노린나 흐고 거문고나 타는 디 노름거리오,
   년낭은 여공의 못홀 거시 업고 난편 공경 잘 흐고 쏘 며느리가 비록 외모가 남만 못흐
   나 효성과 존고의 뜻즐 바드니 년낭이가 계일일다. 냥반의 부인이 인물 잘 나면 무엇
   흐리. 닉 소견의는 년낭 교뷔와 윤 부인 외예는 이 칙의 샤롬이 업는 듯흐도다. (서강
   대18:72앞)

50) 변방은 쉽게 타자화되며 폄하되곤 한다. 이는 중심 이데올로기가 존재하는 한 피할
   수 없다. 리처드 커니, 『이방인·신·괴물』, 이지영 옮김, 개마고원, 2004, 49~88쪽
   참조

51) 좋을 때는 같은 편이지만 그렇지 않을 때는 완전히 남처럼 대할 수 있는 것이 민족감
   정이다. 이는 현재 스포츠에서 활약하고 있는 외국인 용병 문제와 크게 다를 것이 없
   다. 일지련의 원형이라 할 수 있는 <구운몽>의 심요연도 변방의 劍客 출신으로 그녀
   가 양소유를 따른 후 처첩간의 서열에서는 가장 낮은 위치를 점한다는 것도 이런 점을
   잘 보여준다. <구운몽>에서 첩들의 서열에 대해서는 유광수, 앞의 논문, 2006, 101~

결국 〈옥루몽〉에서 인물들 간의 '비중 조정'을 통해 성격을 명료하게 만들어 인물 형상화에 성공한다.[52] 윤 부인은 주모(主母)로서의 당당함과 인간다움이 사라지고 수삽하고 소극적인 모습으로 가부장의 욕망을 내면화하는 인물이 되고, 일지련은 용맹한 신비스러움과 감각적인 성적 측면이 사라지고 소극적 위치에서 보조하는 인물이 된다. 그리고 서사 전면에 강남홍이 이상화되어 주도적으로 나서게 된다. 이런 인물 형상화를 통해 〈옥루몽〉만의 독특한 매력적인 인물(Character)들이 만들어지게 되었다.[53] 경쟁에서 〈옥루몽〉이 〈옥련몽〉보다 앞서게 된 여러 이유 중에 하나는 분명 이 때문이었을 것이다.

2) 인물의 위상변화 : 가부장제의 변이

〈옥루몽〉으로 개작하면서 인물의 비중을 조정하자 크게 두 가지 점에서 〈옥련몽〉과 다른 점이 생겼다. '입체화'와 '이상화'이다.[54]

인물의 비중을 조정하여 차등을 주자 인물들 간에는 미묘한 긴장관계가 형성되었다.[55] 그리고 이는 각 인물을 입체화시키는 데 중요한 기능을 하게 되었다. 치가(治家)를 윤 부인이 하지 않고 강남홍이 하게 됨으로 인해서, 그리고 또 비등하게 겨뤘던 여성 장수지만 일지련이 강남

103쪽 참조.

52) 앞서 말했듯이 일지련의 경우는 오히려 퇴보한 면이 없지 않다. 그러나 전체 비중을 조정하는 입장에서 강남홍과 충돌하기 때문에 어쩔 수 없었을 것이다.

53) 강남홍의 독특한 매력에 대해서는 지금도 눈여겨 보아야 할 것이다. 서대석, 「조선의 로망, 21세기의 로망」, 『우리고전 캐릭터의 모든것』1, 휴머니스트, 2008, 54~69쪽 참조.

54) 인물과 장면의 입체화와 이상화는 〈옥루몽〉의 중요한 특징이다. 유광수, 앞의 논문, 2006, 256~260 ; 331~335 ; 343~355쪽 참조.

55) 인물들 간의 미묘한 긴장관계는 〈옥련몽〉에서는 찾기 힘든 〈옥루몽〉만의 특징이다. 〈옥루몽〉에서 첩들 사이의 미묘한 긴장관계에 대해서는 유광수, 앞의 논문, 2006, 192~204쪽 참조.

홍 밑에 들어가게 됨으로 인해서, 이들 간에 미묘한 긴장이 흐르게 되었다.56) 그래서 비중은 축소되었지만 인물들은 더욱 명료하게 형상화된 것이다.

성격의 명료화를 위해 비중이 조정되고 나니, 인물들이 남성 시각에 포착되는 이상적인 면모를 띠게 되었다. 이상화된 인물 모습은 <옥련몽>에도 있었다. 기녀가 도술을 배워 군공(軍功)을 세우는 것(강남홍)이나 음률로 황제를 풍간(諷諫)하는 것(벽성선)은 분명 현실적이라기보다는 독자의 열망이 반영된 이상적 모습이다.57) 어린 공주가 뭇 남성들을 제치고 탁월한 용맹을 보여주는 것(일지련)도 마찬가지이다. 그런데 <옥루몽>은 <옥련몽>처럼 이런 일반적인 독자들의 열망을 이상적으로 보여주는 것에서 더 나아가, 남성 위주의 이상적 판타지를 보여주게 되었다. 가부장제에 어긋나게 첩(강남홍)이 행동하지만 처(윤 부인)는 그것을 당연하게 여기고 오히려 수삽하게 행동한다. 나아가, 정당하게 그런 사태에 문제제기를 하는 다른 처(황 부인)에 대해 일정한 거리를 두기까지 한다. 이는 분명하게 가부장제의 왜곡된 형태이다.58) 가부장인 남성 입

---

56) 이런 긴장관계는 본고에서 다룬 비중 조정을 통한 개작 인물인 세 명 사이 외에도, 벽성선과 황 부인의 경우에도 형성된다.
57) 독자들의 열망과 소설 속 인물의 이상적 모습의 상관관계에 대해서는 움베르토 에코, 앞의 책, 1994, 112~124쪽 참조.
58) 가부장제하에서 妻의 권위는 절대로 妾이 넘볼 수 있는 것이 아니다. 가부장제와 가족관계, 처첩관계에 대해서는 최재석, 「朝鮮前期의 家族形態」, 『진단학보』37, 1974, 135~159쪽 ; 이광규, 『한국 가족의 사적 연구』, 일지사, 1983, 244쪽 ; 배재홍, 「朝鮮前期 妻妾分揀과 庶孼」, 『대구사학』41, 대구사학회, 1991, 1~34쪽 ; 문소정, 「한국 가부장제의 확립 배경에 관한 연구」, 『사회와 역사』33, 한국사회사학회, 1992, 89~122쪽 ; 이순형, 「조선시대 가부장제의 유학적 재해석」, 『한국학보』19권 2호, 1993, 92~117쪽 ; 조희선, 「한국가족에서 첩제도의 법제도사적 변화」, 『인문과학』25, 성균관대학교 인문과학연구소, 1995, 183~193쪽 ; 이효재, 「한국 가부장제와 여성」, 『여성과 사회』7, 한국여성연구소, 1996, 160~176쪽 ; 정지영, 「조선 후기의 첩과 가족질서」, 『사회와 역사』65, 한국사회사학회, 2004, 6~37쪽 참조.

장에서 바라 마지않는 상황을 〈옥루몽〉은 있는 그대로 보여 주는 것이
다. 가부장제 하에서 그렇게 요구하기는 어려워도 그렇게 되기를 원하
는, 남성들의 욕망이 〈옥루몽〉 속에서는 신나게 펼쳐진다. 이런 상황에
대한 반복적 소설 향유는 분명, 남성 위주의 이데올로기를 공고히 하는
아비튀스(Habitus)로[59] 작용하게 된다. 그런데 〈옥련몽〉보다 이렇게 남
성 욕망의 이상적 모습을 보여주는 〈옥루몽〉이 더 널리 향유되었다는
사실에 주목해야 한다. 즉, 매력적인 인물 형상화를 위해 개작한 것이
결과적으로 남성 위주의 욕망을 강화시키는 결과를 가져왔고, 그것이
폭넓은 유통을 통해 아비튀스로 작용하게 되었다는 사실은, 당대 문화
지형이 남성 위주의 욕망과 시각을 마땅하고 당연한 것으로 받아들이고
있었다고 조심스럽게 추측할 수 있는 여지를 열어 준다.[60]

---

59) 문학을 향유하는 것은 그것이 주는 교육적 효과에서 자유롭지 못하다. 독자가 의도하
든 그렇지 않든 텍스트는 독자와 긴장적 영향관계에 놓여 독자에게 교육적 효과를
준다. 부르디외는 교육을 문화적 취향에 따른 재생산의 고착화에 기여하여 아비튀스
(Habitus)를 재생산하여 계층간의 불평등한 관계를 영속화하는 과정이라 보았다. 즉
교육은 사회질서의 위계화를 내재화시키며 지배계급의 지배와 기득권을 정당화시키
고 이런 불평등한 문화사회적 구조를 고착화하고 은폐함으로써 지배계급에 의해 정의
된 문화를 주입시키는 상징폭력(Violence symbolique)을 행사하는 기제라고 판단한
것이다. 삐에르 부르디외, 『구별짓기 : 문화와 취향의 사회학』, 최종철 옮김, 새물결,
1995, 11~29쪽 ; 현택수, 「아비튀스와 상징폭력의 사회비판이론」, 현택수 외, 『문화와
권력』, 나남출판, 1998, 101~120쪽 참조.
60) 물론 소설이 문화지형에 선행해서 자극할 수도 있다. 그러나 그것이 궁극적으로 향유
되기 위해서는, 단순한 자극 이상의 받아들여지는 지형이 존재해야 한다. 물론 이는
명백하게 선후, 인과를 구분할 수 있는 문제는 아니다. 그러나 분명한 것은 문화적으
로 받아들여질 수 없는 내용이었다면 동일한 인물, 비슷한 서사, 같은 스타일의 두
작품 중 〈옥루몽〉이 아닌 〈옥련몽〉이 더 각광을 받았을 것이다.

4. 결론

19세기 작가 남영로는 우리 소설사에서 유일하게 장편소설을 창작한 후 그것을 다시 개작한 작가이다. <옥련몽>을 창작한 작가는 이보다 더 흥미 있는 작품으로 개작을 시도하여, 더 세련된 <옥루몽>을 창작한다. 이 <옥루몽>은 20세기 초에 이르기까지 대중적 측면에서도 더 성공을 거둔다.

흥미 있는 작품을 만들려고 노력한 작가는 고르게 평이한 여성 인물들의 비중을 조정하였다. 윤 부인·일지련의 비중을 강남홍 위주로 조정하자, 이들 간에 위상변화가 이루어졌고, 그러자 인물들이 더 입체화되고 이상화되어 세련된 캐릭터로 자리매김하게 되었다. 이런 독특한 인물 형상화의 성공은 결과적으로 남성 위주의 판타지를 보여주는 측면으로 흐르게 되었고, 그것은 가부장제의 변이된 양상을 띠게 되었다. 결과적으로 <옥련몽>보다 <옥루몽>이 더 독자들에게 호응을 받게 되자, 이런 남성 위주의 시각이 아비튀스로 작용하여 당대 문화지형과 직간접의 영향관계 속에서 조응하게 되었다. 즉, 남성 위주의 시각이 더 강조되고 확장되는 데 상징폭력으로 작용하면서 마땅히 그러하다는, 나아가 마땅히 그러해야 한다는 새로운 의식을 심어주게 된 것이다.

작가의 의도와 상관없이 흥미 있는 서사, 흥미 있는 인물들은 독자들의 호응을 받으며 문화지형에 직간접으로 작용하게 된다. 이런 사실을 통해 우리들은 문학이 우리 삶과 사회에 영향을 미치는 보이지 않는 힘이며, 미미한 것 같지만 결코 그렇지 않은 근원적인 힘이고, 궁극적으로 역사 사회의 패러다임을 바꾸는 진정한 원천임을 깨닫게 된다.

〈옥련몽〉·〈옥루몽〉의 '창작-개작' 양상과 의미

- 주요 남성 인물의 개작 양상을 중심으로 -

1. 서론

19세기 양반 남영로(南永魯 : 1810~1857)는 〈옥련몽〉을 창작한 후, 그것을 개작하여 〈옥루몽〉을 만들었다. 두 작품이 서로 비슷한 내용에 같은 인물들이 나오는 것은 이 때문이다. 하지만 둘을 이본 관계라고 보기는 어려운데,[1] 이는 작가가 한 작품을 완성한 후, 그것을 다시 전면적으로 개작해 다른 작품을 만들었기 때문이다.

일반적으로 이본이라 하면 한 작품이 전승·유통되면서 빚어지는 다양한 각편들을 일컫는 말인데, 이런 이본들 사이에는 크고 작은 차이가 존재한다. 전승·유통되는 과정에서 변이가 생기기 때문이다. 변이의 이유는 필사자의 실수 같은 비의도적인 경우가 대부분이지만 의도적인 경우도 없지 않다. 그 의도와 변이의 정도에 대해서는 조금씩 다른 의견이 가능하겠지만, 원작을 의도적으로 크게 바꾼 경우 가깝게는 모방작, 아류작에서부터 멀게는 패러디텍스트까지 외연이 넓어진다. 이런 경우

1) 둘을 다른 작품으로 보아야 한다는 점은 선행 연구에서 지적된 것이다. 성현경, 「玉蓮夢硏究」, 『國文學硏究』9, 국문학연구회, 1968, 22~96쪽 ; 차용주, 『玉樓夢硏究』, 형설출판사, 1981, 11~32쪽 ; 장효현, 「玉樓夢의 文獻學的 硏究」, 고려대학교 석사논문, 1981, 102~104쪽 참조.

원작과는 다른 작품으로 이해된다. 흔히 인물과 서사가 바뀌면 쉽게 다른 작품으로 여겨지는데, 그 바탕에는 원작자가 아닌 작자가 의도적 변이를 꾀했다는 것이 전제되어 있는 경우가 일반적이다. 그래서 '<옥련몽>-<옥루몽>'의 경우처럼 같은 작가가 인물의 이름조차 바꾸지 않고 내용까지 비슷하게 개작한 경우, 둘을 다른 작품으로 보는 것이 쉽지 않은 것이다. 두 작품이 이본관계까지는 아니어도 '<옥련몽>은 습작 또는 초고이고 <옥루몽>이 완성본이다.'는 의심이 드리워지기 때문이다.

그러므로 두 작품이 각각 다른 작품이라는 것을 설명하려면 먼저 풀어야 할 숙제가 몇 가지 있다. '<옥련몽>은 완결된 서사로 이루어진 완성품인가?', '개작된 <옥루몽>은 <옥련몽>과 어느 정도의 거리를 유지하고 있는가?', '작가는 왜 개작을 했는가?' 등이다. 여기에 원작의 존재양상이 더해지면 한층 더 복잡해진다. 즉, '<옥련몽>은 한문으로 창작되었는가, 한글로 창작되었는가?', '작가가 개작할 때 대본으로 삼은 것은 한문 <옥련몽>인가, 한글 <옥련몽>인가?', '그 개작 결과는 한문 <옥루몽>인가, 한글 <옥루몽>인가?' 등이다. 이런 질문들은 수없이 많은 가능성과 의문의 꼬리를 길게 이어지게 한다.

<옥련몽>과 <옥루몽>의 위치를 분명히 하는 것은 단지 이본이냐 아니냐의 일반적인 문제만이 아니라, 서로 다른 완결미와 지향을 가지고 있는 두 작품의 미의식을 탐색하고, 이를 바탕으로 19세기 작가의 창작 방식을 이해하며, 나아가 20세기 초 소설 문학의 발전에 어떻게 능동적으로 기여했는가를 밝히는 중요한 지점이기 때문이다.

그동안의 연구를 통해 <옥루몽>에 대해서는 많이 알게 되었다.[2] 하지만 <옥련몽>에 대해서는 완결된 서사를 가진 '완성품'으로 창작되었

---

2) 자세한 내용은 장효현, 「<玉樓夢> 硏究史」, 우쾌제 외, 『고소설연구사』, 월인, 2002, 1351~1367쪽 참조.

다는 것을 알 뿐, 그 외는 제대로 알지 못한다. 작가가 무슨 의도에서 어떤 방법으로 어느 정도의 개작을 수행했는지도 아직 온전히 밝혀지지 않았다.[3] 원작의 존재 양상에 대한 논의 역시, 한문필사본이 남아 있지 않아 답보 상태에 머물고 있다. 이런 상황에서 볼 때, 앞으로 진행되어야 할 연구는 크게 세 분야가 된다.

첫째, 〈옥련몽〉의 미의식과 작품 세계
둘째, 작가의 '창작-개작' 의도성과 그 변이 양상
셋째, 원작의 존재 양상과 개작 언어

무엇 하나 쉽지 않으며 단편적인 연구로 이루어질 성질의 것도 아니다. 또 구분은 했지만 서로 긴밀하게 연관된 것이어서 해당 연구는 옆 분야를 의식하며 같이 이루어져야 한다. 무엇보다 원본으로 생각되는 한문본이 남아 있지 않아 어려움이 적지 않다. 결국 연구와 결과는 상황이 허락하는 범위 안에서 이루어지는 제한적 연구, 잠정적 결론이란 것을 인식하고, 가능한 범위 안에서 최대한 노력하는 수밖에 없다.

〈옥련몽〉은 〈옥루몽〉과 비슷한 내용이기에 그간의 〈옥루몽〉에 대한 연구 성과들이 〈옥련몽〉에 그대로 적용될 것이 적지 않다. 하지만

---

3) 두 작품을 같이 논한 연구자는 성현경, 차용주, 장효현, 신재홍, 필자인데, 이들 연구에도 불구하고 밝혀진 성과보다는 앞으로 밝혀야 할 문제들이 더 많이 남았다고 생각된다. 성현경, 앞의 논문, 1968, 1~186쪽 ; 성현경, 「夢字小說研究」, 『韓國小說의 構造와 實相』, 영남대학교 출판부, 1989, 190~202쪽 ; 성현경, 「「九雲夢」과 「玉蓮夢」의 對比研究」, 『韓國小說의 構造와 實相』, 영남대학교 출판부, 1989, 214~225쪽 ; 차용주, 앞의 책, 1981, 25~32쪽 ; 장효현, 앞의 논문, 1981, 1~120쪽 ; 신재홍, 「〈옥련몽〉과 〈옥루몽〉의 비교 검토」, 『韓國夢遊小說研究』, 계명문화사, 1994, 377~405쪽 ; 유광수, 「〈옥련몽〉에서 〈옥루몽〉으로 개작된 여성 인물의 양상과 의미-'윤 부인', '일지련', '강남홍'의 개작 양상을 중심으로」, 『고소설연구』25, 한국고소설학회, 2008, 269~300쪽 참조.

두 작품이 똑같은 것은 아니기에, <옥련몽>의 작품 세계를 밝히기 위해 서도 두 작품의 대비가 필수적인데, 그것은 자연스럽게 작가의 '창작-개 작' 방식을 분석하는 시도와 겹쳐진다. 아울러 원작의 존재 양상과 그 표기 문자에 대한 '창작-개작' 방식의 분석을 통해 어느 정도 실마리를 얻을 수 있다고 생각한다. 그래서 필자는 세 분야 중, 두 번째 연구가 현 상황에 돌파구를 마련할 수 있는 연구라고 생각한다.

'창작-개작'에 대한 연구는 다시 세부적으로 인물, 구조, 사건, 장면과 배경, 서술 기법 등과 같은 분석이 이루어진 후 포괄적으로 종합될 때 비로소 제대로 드러나게 될 것이다. 이런 연속적인 연구의 과정에서, 본 고는 <옥련몽>과 <옥루몽>의 앞선 연구들을 바탕으로, 주요 남성 인 물들의 개작 양상을 검토하고 그 의미를 찾아보고자 한다. <옥련몽>과 <옥루몽>의 인물들은 이름만 같을 뿐 동일인이라고 할 수 없을 정도로 그 형상화에 큰 차이가 있기 때문이다. 개작된 인물들의 '이름'을 바꾼다 면 전혀 다른 인물로 여겨질 정도이다.

개작되면서 형상화의 양상이 바뀐 남성 인물들은 양창곡, 동초 · 마 달, 곽우진/노균, 석형/동홍, 윤형문, 축융, 황의병 등이 있는데, 이 중 윤형문, 축융, 황의병은 변이가 크지 않아 서사에 미치는 영향보다는 장 면과 배경 상황에 더 영향을 미치는 것으로 보인다.[4] 그래서 본고에서 는 서사에 영향을 주는 '양창곡', '동초 · 마달', '곽우진/노균', '석형/동홍' 을 중심으로 그 개작 과정을 탐색하여 개작 방법과 의미를 밝히고, <옥 루몽>이 <옥련몽>보다 더 세련된 서사를 가지게 된 원인을 인물 측면

---

4) 황의병을 예로 들면, <옥련몽>에서는 무능한 대신 정도이지만 <옥루몽>에서는 인간 적인 면모에 가정에서 위 부인에게 눌려 지내는 면모까지 드러날 정도로 입체적으로 형상화된다. 하지만 그런 측면이 서사 내용을 바꾸는 데까지 나가는 것이 아니라 세련 된 인물 형상화와 장면 구성에 머문다. 그런 점이 본고에서 다루는 인물들과 다르다.

에서 조명하여, 궁극적으로 〈옥루몽〉이 더 대중적으로 널리 향유되는 데5) 중요한 역할을 했음을 확인하고자 한다. 이는 〈옥련몽〉과 〈옥루몽〉의 관계를 비롯한 19세기 소설의 특징을 밝히는 중요한 작업의 한 부분이 될 것이다.

개작 양상을 다루기 위해서는 연구 대본이 원본이어야 하지만, 앞서 말했듯이 현 상황은 그 점에 어려움이 있다. 가장 좋은 가능한 방법은 남아 있는 이본들 중에서 선본(善本)을 대상으로 분석하면서, 다른 이본들과 대조하며 논의를 진행하는 것이다. 그러면 어느 정도 원본에서 크게 벗어나지 않는다고 상정할 수 있을 것이다. 그래서 본고에서는 선본인 무신본 〈옥련몽〉과 규장각본 〈옥루몽〉을 대본으로 하면서,6) 다른

---

5) 〈옥루몽〉이 〈옥련몽〉보다 더 대중적으로 널리 유통되었음은 다음 몇 가지를 통해 짐작할 수 있다.
　①〈옥루몽〉의 필사본이 더 많이 남아 있다. ②활판본도 〈옥루몽〉이 더 많이 출간되었다. ③파생작인 〈강남홍전〉, 〈벽성선〉이 〈옥루몽〉을 바탕으로 만들어졌다. ④〈옥루몽〉은 정정렬이 판소리로 엮어 소리했다(이중훈, 「丁貞烈 판소리의 玉樓夢에 나타난 唱盤史的 考察」, 『한국음악사학보』6, 한국음악사학회, 1991, 5～23쪽). ⑤ 1950년대까지 〈옥루몽〉을 구술하는 사람이 있었다(이윤기, 『잎만 아름다워도 꽃대접을 받는다』, 동아일보사, 2000, 178～179쪽 ; 김진영, 「古典小說의 流通과 口演 事例 考察-영동군 학산면 민옥순을 중심으로」, 『한국언어문학』63, 한국언어문학회, 2007, 213～241쪽 참조). ⑥실제로 〈옥루몽〉을 독자들이 가장 많이 읽고 가장 재미있어한 것으로 조사되었다(이원주, 「古典小說 讀者의 性向-慶北 北部 地域을 中心으로」, 『한국학논집』3, 계명대학교 한국학연구소, 1975, 557～573쪽 참조). ⑦근·현대 문학의 위상을 점검하는 1930,40년대의 비평가들이 통속소설과 대중소설을 비판하면서도 긍정적으로 자주 언급하는 작품이 〈춘향전〉, 〈구운몽〉과 함께 〈옥루몽〉이었다(김기진, 「대중소설론」, 조성면 편저, 『한국 근대대중소설 비평론』, 태학사, 1997, 48～49, 50～51, 56～57쪽 ; 한설야 외 12명, 「조선문학의 지향-문인좌담회 속기록」, 『김남천 전집』Ⅱ, 정호웅·손정수 엮음, 박이정, 2000, 504쪽 참조).
6) ':'로 해당 권수와 쪽수를 구분해서 인용문의 출처를 표시하고, 중략은 '……'로 표시한다. 〈옥련몽〉과 〈옥루몽〉의 善本에 대해서는 유광수, 「〈옥련몽〉 이본과 善本 계열 추정」, 『동양학』42, 단국대학교 동양학연구소, 2007, 1～21쪽 ; 유광수, 「〈옥루몽〉 연구」, 연세대학교 박사논문, 2005, 22～29쪽 참조.

이본들과 대조하여 같은 내용일 경우만 논하고,[7) 차이가 있을 경우 세밀히 밝히도록 하겠다.

2. 개작 양상

1) 양창곡 : 성격의 일관성과 이상화

<옥련몽>에서 양창곡은 사실적인 인물로 그려진다.[8) 그때그때 상황에 따라 반응하고 자신이 처한 위치와 입장에 따라 행동하는 것이 서사에 곡진하게 표현되어 사실성이 두드러진다. 그런데 이런 점이 인물의 성격적 측면보다는 상황과 입장에 따라 대응하고 반응하는 쪽에 더 기울다 보니 성격에 일관성이 부족해졌다.

부거 길에 도적을 만나 의복과 행자를 뺏기고 낭패한 꼴로 주점에 가게 된 양창곡이 두 소년을 만나는 장면을 보면, 이런 점이 잘 드러난다.

> 홀연 냥기 소년이 드러오거늘 보니 일 인은 <u>년스당건을 쓰고 초록금포를 닙고 손에 서쳔션즈룰 쥐고 쏘 일 인은 오스절각모룰 쓰고 홍나삼을 닙고 의긔양〃 흐야 쥬인을 불너 술을 가져오라 흐며</u>, 창곡 쥬뢰 소졸이 안즈믈 보고 문왈 "슈즈는 어디로 가느뇨?" 디왈 "황셩으로 가느니다." 소년이 우 문왈 "슈즈의 나히 몃치뇨?" 디왈 "십뉵 셰로소이다." 소년 왈 "나 어린

---

7) 본고에서 대조한 이본은 다음과 같다.
   <옥련몽> : 무신(한글필사), 서강대본(한글필사), 박순호A(한글필사), 박순호B(한글필사), 국도12책본(한글필사), 박학서원본(한글활판)
   <옥루몽> : 규장각(한글필사), 갑진본(한글필사), 신문관본(한글활판), 적문서관본(한문현토활판)
8) <옥련몽>이 사실적 성격이 두드러진다는 점은 신재홍이 앞서 지적했다. 신재홍, 앞의 논문, 1994, 377~405쪽 참조.

슈지 원노의 힝식이 엇지 그리 단초ㅎ뇨? 닉 쏘ㅎ 황셩으로 가더니 동힝홈이 조토다." 공지 답왈 "낭위 션싱이 고단이 가는 아ᄒᆡ룰 불상이 넉이샤 동힝코져 ㅎ시니 감ᄉᆞ하여이다. 다만 길의셔 도적을 만나 힝ᄌᆞ와 의복을 다 일허시니 전진홀 묘칙이 업ᄂᆞ이다." …… 소년이 미소 왈 "…… 닉 ᄒᆞ 계피 잇셔 슈ᄌᆞ룰 위ᄒᆞ야 힝ᄌᆞ룰 엇게 ᄒᆞ리라." 공지 왈 "션싱은 붉히 가르치소셔." 그 소년 왈 "명일 소쥬 ᄌᆞᄉ 압강정의셔 대연ᄒᆞ야 ……." 그 ᄒᆞ 소년이 쏘ᄒᆞ 미〃히 우으며 왈 "쏘 그 중의 가쟝 묘리 잇는 곡졀이 잇시나 ᄋᆞ히게는 부당ᄒᆞ 닐이라. 말ᄒᆞ어 쓸더업도다." 그 ᄒᆞ 소년이 소왈 "그러치 아니ᄒᆞ다. 비록 쟝위 다ᄅᆞ나 동시 남ᄋᆞ로 이러ᄒᆞ 닐을 알아 두미 무방ᄒᆞ도다."ᄒᆞ고 왈 " …… " 창곡이 〃 말을 듯고 "ᄂᆞ는 지조 업셔 승회의 참녜치 못홀지라. 낭위 션싱은 지조룰 다ᄒᆞ야 소·항 냥 쥬의 일홈을 빗닉소셔." 그 소년이 가〃 디소ᄒᆞ고 슐을 마시며 서로 슈작ᄒᆞ되 "사룸이 셰상의 나미 홍 갓튼 경국을 좌우에 두지 못ᄒᆞ즉 엇지 쟝부라 ᄒᆞ리오." 그 홍나삼 닙은 지 소왈 …… 녹포 닙은 지 팔을 쏩니며 디답왈 "닉 만권셔룰 닑고 십 인을 디젹홀 용밍이 잇셔 힁힁텬하의 무셔울 빅 업는지라. 홍이 박복ᄒᆞ고 지견이 업셔 영웅을 몰나 보니 닉 이졔 명일 슈시로 듕믹ᄒᆞ야 쳔금쥰마룰 허비치 아니ᄒᆞ고 소쳡을 어들지니 형은 닉 슈단을 귀경ᄒᆞ라." 셜파의 디소ᄒᆞ고 금낭을 여러 쥬치룰 갑고 헤여져 가니　　　　　　(무신1 : 22뒤~24뒤)

'협객'으로 형상화된 두 소년의 당당함과 대조적으로 양창곡은 어리고 유약하며 궁핍한 모습이다. 시종일관 시원시원함이 느껴지는 두 소년은 '소쥬 일경 졔일 호뷔'로 '협긔룰 밋고 지물을 훗허 강남 청누룰 편답ᄒᆞ는 사룸(무신1 : 25앞)'이라는 주점 주인의 설명을 통해 그 호탕함이 더욱 강조된다. 반면 양창곡은 겸양의 말이긴 하지만 "고단이 가는 아ᄒᆡ룰 불상이 넉"이니 고맙다고 말하며, 그들에게 "션싱은 붉히 가르치소셔"라고까지 청한다. 또 두 소년이 압강정 시사에서 시가 으뜸인 자와 강남홍이 동침할 것이라는 사연을 "ᄋᆞ히게는 부당ᄒᆞ 닐이라. 말ᄒᆞ

어 쁠더업"다며 대놓고 무시하지만, 양창곡은 별다른 대꾸를 하지 못한다. 오히려 "낭위 션싱은 지조롤 다ᄒᆞ야 소·항 냥 쥬의 일홈을 빗닉소셔"라며 숙인다. 비굴하다고까지 할 수는 없지만 양창곡이 두 소년보다 옹색하게 움츠린 상태인 것은 분명하다.

실제로 그는 가난한 집안 출신이고 도적을 만나 행자에 의복까지 뺏겨 처지가 몹시 곤궁한 것도 사실이다. 또 16세라는 것을 듣고도 '아이'라고 칭하는 두 소년의 말로 보아, 그들보다 더 어린 것도 맞긴 맞다. 하지만 주인공인 양창곡을 너무 유약하고 소극적이게 형상화한 것은 전체 서사에서 볼 때 어색하다. 더욱 바로 앞서 도적들에게 의복과 행자를 뺏길 때 그가 보여 주었던 의연한 행동과도 차이가 크다. 도적들이 놀랄 정도로 당당했던 그가 갑자기 이렇게 궁색하게 변한 것은 양창곡이란 인물 성격에 초점을 두기보다는 인물이 처한 상황과 입장에 초점을 두어 서술했기 때문이다. 그 결과 성격의 일관성이 부족하게 되었다.

하지만 <옥루몽>은 그렇지 않다. 두 소년의 호협함이 감소되는 반면 양창곡은 여유 있고 의연하게 그려진다.

> 홀연 양기 소년이 드러오거눌 보니 <u>슈즁에 각〃 궁시를 들고 호협흔 거동이 얼골에 낫타ᄂᆞ</u> 일변 쥬인을 불러 슐을 가져오라 ᄒᆞ며, 챵곡 노쥬의 소슬이 안져시믈 보고 문왈 "슈지ᄂᆞᆫ 어디로 가ᄂᆞᆫ 사롬이뇨?" 공지 왈 "황셩으로 가ᄂᆞ이다." 우 문왈 "슈지의 ᄂᆞᆫ히 멋치ᄂᆞ 되뇨?" 답왈 "십뉵 셰니이다." 쇼년 왈 "나 어린 슈지 먼 길의 힝식이 엇지 져리 단초ᄒᆞ뇨?" 공지 왈 "집이 가난ᄒᆞ야 긔구를 ᄎᆞ초지 못흔 즁 길의셔 도젹을 맛ᄂᆞ 의복 힝ᄌᆞ를 믈슈이 쎗기고 젼진흘 모쳐이 업ᄂᆞ이다." …… 소년 왈 "…… 니 흔 계교 잇셔 슈지를 위ᄒᆞ야 힝ᄌᆞ를 엇게 홈이라. 명일 소쥬 ᄌᆞ시 압강경의 디연을 비셜ᄒᆞ고……." 그 즁 일기 소년이 쏘 우어 왈 "그 즁의 더욱 묘리 잇는 곡졀이 잇스니 <u>슈지 비록 년긔 셩관치 못ᄒᆞ여시ᄂᆞ 동시 남ᄌᆞ라. 일어</u>

ᄒ 닐을 아라 두미 무방ᄒᆞᆯ지라. …… 우리는 무부라 문인 좌셕의 참예치
못ᄒᆞ거니와 슈지ᄂᆞ 가 귀경ᄒᆞ미 조홀가 ᄒᆞ노라." 공지 소왈 "나ᄂᆞᆫ 본디 무
지ᄒᆞᆫ 아희라. 일어ᄒᆞᆫ 승회에 엇지 참예ᄒᆞ리잇고." 두 소년이 디소ᄒᆞ고 금
낭을 열어 쥬ᄎᆡ를 갑고 나가거날   (규장각1 : 21앞~22뒤)

같은 장면이지만 느낌에 큰 차이가 있다. 두 소년을 협객답게 그려낸
묘사를 짧게 압축하여 그들의 호방한 느낌이 현저히 줄어들었다.[9] 협객
이라고 설명하는 주인의 언급도 삭제되었다. 나이를 묻고 말하는 것이
나 강남홍과의 동침을 설명하는 것도 〈옥련몽〉처럼 양창곡을 희롱하
거나 자신들을 과시하기 위한 의도로 하는 것이 아니다. 양창곡이 "나는
본디 무지ᄒᆞᆫ 아희라"고 하는 말도 '웃으면서' 언급하는 것이어서, 〈옥련
몽〉과 달리, 의례적인 겸양의 표현으로 이해된다. 오히려 두 소년이 "우
리는 무부라 문인 좌셕의 참예치 못ᄒᆞ거니와"라고 고백하는 것을 통해
소년들의 위상이 양창곡보다 나을 것이 없고, 조금 위축된 느낌마저 든
다. 이렇게 전반적으로 양창곡이 옹색하고 곤궁하기보다는 유연하고 차
분하게 대처하는 모습으로 나타난다. 이는 앞서 도적과 만나는 장면에
서 보여준 양창곡의 의연한 대응과 일관된 것이어서 어색하지 않다.
　이처럼 인물의 성격보다 상황과 입장을 더 고려해 형상화한 〈옥련
몽〉과 달리, 〈옥루몽〉은 성격 형상화에 더 초점을 두고 있어 인물이

---

9) 〈옥루몽〉에서 두 소년의 협기를 완전히 삭제하지 않은 이유는 뒤에 나올 인물과
　연결하려 했기 때문이다. 〈옥련몽〉은 이 두 소년이 이 장면에만 등장하고 끝나지만,
　〈옥루몽〉은 이 둘이 후일 양창곡의 수하 장수가 되는 동초와 마달이라며 연결시킨다.
　즉, 양창곡의 수하가 되어 전장을 누빌 인물들이므로 이들의 호협함을 완전히 삭제하
　지 않고, '슈중에 각 ≠ 궁시를 들고 호협ᄒᆞᆫ 거동이 얼골에 낫타ᄂᆞ'는 정도로 축소시켜
　서술한 것이다. 같은 이유로 강남홍을 품에 안고 싶다는 식의 말을 한 〈옥련몽〉의
　서술은 〈옥루몽〉에서 삭제되어야만 했다. 왜냐하면 강남홍이 이후 자신들의 상관인
　양창곡의 첩이 될 뿐만 아니라, 男裝하고 홍혼탈이 되어 자신들을 직접 지휘하기 때
　문이다.

일관된 모습을 띠게 되었다.

압강정 시사에 참석하는 장면도 마찬가지다. <옥련몽>에서는 곤궁한 처지의 빈한한 선비 모습으로 봉변을 당하는 모습이 그려지지만,[10) <옥루몽>은 이를 삭제한다. 매우 사실적이긴 하지만, 서사 전체에 일관된 인물 형상화에는 거슬리기 때문이다.

작가는 <옥루몽>으로 개작하면서 상황보다 인물 성격 형상화에 더 집중하여, 사실적인 측면을 세련되게 다듬어 일관성을 부여했다. 그래서 사실적이지만 들쭉날쭉했던 <옥련몽>과 달리, <옥루몽>은 사실적이면서도 일관된 모습을 띠게 되었다.[11) 그러자 양창곡의 당당하고 의연한 성격이 부각되어 드러났다.

여기에 작가는 <옥련몽>보다 <옥루몽>의 양창곡을 더 총명하고 출중하게 형상화하였다. 이는 매사를 의연하고 여유 있게 대처하는 모습에 일관성을 유지하기 위해서는 그가 주변의 상황·인물보다 더 우월한 위치에 존재해야 하기 때문이다.

> 잇쩌 양 공지 바야흐로 벼기의 누어 그 슈즈의 용모 거동을 암〃히 싱각
> 흐며 그 외오던 글귀롤 히득지 못흐야 젼〃블민흐더니 홀연 문 외에 박탁
> 흐는 소리 나거놀 놀나 니러나 문을 열고 보니 이에 연옥이라. 연옥이 미〃
> 히 우으며 고왈 "주인이 〃졔야 도라와 공즈게 청흐ᄂ니다." 공지 바야흐

---

10) 양 공지 …… 듕인을 헷치고 바로 졍하의 일으러 올르고져 흐더 <u>좌위 그 의복을 보고
걸인인가 흐야 꾸지져 물니치니</u> 즈연 누하의셔 요란흔지라. 잇쩌 <u>누상에 소·항 졔기
난간을 둘너 구름갓치 셧다가 이 거동을 보고 가르치며 낭〃이 웃거놀</u> 강남홍이 맛쵬
그 틈의 셧기여 셧더니 잠간 츄파롤 흘녀 나려다보니 일위 슈지 미목이 청슈흐고 거안
이 영발흐나 의복이 남누흐야 빈한흔 션비라. <u>심듕의 불상이 역역 좌우를 꾸지져 왈</u>
…… (무신1 : 26뒤~27앞)

11) <옥루몽> 양창곡의 사실적인 모습은 욕망이 드러나는 軍中情事 대목이나 이익을
위한 정치적 행보 등을 보면 잘 알 수 있다. 유광수, 앞의 논문, 2006, 139~155쪽 참조

로 돈연이 씨드라 홍의게 속음을 싱각ᄒ고 쏘흔 미소ᄒ고 연옥을 쌀와 홍
의 집에 니르니   (무신2 : 22앞~뒤)

  이씨 공지 슈러을 보니고 어린 다시 여쥐여몽ᄒ더니 방중의 드러와 벼
기의 누어 슈ᄌ의 그동과 외우던 글을 싱각ᄒ고 황연 씨다라 스스로 우어
왈 "닌 홍낭의게 속음이로다."ᄒ더니 창 밧긔 기침 소리 ᄂ며 연옥이 미〃
히 우스며 고왈 "주인이 이졔 도라와 공ᄌ을 쳥ᄒᄂ이다." 공ᄌ 쏘흔 미소
ᄒ고 옥을 싸라 홍낭의 집의 이르니   (규장각2 : 7앞~뒤)

  수재로 남장한 강남홍이 양창곡의 속내를 떠보며 시를 수작했는데
〈옥련몽〉은 그 의미를 제대로 알지 못해 고심하다 연옥의 미소를 보고
깨닫는 반면, 〈옥루몽〉은 글의 내용을 생각하고 확연이 깨닫는다. 총명
함이 더 강조되었다. 이런 출중함은 〈옥루몽〉 도처에서 발견된다. 그래
서 〈옥루몽〉에서 양창곡은 속지 않는 인물로 그려진다. 홍혼탈이 나탁
의 증자를 취하려고 속일 때나, 자개봉 풍류에서 첩들이 선녀로 속일
때, 양창곡은 이미 알고 있다는 듯 여유 있는 미소를 띠며 응대한다. 심
지어 그는 적군들에게 포위되어 목숨이 위태로운 급박한 전쟁터에서도
유연함과 여유를 잃지 않는다. 근저에 깔린 그의 명민함과 탁월함이 모
든 상황을 통제하며 위에서 내려다보듯 의연하게 대응하고 관조하는 여
유와 넉넉함을 가능하게 하는 것이다.

  이렇게 양창곡이 매사에 소신을 가지고 당당하고 분명하게 행동하는
모습은 이상적인 모습으로 비춰진다. 하지만 이렇게 출중한 그의 일관
된 행동은 자칫하면 공허하게 느껴질 수도 있다. 현실을 초탈해 물외에
소요하는 것같이 여겨져 사실성이 훼손될 수도 있기 때문이다. 〈옥련
몽〉은 상황과 입장에 따른 사실성이 강조되기 때문에 일관성은 부족했
지만 공허하게 여겨질 위험은 적었다.

이런 점을 <옥루몽>은 양창곡의 행동·욕망의 이유와 근거를 당대 이데올로기에 기반한 언술과 의론을 통해 드러내는 것으로 해결했다. 즉 <옥루몽>에서 양창곡은 자신의 욕망과 입장을 예의와 법도에 입각해 당당히 말하고 그에 따라 엄정하게 행동함으로써 서사 전체에 일관되게 나타나는 그의 당당함과 출중함을 정당화하는 한편, 자신의 욕망을 인간적이고 사실적으로 받아들이게 만들었다.[12)

왕패병용(王霸倂用)을 주장하며 정계에 진출하는 대목을 보면 이런 점을 알 수 있다.[13)<옥련몽>과 달리 <옥루몽>의 양창곡은 대신의 논박에 즉각적으로 대응하는 것이 아니라 상황을 보아 가며 의연하게 대처한다. 스스로 삭과를 주청하는 말도 <옥련몽>의 경우는 일반적인 겸양의 표현으로 읽히지만, <옥루몽>은 기득권에 대한 반발처럼 여겨질 정도로 분명한 소신이 묻어난다. 그래서 <옥루몽>에만 '말씀이 당〃ᄒ 야 디를 ᄯ리ᄂᆞᆫ 듯 궁듕 샹ᄒᆡ 막불대경ᄒ고 텬지 희동안식ᄒᄉᆞ(규장각3 : 3앞)'라는 언급이 있다. 이런 양창곡의 당당함은 왕패병용을 주장하는 그의 의론에 기반을 두고 비롯되었기 때문이다.[14) 그는 의론문에서 <옥련몽>보다 더 길고 구체적인 논거를 들어 도도하고 신랄하게 논한다. 같은 내용이지만 '왕패병용'이란 용어도 <옥루몽>에서만 명시적으로 나온다.

이렇게 양창곡의 당당한 행동의 근거는 당대 누구도 쉽게 부정하기

---

12) 軍中情事나 정치적 쟁투 등은 내밀한 욕망에 기인한 것으로 양창곡의 공명정대한 당당함이란 측면에 분명 상충된다. 하지만 이데올로기적으로 정당화되는 순간 그 욕망들은 공명정대한 것으로 여겨져 일관성을 확보한다. 그러면서 이때 드러난 욕망은 인간 본연의 모습이기에 양창곡은 사실적이고 인간적으로 여겨진다.

13) <옥련몽> (무신4 : 8앞-12앞)-<옥루몽> (규장각2 : 44앞-3 : 3뒤)

14) <옥루몽> 王霸倂用 상주문에 대한 분석은 이승수, 「『玉樓夢』에 나타난 王霸倂用論의 역사적 맥락과 사상적 함의」, 『한국학논집』35, 한양대 한국학연구소, 2001, 117~142쪽 참조

어려운 분명한 법도와 의리에 기반하고 있기에 정당화된다. 더욱 그런 법도와 의리를 다르게 해석할 수 없도록 명확한 의론문을 통해 드러냈기에 양창곡의 유연함, 당당함, 출중함 등이 더욱 더 설득력을 갖게 된다. 양창곡은 의론을 통해서만 자신의 의견을 제시하고, 그에 근거해서만 움직인다. 이는 서사 전반에 걸쳐 있는 것이어서 그의 일관된 성격이 정당화되고 그의 사실적 행동들이 개연적으로 받아들여진다. 그래서 독자는 그의 말과 행동을 언제나 법도와 의리에 연관 지어 생각하게 된다.

양창곡이 귀양 가서 벽성선을 만나는데, 〈옥련몽〉에서는 "니 텬은을 닙어 집으로 도라가는 날 낭을 엇지 잇즈리오. 맛당이 슈레롤 혼가지로 흐야 영고우락을 갓치홀지니(무신5 : 11뒤)"라며 수작한다. 이후 실제로 해배(解配)되어 돌아가게 되자, 정말로 그 지역 관기인 벽성선을 데려가려 한다. 그러자 벽성선이 사리를 들어 그르다고 지적하며 만류한다. 양창곡보다 오히려 기녀인 벽성선이 사리와 법도에 근거한 말과 행동을 하는 것이다.

반면, 〈옥루몽〉은 벽성선을 만날 때나 해배되어 돌아갈 때, 모두 양창곡이 사리를 들어 말하고 행동한다. "니 이제 낭으로 더부러 슈리를 갓치흐야 힝코져 흐느 적긱으로 왓다가 기쳡을 싯고 가미 불가홀 쑨 아니라 양위 존당의 고치 못흐여시니 맛당히 올느간 후 슈이 거마를 보니여 다려갈ㄱ 흐노니(규장각3 : 38뒤~39앞)"라며 연연하는 벽성선을[15] 예의와 법도를 들어 만류한다.

해배되어 황성으로 가는 도중에 양창곡이 벽성선과 동침하는 꿈을

---

15) 〈옥련몽〉과 달리 〈옥루몽〉의 벽성선은 의도적인 許身 유예와 전략적 측면이 강하기에, 양창곡이 解配되어 돌아가는 것에 연연함이 〈옥련몽〉보다 심하다. 유광수, 「〈옥루몽〉의 벽성선 : 욕망하는 인물, 전략화된 육체와 사회적 검열·통제」, 『한국문화연구』8, 이화여자대학교 한국문화연구원, 2005a, 213~254쪽 참조.

꾸는데 그 꿈에 대한 생각과 입장도 <옥련몽>과 <옥루몽>이 크게 다르다. <옥련몽>에서 양창곡은 미진한 벽성선과의 애정 문제로 인식해 연연하는 반면, <옥루몽>에서는 신하인 자신과 황제의 관계로 관념화시켜 생각하여 황제의 뜻을 거슬렀던 자신의 지난날을 뉘우친다. 그래서 황 부인을 받아들이게 되는 심정의 변화라는 개연성이 확보된다.16) 이렇게 <옥루몽>은 인간 본연의 애정과 꿈까지 사리와 법도에 근거해 사고하고 행동하는 것으로 형상화했다.

황 부인의 투기를 징치하고 논박하는 대목도 그렇다. <옥련몽>에서 과도한 언술과 행동을 보이는 양창곡의 모습은 집안을 다스리는 가부장의 모습으로 사실적이기는 하지만, 과잉된 감정이 분출되어 무리가 있다. 하지만 <옥루몽>의 양창곡은 투기에 대해 분명한 근거와 원칙을 들어 말하고 그에 따라 황 부인을 징치를 한다. 그래서 과도함보다는 차분한 준엄함이 돋보이며, 당대 이데올로기에 근거한 그의 말과 행동이 정당하게 여겨진다.

<옥루몽>에서 작가는 이렇게 <옥련몽>의 사실적인 측면을 세련되게 다듬어 일관성을 꾀하는 한편, 총명함과 출중함을 강화시키고, 모든 욕망과 행동이 분명한 원칙과 법도에 근거하고 있음을 도도한 언술과 의론을 통해 드러냈다. 그 결과 상황과 입장에 따라 사실적 측면이 강조되던 <옥련몽>에 비해 일관된 성격을 갖게 되어 보다 선명한 인물 형

---

16) <옥련몽>의 경우는 그렇지 않기에, 解配되어 온 양창곡이 황 부인을 처로 받아들이게 되는 것이 개연적이지 않다. 더욱 <옥련몽>에서는 황 부인과 결연을 종용하는 황제의 명령을 아버지 양현은 받아들였는데도 아들 양창곡이 거부했다. 그래서 귀양까지 간 것인데, 돌아와서는 별다른 고민 없이 결연하는 어색함이 나타난다. <옥루몽>에서는, 황제의 종용을 아버지 양현이 받아들이는 대목은 삭제되고, 解配되어 오면서 이런 깨달음을 얻기에, 양창곡이 황 부인을 받아들이는 것이 훨씬 개연적이게 여겨진다.

상화에 성공하게 되었고, 일관된 당당함과 의론에 근거한 모습은 그의 이상적인 측면을 부각시키게 되었다.

2) 동초 · 마달 : 평면적 인물의 입체화

동초와 마달은 양창곡의 최측근 부하이다. 양창곡이 출전하는 전쟁마다 봉행할 뿐만 아니라 양창곡이 귀양을 가게 되자 벼슬을 사임하고 따라 가기까지 한다(규장각8 : 17뒤). 훗날 이들은 강남홍과 벽성선의 시비인 연옥 · 소청과 결연해서 명실상부하게 양창곡의 '수하'가 된다(규장각11 : 47앞~54앞). 양창곡을 중심으로 모인 정치세력인 소위 '청당(淸黨)'의 핵심 인물도 이들이다. 하지만 이건 모두 〈옥루몽〉의 경우만 그렇다. 〈옥련몽〉에서도 동초 · 마달은 양창곡의 부하 장수로 전쟁을 수행하기는 하지만, 단지 그뿐이다. 〈옥련몽〉에서 이들은 군담서술을 위해 설정된 일반적 장수의 단순한 기능 이상을 보여주지 못한다.

〈옥련몽〉에서 이들이 처음 출현하는 것은 남만 원정 때 흑풍산 싸움에서다.

> 우익장군 마달이 장창을 들고 나오니 <u>이는 산동 사룸이니 만부부당지용이 잇는 지라.</u> …… 명진 듕의셔 쏘 좌익장군 동쵀 월도롤 두루며 나가니 <u>이는 셔쳔 사룸이라. 쏘흔 무예 졀눈흔지라.</u>   (무신6 : 31뒤~32앞)

인정서술이 나온 것도 이들이 여기서 서사에 처음 출현하기 때문이다. 이들에 대한 정보는 이것이 전부이기에, 독자들은 앞뒤 정황으로 미루어 이들도 소유경이나 뇌천풍처럼 이미 중앙에서 관직을 하고 있다가[17] 남만 원정군에 발탁되어 온 것으로 이해하게 된다. 이후에도 이들

---

17) 소유경과 뇌천풍도 양창곡의 측근인데, 양창곡이 정계에 진출하기 전부터 조정에서

은 소유경, 뇌천풍과 마찬가지로 군담 외에는 등장하지 않는다. 군담 서
술을 위해 설정한 단순 인물인 것이다.

하지만, <옥루몽>에서는 앞서 말한 것처럼 다채로운 모습으로 서사
곳곳에 등장한다. 북방 오랑캐에게 둘러싸여 목숨이 경각에 놓인 황제
를 보호하며 소수의 군사로 다수의 오랑캐와 최후의 결전을 불사하는
비장한 장면까지 형상화될 정도이다.

'동초'와 '마달'이란 이름이 처음 나오는 것은 <옥련몽>과 달리, 흑풍
산 싸움 바로 앞인 구강 땅 사냥 장면에서다. 구강 땅 사냥은 <옥루몽>
에만 있는 장면인데, 여기서 양창곡은 나탁을 심적으로 압박함과 동시
에 수하 장수를 발탁하여 전열을 정비한다.

> 홀연 낭기 소년이 장하의 크게 소리ᄒᆞ야 왈 "원슈(양창곡－인용자) 이제
> 장지를 쏩고져 ᄒᆞ시며 엇지 약ᄒᆞᆫ 활과 가는 살노뼈 아ᄒᆡ의 노름을 효측ᄒᆞ
> 시ᄂᆞ뇨? 원컨더 장창대금으로 용밍을 시험코즈 ᄒᆞᄂᆞ이다." 모다 그 소년을
> 보니 신쟝이 팔 쳑이오 위풍이 늠〃ᄒᆞ야 호협ᄒᆞᆫ 긔샹과 담대ᄒᆞᆫ 거동이 얼
> 골의 나타ᄂᆞ니, 원리 그 셩명을 무르ᄂᆞᆫ더 〃왈 "소쟝 등은 본더 소쥬 사ᄅᆞᆷ
> 이니 일기ᄂᆞᆫ 평싱 살인ᄒᆞ믈 죠하〃며 일컫ᄂᆞᆫ 지 소살셩 마달이라 ᄒᆞ고, 일
> 기ᄂᆞᆫ 담대효용ᄒᆞ야 소향무젹ᄒᆞᆫ 고로 일컫ᄂᆞᆫ 지 빅일표 동쵸라 ᄒᆞᄂᆞ이다."
> 원슈 그 셩명을 듯고 비야흐로 의회이 ᄭᅵ드라 조셔히 보니 이에 소쥬 직졉
> 의셔 압강경 가르치던 소년이라. 반겨 문왈 "너희 일즉 소·항 쳥누의 방
> 탕이 단니더니 엇지 여긔 일르뇨?" 소년이 잠간 울러어 원슈의 얼골을 보
> 고 놀ᄂᆞᆫ 빗치 잇셔 왈 "…… 소장 등은 창가쥬루의 죵젹이 낙쳑ᄒᆞ야 일
> 즉 살인 범법ᄒᆞ고 이 짜의 망명ᄒᆞ여 산양ᄒᆞ믈 일삼더니 원슈 장지 쏩으시
> 믈 듯고 왓ᄂᆞ이다."   (규장각4：41뒤~42앞)

동초와 마달의 인정서술이 호걸답게 이루어져 앞으로 전쟁에서 이들

벼슬하고 있었다. 이는 <옥련몽>, <옥루몽> 모두 마찬가지다.

이 보여 주는 활약이 개연적으로 인식되도록 하고 있다. 더욱 중요한 점은 이들이 앞서 부거 길에 만났던 바로 그 두 소년임이 밝혀진 점이다. 이를 통해 독자들은 도식적인 '기대-확인'의 안정감과 흥미를 느낄 뿐만 아니라[18] 이들과 양창곡의 인연이 범상치 않다는 인상까지 받는다. 그래서 이후 이들의 활약을 기대하게 된다. 또 동초와 마달이 살인 범법하고 망명중이라는 점이 드러나면서 이들이 끝까지 양창곡에게 충성을 바치는 것도 수긍하게 된다. 자신들을 발탁해 공을 세울 기회를 준 양창곡을 끝까지 저버리지 않고 고관대작이 되어서도 양창곡 첩들의 시비와 결연하는 저의를 이해할 수 있게 되는 것이다.[19]

작가는 이렇게 군담에서 단순 기능을 하던 평면적 인물을 다양한 측면에서 이해할 수 있는 입체화된 인물로 개작했다.[20] 동초와 마달의 옛날을 보여주고, 이들의 욕망과 행동을 조명하며, 그 모든 것을 개연적으로 받아들일 수 있도록 입체성을 부여한 것이다. 이렇게 입체화되자 동초와 마달은 현실적인 욕망과 삶을 살아가는 사실적인 인물이 되고, 이들이 존재하는 세계는 실제 현실을 닮은 생생한 세계로 느껴지게 되었다.

---

18) J. G. 카웰티, 「도식성과 현실도피와 문화」, 박성봉 편역, 『대중예술의 이론들』, 동연, 2000(5쇄), 85~87쪽 참조.

19) 자세한 동초·마달의 욕망과 행동에 대해서는 유광수, 앞의 논문, 2006, 130~131쪽 참조.

20) 포스터는 인물을, 단 하나의 생각이나 성질을 중심으로 구성되는 밋밋한 평면적 인물(plat character)과 그가 겪는 여러 가지 사건과 연관 지어야 제대로 이해되는 인간다운 면모를 갖추고 있는 복잡하고 다차원적인 입체적 인물(round character)로 구분했다. E. M. 포스터, 『소설의 이해』, 이성호 역, 문예출판사, 1975, 84~91쪽 ; 롤랑 부르뇌프·레알 월레, 『현대소설론』, 김화영 편역, 현대문학, 1996, 297쪽 참조.

3) 곽우진 · 석형 → 노균 · 동홍 : 개연적 인물로 재창조

곽우진과 석형은 <옥련몽>에만 등장하는 인물로 <옥루몽>으로 개작되면서 각기 노균과 동홍이 된다. 단순히 이름만 바뀌는 것이 아니라 다른 인물로 재창조한 것이어서 서사 내용까지 대폭 바뀐다.[21)

<옥련몽>에서는 양창곡의 가정사가 안돈된 후 '환관(宦官) 석형의 발호', '부마도위 곽우진의 모함', '동홍의 격구(擊毬) 사건' 등 정치적 사건이 차례로 일어나는데,[22) 세 번째 동홍의 격구 사건은 <옥루몽>에도 그대로 유지되지만,[23) 첫째 사건인 석형의 발호는 '동홍의 동성애와 음률'로 바뀌고, 둘째 사건 곽우진의 모함은 삭제된다.

환관 석형은 병에서 쾌차한 황제 앞에 '머리롤 싹고 손가락을 상ᄒ야 피 흔젹이(무신16 : 3뒤)' 낭자한 채 나타나서는, 황제의 병이 "침듕ᄒ심을 뵈옵고 몸으로 뼈 디신코져 ᄒ야 전조단발ᄒ고 십 일을 긔도ᄒ(무신16 : 4앞)"였다며 아부한다. 이에 감격한 황제는 석형을 총애하는데, 이렇게 총애를 얻은 석형은 조정의 대소사를 수중에 넣고 전횡을 부린다. 이를 비판한 양창곡 등이 실각하여 귀양 가게 되자 석형의 무리인 한응덕이 벽성선을 취할 생각으로 계략을 부리는데, 오히려 벽성선이 음률로 황제를 일깨우게 되어, 결국 석형과 그 측근 모두가 실각하는 것으로 일단락 지어진다.

황제가 석형을 총애한 것은 자신을 위해 몸을 상해 가면서 병 낫기를

---

21) 대동소이한 두 작품의 서사가 크게 다른 부분이 바로 이 대목이다.

22) 이와 달리 <옥루몽>은 가정사와 정치사가 긴밀히 서로 얽히며 진행되는 구조를 가지고 있어 더 세련된다고 할 수 있다.

23) 擊毬에 능한 동홍이 황제를 미혹케 해서 정국을 혼란에 빠뜨리는데, 양창곡의 아들 양장성이 동홍과 擊毬 내기를 하여 이긴 후, 그 빌미로 그의 목을 잘라 죽인다. 이런 서사가 모두 동일하다.

기원했다는 것에 대한 감동에서 비롯된 것이다. 다른 긴밀한 관계는 없었다.24) 이들의 관계는 서술자가 '셕등셰 상을 뫼셔 가인 부즈갓치 종용슈작ᄒ시더니(무신16 : 5뒤)'라고 언급한 정도의 친밀감이었다. 이 정도의 관계치고는 석형의 전횡이 너무 심하고, 또 총애가 오래 지속되는 감이 없지 않다. 그래서 상대적으로 황제가 무능하고 어리석게 여겨지기까지 한다. 또 석형은 '본딕 부마도위 곽우진의 궁노 셕골통에 ᄋ들(무신16 : 2앞)'인데, 전횡을 부린다고 해도 곽우진조차 그의 수하처럼 느껴지게 서술하고 있는 것은 어색하지 않다 하기 어렵다.

작가는 개작하면서, '황제의 총애'는 동홍25)의 동성애와 음률에 침혹

---

24) 宦官이 분명한 석형과 황제는 〈옥루몽〉의 동홍과 황제처럼 동성애 관계에 빠질 수 없다.
환즈 셕형이 됴졍을 탁난ᄒ니 (무신16 : 2앞) ; 석형이 쥬왈 "<u>소신이 완전ᄒ 사람이 아니오라 텬싱 형여지인이로소이다.</u>" (무신16 : 3앞)

25) '동홍'은 세 번째 경우인 擊毬에서 나오는 인물이므로, 〈옥루몽〉의 경우 결과적으로 동홍이 두 번 나오는 셈이다. 작가가 다른 인물로 설정할 수 있는데도 굳이 이 '동홍'을 쓴 것은 분명 이유가 있다. 〈옥루몽〉에서 노균의 당인 濁黨의 잔존 세력이 끈덕지게 살아남는다는 것을 강조하고 싶었던 것이다. 노균이 죽은 후에도 殘黨이 雨雷之變을 일으키고, 실패 후 다시 노균의 당인 동홍이 擊毬 사건을 일으킨다. 그것을 결국 다음 세대인 양장성이 완전히 해소한다. 작가는 이 점을 형상화하고 싶었던 것이다. 몇몇 연구자들은 〈옥루몽〉에서 첫째 사건의 주범인 동홍이 이후 擊毬 사건에 별다른 설명 없이 다시 나온다며 〈옥루몽〉의 미비점으로 지적했는데, 이는 옳지 않다. 원본에 가까운 善本인 규장각본을 연구대본으로 삼지 않고 신문관본이나 한문현토본을 대본으로 삼았기 때문이다. 규장각본은 분명하게 '擊毬의 동홍'이 이전에 나왔던 '동성애와 음률의 동홍'이라는 점을 말하고 있다.
<u>원릭 동홍은 쟝안 사람이라.</u> 물 달니고 져기차기로 샹총을 엇어 권세 졈졈 죠뎡을 기우리니 샹즈대신으로 감히 거우지 못ᄒ나 다만 연왕이 입죠홀가 져허ᄒ더니
(신문관 4 : 146)
<u>原來 董紅은 長安人이라.</u> 以馳馬蹴毬로 得天寵ᄒ야 權傾朝廷ᄒ니 上自大臣으로 不敢抗衡이ᄂ 但恐燕王之入朝면 紅之行動이 能任便故로 深忌之ᄒ야
(적문서관 541)
<u>원릭 동홍은 셕년의 노균이 피ᄒ민 산즁의 도망하여 슉어더니 그 후 노균의 당을 스ᄒ시민</u> 동홍이 다시 천즈게 총을 으더 벼살이 뎐젼어스의 일으민 쳔총이 날로 더ᄒ

함으로 바꾸고, '권력의 전횡'은 배후 정치세력인 노균이 부리는 것으로
나누어서 개연성을 높였다.

　언제든지 은총이 바뀔 수 있는 석형의 경우보다 동성애로 깊어진 동
홍의 경우가 더 긴밀하고 개연적이라 할 수 있다.[26] 황제라는 지위의
인물들은 흔히 동성애에 빠지는 경우가 많았고,[27] 비록 그것이 부정적
으로 인식되었다고는 해도[28] 근본적으로 정치 문제가 아닌 개인 취향
의 문제였기 때문에 딱히 간섭하기 어려운 측면이 있었다. 실제로 동홍
은 육체와 음률로 황제를 침혹케 할 뿐이지 정치에는 일절 관여하지 않
았다. 정권을 장악한 것은 노균이었다. 그는 황제가 미소년 동홍에게 관
심이 있음을 알고 동홍을 자기 수하로 끌어들여[29] 황제를 미혹케 하고
그 배후에서 정권을 농락한 것이다.

　미약한 근거로 황제와 정권을 쥐고 흔드는 석형 대신, <옥루몽>에서
는 이렇게 철저하게 계산적으로 움직이는 노회한 정치가 노균이란 새로
운 캐릭터와 동홍이라는 동성애와 음률에 능한 미소년 캐릭터가 등장해
서 황제의 개인적 취향과 성애 문제로 서사를 이끌고 가게 하여 개연성
을 높였다. 이는 독특한 성격적 특징이 부족한 석형을 분명한 느낌의
동홍과 노균으로 나누어 명확하게 형상화했기에 얻어진 것이다.

시니 샹주더신으로 감히 어기지 못ᄒᆞᄂ 다만 연왕이 입조홀가 져어ᄒᆞ더니
(규장각13 : 45앞)

26) 황제와 동홍이 동성애 관계임은 유광수, 「<옥루몽> 성애(性愛) 표현의 서사적 기능
　과 은폐된 폭력성」, 『한국고전여성문학연구』10, 한국고전여성문학회, 2005b, 465~
　503쪽 참조.
27) 이수웅, 『中國娼妓文化史』, 대한교과서주식회사, 1987, 54~57, 69~73, 231~235,
　297~301쪽 ; 류다린, 『중국성문화사』, 노승현 옮김, 심산, 2003, 176~189쪽 ; 윤가현,
　『동성애의 심리학』, 학지사, 1998, 23~24쪽 참조.
28) 노라 칼린, 『동성애자 억압의 사회사』, 심인숙 옮김, 책갈피, 1995, 21~42쪽.
29) 노균은 자기 누이를 동홍에게 주어 그를 妹夫로 삼는다. 노균의 정치적 술수가 노회
　함은 이 누이를 예전에는 급제한 양창곡에게 下嫁시키려 했다는 것에서도 드러난다.

곽우진은 황제의 손위 누이인 정숙공주의 남편으로 부마도위이다. 그는 황제의 동생인 초왕이 연왕 양창곡과 함께 반란을 꾀했다고 거짓으로 고변하여 양창곡을 감옥에 갇히게 하고, 군사를 이끌고 초왕을 정벌하러 떠난다. 하지만 결국 강남홍의 활약으로 그의 소요는 무위로 돌아간다.

곽우진의 모함 사건은 상당히 어색할 뿐만 아니라 군담의 흥미도 현저히 떨어진다. 어색함은 부마도위가 이렇게 엄청난 소요를 일으키기에는 그 이유가 너무 사소하다는 것 때문이다.

곽우진은 초왕이 예전 석형 일로 자신을 압박하는 것에 대해 부담을 느끼고 있었다. 그러던 차에, 초왕의 궁노가 죄를 짓고 자신에게 오자 그것을 기회로 거짓 고변을 한 것이다. 아무리 초왕에 대해 좋지 않은 감정을 가지고 있다고는 하나 그것이 황제의 친동생인 초왕을 정벌할 정도로 큰 사건이 되기에는 다소 미약하다. 이미 황제는 지난 일을 덮어두기로 했고, 그의 부마도위라는 신분에 변화가 있지도 않았고, 위협이 생긴 것도 아니었다. 즉 곽우진이 먼저 사단을 일으키지 않았다면 문제가 일어날 것이 아니었던 것이다.

그가 술수를 꾸민 이유는 초왕과 함께 양창곡을 해코지하고 싶었기 때문이다.[30] 그런데 그 이유가 이전 석형 일에 대한 앙갚음이나 정권을 잡고 있는 연왕에 대한 반감 같은 실질적 문제 때문이 아니라, 연왕의 첩 강남홍의 미색에 빠졌기 때문이었다. 그는 '황티후 슈신에 참녜ᄒᆞ야 난셩(강남홍-인용자)의 가무 ᄌᆞ식이 졀셰홈을 보고 도라와 ᄉᆞ모ᄒᆞᄂᆞᆫ ᄆᆞ음이 진졍치 못ᄒᆞ야 훈 번 다시 귀경코져 ᄒᆞ나(무신19:32앞)' 어쩌지 못해

---

30) 일즉 초국 궁노로셔 초왕게 득죄ᄒᆞ고 목슘을 도망ᄒᆞ야 곽 도위 문하의 의탁고져 ᄒᆞ미, 곽 도위 그 궁노를 무슈히 ᄭᅩ이고 달니여 ᄒᆞ야곰 고변ᄒᆞ게 ᄒᆞ야 초왕을 모회ᄒᆞ고 인ᄒᆞ야 연왕ᄭᅥ지 히코져 홈이라. (무신20:1뒤~2앞)

애간장을 태운다. 그러다가 잔치를 베풀고 초청하면 올 것이라고 생각
해서 초청한다. 하지만 그 속셈을 아는 강남홍이 청을 거절하고, 이에
'노식이 잇셔 앙 〃 흥(무신19 : 33뒤)'며 벼르고 있었던 것이다. 이 때 초왕
의 궁노가 자신에게 오자, 그것을 기회로 초왕을 모함하여 연왕을 실각
시키려 한 것이다.[31] 부마도위의 획책이란 민감한 사항인데다,[32] 다른
이의 첩을 권련해서 일으키기에는 너무 엄청난 사건이라는 점, 게다가
군담에 흥미도 없기에,[33] 작가는 <옥루몽>으로 개작하면서 이 대목 전
체를 삭제한다. 대신 노균이란 입체적인 인물을 창조해내 개연적으로
서사를 이끈다.

    <옥련몽>의 곽우진이 <옥루몽>의 노균이 된다는 점은 분명하다. 곽

---

31) <옥련몽>은 재미있게도, 석형 사건은 '벽성선'을 탐하는 문제로 일이 커졌다 벽성선이
    해결하고, 곽우진 사건은 '강남홍'을 탐하는 문제로 사건이 커졌다가 강남홍이 해결한
    다. 양창곡의 두 첩을 중심으로 이렇게 구성한 것은 작가의 의도적 설정이 분명하다.
32) <옥루몽>으로 개작하면서 곽우진 사건을 삭제한 것을, 신재홍은 時諱 측면에서 분
    석했는데(신재홍, 앞의 논문, 1994, 377~405쪽) 이는 타당한 해석이라 할 수 있다.
    하지만 時諱 측면에서 본다면 처음 <옥련몽>을 창작할 때는 미처 그 생각을 하지
    못했다는 것과 <옥루몽>으로 개작할 때 삭제할 만큼의 어느 정도 압박을 받았음을
    설명해내야 한다는 문제가 제기된다. 필자 역시 時諱의 측면이 있다는 점은 인정하지
    만, 그것이 서사를 바꿀 정도까지는 아니라고 본다. 서사 개작에 미친 것은 더 나은
    이야기를 만들겠다는 창작욕과 세련된 서사를 창작하겠다는 작가적 열망이 먼저였다
    고 생각한다. 이런 점은 <옥련몽>의 구조가 어떻게 <옥루몽>의 구조로 개작되었는
    지를 살펴볼 때 조금 더 분명해질 것이라 생각한다. 서사 구조 문제는 후속 연구로
    미룬다.
33) 군담의 흥미가 떨어지는 것은 곽우진 쪽이나 초왕 쪽 모두 같은 명나라 군사들이기
    때문이다. 그래서 서로 참혹하게 싸우게 서술할 수 없었다. 그러니 자연스레 군담의
    흥미가 떨어질 수밖에 없었다. 군담은 정당화된 합법적인 폭력에 감정적 동일시를 꾀
    하는 기제가 있으므로, 彼我가 분명할수록, 적이 부도덕하고 음란할수록 몰입의 정도
    가 높아진다. 적을 처치하는 것이 옳은 일로 정당화되기에 폭력적 상황이 제대로 감지
    되지 않을 뿐만 아니라, 폭력성이 강렬해질수록 흥미성이 고조되기 때문이다. 유광수,
    「<옥루몽>에 나타난 성애(性愛) 표현의 의미-은밀한 폭력과 정당화된 폭력」, 『고소
    설연구』20, 한국고소설학회, 2005c, 137~178쪽 참조.

우진의 수하에 석형이 있던 것처럼 노균 수하에 동홍이 있었다. 꾸민 일이 어긋나 도리어 벽성선이 황제를 음률로 풍간하게 되어 버리는 것도 같다. 무엇보다도 곽우진이 일으킨 모함으로 소요와 전쟁이 일어난 것처럼 노균 역시 소요를 일으키다 반란을 꾀하는 것도 비슷하다. 하지만 노균은 곽우진처럼 단순한 평면적 인물이 아니다. 반란도 어쩔 수 없는 상황에 따른 필연적 사건으로 이해될 정도로 입체화된 인물이다.[34]

　무엇보다 노균의 등장은 〈옥루몽〉 전체에 '청당-탁당'의 대립구도를 분명하게 한다는 점에서 서사에 흥미성을 높였다. 석형의 무리 역시 당 (黨)이라 할 수는 있지만, 〈옥루몽〉처럼 구체적으로 '탁당(濁黨)'이라 명시되어 드러난 것도 아니고, 특정한 정치적 입장을 공유하지도 않았다. 석형은 특정한 의식과 이데올로기를 갖고 정치에 임하는 세력이 아니라 발호하는 환관 정도였고, 곽우진은 당파나 당색을 말할 수 없는 부마도위 신분이었다. 그러므로 〈옥련몽〉에 '무리'는 있지만 '당색을 띤 정파'는 없다고 할 수 있다. 결국 이들 '무리'가 일으키는 사건들은 '어지러움'일 뿐 정치적 입장에 따라 표출된 첨예한 대립은 아니었다. 긴밀하게 연계되어 이어지는 사건들이 아니라, 세 사건 모두 단순히 나열되듯 산견되는 양상을 띤 것도 이 때문이다.[35] 명확한 정치의식에 기반한 것도 아니고 서로 긴밀하게 연계된 것도 아니기에, 각각의 사건은 강렬한 느낌을 주지 못하고, 단순한 혼란으로 여겨진다. 그래서 어지러운 혼란은 일시적 현상이고 그것이 해결되면 쉽게 평온한 상태로 돌아갈 것이라고 생각하게 된다.

---

34) 노균의 반란의 개연성을 비롯한 노균 형상화의 입체성에 대해서는 유광수, 앞의 논문, 2006, 138~155쪽 참조.

35) 〈옥루몽〉과 동일하기에 동홍 격구 사건은 분석하지 않았지만, 격구 사건도 〈옥련몽〉에 놓고 보면 마찬가지로 일시적 어지러움의 양상으로 이해된다.

하지만 <옥루몽>의 '청당-탁당의 대립'은 단순한 어지러움 이상의 정치적 입장에 따른 정치 행위로, 그 뿌리가 깊고 각 사건이 서로 긴밀히 연계되어 있다. 노균은 양창곡이 왕패병용을 주장하며 정계에 들어올 때부터 갈등을 일으켜서 사사건건 대립한다. 급기야 북방 오랑캐 침입에 빌미를 만들게 되고, 결국 오랑캐를 토벌하러 갔다가 항복한다. 그리고 그 반란의 칼날을 황제에게 들이대며 황제를 겁박한다. 노균이 죽고 북방 오랑캐가 패퇴한 후에도 그 잔당은 남아서 명맥을 유지한다. 그러다가 우뢰지변(雨雷之變)으로 정권 창출을 시도하지만 실패하고, 후에 다시 격구(擊毬) 사건으로 재기를 노리지만 이 역시 실패한다.

이렇게 곽우진을 노균으로 새롭게 재창조하면서 인물뿐만 아니라 서사까지 더 개연적이고 흥미롭게 되었다. 이는 궁극적으로 노균의 형상화가 입체적이게 되면서 그의 욕망과 행위가 단순한 발호나 우발적 행동이 아닌 복잡성을 띠게 되었기 때문이다. 이렇게 단순히 사건을 이끄는 정도의 인물들을 입체적이고 개연적으로 재창조하자, 서사는 이익에 근거한 미묘한 다툼과 정치행위를 여실히 보여주게 되고, 인물과 사건들을 다양한 측면에서 바라볼 수 있는 여지가 마련되었다. 그래서 노균의 정치 행위와 배신, 반란, 잔당들의 재기를 위한 술수 등등이 설득력 있게 이해되면서, 이러한 세계, 이러한 인물들의 욕망과 행위를 더 핍진하게 느낄 수 있게 되었다.

3. 개작 결과와 의미

1) 현실적 인물의 매력적인 이상성

<옥련몽>의 양창곡은 상황과 입장에 따라 사실적 측면이 강조되다

보니 인물 형상화에 일관성이 부족했다. 당당함과 유약함이 혼재하고 유연한 풍류의 모습과 함께 과도한 가부장의 측면이 나타나기도 했다. 현실을 반영한다는 측면에는 좋을지 몰라도 독자들의 감정에 호소하고 독자들을 몰입하게 하는 측면은 부족했다. 인물에 동일시하며 몰입하기보다는 순간순간 장면에 따라 거리를 두기 쉬웠다. 즉, 양창곡이란 인물 성격에 초점이 맞추어 서사를 진행시키기보다는 상황과 입장에 더 초점을 맞추었기 때문이다. 독자들이 인물에 몰입하여 호응하기에는 어떤 성격이든 일관성을 유지하는 것이 좋은데,[36] 그것은 다른 것보다 인물의 성격 형상화에 더 주안점을 둘 때 이루어진다. 〈옥루몽〉에서 양창곡을 형상화한 방식이 바로 그것이다.

유연하고 여유 있으면서도 의리와 법도에 근거한 분명한 소신을 가지고 있는 〈옥루몽〉의 양창곡은 당당하지 않을 수 없다. 총명하면서도 편안하고 넉넉하면서도 준엄한 매력적인 인물로 다가오는 것은 이 때문이다. 시종일관 당황하지도 놀라지도 않고, 어느 때든 웃음과 여유를 잃지 않는다. 그 바탕에는 이데올로기에 근거한 명확한 신념이 자리 잡고 있다. 그렇기에 군중정사나 정치 쟁투 같은 그의 개인적 욕망의 모습도 정당하게 여겨진다. 오히려 그런 현실적 모습 때문에 더욱 매력적이게 다가선다. 고고하게 초월적인 이상적 풍모가 아니라 현실적이고 개연적이면서도 이상적인 매력을 발산하는 모습이기 때문이다. 즉, 〈옥루몽〉의 양창곡은 보통의 우리보다는 조금 더 높은 곳에 존재하는 것 같은 느낌의 광휘를 내뿜지만, 그 한쪽 발은 현실을 디디고 있는 존재로 여겨진다. 그래서 더욱 더 유혹적이다.[37]

---

36) 인물 성격의 일관성은 '평면성'과 동치 개념이 아니다. 평면적 인물(plat character)이나 입체적 인물(round charater) 모두 일관성을 유지할 수도 있고 그렇지 않을 수도 있다. E. M. 포스터, 앞의 책, 1975, 84~91쪽 참조.

상황과 입장에 따라 사실적으로 반응하던 인물을 작가가 개작하면서
성격에 일관성을 부여하고, 의론을 통한 이데올로기적 정당성을 부여하
자, 원래 그가 가지고 있던 사실적 속성에 이상적 특성이 부가되게 되었
다. 이렇게 강화된 이상성은 대중들의 통속적 감정에 충실하게 반응하
여[38] 설득적이고 매력적인 인물(Character)로 자리매김하게 되었다. 그
래서 <옥련몽>보다 더 선명하게 형상화된 <옥루몽>의 양창곡은 꼭
'그 양창곡'이어야만 하는 독특성을 획득하게 된 것이다. 다른 인물로
치환할 수 없다는 의미에서 독창성에 이르렀다고도 할 수 있을 것이다.
<옥루몽>이 <옥련몽>보다 더 대중적으로 널리 호평을 받은 중요한 이
유 중의 하나가 이런 독창적인 인물 형상화인 것은 분명한 것 같다.

2) 선악 이분법 극복과 현실적 세계

동초와 마달은 평면적 인물이었지만 개작되면서 다양한 욕망과 이유
를 가늠케 하는 입체적 면모를 띠게 되었고, 새롭게 창조된 노균과 동홍
역시 마찬가지였다. 이들 인물들이 빚어내는 이야기들은 현실적인 세계
의 모습을 보여 주는데, 그것은 이들이 사실적이고 개연적인 인물들로
입체성을 띠게 형상화되었기 때문이다.

---

37) 인간 욕망을 끊임없이 자극하는 것은 멀리 동떨어져 있는 것이 아니라, 도달할 수
있을 것 같지만 끊임없이 미끄러져 나가 버리는 미묘한 위치에 존재하는 것이다. 라깡
은 이를 욕망의 핵심으로 이해했다(권택영, 『자크 라캉 욕망이론』, 민승기·이미선·
권택영 옮김, 문예출판사, 2000, 11~36쪽 참조). 이런 유혹적 위치에 <옥루몽>의 양
창곡이 존재하는 것이다.
38) 통속성은 결핍을 채워 넣으려는 다양한 느낌과 깊이 연관되어 있고, 그 연원은 인간
보편에 내재해 있는 근원적 감정과 관련되어 있다. 그러므로 통속성은 이성적인 원칙,
원리, 규칙 등이 부여하는 가치들과 긴장적 거리를 둔 곳에 존재하는 감성적 느낌이라
하겠다. 자세한 것은 로버트 패티슨, 「통속성, 낭만주의 그리고 범신론」, 박성봉 편역,
『대중예술의 이론들』, 동연, 2000(5쇄), 114~142쪽 참조.

동초와 마달의 행동과 고민, 그 정치적 행보 등은 매우 사실적이어서 그 이유를 짐작할 수 있고, 그래서 그들에게 공감할 수 있다. 기득권 유지를 위해 온갖 노력을 하다 가족들까지 버리고 오랑캐에게 항복하는 노균의 욕망과 행동을 옳다 생각지는 않아도 이해할 수는 있다. 동성애와 음률로 황제를 미혹케 하는 동홍의 행태도 이해는 된다. 이렇게 이상적이지는 않지만, 이런 인물들의 내면을 엿보고 그들 행동을 이해하는 순간, 단순히 배경에 머물던 존재들이 현실에서 살아 숨 쉬는 인간들이 되어 버린다. 그러자 그들과 그들의 행위를 극단적인 선악 이분법으로 섣불리 재단하지 못하게 된다. 옳지 않지만 공감이 되고, 옳지만 뭔가 떳떳하지는 않은 인물들의 모습은 단순한 이분법적 시각으로 포착할 수 없기 때문이다. 이렇게 이분법적 시각을 벗어난 이들은 선악 두 극단 사이에 있는 다양한 스펙트럼의 유동적 위치 한 곳에 자리매김 하게 된다. 그것은 평면적 인물들을 독서할 때 일어나지 않는 독자들의 해석적 끼어듦을 유도하는 것으로, 독자들은 자신의 머릿속 텍스트를 가지고 소설 텍스트에 끼어들어 이해하고 해석하고 풀어낸다.[39] 이 과정을 통해 각 인물들을 다양한 스펙트럼의 공간 그 어디에 위치시킨다. 이는 평면적 인물들과 사건들이 구현해내는 소설에서는 좀처럼 찾을 수 없는 쾌감으로 소설 텍스트의 몰입을 심화시킨다.

　작가는 〈옥련몽〉을 개작한 〈옥루몽〉에서 현실적 세계를 그려냈다. 그것은 선악 이분법으로 간단히 재단해낼 수 없는 사실적 인물들을 입체적으로 형상화해냈기 때문에 가능한 것이었다. 이는 능동적 독서를 하도록 인물과 세계를 세련되게 개작한 작가의 노력 때문이었다. 〈옥루

---

39) 이는 다성적인 텍스트가 가지고 있는 특징이다. 자세한 것은 김욱동, 「단성적 문학과 다성적 문학」, 『대화적 상상력-바흐친의 문학이론』, 문학과지성사, 1999, 166~181쪽 참조

몽>이 <옥련몽>보다 널리 유통·향유하게 되는데 이런 점이 크게 일조한 것으로 보인다.

4. 결론

상황과 입장에 따라 사실적으로 형상화하던 <옥련몽>을 개작하여 <옥루몽>을 만들면서, 작가가 인물 성격에 초점을 맞추어 사실적 측면들을 섬세하게 다듬는 한편, 일관성을 부여하자, 양창곡은 당당하고 의연한 모습으로 형상화되었다. 매사에 엄정한 법도와 원칙에 근거해 말하고 행동하게 함으로써, 양창곡은 이상적인 모습을 띠게 되었고, 매력적인 인물로 자리매김하게 되었다.

평면적이던 인물을 입체적으로 개작하거나 재창조하여 다양한 측면에서 조망할 수 있게 되자, 이들은 더 개연적이게 되었고 단순한 이분법으로 규정지을 수 없는 사실적인 세계에 존재하는 인물들로 여겨지게 되었다.

독자들은 단순하고 평면적인 인물들이 움직이던 <옥련몽>의 세계와 고민하고 욕망하는 입체적 인물들이 개연적으로 행동하는 <옥루몽>의 세계 중에서 뒤의 것을 더 좋아했다. 그것은 자신들처럼 고민하고 욕망하는 사람들이 다채롭게 보여주는 이야기가 더 흥미진진하게 다가왔기 때문이다. 더욱 여기에 실제 현실에선 이루어지기 힘든 꿈과 같은 일들을 성취하는 매력적인 인물이 등장한다. 자연스레 독자들은 이 이상적인 인물을 선망하고 그를 심정적으로 동일시하게 되었다. 그는 결코 기대를 저버리지 않고 독자들에게 안락한 만족감을 주었다. 이런 모든 것들이 세련되게 서술되어 있는 <옥루몽>이 <옥련몽>보다 더 많이 읽히고 퍼진 것은 어찌 보면 당연한 일이었다. 우리들의 실제 현실과 비슷한 세계 속에서 그 현실적 질곡과 한계를 뛰어넘는 꿈을 꾸게 하기 때문이다.

이렇게 개작을 통해 인물들에게 신선한 바람과 개인적 체취의 입김을 불어넣고, 이분법적 세계에 대한 인식의 지평을 확대시킨 〈옥루몽〉은, 분명 '소설의 가능성'을 세련되게 추구한 작품이 틀림없다.

$2_{장}$

서사 전략과
이야기의 의미

만남과 깨달음으로 본
〈낙산이대성 관음·정취, 조신〉의 의미

1. 서론

『삼국유사(三國遺事)』권 제3 「탑상(塔像)」 〈낙산이대성 관음·정취, 조신(洛山二大聖 觀音·正趣, 調信)〉[1]의 '조신에 관한 이야기'는 일찍부터 연구자들이 주목해 왔다. 처음의 연구들은 대부분 연구 목적이 '조신'이다 보니 편의상 조신에 관한 부분만 떼어 내서 분석하는 것이 일반적이어서, 이 조 전체를 분석해 보려는 시도는 드물었다.

그러나 [調信][2]을 보다 정확히 분석하는 방법은 이 조 전체의 의미와 짜임새를 통해 이해하는 것이 가장 좋은 방법일 것이다. [調信]은 혼자 독립된 이야기가 아니라, 〈낙산이대성 관음·정취, 조신〉이라는 조의 한 부분이다. 우리가 알고 있는 [調信]은 이렇게 같은 조로 묶여져 있는 [調信]이지 따로 떨어져 있는 [調信]이 아니다. 이렇게 같이 묶어 놓은 것은 편찬자의 의도가 있어서이다.[3] 그 의도가 단순한 것이든 그렇지

---

1) 이 글에서 연구의 대본으로는 中宗壬申刊本으로 『校勘三國遺事』(민족문화추진회, 1973)를 사용하며 각 조명은 '< >' 표시로 구분한다.
2) 이 글에서는 편의상, 인물 이름 '調信'과 구별하기 위하여 '調信에 대한 이야기'라는 뜻은 '[調信]'으로 간략하게 표시한다.
3) 『三國遺事』 이전에 [調信]이 있었음은 이 조의 내용을 통해서 알 수 있다. 일연이

않든, 우선 그 편찬자의 생각을 따라서 이 조 전체를 보는 것이 중요하다. 이 글은 이런 문제의식에서 시작하였다.

이 조가 있는 『삼국유사』권 제3 「탑상」은 불교와 관련된 유물이나 사적들의 유래를 밝히는 항목이다. 이 중에서 단순히 유물의 연원을 설명하는 외에 의미 있는 다른 이야기를 담고 있는 몇몇 조들이 있다. 이 <낙산이대성 관음·정취, 조신>도 '낙산사(洛山寺)'와 '정토사(淨土寺)'라는 사찰을 창건한 유래를 설명하고 있지만, 단순한 사찰 창건 유래담만이 아닌 좀 더 의미 있는 이야기를 담고 있다.

조동일은 이 조를, 기존의 연구와는 달리, [調信]보다는 앞의 다른 내용에 주목했다는 점에서 탁월한 접근이었다.[4] 그는 이 조에 나오는 의상과 원효, 범일을 말하면서 신성과 비속으로 나누어서 설명하면서, '의상 이야기'는 신성함을 신성함으로 추구하고, '원효 이야기'는 비속함을 비속함으로 추구한 이야기라고 규정했다. 그러나 이 관점으로 [調信]까지 설명하지는 못했다.

김영태는 이 조는 불국토로서 신라를 인식하고 있음을 보여주는 이야기라고 풀었다.[5] 이 해석 역시 [調信]까지는 설명되지 않는다.

앞선 다른 연구들에서도 연구자들은 이 조를 포괄적으로 설명하지 않았다.[6] 그러다 보니 이 조 전체에서 상대적으로 소홀하게 취급되는

『三國遺事』편찬시 [調信]의 내용을 바꾸었는지는 알 수 없으나, 바꾸지 않았다고 하더라도 이렇게 같이 묶어 놓은 것만으로도 의미가 있다.

4) 조동일, 「불교설화에서 본 숭고와 비속」, 『삼국시대 설화의 뜻풀이』, 집문당, 1990.

5) 김영태, 「新羅의 觀音思想」, 『불교학보』13, 동국대학교 불교문화연구소, 1976 ; 조동일, 앞의 논문에서도 '불국토에 대한 인식'이라는 점을 언급하고 있다.

6) 임철호, 「調信說話 硏究」, 『연세어문학』7·8, 연세대학교 국어국문학과, 1976 ; 이윤석, 「調信설화의 문학적 가치에 관한 소고」, 『한국전통문화연구』4, 효성여자대학교

부분들이 있었다. 필자는 그 부분들이 오히려 해석의 핵심적인 열쇠라고 생각한다. 구체적인 예로, '의상 이야기'에서 의상은 분명히 관음(觀音)의 진용(眞容)을 만나 뵙고서 절을 창건한다. 그런데 이상하게도 절을 창건한 후, 대나무가 없어지는 것을 보고서야 '비로소 관음(觀音)이 낙산(洛山)에 계심을 깨달았다'는 어색한(?) 설명이 나온다. 당대의 뛰어난 고승이 관음을 만나기 위해서, 관음이 계실 것으로 생각되는 '낙산'에서 14일 동안 정성을 드리고서 드디어 만난다. 그리고 그 관음의 지시로 절을 창건한다. 그런데 그 후에 '비로소 관음이 낙산에 계심을 깨달았다'는 것은 도무지 앞뒤가 맞지 않는 것이다. 또 원효의 경우 관음상(觀音像) 앞에 있는 신발 한 쌍을 보고서야, 관음이 전에 만났던 여인들과 소나무로 나타났다는 것을 알게 된다. 그런데 원효는 관음(觀音)의 진신(眞身)을 뵈려고 굴에 들어가려고 한다. 그러나 풍랑이 일어서 들어가지 못하게 된다. 왜 원효는 이미 만난 관음을 만나려고 하였으며, 왜 관음은 만나 주지 않았는지 그에 대한 설명 역시 없다.

[調信]에서도, 조신이 꿈에서 깨어난 후에 돌미륵을 자신이 아들을 묻었던 곳에서 캐내는데, 왜 하필 조신은 꿈속에서 아들을 묻었던 곳에 가서 파 볼 생각을 하게 된 것인지 역시 의문이다. 필자는 이런 의문점들을 설명할 수 있어야만, 비로소 이 〈낙산이대성 관음·정취, 조신〉의 올바른 해석이 가능하다고 생각한다.

필자는 이 조 전체를 흐르는 중요한 핵심은 '만남과 깨달음'이라고 생각한다. 앞에서 말한 의문점들은 바로 이 만남과 깨달음의 문제와 얽혀 있다.

한국전통문화연구소, 1988 ; 정규훈, 「三國遺事 所載 꿈 小考」, 『계명어문학』5, 1990 ; 설성경, 「조신 이야기의 서술구조 분석」, 『전규태교수 회갑기념 논문집』, 1993 ; 이혜순, 「전기소설의 전개」, 『고소설사의 제문제』, 집문당, 1993 ; 고운기, 「一然의 世界 認識과 詩文學 硏究」, 연세대학교 박사논문, 1993.

2. 본론

1) 「탑상」에서의 〈낙산이대성 관음 · 정취, 조신〉

『삼국유사』권 제3 「탑상」은 불교 유물과 유적에 대한 내력을 설명하는 이야기들이 모아져 있는 곳이다. 주로 사찰과 불상들의 유래와 그에 얽힌 이야기들이다. 그런데 이들 중 단순히 유물의 유래를 설명하는 이야기로만 보기에는 적절치 않은 이야기들이 있다. 대부분의 이야기들은 「탑상」이라는 편명에 충실하게 되어 있는데, 몇몇 조들은 「탑상」이라고 하기에는 어울리지 않는 다른 이야기들로 꾸며져 있다.

「탑상」의 조명(條名)과 내용을 개략적으로 정리하면 다음과 같다.

순서	條名	내용
1	迦葉佛宴坐石	迦葉佛宴坐石에 대한 설명
2	遼東城 育王塔	遼東城에 있는 育王塔에 대한 설명
3	金官城 婆娑石塔	金官城에 虎溪寺에 있는 婆娑石塔에 대한 설명
4	高麗 靈塔寺	高麗때 세워진 靈塔寺에 대한 설명
5	皇龍寺 丈六	皇龍寺에 있는 丈六尊像에 대한 설명
6	皇龍寺 九層塔	皇龍寺에 있는 九層塔에 대한 설명
7	皇龍寺 鐘, 芬皇寺 藥師, 奉德寺 鍾	皇龍寺 鐘, 芬皇寺 藥師, 奉德寺 鍾에 대한 설명
8	靈妙寺 丈六	靈妙寺에 있는 丈六尊像에 대한 설명
9	四佛山, 掘佛山, 萬佛山	四佛山, 掘佛山, 萬佛山에 대한 설명
10	生義寺 石彌勒	生義寺와 石彌勒에 대한 설명
11	興輪寺 壁畵 普賢	興輪寺에 벽화로 普賢菩薩을 그린 것에 대한 설명
12	三所觀音 衆生寺	衆生寺에 있는 관음상이 세 번 나타난 것에 대한 이야기

13	栢栗寺	栢栗寺에 관련된 것들에 대한 설명
14	敏藏寺	敏藏寺에 관련된 것들에 대한 설명
15	前後所將 舍利	舍利에 대한 여러 가지 이야기들
16	彌勒仙花 未尸郎·眞慈師	彌勒이 仙花한 未尸郎과 眞慈師에 대한 이야기
17	南白月二聖 努肹夫得·怛怛朴朴	努肹夫得과 怛怛朴朴에 대한 이야기
18	芬皇寺 千手大悲 盲兒得眼	芬皇寺 千手大悲가 盲兒의 눈을 뜨게 한 이야기
19	洛山二大聖 觀音·正趣, 調信	洛山寺의 觀音과 正趣, 그리고 調信에 대한 이야기.
20	魚山佛影	魚山에 있는 佛影에 대한 설명
21	臺山五萬眞身	五臺山에 있는 五萬眞身에 대한 설명
22	溟州 五臺山 寶叱徒太子 傳記	溟州 五臺山에 얽힌 寶叱徒太子의 傳記
23	臺山 月精寺 五類聖衆	五臺山 月精寺의 五類聖衆에 대한 이야기
24	南月山	南月山에 대한 설명
25	天龍寺	天龍寺에 대한 설명
26	鍪藏寺 彌陁殿	鍪藏寺 彌陁殿에 대한 설명
27	伯嚴寺 石塔舍利	伯嚴寺 石塔舍利에 대한 설명
28	靈鷲寺	靈鷲寺에 대한 설명
29	有德寺	有德寺에 대한 설명
30	五臺山 文殊寺 石塔記	五臺山 文殊寺에 있는 石塔에 대한 설명

이들 중 다음 일곱은 다른 조들과 변별되는 조들이다.

12 〈三所觀音 衆生寺〉
16 〈彌勒仙花 未尸郎·眞慈師〉
17 〈南白月二聖 努肹夫得·怛怛朴朴〉
18 〈芬皇寺 千手大悲 盲兒得眼〉
19 〈洛山二大聖 觀音·正趣, 調信〉

　　22 <溟州 五臺山 寶叱徒太子 傳記>
　　23 <臺山 月精寺 五類聖衆>

　이 일곱 개 중에서도 12, 18, 22, 23은 다른 셋에 비해 유물·유적을 설명하는 데 더 주안을 두고 있다. 조명(條名)에도 직접 구체적인 유적지가 언급되어 있다.

　16, 17은 조명 자체가 「탑상」에 어울리지 않는다. 실제 내용도 유물·유적 설명이라기보다, 각기 미시랑·진자사(未尸郎·眞慈師), 노힐부득·달달박박(努肹夫得·怛怛朴朴)의 이야기라고 보는 것이 옳다.7) 19의 경우도 '낙산(洛山)'이라고 낙산사(洛山寺)의 명칭이 보이기는 하지만, 낙산사에 모신 관음(觀音)과 정취(正趣)에 대한 이야기를 하고 있다는 점에서 16, 17과 같다. 만약 「탑상」의 제목 붙이는 방식에 따른다면, 19는 '<낙산사(洛山寺)>'가 되어야 자연스럽다. 이 조에 나오는 이야기들이 모두 낙산사를 중심으로 그에 얽힌 이야기이므로 '<낙산사>'라고 한다면 뒤에 '조신(調信)'이라고 돌출되게 조명을 만들지 않아도 되므로 매끄럽고 적절한 명칭이 된다. 사실 이 16, 17, 19 모두 "「탑상」이 아니다"라고 규정한다 해도 무리가 없다.

　이렇게 「탑상」 전체에서 볼 때, 이 <낙산이대성 관음·정취, 조신>은 독특한 조임을 알 수 있다.

---

7) <南白月二聖 努肹夫得·怛怛朴朴>은 특별한 유적이나 유물을 설명하고자 하는 의도보다 努肹夫得과 怛怛朴朴에 대한 이야기 그 자체가 더 비중이 있다. 또 <彌勒仙花·未尸郎·眞慈師>의 경우도 역시, 興輪寺라는 절과 그곳에 모신 彌勒像이 관련되어 있지만, 이 조에서 궁극적으로 말하고 있는 것은 흥륜사와 그곳에 모신 미륵상에 대한 이야기가 아니다. <南白月二聖 努肹夫得·怛怛朴朴>과 <彌勒仙花·未尸郎·眞慈師>에 대한 더 자세한 논의는 본고의 목적이 아니므로 다른 지면을 통해 밝히도록 하겠다.

2) 〈낙산이대성 관음 · 정취, 조신〉의 명칭 해석

가) '낙산이대성(洛山二大聖)'

〈낙산이대성 관음 · 정취, 조신〉을 풀어 보면 '낙산(洛山)의 이대성인(二大聖人)인 관음(觀音)과 정취(正趣), 그리고 조신(調信)'이란 뜻이 된다. 여기서 '낙산이대성(洛山二大聖)'은 분명히 관음보살(觀音菩薩)과 정취보살(正趣菩薩)을 뜻하는 것이지 본문에 나오는 의상과 원효를 일컫는 것은 아니다. '대성(大聖)'이라는 용어는 사람에게 붙이는 용어가 아니라, 원래 석가세존(釋迦世尊)처럼 신적인 존재에게 붙이는 칭호이다. 그러므로 이는 관음보살과 정취보살을 일컫는 것임이 틀림없다.

『삼국유사』의 다른 조에도 이렇게 두 존재를 같이 묶어서 조명으로 삼은 것이 있는데, 이 조처럼 '~ 大聖'이라고 되어 있는 것은 없다. 〈남백월이성 노힐부득 · 달달박박(南白月二聖 努肹夫得 · 怛怛朴朴)〉과 〈포산이성(包山二聖)〉은 각기 두 명의 성인에 대한 이야기를 하고 있다는 점에서 〈낙산이대성 관음 · 정취, 조신〉과 같은 형식이다. 그러나 앞의 두 조목은 '~大聖'이 아니라, '~聖'이라는 점이 다르다. '성(聖)'은 선사(禪師)나 득도한 사람들에게 붙일 수 있는 호칭이지만, '대성(大聖)'은 인간에게 붙일 수 있는 호칭이 아니다. 즉, '남백월이성(南白月二聖)'은 '노힐부득'과 '달달박박'을 가리키는 것이고, '포산이성(包山二聖)'은 그 조의 내용에 등장하는 '관기(觀機)'와 '도성(道成)'이라는 두 명의 성사(聖師)를 지칭하는 것이지만, '낙산이대성(洛山二大聖)'은 사람이 아닌 관음과 정취를 지칭하는 것이다.

나) '조신(調信)'

이 조의 명칭을 보면 서술된 내용이 크게 세 부분으로 나누어진다는 것을 알 수 있다. 첫 부분은 낙산이대성 중에서 '관음(觀音)에 대한 이야기'이고, 다음은 '정취(正趣)에 대한 이야기', 그리고 마지막에 '조신(調信)에 대한 이야기'로 되어 있다. 이 세 대목 중에서 '조신에 대한 이야기'는 조의 구조상 뒤에 덧붙인 것이다.[8] [調信]이 덧붙여졌음은 다음의 몇 가지로 설명된다.

첫째, 후일담의 위치와 그 내용이다.

「탑상」의 다른 조에서는 일연은 사찰이나 불상 등에 관한 신이한 사적을 기술하고는, 그에 대한 구체적인 위치와 설명 등의 기타 사항을 기록하는 후일담으로 조를 맺고 있다. 그런데 이 조에서는 낙산이대성인 관음과 정취의 이야기 다음에, 다시 말해 [調信] 앞에, 낙산이대성에 관한 후일담이 정리되어 있다.[9] 결국 이 조는 낙산이대성 이야기가 서술된 후 종결되어야 『삼국유사』의 다른 내용들과 어울리는 바른 서술이 된다. 그런데 그렇게 종결되지 않고 뒤에 [調信]이 이어져 나온다. 조를 모두 서술하고 그에 대한 후일담까지 말함으로써 사실상 종결했는데, 다시 다른 이야기가 나온다는 것은 뒤에 나오는 이야기가 덧붙어 있음을 의미하는 것이다.

둘째로 조 명칭이 돌출되어 어울리지 않는다.

<낙산이대성 관음·정취, 조신>이라는 명칭에서 뒤의 '조신(調信)'은 거스르게 붙어 있다. 단순하게 <낙산이대성 관음·정취>으로 끝나야 다른 조들과 일관성 있는 적절한 명칭이 된다.

[調信]은 '관음(觀音) 이야기'이므로[10] 관음에 대한 이야기 속에 들어

---

8) 이런 측면에서 고운기는 '조신 이야기'의 독자성을 지적했다. 고운기, 앞의 논문, 31~33쪽 참조

9) 당연히 후일담의 내용에는 조신에 관한 이야기가 없다.

10) [調信]이 '觀音과 관련된 이야기'라는 점은 매우 중요한 사실이다. 조신이 돌미륵을 파내고 淨土寺를 창건한다고 해서 [調信]을 '彌勒과 관련된 이야기'로 보아서는 안

가면 된다. 즉 의상과 원효 다음에 조신의 이야기가 들어가면 매끄럽게
연결된다. 그런데 일연은 [調信]을 굳이 따로 떼어서 뒤에 덧붙였다.

셋째, 조 명칭에 나오는 인물인 '관음'과 '정취', 그리고 '조신'의 층위
가 어울리지 않는다.

앞에서 살펴보았던 「탑상」에서 독특한 서술을 하고 있는 세 편의 조
명칭을 살펴보면 이 〈낙산이대성 관음·정취, 조신〉의 조 명칭이 어색
하다는 것을 쉽게 알 수 있다. 〈남백월이성 노힐부득·달달박박〉의 경
우는 매끄럽게 조 명칭이 되어 있다. 노힐부득이나 달달박박은 선사(禪
師)들로 둘의 비중이 서로 동일하다. 또 노힐부득과 달달박박이 바로 '남
백월이성'이므로 아주 적절한 명칭이다.

〈미륵선화 미시랑·진자사(彌勒仙花 未尸郎·眞慈師)〉의 경우도 마
찬가지로 무리가 없다. 미륵선화(彌勒仙花)는 신적인 존재로서의 미륵
(彌勒)이고, 미시랑(未尸郎)은 그 미륵(彌勒)이 현실적으로 드러난 모습

된다. 그 이유는 다음의 세 가지이다.

첫째, 조신이 돌미륵을 파낸 후, 그것을 앞의 다른 스님들처럼 귀중하게 모시지 않고-
의상과 범일은 절을 세우거나 조심조심하여 불상을 모셨다-상대적으로 소홀하게 처
리(?)했다는 점이다. 단순히 물로 씻어서 근처에 있는 절에 모신 것이다. 이는 파낸
彌勒에 주안점이 놓인 것이 아니라, 다른 것에 비중이 두어진 것이다. 彌勒의 출토는
단순한 확인의 의미인 것이다.

둘째, 『三國遺事』의 다른 조에서도 彌勒은 觀音과 같이 혼재되어 나오는 경우가
꽤 있는데, 그런 경우 내용은 彌勒보다는 觀音쪽에 더 기울어지고 있다. 〈南白月二
聖 努肹夫得·怛怛朴朴〉에서 努肹夫得이 추구하던 신앙은 彌勒信仰이다. 그런 그
에게 觀音의 化身이 나타나서 성불을 돕는다. 이 조에서 추구하는 것은, 겉보기에는
彌勒信仰으로 보이지만, 사실은 觀音信仰이라고 해야 한다. 왜냐하면 이 조의 서사
문맥상 위주가 되는 것은 觀音이지 彌勒이 아니기 때문이다.

셋째, [調信]에서 조신을 깨닫게 하는 존재가 彌勒이 아니라 觀音이라는 점에서 그
렇다. 이 조는 만남과 깨달음이 위주가 되는 내용인데 바로 만나고 깨닫는 대상이,
조신의 경우는 觀音이다.

결국, [調信]은 彌勒보다는 觀音에 훨씬 관련이 많은 이야기이므로 '觀音 이야기'라
고 할 수 있다.

으로 같은 존재이다. 그리고 진자사(眞慈師)는 미륵을 만나려고 갈구하는 스님으로 이야기를 전개시키고 있다. 내용을 보면, 미륵선화인 미시랑이 덕화를 베풀자 진자사가 그 덕화에 힘입어 득도하였다는 것으로 조명은 두 명의 중요한 인물을 내세운 것이다.

그런데 <낙산이대성 관음・정취, 조신>이라는 명칭은 어울리지 않는다. 관음과 정취는 불교의 신적 존재임에 비해, 조신은 인간이다. 층위를 맞추어서 명칭을 구성한다면, 관음에서는 인간인 의상과 원효를 이야기하고 정취에서 범일을 이야기하고 있으므로, 조신을 조명에 넣으려고 했다면 '<의상, 원효, 범일, 조신(義湘, 元曉, 梵日, 調信)>'이라고 하면 됐을 것이다. 그렇지 않고 '낙산이대성(洛山二大聖)'을 살려서 조명을 만들려고 했다면 '<낙산이대성 관음・정취(洛山二大聖 觀音・正趣)>'라고 하면 된다. 각기, 관음(觀音)-의상, 원효 ; 정취(正趣)-범일 ; 관음(觀音)-조신으로 적절한 층위가 된다.[11]

넷째, 조의 구성에서 일연은 시간 순을 중요하게 여겨 잘못되어 있는 것을 바로 잡았는데 스스로 [調信]을 뒤에 덧붙임으로 인해서 시간 순이 어그러졌다. 일연은 고본(古本)에 잘못되어 있는 배열의 순서를 바로잡으면서까지 시간의 순서를 맞추었는데[12] 도리어 "昔新羅爲京師時……"

---

11) 그런데 일연은 그렇게 조명을 달지 않고 <洛山二大聖 觀音・正趣, 調信>이라고 하여 '調信'에 많은 비중을 두고 있다. 이는 은연중에 調信을 觀音과 正趣와 같은 수준으로 보아 주기를 원하는 의도가 깔려 있는 것이다. 일반인이 가장 동일시하기 쉬운 대상으로 일연은 '調信'을 생각했다. 이 조신은 단순한 자연인이 아니라 그 이상을 넘어 大聖의 경지에까지 간 분이라는 일연의 의도는, 조신처럼 깨닫는 사람들은 그들이 흠모하고 섬기는 의상, 원효, 범일보다 더 뛰어날 수 있다는 강한 긍지와 깨달음을 주려는 것이다.

12) 일연은 이 조에서 범일의 이야기가 끝나는 대목에 다음과 같이 註를 붙였다.
   古本載梵日事在前. 湘曉二師在後. 然按湘曉二師事 在於高宗之代 梵日在於會昌之後. 相去一百七十餘歲. 故今前却而編次之. 或云梵日爲湘之門人. 謬妄也.

라고 시작되는 신라 시대의 이야기인 [調信]을 조신보다 후대인 범일의 이야기 다음에 덧붙여 놓았다.

만약 뒤의 [調信]이 낙산이대성 이야기와 나누어져서 따로 다른 조가 된다면 문제는 없다. 그러나 실상은 그렇지 않고 한 조로 되어 있다. 결국 이 [調信]은 전체에 어울리지 않음에도 불구하고 덧붙인 것이고, 그것은 [調信]을 통해 말하고자 하는 것이 매우 중요한 것임을 짐작할 수 있다.

3) 〈낙산이대성 관음 · 정취, 조신〉의 내용 분석

앞서 보았듯이 이 조는 크게 세 도막으로 나누어진다. '관음에 관련된 이야기'와 '정취에 관련된 이야기', 그리고 '승 조신에 대한 이야기' 이렇게 세 도막으로 나누어진다. 다시, 관음에 대한 이야기는 의상과 원효에 대한 이야기로 나눌 수 있으므로, 인물을 위주로 보면 이 조는 모두 네 개의 큰 이야기로 되어 있다. 여기에 일연의 평을 고려하면 다음과 같이 볼 수 있다.

① 의상법사가 관음(觀音)을 만나는 이야기
② 원효법사가 관음(觀音)을 만나는 이야기
③ 범일조사가 정취(正趣)를 만나는 이야기
④ 승 조신이 관음(觀音)을 만나는 이야기
⑤ 일연의 평과 경계하는 시

이를 단위별로 구체적으로 살펴보기로 하자.

가) 의상법사가 관음(觀音)을 만나는 이야기

ⓐ 昔 義湘法師 始自唐來還 聞大悲眞身住此海邊崛內, 故因名'洛

山'. 蓋西域 實陁洛伽山 此云小白華. 乃白衣大士眞身住處 故借
此名之.

ⓑ 齋戒七日 浮座具晨水上. 龍天八部侍從 引入崛內. 參禮空中 出水
精念珠一貫獻之 湘領受而退. 東海龍 亦獻如意寶珠一顆 師捧出.

ⓒ 更齋七日 乃見眞容. 謂曰:"於座上山頂 雙竹湧生, 當其地作殿
宜矣."

ⓓ 師聞之出崛. 果有竹從地湧出, 乃作金堂 塑像而安之. 圓容麗質
儼若天生. 其竹還沒. 方知正是眞身住也.

ⓔ 因名其寺曰:'洛山'. 師以所受二珠 鎭安于聖殿而去.

이 이야기에서 가장 이해가 안 되는 부분은 바로 ⓓ이다. 의상은 관음
을 만나고 싶어 열심히 공덕을 닦았다. 천룡팔부가 나타나기도 하고, 동
해용이 나타나 수정염주와 여의주를 주었다(ⓑ). 이것은 일종의 격려다.
고무된 의상은 더욱 열심히 재계(齋戒)를 드려, 드디어 관음의 진용을
만난다. 부처의 교화를 보고자 당나라까지 모진 고생 끝에 건너갔던 그
가[13] 본국에 돌아와 보니 멀리서 찾았던 그 실체가 바로 자신의 나라에
있는 것이다. 이에 의상은 관음이 있다는 낙산에 와서 열심히 재계를
한 것이다. 이러던 중에 관음의 진용을 보았고, 또한 관음으로부터 직접
전각을 세우라는 명을 받았다. 그래서 전각을 짓고 관음상을 봉안한다.

그런데 이상한 것은 그 다음이다. 관음이 지시한 대나무가 있는 곳에
절을 다 짓고 나자 그 대나무가 사라진다. 이에 의상이 "方知正是眞身住
也"라고 했다. 바로 이 부분이 문제이다. 이미 관음의 진신을 만났는데,

---

13) 『三國遺事』義解 五, <義湘傳教>를 보면 의상이 당나라에 건너간 이유에 대해서
다음과 같이 설명하고 있다.
法師義湘. 考曰韓信. 金氏. 年二十九 依京師皇福寺落髮. <u>未幾西圖觀化</u>. 遂與元
曉道出遼東. 邊戍邏之爲諜者. 囚閉者累旬. 僅免而還.(事在崔侯本傳, 及曉師行狀
等.) 永徽初 會唐使舡有西還者. 寓載入中國.

또 만난 그 관음의 명령대로 절을 지었는데, 이제 와서 "비로소 관음의 진신이 있는 곳일 줄 알았다."라는 말은 앞뒤가 맞지 않는다. 만약 만났던 실체를 믿지 않고 의심했다면 그 실체가 지시한 대로 절을 지었을 리가 없다. 의상 이야기의 초점은 바로 여기에 있다. 이 ⓓ가 중요한 내포를 가지고 있음을 방증하는 것은 바로 다음의 ⓔ이다. 그래서 그 절의 이름을 낙산이라고 짓고("因名其寺曰 : '洛山'.") 자신이 받았던 구슬과 염주를 봉안하고 떠난다("師以所受二珠. 鎭安于聖殿而去")는 것이다. ⓓ는 바로 깨달음의 문제와 얽혀 있기 때문에 쉽게 이해되지 않는 것이다.

　이 이야기에서 의상이 깨달음을 성취하였음은 다음 세 가지로 설명할 수 있다.

　첫째, 깨달음을 구하기 위해 간첩 혐의로 잡혀 고생하면서까지[14] 당나라에 가서 이곳저곳을 다니고 돌아온 의상이 낙산에 관음이 계신 것을 알고 만나려고 했다. 낙산에서 14일 동안 재계하는 이 끈질김이 의상이 깨달음을 구했으니까 떠나갔다는 설명을 뒷받침한다. 그는 깨달음을 얻은 것이다.

　둘째, 떠나기 전의 그의 행적이다. 창건한 절의 이름을 '낙산'이라고 명명한 것이나, 자신이 받은 여의주와 염주를 봉안하는 행위는 깨달음 이후의 행동의 변화를 의미한다. 이 조 처음의 설명 ⓐ처럼 '낙산'은 관음이 있는 곳이다. 즉 의상은 자신이 창건한 절을 '낙산'이라고 명명한 행위는 이미 관음이 이곳에 계심을 확신하고 있음을 보여주는 것이다.

　셋째, 서사문맥상 그렇다. 다시 이 부분을 인용하면 "方知正是眞身住也. 因名其寺曰 : '洛山'. 師以所受二珠 鎭安于成殿而去."이다. 여기에서 ' …… 因 ……'의 문맥은 인과관계의 언급을 말하는 것이다. 그

---

14) 『三國遺事』義解 五, 〈義湘傳教〉를 보면 요동 방면에서 간첩 혐의로 잡혀서 수십 일 고생한 내용이 나온다.

러므로 앞의 것과 뒤의 것은 각기 다른 내용으로 앞의 것은 원인이고 뒤의 것은 결과가 된다. 의상 이야기 전체에서 서사 문맥의 전환이 이루어지는 곳은 오직 이 곳뿐이다. 깨달음을 얻었고 그것으로 인하여 절을 '낙산'이라고 명명한 것이다. 이는 의상이 추구하던 바가 성취되었음을 말해 주는 것이다.

조동일은 의상을 숭고한 것을 숭고하게 추구했다고 하면서 결국에는 그의 그러한 추구함은 갈수록 멀어지기만 해서 이루어지지 않은 것으로 설명하였다.15) 물론 조동일의 지적처럼 의상이 숭고한 것을 숭고하게 추구한 것은 사실이다. 하지만 그 추구하는 바가 자꾸 아득해진 것은 아니다. 아득해졌다면 관음의 진신을 만났을 리 없다. 그는 그 추구하는 바를 성취했다. 그러므로 낙산사를 창건하고 관음상을 봉안한 것이다.

이렇게 깨달음을 얻은 의상의 모습을 ⓔ에서 보여준다. 그러면 그 구체적인 깨달음은 어디에서 이루어졌는가 하는 것이 중요하다. 의상의 이야기나 원효의 이야기, 범일, 조신의 이야기 모두 깨달음에 관계된 이야기들이다. 더욱이 끝에 적어 넣은 일연의 시는 분명히 깨달음의 이야기를 하고 있다.16) 이런 맥락에서 의상의 깨달음의 때는 매우 중요하다고 할 수 있다.

---

15) "의상은 숭고한 것을 숭고하게 추구했다고 할 수 있다. 그러자니 숭고한 것이 아득하기만 하다. 아득할수록 받들고 섬겨야 한다면, 관심을 안으로 가져 자기 발견을 할 수 있는 계기가 무엇인가 의심스럽게 된다. 우리 자신은 숭고한 것과의 거리 때문에 더욱 비속하게만 느껴지고 만다면 무슨 보람이 있는가 반문하지 않을 수 없다. 그렇게 하는 것이 귀족불교의 노선이라면 반발이 일어나지 않을 수 없다." (조동일, 앞의 책, 240~241쪽)

16) 이 시의 내용은 [調信]에만 해당하는 것이란 지적은 앞선 연구에도 있었다. 필자도 이에 이의는 없다. 그러나, [調信]의 내용이 이 조 전체에서 의미상 가장 우위에 두어야 할 내용이므로, 결국 이 조 전체의 내용은 [調信]으로 집약된다고 할 수 있다. 그러므로 [調信]에 대한 이 시의 내용은 결국 이 조 전체의 의미를 드러내는 내용이라고 할 수 있다.

이런 관점에서 앞에서 의문을 품었던 ⓓ(師聞之出崛. 果有竹從地湧出 乃作金堂 塑像而安之. 圓容麗質 儼若天生. 其竹還沒. 方知正是眞身住也.)가 설명된다. 의상은 바로 ⓓ에서 깨닫는다. 觀音을 만났을 때(ⓒ) 깨닫는 것이 아니다. 이렇게 ⓓ에서 깨달았음은 다음 두 가지로 설명할 수 있다.

첫째, ⓓ의 구절이다. "方知正是眞身住也"라는 언급이 가장 구체적인 근거가 된다. 이 구절은 '알았다'는 언급을 구체적으로 직접하고 있다.

둘째, 서사 문맥상 ⓒ에서 깨닫는 것이 아니라, ⓓ에서 깨달았다고 보는 것이 옳기 때문이다. 만약 이미 동일한 것에 대해 깨달은 이가 다시 한 번 깨닫는다면, 그것은 뒤의 것이 앞의 깨달음보다 더 확실하고 심도 있는 깨달음일 때만 가능하다. 그러나 반대로 이미 크게 깨달은 상태에서 다시 그보다 낮은 단계의 깨달음을 얻는다는 것은 논리적 결함이 있다. 왜냐하면 두 번째의 깨달음은 처음의 깨달음 속에 포함되기 때문에 깨달음이라고 할 것도 없다.[17] 그러므로 의상이 처음에 관음을 만났을 때 비록 깨달음이 있었다고 하더라도 대나무가 없어진 다음에 깨닫는 것이 더 크고 진정한 깨달음이라고 보는 것이 옳다.

그러면 의상이 ⓓ에서 깨달은 것이 틀림없다면 ⓒ는 무엇인가 하는 의문이 생긴다. ⓓ의 "師聞之出崛. 果有竹從地湧出 乃作金堂 塑像而安之. 圓容麗質 儼若天生. 其竹還沒. 方知正是眞身住也."라는 구절을 오독하여, "처음 관음을 만났을 때(ⓒ) 의상은 이미 깨달은 것이고, 이 ⓓ의 '方知 ……'는 자신이 세운 낙산사에 관음이 계신 것을 알았다

---

17) 뒤에서 보게 될 梵日의 경우나 調信의 경우는 깨달음의 때가 확실하다. 깨달은 범일 은 正趣菩薩 像을 찾게 되나 다시 깨닫는다는 언급이 없고, 조신은 깨달음을 얻은 후 石彌勒을 찾는데 매우 담담하게 처리한다. 이는 결국 깨달음 이후의 확인 작업이 라고 할 수 있다. 정취의 상을 찾는 것이나, 돌미륵을 찾는 것도 그 자체만 보면 일종 의 깨달음이라고 할 수 있으나, 앞의 깨달음의 연속선상에 있는 것이므로 그 깨달음이 돌출 되지 않는 것이다.

는 것에 사실에 대한 설명이다."라고 말하면 ⓒ와 ⓓ에 대한 관계가 쉽게 설명되는 듯이 보인다.

그러나 "方知正是眞身住也"라는 구절이 지시하는 장소는 의상이 창건한 낙산사가 아니라, 낙산 전체로 보아야 문맥상 옳다. "비로소 정히 이곳이 관음의 진신이 머무는 곳인 줄 알았다."라는 설명은 그전에 가지고 있던 생각의 확인이다. 밑줄 친 "비로소(方) …… 이곳이(是) ……"라는 설명에서 '이곳'이 가리키는 것은 바로 앞에 있는 '비로소'와 연관 지어 설명해야 한다. '비로소 알게 되었다'는 것은 시간상 알게 됨이 어느 정도의 시간 소요를 가지고 있었음을 의미한다. 그러므로 지시하는 '이곳'이 가리키는 것은 '낙산사'가 아니라 바로 '낙산'인 것이다. 다시 말하면, 낙산사를 창건하기 전부터 생각하던 사실에 대한 것을 비로소 이제야 알게 되었다는 것이므로 지시하는 대상은 낙산사가 아닌 낙산이 되는 것이다. 멀리 중국까지 가서 찾으려던 관음이 단순히 이곳 우리 땅에 왔다가 가는 것이 아니라, 바로 우리 땅이 불국토로 관음이 계속해서 계신 곳이라는 확신을 얻은 것이다.

의상의 이야기가 쉽게 이해되지 않는 이유는 바로 이렇게 만남과 깨달음이 나누어져 있기 때문이다. 그러나 다음에서 말하게 될 원효, 범일의 경우 역시 만남과 깨달음이 동시에 일어나는 것은 아니지만, 이해하는 데 어려움이 없다. 그 이유는 원효와 범일의 경우는 처음 만나게 되는 불교적 존재의 모습이, 의상의 경우와는 달리, 쉽게 알아보기 힘든 속된 모습이기 때문이다. 원효와 범일의 경우는 불교적 존재가 위엄을 갖춘 모습이 아니라 세속적인 모습으로 다가오므로 그 본질을 제대로 꿰뚫어 보지 못하여 그냥 지나친다. 그래서 원효와 범일이 종교적 실체를 만났지만 깨닫지 못했다고 해서 이상하게 여겨지지 않는다. 그러나 의상의 경우는 다르다. 의상이 추구하던 관음은 속된 모습으로 나타난 것이 아니다. 분명히 관음은 진용으로 나타난다. 그런데 그런 의상이 그때 깨닫지 못하고 나중에 절을 창건하고 관음상을 만들고 나서 대나무가 사라지는 것을 보고야 깨달았다는 것이다. 이는 앞에서 말했듯이 처음 만남에서 깨닫게 되는 것보다 나중에 깨닫게 되는 것이 더 심도 있는 깨달음이라는 점에서 설명된다. 의상이 최종적으로 깨달은 것은 관음이 바로 우리 국토에 계신다는 사실을 깨달은 것이다. 구체적으로 말하면 관음이 바로 이곳, 낙산에 거한다는 사실을 깨달은 것이다. 바로 우리나라가 불국토(佛國土)이고 바로 이곳이 관음(觀音)의 성지(聖地)라는 사실을, 그리고 관음은 다른 곳에서 잠시 방문한 것이 아니라 바로 이곳에 계속 계신다는 사실을 깨닫게 된 것이다. 절을 창건한다는 것은 단순히 불제자들이 수양을 하고 지내는 곳을 만든다는 사실을 뛰어 넘는 종교적인 행위이다.18) 종교적 실체가 바로 그 장소를 통해서 일반 민중들에게 가르침을 주고 민중들은 그 존재들을 만나고 예를 올리는 그야말로 도량(道場)이다. 이런 절을 의상이 짓고 관음상을 봉안하자 대나무가 없어진다. 이것은 관음이 그 절을 흡족하게 생각할 뿐만 아니라, 바로 이 낙산에 관음이 계속 계실 것이라는 내용을 말해 주는 것이다. 이렇게 보아야, 왜 의상이 관음의 진용을 만났지만 바로 깨닫지 못하고 나중에 깨닫게 되는지에 대한 의문이 풀린다.

　의상이 관음을 만난 이야기는 낙산사라는 절의 창건과 유래만을 설명하는 단순한 내용이 아닌 의상의 깨달음 이야기이다.

나) 원효법사가 관음(觀音)을 만나는 이야기

　　ⓐ 後有 元曉法師 繼踵而來 欲求瞻禮.

---

18) 사찰에 대한 구체적인 사항은 김현준, 『사찰 그 속에 깃든 의미』, 교보문고, 1995 참조.

ⓑ 初至於南郊水田中, 有一白衣女人刈稻. 師戲請其禾 女以稻荒戲
答之.

ⓒ 又行至橋下, 一女洗月水帛. 師乞水 女酌其穢水獻之. 師覆弃之
更酌川水而飮之.

ⓓ 時 野中松上 有一靑鳥 呼曰 : "休醍醐和尙." 忽隱不現 其松下 有
一隻脫鞋.

ⓔ 師旣到寺. 觀音座下 又有前所見脫鞋一隻. 方知前所遇聖女乃眞
身也. 故時人謂之'觀音松'.

ⓕ 師欲入聖崛, 更覩眞容. 風浪大作 不得入而去.

원효가 관음을 만나는 이야기에서 깨달음을 얻는 것이 ⓔ에서 이루
어진다는 것은 쉽게 이해된다. ⓑ, ⓒ, ⓓ에서 만난 이들이 실제로 관음
의 화신(化身)이었지만 원효는 알아보지 못한다. 그러다가 절에 가서 소
나무 밑에서 보았던 신발 한 쌍을 관음상(觀音像)의 발아래서 발견하고
는 비로소 깨닫는다(ⓔ). 원효도 역시 의상처럼 만남과 깨달음이 동시에
일어나지는 않는다. 만남은 있었지만 원효는 그의 존재를 올바로 깨닫
지 못하고 있다가 나중에 깨닫는다.[19]

이 이야기에서 관음은 의상의 경우와 달리 직접 원효에게 다가선다.
의상의 경우는 의상이 추구해서 관음을 만나고자 하고 이에 응해서 현
신 하는데, 원효의 경우는 원효에게 먼저 관음이 찾아간다. 이렇게 만나
는 방식이 서로 다른 것을 수행의 높낮이나 성(聖)과 속(俗)의 차이로
설명하는 것은 옳지 않다.[20] 흔히 원효를 뛰어나게 평가하여 원효의 수

---

19) 윤종배는 원효가 속되게 찾아온 觀音의 시험에서 패배한 것으로 결국 깨닫지 못했다
고 설명했다. 김열규 역시 원효가 속되게 찾아온 觀音의 시험을 통과하지 못했으므로
실패하여 觀音을 친견하지 못한 것이라고 설명했다. 「『三國遺事』高僧說話에 나타
난 民衆意識」, 『동양고전연구』4, 동양고전학회, 1995 ; 「「洛山二聖」과 神秘體驗의
敍述救助」, 『三國遺事와 韓國文學』, 학연사, 1985 참조

20) 종교에서 절대자들의 의도는 알 수 없다는 것은 상식에 속한다. 큰 범주의 의도나

행 방식이 훨씬 훌륭한 듯이 설명하는 것은 근거가 없는 설명이다.21) 이 조에서는 그런 식의 차이를 부각하여 높고 낮음을 말하고 있지 않다. 다만 수행 방식의 다름을 말할 뿐이다.22) 즉 의상은 열심히 재계(齋戒)하였고, 원효도 예(禮)를 드리기 위해서 낙산사를 찾아오던 중이었다. 즉 둘의 근본 발원심은 동일한 것이다. 다른 점은 관음이 만나 주는 방식에서의 차이일 뿐이다. 즉 이들에게 각기 다르게 나타난 것은 의상과 원효의 발원심의 높낮이에 의한 것이 아니라, 관음의 의도에 의한 것이다.23)

의상에게 진신(眞身) 그대로 나타난 반면 원효에게는 속화된 화신(化身)으로 나타났다. 원효에게는 세 번 나타나서 깨달음을 주려고 했다. 이 대목을 분석하는 논자들은 모두 관음이 두 번 나타났다고 설명하였다. 그러나 관음은 분명히 세 번 나타났다. 처음은 벼를 베는 여자로(ⓑ), 두 번째는 월수백(月水帛)을 빠는 여자로(ⓒ), 그리고 마지막은 소나무로(ⓓ) 나타났다.

처음의 만남에서도 깨닫지 못하자 관음은 두 번째 나타나고 그래도 깨닫지 못하자, 자비한 관음은 세 번째 다시 소나무로 나타난 것이다.24)

계획은 알 수 있다고 하지만, 구체적이고 세밀한 방식이나 행동은 알 수 없는 것이다. 그런 것들은 절대자의 영역에 속하는 것이다.

21) 도리어 일연은 『三國遺事』에서 원효를 그렇게 높이 평가하지 않고 있다는 느낌을 도처에서 받을 수 있다. <蛇福不言> 같은 경우가 대표적이다.

22) 『三國遺事』 전체를 보아도, 일연의 수행 방식에 대한 시각은 어느 한 쪽에 편향되어 있지 않음을 알 수 있다. 이런 시각은 <南白月二聖 努肹夫得·怛怛朴朴>에서나 <廣德·嚴莊>에서도 찾을 수 있다.

23) 觀音은 보살로서의 적재적소에 나타나 피현신자의 상태에 맞게 적절하게 도와준다. 그러므로 의상과 원효의 상태에 맞게 현신한 것이다. 의상과 원효를 다르게 판단한 것은 절대자의 영역이다. 觀音의 이런 색다른 현신 방식은 『三國遺事』 도처에서 나타난다.

24) 보살이 사람이 아닌 다른 존재로 현신한 경우는 『三國遺事』 다른 조에서도 확인할

관음이 소나무로 나타났다는 것은 쉽게 이해할 수 있다. ⓔ "師旣到寺. 觀音座下 又有前所見脫鞋一隻. 方知前所遇聖女乃眞身也. 故時人 謂之'觀音松'."에 그 구체적인 설명이 있다. 바로 신발이 있던 그 소나 무를 "그래서 사람들은 '관음송(觀音松)'이라고 부른다"라고 설명하고 있다. 즉 소나무가 바로 관음이었음을 말해 준다.

청조(靑鳥)를 관음으로 보는 것은[25] 옳지 않다. 왜냐하면 원효를 깨닫 게 하는 것은 신발이다. 이 신발은 마치 소나무가 신었던 것처럼 소나무 밑에 놓여 있었다. 그리고 절에 가 보니 관음상 밑에 그 신발이 놓여 있는 것이다. 즉 소나무와 관음상을 동일시하고 있다. 또, 문맥에서 청조 에 대해서는 설명이 없다. 도리어 아무것도 아닌 것 같아 보이던 소나무 를 사람들이 '관음송'이라고 부른다는 것에서 청조가 관음이 아님이 다 시 확인된다. 원효 역시 무심히 넘어간 소나무 앞의 신발로 인해 나중에 야 비로소 깨닫게 되는 것이다. 그러므로 '청조'를 관음으로 보는 것보다 는 환기시키는 역할을 하는 것으로 보는 것이 옳은 것 같다.[26]

표면의 내용을 보면 원효의 이야기는 강릉 지방에 이름 있는 나무의 유래 설명이다. 그 나무는 '관음송'이라고 불리고 그 나무에 얽힌 이야기

수 있다. <臺山五萬眞身>에서 문수보살이 36종의 모습으로 변화해서 나타나는 것이 대표적이다. 관음의 속성상 다양하게 중생을 제도하기 위해서 다양한 모습으로 사람 들에게 다가간다. 관음의 속성에 대한 설명으로는 中村元・三枝充悳 著, 慧諶 譯 『바웃드하 佛敎』, 김영사, 1993 참조.

25) 靑鳥를 觀音의 化身으로 보는 시각은 인권환, 「新羅 觀音說話의 樣相과 意味」, 『신라문화』6, 동국대 신라문화연구소, 1989 ; 최정선, 「『三國遺事』觀音說話와 그 詩 的 變容에 관한 硏究」, 연세대학교 박사논문, 1998 등이 있다.

26) 靑鳥는 "休醍醐和尙"이라고 원효를 불러 소나무 쪽으로 이끄는 역할을 한다. 여기 서 靑鳥는 일종의 메시지를 전달하는 전달자이다. 靑鳥의 전달자로서의 역할은 신화, 전설에서 일반적으로 받아들여진다. 靑鳥는 특히 중국 신화에서 서왕모의 메시지 전 달자 역할을 한다.

는 원효의 이야기이다. 의상 이야기처럼 원효 이야기도 역시 불교적 유물의 유래를 설명하고 있다. 그러나 단순히 이런 표면적인 내용만이 원효 이야기의 전부는 아니다. 원효 이야기 역시 깨달음의 이야기이다.

원효는 관음상 앞에 놓인 신발을 볼 때 깨달음을 얻었다. 비속해 보였던 여인들이 관음이었다는 사실을 깨닫는 순간 원효는 속된 것과 성스러운 것의 구분이 무의미한 것임을 깨달았다. 관음에게 예를 드리러 오던 원효는 그런 속된 모습의 여인들이 관음일 줄은 생각지도 못했다. 그의 의식 속에는 관음은 성스러운 모습으로 현현하리라 생각했다. 그래서 두 번 여인으로 만나고 소나무로 만났음에도 불구하고 몰랐던 것이다. 관음상 앞에 놓인 신발을 보고 소나무로 나타났음을 알게 된 원효는 소나무나 관음이나 동일하게 보아야 한다는 것을 깨닫게 된다.

이렇게 깨달음을 얻었음은 ⑥를 통해서 알 수 있다. 원효는 이미 관음의 신발을 봄으로 인해서 깨달음을 얻었다. 그러므로 다시 관음을 만난다는 사실은 중요한 것이 아니다. 이미 관음을 만났고 또 깨달음을 얻었으므로 관음을 만난다는 것은 불필요한, 인위적이고 작위적인 거추장스러운 행위이다.

관음을 비롯한 불교적 존재를 만나려는 이유는 무엇일까? 절대적 존재를 만난 것을 자랑하려는 것도 아니고, 절대적 존재에게 자신의 수양한 모습을 평가받으려는 것도 아니다. 관음을 만나고 부처를 만나는 이유는 결국 깨달음을 얻으려는 것이다. 그 정각(正覺)을 추구하는 여러 가지 방법 중에서 하나의 방법일 뿐이다.

그러므로 깨달음을 얻은 원효가 관음을 다시 만나려고 하는 것은 공연한 군더더기일 뿐이다. 수행에서 관음 자체가 수행의 목적이 아니며, 또 관음을 만나는 행위 자체 역시 궁극적 목적이 아니기 때문이다. 관음은 중생을 깨우쳐 이끌어 주는 존재에 불과하다. 그러므로 관음을 만나서 깨달음을 얻고자 했던 원효는 이미 관음상 앞에 있는 신발을 보는 순간 깨달았다. 그는 관음을 굳이 진신으로 만나야 할 필요가 없다. 그럼에도 원효는 관음을 다시 보고자 한다. 그렇지만 만날 필요가 없는 것이다. 그러므로 관음은 풍랑을 일으켰고 원효는 그 관음의 뜻을 알고는 떠난다.

다) 범일조사가 정취(正趣)를 만나는 이야기

ⓐ 後 有崛山祖師梵日 大和年中入唐 到明州開國寺. 有一沙彌 截左耳 在衆僧之末 與師言曰："吾亦鄕人也. 家在溟州界翼嶺縣德耆坊. 師他日若還本國, 須成吾舍." 旣而遍遊叢席 得法於鹽官(事具在本傳) 以會昌七年丁卯還國. 先創崛山寺而傳敎.

ⓑ 大中十二年戊寅二月十五日 夜夢昔所見沙彌到窓下 曰："昔在明州開國寺 與師有約 旣蒙見諾 何其晚也." 祖師驚覺.

ⓒ 押數十人 到翼嶺境 尋訪其居.

ⓓ 有一女居洛山下村. 問其名, 曰："德耆". 女有一子 年才八歲, 常出遊於村南石橋邊. 告其母曰："吾所與遊者 有金色童子." 母以告于師. 師驚喜 與其子尋所遊橋下. 水中有一石佛舁出之 截左耳. 類前所見沙彌 卽正趣菩薩之像也.

ⓔ 乃作簡子 卜其營構之地 洛山上方吉. 乃作殿三間 安其像.

절대적 존재가 평범한 모습으로 찾아오는 경우로, 범일의 경우를 원효와 비슷하다고 논자들은 지적했다. 그러나 엄밀하게 말하면 차이가 있다. 원효의 경우는 관음을 만나기 위해 낙산에 오는 도중에 화신(化身)이 먼저 나타난다. 그리고 그 화신들에게 원효가 농담을 걸면서 다가선 경우이다. 그러나 범일의 경우는 정취를 만나고자 당나라에 간 것이 아니다. 또 범일은 정취의 화신인 사미승이 먼저 범일에게 말을 걸면서

부탁한다.27)

원효처럼, 범일도 처음 만남에서 알아보지 못한다. 범일은 사미승의 말을 전혀 생각지도 않고 있다가, 홀연 꿈에 그 사미승을 만나고서야 비로소 깨닫는다. 꿈에 다시 한 번 촉구를 받은 범일은 놀라서 깨어난다.

꿈을 깸과 깨달음이 동시에 일어났다기보다는 깨달음에 놀라서 꿈에서 깨었다고 보는 것이 옳다. "祖師驚覺."은 "(꿈에서) 놀라 (꿈을) 깨었다."고 풀어야 올바르다. 꿈의 내용이 범일에게 어떤 큰 충격을 주었으므로 범일은 잠을 자다 말고 놀라서 깨어난 것이다. 즉 범일에게는 꿈의 내용이 상당히 중요하고 그를 변화시키는 역할을 한 것이다.

깨달은 그는 수십 명을 시켜서 꿈에 본 그 사미가 사는 곳을 찾게 한다. 멀리 당나라에서 처음 보는 이상한 사미승의 이상한 부탁을 그는 실제처럼 생각하고 찾는 것이다. 이런 행동의 변화가 바로 범일이 깨달음을 얻었다는 사실을 보여 준다. 그러나 그는 찾아야 하는 것이 무엇인지는 확실히 모르고 있었다. 이 점이 의상과 다르다. 의상에게 있어서 추구하는 대상은 너무나도 분명하고 확실했던 반면, 범일에게는 아직 확실하게 다가오지 않았다.

이런 범일이 ⓓ에서 여인의 아들이 "금빛이 나는 아이와 놀았다"는 말에 놀라며 기뻐한다.28) 즉 이는 범일이 자신이 찾고 있는 것이 무엇인지 확실히 몰랐으나, '금빛이 나는 아이'라는 말에 자신의 생각과 다르지 않음에서 기뻐한 것이다. 웬 어린 사미가 자신의 집을 지어 달라고 말한 것을 잊고 있었는데, 그렇게 단순한 일이 아니었다. 꿈에서 독촉을 받을

---

27) 이러한 차이는 앞에서도 말했듯이 수행의 높낮이에 의해서 결정되는 것이 아니라 절대자의 의도에 의한 절대자의 선택일 뿐이다.

28) ⓓ "告其母曰 : "吾所與遊者 有金色童子." 母以告于師. 師驚喜."를 보면 놀라서 기뻐했다는 것은 범일이 생각하고 있던 것을 찾았다는 환호이다. 그러므로 이 구절은 깨달은 이후의 행동으로 보아야 한다.

정도로 중요한 것이었다. 그 호통 소리에 범일은 자신이 무엇인가 잘못된 생각을 가지고 있었음을 깨닫게 된다. 그리고는 속죄하는 듯한 마음으로 당나라에서 만난 사미가 말했던 "덕기방(德耆坊)"을 찾았던 것이다.

　범일이 꿈에서 깬 후 그의 행동은 의상과 동일하다. 확실히 무엇인지는 몰랐지만[29] 꿈속에서 깨달은 대로 열심히 찾는다. 이런 수행은 원효보다는 의상에 가깝다. 결국 범일 이야기는 처음 부분은 원효 이야기와 유사하고 꿈 이야기 이후는 의상 이야기와 유사하다. 또한 꿈 이야기는 다음에 설명할 조신 이야기와 유사하다.

라) 승 조신이 관음(觀音)을 만나는 이야기

　ⓐ 昔　新羅爲京師時　有世達寺(今興敎寺也)之莊舍　在溟州㮈李郡 (按地志 溟州無㮈李郡 唯有㮈城郡. 本㮈生郡 今寧越. 又牛首 州領縣有㮈靈郡 本㮈已郡 今剛州. 牛首州今 春州. 今言㮈李郡 未知孰是.) 本寺遣僧調信爲知莊.

　ⓑ 信到莊上　悅太守金昕公之女　惑之深. 屢就洛山大悲前　潛祈得幸. 方數年間　其女已有配矣. 又往堂前怨大悲之不遂已　哀泣至日暮. 情思倦憊　俄成假寢.

　ⓒ 　忽夢金氏娘容豫入門　燦然啓齒而謂曰 :"兒早識上人於半面　心 乎愛矣. 未嘗暫忘　迫於父母之命　强從人矣. 今願爲同穴之友　故 來爾."
　　　信乃顚喜 同歸鄕里. 計活四十餘星霜 有兒息五. 家徒四壁 藜藿不 給 遂乃落魄 扶携. 糊其口於四方 如是十年. 周流草野 懸鶉百結

---

29) 확실히 모른다고 해서 맹목적인 것은 아니다. 분명히 범일은 깨달았고, 그가 찾는 것이 불교적 존재인 것은 알고 있었다. 그러니까, 덕기의 아들이 "吾所與遊者. 有金 色童子."라고 말하는 것을 듣고 기뻐한 것이다. 다시 말하면 觀音인지, 正趣인지, 彌 勒인지 확실하지 않았다는 점에서 의상과 차이가 난다는 것이지 절대적 존재를 추구 한다는 입장에서는 조금도 차이가 나지 않는다.

亦不掩體. 適過溟州蟹縣嶺 大兒十五歲者忽餒死. 痛哭收瘞於道 從率餘四口. 到羽曲縣(今羽縣也) 結茅於路傍而舍 夫婦老且病 飢不能興. 十歲女兒巡乞 乃爲里獒所噬 號痛臥於前 父母爲之歔 欷. 泣下數行 婦乃[皺]澁拭涕 倉卒而語曰：“予之始遇君也 色美 年芳 衣袴稠鮮. 一味之甘 得與子分之. 數尺之煖 得與子共之. 出 處五十年 情鍾莫逆 恩愛綢繆 可謂厚緣. 自比年來. 衰病歲益深 飢寒日益迫 傍舍壺漿 人不容乞 千門之恥 重似丘山 兒寒兒飢 未 遑計補 何暇有愛悅夫婦之心哉 紅顔巧笑 草狀之露 約束芝蘭 柳 絮飄風 君有我而爲累 我爲君而足憂 細思昔日之歡 適爲憂患所 階. 君乎予乎 奚至此極 與其衆鳥之同餒 焉如隻鸞之有鏡 寒弃炎 附 情所不堪 然而行止非人 離合有數 請從此辭.”

信聞之大喜 各分二兒將行. 女曰：“我向桑梓 君其南矣”

ⓓ 方分手進途而形開 殘燈翳吐 夜色將闌 及旦鬢髮盡白 惘惘然殊 無人世意 已猒勞生 如飫百年辛苦 貪染之心 酒然氷釋 於是慚對 聖容 懺 滌無已.

ⓔ 歸撥蟹峴所埋兒塚 乃石彌勒也 灌洗奉安于隣寺.

ⓕ 還京師 免莊任. 傾私財 創淨土寺. 勤修白業 後莫知所終.

<낙산이대성 관음·정취, 조신>에서 가장 긴 내용이다. 『삼국유사』 는 꼭 필요한 것 이외의 군더더기가 없는 깔끔한 서술로 일관되어 있다. 이런 서술 양식에서 길게 서술하는 대목은 결국 그 서술에 중요한 의도 가 있음을 짐작게 한다.[30] 이 조신 이야기에서도 특히 가장 길게 서술되 는 것은 꿈속의 김씨녀—즉, 관음의 화신[31]—의 말이다. 결국 관음의 화

신의 언술이 바로 가장 중요한 언술이라고 할 수 있다.

　우선 조신의 꿈속 여인을 관음의 화신이라고 보아야 하는 근거는 다음 세 가지이다.

　첫째, 조신은 꿈을 꾸기 전에 관음에게 잘못된 소원을 빌었는데 꿈을 깬 후 깨달은 조신은 관음의 모습을 제대로 쳐다보지도 못한다. 이렇게 꿈 이전과 이후를 연결해 보면 꿈속에서 관음이 조신에게 어떤 영향을 끼쳤음을 알 수 있다. 다시 말하면 관음은 바로 조신의 꿈에서 빼 놓을 수 없는 중요한 요소로 작용한 것이다. 그리고 꿈에서 조신 이외에 중요한 인물은 김씨녀밖에 없다. 그러므로 김씨녀가 관음과 관련된 인물임을 알 수 있다.[32]

　둘째, 김씨녀의 언술은 세련되고 안정되면서 사리가 분명한 도도한 언술이다. 이런 언술은 『삼국유사』의 다른 조에 나오는 관음 화신의 언술들과도 동일한 궤를 이루고 있다. <남백월이성 노힐부득·달달박박>, <광덕·엄장>에 나오는 관음 화신들의 언술은 김씨녀의 언술처럼 독특한 문학적 세련미를 가지고 있다.[33]

　셋째, 김씨녀의 언술이 꿈 이전의 조신 상태를 꿰뚫어 보는 지적이라는 점이다. 김씨녀가 조신과 헤어지기를 청하면서 말하는 대목에서 "然

---

32) 觀音은 중생을 제도하는 보살이다. 잘못된 길로 빠지는 중생을 觀音은 그냥 보고 있을 수 없다. 이에 觀音은 그런 중생에게 바른 길을 제시해야 한다. 그러기 위해서 꿈이라는 방식을 통해서 觀音은 조신에게 진정한 깨우침을 주려고 한다. 물론 깨닫는 것은 조신 자신이다. 觀音은 다만 도와줄 뿐이다.

33) <南白月二聖 努肹夫得·怛怛朴朴>에서 노힐부득과 달달박박을 찾아오는 여인이 觀音임은 그 여인이 직접 자신이 觀音임을 밝히므로 의심 없이 받아들일 수 있다. 이 여인은 깨달음을 주기 위해 偈를 지을 정도로 도도한 세련된 언술을 사용한다. <廣德·嚴莊>에서는 광덕의 처가 역시 觀音이다. 광덕의 처가 엄장을 깨우치는 말은 상당히 세련된 문장이다.

而行止非人 離合有數 請從此辭."라는 말은, 관음에게 조신이 부질없이 원망하고 바라던 바로 그 욕망에 대한 관음의 구체적인 답변이다. 조신이 김씨녀와 관계를 맺고자 바라는 것에 대한 절대자의 입장에서 깨우침을 주는 말이다.[34] 특히 "細思昔日之歡 適爲憂患所階."라는 대목에서 단적으로 조신을 깨우치려고 하고 있음을 알 수 있다.[35] 즉, 모든 것이 결국은 집착에서 일어남을 역설하면서 깨우침을 유도하고 있는 것이다. 좋다고 생각했던 그것들로 인해 오늘의 이런 우환이 나타났다는 깨달음이 바로 석가모니가 깨달은 그 깨달음의 요체이다.[36] 조신은 이런 깨달음을 관음의 도움으로 깨닫게 된다.

조신 이야기에서 조신은 잘못된 소원을 빈다. 중의 신분으로 여자를 탐한다(ⓑ). 더욱이 그 여자는 정혼한 여자이다. 이런 현실적인 정욕에 얽매여 있는 조신은 앞에 나왔던 의상, 원효, 범일과는 판이하게 다른 인물이다. 어떤 의미에서 가장 보통 사람에 가까운 인물이다. 조신은 관음에게 잘못된 소원을 빈다. 그리고 들어주지 않음을 날이 저물도록 원망하고 슬피 운다. 이런 조신에게 관음은 꿈으로 깨달음을 준다. 조신은 꿈을 깨고서 깨달음을 얻는다. 이는 ⓓ에서 구체적으로 드러난다. 꿈에서 깨어 보니 첫째, 수염과 머리털이 모두 희어졌고(及旦鬢髮盡白) 둘째, 세상일에 뜻이 없어지고(悯悯然殊無人世意 已猒勞生 如飫百年辛苦 貪染之心 洒然氷釋) 셋째, 관음을 뵐 면목이 없어졌다(於是慚對聖容 懺滌無已)

---

34) 단순히 김씨녀가 조신에게 헤어질 수밖에 없는 자신의 상황을 설명하기 위해서 말한 것만이 아니다. [調信]의 큰 구도에서 이 언급을 바라보면, 조신 자체에 대한 경계와 훈계임을 알 수 있다.

35) '옛날의 기쁘던 일이 근심의 시작이었다'는 것은 꿈 속 김씨녀의 상황에서 보면 꿈속에서 처음 김씨녀가 조신을 찾아온 것을 말하는 것으로 생각할 수 있지만, 꿈 바깥의 상황에서 보면 조신이 김씨녀를 사모하게 된 그것이 바로 근심의 시작이라는 말이 된다.

36) 中村元·三枝充悳 著, 慧諒 譯, 앞의 책, 117~156쪽 참조.

176 2장 | 서사 전략과 이야기의 의미

는 것에서 알 수 있다. 꿈에서 깨어나 자신의 전날 일을 돌아보니 부끄러움뿐이다. 깨닫고서 보니, 얼마나 자신의 욕망이 헛되고 부끄러운 것인지 알게 된 것이다. 범일은 깨달음에 놀라서 꿈을 깨는 데 비해, 조신은 꿈속에서 놀라지 않고 자연스럽게 깬다. 그리고 깨고 나서 생각해 보니 헛된 정욕이었음을 알게 된다. 즉 조신은 꿈에서 깬 후 깨닫는다.

ⓔ는 조신이 돌미륵을 찾아서 깨달음의 결과를 확인하는 것이다. 조신은 다른 인물들과는 달리 상대적으로 돌미륵을 소홀하게 대우한다. 다른 이들은 정성스레 봉안하는 데 비해 조신은 단순히 씻어서 근처의 절에 모신다. 이런 상이성은 조신의 목적이 돌미륵이 아니었다는 것을 말해 주는 것이다. 돌미륵이 그의 목적이었다면 그렇게 행동할 리 없다.[37]

그러면 '무엇 때문에 일부러 땅을 파서 확인해 보려고 했을까?' 하는 의문이 생긴다. 꿈에서 자신의 아들을 묻었던 곳에 조신은 일부러 찾아가서 땅을 판다.[38] 바로 이렇게 '일부러' 파 보았다는 것이 문제이다. 이 대목을 제대로 해석하기 위해서는 조신이 땅을 파기 전에 그 속에 묻힌 것의 존재가 무엇인지 알고 있었을까 그렇지 않을까 하는 판단에서부터 시작해야 한다. 서사 문맥에서 보면 그 존재가 무엇인지 몰랐던 것으로 여겨진다. 파 보니 돌미륵이 나왔다고 보아야 더 타당할 것 같다.

이렇게 보면 조신은 무엇인지는 모르지만 틀림없이 무엇인가 묻혀 있을 것이라고 확신했던 것이다. 그러므로 땅을 판 것이다. 무엇인가 묻혀 있다고 생각한 이유는 꿈에서 자신이 아들을 묻었기 때문이다. 그렇다면 조신이 꿈속의 일과 현실을 동일하게 생각하고 있음을 알 수 있다.

---

37) 더욱 『三國遺事』에는 그 모신 절의 이름도 나오지 않는다.

38) 결과적으로 彌勒이 나왔다. 이를 두고 김영태는 불국토를 강조하는 것이라고 설명하였고 설성경은 현실과 꿈을 이원적으로 보지 않고 일원적으로 보는 태도를 나타낸 것이라고 분석하였다. 김영태, 앞의 논문, 1976 ; 설성경, 앞의 논문, 1993 참조

그러니까 꿈에서 아들을 묻었던 곳을 찾아가서 땅을 파는 것이다. 이렇게 꿈과 현실을 동일시하게 된 원인은 꿈이 너무 생생했기 때문이다. 꿈이 너무 생생하고 실제 같아서 아들을 묻은 장소를 정확하게 기억할 수 있었고, 꿈의 그 장소는 색다른 공간이 아닌 바로 자신이 살고 있는 그 공간이었기 때문이다. 만약 다른 공간이었다면 어디에 묻었는지 모르므로 도저히 땅을 팔 수 없었을 것이다.39) 여기에서 조신이 꾸었던 꿈의 실체가 밝혀진다. 조신이 꾸었던 꿈은 다름이 아닌 조신의 실제 인생이다.

조신이 꿈에서 묻었던 곳을 파서 돌미륵이 나왔는데 조신은 이를 하찮게 여긴다. 조신에게는 그곳에서 미륵이 나오든, 관음이 나오든, 정취가 나오든 중요한 것이 아니다. 다만 꿈이 현실이었음을 확인하는 것이 중요할 뿐이다. 그러므로 조신은 그 돌미륵을 주위의 절에 봉안하고 떠난다. 다른 사람이었다면 절대로 그렇게 취급하지 않았을 것이다.40)

꿈이 현실이었음을 알 수 있는 것은, 꿈을 깬 후 조신의 머리가 마치 50년을 산 것처럼 희어졌다는 것에서 또 찾을 수 있다. 꿈은 꿈이되 보통의 꿈이 아니기 때문이다. 그러므로 조신은 아무 거리낌 없이 땅을 파헤쳐 보고, 꿈에서 여인이 말했던 대로 남쪽으로 내려간다.41)

ⓕ에 보이는 조신의 행적은 조신이 완전히 깨달아 득도한 모습을 말한다. 특히 "後莫知所終"이라는 구절은 그 모습을 단적으로 보여 준

---

39) 보통의 꿈처럼 어느 곳인가에 묻었다는 기억만 있다면 정확히 찾을 수가 없다. 조신은 꿈의 공간을 현실의 공간처럼 생생하게 느꼈던 것이다. 그러므로 깨어난 후 실제로 찾아가서 꿈속 공간을 찾아낼 수 있었다.

40) 어떤 의미에서 조신은 洛山寺를 창건한 의상이나, 觀音을 굳이 만나려고 했던 원효, 正趣를 찾아서 전각을 만들어 봉안한 범일보다 더 진정한 깨달음을 얻었다고 할 수 있다. 깨달음은 相에 얽매이는 것이 아니다.

41) 남쪽으로 가라고 한 말대로 조신은 장원 일을 사임하고 서울(당시의 서울은 지금의 경주이므로 洛山에서 보면 남쪽이다.)로 간다.

다.42)『삼국유사』의 다른 조에 보이는 여러 고승들의 득도한 모습은 모
두 이와 같다. <미륵선화 미시랑·진자사>에서 미륵의 화신인 미시
랑43)의 말년의 묘사도 "晩年亦不知所終"이라고 하였고, <남백월이성
노힐부득·달달박박>에서 득도한 노힐부득과 달달박박의 종말도 "全
身躡雲而逝"라고 하였다. 또 <욱면비염불서승(郁面婢念佛西昇)>의 욱
면이 사라지는 모습을 "婢湧透屋樑而出 西行至交外 捐骸變現眞身
坐蓮臺 放大光明 緩緩而逝 樂聲不撤空中"라고 한 것, <포산이성>에
서 관기와 도성의 종말을 "一日自崑縫間透身而出 全身騰空而逝 莫
知所至"라고 한 것 등은 모두 득도해서 서천하는 모습이다. 이로 미루
어 보면 조신이 득도하여 서천하였음을 알 수 있다.44)

마) 일연의 평과 시

ⓐ 議曰 ; 讀此傳, 掩卷而追繹之 何必信師之夢爲然 今皆知其人世
之爲樂 欣欣然役役然 特未覺爾 乃作詞誡之 曰

---

42) 논자들은 "後莫知所終"이라는 구절을 소설적 요소로 파악하여 소설과 연관성을 설
명하기도 하는데, 그런 설명은 본말이 전도된 잘못된 것이다. 만약 장르적 관습으로의
"後莫知所終"이라는 언술이 [調信]에서 시작되었다고 가정한다면, 그 관습을 이어간
것이 후대의 소설이므로, 소설의 측면에서 [調信]을 소설과 연관짓는 것은 선후가 뒤
바뀐 것이다. 다시 말하면 [調信]의 "後莫知所終"이라는 언술을 후대의 소설에서 수
용할 수도 있고, 그렇지 않을 수도 있다. 그런데 그런 언술을 소설에서 만약 수용했다
고 가정한다면, 그것은 [調信]의 장르와 관계없이 '小說'이라는 장르에서 필요에 따라
서 취해 간 것이지, [調信]이 '小說'이기 때문에 후대 소설에서 "後莫知所終"이라는
언술을 관습적으로 좇은 것이 아니라는 것이다. [調信]이 소설이든 그렇지 않든 간에
상관없이 후대의 소설에서는 필요하다면 그런 구조와 모습을 본받았을 것이다. 즉,
꼭 [調信]이 '小說'이라는 근거는 없는 것이다. 그러므로, 소설에서 "後莫知所終"을
사용했다고 조신이 마치 소설 요소를 구비하고 있다는 설명은 본말이 전도된 것이다.
"後莫知所終"은 득도했다는 것을 표현하는 것이지 소설의 관습 표현이 아니다.
43) 彌勒의 化身이므로 得道하였음은 말할 필요도 없다.
44) 조신이 창건한 절도 '淨土寺'로 이러한 설명을 뒷받침한다.

ⓑ 快適須臾意已閑 暗從愁裏老蒼顔 不須更待黃粱熟 方悟勞生一夢間.

ⓒ 治身臧否先誠意 鰥夢蛾眉賊夢藏 何似秋來清夜夢 時時合眼到清凉.

ⓐ, ⓑ, ⓒ 모두 [調信]에 관련된 설명이다. 특히 ⓐ의 "讀此傳"의 책의 내용을 정확히는 알 수 없지만 조신에 관련된 책임은 틀림없다.45)

일연은 [調信]의 이야기를 깨달음의 이야기로 규정하고 있다. ⓐ의 "今皆知其人世之爲樂 欣欣然役役然 特未覺爾"라는 일연의 생각은 결국 조신에 대한 언급이면서 바로 이 〈낙산이대성 관음·정취, 조신〉을 통해서 말하고자 하는 핵심이다.46) 일연은 깨달음에 대해서 말하고 있는 것이다.

그래서 그의 시에서도 깨달음의 문제를 말하고 있다. ⓑ의 "快適須臾意已閑 暗從愁裏老蒼顔"은 조신의 꿈에서의 상황을 말한다. 그리고는 "不須更待黃粱熟 方悟勞生一夢間"이라고 하면서, 인생이 한바탕의 꿈과 같다는 것을 조신처럼 빨리 깨닫기를 촉구한다. "모름지기 다시 황량이 익기를 기다리지 말라(不須更待黃粱熟)"는 말은 황량몽을 꿀 필요도 없이, 즉 굳이 꿈을 꾸거나 경험할 필요 없이, 즉각 깨닫기를 촉구하는 것이다.

ⓒ의 "治身臧否先誠意 鰥夢蛾眉賊夢藏"도 역시 조신의 상황을 말

---

45) 의상과 원효, 범일의 이야기를 쓴 책이라고 보기는 어렵다. 앞에서도 말했듯이 의상, 원효, 범일의 이야기는 이미 끝났다고 보아도 된다. 그들의 이야기 후에 후일담 형식으로 觀音과 正趣의 신이한 이야기를 설명했으므로 "讀此傳"의 '傳'과 연결짓는 것은 무리다.

46) 고운기 역시 조신의 이야기가 이 조목 전체를 포괄하는 내용임을 인정했다. 고운기, 앞의 논문, 1993 참조.

하면서 일반 민중들의 삶의 모습을 말한다. 그리고는 "何似秋來淸夜夢
時時合眼到淸凉"이라고 하여 참된 깨달음은 멀리 있는 것이 아니라 바
로 눈앞에 이루어질 수 있다고 말한다. 즉 아주 순간적으로 충분하다는
禪僧다운 말이다.

이 <洛山二大聖 觀音·正趣, 調信>은 문면으로는 불교 유적에 대
해서 설명하고 있다. 의상에 의해서 '洛山寺'가 창건되고 그 곳에 '觀音
像'이 모셔지고, 원효에 의해 '觀音松'이 출현하고[47], 범일은 이곳에 '正
趣菩薩'을 모셨다. 그리고 조신은 바로 이 낙산에서 관음의 영험을 받아
서 크게 깨달았다. 즉 창건담과 영험담이다. 그러나 이면적인 내용을 보
면 명성 있고 뛰어난 의상, 원효 같은 고승에서부터 조신 같은 인물까지
깨닫는 이야기이다.

4) 만남과 깨달음의 의미

가) 만남과 깨달음의 양상

이 조에 나오는 인물들은 모두 불교적인 존재들과 만난다. 만났다는
사실은 동일하지만, 이들이 만나려는 동기나 만남의 구체적인 모습들은
다르다. 이들 네 명의 만남의 모습을 정리하면 다음과 같다.

---

47) 원효가 관음송을 드러낸 것은 아니지만 결과는 원효라는 인물로 인해서 낙산에 관음
송이 생긴 것이다.

만남의 양상	만남 (절대자의 모습)	결과	깨달음의 계기	결과
의상	관음의 진신	깨닫지 못함	대나무가 사라짐	깨달음
원효	여인1, 여인2, 소나무	깨닫지 못함	관음상 앞에 놓인 신발	깨달음
범일	왼쪽 귀가 없는 중	깨닫지 못함	꿈속에서 중과 만남	깨달음
조신	꿈 속 김 씨 여인	깨닫지 못함	꿈을 깬 후 꿈을 생각	깨달음

　모두 만남으로 인해서 깨달음에 도달했다는 것은 공통되는 요소이다. 그러나 직접적인 깨달음을 얻는 계기는 각기 다르다.

　의상은 대나무가 사라지는 것을 보고 깨닫고, 원효는 관음상 밑에 신발 한 쌍이 놓여 있는 것을 보고 깨닫는다. 범일은 꿈에 독촉을 받음으로 인해서 깨닫고 조신은 꿈을 통해서 깨닫는다. 의상과 원효는 구체적인 사물로 인해서 깨닫게 되는 반면 범일과 조신은 꿈이라는 공간을 통해서 깨닫게 된다.

　네 경우 중, 조신의 경우는 조금 독특하다. 만남에서 깨달음에 도달하는 물리적 시간은 사실 얼마 되지 않는다. 언제부터 잠을 자기 시작했는지는 불명확하나 아침에 깬 것으로 미루어 하루를 넘기지 않을 것이다. 그러나 만남의 구체적인 양상이 꿈에서 이루어진 것이므로 꿈속의 시간을 따르면 50년이 된다. 처음 관음의 화신인 김씨녀를 만나서 헤어지기까지 50년이 걸렸으므로, 만남과 깨달음의 측면에서 보면 시간상 가장 길다. 실상 한 인간의 전 생애다. 깨닫기까지 평생이 걸린 것이다. 사실, 보통의 인간은 이렇게 무지하다. 깨달아야겠다는 생각도 없이 사는 것이 평범한 범인(凡人)들의 모습이다. 평생 깨달을 수 있는 기회가 있어도 그것을 모르는 것이다.

그러나 다시 생각하면, 조신의 꿈속 평생은 실상 그렇게 긴 시간이 아닌 매우 짧은 시간이다. 꿈을 깨고 나서 보니, 일생은 한 순간이었다. 깨달음은 바로 한순간에도 일어난 것이다. 어떤 의미에서 조신은 관음을 만나자마자 바로 깨달은 것이 된다.[48)]

나) 깨달음의 내용

이들 네 명이 모두 깨달았다는 사실은 분명한 사실이다. 그러나 그 깨달음의 내용이 무엇인가 하는 문제는 매우 어려운 문제이다. 왜냐하면 깨달음이라는 것 자체가 개인적, 내면적인 것이므로 그렇다. 불교의 경우 깨달음의 내용은 표현해 낼 수 없다는 전통적인 입장을 고수하고 있으므로 더욱 그렇다. 그러나 비록 깨달음의 구체적인 내용은 알 수 없지만, 깨달음을 전후한 인물의 행동 양상을 비교해 보면, 그 깨달음이 인물에게 미친 영향을 알아 낼 수 있다. 즉, 깨달음이 그 인물에게 미친 영향을 바탕으로 깨달음의 내용을 유추해 볼 수 있다.

의상, 원효, 범일은 모두 당대의 고승이다. 이들은 모두 세인들로부터 존경을 받고 있었고 나름대로의 성취도 있었다. 그러나 조신은 그들에 비하면 볼품없는 승려이다. 의상은 열심히 재계하여 관음을 만나고자 힘썼고, 원효는 관음에게 예를 하고자 낙산사를 찾았다. 또 범일은 멀리 당나라에 가서 공부를 한 스님이다. 이들에 비하면 조신은 너무도 속된 모습이다. 세속적인 욕망에 빠져 오히려 관음을 원망하기까지 한다.

이렇게 차이나는 이들의 모습이 깨달음을 통해서 각기 변한 후를 비

---

48) 일연이 바로 이런 시간적인 측면에 관심을 가지고 있었다는 점은 그의 시(快適須臾 意已閑 暗從愁裏老蒼顔 不須更待黃粱熟 方悟勞生一夢間)를 보면 쉽게 이해할 수 있다.

교해 보면, 네 명 모두가 비슷한 모습이다. 의상은 염주와 구슬을 봉안하고 떠나고, 원효는 자신을 만나려고 하지 않음에서 느낀 바가 있어서 떠난다. 범일도 역시 정취보살을 잘 봉안한다. 조신도 깨달은 이후에는 잡스러운 모든 것을 처리해 버리고는 정토사(淨土寺)를 창건하고는 선업을 쌓는다. 그리고는 앞서 말했듯이 서승(西昇)한다.49)

이렇게 깨닫기 이전과 이후의 모습을 대비하면 가장 많은 변화를 보인 사람은 바로 조신이다. 변화의 폭으로 치면 조신이 가장 큰 깨달음을 얻었다고 할 수 있다. 조신에게 있어서 깨달음은 다른 세 명이 얻은 깨달음에 비하면 매우 큰 깨달음으로 인생이 완전히 바뀌었다. 그러므로 조신에게 있어서는 바로 그 만남과 깨달음이 정말 소중한 것이다. 의상이나 원효, 범일의 경우는 만남으로 인해 깨달음을 얻지 못했다 하더라도 큰 문제가 될 것은 없다. 그들은 미망에 사로잡혀 있지는 않았다. 그러나 조신의 경우는 그렇지 않다. 관음이 찾아오지 않았다면 조신은 심각한 미망의 상태에서 계속 허덕여야만 했다. 조신은 매우 큰 깨달음을 얻은 것이다.

3. 결론

일연은 〈낙산이대성 관음·정취, 조신〉을 통해서 절대적 존재와의 만남과 그로 인한 깨달음의 문제를 이야기로 평이하게 서술하고 있다. 그 중에서 [調信]은 특히 강조하였다. [調信]은 미망에 사로잡힌 보통의 인간이 깨닫는 이야기이다. 사실 일반인들에게 의상과 같은 끈기 있는

---

49) "後莫知所終"은 앞에서 말했듯이, 득도한 자들의 공통된 양상으로 西昇했음을 표현하는 것이다.

불심을 기대하기란 쉬운 일이 아니다. 원효나 범일처럼 보살이 나타나서 만나 주는 일도 흔치 않다. 그러나 조신과 같이 미망에 사로잡혀서 번민하는 것은 쉽다기보다는 오히려 일상적 상황이다. 그런 조신이 깨닫는다. 어찌 보면 앞에 있는 의상, 원효, 범일보다 더 훌륭한 고승이 된 것이다. 그의 만남과 깨달음의 방식은 어려운 일이 아니다. "快適須臾意已閑 暗從愁裏老蒼顔 不須更待黃粱熟 方悟勞生一夢間"이라는 일연의 시는 이런 점을 잘 드러내 준다. 일연은 조신 이야기에서 한발 더 나간다. 일연은 굳이 꿈을 꿀 필요도 없다고 한다. 황량이 익기를 기다릴 필요도 없이 인생이 꿈임을 깨달으라고 촉구하는 것이다.

일연은 꿈이라는 공간을 통해서 우회적인 방식으로 조신을 깨우쳤던 관음처럼 『삼국유사』의 이 <낙산이대성 관음·정취, 조신>을 통해서 백성들을 깨우치려고 노력하였다고 해도 지나친 말은 아니다. "지나간 일을 생각하니 어찌 조신 스님의 꿈만 그러하겠느냐? 지금 모두가 속세의 즐거운 것만 알아 기뻐하고 애쓰고 있지만 이는 다만 깨닫지 못했기 때문이다."[50]라는 그의 평은 자신에 대한 이야기이면서 동시에 그 글을 접하는 다른 사람들을 향한 동의를 바라는 물음이다. 평범한 사람들이 고된 삶의 연속에서 바로 눈만 감으면 청량세계가 눈앞에 펼쳐진다[51]는 단순한 듯하면서 심오한 종지를 일연은 바로 이 [調信]을 통해서 말하고 있다.

---

50) 평 부분을 인용하면 다음과 같다.
議曰：“讀此傳 掩卷而追繹之. 何必信師之夢爲然. 今皆知其人世之爲樂 欣欣然役役然 特未覺爾.”
51) 일연의 두 번째 시의 내용이다.
治身臧否先誠意 鰥夢蛾眉賊夢藏. 何似秋來淸夜夢 時時合眼到淸凉.

〈구운몽〉 : '자기 망각'과 '자기 기억'의 서사

- '성진이 양소유 되기' -

1. 서론

17세기 〈구운몽〉이 보여준 높은 수준의 서사가 이후 소설사에 큰 영향을 끼쳤음은 분명한 사실이다. 연구자들도 〈구운몽〉에 일찍부터 주목하여 주제, 구조, 기법 등 다양한 측면에서 많은 연구 성과를 내었다. 주제가 공(空) 사상이냐 아니냐의 문제와 그것이 〈금강경〉의 공(空)이냐 아니냐의 논쟁까지 첨예하게 이루어졌고,[1] 또 후대 이본의 변이 과

---

1) 〈구운몽〉의 주제는 분석적으로 논의되었는데, 정규복의 〈금강경〉의 空사상 주제론과 김일렬, 조동일, 이원수의 반론으로 논의가 갈리었다. 여기에 설성경은 시간을 분석하면서 세 층위의 지속적 거듭 부정을 통한 인식과, 꿈의 층위 분석을 통한 〈구운몽〉의 세 겹 구조를 지적하였고, 장효현은 空사상 시비를 정리하고 텍스트 수용 양상에 따라 주제의 의미가 달리 수용됨을 지적하며, 주제를 등장인물의 인식전환을 통한 세 번에 걸친 부정을 보여주는 것으로 파악하고, 〈금강경〉의 空사상이 그대로 구현된 것은 아니지만 필적하는 것으로 보았다. 결국 〈구운몽〉의 空사상이 〈금강경〉의 그것이냐 아니냐는 시각에 따라 차이가 나겠지만, 〈구운몽〉이 空사상을 담고 있다는 점은 분명한 것 같다.

   정규복,『구운몽연구』, 고려대학교 출판부, 1974, 214~246, 342~347쪽 ; 설성경, 「九雲夢의 構造的 硏究(Ⅰ)-時間論」,『인문과학』27・28, 연세대학교 인문과학연구소, 1972, 231~276쪽 ; 김일렬, 「九雲夢 新考」, 장덕순선생화갑기념논문집 간행위원회 편,『韓國古典散文硏究』, 동화문화사, 1981, 149~164쪽 ; 조동일, 「〈九雲夢〉과 〈金剛經〉, 무엇이 문제인가?」, 신동욱 편,『김만중연구』, 새문사, 1983, Ⅲ-9~21쪽

정을 통해2) 성진의 깨달음보다는 양소유의 욕망과 풍류에 주목해야 한
다는 시각도3) 제기되었다. <구운몽> 서사가 보여주는 홍미로움이 <구
운몽>을 단순한 관념적 주제를 주장하는 소설로만 보게 하지 않는 것은
분명하다.4) <구운몽> 이해의 바탕은 후대의 변이나 연구의 초점에 상
관없이 텍스트 자체의 목소리를 경청하여 작가 의식을 탐색하고 그 의
식이 어떻게 서사적으로 구현되었는지를 확인하는 것이 되어야 할 것이
다.5) 구조적으로 주제를 분석한 연구나,6) 속임수 기법에 주목한 연구들

; 이원수, 「<구운몽>의 구조와 그 중층적 의미」, 『고전소설 작품세계의 실상』, 경남대
　학교 출판부, 1996, 64~96쪽 ; 설성경, 「구운몽에 나타난 시간인식의 양상」, 『배달말』
　6, 배달말학회, 1981, 213~238쪽 ; 설성경, 「夢의 통합적 層位와 系列相」, 신동욱 편,
　『김만중연구』, 새문사, 1983, Ⅰ-10~23쪽 ; 장효현, 「<九雲夢>의 主題와 그 受容史
　에 관한 硏究」, 정규복 외, 『金萬重文學硏究』국학자료원, 1993, 111~140쪽 ; 유병환,
　『九雲夢의 불교사상과 소설미학』, 국학자료원, 1998, 50~105쪽 ; 김일렬, 「구운몽과
　금강경 관계 논쟁의 행방」, 『배달말』27, 배달말학회, 2000, 319~345쪽 ; 윤채근, 「金
　萬重 思惟의 世界表象 樣式과 『九雲夢』-空의 의미와 通俗性을 중심으로」, 『한국
　한문학연구』34, 한국한문학회, 2004, 347~385쪽 참조.
2) <구운몽>의 독자층과 후대 변모 양상에 대해서는, 장효현, 앞의 논문, 1993, 131~134
　쪽 ; 서인석, 「<구운몽> 후기 이본의 변모 양상」, 사재동 편, 『서포문학의 새로운 탐구』,
　중앙인문사, 2000, 211~236쪽 ; 서인석, 「<구운몽>의 문체적 변주-김광순본 <구운
　몽>의 경우」, 『고전문학과 교육』5, 한국고전문학교육학회, 2003, 69~88쪽 참조.
3) 정출헌, 「『구운몽』의 작품세계와 그 이념적 기반」, 『고전소설사의 구도와 시각』, 소
　명출판, 1999, 166~176쪽 ; 강상순, 「九雲夢의 상상적 형식과 욕망에 대한 연구」, 고
　려대학교 박사논문, 1999, 92~129쪽 참조.
4) 최기숙은 <구운몽> 서사에서 '假裝體驗', '허구적 실험', '정체성 유희' 등을 밝힘으
　로써 서사적 홍미와 주제를 연관지어 분석하였다. 최기숙, 「소설의 기능과 고전의 가
　치 1-깨달음을 통한 자기완성의 서사: 「구운몽」 읽기」, 『동방고전문학연구』1, 동방고
　전문학회, 1999, 113~143쪽 참조.
5) 김병국, 유병환의 연구(김병국, 「九雲夢의 에피그라프 '記夢'-西浦와 그의 꿈」, 『국어
　교육』14, 한국국어교육연구학회, 1968, 70~83쪽 ; 김병국, 「九雲夢 著作時期 辨證」,
　『한국학보』51, 1988, 61~78쪽 ; 유병환, 앞의 책, 1998, 19~105쪽)는 작가와 <구운몽>
　의 관계를 이해하는 중요한 시각을 제시했다. 그러나 <구운몽> 해석은 우선적으로
　텍스트 자체 분석을 하고, 이후 외적 상황과 연관성을 분석해야 한다고 본다.
6) 설성경, 앞의 논문, 1972, 231~276쪽 ; 설성경, 「九雲夢의 構造的 硏究(Ⅲ)-素材의

은7) 이런 시도의 한 방향이었다.

〈구운몽〉 텍스트 이해는 성진에 주목하느냐 양소유에 주목하느냐처럼 한 쪽에 주안점을 두는 시각보다는 작가가 의도한 대로 성진과 양소유 모두에 주목해야 한다. 그것이 '성진이 꿈속에서 양소유가 되고' 다시 '양소유에서 성진으로 돌아오고', '이후 큰 깨달음[大覺]을 얻는' 과정 전체를 꿰뚫는 시각이다.8)

작가가 소설에서 주제를 구현하는 것은 서사를 통해서이므로, 그것이 어떻게 세련되게 형상화되었는지를 탐색하는 것이 소설의 미학을 밝히는 바탕이 된다. 깨달음이 중요하다면 그것이 〈구운몽〉에 어떻게 형상화되었는지가 중요하고, 공(空)사상이 주제라고 지적한다면 그 주제가 어떻게 서사적으로 구현되었는지를 확인하는 것이 중요하다. 성진을 위주로 보느냐, 양소유를 위주로 보느냐의 주안점 시비는 〈구운몽〉 주제가 서사에 어떻게 세련되게 형상화되었는지를 아직 제대로 설명하지 못했다는 하나의 방증이 된다.

본고는 성진이 양소유 되는 과정을 분석하여, 독자에게 의도적으로 성진이 꿈꾸고 있다는 사실을 숨긴 작가 의도와 굳이 윤회시키지 않아

時間的 要素」, 『국어국문학』58-60합병호, 국어국문학회, 1972, 291~319쪽 ; 이원수, 앞의 논문, 1996, 64~96쪽.

7) 신재홍, 「『九雲夢』의 서술원리와 이념성」, 『韓國夢遊小說硏究』, 계명문화사, 1994, 346~365쪽 ; 최기숙, 앞의 논문, 1999, 133~139쪽 ; 정길수, 「〈구운몽〉의 독자는 누구인가」, 『고소설연구』13, 한국고소설학회, 2002, 65~70쪽.

8) 〈구운몽〉은 성진이 꿈에 양소유가 되어 인간 욕망을 실현하여 부귀의 정점에 올랐다가 그 시점에서 무상감을 느껴 꿈을 깨고 이후 진정한 큰 깨달음을 얻는다는 이야기로, 서사를 셋으로 나누면 각기 '욕망을 성취하는 이야기', '무상감을 느끼고 꿈에서 깨는 이야기' 그리고 '진정한 깨달음을 얻는 이야기'라고 할 수 있다. 이는 '성진의 양소유 되기'-'양소유의 성진 되기'-'진정한 깨달음 얻기'라고 요약된다. 본고에서는 이 전체를 포괄하는 작가 의도를 분석하고 '성진의 양소유 되기'를 다룬다. 다른 대목의 분석은 분량상 후속 연구로 미룬다.

도 될 성진을 윤회시킨 이유를 밝힌다. 또 성진이 양소유가 되는 윤회 (輪廻)의 과정이 '자기 망각'과 '자기 기억'의 연쇄 과정임을 밝혀, <구운 몽>이 인식 변화와 정체성의 문제를 심도 있게 제시한 텍스트임을 분석 한다. 이를 통해 <구운몽>이 '깨달음에 대한 텍스트'이면서 독자에게 깨달음을 촉구하는 '깨달음의 텍스트'임을 확인하게 될 것이다.

2. 독자를 향한 속임수 전략

1) '꿈꾼다는 사실' 숨기기

<구운몽>에서 성진이 꿈을 꾸고 그 꿈속에서 양소유로 윤회한다는 것은 중요한 사실인데, 작가는 의도적으로 성진이 꿈꾸고 있다는 사실 을 숨긴다. 그렇게 숨긴 이유는 서사를 흥미 있게 만들기 위해서도 그렇 겠지만, 근본 의도는 독자에게 깨달음을 주기 위해서다. 독자들은 성진 이 육관에게 책망을 듣고 양소유로 윤회하여 출장입상하여 부귀공명을 누리는 것을 서사에서 확인한다. 이 모든 것이 꿈이라는 정보는 독자에 게 제공되지 않고 숨겨졌기에 독자는 성진이 꿈을 깨는 것과 함께 자신 들이 '속았음'을 비로소 알게 된다.[9] 그동안은 성진에게 깨우침을 주기 위해 꿈임을 모르게 했다는 정도로 이해했는데, 이렇게 꿈이라는 정보 를 서사에서 제공하지 않은 것은 성진이 깨우치는 것과 전혀 상관없다. 왜냐하면 성진은 작품 속 인물이므로 그가 꿈을 꾸는지 그렇지 않은지

---

9) <구운몽>에서 속임수는 매우 중요한 서사적 장치이며 주제에 기여하는 방식이다. 앞선 연구에서 이런 점이 구체적으로 지적되었다. 그렇지만 성진이 꿈꾸고 있다는 사 실을 숨긴 것이 독자를 향한 속임수임을 파악하는 데까지 나가지는 않았다. 또 아래에 서 분석할 육관의 책망이 독자와 성진을 향한 '속임수'라는 점에도 주목하지 않았다.

는 작가가 서술하기 나름이기 때문이다. '지금 성진이 꿈을 꾸고 있다'라
고 서술하면 그 정보는 독자에게 전달되지 등장인물에게는 전달되지 않
는다. 다시 말하면 성진이 꿈을 꿔서 꿈에서 양소유가 되고 있다는 정보
를 독자에게 제공해도 등장인물 성진은 자신이 꿈을 꾸는지 모르도록
작가가 설정할 수 있다는 점이다. 그러므로 '꿈꾸는 것'을 숨기는 작가의
행위는 독자를 향한 속임수지 성진을 향한 속임수가 아니며, 그렇기에
이 전략적 속임수는 성진의 깨우침에 관련된 전략이 아니라 독자의 깨
우침에 관련된 전략이다.[10]

　이런 작가의 의도적 서술은, 작가 자신만은 꿈임을 알면서도 의뭉스
럽게 꿈이 아니라 윤회한 것이라고 능청스럽게 서술하는 다음에서도 확
인할 수 있다.

　　㉮ 승샹(양소유–인용자)이 샹위예 이션 디 오래고 너모 셩만ᄒ다 ᄒ고
　샹소ᄒ야 '벼슬을 드리고 퇴됴ᄒ야디이다' ᄒ니 비답왈 "경이 …… 이졔
　경은 쇠로ᄒ나히 아니오 …… 샹소의 쳥ᄒᆫ 말을 블윤ᄒ노라." ᄒ시다. <u>승</u>
　<u>샹은 본디 블문 고뎨오 졔낭ᄌᆞ는 남악 션녜라.</u> 품긔ᄒ기ᄅᆞᆯ 녕이 허ᄒ엿고
　승샹이 ᄯᅩ흔 남뎐산 도인의 션방을 품슈ᄒ얏ᄂᆞᆫ디라. 츈취 놉ᄒ나 귀인의
　용뫼 더욱 져므니 시졀 사ᄅᆞᆷ이 신션인가 의심ᄒᆞᆫ는 고로 됴셔의 그리ᄒ여
　겨시더라. (404~406)
　　㉯ (양소유 왈–인용자) "…… 집을 ᄇᆞ리고 스승을 구ᄒ야 남히ᄅᆞᆯ 건너
　관음을 찻고 오뒤예 올나 문슈긔 녜ᄅᆞᆯ ᄒ야 블셩블멸ᄒᆞᆯ 도ᄅᆞᆯ 어더 진셰고

---

10) 이 말은 서사 속에서 '충격적으로 꿈을 깨는 성진 역시 충격을 받고 그로 인해 큰
　깨달음을 얻게 된다'는 사실을 부정하는 말이 아니다. 성진의 충격은 등장인물 성진이
　자신이 꿈을 꾸고 있었다는 사실을 몰랐기 때문에 생긴 것인데, 중요한 점은 이런 성진
　의 충격과 깨달음은 독자가 성진이 꿈을 꾼다는 사실을 알고 있어도 조금도 바뀌지
　않는다는 사실이다. 그러므로 꿈 깨는 대목에서 성진이 충격을 받지 않는다가 아니라
　꿈이라는 것을 몰랐던 성진과 독자 모두 충격을 받게 되는데, 꿈임을 알았다면 충격
　받지 않을 독자까지 충격 받게 만들었다는 점에서 작가의 전략적 의도가 있다는 것이다.

락을 쒸여나려 흐디 졔낭ᄌ로 더브러 반싱을 조찻다가 일됴의 니별ᄒ려
ᄒ니 슬픈 ᄆ임이 ᄌ연 곡됴의 나타나미로소이다." <u>졔낭ᄌᄂ 다 젼싱의 근</u>
<u>본이 잇ᄂ 사ᄅ미라.</u> ᄯ혼 셰쇽 인연이 디낼 ᄣᅢ니 이 말을 듯고 ᄌ연 감동
ᄒ야 니ᄅ디 " …… 쳡등 ᄌ미 팔인이 당당이 심규 듕의셔 분향녜블ᄒ여
샹공 도라오시기ᄅᆯ 기ᄃ릴 거시니 ……." (412)[11]

㉮는 나이 들어 은퇴하려는 양소유를 황제가 만류하는 장면으로 서
술자가 '양소유가 사실은 나이가 많다'는 점을 독자에게 설명하는 대목
이고, ㉯는 서술자가 8처첩이 이별을 고하는 양소유를 자연스럽게 받아
들이게 되는 이유를 독자에게 설명하는 대목이다. "승샹이 본디 블문
고뎨오 졔낭ᄌᄂ 남악 션녜라"는 서술이나 "졔낭ᄌᄂ 다 젼싱의 근본이
있는 사ᄅ미라"는 서술은 등장인물의 말이 아니라 서술자의 논평이라
는 점에서 독자에게 더 큰 의미를 준다. 독자들은 당연히 서술자의 서술
을 신뢰하여 이 서술을 진실한 정보로 받아들이게 된다.[12] 독자는 여전
히 이 대목이 꿈인 줄 모르므로, 당연히 '성진과 8선녀가 윤회하여 양소
유와 8부인이 되었다'는 사실을 조금도 의심하지 않는다. 그러나 이 서
술을 하는 그 순간에도 작가 자신만은 이 대목이 꿈임을 분명히 알고
있었다. 의도적으로 작가가 독자를 속인 것이다. 이 속임의 의도성과 작
가의 능청스러움은 이 장면 다음에 일어날 꿈 깨는 장면까지 서술시간
(narrative time)이[13] 불과 몇 분도 되지 않는다는 점에서 더욱 그렇다.

---

11) <구운몽>의 연구대본은 서울대본 4권 4책 (이승욱·정병욱 교주, 『구운몽』, 교문사,
    1984)을 사용하고 해당 쪽수만 괄호 안에 표시한다. 필요한 경우 한문필사 노존본으
    로 보충한다.

12) 작가와 서술자, 서술자를 통한 작가의 의도 전달 방식 등에 대해서는 웨인 C. 부스,
    『小說의 修辭學』, 이경우·최재석 역, 한신문화사, 1990, 195~278쪽 참조.

13) 채트만은 '담화시간(discourse time)'과 '이야기시간(story time)'으로 즈네뜨는 '서사
    시간(narrative time)'과 '이야기시간(story time)'으로 지칭하는 것을 본고에서는 '서
    술시간(narrative time)'과 '이야기시간(story time)'으로 통일해서 지칭한다. '서술시

㉮의 경우는 그래도 조금 간격이 있지만 ㉯의 경우는 곧바로 육관대사가 출현하고 대화를 한 후 꿈에서 깬다. 이렇게 꿈 깨기 직전까지 철저하게 독자를 속이는 작가의 전략이 주효하여, 독자들은 꿈 깨는 장면에서 충격을 받는다. 깨기 직전에 '성진이 실제로 윤회하여 양소유가 되었다'고 서술자를 통해 환기시켜 다시 한 번 속이는 작가의 철저함은 곧이어 '사실은 그 모든 것이 꿈이었다'는 사실을 폭로할 때 독자들이 더 큰 충격에 휩싸이게 하려는 고도의 전략이었던 것이다.

작가가 독자를 의도적으로 속인 이유는 독자를 성진과 같은 위치에 서게 하려 했기 때문이다. 성진의 꿈이란 정보를 알았다면 독자들은 성진보다 우월한 입장에서 서사를 따라가게 되므로 성진에게 몰입하기보다는 떼어놓고 보게 된다. 그래서 서사 내내 독자들은 성진과 양소유에 동일시하기보다는 객관적 위치에 서서 관찰하게 되고, 꿈 깨는 대목에서 성진만 충격을 받지 독자는 충격 받지 않게 되고 오히려 성진이 비몽사몽간에 깨는 것을 보면서 미소 짓게 될지도 모른다.[14] 그러나 독자에게도 정보가 제공되지 않았기에, 성진과 독자는 동일한 위치에 처한다. 독자도 성진과 함께 윤회하여 양소유가 되고 출장입상하고, 그것이 꿈임을 알게 되어 충격을 받은 성진처럼 독자도 충격에 휩싸이게 된다.

간'은 작가가 실제로 서술하는 데 걸리는 시간을, '이야기 시간'은 텍스트 속 서사의 진행 시간을 의미한다. 자세한 것은 시모어 채트먼, 『영화와 소설의 서사구조』, 김경수 옮김, 민음사, 1996, 73~74쪽 ; 제라르 즈네뜨, 『서사담론』, 권택영 옮김, 교보문고, 1992, 23~25쪽 참조.

14) 속임수의 문제는 정보를 아느냐 모르느냐의 문제와 관련 있고, 속임을 당하는 자와 속이는 자의 관계는 정보의 양과 시기에 따라 유동적이다. 우월한 위치에서 등장인물을 독자가 내려다 볼 경우 그 인물은 쉽게 어리석게 느껴지기 마련이다. 등장인물과 독자에게 주어지는 정보의 양과 시기 등으로 양소유가 男裝한 적경홍을 몰라보고 속는 대목을 분석한 것은 이런 시각의 한 예이다(유광수, 「〈옥루몽〉 연구」, 연세대학교 박사논문, 2005, 120~121쪽). 속임수에 대한 자세한 분석은 후속 연구로 미룬다.

독자는 성진의 욕망을 따라가면서 경험한 모든 것들, 즉 독자 자신들도
바라마지 않던 부귀공명의 향락과 쾌락이 궁극적으로 허망한 것임을,
그동안 감정적으로 동일시했던 것들이 헛된 꿈속의 것들이었음을 충격
적으로 알게 된다. 꿈이었다는 사실을 알게 되는 순간, 성진이 의문을
제기하며 육관에게 머리를 조아려 진정한 깨달음을 원했던 것처럼, 독
자들도 의문을 제기하며 진정한 깨달음을 바라게 되는 것이다. 작가는
이런 전략적 속임수를 통해 독자에게 진정한 깨우침을 촉구한 것이다.

2) 의도적으로 윤회시키기

작가가 독자를 속이면서까지 강조하려는 것은 '성진이 윤회하여 양소
유가 된 것은 현실의 일이다'는 점이다. 그렇게 현실로만 여겼던 것이
꿈이었다는 폭로를 통해 충격을 주고 궁극적 깨달음으로 유도한 것이
다. '현실에서' 윤회했다는 것을 강조하기 위해 꿈속 과정임을 숨겼고,
'윤회했다'는 것을 보여주기 위해 윤회할 필요도 없는 성진을 의도적으
로 윤회시켰다. 작가가 세련되게 서술하여 아무도 '성진이 윤회해야 한
다'는 사실에 의문을 갖지 않았을 뿐이지, 사실 성진이 꼭 윤회할 필요
는 없었다.

작가는 '성진의 죄가 크다는 점을 육관의 호통을 통해 강조'하고, '성
진 스스로 쫓겨나가야 한다는 말을 먼저 하게'하고, '지옥에서 윤회하는
것이 마땅한 것처럼 호도하고', 나아가 서사 종결부에서 '이 모든 것이
꿈이었다'고 말함으로써, 성진이 윤회하는 것을 세련되게 합리화하였다.
성진이 책망을 듣고 지옥에 가게 되는 과정을 보면 다음과 같다.

> 대시 모든 졔즈롤 모호고 등쵹을 낫갓치 혀고 소리ᄒᆞ여 꾸지즈디 "셩진
> 아 네 죄롤 아는다?"

성진이 나려 꾸러 굴오디 "쇼지 스부롤 셤견 지 십 년의 일쯕 흔 말도 블슌이 흔 적이 업스니 진실노 어리고 아득ᄒ여 지은 죄롤 아디 못ᄒᄂ이다."

대시 닐오디 "즁의 공뷔 세 가지 힝실이 이시니 몸과 말ᄉ과 뜻이라. 네 농궁에 가 술을 취ᄒ고 셕교의셔 녀ᄌ롤 만나 언어롤 슈작ᄒ고 꽃츌 더져 희롱흔 후의 도라와 오히려 미식을 권년ᄒ여 셰샹 부귀롤 흠모ᄒ고 블가의 젹막ᄒᆯ믈 염히 너기니 이는 세 가지 힝실을 일시의 문허ᄇ리미라."

성진이 고두ᄒ고 울며 굴오디 "스승님아 성진이 진실노 죄 잇거니와 쥬계롤 파ᄒ기는 쥬인이 괴로이 권ᄒ기의 마디 못ᄒ미오, 션녀로 더브러 언어롤 슈작ᄒ기는 길흘 빌믈 말미아마미니 각별 부정흔 말을 흔 배 업고 션방의 도라온 후의 일시의 ᄆᆞᆷ을 잡디 못ᄒ나 마춤ᄂᆡ 스스로 뉘웃처 뜻을 바르게 ᄒ여시니 졔지 죄 잇거든 <u>스뷔 달초하실 분이디 어이 ᄎᆞᆷ아 닉치려 ᄒ시ᄂᆞ니잇가</u> …… 년화도댱이 곳 성진의 집이니 <u>날을 어디로 가라 ᄒ시ᄂᆞ니잇가?</u>"

대시 닐오디 "네 스스로 가고져 홀 시 가라 ᄒ미니 네 만일 잇고져 ᄒ면 뉘 능히 가라 ᄒ리오. ᄯᅩ 닐오디 어디로 가리오 ᄒ니 너의 가고져 ᄒᄂ 곳이 너의 갈 곳이라." 대시 소리 질너 굴오디 "황건녁시 어디 잇ᄂᆞ뇨?" 홀연 공듕으로셔 신쟝이 나려와 쳥녕ᄒ거ᄂᆞᆯ <u>대시 분부ᄒ디 "네 죄인을 녕거ᄒ여 풍도의 가 교부ᄒ고 오라."</u>

성진이 이 말을 듯고 눈믈을 비ᄌᆞ티 흘녀 울고 머리롤 무수히 두드려 굴오디 "스부는 성진의 말을 드르쇼셔. 녯 아란존재 챵녀의게의 가 ᄌ리롤 흔가지로 살을 셧그디 셕가블이 존쟈롤 죄 주디 아니ᄒ고 다만 셜법하여 가르쳐시니 졔지 비록 죄 이시나 아란존쟈의 비기면 즁티 아닌 ᄃᆞᆺᄒ니 <u>어이 풍도의 가라 ᄒ시ᄂᆞ뇨?</u>"

대시 굴오디 "…… <u>너는 진셰의 부귀롤 흠모ᄒᄂ 뜻을 닉여시니 어이 흔 번 뉸회의 괴롭기롤 면ᄒ리오.</u>" 성진이 다만 울고 갈 ᄃᆞᆺ이 업거ᄂᆞᆯ 대시 위로ᄒ여 굴오디 "ᄆᆞ음이 묘치 못ᄒ면 비록 산듕의 이셔도 도롤 일우기 어렵고 근본을 잇디 아니면 홍진의 가셔도 도라올 길히 이시니 네 만일 오고져 ᄒ면 닉 손조 ᄃᆞ려올 거시니 의심말고 힝ᄒᆯ디어다."

성진이 홀일업서 블샹과 스부의게 녜비ᄒ고 모든 동문을 니별ᄒ고 녁사와 혼가지로 명스의 나아갈시 유혼관을 들고 망향디로 디나 <u>풍도성의 다
드르니</u> (14~18)

성진을 윤회시키려는 작가 의도를 수행하는 인물이 육관대사인데, 육관은 성진의 죄를 책망하고 그를 풍도(酆都)로 보내 윤회시킨다. 그런데 벌로 윤회한 결과가 성진이 욕망했던 것을 성취하는 양소유의 풍류적 삶이었다. 성진의 죄는 인간부귀를 욕망한 것인데 육관은 그 죄를 책망하면서도 그 욕망을 성취시켜 준 것이다. 물론 육관이 성진의 욕망을 성취시켜 준 이유가 궁극적으로 그 욕망이 부질없음을 알게 하려는 의도에서 그렇게 한 것이라고 이해할 수 있다. 그렇다면 여기서 '육관이 그렇게까지 준엄하게 책망할 필요가 있느냐?'는 의문이 든다. 준엄하게 심판하려 했다면 욕망을 실현시켜 줄 것이 아니라 징벌을 받게 했어야 했고, 욕망을 성취시켜 줄 요량이면 그렇게까지 책망할 필요는 없었다.

물론 거의 득도한 수준의 성진이 윤회 속으로 떨어지는 것이 형벌임은 분명하다. 그러나 그 윤회가 사실 꿈이지 실제 윤회가 아니라는 점에서 형벌이 아니라는 점이 명확해진다. 윤회(輪廻)는 희로애락을 계속해서 경험하는 영원한 순환이기에 형벌이고 괴로움이다. 계속 윤회하는 것이 아니라 양소유라는 한 인물의 삶을 욕망의 극한까지만 경험한 것은 결코 형벌이라고 하기 어렵고, 그것이 꿈이었다는 점에서 더더욱 그렇다. 죄를 책망했지만 실상은 그 죄를 용서하고 그 방식을 허용한 것이다. 그러므로 육관의 호통과 책망은 성진과 독자를 향한 '속임수'였음을 짐작할 수 있다.

책망의 호통은 불가의 계율을 깨뜨린 것에 대한 준엄한 심판으로 느껴지게 하여 성진의 죄가 윤회하지 않고서는 안 될 만큼 큰 죄임을 강조

하는 기제로 작용했다. 실제로 '네가 가고 싶어 하니까 가는 것이다'라는 말이나 '다시 오고 싶어 하면 손수 데리러 가겠다'는 육관의 말은, 그 말을 하기에 앞서 호통 치며 타당하게 논죄한 것이나 갑자기 황건역사를 불러 내리는 준엄한 상황과 어울리지 않는다. 마치 육관 스스로 이율배반적 언행을 하는 것으로 비쳐진다. 이 의아함은 성진이 꿈을 깬 후 그 진정한 의미를 모두 이해하고 나서 비로소 해소된다.[15] 그제야 육관의 책망은 호통이 아니라 훈계였고, 내쫓는 것이 아니라 보살피는 것이었음을 성진도, 독자도 알게 된다. 육관의 호통은 성진이 윤회하는 것이 마땅하다고 느끼게 만들려는 속임수였던 것이다.

앞서 인용한 대목을 보면, 육관은 책망하고 성진은 계속 변명하는 식으로 되어 있는데, 성진은 처음에 죄가 없다고 발뺌하며 변명하다 나중에는 인정에 호소한다. 그래서 성진의 말은 비굴한 변명으로 들린다. 이렇게 비굴한 성진이 스스로 자신이 쫓겨나는 것이 당연하다는 말을 '먼저' 말한다. 그렇게 함으로써 작가는 '성진 자신도 윤회를 당연한 것으로 받아들이고 있다'고 독자를 호도한다. 성진이 쫓겨나는 것이 당연하다는 듯이 "어이 춤아 니치려 ㅎ시ᄂ니잇가"라고 먼저 말하고, "년화도댱이 곳 성진의 집이니 날을 어ᄃ로 가라 ㅎ시ᄂ니잇가"라고 서사의 진행 방향을 스스로 제시한다. 육관은 성진의 잘못만 지적했지 구체적으로 '어떤 형벌을 주겠다'는 것은 성진의 이 말이 있기 전까지 조금도 언급되지 않았다. 그런데 잘못을 저지른 성진이, 그것도 비굴하게 계속 변명만 늘어놓는 성진이, 스스로 자신이 쫓겨나야 한다는 말을 먼저 한 것이

---

15) 독자들은 이 대목을 읽을 때 육관의 독특한 언술에 어리둥절해하고, 이 말을 기억하게 된다. 왜냐하면 이 말은 서사에서 아직 해결되지 않기 때문이다. 꿈을 깬 후에야 비로소 이해하게 되고, 그제야 독자들은 자신의 의혹을 해결한다. 이런 기법은 '미스터리(mystery)의 기법으로 호기심을 자극'하면서 동시에 근본적으로 '독자에게 깨달음을 촉구'하는 주제적 측면에서 고안되었다.

다. 이는 성진 스스로 자기 잘못은 마땅히 '추방되어야만 할 극한 죄'라고 고백한 것으로 받아들여진다. 그때 육관이 '풍도에 가라'는 말을 하는 것이다. 이런 순차적 상황과 성진 스스로 자기 죄에 대한 처벌의 방식을 고백하게 함으로써, 성진이 풍도지옥에 가서 윤회하는 것이 당연히 이루어져야 할 일처럼 독자들은 여기게 된 것이다.

지옥에 간다는 점도 중요하다. 지옥에 가는 행위는 분명하게 '처벌 받는 행위'이므로 성진이 지옥에 가는 것은 불가의 계율을 어긴 죄로 간다는 점에서 타당한 것처럼 이해된다. 그렇지만 '지옥에 가는 것'과 '윤회하는 것'은 전혀 관계없다. 불가 관념에 의하면 지옥은 죄지은 자가 가는 것이긴 해도 죽어서 가는 곳이고, 죄로 인한 형벌을 그곳에서 받으며 살다가 그 다음 역시 윤회하는 곳이지, 영원한 형벌을 받는 장소가 아니다.[16) 지옥은 윤회하기 위해 가는 공간이 아니라 죄를 짓고 '죽은 자'가 죄의 업(業)을 풀 동안 지내는 곳일 뿐이다. 그 후 다시 윤회가 있다.[17) 윤회는 지옥, 지상, 천상 어느 곳에서도 이루어지는 것이므로 성진을 윤회시키려 했다면 연화도량에서 직접 윤회시켰어야 했다. 그것이 타당한 조치이다. 그러나 윤회시키는 것의 의아스러움을 감쇄시키기 위해 죄를 지어 지옥에 가는 것이 타당하다는 듯이 지옥에 보내고, 그 지옥에서 윤회하는 것으로, 차츰차츰 자연스럽게 설득되도록 서술하였다.

사실 성진의 죄가 그렇게 크다 하기도 어렵고, 성진이 "마츰닉 스스로 뉘웃쳐 뜻을 바르게 ᄒ여시니"라고 한 말처럼 자기 죄를 뉘우치지 않은 것도 아니어서 윤회하게 하는 것은 과도한 벌이라 하지 않을 수

---

16) 『불교용어사전』, 경인문화사, 1998, 1558~1559쪽 '地獄' 참조.
17) 輪廻는 三界(欲界, 色界, 無色界)와 五道(地獄道, 餓鬼道, 畜生道 人間道, 天道)를 통해 전개되는데, 天道에서 바로 地獄道에 떨어질 수도 있고, 人間道에서 다시 人間道으로, 地獄道에서 人間道이나 다시 地獄道으로 윤회할 수도 있다. 자세한 것은 윤호진, 『無我 輪廻問題의 硏究』, 민족사, 1992, 97~101쪽 참조.

없다. 결국 성진의 비굴함과 성진 스스로 먼저 쫓겨나야 함을 고백했다
는 점, 그리고 서사에서 차근차근 '죄 → 풍도 → 윤회'를 서술하게 함으
로써 성진의 윤회는 피할 수 없는 기정사실로 독자들에게 인식된다. 여
기에 이 모든 일들이 꿈속 일이었다는 사실이 밝혀지므로, 더 이상 독자
들은 '성진의 윤회가 타당한 것인가 그렇지 않은가' 같은 사소한 일에
관심을 두지 않는다. 모든 것이 꿈속 일이었다는 것이 그 타당성의 유무
를 완전히 은폐시킨 것이다. 꿈속에서는 인간이 윤회하는 것쯤은 물론
그보다 더 황당하고 이해하기 어려운 일들이 아무렇지도 않게 일어나기
때문이다. 양소유의 꿈속 존재인 백능파가 양소유의 현실 속에 나타났
을 때 실제 현실 존재처럼 양소유와 다른 부인들이 받아들인 사실이나,
용이 변신하여 여자가 되었다는 사실 등에 대해 어느 정도 의아함을 가
지고 있었던 독자들도, 성진이 꿈을 깸과 동시에 그 모든 의문을 버리게
된다. 꿈속에서는 어떤 것이든 가능하기 때문이다.

이렇게 '성진의 윤회가 정당하다'고 독자를 호도하는데 서사 속 논리
대로 죄악에 대한 징치이든 아니면 욕망을 실현시켜주기 위한 것이든,
그때 성진이 윤회할 필요는 없었다. 징벌이든 욕망성취를 위한 것이든
그냥 성진을 형산 연화도량에서 출문(出門)시켜 하산(下山)하게 하면 되
었기 때문이다.

육관이 성진에게 "너는 진세의 부귀를 흠모ㅎ는 뜻을 니여시니 어이
흔 번 눈회의 괴롭기를 면ㅎ리오"라고 한 말은 엄밀히 말하면 옳지 않
다. 진세 부귀를 욕망하는 것이 죄가 아니어서가 아니라, '진세의 욕망'
과 '윤회'를 연결시킨 것이 옳지 않기 때문이다. 죄를 지은 성진은 천상
계나 신성계에 존재하는 선관(仙官) 같은 신성한 인물이 아니라, 구체적
인 '현실 인간계의 인간'이기 때문이다. 〈옥루몽〉 같은 다른 작품들에
서는 인간세상을 흠모하는 존재가 인간계가 아닌 천상계의 존재이기 때

문에 그 존재의 바꿈을 위해 '인간계로의 적강(謫降) 탄생'이라는 방편이 이용되지만, 성진의 공간이 인간계이므로 굳이 윤회 탄생이란 방편이 필요하지 않다. 성진이 '진세의 욕망'을 품었다면 그냥 진세인 인간계로 가도록 출문시켜 연화도량에서 쫓아내면 그만이다. 그것이 온당한 벌로 더 개연적이다. 성진의 공간인 연화도량이 현실 인간계에 위치하기 때문이다.

지금까지 연화도량을 인간계로 명확히 규정하지 못하고 천상계, 신성계, 초월계, 절대적 이념의 공간 등으로 이해했는데, 이는 성진을 윤회하도록 호도한 작가 의도를 파악하지 못해 윤회하는 것이 당연하다는 서사 전략에 무의식적으로 수긍하여, 윤회 이전인 성진의 공간을 양소유의 공간인 인간계와 구분지어 생각했기 때문이다. 그러나 성진의 공간은 절대로 천상계가 아니며, 인간이 존재하지 않는 신성계 역시 아니다. 신성한 존재들이 자유롭게 왕래하는 공간이라는 점이 색다를 뿐이지, 성진의 공간은 분명히 현실에 위치한 인간계이다. 이를 서사에서 분명히 확인할 수 있다.

> 당 시졀의 셔역 즁이 텬츅국으로브터 둥국의 드러와 형산의 싸혀난 줄을 샤랑ᄒ여 년화봉 아ᄅᆡ 초암을 짓고 대승법을 강논ᄒ여 사롬을 가ᄅᆞ치고 귀신을 졔도ᄒ니 교홰 크게 힝ᄒ여 모다 닐오ᄃᆡ "산 브톄 셰샹의 낫다"ᄒ여 가음연 사롬은 지믈을 내고 가난ᄒᆞᆫ 사람은 힘을 드려 큰 졀을 지으니, 졀문은 동졍 ᄯᆞᆯ히 여럿고 법당 긔동은 젹사회예 박혓고 오월의 찬바람은 브텨의 ᄲᅧ 닝ᄒ고 여섯 재 하늘 풍뉴ᄂᆞᆫ 향노의 묘회ᄒᆞ니 년화봉 도량히 거륵ᄒᆞ니 남븍의 웃듬이 되엿더라. 이 화샹이 샹히 금강경 일 권을 가져시니 모다 부ᄅᆞ기ᄅᆞᆯ 뉵예화샹이라도 ᄒᆞ고 뉵관대ᄉᆞ라도 ᄒᆞ더라. 대ᄉᆞ의 문하의 졔지 수빅 인인ᄃᆡ 계힝이 눕고 신통을 어든 재 삼빅여 인이라. 긔듕의 뉴로 ᄭᅧ든 졔지의 일홈은 셩진이니 ······ (2~4)

"…… 셩진이 십이 셰의 부모롤 브리고 스승님을 조차 머리롤 싹그니 …… (16)

대시 셩진의 계힝이 놉고 순슉ᄒ믈 이에 대듕을 모호고 골오더 "내 본더 뎐도ᄒ믈 위ᄒ야 듕국의 드러왓더니 이제 졍법을 뎐홀 곳이 이시니 나는 도라가노라."ᄒ고 염쥬와 바리와 졍병과 셕쟝과 금강경 일권을 셩진을 주고 셔쳔으로 가니라. 이후에 셩진이 연화도쟝 대듕을 거ᄂ려 크게 교화롤 베프니 신션과 농신과 사롬과 귀신이 흔가지로 존슝ᄒ믈 뉵관대스와 ᄀᆞ티ᄒ고 여듧 니괴 인ᄒ야 셩진을 스싱으로 셤겨 깁히 보살대도롤 어더 아홉 사롬이 흔가지로 극낙셰계로 가니라. (422)

형산에 선녀들이 살고 그녀들이 자유자재로 날아다니고, 성진이 날아서 용궁에 들어가고, 용왕이 변신하여 연화도량을 찾는 등 서사 초반의 환상적 서술로 인해 마치 형산 연화도량이 '천상계'나 '신선계'로 보이지만 결코 그렇지 않다.

연화도량은 "당 시졀"에 육관대사가 "사롬을 가ᄅ치"려고 당나라에 왔을 때, 육관에게 감동한 '사람들'이 재물과 노역(勞役)으로 형산 연화봉에 세워 봉안한 절이다. 또, 후일 의발(衣鉢)을 전수받은 성진이 육관대사처럼 "연화도쟝 대듕을 거ᄂ려" 크게 교화를 베푸는데 그 대상이 "신션과 농신과 사롬과 귀신"이었다는 점을 주목해야 한다. 형산은 비록 천상의 위부인같이 신통력 있는 자들이 즐비하고 용신(龍神)같이 신이한 존재들이 찾아와 설법을 듣는 공간이기도 하지만, 궁극적으로 그 공간은 '인간들을 교화시키기 위해서 온 서역의 스님 육관이 인간들을 위해 벌인 공간'으로 당연히 인간들이 언제든지 찾아 올 수 있는, 또 찾아 와야만 하는 열린 인간계의 공간이다.[18] 많은 사람들이 형산 연화도

---

18) 이런 의미에서 일반적인 신성계와 다르다. 천상계와 달리 인간계 속에 존재하는 신성계는 신성계의 존재가 의도적으로 허용하는 한도에서만 인간들을 받아들인다. 그래서

량을 찾아와 설법을 들었고 그중에 성진처럼 아예 출가(出家)하여 제자
가 되는 인간들도 있었다. 그러므로 형산은 육관대사가 있고 천상의 위
부인과 선녀들이 날아다니며 용신이 들락거리는 공간이기는 해도 근본
적으로 인간들을 위한 공간이고 인간들이 찾을 수 있고 찾아오기를 바
라는 공간이다. 형산 연화도량은 당연히 현실 인간계에 위치하는 공간
이며 마땅히 그곳에 위치하고 있어야 한다.

사람들이 육관대사를 신적 존재라기보다는 현실의 인간으로 여겼다
는 사실도 중요하다. 육관이 사람들뿐 아니라 "귀신을 제도"하고, 육관
의 제자 중에서 "신통을 어든" 자들이 있어 일반인들과 구별되어 그렇
지, 육관은 "산 브톄"로 추앙받는 현실의 인간이다. 육관이 신적 존재였
다면 결코 사람들이 그를 쉽게 만나지 못했을 것이고, 그를 '부처'라고는
부를지언정 인간 중에서 부처와 같은 사람을 가리키는 '살아 있는 부처'
라고 부르지는 않았을 것이다. 육관의 제자 성진이 하늘을 날아다니고
용궁에 심부름을 다녀올 능력이 있음으로 해서 육관은 그보다 더 신성
한 존재로 여길 수도 있다. 그러나 육관의 능력이 어떤지를 떠나, 서사
에서 사람들은 육관을 자신들과 동일한 인간으로 보고 있다는 점에 주
목해야 한다. 육관이 천상계와 신성계를 넘나들고 꿈과 현실을 마구 틈
입할 수 있다 해도 당나라 때 형산 연화도량을 왕래하던 '사람'들은 자
신들과 같은 '사람'이라고 육관을 바라보았다.[19]

─────────────

인간들이 의도적으로 신성계를 자유자재로 往來하거나 闖入할 수 없다. 그러나 연화
도량은 언제든지 일반 대중들이 설법을 들으러 찾아갈 수 있는 공간이다. 원천적으로
연화도량은 인간을 위한 공간인데 그곳에 신성한 존재들이 찾아올 뿐이다. 그리고 연
화도량이 불교에서 말하는 '人間道'에 위치하고 있어야 근본적인 해탈과 득도가 가능
하다는 점을 고려해야 한다. 신성계나 천상계에 있다면 해탈 득도는 원천적으로 불가
능하다(윤호진, 앞의 책, 1992, 94~101쪽 참조). 이런 불교적 공간의 문제와 위부인의
공간이 신성계냐의 문제, 8선녀가 윤회를 하게 된 이유, <구운몽> 서두의 공간 묘사
와 시간 거리의 문제 등에 대한 면밀한 분석은 후속 연구로 미룬다.

결국 형산 연화도량은 현실 인간계에 속한 공간이며 그곳에서 설법
을 하는 육관대사 역시 구체적 현실 속 인간임을 알 수 있다. 이런 현실
공간에서 현실의 인물 성진이 진세를 흠모하는 욕망을 품었다면, 성진
욕망의 실체는 '하산하여 속세에서 부귀공명을 누리고 싶다'는 것이지,
지금까지 적막하게 도를 닦은 인생이 안타까우니 새롭게 인생을 시작하
기 위해 윤회하고 싶다는 것은 아니었을 것이다.[20] 왜냐하면 성진은 인
간이고 성진의 속세는 바로 연화도량 아래에 펼쳐져 있기 때문이다. 성
진은 그 속세에 가고 싶은 욕망을 품었을 뿐이다. 그런데도 육관은 성진
을 굳이 윤회시켰다. 더욱이 윤회하여 태어난 시공간이 전혀 새로운 시
공간이 아니라 성진의 시공간과 동일하다는 점에서[21] 그렇게 윤회를
고집한 작가 의도가 더욱 궁금하다.

---

19) 사람들은 아마도 육관을 인간계에 능히 존재할 수 있는 신통력 있는 異人 정도로
이해했을 것이다.
20) 앞서 보았듯이 성진이 자신을 내치려 한다는 점을 먼저 말했는데, 그것은 연화도량에
서 떠남을 말한 것이지 윤회를 말한 것이 아니었다. 성진의 말에 육관이 윤회해야 한
다는 의미로 바꾸어 확대시켰을 뿐이다.
21) 저승사자가 성진이 윤회하게 될 시공간을 설명하는 대목을 보면 연화도량의 시공간
과 크게 다르지 않음을 알 수 있다. 또 성진이 윤회한 양소유가 후일 토번을 정벌할
때 꿈에 형산에 올라 육관대사를 만나는 것을 통해서도 이 점을 분명히 확인할 수
있다.
　스재 나와 (성진을-인용자) 손쳐 블너 굴오디 "이 짜흔 대당국 회람도 쉬 짜히오,
이 집은 양쳐스의 집이니 쳐스는 너히 부친이오 쳐스의 쳐 뉴시는 너의 모친이니 수히
드러와 길흔 째롤 일치 말나." (24)

3. '성진이 양소유 되기'의 의미

1) 공간 · 육체 · 호칭 변화에 따른 인식 변화와 정체성

<구운몽> 작가는 의도적으로 성진을 윤회시켜 양소유가 되게 했다. 성진이 꿈을 꾸자마자 양소유로 환생시켜도 꿈속에서 지금의 <구운몽> 내용처럼 출장입상하게 할 수 있는데, 작가는 굳이 '꿈을 꾼다'는 사실을 감추고, 동시에 '윤회한다'는 사실을 고집스럽게 강조하였다. 그 이유는 독자에게 성진이 양소유가 되는 과정을 보여주는 것이 필요했고 그 윤회 과정이 사실은 꿈속에서 이루어졌다는 것을 나중에 폭로하여 벼락같이 깨닫게 하기[22) 위해서였다.

이렇게 성진이 양소유 되는 과정이 중요한데, 그 과정은 '인식 변화와 자기 정체성' 문제를 담고 있다. 성진은 '존재론적 인식 변화'를 통해 양소유가 된다.

> 셩진이 ᄉᆞ즈롤 조차 ᄇᆞ람의 밀니여 표표탕탕ᄒᆞ여 ᄒᆞᆫ 곳의 가 ᄇᆞ람이 긋치며 발이 짜히 다핫거눌 …… 셩진이 저롤 니ᄅᆞ난 말 ᄀᆞ토니 츠언을 드르니 심듕의 분명이 양쳐ᄉᆞ의 ᄌᆞ식이 되여 날 줄 알고 홀연이 싱각ᄒᆞ디 '일의 인셰의 환도ᄒᆞ게 ᄒᆞ여시니 이에 와도 분명이 졍신만 와실 거시니 육신은 분명이 년화봉의셔 쇼화ᄒᆞᆫ도다. 니 나히 졈어 졔ᄌᆞ롤 ᄃᆞ리디 못ᄒᆞ여시니 어ᄂᆞ 사롬이 나의 샤리롤 거두리오.'
>
> 이처럼 싱각ᄒᆞ며 ᄆᆞᆷ이 ᄌᆞ못 쳐챵ᄒᆞ더니, ᄉᆞ재 나와 (성진을-인용자) 손쳐 블너 굴오디 "이 짜흔 대당국 회람도 쉬 짜히오, 이 집은 양쳐ᄉᆞ의 집이니 쳐ᄉᆞᄂᆞᆫ 너히 부친이오 쳐ᄉᆞ의 쳐 뉴시ᄂᆞᆫ 너의 모친이니 수히 드러와 길흔 째롤 일치 말나." 셩진이 드러가 보니 쳐시 갈건야복으로 당샹의

---

22) '벼락같이 깨닫는다'는 것은 문자 그대로 <金剛經>의 제목 풀이가 된다. 김용옥, 『금강경 강해』, 통나무, 1999, 73~79쪽 참조.

안쟈 약화롤 겻히 노하시니 향닉 코히 거스리고 방안히 은은이 녀ᄌ의 신 음ᄒᄂᆫ 소리 나더라. 슈재 지쵹ᄒ여 방의 들나 하거늘 셩진이 ᄆᆞᆷ의 의려 ᄒ여 머믓머믓ᄒ니

슈재 뒤흐로셔 ᄆᆞ이 밀치니 공듕의 업더져 졍신이 아득ᄒ여 텬디 번복 ᄒᄂᆫ 듯ᄒ거늘 <u>소리 질너 "날을 구ᄒ라(救我-인용자)[23)]"ᄒ더니 소리 목 굼긔의 나며 말을 일우디 못ᄒ고 다만 아히 우름 소리롤 흘너라.</u> 은티(ᄌ 식 붓드러 나히는 사롭이라-원주) 하례왈 "아긔 우름 소리 크니 쇼냥군이 로소이다." 쳐시 약보ᄋ롤 가지고 드러와 부체 크게 깃거ᄒ더라.

<u>셩진이 이후는 비 고프면 울고 울면 졋 먹이니 처음은 ᄆᆞᆷ 속의 남악 년화봉을 잇디 아니ᄒ더니 졈졈 자라 부모의 은졍을 아니 젼셩 일은 망연 이 잇고 싱각디 못홀너라.</u> 쳐시 ᄋᆞᄌᆞ의 골격이 쳥슈ᄒᄆᆞᆯ 보고 머리롤 쓰다 듬아 굴오디 "이 아히 벅벅이 하늘 사롭으로 젹강ᄒ여도다."ᄒ고 <u>일홈을 쇼위라 ᄒ고 ᄌᆞ롤 쳔니라 ᄒ다.</u> (22~24)

성진이 양소유가 됨으로 인해 둘은 원래 같은 것이지만, 둘 사이에는 '인식의 단절'이 생겨 '차이'가 만들어지게 되었다. 작가가 윤회를 고집 한 이유는 의도적으로 인식의 단절을 꾀해 성진과 양소유의 '차이'를 만 들려는 것이었고, 결과적으로 '그 차이'가 '차이가 아님'을 알게 하려는 것이었다. 윤회로 인해 성진과 양소유의 차이가 생겼고 그래서 '참·거 짓의 구분' 문제가 발생한 것이다. 독자에게 성진이 '성진이란 정체성'을 버리고 '양소유란 정체성'을 갖는 것을 보여주어 둘의 다름을 자연스럽 게 받아들이게 한 후, 그것이 사실은 꿈속 변화였을 뿐이라는 것을 갑작 스럽게 공개·폭로함으로써 성진과 양소유의 차이는 차이가 아니라는 것을 밝힌 것이다. 이를 통해 '자기 정체성이란 무엇인가'를 고민하고 회의하게 하여 궁극적 깨달음에 도달하게 한 것이다.

---

23) 노존본(한문필사)은 '救我'로 되어 있다.

'차이'는 성진과 양소유의 '인식 단절'로 인해 발생하는데 그 단절은 '자기 망각'과 '자기 기억'의 연쇄로 인해 생긴다. 본질은 변하지 않았는 데 단절로 인한 인식 변화로 자기가 변했다고 착각하기 때문이다. 공간·육체·호칭의 변화로 성진은 이전 정체성을 망각하고 새로운 자기 정체성을 기억하기 시작한다.

선방(禪房)에서 참선하다 꿈꾸는 성진은 선방에서 스승의 방장(方丈)으로 불려나온다. 그리고 책망을 듣고 풍도(酆都)에 갔다가 양소유로 태어날 "회람도 쉬 짜"로 이동한다. 이때 성진은 자신이 그렇게 공간이동한다고 구체적으로 지각하고 의식한다. 하지만 성진은 여전히 그대로 선방에 앉아 있었을 뿐이다.

유씨 부인이 해산하려는 방안에 들어가기를 머뭇거리는 성진을 저승 사자가 밀자 성진은 "공듕의 업더져 정신이 아득ᄒ여 텬디 번복ᄒᄂᆞᆫ 듯"함을 느끼면서 양소유로 태어난다. 갓난아이가 된 성진은 여전히 "ᄆᆞ음 속의 남악 년화봉을 잇디 아니"하는데, 이는 성진이란 정체성을 가지고 있다는 것을 의미한다. 자기 정체성을 '성진'으로 가지고 있으므로, 성진은 자기 육체가 변함을 경험하고 육체가 변했음을 지각하고 의식하게 된다. 20세의 청년이[24] 갓난아이가 되어 버린 것이다. 그러나 이 때도 성진은 여전히 20살 청년으로 선방에 앉아 있었다.

비록 공간이 변하고 육체가 변했지만 그는 정체성을 '성진'으로 가지고 있었다. 아직 자신이 연화도량 성진이라는 사실을 '기억'하고 있기 때문이다. 그런데 "졈졈 자라 부모의 은졍을" 알게 되면서 "젼셩 일은

---

24) 꿈꿀 때 성진의 나이는 20세다.
　　기듕의 뉴로 져믄 졔지의 일홈은 셩진이니 얼골이 빅셜 ᄀᆞᆺ고 졍신이 츄슈 ᄀᆞᆺ고 나히 이십 셰예 삼장경문을 통티 못홀 거시 업고 총명과 디혜 둥둥의 쵸츌ᄒᆞ니 대시 크게 즁히 넉여 샹해 뎐도홀 그릇스로 긔디ᄒᆞ더라. (4)

망연이 잇고 싱각디 못"하게 된다. 그리고 "쇼유"라고 불리게 된다. 이렇게 자신이 연화도량 성진이라는 사실을 '망각'하게 된다. 주목할 것은 일순간에 망각하는 것이 아니라 "졈졈" 망각한다는 점이고, 그 이유가 "쇼유"로 불리며 규정당하기 때문이란 점이다. 새 부친 양처사와 새 모친 유씨와 새로운 관계를 맺게 되면서 자기 정체성을 망각하게 된 것이다. 그것을 '부모의 은정을 알게 된다'는 것으로 표현하였다. 성진이 출가(出家)하여 육관대사를 어버이같이 섬기지만 그가 출가하기 전에 그를 태어나게 한 생부모(生父母)가 있었을 것이고, 연화도량에서 수행하고 있을 때도 성진은 그 사실을 '기억'하고 있었을 것이다.[25] 그런데 양소유가 되어 새 부모의 은정을 알게 된 이후에는 그런 사실을 모두 '망각'하고 만다. 그리고 새 부모를 자기 부모로 '기억'한다. 이렇게 '자기를 망각'하고 '자기를 기억'하는 과정이 윤회 과정이다.

'부모의 은정'에는 밥 먹고 잠자기 같은 기본적인 것은 물론 그가 불리고 호출되고 반응하는 모든 것이 포함된다. 그러므로 부모의 은정을 안다는 것은 단순히 부모가 자신에게 해준 것을 안다는 것만이 아니라, 부모가 준 것에 대해 '자신이 주체적으로 반응'하였다는 것을 의미한다. 즉 상호 관계 속에서 주체가 스스로 반응하고 보답하는 관계를 '안다'고 말한 것이다. 성진은 원래의 정체성인 '성진'으로 대우받지 못하고, 새 부모가 '규정하고 호출하고 바라보는 대로' 대우받는다. 성진은 그런 규정과 호출에 처음에는 반응하지 않지만 "졈졈 자라"며 주체적으로 반응한다. 성진 '스스로' 성진의 정체성을 망각하고 양소유의 정체성을 기억

---

25) 비록 계행이 높아 生父母와의 인연을 벗어나려 했다 해도 자신의 생부모가 누구였단 사실은 '기억'하고 있었을 것이다. 그것은 마치 인간이 밥 먹는 도구인 숟가락을 집착하지 않아도 '숟가락이 필요하다는 사실을 기억'하는 것과 마찬가지이다. 어떤 의미에서 진정한 깨달음은 그 숟가락이 필요하다는 사실도 잊는 것이고, 나아가 그 숟가락의 '숟가락'이란 것까지 잊는 것이다.

하기 시작한 것이다. 그래서 성진은 양소유가 된다. 그 결과 성진과 양소유의 차이가 발생했다. 그러나 성진이 어떻게 규정되고 호출되고 대우받든 그는 여전히 '성진으로' 선방에 앉아 있었다.

이렇게 공간·육체·호칭의 변화로 인해 성진은 자기 정체성을 망각하고 다른 자기 정체성을 기억한다. 그러나 그의 '공간은 변하지 않았고', '육체도 여전히 청년'인 '성진'일 뿐이었다. 모든 것이 관념적 변화였을 뿐이다. 이 관념적 변화에 그가 얽매였기 때문에 그렇게 느끼고 인식하고 반응했던 것이다.

명확히 할 점은 이 모든 변화가 성진에게 '일방적으로 주어졌다'는 점이다. 성진은 결코 '양소유'가 되고 싶지 않았고, '양소유'라고 불리고 싶지도 않았으며, 근본적으로 양처사와 유씨를 부모로 모시고 싶다고 주체적으로 선택하지도 않았다. 육체변화도 공간이동도 모두 그의 의지와는 무관하게 이루어진 것이다. 모든 것이 주어지고 규정되고 강요된 것이다. 그런데 이 주어진 틀에서 성진은 '스스로' 자기 인식을 변화시켰다. '왜 성진은 주어지고 강요된 상황에서 벗어나지 못하고 그 틀에 스스로를 맞추어 갔을까?' 하는 의문이 든다. 너무 당연한 질문이지만, 이 것이 <구운몽> 작가가 던지는 핵심 질문이다. 인간은 왜 자신의 한계와 관념에서 벗어나지 못하고 그 틀 속에 스스로를 맞추며 규정하고 구분 짓고 그렇다고 인식하는 것일까?

성진의 경우로 비추어 보면, 공간이동은 불가의 계율이 옳다고 성진 '스스로' 규정했기 때문이며, 육체변화는 외부 환경을 보이는 대로 옳다고 '스스로' 인식했기 때문이다. 선방에서 불려나와 책망을 듣고 풍도에 간 이유는 불가의 계율을 어겼기 때문인데, 그 죄는 성진이 승려이기 때문에 당연하게 여겨지지 다른 일반 사람이었다면 결코 죄라 하기 어려운 인간 본연의 감정 문제였다. 성진이 자신을 승려라는 틀 안에 놓고 스스로를 규정했기 때문에 공간이동을 당연하게 받아들인 것이다. 즉, 성진의 '내적 신념의 틀'로 인해 공간이동이란 관념적 허상에 얽매였던 것이다. 육체변화는 자신의 육체가 변하여 새로운 환경에 놓일 것을 예상하고 인식하자, 외적 상황이 변하여 더 이상 성진으로 기능하지 못하고 양소유로 기능하게 된 것이다. 즉 관념적 허상에 얽매여 '외적 상황의 틀' 안에 자신을 놓고 스스로를 인식한 것이다. 이렇게 내적·외적 한계 틀 안에 '스스로'를 놓고 규정했기 때문에 그 틀이 주는 한계에 종속되게 된 것이다.

육체변화 경우를 좀 더 자세히 살펴보면, 육체변화로 인해 '나를 살려달라[救我]'는 말[26]이 "목 굼긔의 나며 말을 일우디 못ᄒ고 다만 아ᄒᆡ 우름 소리"로 난 이유는, 성진 스스로 갓난아이가 될 것이라고 생각했기 때문이다. 저승사자가 성진에게 '윤회하여 갓난아이가 되어야 한다'는 것을 주지시켰고, 지금 방안에서 '산고(産苦)에 시달리는 부인의 신음소리가 들리고', 갑작스럽게 밀치는 바람에 밀려 떨어지면서 "공듕의 업더져 정신이 아득ᄒ여 텬디 번복ᄒ는 듯"한 공포에, 그는 자신의 육체가 변할 수밖에 없다는 것을 스스로 인정했던 것이다. 그래서 갓난아이 성진은 '구아(救我)'라고 할 수 없고 '응애'라고 할 수밖에 없었던 것이다. 만약 20살의 성진으로 태어났다면 그는 자신이 '성진'임을 새 부모에게 설명했을 것이고 '양소유'의 정체성은 생기지 않았을 것이다. 그런데 성진은 스스로 자기 육체가 변할 것이라고 스스로를 한정했기 때문에 갓

---

26) 재미있게도 '救我'는 불교용어이기도 하다. 산스크리트어 'Namas / Namo'는 '나무[南無]', '南謨'·'納莫'·'曩謨' 등으로 표기(음역)하는데 그 뜻(의미)은 중생이 부처님에게 전심으로 歸依 敬順한다는 말로, '救我'를 비롯하여 '歸命'·'歸敬'·'歸依'·'敬禮'·'度我'로 번역한다(운허 용하, 『불교사전』, 홍법원, 1971, 90쪽, '歸命' 112쪽 '나무[南無]' ; 『불교용어사전』, 경인문화사, 1998, 176~178쪽 '歸命' 참조). 즉, '救我'는 부처님께 귀의한다는 의미로 성진이 절박하게 외치는 소리이기도 한 것이다.

난아이 육체로 '응애'를 할 수밖에 없었던 것이다.

　성진이 아무리 '구아'라고 외쳐도 자기 스스로 미혹된 상태이므로 '응애' 이상을 소리 낼 수 없었다. 성진은 그 상황을 이상하게 생각하지 않았다. 왜냐하면 육체변화가 이루어지는 것은 윤회의 당연한 결과라고 받아들였기 때문이다. 스스로 당연하다고 자신을 얽매여 규정하고 생각했기 때문에, 그 상태에서 아무리 '구아'의 삶을 추구하고 싶어도 근본적으로 '응애'의 삶밖에 추구할 수 없었다. 20살의 건장한 청년 성진, 하늘을 날아 용궁을 다녀올 수 있었던 성진, "얼골이 빅셜 ㄱ고 졍신이 츄슈ㄱ고 나히 이십 셰예 삼장경문을 통티 못홀 거시 업고 총명과 디혜 등등의 쵸츌"했던 성진, 그 탁월함은 스스로를 갓난아이로 규정하는 순간 눈 녹듯 사라지고 만 것이다. 성진이 갓난아이일 때 스스로를 연화도량의 성진임을 기억하고는 있었지만 그는 조금도 신통력을 행할 수 없었다. 신통력은커녕 말조차 의도하지 않은 '응애' 외에는 낼 수 없는 무기력한 존재였다. 비록 그의 사고와 인식이 '성진'이고 '구아'였지만 외적 허상에 인식적으로 얽매였기에 '응애'할 수밖에 없는 '양소유'가 된 것이고,[27] 그것은 스스로를 틀 안에 한정시켜 규정한 결과이다. 그래서 그는 구도할 수도 없고 주체적으로 인식적 득도를 꾀할 수도 없다. 그렇게 성진은 '성진' 스스로를 망각해 가고 스스로 '구아의 세계'를 망각해 간다. 그리고 스스로 양소유의 세계로 편입해 간다. 양소유의 세계는 놓아두어도 저절로 자라나 성장하는 세계, 욕망의 씨앗이 점점 발아하여 성취하는 세계이다. 그러나 그 세계는 근본적으로 미혹된 세계이고, 유치한 상황에 놓여 있으면서도 그런지 모르는 얽매인 세계이다.

---

27) 이것은 신통력이 있던 성진이 8선녀에 미혹된 상황과 그대로 역전된 상황이다. 결국 8선녀에 미혹된 상태의 성진은 비록 경천동지할 신통력이 있다 하더라도 진정한 깨달음을 얻을 수 없는 '허상에 얽매인 상태'였던 것이다.

2) 기억과 망각, 진실과 거짓, 꿈 그리고 깨달음

성진이 양소유가 된 것은 윤회를 통해서고, 윤회는 본질적으로 같은 존재인 성진과 양소유를 차이지게 하여 다르게 규정하고 구분하게 한 것으로, 그 방법은 인식의 단절로 인한 자기 망각과 자기 기억의 과정이었다. 그런데 성진이 양소유 되는 윤회 과정이 사실이 아니었던 것은 그것이 성진의 꿈속 사건으로 관념적 변화였을 뿐이기 때문이다. 다만 꿈을 꾸는 성진은 자신이 꿈을 꾼다는 사실을 모르기 때문에 윤회를 실제 사건으로 받아들였다.

> (성진이-인용자) 츄연을 드르니 <u>심듕의 분명이 양쳐스의 조식이 되여날 줄 알고</u> 홀연이 싱각ᄒ되 '니 임의 인셰에 환도ᄒ게 ᄒ여시니 이에 와도 분명이 정신만 와실 거시니 육신은 분명이 년화봉의셔 쇼화ᄒ는도다. 니 나히 졈어 졔조를 두리디 못ᄒ여시니 어느 사름이 나의 샤리룰 거두리오.' 이쳐럼 싱각ᄒ며 ᄆᆞ음이 ᄌᆞ못 쳐챵ᄒ더니 (22~24)

윤회하기 직전 성진은 자신이 분명 윤회할 것이라고 생각하며 슬퍼한 것은 지금 벌어지는 일이 꿈속 일이라곤 전혀 생각지 못했기 때문이다. 꿈이라는 정보가 독자들에게도 숨겨졌기 때문에 독자들도 역시 실제 윤회하는 것으로 여긴다. 그래서 독자들은 '인생의 윤회 사건'을 객관화시켜 바라보는 위치에 놓이게 된다. 꿈이라는 사실을 독자가 알 경우 이 장면은 하나의 서사적 흥미를 주는 것일 테지만, 꿈임을 모르는 상태이므로 독자들은 윤회 과정에 대해 작가가 제시하는 방식과 정보에 귀기울이게 된다. 그래서 윤회는 인식의 단절로 인한 망각과 기억의 연쇄임을 확인하게 된다. 그런데 독자들은 서사 끝에서 이 윤회가 사실은 꿈이었음을, 다시 말하면 관념적 허상이었음을 알게 된다.

여기서 윤회하여 양소유가 된 것이 진실인지 거짓인지를 분명히 규정할 필요가 있다. 성진이 '꿈속에서 양소유가 된 것'은 분명한 사실이다. 그렇다면 꿈속 존재인 양소유가 진실한 존재인지 그렇지 않은지를 확인해야 한다. 일반적으로 생각하기에 꿈속 일이나 인물은 허상으로 거짓일 것이다. 그러나 <구운몽>은 그것이 진실이라고 역설한다.

> 셩진이 고두ᄒ며 눈믈을 흘녀 ᄀᆯ오ᄃᆞ "셩진이 임의 ᄭᆡ다랏ᄂᆞ이다. 뎨ᄌᆞ 블쵸ᄒᆞ야 넘녀를 그릇 먹어 죄를 지으니 맛당이 인셰의 뉸회홀 거시어ᄂᆞᆯ ᄉᆞ뷔 ᄌᆞ비ᄒᆞ샤 ᄒᆞ로밤 꿈으로 뎨ᄌᆞ의 ᄆᆞᄋᆞᆷ ᄭᆡᄃᆞᆺ게 ᄒᆞ시니 ᄉᆞ뷔의 은혜를 천만 겁이라도 갑기 어렵도소이다." 대ᄉᆞ ᄀᆞᆯ오ᄃᆞ "네 승흥ᄒᆞ야 갓다가 흥진ᄒᆞ야 도라와시니 내 므ᄉᆞᆫ 간녜ᄒᆞ미 이시리오. 네 ᄯᅩ 니ᄅᆞ되 인셰의 뉸회홀 거슬 꿈을 ᄭᅮ다 ᄒᆞ니 이ᄂᆞᆫ 인셰의 꿈을 다리다 ᄒᆞ미니 네 오히려 꿈을 치 ᄭᆡ디 못ᄒᆞ엿도다. 댱쥐 꿈의 나뷔 되여다가 나뷔 댱쥐 되니 어니 거즛 거시오 어니 진짓 거신 줄 분변티 못ᄒᆞᄂᆞ니 어제 셩진과 쇼유 어니ᄂᆞᆫ 진짓 꿈이오 업ᄂᆞᆫ 꿈이 아니뇨?" 셩진이 ᄀᆞᆯ오ᄃᆞ "뎨ᄌᆞ 아득ᄒᆞ야 꿈과 진짓 거슬 아디 못ᄒᆞ니 ᄉᆞ부ᄂᆞᆫ 셜법ᄒᆞ샤 뎨ᄌᆞ를 위ᄒᆞ야 ᄌᆞ비ᄒᆞ샤 ᄭᆡᄃᆞᆺ게 ᄒᆞ쇼셔." 대ᄉᆞ ᄀᆞᆯ오ᄃᆞ "이제 금강경 큰 법을 닐너 너의 ᄆᆞᄋᆞᆷ을 ᄭᆡᄃᆞᆺ게 ᄒᆞ려니와 당당이 새로 오ᄂᆞᆫ 뎨ᄌᆞ 이실 거시니 잠간 기드릴 거시라." (418~420)

'인간 세상과 꿈이 다르지 않다'는 육관의 언술과 '장자의 호접지몽(胡蝶之夢)', 그리고 '<금강경> 설법'을 통해 작가는 구체적으로 설명한다.

'인간 세상에 윤회하는 꿈을 꾸었다'는 것이 잘못된 인식이라는 육관의 지적은 '현 시점의 성진'을 기준으로 삼았기 때문에 잘못이라는 것이다.[28] 양소유의 시점을 기준으로 삼는다면 양소유의 삶이 진실이 된다.

---

28) 이 점은 노존본에 더 잘 드러나 있다.

大師 曰 "…… 今汝以性眞爲汝身, 以夢爲汝身之夢, 則汝亦身與夢爲非一物也. 性眞少遊 孰是夢也 孰非夢耶?" (노존본 / 정규복·진경환 역주, 『구운몽』, 고려대학

호접지몽의 핵심은 장자를 기준으로 삼을 때와 나비를 기준으로 삼을 때 각기 그 인식이 달라진다는 것으로, 장자도 나비도 객관적 기준이 되지 못한다는 것을 말한다.[29] 성진이 꿈을 꾸어 양소유가 되었기 때문에 성진은 양소유가 당연히 거짓일 것으로 생각하지만, 사실 '지금 성진'도 어떤 다른 존재의 꿈일 수 있다는 지적이다. 결국 성진을 진실이라고 한다면 양소유도 진실이고, 양소유가 거짓이라고 한다면 성진 역시 거짓이 된다. 매 단계가 각기 진실이며 또 각기 거짓이기 때문인데, 〈구운몽〉은 그런 진실과 거짓에서 궁극적으로 벗어나야 함을 강조한다.[30]

〈구운몽〉에는 육관이 〈금강경〉을 존숭하여 평소에 강론했다는 점, 그리고 큰 깨달음을 얻은 성진에게 〈금강경〉을 주고 떠난다는 점에서, 〈금강경〉이 중요하다는 것이 부각되지만 〈금강경〉의 구체적 설법 내용은 서사화되지 않고 핵심 4구게만 제시되었다. 〈금강경〉이 공(空) 사상을 담고 있으면서도 '공(空)'이라는 단어가 하나도 나타나지 않는 것처럼,[31] 〈구운몽〉도 공(空)의 내용을 담고 있으면서도 그것을 직접 드러내지 않고 텍스트 자체를 통해 의미가 드러나게 하고 있다.

성진이 윤회하여 양소유가 되었는데 양소유일 때 그는 자신이 성진임을 전혀 알지 못했고 또 도저히 알 수 없었다. 정체성을 양소유에 두

교 민족문화연구소, 1996, 327~328쪽)

29) 이강수·이권은 胡蝶之夢을 "나와 나 아닌 것을 구별하는 관념을 타파하고 일체를 도의 物化현상임을 밝히는 것"으로 풀이했다. 이강수·이권, 『장자 I』, 길, 2005, 166쪽 참조.

30) 육관 설법에 대한 분석은 꿈에서 깨는 과정 즉, '양소유의 성진 되기' 과정에 대한 이해가 전제되어야 더 분명하게 그 의미가 드러난다. 본고의 분량상 그것은 후속 연구로 미루고, 다만 현실에서 성진이 꿈을 꾸어서 양소유가 되었지만 그 꿈을 꾸는 성진 자체도 어떤 다른 존재의 꿈속일 수 있다는 점을 육관이 力說하고 있으며, 결국 그런 모든 것에서 벗어나는 것이 '진정한 큰 깨달음[大覺]'이라고 〈구운몽〉이 강조하고 있음을 지적해 둔다.

31) 釋 眞悟 역해, 『금강경 연구』, 고려원, 1988, 11~17쪽 참조.

었기 때문이다. 윤회는 이렇게 영원히 망각과 기억의 연쇄를 통해 이어
지는 것인데, 각 윤회 단계에 있는 인간들은 모두 자신의 주체성을 가지
고 스스로 자기 자신의 삶이 진실이라고 생각한다. 그러나 그것은 자기
망각과 자기 기억을 통해 얻은 정체성이었을 뿐이지 진정한 본질이 아
니다. 자기 망각과 자기 기억의 연쇄인 윤회는 그 각 삶마다 진실이라고
생각하게 만들지만, 본질적으로 이전 삶에 쌓은 업(業)을 통해 이루어진
것일 뿐이다. 그래서 육관은 성진에게 "네 승흥ᄒ야 갓다가 홍진ᄒ야
도라와시니 내 므슨 간녜ᄒ미 이시리오"라고 윤회의 본질을 날카롭게
지적한 것이다. 결국 양소유는 진실이면서 거짓이고 동시에 성진 역시
진실이면서 거짓인 것이다. 그것이 윤회의 사슬 안에 놓인 모든 존재들
이 가지고 있는 피할 수 없는 상황이다. 그 거짓됨과 진실함, 자기 망각
과 자기 기억의 순환. 이 과정의 본질을 꿰뚫어보고 그 인식의 얽매임에
서 벗어나기를 촉구하는 텍스트가 <구운몽>인 것이다.

그래서 작가가 윤회 과정을 꿈속에 설정한 것이다. 윤회란 어느 단계
의 삶도 진실이 아니면서 또 모두 거짓이 아닌 진실로, 그저 무한히 연
쇄될 뿐이다.[32) <구운몽> 작가는 그 무한 연쇄의 과정인 '윤회 인생을
꿈처럼 바라보아야 한다[如夢]'는 점을 <금강경> 4구게를 통해 날카롭
게 지적하기 위해[33) '성진의 양소유 되기'를 굳이 윤회로 고집했고, 그
윤회가 모두 관념적 변화일 뿐이며 궁극적으로 꿈 같다는 점을 역설하

---

32) 이것은 무한 반복되는 시뮬라크르와 통하고 輪廻의 과정은 시뮬라시옹의 과정이라
할 수 있다(시뮬라크르와 시뮬라시옹은 장 보드리야르, 『시뮬라시옹』, 하태완 옮김,
민음사, 2001 참조). <구운몽>의 세계는 시뮬라크르의 세계이고, 확대하여 인간 세상
역시 시뮬라크르의 세계임을 지적하는 것이 <구운몽>이다. 이에 대한 구체적인 분석
은 분량상 후속 연구로 미룬다.

33) 육관이 제시한 <금강경>의 4구게 "一切有爲法 如夢幻泡影 如露亦如電 應作如是
觀"에서 '마치 꿈인 것처럼 바라보아야 한다'는 것은 윤회를 꿈속에 설정한 문학적
형상화의 바탕이 된다.

기 위해 꿈속 사건으로 설정했으며, 독자들에게 벼락같은 깨달음을 주기 위해 성진이 꿈꾼다는 사실을 전략적으로 감추었던 것이다.

4. 결론

소설의 가치는 주제를 확인하고 이해하는 것에 있지 않고 문학적으로 형상화된 가치를 통해 사회와 삶의 의미를 되새겨 보는 데 있다. 단순한 주제를 찾기 위해 어려운 길을 일부러 돌아가는 것이 소설이 아니며, 복잡한 길에서 헤매기만 하고 끝나지 않는 것 역시 소설의 진정한 모습이 아니다. 소설의 가치는 명쾌하고 명징한 작가의 주제의식을 찾아가는 즐거움과 그 과정의 재미에 있다. 〈구운몽〉이 이런 명쾌함과 즐거움, 과정의 재미를 잘 보여주는 텍스트 중에 하나라 할 것이다.

작가는 삶이란 무엇인가에 대한 깊은 통찰을 통해 윤회 문제를 인식의 단절로 인한 정체성 변동의 자기 망각과 자기 기억의 연쇄로 이해했다. 그 인식과 정체성의 문제를 문학적으로 세련되게 형상화시킨 것이 〈구운몽〉이다. 성진이 윤회하여 양소유가 되는 과정에서 보여주는 작가의 의도적 전략이 이런 점을 잘 말해준다. 작가는 자신이 통찰한 삶의 의미를 단순히 기록, 서술하는 수준에 머물지 않고 독자에게 대화를 건넨다. 성진의 양소유 되기가 꿈속 일임을 전략적으로 숨기고 성진을 의도적으로 윤회시킨 것이 그것이다. 나중에 그 윤회의 과정이 모두 꿈이었음을 폭로함으로써 독자들에게 벼락같은 충격을 주어 본질적 깨달음을 촉구한다. 성진이 육관에게 본질적 깨달음의 문제를 물었듯이 독자들은 〈구운몽〉 텍스트에게 동일한 물음을 건네게 되고, 작가는 '육관의 언술', '호접지몽', 〈금강경〉 설법'을 통해 성진과 양소유가 모두 진실이면서 거짓임을 날카롭게 지적하고, 인식적 얽매임에서 자유롭지 않은 독자들에게 미망에서 벗어나기를 촉구한다.

결국 <구운몽>은 '깨달음에 대한 텍스트'이며 깨달음을 주는 '깨달음의 텍스트'이다. 깨달음의 주제를 직접 외치지 않고 문학적 형상화를 통해 세련되게 드러냄으로써 재미있고 흥미진진할 뿐 아니라 교술적 주장보다 더 효과적인 목소리를 내었다. 우리 고전에서 <구운몽>이 우뚝하고 현재까지 의미 있는 텍스트로 여겨지는 것은 결코 우연이 아닌 것이다.

〈구운몽〉 : 두 욕망의 순환과 진정한 깨달음의 서사

- 양소유가 성진 되기 -

1. 서론

〈구운몽〉은 성진이 꿈에 양소유가 되어 인간 욕망을 실현하여 부귀의 정점에 올랐다가, 무상감을 느끼고 꿈을 깬 후, 진정한 큰 깨달음을 얻는다는 이야기다. 셋으로 나눈다면 '욕망을 성취하는 이야기', '무상감을 느끼고 꿈에서 깨는 이야기' 그리고 '진정한 깨달음을 얻는 이야기'가 된다. 주인공 성진이 진정한 깨달음을 얻기 위해 모두 경험해야만 하기에, 셋 중 어느 하나만이 중요한 것은 아니다. 성진은 매 과정마다 각기다른 깨달음을 얻고, 그것이 합해져 진정한 깨달음에 도달한다.[1] 그러

---

1) 〈구운몽〉의 주제에 대해서는 정규복의 〈금강경〉의 空사상 주제론에 대해 김일렬, 조동일, 이원수의 반론이 있어, 첨예하게 논의되었다. 결과적으로 〈구운몽〉의 空사상이 〈금강경〉의 그것이냐 아니냐는 시각에 따라 차이가 있지만, 〈구운몽〉이 空사상을 담고 있다는 점은 분명한 것 같다.

  정규복, 『구운몽연구』, 고려대학교 출판부, 1974, 214~246, 342~347쪽 ; 설성경, 「九雲夢의 構造的 硏究(Ⅰ)-時間論」, 『인문과학』27·28, 연세대학교 인문과학연구소, 1972, 231~276쪽 ; 김일렬, 「九雲夢 新考」, 장덕순선생화갑기념논문집 간행위원회 편, 『韓國古典散文硏究』, 동화문화사, 1981, 149~164쪽 ; 조동일, 「〈九雲夢〉과 〈金剛經〉, 무엇이 문제인가?」, 신동욱 편, 『김만중연구』, 새문사, 1983, Ⅲ-9~21쪽 ; 이원수, 「〈구운몽〉의 구조와 그 중층적 의미」, 『고전소설 작품세계의 실상』, 경남대학교 출판부, 1996, 64~96쪽 ; 설성경, 「구운몽에 나타난 시간인식의 양상」, 『배달말』6,

므로 마지막 세 번째 부분만을 가지고 깨달음을 논하는 것이나, 첫 번째
와 두 번째 중에서 양소유 부분만을 가지고[2] <구운몽>의 의미를 분석
하는 것 등은 어느 정도 유보해야 할 것이다.

본고는 '성진이 양소유 되기'의 과정과 윤회의 의미, 작가의 전략적
속임수와 그 의도에 대한 앞선 연구를 바탕으로,[3] '양소유가 성진 되기'
의 의미를 분석하고, <구운몽>에 있는 두 가지 인간 욕망을 탐색하여
이 둘이 무한히 연쇄 반복된다는 것을 밝힌다. 이를 통해 진정한 깨달음
은 성진이 양소유 되고 양소유가 성진 되는 욕망에서 모두 벗어나야 비
로소 가능한 것임을 확인한다. 결국 작가가 <구운몽>이라는 텍스트를
통해 인간 존재의 의미를 독자에게 역설하고 있음과, 그것이 효과적으
로 이루어졌음을 알게 될 것이다.[4]

배달말학회, 1981, 213~238쪽 ; 설성경, 「夢의 통합적 層位와 系列相」, 신동욱 편,
『김만중연구』, 새문사, 1983, Ⅰ-10~23쪽 ; 장효현, 「<九雲夢>의 主題와 그 受容史
에 관한 硏究」, 정규복 외, 『金萬重文學硏究』국학자료원, 1993, 111~140쪽 ; 유병환,
『九雲夢의 불교사상과 소설미학』, 국학자료원, 1998, 50~105쪽 ; 김일렬, 「구운몽과
금강경 관계 논쟁의 행방」, 『배달말』27, 배달말학회, 2000, 319~345쪽 ; 윤채근, 「金萬
重 思惟의 世界表象 樣式과 『九雲夢』-空의 의미와 通俗性을 중심으로」, 『한국한문
학연구』34, 한국한문학회, 2004, 347~385쪽 참조.

2) '성진의 꿈'이 그대로 '양소유의 삶'과 동치 개념은 아니다. '성진의 꿈'속에 성진으로
기능하는 부분이 있고 그 부분이 있다는 것이 <구운몽>의 중요한 특징이다.

3) 윤회는 자기 망각과 자기 기억의 연쇄라는 점, 정체성 변동은 스스로 공간·육체·호
칭이 변화함에 따라 스스로 그렇게 얽매여 규정했기 때문에 생긴다는 점, 연화도량이
인간계의 공간이라는 점, 작가가 의도적으로 성진이 꿈꾼다는 사실을 숨긴 것과 윤회
할 필요가 없는 성진을 굳이 윤회시킨 이유, 성진이 궁극적인 大覺에 이른 것은 육관
의 언술·장자의 胡蝶之夢·<金剛經> 설법을 통해서라는 점, 그리고 작가가 의도
적으로 독자들에게 깨달음을 주기 위한 텍스트가 <구운몽>으로, 결국 <구운몽>은
깨달음에 대한 텍스트이면서 깨달음의 텍스트임 등에 대해서 유광수, 「<구운몽> : '자
기 망각'과 '자기 기억'의 서사-'성진이 양소유 되기'」, 『고전문학연구』29, 한국고전문
학회, 2006, 377~408쪽 참조.

4) <구운몽>의 연구대본은 서울대본 4권 4책(이승욱·정병욱 교주, 『구운몽』, 교문사,
1984)을 사용하고 해당 쪽수만 괄호 안에 표시한다.

2. 호승 출현의 의미

〈구운몽〉에서 꿈 깨는 대목이 중요함은 널리 받아들여지는 사실이다. 그러나 양소유가 꿈을 깬다는 사실이 중요하다는 것에는 동의하면서도 정작, 그 꿈을 깨는 과정의 중요성은 덜 부각된 느낌이 없지 않다. 호승이 출현하여 꿈을 깨는데, '호승(胡僧)'이라고 지칭하는 것에서도 알 수 있듯이 서술이 양소유의 시각이라는 점이나, 나타난 시기가 하필 등고(登高)한 그때였는지, 그리고 호승이 양소유를 대하는 방법과 과정이 어떠했는지에 대해서는 구체적으로 논의되지 않았다. 당연한 말 같지만 〈구운몽〉은 소설이고, 소설은 서사적 상황 설정과 구체적 형상화를 통해 주제와 의미를 전달하는 장르이다. 그러므로 '꿈을 깼다'는 사실 뿐만 아니라, '어떻게 꿈을 깨었느냐'는 과정과 이유에 대한 진지한 탐색이 필요하다 하겠다.

양소유가 꿈을 깨게 되는 것은 호승의 출현 때문이다. 양소유가 부귀공명을 경험하게 하는 것이 그의 삶을 형상화한 목표라면 그냥 꿈에서 깨어나게 해도 괜찮았을 것이다. 그런데 굳이 호승을 출현시키고 있다. 이렇게 호승 출현으로 꿈을 깨게 형상화한 이유는 무엇일까? 그것은 호승이 '출현한 시기'와 '그가 나타나서 한 일'을 보면 짐작할 수 있다.

양소유가 출장입상(出將入相)한 후 은퇴하여 취미궁에 은거한다. 이후에도 꽤 시간이 흐른다. 이렇게 노년의 양소유일 때[5] 호승이 나타났

---

5) 양소유가 취미궁에 은퇴할 때의 나이도 상당했는데, 그 후 자녀들까지 태어날 정도로 시간이 더 흘렀다. 결국 登高한 시기는 은퇴 이후에도 꽤 시간이 흐른 다음임을 알 수 있다.

승상(양소유─인용자)이 샹위예 이션 디 오래고 너모 셩만ᄒ다 ᄒ고 샹소ᄒ야 '벼슬을 드리고 퇴됴ᄒ야 디이다' ᄒ니 비답 왈 "경이 …… 이졔 경은 쇠로홀 나히 아니오 …… 샹소의 쳥혼 말을 블윤ᄒ노라." ᄒ시다. 승샹은 본더 블문 고데오 졔낭ᄌ는 남악

다. 좀 더 세밀하게 보면, 인생무상을 느낀 시점이 아니라, 인생무상을 느낀 후 이것을 어떻게 해결할까 고민하고 그 고민의 결과 불가에 귀의하려고 결심한 시점에 나타났고, 좀 더 명확히 말하면, 양소유가 그 마음속의 결심을 외적으로 선언하고 주위의 동의를 받자마자 나타난 것이다. 만약 호승이 출현해 꿈에서 깨어나지 않았다면, 양소유는 다음날 정말 그가 선언한 것처럼 불생불멸할 도를 찾아 떠났을 것이다. 이렇게 호승이 출현한 시기에 양소유는 모든 부귀영화를 뒤로 하고 새로운 것을 찾아 떠나려고 했고, 그 의지는 평생 사랑했던 부인들과 이별할 정도로 확고했다. 만약 인생무상을 느낀 시점에서 꿈을 깼다면 <구운몽>이 말하고자 하는 것은 '양소유로서의 부귀공명'을 단순 반대하는 정도였을 것이다. 그러나 <구운몽>이 말하고자 하는 것은 그런 단순 부정이 아니라 '불가에 귀의하겠다'는 생각까지도 부정해야 한다는 것이다.

호승이 출현한 시기는 양소유가 불생불멸할 도를 찾아 떠나겠다는 것이 분명해진 바로 그 시점이고, 나타난 호승은 불생불멸할 도를 찾아 떠나게 한 것이 아니라 그를 그의 과거로 이끈다. 그렇게 한 이유는 간단하다. 불생불멸할 도를 찾아 떠나도 그것을 결코 얻지 못하기 때문이다.6)

출현한 호승은 양소유의 꿈을 대뜸 깨게 하지 않았다. 나타나자마자 깨게 했다면, 사실 호승이 굳이 나타날 이유도 없을 것이다. 호승을 출현시킨 가장 중요한 이유는, 이 호승 출현 대목을 독자들이 양소유의

선녜라. 품긔ᄒ기롤 녕이 허ᄒ엿고 승샹이 쏘흔 남뎐산 도인의 션방을 품슈ᄒ얏ᄂ디라. <u>츈취 놉흐나 귀인의 용뫼 더옥 져므니</u> 시졀 사롬이 신션인가 의심ᄒᄂ 고로 됴셔의 그리ᄒ여 겨시더라. (404~406) 승샹이 흔가흔 곳의 나아간 디 쏘흔 여러 ᄒ 디낫더니 팔월 념간은 승샹 싱일이라 모든 ᄌ녜 다 모다 십일을 녕ᄒ야 셜연ᄒ니 ……
(408)

6) 자세한 것은 다음 절에서 분석한다.

시각으로 바라보게 만들려는 것이었다. 나타난 육관대사를 '오랑캐 중
[胡僧]'이라고 보는 시각이나,7) "홀연 석양의 막대 더지는 소리 나거늘
고이히 너겨 싱각ᄒᆞ디 엇던 사ᄅᆞᆷ이 올나 오ᄂᆞᆫ고 ᄒᆞ더니, 흔 호승이 눈섭
이 길고 눈이 ᄆᆞᆰ고 얼골이 고이ᄒᆞ더라(412)"는 서술은, 바로 이 앞까지의
시점인 전지적 시점이 아니라 등장인물 양소유의 시점으로, 양소유가
보고 느끼는 것을 그의 입장에서 서술하고 있음을 잘 보여준다. 이 대목
부터 꿈을 깨서 스스로가 성진임을 자각하는 대목까지는 모두 '양소유
의 시각과 입장'에서 서술되고 있다. 사실 나타난 호승이 육관대사임은
〈구운몽〉 어디에도 설명되지 않는다. 출현한 육관대사의 말과 행동을
통해 그가 육관임을 독자들이 추측할 뿐이다.8) 양소유가 의아해하듯이
독자들도 의아해하며 상황을 이해하게 된 궁극적 이유는 바로 이 장면
을 양소유의 시각과 입장에서만 보여주고 있기 때문이다. 의도적으로
시점을 인물의 시각으로 축소시킴으로써 인물이 가지고 있는 인식적 한
계 속에 독자들의 생각까지 묶어버렸다. 그래서 양소유가 의아해하고,
자신의 내면을 탐색하고, 과거의 기억을 떠올리는 과정이 독자들에게
생생하고 구체적으로 드러나게 되었다. 이는 작가의 의도적 설정이다.
의도적으로 양소유의 내면을 탐색하게 하고 그의 기억을 같이 공유하게
하며 지난날 양소유가 했던 일을 반추하게 한 것이다. 이를 통해 궁극적
으로 양소유의 자기 인식에 한계가 있다는 사실이 드러나게 되고, 독자
들은 양소유 이전인 성진의 생을 알기에 양소유 인식의 한계를 안타까
워한다.9)

---

7) 육관은 도를 전하기 위해 중국에 건너온 서역 사람이므로, 중국인의 시각에는 '오랑
캐 중[胡僧]'이다.

8) 물론 독자들은 양소유가 꿈을 깬 후 확실하게 胡僧이 六觀大師임을 알게 된다. 그러
나 그때도 호승이 육관임이 명시적으로 서술되지 않는다.

9) 이때는 독자들이 성진의 꿈이 양소유인 줄 모르고 있으므로 그 안타까움이 배가되고

홀연 셕양의 막대 더지는 소릭 나거놀 고이히 너겨 싱각ᄒ디 엇던 사름이 올나 오는고 ᄒ더니, 흔 호승이 눈섭이 길고 눈이 묽고 얼골이 고이ᄒ더라.

엄연이 좌샹의 니르러 승샹을 보고 녜ᄒ야 왈 "산야 사름이 대승샹긔 보ᄂ이다." 승샹이 <u>이인인</u> 줄 알고 황망이 답녜 왈 "ᄉ부는 어딘로셔 오신고?"

호승이 쇼왈 "평싱 고인을 몰나 보시니 귀인이 니줌홀타 말이 올토소이다." 승샹이 ᄌ시 보니 과연 늣치 닉은 둣ᄒ거놀 홀연 씨쳐 능파 낭ᄌ롤 도라보며 왈 "<u>쇼위 젼일 토번을 졍벌홀 제 꿈에 동졍뇽궁의 가 잔치ᄒ고 도라올 길희 남악의 가 노니 흔 화상이 법좌의 안져셔 경을 강논ᄒ더니 노뷔 노화상이냐?</u>"

호승이 박장대쇼ᄒ고 굴오디 "올타 올타. 비록 올흐나 몽듕의 잠간 만나 본 일은 싱각ᄒ고 십년을 동쳐ᄒ던 일을 아디 못ᄒ니 뉘 양쟝원을 총명타 ᄒ더뇨?" 승샹이 망연ᄒ야 굴오디 "쇼위 십오뉵 셰 젼은 부모 좌하롤 쩌나디 아녓고 십뉵에 급졔ᄒ야 년ᄒ야 딕명이 이시니 동으로 연국의 봉ᄉᄒ고 셔로 토번을 졍벌흔 밧근 일즉 경스롤 쩌나디 아녀시니 <u>언제 ᄉ부로 더브러 십년을 샹죵ᄒ여시리오.</u>"

호승이 쇼왈 "샹공이 오히려 춘몽을 찌디 못ᄒ엿도소이다." 승샹 왈 "ᄉ뷔 엇디면 쇼유로 ᄒ야곰 춘몽을 찌게 ᄒ리오." 호승 왈 "이는 어렵디 아니ᄒ니이다."ᄒ고 손 가온디 셕쟝을 드러 셕난간을 두어 번 두드리니 홀연 네 역 뫼골노셔 구롬이 니러나 대샹의 씨이여 …… 말을 뭇디 못ᄒ야셔 구롬이 거두치니 호승이 간 곳이 업고 좌우롤 도라보니 팔낭지 쏘흔 간 곳이 업는디라. 졍히 경황ᄒ야 ᄒ더니 …… <u>졔 몸이 흔 젹은 암ᄌ 듕의 흔 포단 우희 안쟈시더</u> 향노의 불이 임의 샤라지고 디난 둘이 창의 임의 빗쵀엿더라.

스스로 졔 몸을 보니 …… 완연이 쇼화상의 몸이오 다시 대승샹의 위의 아니니 졍신이 황홀하야 오란 후의 <u>비로소 졔 몸이 연화도댱 셩진 힝재인 줄 알고</u> (412~416)

미묘한 심리가 형성된다. 이후 양소유가 꿈에서 깨자 독자들은 그 미묘함으로 인해 더 큰 충격을 받게 된다. 자세한 것은 유광수, 앞의 논문, 2006 참조.

나타난 육관은 양소유와 대화를 통해 양소유를 그의 과거로 이끈다. 그리고 양소유는 원래의 상태로 돌아간다. 육관의 인도로 양소유는 자신이 '승상(丞相)'은 물론 '포의지사(布衣之士)'도 아님을 알게 된다. 자신은 '양소유'가 아니라 '성진'이었던 것이다.

육관대사가 출현한 이유는 양소유를 꿈에서 깨게 하려는 것이었다. 그러므로 그가 벌이는 말과 행동은 모두 꿈을 깨게 하는 과정에 속한다. 육관은 양소유와 대화를 시도했고 그 결과 양소유는 자신의 과거를 떠올리게 되었다.

양소유는 나타난 육관을 처음에는 단순한 '이방 사람[胡僧]'으로 여겼다. 그런데 말을 해보니 '이인(異人)' 같고, 알고 보니 '예전 토번을 정벌할 때 만났던 노화상(老和尙)'이었던 것이다. 이렇게 차츰 출현한 존재에 대한 인식이 바뀌었다. 호승은 계속해서 '나를 모르겠느냐?'는 말을 반복하는데, 그것은 '내가 너의 스승 육관이다.'는 말이다. 그렇지만 양소유는 결코 호승을 육관대사로 보지 못한다. 양소유의 인식이 '호승(胡僧) → 이인(異人) → 노화상(老和尙)'으로 차츰 바뀌어 육관과의 관계가 좁아지지만 일정한 한계에 머문다. 그 이유는 간단하다. 양소유가 성진일 때 일을 기억할 수 없기 때문이다.[10] 아무리 인식의 한계를 좁혀 보고자 해도 불가능한 일이다. 오래전 토번을 정벌할 때 꾸었던 꿈까지 기억해 낼 정도로 총명한 그지만, 결코 육관이 육관인 줄 알지 못한다. 육관의 '내가 너의 스승 육관이다.'는 말은 양소유에게 대응하여서는 '네가 대승상도 포의지사도 아니다.'는 말이 된다. 이를 거듭 반복해서 육관이 말한다. 그러나 인식의 한계가 있는 양소유는 그것을 알 도리가 없다. 양소유가 성진이 되고 나서야 비로소 자신이 성진 행자였다는 것을 알게 된

---

10) 이것이 '자기 망각'과 '자기 기억'의 연쇄 속에 있는 輪廻人生의 근본적 한계이다. 유광수, 앞의 논문, 2006 참조.

다. 인식 단절의 한계를 꿈에서 깨어남으로 뛰어넘게 된 것이다.

그런데 여기서 중요한 점은 육관대사가 처음에 자신을 스스로 '산야(山野) 사람'이라고 낮추어 지칭했다는 점이다. 그에 상응해서 양소유를 '대승상(大丞相)'이라고 높여 불렀다. 당연히 '대승상'이라는 것은 꿈일 뿐이다. 그리고 그것을 깨게 하려고 나타난 것이 육관의 목적이다. 그런데도 그는 양소유를 '대승상'이라고 불렀고, 자신을 '산야 사람'이라고 겸칭했다. 양소유의 현 상황과 위치에 맞게 그를 대우한 것이다.[11] 즉, 양소유가 현실이라고 생각하고 있는 미혹을 깨뜨리기 위해 나타난 육관이 그 미혹을 인정하는 것으로 시작했다는 것인데, 이 점은 매우 중요하다.

왜 육관은 양소유의 현 상태를 인정하는 것으로 시작했을까? 그것은 육관의 대화에 양소유가 어떻게 반응하는지를 확인하는 것에서 답을 찾을 수 있다. 육관은 계속해서 양소유의 미혹된 인식에서 벗어나기를 촉구한다. 그로 인해 양소유는 육관을 '호승 → 이인 → 노화상'으로 인식하고, 그와 대응하여 자신의 과거를 회고한다. '토번을 정벌했던 일', '급제하여 출장입상했던 일', 그리고 '급제 이전인 15~16세 이전 부모를 모시던 때의 일'을 기억해낸다. 그러나 더 이전(육관의 제자로 10년을 동처하던 사실)은 기억해내지 못했다. 단편적이나마 이런 것들을 기억해낸 이유는 육관이 '나를 모르느냐?'고 물었기 때문이다. 그에 대한 반응으로 기억해낸 것이다. 즉, 의도적으로 육관은 양소유의 과거를 떠올리게 했고, 그 결과 양소유는 스스로 자신의 과거에, 자신의 기억에, 자신의 인식에, 한계가 있다는 사실을 발견하게 된 것이다. 그래서 결국 양소유는

---

11) 이렇게 육관이 양소유의 현 수준을 인정하는 행위는 토번 정벌 시 꿈속에서 만났을 때도 그랬다.

 (육관이-인용자) 모든 듕을 거느리고 당의 느려 샹셔(양소유-인용자)를 마즈며 왈 "<u>산야 사룸</u>이 귀눈이 업셔 <u>대원슈</u> 오시는 줄 아디 못ᄒᆞ야 먼니 맛디 못ᄒᆞ니 죄룰 샤ᄒᆞ쇼셔." (234)

그 한계를 벗어나려면 어떻게 하는지를 묻는다. 그러자 기다렸다는 듯이 육관은 그를 꿈에서 깨어나게 했다. 결국 육관은 현재 양소유의 인식에서 차츰차츰 과거로 회귀하게 하여 양소유 스스로 자신의 삶에, 기억에, 인식에 한계가 있다는 사실을 깨닫게 하려고, 그의 현 상태를 인정하는 대승상으로 호명(呼名)했던 것이다.

이 대목을 자세히 보면, 육관이 의도적으로 양소유를 다양하게 호명함을 볼 수 있다. 이름은 자신의 정체성을 객관적으로 확인하는 지표이다. 자신의 이름이 불리는 과정은 자기를 객관화시키는 과정이며, 그 불림에 응답한다는 것은 그렇게 불림을 주체적으로 인정한다는 것으로,[12] 호명과 응답은 결국 자기 정체성을 그 불리는 호칭으로 인정하고 스스로 자기를 그렇게 확인하는 기제이다. 양소유는 '대승상(大丞相)', '귀인(貴人)', '양장원(楊壯元)', '상공(相公)' 등으로 다양하게 불린다. 이것은 '양소유'라는 존재의 본질을 제대로 인식시키기 위한 방법이었다. 양소유란 존재가 각기 '다른 이름'으로 불리지만 그 어느 것도 온전히 존재의 본질을 담아내지 못한다는 점, 외적으로 불리고 규정되는 것이 존재의 본질을 제대로 담아내는 것 같으나 실상을 온전히 담아내지 못한다는 점을 지적하는 것이었다. '대승상'으로 양소유의 본질을 규정하는 것은 결코 옳지 않다. 그렇다고 '포의지사'로 보는 것도 진실은 아니다. 양소유에 대한 어떤 규정이나 호칭도 결코 양소유를 제대로 담아내지 못한다. 왜냐하면 양소유는 양소유가 아니라 성진이기 때문이다.[13] 이렇

---

12) 라깡은 인간 주체 형성의 문제를 언어에 의한 상징의 문제로 설명하면서 주체 형성의 언어적 구조화를 분석했고, 알뛰세르는 呼名 이론을 통해 이데올로기와 주체의 문제를 설명했다. 언어적 呼名에 대한 응답과 그 언어적 관계 사이에 자기 자신에 대한 인식과 확인, 받아들임의 기제가 놓여 있다. 마슈레·발리바르, 「라깡과 철학: 주체성과 상징성의 이론이라는 쟁점」, 윤소영 번역, 『이론』10, 1994 가을·겨울, 193~208쪽 ; 윤효녕 외, 『주체 개념의 비판-데리다, 라깡, 알뛰세, 푸코』, 서울대학교 출판부, 1999, 135~148쪽 참조.

게 존재의 본질에 외적으로 주어진 호칭, 외적으로 주어진 관념적 규정 등은 모두 존재의 본질과는 하등에 관련 없는 것들임을 지적하는 행위 가 육관의 호명 행위이다.14)

결국 양소유는 '대승상'도, '포의지사'도 아니었을 뿐만 아니라 '양소유' 도 아니었다. 그런데도 양소유는 자신이 대승상이라고 생각하고, 포의지 사였다고 기억해내고, 그리고 양소유라는 사실에 대해 조금도 의심하지 않았다. 이것이 인식에 얽매여 본질을 깨닫지 못하는 인생의 모습이다. 서사는 이를 호승 출현과 그의 대화를 통해, 양소유의 인식이 변해가는 과정을 통해, 그리고 꿈에서 깨어남을 통해, 구체적으로 보여주고 있다.

3. 두 욕망의 끝없는 순환

그동안의 연구에서 <구운몽>의 욕망을 성진의 욕망만큼 승상 양소 유의 욕망을 비중 있게 다루지 못했는데, 이는 '양소유가 성진 되기'의

---

13) 언술이 내용을 온전히 담아내지 못함은 주지의 사실이다. 이런 철학적 통찰을 작가가 '양소유'가 양소유가 아니라 '성진'이라는 것으로 구현하여 독자들에게 쉽게 전달한 것이다. 즉, 양소유를 大丞相이나 布衣之士가 맞다고 보아도 그것이 결코 진실이 아 님은 양소유가 성진의 꿈이라는 사실이 전제되어 있기 때문이다. 이를 통해 실존적 존재인 성진을 '行者'로 규정해도 결코 '行者'라는 언어/인식이 결코 성진의 본질을 온전히 담아내지 못한다는 것을 말하는 것이다. 그것을 서사를 통해 형상화해낸 것이 <구운몽>이다.

14) 육관은 양소유가 결코 大丞相도 布衣之士도 아님을 알면서, 결코 그의 본질인 '성진' 이라고 호칭하지 않았다. 오히려 처음에 '大丞相'이라고 호명했다. 물론 육관이 양소 유를 '성진'이라고 호칭하면 양소유가 어리둥절해 할 것이기도 하지만, '성진'이라는 호칭 역시 결코 양소유/성진의 본질이 아니기 때문이다. 그 본질은 영원히 윤회의 사 슬에 얽매여 있는 존재일 따름이다. 각 윤회의 단계마다 부르는/불리는 이름이 다를 뿐이기에 그 호칭은 결코 그 존재 자체를 말해 주지 못한다는 사실을 득도한 고승 육관은 알고 있었다.

실체에 바르게 접근하지 못했기 때문으로 보인다.[15] 결론부터 말하면 〈구운몽〉에는 쌍을 이루는 서로 다르면서 닮은 두 개의 욕망이 있다. 이 둘은 닮은꼴이면서 서로가 서로를 생성시키고 또 서로를 거부한다. 이런 〈구운몽〉에 있는 욕망의 실체를 확인하게 위해, 육관이 스스로 자신이 한 일에 대해 어떻게 생각하는지부터 살펴보자.

꿈을 깬 이후 성진을 대하는 육관의 언술을 보면 자신은 간섭한 것이 없다고 말한다. 꿈을 꾸게 한 것도, 꿈에서 깨게 한 것도 모두 그였는데 그는 자신이 한 것이 전혀 없다고 말하는 것이다.

---

15) 양소유와 성진을 대등하게 인정해야 한다는 주장이나 욕망에 대한 논의는 일찍부터 있었다. 성진과 양소유를 각기 '탈속적 삶/초월적 욕망', '영달의 삶/세속적 욕망' 등으로 나누어 설명하는 시각이 대표적이다. 그러나 둘의 차이를 통합하여야 한다거나, 관념적·이성적 차원에서는 '탈속적 삶'을 현실적·본능적 차원에서는 '영달의 삶'을 더 긍정한다는 시각이 일반적이었다. 이는 명확하게 '양소유가 성진이 되기'의 의미를 분석해낸 것이 아니라, '성진이 양소유 되기'의 연장선상에서 파악하는 시각이다. 분명한 것은 '성진이 양소유 되기'뿐만 아니라 '양소유가 성진 되기'를 중요하게 서사화한 작가의 의도가 있다는 점이다. 그 의도는, 두 욕망을 통합적으로 인식하거나 하나를 벗어나 다른 하나로 초월해야 한다는 것을 말하기 위함이 아니라, 인간 욕망은 끝없이 생겨나 계속 이어진다는 점을 날카롭게 지적하여, 그 끝없는 욕망의 순환 속에서 근본적으로 벗어나야 함을 말하기 위함이다.

　욕망과 성진과 양소유 삶에 대해서는, 안창수, 「구운몽에 나타난 형식과 내용의 관계」, 『영남어문학』16, 1989, 157~190쪽 ; 박일용, 「인물형상을 통해서 본 〈구운몽〉의 사회적 성격과 소설사적 위상」, 『정신문화연구』44, 1991, 187~207쪽 ; 정출헌, 「〈九雲夢〉의 作品世界와 그 理念的 基盤」, 정규복외, 『金萬重文學研究』, 국학자료원, 1993, 141~199쪽 ; 이원수, 앞의 논문, 1996, 64~96쪽 ; 최기숙, 「소설의 기능과 고전의 가치 1-깨달음을 통한 자기완성의 서사 : 「구운몽」 읽기」, 『동방고전문학연구』1, 동방고전문학회, 1999, 113~143쪽 ; 강상순, 「九雲夢의 상상적 형식과 욕망에 대한 연구」, 고려대학교 박사논문, 1999, 92~129쪽 ; 강상순, 「〈구운몽〉과 17세기 장편소설의 정신분석」, 『배달말』27, 2000, 295~317쪽 ; 이주영, 「〈구운몽〉에 나타난 욕망의 문제」, 『고소설연구』13, 한국고소설학회, 2002, 33~53쪽 ; 이강옥, 「『구운몽』에 나타난 환생과 思念現實의 의미」, 『우리말글』27, 우리말글학회, 2003, 99~130쪽 ; 이상구, 「『구운몽』의 구조적 특징과 세계상」, 『민족문학사연구』25, 2004, 187~212쪽 참조.

성진이 고두ᄒᆞ며 눈믈을 흘녀 굴오ᄃᆡ "셩진이 임의 ᄭᅵ다랏ᄂᆞ이다. 뎨지 블쵸ᄒᆞ야 넘녀룰 그릇 먹어 죄룰 지으니 맛당이 인셰의 뉸회ᄒᆞᆯ 거시어ᄂᆞᆯ ᄉᆞ뷔 ᄌᆞ비ᄒᆞ샤 ᄒᆞᄅᆞ밤 꿈으로 뎨ᄌᆞ의 ᄆᆞᄋᆞᆷ ᄭᅵ닷게 ᄒᆞ시니 ᄉᆞ뷔의 은혜룰 천만 겁이라도 갑기 어렵도소이다." <u>대신 굴오ᄃᆡ "네 승흥ᄒᆞ야 갓다가 흥진ᄒᆞ야 도라와시니 내 므ᄉᆞᆫ 간녜ᄒᆞ미 이시리오. ……."</u> (418)

이 말을 제대로 이해하기 위해서는 육관이 개입한 시점을 살펴봐야 한다. 성진이 양소유가 될 때(꿈꾸기 시작할 때), 육관이 개입한 시점은 성진이 잘못을 저지른 시점이 아니었다. 용궁에서 술에 취하고 석교(石橋)에서 8선녀와 수작하고 돌아온 때가 아니었다. 선방에서 마음을 진정치 못해 부귀공명을 권련할 때도 아니었다. 육관이 개입한 시점은 '성진이 스스로 자기 욕망을 누르고 부처를 염하면서 포단 위에서 참선하려고 한 때'였다. 또 양소유가 성진이 될 때(꿈에서 깰 때)도, 부귀공명을 덧없게 여기고 인생무상을 느낄 때가 아니라, '양소유가 스스로 불생불멸할 도를 찾아 모든 것을 버리고 떠나기로 한 때'였다. 육관이 그 시점에 개입한 이유는 그 욕망 그대로 두어도 결코 변하는 것이 없기 때문이다. 결코 성취할 것이 없기 때문이다.

부귀공명을 꿈꾸는 성진을 미혹에 빠진 상태 그대로 두면 결국 성진은 윤회하게 될 것이다. 미혹되었으므로 진정한 깨달음을 얻지 못하기 때문이다. 육관이 성진에게 개입하지 않았다면 어떻게 되었을까? 성진이 불제자로 그대로 연화도량에 있었어도 진정한 도를 깨우치지 못했을 것이고, 그렇다면 그는 늙어 죽을 것이고, 죽으면 윤회할 것이다. 성진이 불제자의 신분을 버리고 자기 욕망대로 下山하여 부귀공명을 성취해도 마찬가지다. 언젠가는 죽어 윤회할 것이다. 윤회에서 벗어날 수 없는 인간이기 때문이다.16)

양소유가 성진이 되는 과정에 개입한 것도 마찬가지다. 양소유가 불생불멸할 도를 찾아 남해에서 관음보살(觀音菩薩)을 만나고 오대산에서 문수보살(文殊菩薩)의 가르침을 받는다 해도 결코 진정한 깨달음을 얻지 못한다. 그 존재들을 만나기도 어렵지만, 비록 그들을 만나도 진정한 깨달음은 어렵다. 그가 얻을 성취는 양소유가 되기 이전의 20살의 성진 사미17) 정도의 수준일 것이다. 어려서 일찍 출가해 도를 닦아 육관대사 문하에서 가장 뛰어났던 성진도 진정한 깨달음을 얻지 못했는데, 평생을 부귀공명으로 살던 양소유가 진정한 깨달음을 얻기란 요원하다. "얼굴이 빅셜 ㄳ고 정신이 츄슈 ㄳ고 나히 이십 셰예 삼장경문을 통티 못홀 거시 업고 총명과 디혜 듕듕의 쵸츌ᄒ(4)"여 육관대사가 크게 중히 여겼던 '불제자 성진일 때'도 미망에 사로잡혀 진정한 깨달음을 얻지 못했는데, 하물며 노년의 승상 양소유가 불가에 귀의한다고 해서 진정한 깨달음을 얻는다고 하기 어렵다.18) 결국 양소유도 그대로 두면 윤회하게 될 것이다. 그 역시 윤회에서 벗어날 수 없는 인간이기 때문이다.

육관이 성진과 양소유에게 개입하여 한 일이라고는 모두 그들에게

---

16) 輪廻에 대해서는 윤호진, 『無我 輪廻問題의 硏究』, 민족사, 1992, 94~101쪽 참조.
17) 꿈꿀 때 성진의 나이는 20세다.
　기둥의 뉴로 져믄 졔지의 일홈은 셩진이니 얼골이 빅셜 ㄳ고 정신이 츄슈 ㄳ고 나히 이십 셰예 삼장경문을 통티 못홀 거시 업고 총명과 디혜 듕듕의 쵸츌ᄒ니 대시 크게 중히 넉여 상해 뎐도홀 그릇스로 긔디ᄒ더라. (4)
18) 물론 깨달음의 문제는 단순한 시기나 그동안의 삶의 과정에 꼭 얽매이는 것은 아니다. 그러나 일반적으로 노년의 승상 양소유의 경우는 청년 성진의 경우보다 어려울 것으로 판단된다. 이는 성진이 육관의 수제자로 온갖 도술에 능한 인물이었다는 점 등을 고려해서 승상 양소유와 비교할 때 선명히 드러난다. 양소유의 불가 귀의가 진정한 깨달음에 도달하지 못할 이유는 그의 욕망이 전제되었기 때문이다. 진정한 깨달음은 그 욕망까지 사라지는 경지[空]여야 하기 때문이다. 이는 꿈에서 깨어난 후에도 여전히 미망에서 벗어나지 못하는 그의 모습을 보아도 알 수 있다. 성진의 부귀공명의 욕망이 그릇된 것처럼, 양소유의 욕망 역시 그릇된 것이다. 왜냐하면 그 욕망의 내용이 문제가 아니라, '욕망이 있다'는 사실 자체가 문제이기 때문이다.

개입하지 않았어도 이루어질 일[輪廻]을 당겨서 보여준 것일 뿐이다. 그 야말로 육관이 "내 므슨 간녜ᄒ미 이시리오."라고 한 것은 이런 의미에서 진실이었다. 육관이 한 일이라고는 "승흥ᄒ야 갓다가 홍진ᄒ야 도라" 오는 윤회(輪廻)를 압축적 보여주면서 성진의 내생(來生)이 양소유라는 것을 제시했을 뿐이다. 윤회의 한 단계만을 살아가는 인간에게 다음 단계의 윤회의 생을 경험하게 했을 뿐이지, 결코 윤회의 인생을 만들어 보여준 것은 아니었다. 양소유의 生은 성진이 쌓은 업(業)에 의해 만들어질 윤회(輪廻)의 생(生)일 뿐이지, 결코 육관이 만들어낸 生이 아니었다. 그러므로 육관이 "네 승흥ᄒ야 갓다가 홍진ᄒ야 도라와시니 내 므슨 간녜ᄒ미 이시리오."라고 말은 전적으로 옳은 말이었다.

결국 육관대사가 개입하여 성진을 양소유가 되게 한 것은 인간 욕망을 누리며 '미래를 살아보게 한 것'이었고, 양소유를 다시 성진 되게 한 것은 인간 자기 자신의 본질이 무엇인지를 알도록 이전의 삶으로 되돌아가게, 즉 '과거로 회귀하게 한 것'이었을 뿐이다.

성진의 욕망은 쉽게 드러나지만 양소유의 욕망의 실체는 명확하게 드러나지 않는다. 그러나 성진과 양소유가 이렇게 닮았으면서도 그 반대의 모습임은 서사 구조에 잘 나타난다. '성진이 양소유 되기'와 '양소유가 성진 되기' 서사를 요약하면 다음과 같은데, 이 둘은 구조적으로 대응된다.

<성진이 양소유 되기>
① 성진이 용궁 잔치에서 술을 마신다.
② 성진이 석교(石橋)에서 8선녀를 만나 수작한다.
③ 선방(禪房)에서 불가(佛家)의 삶을 회의하며 8선녀를 권련하고 부귀 공명을 바란다.

④ 성진이 뉘우치고 포단에 앉아 참선한다.
⑤ 육관대사가 성진을 책망하고 내쫓는다.
⑥ 성진이 지옥으로 가고 윤회 환생하여 양소유가 된다.
⑦ 양소유가 홀어머니를 모시고 산다.
⑧ 양소유가 장원급제한다.
⑨ 양소유가 출장입상한다.
⑩ 양소유가 취미궁으로 은퇴하여 부귀의 정점에 선다.

<양소유가 성진 되기>
⑪ 양소유가 생일을 맞아 취미궁에서 10일 동안 잔치하며 즐긴다.
⑫ 등고(登高)하여 8부인과 풍류를 즐긴다.
⑬ 양소유가 무상감을 드러내며 유가(儒家)의 삶을 회의하며 불생불멸
   (不生不滅)할 도를 얻기를 바란다.
⑭ 양소유의 이별 통보에 8부인이 흔쾌하게 동의한다.
⑮ 호승(胡僧)이 나타나 양소유와 대화한다.
⑯ 양소유가 "대승상(大丞相)"으로 불린다.
⑰ 양소유가 "귀인(貴人)"으로 불린다.
⑱ 양소유가 "양장원(楊壯元)"으로 불린다.
⑲ 양소유가 "상공(相公)"으로 불린다.
⑳ 호승이 꿈에서 깨게 하여 양소유가 성진으로 돌아오게 된다.

성진이 용궁 잔치에서 어쩔 수 없이 술을 마셨다면(①) 양소유는 취미
궁에서 생일잔치를 하며 술과 풍류를 실컷 즐기고(⑪), 성진의 8선녀를
만나 수작하며 권련했다면(②) 양소유는 그녀들을 거느리고 흡족하게
쾌락을 누린다(⑫). 성진이 바라던 욕망을 양소유가 되어 구체적으로 성
취한 것이다. 또, 이전까지의 삶인 불가(佛家)의 삶에 회의를 품고 부귀
공명의 유가(儒家)의 삶을 욕망하는 성진은(③) 동일하게 이전까지 삶인
유가의 삶에 허무함을 느끼고 불생불멸할 도를 추구하겠다며 불가의 삶

을 욕망하는 양소유(⑬)와 대응된다. 여기서 <구운몽>의 욕망의 실체를 확인할 수 있다. <구운몽>에는 두 가지 욕망이 있다. 하나는 성진의 욕망이고 하나는 양소유의 욕망이다. 성진이 양소유가 되는 이유는 '성진의 욕망' 때문이었고, 그 욕망은 '부귀공명'으로 요약할 수 있다. 그것을 실현한 것이 '양소유의 삶'이다. 성진의 욕망을 구체적으로 펼쳐서 양소유가 성취해준 셈이다. '양소유의 욕망'은 '불생불멸의 도'를 찾겠다는 욕망인데, 그것은 이미 불제자 성진이 추구했던 '성진의 삶'이다.

불제자 성진이 술을 마시고 언어를 수작하고 미색에 권련하는 것이 개연적이라고 생각하기에 우리들은 성진의 그런 욕망의 실체를 인정하고, 그래서 양소유의 불생불멸할 도를 찾겠다는 욕망은 성진의 욕망보다 좀 더 초월적인 더 나은 것이라고 생각한다.19) 그러나 그렇지 않다. 성진의 욕망이 순수하지 않았던 것처럼 양소유의 욕망 역시 순수하지 않다.

대승상 양소유가 불생불멸할 도를 찾겠다고 한 이유는 자신이 가지고 있는 쾌락을 더 늘이겠다는 욕망의 다른 형태일 뿐이다. 그의 욕망은 "집을 ᄇᆞ리고 스승을 구ᄒᆞ야 남히ᄅᆞᆯ 건너 관음을 ᄎᆞ고 오디예 올나 문슈긔 녜ᄅᆞᆯ ᄒᆞ야 블ᄉᆡᆼ블멸홀 도ᄅᆞᆯ 어더 진셰 고락을 ᄲᅱ여ᄂᆞ려 ᄒᆞ(412)"려는 것이었다. 이 불가에 귀의하겠다는 표면적 언술 이면에는 무상감과 허무감을 벗어나고 싶다는 근본적 욕망이 자리 잡고 있다. 즉, 인생의 쾌락을 극한까지 누렸기에 그 이상의 새로운 것을 욕망하려는 것이다.

---

19) 그래서 '인간 욕망의 긍정' 측면에서 <구운몽>을 보는 시각이나, '인간 욕망을 부정하는 것은 아니다'는 시각이 있다. 이런 시각들은 대승상 양소유가 불생불멸의 도를 추구하는 것은 인간의 한계를 넘어서려는 것이며, 결국 "각몽한 성진이 도를 얻어 극락세계로 돌아감으로써 구현된다(이상구, 앞의 논문, 198~201쪽)"고 본다. 그러나 이는 꿈속 대승상 양소유의 욕망을 꿈을 깬 성진의 단계에 결부시킨 것으로 시각이 혼동된다. 꿈을 깬 성진이 진정한 깨달음[大覺]을 얻기 이전에는, 그가 양소유의 삶과 욕망을 헛된 꿈이라고 생각하며 부정했다는 점을 놓쳐서는 안 된다.

양소유가 승상으로 부귀공명의 정점에 섰기에 품게 된 새로운 욕망이다. 그가 불가를 선택한 이유를 보면 이를 잘 알 수 있다.

> "텬하의 유도와 션도와 블되 뉴의 놉흐니 이 일은 삼괴라. 유도는 성젼 슈업과 신후 유명홀 분이오, 신션은 네브터 구ᄒᆞ야 어들 재 드므니 진시황·한무뎨·현종뎨롤 볼 거시라. 내 치ᄉᆞ흔 후로브터 밤의 잠 곳 들면 미양 포단 우희서 참션ᄒᆞ야 뵈니 이 필연 블가로 더브러 인연이 잇ᄂᆞᆫ디라." (410~412)

지극히 현실적인 이유 때문이다. '신선은 구하여 얻은 자가 드물기 때문에 안 된다'는 말만 보아도 양소유의 불가 귀의 결심이 진정한 구도행(求道行)이라기보다는 자신에게 엄습한 무상감을 떨쳐 버리기 위한 한 방편임을 알 수 있다. 만약 신선에서 구한 자가 있다면 그는 신선의 도를 구했을 것이다. 그 신선의 도가 진정한 인간 본연의 것을 깨우쳐 주는지 어떤지는 중요치 않다. 그에게 엄습한 무상감을 벗어나기 위한 수단일 뿐이다. 인간은 누구나 현시점에서 자기 문제를 해소하려는 욕망을 품는다. 이것은 어쩔 수 없는 인간의 한계이다.

이 불생불멸할 도를 추구하겠다는 욕망은 결코 젊은 양소유가 품을 수 있는 욕망이 아니다. 여기서 젊은 양소유가 품을 수 없다는 것은, 모든 부귀영화를 다 경험한 노년의 존재가 품을 수 있는 정도의 수준, 즉 노년의 양소유가 추구하는 정도의 수준으로는, 젊은 양소유가 욕망할 수 없다는 의미에서 그렇다. 젊은 시절 양소유는 이런 욕망에 사로잡히지 않았다. 그때는 대부분의 인간들이 그렇듯 자기 삶의 종말을 느끼지도 생각하지도 않기 때문이다. 만약 승상 양소유가 앞날이 더 장구하게 남았다고 스스로 생각했다면 결코 이런 회의감으로 인한 욕망에 빠지지 않았을 것이다. 계속 부귀공명의 쾌락을 누렸을 것이다. 은퇴 이후 꽤

오랜 시간이 흐른 후 양소유가 불생불멸의 도를 추구하려고 했다는 것
이 더욱 의미심장하다. 양소유는 젊은 시절 토번을 정벌할 때 꿈속에서
형산에 올라 대사를 만난 적이 있었다. 그때 육관인 그 대사는 "원쉬(양
소유—인용자) 이번은 도라올 째 아니어니와 임의 와시니 뎐상의 올나 네
흐쇼셔(234)"라고 했다. 왜 육관은 그때는 그냥 돌려보냈을까? 그리고
늙은 노년의 때에 나타나 꿈을 깨게 했을까? 그 젊은 때는 아직 양소유
가 누려야할/경험해야할 인생의 부귀영화가 남아 있기 때문이었다. 그
모든 것을 다 경험한 후 느끼게 될 인생무상과 그리고 그 무상감을 벗어
버리기 위해 불생불멸의 도를 추구할 욕망이, 그 젊은 시절의 양소유에
게는 온전히 생기지 않기 때문이었다.

 불생불멸의 도를 추구하겠다는 욕망은 부귀공명과 쌍을 이루는 닮은
꼴의 다른 욕망일 뿐이다. 현재 상황에 불만을 품고 다른 것을 추구한다
는 점에서 그 지향점이 다를 뿐이지 마찬가지이다. 젊은 성진이 부귀공
명의 욕망을 품었고 그것을 억누르려 했지만 그것은 그렇게 해소될 것
이 아니었다. 그 욕망을 키워서 살아보도록, 즉 미래로 나아가도록 육관
이 개입한 것이 '성진이 양소유 되기'이다. 이때 젊은 성진은 자신이 품
은 욕망의 실체가 무엇인지 모른다. 모르면서도 품은 것이고 품게 된
것이다. 그리고 그것은 헛된 것이다. 대승상 양소유가 그것을 여실히 보
여주었다. 늙은 양소유가 불생불멸의 도를 추구하는 욕망을 품었고 그
것을 추구하려고 했다. 미래로 더욱 앞으로 나가려고 했다. 그때 육관이
개입하여 그를 과거로 회귀하게 했다. 왜냐하면 그렇게 앞으로 나가봐
야 그 결과는 마찬가지이기 때문이다.[20] 그래서 과거로 회귀해서 돌아

---

20) 그렇게 앞으로 나가는 양소유는 계속된 윤회에서 벗어나지 못한다. 그대로 두면, 양소
   유는 양소유의 또 다른 생으로 윤회하게 될 것이다. 그러므로 성진에서부터 생각하면,
   '성진 → 양소유 → 양소유의 다음 생 → 그 다음 생' 하는 식으로 계속 이어질 것이다.

오게 했다. 그것이 '양소유가 성진 되기'이다. 이때 대승상 양소유 역시 자신이 품은 욕망의 실체가 무엇인지 모른다. 불생불멸의 도가 자신의 문제를 해결할 것이라고 여기지만 사실 그렇지 않음을 전혀 모른다. 왜냐하면 그 불생불멸의 도는 젊은 성진이 이미 해 보았던 것이고 그렇게 추구했지만 도달하지 못했던 것이기 때문이다. 이런 사실을 대승상 양소유는 전혀 모른다. 부귀공명만 헛된 것이 아니라 불생불멸의 도를 추구하는 것 역시 헛된 것이라는 사실을 모른다. 지금의 대승상인 양소유 자신이 그런 헛된 욕망으로 인해 생긴 존재라는 것을 까맣게 모른다. 그래서 양소유는 다시 그 원래의 존재였던 성진이 살아봤던 바로 그 불생불멸의 도를 욕망한다. 성진이 양소유의 삶을 욕망했다면 양소유는 성진의 삶을 욕망한다. 꼬리가 꼬리를 문다. 그리고 영원히 반복한다. 이것이 윤회(輪廻)이다.

성진이 부귀공명의 결과가 무엇인지 몰랐던 것처럼 양소유도 불생불멸의 도를 추구한 결과가 무엇인지 모른다. 성진과 양소유처럼 윤회인생에 속한 인간들은 모두 다 모른다. 왜냐하면 인간은 윤회의 각 단계만 기억하는 한계적 존재들이기 때문이다. 〈구운몽〉은 그것이 무엇인지 서사적으로 보여준다. 성진이 양소유가 되고 양소유가 성진이 된다. 성진은 양소유를 욕망하고 양소유는 성진을 욕망한다. 그렇기에 그 두 욕망은 부질없다. 성진일 때는 양소유가 절실하고 양소유일 때는 성진이 절실하겠지만 그것은 모두 부질없는 짓이다. 그렇지만 성진과 양소유처럼 사람들은 그것을 모른다. 그들은 모두 '현재의 자기 생'만 진짜라고 생각하는 윤회인생(輪廻人生)이기 때문이다. 성진이 양소유가 되었다가 그 양소유가 다시 성진이 되고, 그리고 그 성진은 다시 양소유가 되기를 반복하게 된다. 그것이 윤회이다. 그리고 그렇게 무한히 반복되는 이유는 바로 '욕망' 때문이다.

성진의 욕망을 양소유가 출장입상함으로 살아줬다면, 양소유의 욕망은 성진이 육관의 수제자로서 보여주었던 것으로 살아준 셈이다. 그러나 둘 다 부질없는 것이었다. 욕망이 부질없었듯이 그들의 삶도 모두 부질없다. 승상 양소유가 '그 성진의 욕망[富貴功名]'을 회의하여 그 욕망이 헛된 것이었음을 드러냈던 것처럼, 이미 젊은 사미 성진은 '그 양소유의 욕망[不生不滅의 道]'을 회의하여 그 욕망이 헛된 것이었음을 보여주었다. 성진에서 양소유가 되었다가 양소유가 다시 성진이 되었을 때, 성진에게 육관에게 "네 오히려 꿈을 치 씨디 못ᄒ엿도다(418)"라고 한 지적은 진실로 옳았다. 육관은 욕망 자체를 근본적으로 뛰어넘어야 함, 즉 공(空)이어야 함을 말한 것이다.21) 그것을 깨우치는 것이 큰 깨달음[大覺]이다.

4. 진정한 깨달음

부귀공명을 바라는 성진의 욕망이나, 불생불멸을 추구하는 양소유의 욕망은 모두 욕망이 발현된다는 점에서 문제적이다. 그런데 이런 욕망이 발현되도록 유도한 자가 바로 육관대사라는 점을 생각해야 한다. 성진이 용궁에 가서 술을 마시고 돌아오다가 8선녀를 만나게 된 원인은 육관대사가 성진을 용궁에 심부름 보냈기 때문이다. 육관은 성진이 그런 일련의 과정을 겪을 것을 예상했고, 그런 과정을 겪은 성진을 꿰뚫어 보았다. 그러므로 어떤 의미에서 성진의 욕망은 육관이 부추긴 측면이 없지 않다.

---

21) 그 구체적 방법을 <구운몽>은 세 가지로 말했다. '육관의 언술', '장자의 胡蝶之夢', '<金剛經> 설법'이 그것이다. 유광수, 앞의 논문, 2006 참조.

　　육관이 그렇게 한 이유는, 그것은 인간은 누구나 희로애락에 얽매인 욕망의 존재임을 알아야 한다는 것과 그것을 인식한 존재는 그런 얽매임에서 벗어나야 한다는 것을 가르치기 위해서였다. 8선녀를 만나고 돌아온 성진은 잠시 욕망에 흔들리지만 마음을 가다듬고 계율을 따른다. 이는 욕망이 있지만 강제로 억누르는 행위이고 그것으로는 결코 궁극적인 깨달음에 도달하지는 못한다. 욕망이 없어 보이지만, 욕망은 사라지지 않고 억압되었을 뿐이다. 성진은 육관대사의 제자 중 가장 뛰어난 자였다. 가장 뛰어나기에 진정한 깨달음에 도달할 자질을 구비하고 있기도 하겠지만, 오히려 '불가의 계행이라는 상(相)'에[22] 얽매임이 더욱 심하다는 점도 같이 있다. 진정한 깨달음은 그런 얽매임의 상(相)까지 극복할 때 이루어지는 것인데,[23] 뛰어나면 뛰어날수록 역설적이게도 그 얽매임의 정도는 더욱 심해지기 쉽다. 그것이 포단 위에 앉아 참선을 하는 모습으로 드러난 것이다. 성진은 욕망에서 벗어난 것이 아니라 자신이 배운 대로 욕망을 억누르기를 시도한 것이다.[24] 오히려 진정한 깨달음에서 멀어지는 모습이다. 그래서 이렇게 스스로 욕망을 억누르기를 시도할 때, 육관이 개입하여 그 욕망의 실체를 끄집어내고 그 욕망을 성취하게 만든다. 그것이 '성진이 양소유 되기'이다. 성진을 양소유가 되

---

22) '相'은 '모습', '모양', '형상', '상태', '특징', '징표' 등으로 인식 주관에 형성된 대상에 대한 차별이나 특징을 의미한다. 또 의식에 떠오르는 대상의 상태나 특성, 인식 주관이 대상에 부여한 가치나 감정, 생각, 관념 등을 의미한다. 자세한 것은 운허 용하, 『불교사전』, 홍법원, 1971, 427쪽 ; 곽철환 편저, 『시공 불교사전』, 시공사, 2003, 342쪽 참조.
23) '相에 얽매이지 않아야 한다'는 것은 『金剛經』의 핵심이며 그것이 空사상과 통한다. 沈家楨, 『금강경의 연구』, 임우재 옮김, 미주현대불교, 2000, 93~96쪽 ; 南懷瑾, 『금강경 강의』, 신원봉 옮김, 문예출판사, 1999, 136, 142쪽 참조.
24) 성진의 욕망 제거와 억누르기에 대해서는 유광수, 「〈옥루몽〉 연구」, 연세대학교 박사논문, 2005, 48~52쪽 참조.

게 한 육관의 목적은 성진에게 '네 욕망을 성취해서 즐겁게 지내라'가
아니며, '욕망 성취 후에 무상감이 있으니 추구하지 말라'도 아니다. '그
런 욕망 자체에 얽매이지 말라'이다.

'양소유가 성진 되기'도 그렇다. 불생불멸의 도를 추구하겠다는 욕망
은 실현될 수 없는 한계를 지니고 있다. 일정한 수준의 도를 닦아 본질
을 찾았다고 착각할 수는 있겠으나, 그것이 진정한 깨달음일 수는 없다.
오히려 진정한 깨달음에서 멀어지는 미혹의 세계이다. 부귀공명을 온전
히 성취했다고 느끼자 새로운 욕망이 생겼다. 이것은 인간 존재가 필연
적으로 가지고 있는 것이다. 성취했다고 생각하는 순간 그것은 성취한
것이 아닌 것이다. 그래서 양소유는 새로운 욕망을 품는다. 그러나 그
새로운 욕망을 추구해도 성취할 수 없다. 성취했다고 생각하는 순간 또
다른 욕망이 생기기 때문이다.[25] 진정한 깨달음은 이런 상태에서 완전
히 벗어나는 것이다.

이렇게 두 과정은 상반되어 보이지만 마찬가지의 얽매인 욕망이다.
인식의 얽매임에서 벗어날 수 없는 존재인 성진과 양소유는 모두 윤회
의 한계를 벗어날 수 없다. 그 영원한 과정에서 계속된 욕망 품기1와
욕망 성취의 과정을 반복할 뿐이다. 앞이나 뒤, 미래나 과거, 어디로 가
도 그 영원한 연쇄에서 벗어날 수 없다. 진정한 벗어남은 욕망이 완전히

---

[25] 라캉은 인간은 모두 상징계 속에 있으므로 그가 추구하는 것은 언제나 여분이 남는
것일 수밖에 없음을 지적했다. 그 남는 여분이 인간을 욕망하게 하는 미끼이고, 그렇
기 때문에 아무리 추구해도 욕망의 완벽한 성취는 있을 수 없음을 지적했다. <구운
몽> 서사는 이것을 성진이 양소유가 되고, 양소유가 다시 성진이 되는 것으로 형상화
시켜 보여주고 있다.
  이유섭, 『성관계는 없다』, 민음사, 1997, 227~249쪽 ; 권택영 엮음, 『자크 라캉 욕망
이론』, 민승기·이미선·권택영 옮김, 문예출판사, 13쇄, 2000, 15~49쪽 ; 장 벨맹-노
엘, 『문학 텍스트의 정신분석』, 최애영·심재중 옮김, 동문선, 2001, 38~47쪽 ; 김종
주 옮김, 『라캉 정신분석의 핵심용어』, 하나의학사, 2003, 64~73, 116~121, 153~155,
195~200, 245~250쪽 참조.

사라진 상태, 空의 경지에서만 가능하다. 성진이 욕망한 것의 허망함을 깨닫게 되고, 양소유가 욕망한 것의 문제점을 깨닫게 된 이후, 성진/양소유는 진정한 깨달음의 단계로 들어가게 된다. 그것은 각기 다른 한쪽으로 치우쳐서 갈망해 보고, 그 결과를 체험한 존재가 도달할 수 있는 경지이다.

인간의 욕망은 끝이 없기에 성진은 욕망을 성취하러 미래로 나아가 양소유가 되었고, 그 양소유는 또 다른 욕망을 품고 더 앞으로 나가려 했다. 인간은 계속해서 욕망을 좇아 앞으로만 나간다. 그러나 그것은 계속 순환할 뿐이다. 윤회의 각 단계에 있는 존재는 각기 자신의 욕망이 최선이라고 생각하지만 그것은 이미 해보았던/추구했던 것일 뿐이다. 육관은 그것을 깨우치게 하려고 '성진을 미래로 가게' 했고, '양소유를 과거로 돌아오게' 했다. 그래서 미래로 가기나 과거로 돌아오기나 마찬가지로 미혹된 상태임을 깨닫게 했다. 그 단계에서 추구하는 모든 것, 욕망은 헛된 것임을 깨닫게 했다. 그래서 진정한 깨달음은 그 욕망의 실체를 완전히 없애는 것, 욕망이 없는 상태가 되는 것임을 알게 했다. 이것은 성진의 욕망을 실현해 보고 양소유의 욕망을 실현해 보았던 존재 성진/양소유가 도달할 수 있는 경지이다. 드디어 성진은 진정한 큰 깨달음[大覺]을 얻는다.

이런 깨달음을 작가는 독자도 같이 호흡하며 깨닫고 이해하게 한다. 〈구운몽〉의 세 대목 중에서 '성진이 양소유 되기'가 가장 길고, '양소유가 성진 되기'가 짧게 서사화 된 이유는 그 과정이 각기 '미래로 나가기'와 '과거로 회귀하기'이기 때문이다. 즉, 독자들을 몰입시키려고 의도적으로 미래는 길게, 과거는 짧게 서술한 것이다.26) 미래는 아직 이루어지

---

26) 〈구운몽〉은 '깨달음에 관한 텍스트'일 뿐만 아니라, 깨달음을 주는 '깨달음의 텍스트'인데, 독자에게 깨달음을 주기 위해 작가가 의도적으로 '꿈꾼다는 사실을 숨기고', 윤

지 않은 것이므로 구체적일 필요가 있다. 인간은 누구나 욕망을 가지고 있고, 그 욕망이 이루어지면 희열을 느끼고 만족한다. 사실 기대함으로 인해 희열을 느낄 뿐이지 그 성취의 결과는 그 기대감만큼 크지 않다.[27] 성취는 곧 새로운 불만족, 즉 새로운 욕망을 품게 되는 시작일 뿐이다. 이렇게 성진의 미래를 풀어서 구체적으로 욕망 성취 과정을 보여 주는 것은 독자를 그 과정에 동참시켜 희열을 느끼게 하기 위함이다.[28] 양소 유의 삶이 구체적으로 펼쳐지고 그 과정이 독자의 욕망을 자극하기에 독자들은 서사에 몰입하고 작가가 의도한 과정과 결과에 개연적으로 설 득되어 그것에 동의하게 된다. 부귀공명을 누려봐야 허무하다는 결과만 제시할 경우, 독자들은 그것을 머리로 '이해'하지 마음과 가슴으로 '인정 하고 느끼지' 않는다. 작가는 독자에게 교술적으로 설명하여 강요하려 한 것이 아니라, 느끼고 인정하고 따르게 하려 했다. <구운몽>은 결코 설강록(設講錄)이나 교훈서(敎訓書)가 아니다. <구운몽>은 허구성과 쾌 락성의 효용을 인식한 작가의 '소설(小說)'이다. 작가는 인간 욕망의 허

회하지 않아도 될 성진을 '굳이 윤회하도록' 만든 것에 대해서는 앞서 논의가 있었다 (유광수, 앞의 논문, 2006). 여기에 본고에서는 앞 절에서 논의했던 것처럼 '호승 출현 대목에서 시점을 양소유로 설정해 독자의 몰입을 유도한 것'과, '양소유의 삶을 구체 적으로 길게 형상화한 이유'를 더 밝힌 것이다.

27) 이것이 인간 본연의 감정이다. 성취된 욕망은 더 이상 진정한 욕망이 아니고 그 만족 감은 그가 '상상'했던 만족감을 온전히 충족시켜 주지 못한다. 라깡은 이것을 언어로 구조화된 상징계의 필연적 결과로 이해하고, 이때 빠져나간 여분의 것을 실재계로 파 악했다.

28) 이것이 세련되고 적절하게 수행되었다. 그래서 후대 이본에서는 '양소유'만 강조된 이본이 생기기도 한 것이고, 연구의 시각도 인간 부귀공명의 측면만 부각하는 경우가 나타나게 된 것이다.
<구운몽> 후대 이본에 대해서는, 장효현, 앞의 논문, 1993, 131~134쪽 ; 서인석, 「<구 운몽> 후기 이본의 변모 양상」, 사재동 편, 『서포문학의 새로운 탐구』, 중앙인문사, 2000, 211~236쪽 ; 서인석, 「<구운몽>의 문체적 변주-김광순본 <구운몽>의 경우」, 『고전문학과 교육』5, 한국고전문학교육학회, 2003, 69~88쪽 참조.

망함과 인식의 빗겨감을 소설 텍스트를 통해 세련되게 형상화한 것이다. 이것이 〈구운몽〉의 이유이며 목적이고 결과이다.

구체적으로 보여주는 과정에 따라 독자들은 욕망의 정점에 올라선다. 더 이상 갈 곳이 없는 최상의 위치에 서게 하는 것이 작가의 목적이다. 현실에서는 불가능하지만 소설이란 가상 체험을 통해서는 가능하다. 독자들은 양소유를 통해 그것을 대리 체험하고 그 경험을 공유한다. 이때 작가는 자기가 의도한 것을 꺼내 놓는다. '무상감'이 그것이다. 엄밀하게 말하면 무상감을 독자는 절실하게 느낄 수 없다. 평범한 삶을 사는 독자들은 평생 욕망을 하면서 살다가 죽을 뿐이다. 소설 속 양소유처럼, 부귀공명의 욕망 자체가 의미 없을 만큼의 높은 성취를 경험하지 못한다. 손대는 것마다 성공하고 위로만 상승하는 양소유의 삶은 소설 속에서나 가능한 삶이다. 그러나 현실은 그렇지 않다. 한치 앞의 것을 얻기 위해 아등바등한다. 그것이 실제 인간의 삶이다. 욕망은 부족에서 나오고 그 욕망 성취를 위해 노력하는 과정이 곧 인생의 과정이고 그것이 삶을 살아가게 하는 원동력이 된다. 그러므로 '성취의 과정' 속에 있는 일반 독자들에게는 목표를 향한 노력과 몸부림이 있을 뿐이지 목표를 달성한 후의 무상감은 느끼기 쉽지 않고, 그래서 설득되기 어렵다. 미루어 짐작하여 어느 정도 '머리로 이해'할 수는 있어도 절실하게 마음속으로 '인정되고 느껴지지'는 않는다.

〈구운몽〉은 독자들의 머릿속에서만이 아니라 마음속에서도 인정하고 느끼게 세련되게 서사화되었다. 양소유에 동일시하기 위해 꿈꾼다는 사실을 숨기고, 부귀공명의 욕망 성취 과정을 차근차근 구체적으로 재미있게 보여주었다. 그래서 성진이 '자신의 미래를 살아보았던 것'처럼 독자들도 '자신들의 미래를 살아보는 것'이다. 이런 의미에서 〈구운몽〉은 성진의 이야기이며 동시에 독자의 이야기이다. 이를 통해 독자들은 자신들이 비록 '욕망의 과정'에 있지만, 욕망을 성취한 정점에 섰다고 생각하게 되고, 그 순간 작가가 제시한 '무상감'을 '인정하고 느끼게' 된다. 그리고 작가의 의도대로 '인간이란 무엇인가?'라는 질문에 양소유가 고민했던 것처럼 독자도 같이 골몰한다. 갑작스럽게 꿈에서 깨어나는 충격적 장면에서 성진이 놀라 한동안 어리둥절했던 것처럼 독자들도 충격을 받고, 성진이 진정한 깨달음을 얻기 위해 육관에게 간청할 때 독자들도 같이 머리를 조아린다. 그리고 윤회가 꿈이었던 것처럼 인간 윤회를 꿈처럼[如夢] 바라보아야 한다는 '육관의 언술', '장자의 호접지몽(胡蝶之夢)', '<금강경(金剛經)> 설법'을 통해, 성진이 진정한 깨달음을 얻었던 것처럼 독자들 역시 깨달을 수 있다. 이것이 대리 체험을 장르적으로 전제하는 '小說'의 효과이고 가치이다.

5. 결론

도를 닦겠다고 어린 나이에 출가(出家)하여 육관대사의 수제자가 된 성진. 큰 성취가 있어 도술을 부려 용궁에 들어가고 하늘을 날아다닐 수는 있었지만 인간이란 한계를 벗어날 수는 없었다. 부귀공명의 욕망을 품고 그것을 성취한 양소유. 하는 일마다 성공하여 출장입상하고 아름다운 미녀들을 차례로 만나 즐기지만 그 역시 인간이란 한계를 벗어나지 못했다. 이 두 명은 각기 다른 윤회의 단계에 있었지만 같은 존재였다. 불가의 계율대로 수행하나 유가의 원칙대로 살아가나 그들은 한계 지워진 상황 속에서 살아가다 죽어 또 다시 다른 모습으로 태어나 영원히 살아가야 할 인간이란 점에는 변함이 없다. 성진이 유가 욕망을 꿈꾸다 죽어 윤회하여 양소유가 되어 그 욕망을 성취해도, 그는 다시 불가 욕망을 꿈꾸게 된다. 양소유가 불가 욕망을 꿈꾸다 죽어 윤회하여 또 다른 이름의 존재가 되어 이전의 성진처럼 호풍환우하고 하늘을 나는 성취를 얻어도 그는 다시 유가 욕망을 꿈꾸게 될 것이다. 집착이 욕망이고 욕망이 영원한 윤회의 수레바퀴를 돌린다.[29]

인간이 성진처럼 욕망해도, 또 양소유처럼 욕망해도 그 욕망은 모두 부질없는 것이다. 부귀공명 이후에 허망함이 찾아오고, 본질을 찾겠다고 아무리 발버둥 쳐도 자기 기억의 인식적 한계를 한 치도 넘을 수 없다. 그것이 인간이다. 그렇게 욕망하고 좌절하고 새로운 욕망을 품는 영원한 사슬에 있다는 것을 통찰한 작가는 소설 텍스트를 통해 세련되게 보여 주면서 독자들의 깨달음을 촉구했다. 인간이기에 전생(前生)이나 내생(來生)을 알 수 없었는데, 꿈으로 내생을 경험하고 깨게 하여, 전생과 내생을 모두 경험한 성진처럼, 독자들은 인간의 전생과 내생을 대리 체험을 통해 경험한다. 그래서 성진이 깨달았던 것처럼 독자들도 깨달음에 도달할 수 있게 된다.

결국 육관대사가 성진을 깨닫게 하려고 '성진이 양소유 되게' 하고, 다시 '양소유를 성진 되게' 한 후, 진정한 깨달음으로 인도했던 것처럼, 작가는 독자를 깨닫게 하려고 이 세 과정을 통해 진정한 깨달음으로 이끈다. 그 이끄는 과정은 결코 강제적이지 않다. 자발적으로 동참한 독자들의 즐거운 소설 읽기 과정을 통해 쾌감을 느끼며 따라간다. 그 과정의 즐거움, 그리고 그 결과의 심오함. 이런 것을 세련되게 수행한 소설 텍스트가 〈구운몽〉이다. 〈구운몽〉이 소설다운 소설로 예전에도 그리고 지금도 우뚝한 이유가 바로 이것이다.

---

29) 윤호진, 앞의 책, 100~101쪽 참조.

〈옥루몽〉의 벽성선 : 욕망하는 인물, 전략화된 육체와 사회적 검열·통제

1. 서론

고소설의 여주인공들은 특별히 강조하여 서술하지 않아도 대부분 아름다운 것으로 여겨진다. 독자들은 통속적 영웅소설의 주인공은 물론, 내면성이 강조되는 전기소설(傳奇小說)의 주인공들[1]까지도 외모가 아름다운 것으로 이해한다. 고소설 주인공들은 선한 인물이기에, 아름다운 여성은 으레 선하게 여겨지고 선한 인물은 곧 아름다운 것으로 간주된다. 간혹 그렇지 않은 경우가 있는데, 악한 인물임에도 외모가 출중한 경우, 미색(美色)의 빼어남을 서술하자마자 곧 심성의 부도덕함을 논평하여 그녀의 미(美)가 심성과 일치되지 않은 외적 색태(色態)로 인식하게 만든다. 부적절한 수양 때문에 외모와 심성이 괴리된 것이고, 그렇기에 외모가 빼어날수록 더 부도덕하게 여겨진다. 유교 수양론의 문화 속에 있는 독자들에게 외모만 두드러지는 것은 문제적 상황이 아닐 수 없다.[2] 그래서 독자들은 그런 여성들의 외모는 '아름답다'기보다는 '교태

---

1) 박희병, 「傳奇的 人間의 美的 特質」, 『韓國傳奇小說의 美學』, 돌베개, 1997, 33~55쪽.
2) 유가철학에서는 몸과 마음이 별개가 아니라는 '心身一元論'이 일반적으로, 정신과

스럽다'고 인식하게 되고, 그녀들의 일탈적 행위와 그 행위에 대한 응징은 마땅하다고 생각하게 된다.3) 이렇게 '성적 매력'의 측면만 부각된 외모는 선한 인물의 '아름다움'과 구별되어 차별받게 된다. 주인공이 '아름답다'는 것은 외모만 말하는 것이 아니라 심성까지 전제된 것이다. 그래서 아름다운 인물은 선한 인물이고, 선한 인물은 아름답다. '나이 16세요'라는 식의 관습적 연령이 가장 아름다운 사랑을 하는 청춘을 의미하는 것처럼, 이런 '주인공으로서의 아름다움'은 다분히 관습적이고 관념적이며 배경적이다.

그러므로 여주인공들은 자신의 미모에 대한 자각이나 미모를 의도적으로 부각시켜 수단화하지 않는다. 외모를 강조하는 것은 곧 내적 수양의 결여로 이해되며, 수단화는 미색으로 현혹하는 것으로 여겨져 부정적으로 규정되기 때문이다. 그래서 여주인공의 외모는, 그녀 자신과는 무관한 것으로 분리되어 타자화되고, 그것을 바라보고 충족하는 남성들에게 복속될 뿐이다. 결국 '주인공으로서의 아름다움'은 남성 위주 시각에 의해 만들어진 아름다움이며, 그것이 아비튀스(Habitus)로 작용하여 여성들에게까지 호도된 아름다움일 뿐이다.4) 그렇기에 작가는 남성 주인

육체의 현상론적 속성 이원론은 있을지언정, 서양의 데카르트처럼 두 개의 실체로 간주하려는 실체 이원론은 없다. 그래서 유교적 修身의 문제는 심성의 표현인 외적 육체에 구현된 禮의 문제에 관심을 두는 것이다. 조민환, 「儒家美學에서 바라 본 몸」, 『동양철학연구』18, 동양철학연구회, 1998, 429~448쪽.

3) 〈사씨남정기〉의 교 씨가 대표적인데, 교 씨는 남편인 유연수를 저버리고, 자식의 죽음에 크게 동요하지도 않고, 심지어 동청과 사통하는 일도 서슴지 않는다. 그래도 독자들은 특별히 의아스러워하지 않고 개연적이라고 생각한다. 色態만 강조된 교 씨에게 그런 행동은 당연하다고 이해하기 때문이다. 또한 교 씨에 대한 징치도 유교적 정당성을 띠기에 가혹하다고 생각하지 않는다.

4) 여성들은 남성들의 시선을 자신들의 시선인 양 그대로 수용하게 되기에 여성들도 남성 시각 위주의 본질을 파악하지 못하고 그대로 수용, 재생산, 고착화하는 데 이바지하게 된다. 이는 문화적 압력에 따른 문화 교육적 효과가 아비튀스(Habitus)를 재생

공과 결합하는 여성을 마땅히 아름다운 것으로 형상화하지만 여성 주인공의 내밀한 욕망과 자기 인식에 대해서는 주목하지 않는다.

그러므로 여성의 내밀한 욕망을 서사 전체를 통해 부각시키고 그 성취 과정을 보여주는 이야기가 있다면, 그 작가의 의도에 주목해야 할 것이다. 형상화된 여성이 자신의 미모에 대한 자각을 가지고 미모를 수단화하여 자기 욕망을 꾀하는데, 그럼에도 작가가 그녀를 부정적으로 그리지 않고 긍정적으로 서사화했다면, 이것은 매우 중요한 변화일 것이다. 19세기 소설 <옥루몽>의 기녀 벽성선의 경우가 바로 그렇다.

일반적으로, 여성 스스로 자신의 미모를 인식하고 그것을 수단화하는 것은 외모만 아름다운 악한 여성이나 저속한 기녀 같은 경우로 한정된다. 실제 현실에서 기녀가 외모를 수단화하여 재물을 획득하거나 양반의 첩이 되는 경우가 없지 않지만, 소설 속에서 그럴 경우, 부정적 기녀로 폄하되든지 단순히 배경적 차원에 머물게 된다. 소설에서 미화되는 기녀들은 모두 아름답지만 '주인공으로서의 아름다움'일 뿐이므로, 그 미모를 수단화하지 않고 오직 남성의 시혜를 기다리는 위치에 머문다. 작가는 기녀들의 이런, 남성들과의 관계성을 '정절(貞節)'로 서사화한다. 기녀들의 정절은 한 남성과 소위 '지기상통(知己相通)'한다는 명분으로 합리화되고, 그 남성을 만나고 기다리며 고난을 감내하는 일련의 행동을 통해 미화된다.

이런 정절 의식이 탁월한 기녀를 '지조 높은 기녀'로 이해하는데, 문제는 이 '지조 높다'는 것이 작품에 따라 각기 다르다는 점이다. 그 상이

산하여 불평등한 관계를 영속화하기 때문이다. 이것은 불평등한 문화사회적 구조를 고착화하고 은폐함으로써 남성 지배계급에 의해 정의된 문화를 주입시키는 상징폭력(Violence symbolique)을 행사하는 기제라고 할 수 있다. 현택수, 「아비튀스와 상징폭력의 사회비판이론」, 현택수 외, 『문화와 권력』, 나남출판, 1998, 101~120쪽 참조.

점의 핵심은 '지기를 만나기 이전에 다른 남성들과 관계가 있었느냐 없었느냐'인데, 남자관계가 있는 경우도 '지조 높은 기녀'로 인정하는가 하면, 남자관계가 없는 경우에만 '지조 높은 기녀'로 인정하는 작품도 있다. 그런데, 작가나 독자 모두 '기녀'라는 사회적 특수성을 이해하기 때문에, 보통 기녀의 정절을 말할 때, 그것은 지기상통 이후를 말하는 것이지 그 이전까지 말하는 것은 아니다. 간혹 처녀인 기녀를 만나면, 남성의 지배욕과 정복욕이 자극되기에, 남성이 상당히 놀라며 흥분하지만, 꼭 처녀성이 있어야 한다고 생각하지는 않는다. 〈구운몽〉의 계섬월과 적경홍을 보면, 이전에 다른 남성과 관계가 있었지만[5] 서사에서 그녀들을 '지조 높은 기녀'로 인정하고 있다. 양소유도 그녀들의 이전 관계에 대해 알지만 개의치 않았고, 그녀들의 '지조 높음'에 대해 의문을 품지도 않았다. 오히려 문제는 지기상통 이전에도 처녀성을 지켜야만 '지조 높은 기녀'로 인정하는 경우이다. 〈옥루몽〉의 강남홍과 벽성선이 이 경우인데, 이들은 지기를 만나기 이전에도 처녀성을 굳게 지켰다. 특히 벽성선은 강남홍과 달리, 미모를 전략화하고 또 '지기상통'의 가치까지 수단화하고 있어 면밀한 검토가 필요하다.

이상으로 볼 때, 고소설에서 미모에 대한 관습적 서술과 서사적 구체성을 갖는 서술은 구별해야만 함을 알 수 있다. 서사적 구체성을 띨 경우는 교 씨같이 심성과 괴리된 것으로 형상화하여, 부정적 인물로 규정하고 징치하는 유교적 이데올로기를 강조하기 위함이 일반적이다.[6] 그

---

5) 적경홍은 연왕의 첩이었고, 계섬월은 명확히 드러나지는 않지만, 양소유와 만났던 詩社의 목적이 원래 '어떤 남성'이든 한 명을 택해 통침하는 것이었다는 점에서, 그녀가 이전에도 기녀로서 행동했음을 알 수 있다.

6) 부정적이지 않고 미모가 강조되는 경우로 傳奇小說의 여주인공 경우가 있는데, 이때 미모는 둘만의 관계성을 전제로 드러난다는 점에서 차이가 있다. 즉 傳奇小說 여주인공의 미모는 주관적 매력의 측면이 우세하여 누구나 아름답다고 보는 것과 구별된다.

런데 벽성선의 경우, 미모에 대한 서술이 구체적이고 자주 강조됨에도 불구하고 그녀는 긍정적으로 그려진다. 또 기녀로서 지기상통 이전에도 처녀성을 지킨다는 특이한 상황이 부각된다. 이런 서술이 보여주는 작가의 의도는 다른 작품들과 비교할 경우에 드러나겠지만, 같은 작품 안에 각기 상이하게 형상화된 다른 기녀들과 비교해도 그 의도성을 찾을 수 있을 것이다. 오히려 다른 작품과 비교하는 것보다 한 작품 속에서 차이를 확인하는 것이 작가의도를 파악하는 데 더 명확할 것이다.

그러므로 본고에서는 〈옥루몽〉의 다른 세 기녀와의 비교를 바탕으로, 벽성선의 미모에 대한 주체적 인식과 신분 상승 욕망을 살펴보고, 그녀가 취한 구체적 전략에서 어떻게 미모와 육체가 수단화되는지를 확인하여, 이를 통해 '지조 높은 기녀'의 의미와 '지기관념'이 어떻게 변화되는지 탐색하겠다.[7]

2. 벽성선, 욕망의 인간

〈옥루몽〉에 등장하는 많은 기녀들 중에서 배경으로 있는 인물이 아니라 전면에 부각되는 기녀는 강남홍, 벽성선, 설중매, 빙빙 네 명이다. 가장 큰 활약을 보여주는 이는 강남홍인데, 그녀는 지기를 만나기 위해

때로 주변 사람들이 미모를 칭찬하는 경우가 없지 않지만, 그것 역시 서사에서 '미모' 자체를 강조·부각하기 위한 것이 아니라 아름답다는 것을 표현하는 관습적 서술일 뿐이어서 차이가 있다.

7) 대본은 완질이면서 가장 시기가 이른 규장각본 14권 14책 〈옥루몽〉으로 한다. (장효현, 「『玉樓夢』의 文獻學的 硏究」, 고려대학교 석사논문, 1981, 13~40쪽 참조) 권수와 쪽수를 괄호 안의 ':'으로 구분하여 앞에 권수, 뒤에 해당 쪽수를 표시한다. 인용 대목의 기호와 강조는 모두 필자가 첨가한 것이다. 규장각본의 오류는 신문관본과 漢文懸吐本을 校勘하여 바로잡고 표시하여 밝힌다.

지조를 지키다가 양창곡을 지기로 만나 허신(許身)하고, 황자사의 겁박에 정절을 지키기 위해 강에 투신하는 인물로, '지조 높은 기녀'의 전형을 보여준다.[8] 설중매와 빙빙은 양창곡의 아들 양기성과 풍류로 맺어지는데, 설중매는 기성과 만나기 전에 곽상서가 기둥서방이었으므로 지조 문제가 언급되지 않고, 오히려 현실적인 풍류의 모습으로 드러난다. 기성과의 만남도 지기로 만난 것이 아니라 정욕에 이끌려 만난 것이며, 금전적 이익 획득의 수단으로써 육체관계가 이루어지는 당대 풍속도 설중매와 관련지어 서술된다. 이런 설중매의 모습은 19세기 기녀 풍속을 사실적으로 보여 준다는 점에 의미가 있다.[9] 기녀에게 있어 육체는 자신의 것으로 인정되는 것이 아니라 타자화되기 쉬운데[10] 그런 의식을 사실적이고 구체적으로 보여주는 인물이 설중매이다.

빙빙도 기성과 관계를 갖지만, 설중매와 달리 기성과 만나기 전에 지조를 지킨 것으로 판단된다. 지조를 지킨 이유는 지기를 만나기 위해서라고 추측은 되지만 강남홍이나 벽성선처럼 명확치는 않다.

> 빙낭 소왈 "…… 첩은 본디 황셩 쳥누의 셰 〃 국창이라. 첩의 어미 위오랑이 독보 당셰ᄒ던 명기로 첩을 가르쳐 왈 '창기라 ᄒ는 거시 비록 쳔ᄒ나

---

8) 강에 투신하는 행위는 知己相通한 양창곡을 夫君으로 인정하여 절개를 지키려는 행위이다. 조선전기에는 자신의 정절을 지키는 수동적 방법만으로도 열녀가 되었는데, 후기에는 적극적으로 殉節하는 것만 節行으로 보는 시각으로 바뀌어 烈의 기준이 좁아졌다. (홍인숙, 「봉건가부장제의 여성 재현」, 『여성문학연구』5, 한국여성문학회, 2001, 280쪽) 즉, 강에 투신하여 목숨을 버리려는 강남홍의 행동은 적극적으로 烈을 실현하려는 것이고, 그렇기에 강남홍은 '지조 높은 기녀'라 할 수 있다.

9) 김종철, 「<옥루몽>의 대중성과 진지성」, 『한국학보』61, 1990 겨울, 26~27쪽 ; 조혜란, 「조선후기소설에 나타난 유흥 서술 연구」, 『한국고전연구』3, 한국고전연구학회, 1997, 111~115쪽 ; 김경미, 「19세기 한문소설의 새로운 모색과 그 의미」, 『한국문학연구』창간호, 고려대 민족문화연구원, 2000, 229~231쪽 참조.

10) 최기숙, 「'성적'인간의 발견과 '욕망'의 수사학」, 『국제어문』26, 2002, 53~86쪽.

마음 가지는 법이 사족 부녀와 다르미 업느니 창기의 지조는 군즈의 도덕이오 창기의 가무는 군자의 문장이라. 네 부터 지조를 쳔이 말고 가무를 닥가 셰 〃 샹젼ᄒᄂᆫ 가셩을 일치 말나' ᄒ기 쳡이 그 말을 금셕갓치 즉희여 평싱 소학과 가즁 문견이 그러하여 녀류 십사셰의 츠 〃 셰샹을 녈역ᄒ여 보미 쳥누풍긔 쏘한 고금이 달나 지조를 즉흰즉 괴즐ᄒᆷᆯ 조롱ᄒ고 가무를 말ᄒᆫ즉 아는 지 업셔 다만 남즈를 눈쥬어 지믈을 낙그며 말ᅟᅳᆷ을 교식ᄒ여 염냥을 슬피니 쳡이 비록 종즁종젹ᄒ여 구습을 고치고즈 ᄒ나 십년 문견을 일조의 난변이라. 쳡이 쏘한 쳥츈 아녀지니 엇지 풍졍의 담박ᄒ리 잇고마는 실노 쟝안 소년이 무뢰잡난ᄒᆷᆯ 즐겨 아니ᄒ여더니 ……."

(14 : 36앞~뒤)

빙빙이 기성을 만나 하는 말인데, 자신도 "쳥츈 아녀지"로 "풍졍이 담박ᄒ"지는 않지만, 세속이 너무 저급하여 다른 사람들과 어울리지 않았다는 것이다. 지조를 숭상하였지만 그런 지조를 이해해 주는 인물이 없어 어울리지 못했다는 것으로, 이것은 아직 지기를 찾지 못해 어쩔 수 없이 정절을 지키고 있었다는 말이며, 지기를 만났다면 허신(許身)했을 것이란 의미를 내포하고 있다. 실제로 기성을 만나자 동침은 자연스럽게 이루어진다. 이렇게 빙빙은 지기상통 이전에 처녀성을 지킨 것으로 짐작된다. 특히 모친이 '비록 창기지만 지조를 지키라'는 당부를 빙빙이 "금셕갓치 즉희"였다는 것을 보면, 그녀 스스로 기녀 정체성을 분명하게 내면화하고 있음을 알 수 있다. 그러므로 그녀 역시 '지조 높은 기녀'의 모습을 보여준다. 그런데, 그녀의 경우가 강남홍, 벽성선과 다른 것은, 빙빙은 지기상통을 말했지만 기성은 그녀를 지기로 생각하지 않고 풍류의 대상으로 여겼다는 점이다.[11]

풍류로 만난 설중매는 물론 지기로 만난 빙빙이나 강남홍의 경우도,

---

11) 이 차이에 대해서는 앵혈 메커니즘을 논하면서 자세히 살펴보겠다.

그 처녀성의 유무에 관계없이 남성을 만나자 자연스럽게 육체관계가 이루어진다. 풍류의 경우는 말할 것도 없고, 지기상통의 경우에도 육체관계는 자연스럽다. 지기로 상통한다는 것은 모든 측면의 이익을 떠나, 상대방을 사랑하여 모든 것을 상호 공유하고 소통한다는 것을 말하는데, 그 공유와 소통에는 성관계 역시 포함된다. 상호 친밀감이 전제된 관계이므로 육체관계는 특별할 것이 없는 자연스러운 사랑의 행위로 이해된다.12) 그러므로 지기가 아니면 정절을 지키는 것이 당연하지만, 지기를 만나면 지기이기에 허신하는 것 역시 당연하다. 실상, 그 지기에게 허신하기 위해 정절을 지키는 것이 '지조'이다. 그러므로 강남홍은 양창곡을 만나 지기상통하자 그가 불우한 부거객(赴擧客)이지만 동침했다. 육체관계를, 금전 등의 기타 다른 어떤 것으로도 대치할 수 없는, 사랑의 문제로 이해했기 때문이다. 이렇게 강남홍은 '지기상통'과 '지조 높은 기녀'의 전형을 보여준다. 그런데 '지조 높은 기녀'로 여겨지는 벽성선이 지기상통했음에도 의도적으로 육체관계를 유예하는 것을 볼 때, 벽성선의 '지조 높음'과 '지기상통'은 그 본질에서 빗겨나 있음을 알 수 있다.

1) 자기 육체의 인식

벽성선의 아름다움은 여러 번에 걸쳐 계속 강조된다는 점에서, 관습적 서술인 '주인공으로서의 아름다움'을 넘어서는 작가의 의도성이 엿보인다. 설중매와 빙빙은 말할 것도 없고, 활약이 더 두드러지는 강남홍보다 더 자주 미모가 강조된다.13)

---

12) '친밀감'의 문제는 섹슈얼리티의 가장 중요한 측면인데, 친밀감은 평등화의 영역에서 기능하며 그것은 본질적으로 의사소통의 가능성과 연관된다. (앤소니 기든스,『현대 사회의 성·사랑·에로티시즘』, 배은경·황정미 옮김, 새물결, 2001, 226쪽) 이런 친밀감과 의사소통은 그대로 知己相通의 관계를 말한다.

강남홍의 미모가 드러나는 경우는 미모 자체가 목적이 아니라 다른 서사목적에 부가적으로 미모가 드러나 결과적으로 강조되는 경우이다. 예를 들어 북방을 평정한 양창곡과 강남홍을 기리기 위해 북방민족들이 강남홍의 화상(畵像)을 그리려 하는데, 강남홍이 왕소군(王昭君)과 외모가 동일함을 보고는, 이미 왕소군의 화상이 있으므로 왕소군 화상으로 대신한다. 이때 강남홍의 미모가 왕소군에 견주어짐으로 아름답다고 부각되지만, 이것은 왕소군처럼 강남홍이 아름답다는 것을 강조하기 위해 마련된 서술이 아니라, 강남홍의 화상이 이미 북방에 있었다는 것을 강조하여 '북방은 평정되어질 수밖에 없다'는 이데올로기적 정당성을 확보하기 위한 서술이다. 활약이 더 두드러진 강남홍조차 미모를 직접 강조하지 않고 이렇게 부가적일 뿐인데, 벽성선의 경우는 부가적인 것이 아니라 미모 자체에 주목하는 직접적인 서술이고 그 횟수도 강남홍보다 더 많다는 점을 생각하면, 작가의 의도를 어느 정도 짐작할 수 있다.

벽성선을 만나는 사람들은 모두 그녀의 미모에 놀란다. 양창곡뿐만 아니라 양부(楊府) 상하 모두 그녀의 미모에 놀라 칭송하고14), 그녀를 못마땅해하는 황 부인조차 그녀의 미모에 대해서는 인정한다.15) 심지어는 세상사와 절연하고 사는 여승, 도사들까지 모두 그녀의 미모에 압도

---

13) 강남홍보다 더 아름답다는 것이 아니라, 강남홍보다 더 자주 미모가 강조되어 서사에 나타난다는 말이다.

14) (벽성선이-인용자) 양부 문전에 슈리를 멈츄고 동주로 션통ᄒ니, 원외 니당에 들어와 불시 아리ᄯᆞ온 팃도와 보도라온 용뫼 일분 교식ᄒ미 업셔 그 교결ᄒ믄 일편빙심에 틔끌리 스라지고 그 션연ᄒᆞᆫ 반륜츄월리 긔인 빗츨 씌여거놀 부듕 상히 칙〃 충찬ᄒ고 원외 니외 ᄯᅩ호 스랑ᄒᆞ야 안즈믈 명ᄒ고 윤·황 냥쇼져를 불르니 (4 : 16앞~16뒤)

15) 이쩌 황소졔 션낭의 동졍을 좌우로 탐지ᄒ니 충찬만 ᄒ고 남으라미 업셔 그 용모 즈식을 기리는 소리 진동ᄒ거ᄂᆞᆯ 심듕의 분한ᄒᆞ믈 익괴지 못ᄒᆞ야 죵야 불미ᄒ고 일즉 일어 소셰할 시, 거울을 디ᄒᆞ야 눈셥을 그리며 탄식 왈 "하놀리 엇지 날을 너시며 경국지식을 악기스 우흐로 윤삐의게 양두ᄒ고 아러로 쳔기의게 뒤지게 ᄒ신고" (4 : 18앞)

되어 그녀를 칭찬하고 우호적으로 대한다.16) 이런 미모에 대한 서술은
벽성선의 미모가 단순히 양창곡과 둘만의 관계에서 드러나는 성적 매력
의 문제가 아님을 분명하게 보여준다. 세상과 절연한 여승(女僧)들까지
미모에 감탄했다는 것은 남성의 성적 시각에서만 이루어지는 관능적 미
가 아니라 그 이상의 미모임을 시사한다.17) 이런 자신의 미모에 대해
벽성선은 분명하게 인식하고 있다.

> 미인이 탄왈 "첩은 본디 낙양 사롬이니 셩은 가쎠요 일홈은 벽셩션이라.
> 난지 슈년의 난리를 당ᄒ야 부모을 일코 표박종격이 쳥누의 ⁄⁄탁ᄒ야 불
> 힝이 허명을 어더 <u>낙양 졔기 안식을 시긔ᄒ민</u> 몸을 쎄쳐 이곳시 오믄 실노

16) 모든 녀승이 <u>션랑의 용모롤 보고 막불흠앙ᄒ야 닷토아 츠롤 드리며 좌우의 쩌나지</u>
<u>아니ᄒ거늘</u> …… 녀승이 합장 디왈 "불가ᄀ 즈비로 일삼더니 져 갓흐신 낭진 일시
익운을 피ᄒ샤 누츄ᄒ 곳의 의탁고져 ᄒ시니 엇지 영힝치 아니리잇고." (6 : 53뒤)
모든 도시 쏘한 션낭 노쳐 츌듕 긔이ᄒ 즈식을 놀나며 ᄉ랑ᄒ여 극진이 친근ᄒ더라.
(7 : 5뒤)

17) 벽성선의 미모를 강조하는 이와 같은 서술이 〈옥루몽〉이 아닌 다른 작품에서 여주
인공의 관습적인 아름다움을 드러내는 것으로 사용될 수도 있다. 중요한 점은 '어떻게
어떤 방식으로 여주인공의 외모를 서술했느냐'의 문제보다 '어떤 맥락에서 어떤 의도
로 여성 주인공의 외모를 부각시키고 있느냐'이다. 미모에 대한 서술이 동일하다고
해서 각 작품마다 동일하게 기능하는 것은 아니다. 작가가 다른 작품에서 관습적으로
미모를 부각시키는 방식을 가져와 서술했다 해도, 그것을 단순한 관습적 서술 이상의
의도를 가지고 서술했다면, 그것은 관습적 아름다움이 아닌 의도적 미모의 표현으로
보아야 한다. 벽성선의 경우가 바로 그렇다. 벽성선의 미모 서술이 관습적인 미모에
대한 서술이 아님은, 이런 서술이 〈옥루몽〉에서 벽성선보다 중요한 역할을 수행하는
강남홍의 경우보다 많고, 강남홍의 미모를 부각시키는 방법보다 직접적으로 '미모' 만
을 강조하고 있다는 점에서 찾을 수 있다. 〈옥루몽〉 작가는 분명하게 그 미모를 부각
시키는 것이 목적이고, 그것은 벽성선이 자신의 미모를 인식하고 있음을 드러내는 기
제로 사용하기 위해서였다. 만나는 사람들마다 그녀의 미모에 대해 말하며 칭송(여승,
도사, 楊府 상하, 황 부인, 양원외 내외 등)하거나 시기(낙양 기녀들)하였다면 그 대상
인 벽성선이 '스스로 자신의 외모에 대해 분명하게 인식'하게 되었을 것이란 추론이
자연스럽게 이루어진다. 또한 이후 보여주는 벽성선의 행위(고고함, 허신 유예 등)가
미모를 수단시하는 것이란 점에서 그녀가 스스로 자신의 미모를 인식하고 있음을 분
명히 알 수 있다.

종적을 감초와 승이도ᄉ의 평성을 한가이 보너고겨 ᄒ밀러니 <u>슈풀의 사심</u>
<u>이 사향을 누셜ᄒ고 풍셩의 칼리 룡광을 감초지 못ᄒ야</u> 다시 본부기안의
ᄃ니 길가의 버들과 담의 곶가지이 엇지 소원이리오. 하믈며 이 곳의 풍속
이 고루ᄒ야 가〃의 상고질과 집〃이 고기 잡아 다만 이를 즁이 아니, <u>더</u>
<u>옥 불낙ᄒ 비로소이다.</u>" (3 : 27뒤~28앞)

벽성선이 처음 양창곡을 만나 자신의 처지를 말하는 대목인데, 상당
히 겸손한 듯하지만 오히려 자신의 미모를 강조하여 뽐내는 말이다. 이
말에는, 이후 보이는 벽성선의 모습과 달리, 미모에 대한 자신감이 한껏
묻어 있다. "낙양 졔기 안식을 시긔ᄒ"였다는 것이나, "슈풀의 사심이
사향을 누셜ᄒ고 풍셩의 칼리 룡광을 감초지 못ᄒ"였다는 것은 자기 스
스로 미모가 뛰어나다고 구체화한 것이다. 이렇게 말한 의도는 양창곡
의 마음을 사로잡아, 궁극적으로 자신이 속신되기를 바라는 간절함 때
문이다.[18] 그래서 이후의 겸손한 언술과 달리, 이 첫 대면에서 자신의
미모를 주변 환경의 고루함과 대비하여 차별성을 강조하여 스스로를 부
각시킨 것이다. 이런 강조는 대상을 객관적으로 보게 하는 것 같지만,
오히려 객관적 시선을 잃고 언술의 주관적 시선으로 대상을 보게 하여,
그 언술의 의도대로 따르게 하기 때문에,[19] 벽성선은 양창곡을 처음 만

18) 기녀가 양반과 결연하여 그 신분에서 벗어나 속신될 수 있었고(김미란, 「기녀(妓女)풍
속으로 본 춘향전의 몇 가지 문제」, 『춘향전 연구의 과제와 방향』, 향사설성경교수화갑
기념논문집, 국학자료원, 2004, 615~649쪽) 법적으로 금지되었지만 조선후기로 갈수
록 기녀들을 첩으로 들이는 행위가 공공연하게 퍼져 기녀들은 현실적으로 신분상승을
꾀하는 것이 가능했다(조광국, 『기녀담 기녀등장소설 연구』, 월인, 2000, 44~58쪽).
19) 우리의 정서가 일정한 언어에 담기기 전에는 모호한 안개와 같지만 일정한 언어에
담기면 그 구체적 사유가 구성되어 이미지화된다는 것이나, 언어는 말하는 것을 곧
보여주는 것이라는 것에 대한 하이데거의 생각과 자기 자신을 표현하는 사람은 실상
그가 생각하는 사상을 표현하는 것이라는 가다머의 인식에 대해서는, 이규호, 『앎과
삶』, 연세대학교 출판부, 8판, 1992년, 182~195쪽 ; 리파드 팔머, 『해석학이란 무엇인
가』, 이한우 옮김, 문예출판사, 2001, 184~311쪽 참조.

난 자리에서 뽐내듯이 반복해서 자신의 미모를 강조한 것이다.

2) 탈신분적 욕망과 의지

벽성선의 모친은 "낙양 명기(13 : 13앞)" 두오랑이고 부친은 보조국사로, 국사가 출가(出家)하기 전에 두오랑을 "천금으로 미득ㅎ여" 낳았다. 벽성선이 세 살 때 "병화를 맛ㄴ 모친을 일코 유리표박ㅎ여 단이다가 청누의 팔니(13 : 15뒤)"어 기녀가 된 것이다. 벽성선이 이런 자신의 과거사를 보조국사를 만난 자리에서, 양창곡에게 똑똑히 분명하게 말하는 것을 보면, 그녀가 자기 정체성에 대해 분명하게 인식하고 있었음을 알 수 있다. 그녀는 자신이 현재 처해진 자기 신분에 만족하지 않는데, 그래서 기녀 신분을 거부하고 신분 상승의 욕망을 품는다.

낙양기녀들로부터 질시를 받은 근본적 이유가 바로 이 탈신분적 사고 때문이다. 그녀의 미모가 탁월해서 다른 기생들이 시기한 것이 아니다. 같은 아름다운 기녀지만, 강남홍은 동료 기녀들로부터 칭송을 받았고 그녀가 죽자 그녀를 기리는 제문을 서로 외우며 슬퍼하기까지 했다는 점을 생각하면, 벽성선의 경우가 오히려 특이함을 알 수 있다. 더욱 근거지인 낙양을 버리고 벽성산으로 올 정도로 갈등이 심했다는 것은 단순한 질시 정도가 아님을 짐작하게 한다. 둘의 이런 상반된 차이는 그들의 대인관계나 기질의 차이 때문이기도 하겠지만, 근본적으로는 벽성선이 기녀로서의 신분을 거부하고 스스로를 차별적으로 고고하게 이미지화했기 때문이다. 그녀의 고고함은 다른 기녀와의 차별성을 강조하는 것이고, 그 차별적 강조는 다른 기녀들에게는 자신들을 무시하는 교만함으로 비치기 때문이다. 벽성선처럼 고고하게 행동한 기녀는 빙빙인데, 그녀 역시 다른 기녀들에게 따돌림을 받았다는 점에서 이런 점을 확인할 수 있다.

> 그듕 일기 기네(빙빙-인용자) 초연 독좌ᄒ여 불언불소하고 무산 무ᄒᆞᆫ 싱각이 잇ᄂᆞᆫ 듯 ᄒᆞᆫ지라. …… 즈셔이 보미 운빈이 소슬ᄒᆞ고 옥안이 초췌ᄒᆞᆫ 중 아담ᄒᆞᆫ 티도와 옹용ᄒᆞᆫ 거동이 십분 정묘ᄒᆞ고 칠분 아름다와 일지 부용이 녹슈의 소삿ᄂᆞᆫ 듯 삼츈방난이 유곡의 피엿ᄂᆞᆫ 듯 다만 의광이 무광ᄒᆞ여 실노 글를 ᄲᆞᆷ즉지 아니ᄒᆞᆫ지라. …… (빙빙이-인용자) 더왈 "이 쏘ᄒᆞᆫ 첩의 〃샹이 아니로소이다." …… 모든 기네 셔로 가르쳐 왈 "빙낭이 사족 부녀갓치 교앙당돌ᄒᆞ여 쳥누 소년을 안하의 보더니 금일 취졸이 나도다." …… (빙빙이-인용자) 미소 왈 "샹공이 문장으로 쥬시니 첩은 맛당이 노리로 화답ᄒᆞ리이다." …… 졔기와 졔소년이 막불더경왈 "빙낭도 노리ᄒᆞᄂᆞᆫ 날이 잇스니 가위 변괴로다." (14 : 26앞~27뒤)
>
> (빙빙의 시녀가-인용자) 더왈 "젼의 낭지 빈ᄒᆞᆫᄒᆞ미 장안 소년이 찻ᄂᆞᆫ지 젹고 장바람이 길ᄂᆞ셔 쳔비를 보고 외면ᄒᆞ고 모로ᄂᆞᆫ 쳬ᄒᆞ더니, 금일 니갓치 다졍ᄒᆞᆫ 쳬ᄒᆞ니 엇지 통ᄒᆞᆫ치 아니리잇고." 빙〃이 소왈 "넘냥지티ᄂᆞᆫ 예붓허 잇ᄂᆞᆫ 비라. 니 젼일은 빈곤ᄒᆞᄂᆞᆫ 고로 짐즛 교앙ᄒᆞ엿거니와 지금 만일 사름을 업슈이 여기면 쏘한 장안 소년과 경티 다름이 업슬지라. 종금 이후ᄂᆞᆫ 맛당이 화평ᄒᆞ믈 힘쁠리라." ᄒᆞ더라. (14 : 42앞~뒤)

빙빙을 안 좋게 생각한 가장 큰 이유는 "사족 부녀갓치 교앙당돌ᄒᆞ여 쳥누 소년을 안하의 보"았기 때문인데, 이런 점이 벽성선과 유사하다. 그렇지만 빙빙이 교만한 듯 행동한 이유는 빈곤하여 "짐즛 교앙ᄒᆞ엿"던 것이지 사람들을 업신여겨서가 아니었다. 그녀가 기성의 도움으로 기루(妓樓)를 중수하자, "종금 이후ᄂᆞᆫ 맛당이 화평ᄒᆞ믈 힘쁠" 것이라고 말하고 다른 기녀들이나 소년들에게 친근하게 대한다. 빙빙의 고고함은 너무 궁색하게 되어 아무도 찾지 않자 어쩔 수 없이 '고고하게' 행동하여 스스로의 자존심과 품위를 지키려는 행위였지, 벽성선처럼 기녀의 정체성을 부정하여 동료 기녀들을 배타적으로 대하는 고고함이 아니었다. 빙빙의 본심이 그랬음을 알기에 설중매도 그녀를 우호적으로 대했고, 낙성연에도 많은 동료 기녀들과 소년들이 모여 축하해 주었다. 그러나 벽성선은 탈신분적 욕망을 갖고, 그 수단적 방편으로 자신의 미모를 바탕으로 한 고고한 차별성을 강조하였기 때문에, 다른 기녀들에게는 교만함으로 비친 것이고, 급기야 갈등이 커져 본거지인 낙양을 떠날 수밖에 없었던 것이다.[20]

3. 전략화된 육체

1) 고고함, 긴장과 신비화의 전략

벽성선은 자신의 신분에서 벗어나게 해 줄 방법으로 지기를 만나기를 욕망한다. 귀양 온 양창곡을 만나 수작하는 대목을 보면 이 점이 분명히 드러난다.

션낭이 반기는 빗치 잇셔 다시 비파를 어루만져 왈 "첩이 근일 시로 어든 곡죠 잇스오니 샹공은 드러 보소셔."ㅎ고 …… 한림이 귀를 기우려 잠쳥ㅎ 민 이에 즈긔의 지은 바 홍낭의 졔문이라. 션낭이 투기를 맛고 긔용스레

---

20) 본고는 벽성선의 탈신분적 욕망과 전략에 주목하여 그녀가 속신되어 楊府에 들어가기까지를 집중적으로 분석하는 것이 목적이므로, 楊府에 들어간 이후의 투기 문제는 다루지 않았다. 본고와 楊府에 들어간 후 벌어지는 황 부인과의 투기 문제를 나누어 논의하는 이유는 벽성선이 속신되어 楊府에 들어가는 것만으로 이미 탈신분적 욕망이 성취되었기 때문이며, 투기 문제는 또 다른 욕망이 개재되는 것이며, 투기에서 벽성선의 욕망과 함께 황 부인의 욕망 역시 중요하게 살펴보아야 하기 때문이다. 필자는 楊府에 들어간 후 황 부인과 벌이는 투기 갈등에서도 본고에서 분석한 논지와 동일하게 벽성선의 욕망과 전략이 꾀해진다고 본다. 자세한 것은 후속 연구로 미룬다.

왈 "…… 첩이 비록 강남홍과 안면이 업소오는 …… <u>근일 쳥누의 이 글리</u>
<u>회조호민 첩이 구호여 보니</u> …… 양학시 누구시믈 몰는 혼 번 뵈옵고 흉금을
토론코져 호오느 엇지 긔딜호리오. 다만 <u>그 글을 노리호야 풍뉴의 올니믄</u>
<u>풍졍을 흠션호미 아니오 지긔를 스모호미라.</u> ……."(3 : 28뒤~29앞)
 "첩이 상공을 비록 오날 뵈오느 긔졔호신 풍치와 아름다온 용광을 <u>임의</u>
<u>삼쳑 금듕의 여러 번 뵈왓느이다.</u>" (3 : 29뒤)

 자신과 신분이 같은 강남홍이라는 일개 기녀가 죽자, 그녀를 애도하
는 제문까지 지었다는 양 학사란 인물에 대해 듣는다. 벽성선은 그 상황
을 부러워하여 그 제문을 비파곡으로 만들어 날마다 연주한다. "임의
삼쳑 금듕의 여러 번 뵈왓"다고 할 정도로 자주 연주했고 또 그 상황을
흠모했다. 기녀와 양반의 그런 사귐이 벽성선의 욕망을 자극했기 때문
에, 제문을 지었다는 남성, 양 학사를 마음속으로 그리며 구체화시키고
그 상황을 바란다. 물론 꼭 양창곡을 집어서 생각한 것은 아니다. '누구
든지 그런 제문을 지어 슬퍼할 정도로 기녀를 지기로 인정해주는 능력
있는 남성'을 그린 것이다. 그렇게 욕망하던 벽성선에게 공교롭게도 '그
양 학사'가 나타난 것이다. 벽성선은 이에 그리워해 마지않던 그를 통해
욕망 달성을 꾀한다.
 벽성선의 신분 상승 전략은 고고함의 긴장적 차별성을 통한 신비감
의 조성이다. 이는 바탕이 된 아름다운 외모에 차별성을 강조하고 짐짓
고고한 듯 긴장적 관계를 유지하는 것으로, 그로 인해 그녀의 광휘가
빛난다. 잡을 수 없는 것을 잡으려고 할 때 안타까움과 간절함이 생기고,
아슬아슬하게 잡히지 않음에 아쉬운 마음이 들게 되어, 더욱 잡고 싶은
욕망이 촉발된다.21) 벽성선은 이런 상황을 충분히 적절하게 이용한다.

---

21) 라깡은 이를 상징계에서의 거세된 주체가 어쩔 수 없이 갖는 상황으로, 실상이 아님에
 도 불구하고 그것을 추구하는 욕망을 갖게 된다고 설명했다. 이렇게 잡으려고 해도

벽성선은 차근차근 단계를 밟아 긴장을 유지하며 주체적으로 상대를 탐색하여 선택하며, 그를 자신의 광휘 속에 넣는다. 결국 양창곡은 차츰차츰 벽성선에게로 감정이 기울게 된다.

그녀의 고고함을 통한 긴장감은 그 집 차환의 경우에도 드러난다. 귀양 온 양창곡이 비파소리를 듣고 그 집에 이르러 사람을 부르는데, 일개 기녀의 집 차환이, 모습을 보면 분명히 양반임을 알 수 있음에도 불구하고, "답지 아니코 이윽히 보고 드러가(3 : 26뒤)" 주인에게 묻고서야 안으로 들인다. 물론 차환이 그렇게 행동한 까닭은 벽성선의 지시가 있었기 때문이다. 기녀지만 아무나 만나주지 않는다는 벽성선의 신비화 전략이다. 집안으로 들어온 양창곡을 보고도 벽성선은 먼저 일어나 맞지 않는다.

> 당상을 보니 일기 미인이 월하의 비파를 안고 표연이 난간을 의지ᄒᆞ야 안겨시니 일졈 진이 업셔 담박ᄒᆞᆫ 단장은 월광을 다토고 표묘ᄒᆞᆫ 의상은 청풍의 나붓쳐 <u>한림을 보고 비야ᄒᆞ로 일어 맛거늘</u> 한림이 멈츄고 오름을 자져하니 미인이 웃고 쵹을 밝히며 올으믈 청ᄒᆞ야 왈 "엇지ᄒᆞ신 샹공이 젹뇨ᄒᆞᆫ 사롬을 ᄎᆞᄌᆞ시ᄂᆞᆫ요? 쳡은 본부 기녀라. 허물치 말으시고 올으소셔"
> (3 : 26뒤~27앞)

말로는 "본부의 기녀"라고 하면서도 그녀가 먼저 일어나 당하에 내려 맞는 것이 아니라 "한림을 보고" 나서야 비로소 일어나 맞이한다. 이는 고고한 품위를 유지하려는 은근한 신경전이며 동시에 차환의 안목과 말이 과연 옳은지를 스스로 판단하는 여유를 갖으려는 것이다. 이런 분위

잡히지 않는 것을 그는 '오브제 쁘띠 아(objet petit a)'라고 부르고, 이것 때문에 인간 욕망의 문제가 계속해서 일어남을 지적했다. 장 벨멩-노엘, 『문학 텍스트의 정신분석』, 최애영, 심재중 옮김, 동문선, 2001, 11~56쪽 ; 이유섭, 『성관계는 없다』, 민음사, 1997, 227~249쪽 ; 권택영 엮음, 『자크 라캉 욕망이론』, 문예출판사, 2000, 11~94쪽 ; 권택영 지음, 『영화와 소설 속의 욕망이론』, 민음사, 1995, 15~123쪽 참조.

기에 압도당한 양창곡은 평소의 당당함은 어디로 갔는지, 오히려 주춤
거리며 "자겨"한다. 이후 벽성선과 양창곡의 관계는 벽성선이 허신하기
까지 계속해서 이렇게 벽성선 우위로 유지된다. 이는 강남홍의 경우와
확연히 구별된다. 양창곡은 급박한 전란 중에도 계속해서 군중에서 강
남홍과의 육체적 관계를 요구해, 강남홍에게 고뇌를 안겨주기까지 하는
데, 그 관계는 강남홍이 양창곡에게 눌린 상황으로 가부장제 메커니즘
의 폭력성이 드러난다. 그러나 동일하게 첩이 되지만, 가부장 양창곡이
벽성선에게 끌려 다니는 관계가 형성된 것이다. 이 긴장적 우위가 허신
시점까지 계속 지속되는 것을 볼 때, 벽성선이 육체를 통해 우위를 유지
하려고 했음을 짐작할 수 있다.

차환의 말에 벽성선은 우선은 그럭저럭 괜찮은 인물이 찾아온 것으
로 생각했는데, 자세히 보고는 "심듕의 놀ㄴ 그 심샹흔 소년이 아니믈
알(3 : 27앞)"았고, 또 '귀양 왔다'는 말에 상대가 양반 관료로 자신을 속신
시켜줄 수 있는 위치의 인물임을 알게 되자, 마음을 결정한다. 이 대면
에서 벽성선이 양창곡에게 호감을 갖지만 아직 완전히 선택한 것은 아
니다. 과연 그가 자신을 속신시켜 줄지는 아직 미지수기 때문이다.

양창곡의 음률 요청에 그녀는 '왕소군의 출식곡'과 '종자기의 아양곡'
을 연주하여 자신의 욕망을 음률로 드러낸다.[22] 자신의 처지를 오랑캐
속에 갇혀 한을 품었던 왕소군의 처지에 비유하고, 양창곡을 종자기에
비유하여 서로 지기상합하기를 바라는 마음을[23] 은근히 내비친 것이다.
물론 이런 의미를 알아듣지 못하는 인물이라면 용렬한 인물이겠고 그렇
다면 단순히 비파소리를 들려 주는 것으로 끝났을 것이다. 음률의 풍유(諷
諭)를 이해하지 못한다면 단순히 음률이었다고 하면 그만일 것이고, 이해

---

22) 설성경 · 심치열, 『옥루몽의 작품세계』, 개문사, 1994, 112~113쪽.

23) "첩이 비록 빅아의 거문고 업스ㄴ 미양 종ㅈ긔 못 맛ㄴ믈 한ㅎ더니……" (3 : 27뒤)

한다면 자신의 은근한 뜻을 전달한 셈이 되는 것이다. 자신의 심정을 직접적이고 구체적으로 드러낸 것이 아니기에 그것은 더욱 광휘를 발하여 그 은근한 긴장감은 더욱 매력적이게 만든다. 외면을 보고 일단 선택한 벽성선은, 이렇게 양창곡의 내적 자질을 가늠하기 위해 음률을 사용한다.

음률에 대한 양창곡의 논평을 듣고 그의 내적 자질까지 확인한 벽성선은 자신을 속신시켜 줄 것인지에 대해 생각한다. 양창곡의 외면, 내면을 볼 때 적절한 선택이지만, 아직 그의 의향을 알지 못한다. 이에 벽성선은 상대방의 벼슬과 이름을 물어 보고, 자신이 평소에 바라마지 않던 그 양 학사였음을 알고 크게 기뻐한다. 이전까지 차분하게 탐색하던 입장에서 이젠 구체적으로 양창곡을 사로잡으려는 모습으로 전환한다. 벽성선은 "반기는 빗치 잇셔 다시 비파를 어루만"지며 양창곡이 지은 제문을 연주한다. 이미 죽은 강남홍을 위해 이렇게 애절한 제문을 지어 슬퍼했던 인물이라면, 자신에게도 가능성이 있다는 것에 한껏 고무된다. 더욱 양창곡의 정인(情人)인 그 유명한 '강남홍'이 현재는 죽어 없다는 것이 그녀의 마음을 안심시킨다. 벽성선은 적극적 풍류로 그의 마음을 사로잡으려 하고, 결국 성공한다.

마음을 사로잡는 데 성공한 벽성선은 은근히 밀고 당기며 그를 완전히 자신의 광휘 속에 잡아두려 한다. 자신이 가지고 있는 옥적을 다음날 다시 만나 불자고 하는 것은, 다음날도 양창곡을 불러들여, 일회적 관계로 그치지 않게 하려는 것이며, 자기 최고의 장기(長技)를 발휘하려는 의도에서이다. "이 곳시 번요ᄒ오니 너일 밤 월식을 찍여 집 뒤 벽셩산24)의 올ᄂ 불고져 ᄒ(3 : 30앞)"기 때문이라는 벽성선의 설명은 실상 핑계일 뿐이다. 지금까지 비파로 풍류를 잘 즐겼는데 '번요하므로' 새로

---

24) 규장각본에 '병셩산'으로 되어 있는 것을 교감하여 고쳤다.

운 장소로 가자는 것은 이치에 맞지 않는다. 차라리 '밤이 늦었으니 내
일 보자'는 것보다 못한 핑계다. 그녀의 목적은 양창곡에게 모든 것을
다 보여주지 않고 일정 부분 여분을 남겨두어 그 은밀한 유혹을 계속하
고자 함이요,[25] 또 자신의 장기를 가장 최적의 장소에서 가장 최상으로
연출하여 그에게 매혹적 광휘의 이미지를 심어 주려는 것이다. 다음날
옥적을 부는 장면은 마치 연극의 한 장면을 보는 듯하다. 이는 벽성선이
심혈을 기울여 준비한 무대이다.

> 션낭이 쥭비를 반기ᄒ고 문외의 나와 마즈니 션〃ᄒᆫ 티도와 표〃ᄒᆫ 긔
> 샹이 요뎌 션지 빅일의 하강ᄒᆫ 듯 낭연이 웃고 맛거눌, 한림이 손을 잡고
> 왈 "…… 이 곳 경긔 진쥿 신션의 잇슬 곳지라. 쳥누 물식이 아니로다."
> …… 아이오 일낙셔산ᄒ고 월츌동령이라. 션낭이 …… 옥적을 가져 한림
> 과 동ᄌᆞ로 더브러 벽셩산 등봉의 올ᄂᆞ가니 셕상의 잇기를 쓸고 츄환과 동
> ᄌᆞ로 낙엽을 쥬어 ᄎᆞ를 다리라 ᄒ고 한림ᄭᅴ 말솜ᄒ되 "…… 비록 박쥬ᄂᆞ
> 몬져 흉듕의 불평 회포을 씨신 후의 옥적을 들으소셔." ᄒ고 각〃 슈비를
> 마신 후 취흥를 씌여 션낭이 슈듕 옥적를 월ᄒᆡ 놉피 들어 ᄒᆫ 번 부니
> …… 션낭이 아미를 ᄱᅳ고 단슌을 모아 다시 부니 …… 한림은 숑연 경동
> ᄒ고 동ᄌᆞ 츄환은 상고 당황ᄒ니 션낭이 옥적을 노코 긔식이 믹〃ᄒ야 구
> 슬쌈이 낫아의 가득ᄒ여 ……. (3 : 30뒤~32뒤)

벽성산 높이 달이 고고하게 뜬 중봉에 올라가서 술로 분위기를 돋운
후 옥적을 분다. 이런 무대에 취흥을 띠고 옥적을 "월ᄒᆡ 놉피 들어"서
부는 것은 "요뎌 션지 빅일의 하강ᄒᆫ 듯"한 자신의 모습을 더욱 강조하
여 이미지화하는 것이다. "아미를 ᄱᅳ고 단슌을 모아" "긔식이 믹〃ᄒ
야 구슬쌈이 낫아의 가득"할 정도로 부는 그녀의 열정은 일순 비장감마

---

25) 주21 참조.

저 감돈다. 그렇기에 "한림은 송연 경동ᄒ고" 평소의 그녀를 잘 아는 "동ᄌ 추환"까지도 "상고 당황"한 것이다. 그야말로 벽성선이 할 수 있는 최대한의 열정을 쏟아 부은 일생일대의 승부수이다. 벽성선 일생을 볼 때, 이 장면만큼 열정적인 때는 없다. 심지어 황제를 음률로 풍간할 때조차도 이렇게 "구슬쌈이 님아의 가득"할 정도로 몰입하지 않았다. 양창곡은 벽성산의 탈속한 신비한 분위기와 그 속에 어우러진 음률의 광휘로 빛나는 선녀 같은 벽성선에게 빠지게 되어, "이날부터 한림이 날마다 낭의 집의 가 소견(3 : 32뒤)"하게 된다. 벽성산에서 옥적 불기는 그녀의 최고 장점인 고고함과 신비함의 극치를 보여준 것으로 이후 그녀가 어려울 때마다 사용하는 중요한 방법이 된다.[26]

  그렇지만 벽성선은 자신의 고고함과 신비스러움이 육체적 허신으로 인해 깨어질 수 있음을 알기에, 그 육체관계를 지연한다. 아직 벽성선이 구체적으로 얻은 것은 아무 것도 없다. 그것을 얻기까지 그녀는 자신의 광휘를 포기할 수는 없다. 스스로 자신의 광휘를 깨뜨릴 수 없다.[27] 그러므로 그녀는 육체관계를 지연시키고 이 지연은 그녀의 광휘를 계속 유지하게 하고, 은밀한 긴장감으로 인해 더욱 빛을 내뿜으며 주도적 우위를 갖게 한다.

---

26) 이후 楊府로 들어갈 때 양창곡은 남만을 정벌하러 떠나게 된다. 이때 벽성선은 행군 중 유숙하는 곳 옆에서, 다시금 '높은 산'에 올라가 '옥적을 불며', '양창곡을 불러내어' 자신의 이미지로 양창곡을 사로잡는다. 이를 통해 벽성선은 다시금 자신의 입장으로 상황을 돌이키는 중요한 전기를 마련한다.

27) 나중에 첫날밤을 지낸 후, 강남홍이 짓궂게 첫날밤에 대해 묻는데, 그 묻는 詩에서 '고고함이 사라지고 깨어짐'으로 벽성선을 형상화시킨다. 그것은 신비감의 깨어짐이고 광휘의 제거이다. 그래서 벽성선도 그 깨어짐에 아쉬움을 느낀다.(10 : 73뒤 참조) 이를 보면, 육체관계를 통해 자신의 광휘가 사라질 것임을 벽성선이 이미 알고 있었음을 확인할 수 있다.

2) 관계지연의 전략과 주도권의 문제

벽성선의 주도면밀함과 욕망의 강렬함은 그녀가 지기로 상합을 말했음에도 불구하고 육체관계를 지연하는 것에 잘 나타난다. 벽성선은 궁극적인 욕망 달성 이전에는 자신의 몸을 허락하지 않는다. 육체관계를 계속해서 요구하는 양창곡에게 하는 다음의 말은 이 점을 분명히 보여준다.

> 이날부터 한림이 날마다 낭의 집의 가 소견홀 시 <u>지긔의 상합ㅎ미 비록 교칠 갓트ᄂ 임셕운우를 희롱ᄒ즉 낭이 고ᄉ불허ᄒ니</u> 한림이 의아ᄒ여 왈 "닉 비록 불ᄉᄒᄂ 낭과 친훈 지 일삭이라. 구지 허신치 아니ᄒ믄 무산 곡절이뇨?" 션낭이 소왈 "<u>군ᄌ지교ᄂ 그 담ᄒ미 물 갓고 소인지교ᄂ 그 달기 슐 갓다 ᄒ니 첩이 평싱 지긔와 허심ᄒᄆ를 원ᄒ고 범부와 허신ᄒ믄 즐겨 아니ᄂᄂ니 금일 상공은 첩의 지긔라</u>. 감히 쳥누 쳔기의 음난훈 풍졍으로 ᄉ괴리오. 지어 부〃지연을 만일 바리지 아니신즉 후일리 무궁ᄒ니 금일 봉장은 다만 심긔를 의논ᄒ야 <u>붕우로 알으소셔</u>." 한림이 그 지조를 긔특이 너겨 강박지 아니하ᄂ 풍졍의 너무 담연ᄒᄆ를 의심ᄒ더라. (3 : 32뒤~33앞)

보통 지기로 상합하면 육체관계는 부수적이기 마련이다. 그런데 벽성선은 지기로 사귀었다고 하면서도 육체관계를 거부한다. 당연히 이런 언행은 양창곡 입장에서 이해하기 힘든 것이다. 그래서 "의아ᄒ여" 묻고, 벽성선이 내세우는 지조가 일리는 있으나 "풍졍의 너무 담연ᄒᄆ를 의심"한다. 같은 스타일로 고고했던 빙빙이 스스로 자신에 대해 "첩이 쏘한 쳥츈 아녀지니 엇지 풍졍의 담박ᄒ리잇고(14 : 36뒤)"라고 말한 것을 보면, 양창곡의 의심은 어느 정도 타당하다. 양창곡의 의아함은 지기로 상합했는데 허신의 문제를 분리한 것에 대한 의아함이고, 양창곡의 의심은 청춘 여자의 풍정이 없을 리 없는데 너무 담연한 것에 대한 의심이다. 청춘 풍정의 자연스런 감정을 의도적으로 억압하고 있음이 의심

스러운 것이다. 즉, 육체관계를 허락지 않음에 '의아'했던 것이 벽성선의
말을 듣고 그녀의 의도가 어디에 있는지 '의심'하게 되는 것으로 발전한
것이다.

　설중매에게 장풍이 하는 말을 보면 기녀들이 허신하는 목적이 잘 드
러난다. 설중매가 장풍을 속이기 위해 빙빙의 기루를 중수해 준 부자가
자신의 "허명을 듯고 흔 번 보믈 청(14 : 48뒤)"하기에 그를 만나려고 한
다고 하자, 장풍이 다음과 같이 충고한다.

> 　풍이 츙션ᄒ고 왈 "비록 그러ᄒ나 <u>인심이 블측이라.</u> 왕 〃 부호라 즈층ᄒ
> 고 미인을 속이ᄂᆞᆫ 지 잇스니 낭은 슬이히 허신치 말나. 너 ᄆ져 슈작ᄒ여
> 취믹흔 후 알게 ᄒ리라." (14 : 49앞)

　괜히 육체관계를 맺으려고 거짓말을 하는 사람이 있으니 조심하라는
이 말은, '어떻게 하면 상대로부터 이익을 얻어낼까'를 먼저 생각하라는
것으로, 이익을 얻기까지는 경솔하게 몸을 주지 말라는 충고이다. 이 말
에서, 설중매는 평소에도 재물을 얻기 위해 육체관계를 하였고, 그것을
장풍이 잘 알고 있으며, 장풍은 그런 설중매의 모습을 당연한 것으로
받아들이고 있다는 점을 확인할 수 있다. 이것은 육체관계를 매개로 이
익을 추구하는 당시 기녀 일반의 모습을 구체적으로 보여 주는 것이다.
이 장풍의 충고와 설중매의 상황은 벽성선이 육체관계를 유예하는 상황
과 그대로 겹쳐진다.

　결국, 벽성선이 주장하는 '지기'나 '지조'는 이익 획득을 위한 수단적
방편에 지나지 않았음을 알 수 있다. 그녀는 지기상통을 위해 지조를
지킨 것이 아니라, 육체를 매개로 이익을 추구하기 위해 지기를 찾았고,
그래서 지조를 부각시켰을 뿐이다. 다만 그 이익이 설중매 같은 기녀

일반과 달리 신분 상승의 이익이라는 점이 다를 뿐이다. 이런 벽성선의
욕망을 양창곡도 '의아'와 '의심'의 과정을 통해 짐작한다. 양창곡이 해
배(解配)되어 떠날 때, 벽성선이 자신을 속신시켜 줄 것을 간청하자[28]
양창곡은 벽성선을 거두기로 맹세하고, 이후 그녀를 황성으로 부른다.
그 부르는 편지에 '속신 문제'와 '육체관계 문제'를 연관지어 분명하게
말하는 것을 보면,[29] 양창곡이 벽성선의 욕망과 전략을 분명히 알고 있
었다는 것을 확인할 수 있다.

이렇게 육체를 전략적으로 이용한 벽성선은, 집안의 투기 문제와 국
가적 환란으로 인해 우여곡절을 겪은 후, 먼 훗날 결국 동침한다.[30] 물
론 그때 벽성선은 '일개 천한 기녀'가 아니라 '연왕(燕王) 부인'으로 바뀌
어 있었다.

벽성선의 양창곡 만남은 3단계에 걸친 그녀의 선택과, 이후 양창곡을
사로잡기 위한 적극적 전략으로 나누어진다. 그녀는 양창곡의 외면을

---

28) 션낭이 더욱 놀느 왈 "첩이 비록 불민ㅎ나 엇지 샹공의 영화로 도라가시믈 깃거 아니
리오마는 종추 일별에 후긔 업스오니 군즈의 더범호심으로 구틔여 패렴ㅎ실 비 아니
느 첩은 드르니 남방의 흔 시 잇셔 일홈은 난됴라 그 짝이 아닌즉 울지 아니ㅎ는 고로
그 소리를 듯고져 ㅎ는 지 거울노 뼈 빗쵸이면 난됴 그 〃림즈를 보고 종일 춤츄며
종일 소리ㅎ다가 긔진ㅎ야 죽난다 ㅎ니 첩이 비록 쳥누의 쳔종이느 스스로 짝을 만느
지 못홀가 ㅎ여더니 샹공을 꿈결갓치 뵈옵고 그 황홀ㅎ미 거울속 그림즈와 다름이
업스느 첩이 오히려 흔 번 소리ㅎ고 흔 번 춤츄어시니 금일 죽어도 여한이 업슬지라
맛당이 산둥의 종젹을 감초와 승이도스를 쏠라 몸이 욕되믈 면홀가 ㅎ느이다." (3:
36뒤~37앞)
29) 향일 본부의 긔별ㅎ야 낭즈 일홈을 기안의 삭ㅎ라 ㅎ엿더니 혹 알아는지, 이졔 존당
의 명을 밧즈와 거마을 보너느니 <무궁 졍회는 화촉을 도두고 원앙침을 베풀러 기다
리노라. (4:7앞)
30) 양창곡이 解配되어 황성으로 갈 때 벽성선이 許身한 것으로 본 연구가 있는데(조광
국, 앞의 책, 230쪽 ; 정상진, 「고전소설에 형상된 기녀신분의 극복양상과 그 의미」,
『한국문학논총』28, 2001, 217쪽), 그것은 명백한 오류다. 그것은 양창곡의 꿈이었다(3
:40뒤~4:1앞 참조), 둘의 동침은 먼 훗날 이루어진다. (10:73앞~뒤 참조)

'보고' 판단하고, '음률'로 내면을 짐작하고, 강남홍과 지기인 양 학사였다는 사실을 '확인'하고 그를 선택한다. 그리고 벽성산에서 옥소를 불어 그를 사로잡고, 허신을 유예하는 전략을 채택하여 광휘를 유지한다. 미모와 육체를 전략적으로 이용한 것이다. 그녀의 방식은 소위 '지기'를 만나 그가 자신을 속신시켜 주게 만드는 것이다. 그런데 이 경우 '지기'라고 말은 하지만 진정한 '지기'라 하기 어렵다. 지기로 사귄다는 것은 신분 상승을 의도하고 사귀는 것이 아니다. 자신을 이해하고 알아주는 대상을 만나는 것 자체가 목적이지 속신 같은 다른 것들은 부차적이기 때문이다. 또, 벽성선이 신분 상승을 목적으로 정절을 지키는 것도 '지조 있는 기녀'의 모습으로, 강남홍이나 빙빙과 동일해 보이지만, 실상은 자신을 속신시킬 남성을 찾는 수단적 방편으로의 정절이기에 차이가 난다. 기녀들의 지조를 미화시키는 이유는 그녀들의 지조 있는 행동이 남성 입장에서 의미 있고 가치 있기 때문이지, 기녀들에게 가치 있기 때문에 미화시킨 것이 아니다. 즉, '지조 높은 기녀'들의 도도한 행위가 정당화되는 것은 '지기를 찾는다'는 행위 때문이다. 그런데 벽성선은 자신의 욕망을 위해 그 관념을 이용했고, 육체를 수단화하기 위해 정절을 지켰다는 점에서, 지기관의 허구성이 드러나고[31] 지조 높은 기녀가 아님이 드러난다. 벽성선은 '지조 높은 기녀'가 아니라 자신의 욕망에 충실한 인물이며 그 욕망을 적극적으로 추구한 여성이다.

이러한 일련의 벽성선의 행위들을 종합하면 요부(妖婦)의 행위와 그

---

31) 기존 연구에서 인물을 선·악과 긍정·부정의 이분법적으로 파악하는 시각에서 벗어나지 못하여, 주인공들이 보여주는 知己相合의 모습을 理想的인 友道로 파악하였는데(이승수, 「<옥루몽> 소고1-男女知己論의 虛實과 여성의 발견」, 『한국고전여성문학연구』창간호, 한국고전여성문학회, 2000, 190~197쪽), 실상 <옥루몽>이 보여주는 知己관념은 허구적이다. 이런 허구성은 본고의 대상인 벽성선과 양창곡의 관계뿐만 아니라, 윤 부인, 강남홍, 일지련 등의 인물들 모두에게 나타난다.

리 다르지 않다.32) 다만 그녀가 서사에 긍정적 시선으로 부각되어 그녀
를 그런 관점에서 보지 않기에 그렇게 느껴지지 않을 뿐이다. 만약 서술
자가 그녀에 대한 부정적인 논평을 한번이라도 짤막하게 한다면, 그녀
의 모든 행위는 부정적으로 비쳐지게 될 것이다. 이 말은 벽성선이 부정
적 인물이라는 것이 아니라, 그녀의 일관된 행위의 의미를 '자기 욕망
성취의 과정'으로 보아야 함을 말하는 것이다. 선·악의 구별이나 긍
정·부정의 차이는 당대 관념에 의거한 서술자의 입장 차이에서 오는
것이지 인물의 욕망과 그 성취를 위한 행위 자체와는 관계가 깊지 않
다.33) 작가는 벽성선이라는 자기 욕망 성취를 위해 구체적으로 행동하
는 현실적 인간을 창조하여 인물의 개성화를 꾀하고, 이렇게 구체적으
로 드러나는 현실적 욕망과 행동을 통해 <옥루몽> 서사를 사실적이고
현실적으로 형상화해내는 데 일조하고 있다.34) 그렇기에 벽성선의 미모

---

32) 벽성선은 황성으로 올라가다가 양창곡이 남만 원정을 떠났음을 듣고 도중에서 불러
내어 자신의 신세를 하소연한다. 이런 행동은 지극히 私的인 것이다. 자신의 이익을
위해 사적 이유로, 시급한 국가 일로 떠나는 장수를 밤중에 그것도 군중에서 무단이탈
하게 불러낸다. 더욱 불러내서 건넨 첫마디도 국가의 안위나, 양창곡의 안부를 걱정하
는 말이 아니라, 자신의 욕망 성취를 위한 하소연의 말이다.
　선낭이 옥적을 긋치고 암상의 나려 마져 왈 "상공의 이 길리 엇지 이더지 급흐신잇
가?" 원쉬 답왈 "격세 창궐흐야 지체치 못흐미라. 만일 스셰 이갓틀 줄 알아면들 엇지
낭을 망〃히 숄니흐야 종격이 얼울케 흐여시리오" 선낭이 함누 왈 "쳡이 미쳔흔 몸으
로 귀문의 안면이 업셔스오니 이졔 당돌리 들어가 누고를 의지흐리오." 원쉬 츄연 집
슈흐고……. (4 : 15뒤)
33) 정출헌은 <사씨남정기>의 교 씨와 임 씨의 유사점을 지적하였는데, 이것은 악인으
로 규정되는 인물에 대한 서술시각에 대한 재고를 요청하여 교 씨를 주체적인 여성
측면에서 파악하려 한 것이다. 정출헌, 「가부장적 가족제도의 질곡과 <사씨남정기>」,
『배달말』27, 2000, 418~422쪽.
34) 소설의 현실성은 '등장인물들의 개성'과 그들의 '내면 심리를 다각도로 드러내는 상
황', '인물 상호간의 첨예한 갈등' 등에 의해 확보된다. <옥루몽>에는 이런 기제는 물
론, 현실적인 욕망에 대한 긍정적 시선과 그 구체적 서술로 인한 입체성을 띤 인물
형상화를 꾀하고 있다는 점에서 한걸음 더 나아간 것이라 할 수 있다. <사씨남정기>
의 경우, 사 씨와 교 씨의 개성이 내적 심리에 의해 잘 드러나고 이들의 갈등이 첨예하

를 여러 번에 걸쳐 강조하고, 육체를 매개로 욕망을 추구하게 하며, 허구적 지기관념을 빌미로 남성을 만나게 하고, 결국 욕망을 달성하게 하였다. 그러면서도 그런 그녀를 결코 부정적으로 그리지 않는다. 벽성선은 현실적 인물이지 긍정·부정으로 단순화할 수 있는 평면적 인물이 아니기 때문이다.35)

4. 앵혈의 통제 메커니즘

1) 육체의 사회적 검열 · 통제

기생에게 육체적 정조를 요구하는 것은 근본적으로 자가당착이다. 그럼에도 불구하고 기녀 벽성선은 정조를 지켜 '앵혈'을 끝끝내 유지하려

여 현실성 확보에 성공하고 있다고 할 수 있지만, 사 씨는 인간 본연의 개인적 내밀한 욕망이 드러나지 않고 남성 가부장제의 시각에 의해 외피를 쓰고 나타남으로 인해 결국 그녀의 내적 욕망은 서사 속에서 거세되어 드러난다. 그 결과, 사 씨는 인간다움이나 당대 여성의 욕망을 드러내기에는 부족한, 유교적 가부장제의 화신으로 기능한다. 그러나 〈옥루몽〉의 벽성선은 사 씨같이 긍정적 인물임에도 불구하고 그녀의 내밀한 욕망을 서사에서 다각도로 잘 보여 줌으로써 인간다운 여성의 모습으로 형상화되어 있다. 이런 입체성은 보다 현실적인 인물 형상화로 〈옥루몽〉의 현실성을 높이는 한 측면이다.

35) 조혜란은 〈옥루몽〉 서사의 화려함과 섬세하고 세련된 인물 형상화 방법으로서 인물들 간의 대조/대비의 구사를 분석하여, 인물 설정이 선악 구도의 단순한 대조에서 벗어나 있음을 지적했다(조혜란, 「〈옥루몽〉의 서사미학과 그 소설사적 의의」,『고전문학연구』22, 한국고전문학회, 2002, 230~232쪽). 본고는 이에서 한걸음 더 나아가 각 인물 그 자체도 각기 다양한 측면을 동시에 가지고 있는 현실적 인물이고, 작가는 그렇게 인물을 입체적으로 형상화하고 있음을 분석한 것이다. 그래서 벽성선이 기존 연구에서 지적했듯이 '배려와 겸양'의 측면도 있지만 동시에 '욕망과 전략적 의도의 주도면밀함'의 측면도 있음을 본고에서 집중적으로 밝히는 것이다. 이런 현실적 인물 형상화는 비단 벽성선만이 아니라, 양창곡, 강남홍, 황 부인, 윤 부인, 일지련, 황각로, 윤각로, 동초, 마달 등 대부분의 주요 인물 모두에게 이루어진다.

고 노력한다. 앵혈(鸚血)은 궁녀를 들일 때 13세 이상 숙성한 소녀가 후
보자 중에 있을 경우, 그 처녀성을 감별하기 위해 앵무새의 생피를 그
팔목에 묻혀서 묻을 경우 처녀로 판정하는 감별법을 말한다. 비과학적
속신에 불과하지만, 구한말까지 궁중에서 이것을 믿었다는 점이 그 위
력을 실감케 한다.36) 속신이므로 앵혈을 팔에 찍어 동침하면 사라진다
는 것은 더더욱 불가능하지만, 민간에서는 그대로 믿어져 문학적 상상
력으로 소설 속에 형상화된 것이다. 이런 형상화의 목적은 남성 욕망에
의한 처녀성의 독점욕이자 지배욕인데, 결과적으로 서사에서 정절의 문
제를 확대시키는 결과를 가져왔다.

사족 여성의 경우, 정절은 결연 이후는 물론 결연 이전도 당연하다.
그러나 하층 여성, 특히 기녀의 경우 결연 이전 상황까지 통제하는 것은
기녀의 사회적 기능과 정면으로 배치된다. 서사에서 기녀의 몸에 앵혈
을 찍는 행위는 결연 이후의 정절을 문제 삼는 것이 아니라 결연 이전의
육체적 순결을 문제 삼는 것으로, 처(妻)가 아니라 첩(妾)이 되는 하층
여성에게까지 정절을 강요하는 남성 위주의 시각이 드러난다. 조선후기
에는 육체적 정조의 관념이 가부장제의 확산과 함께 일반 민중에게까지
널리 퍼졌는데,37) 그 상황의 문학적 형상화가 앵혈로 드러난 것으로 이
해된다. 앵혈은 가부장제의 여성 몸에 대한 검열이자 통제의 표지로 사
회적으로 공인된 폭력성이 개재되어 있다.

---

36) 김용숙, 『한국 여속사』, 민음사, 1989, 226쪽.

37) 여성의 성적 예속과 남성 우월성의 가부장제가 17세기로 접어들면서, 조선 초기부터
의 旌表 유인책과 함께 부역 감면이라는 사회경제적 혜택이 맞물리게 되어 하층민들
에게까지 널리 확대되었다. 문소정, 「한국 가부장제의 확립 배경에 관한 연구」, 『사회
와 역사』33, 한국사회사학회, 1992, 114~116쪽 ; 강명관, 「『삼강행실도』-약자에게 가
해진 도덕의 폭력」, 『한국고전여성문학연구』5, 한국고전여성문학회, 2002, 28쪽 ; 이
이효재, 「신분상승과 가부장제문화」, 『조선조 사회와 가족』, 한울 아카데미, 2003, 279
~297쪽.

사회적 공인의 문제는 은밀하고 내밀한 개인적 남녀 관계가 가족적·사회적으로 통제되고 검열됨을 의미하는 것으로, 일반 남성의 정복욕을 넘어선 가부장제 전체의 체계화된 통제구조를 형성한 것으로, 이것은 여성의 몸을 검열하고 확인하여, 작게는 가문 내적으로 크게는 사회·국가적으로 여성을 지배, 승인, 통제하는 메커니즘이다. 이 구조적 메커니즘은 남성 개인의 지배욕, 정복욕, 독점욕뿐만 아니라 확장되어 가문의 순수성을 유지하려는 의도로, 조선후기 문벌의식과 연결된다고 할 수 있다. 이런 메커니즘이 앵혈로 구체화되어 드러난 것이다.

〈옥루몽〉의 네 명의 기녀들을 육체관계와 남성 만나기 전후 상황, 그리고 앵혈을 고려하여 살펴보면, 벽성선의 경우가 매우 특별함을 알 수 있다. 지기상합 이전의 육체관계는 설중매를 제외하고는 모두 없었다. 앞에서 보았듯이 빙빙의 경우가 분명치 않은데 이는 그녀의 앵혈에 대해 서사가 주목하지 않았기 때문이다. 앵혈이 부각되는 강남홍과 벽성선은 앵혈 때문에 분명하게 처녀성을 지킨 것으로 확인된다. 셋 중에서 지기상합을 했음에도 불구하고 육체관계를 유예한 인물이 벽성선인데, 그렇기 때문에 그녀의 앵혈은 강남홍의 앵혈보다 더 강조되어 나타난다. 강남홍의 앵혈은 그녀가 육체적 순결을 양창곡에게 처음 바친 '지조 높은 기녀'임을 분명히 하기 위해 서술한 것이지,[38] 벽성선처럼 다양한 서사의 굴곡을 위해 서술한 것이 아니다.

벽성선의 앵혈 문제를 제대로 파악하기 위해서는 두 가지 점에 주목해야 한다. 첫째로, 앵혈은 사족 여성인 윤 부인, 황 부인에게는 없다는

---

38) 홍낭이 나삼을 버스미 옥 갓튼 팔리 드러ᄂᆞ며 일졈 잉혈이 촉하의 완연ᄒᆞ야 동풍 도화 츈셜의 쩌러진 듯 히샹 홍일리 운간의 소스ᄂᆞᆫ 듯, 공즈 놀ᄂᆞ 왈 "닉 홍낭의 얼골을 보고 그 마음을 보지 못ᄒᆞ여시며 그 마음을 아ᄂᆞ 그 지조의 탁월홈이 져 갓트믈 오히려 밋지 못ᄒᆞ엿더니 청누 명기의 탕일ᄒᆞᆫ 몸으로 홍규 부녀의 졍뎡ᄒᆞᆫ 마음을 직횐 줄 어이 아라시리오." ᄒᆞ더라. (2 : 9앞~뒤)

점이다. 그녀들은 사족 여성이므로 결연 이전의 정절도 당연한 것으로 여겨진다. 그렇기에 이들에게 앵혈을 찍는다는 것은 그녀들의 결연 이전 정절에 대해 의심의 시선을 갖는다는 것이므로, 앵혈을 육체에 찍는 행위 자체가 모독이 된다. 같은 첩이지만 일지련의 경우 역시 앵혈이 서술되지 않는데, 이는 오랑캐이긴 해도 일지련은 일국의 공주이기에 정절을 의심해서는 안 되기 때문이다.[39] 이렇게 윤 부인, 황 부인, 일지련 모두 앵혈을 서사에서 주목하지 않은 이유는 그녀들에게 앵혈을 찍지 않았기 때문인데, 그것은 이들의 결연 이전 육체에 대한 자유로움 때문이 아니라, 앵혈이 아닌 다른 통제 메커니즘이 있기 때문에 앵혈이 필요 없었던 것이다. 다시 말하면, 사족 부녀와 오랑캐 공주에게는 앵혈이라는 객관적 지표로 사회 전체가 통제하지 않아도 통제할 다른 메커니즘이 있기 때문인데, 그것은 바로 '아버지로 표상되는 가부장'의 직접적 통제이다. 아버지가 그녀들의 정절을 유지하고 그녀들의 육체를 통제하기에, 이들에게 앵혈을 찍는다는 것은 그 아버지, 즉 가부장의 권위에 대한 의심이며 도전이다. 사족 부녀들의 정절은 마땅한 것으로 이해되고 그것에 대한 보증은 그의 아버지, 가부장이 한다. 그래서 사족 여성들에게 앵혈을 찍는다는 것은 그녀들에 대한 모독이 아니라, 그녀들 아버지에 대한 모독이 된다. 앵혈은 가부장이 공식화되지 않는 여성들에게 사회적 통제의 수단으로 육체에 새겨지는 것으로, 그것은 '사회적 가부장'의 표지이기에 여성은 사회 모두의 통제와 간섭을 받게 된다.

두 번째 주목할 것은, 서술자가 같은 기녀지만 설중매와 빙빙에게는 앵혈을 문제 삼지 않았다는 점이다. 설중매는 이전에 육체관계가 있었으므로 앵혈을 말하지 않았다고 해도, 빙빙의 경우는 지조 높은 기녀이

---

39) 물론, '오랑캐에게는 앵혈 풍속이 없다'는 시각도 완전히 배제할 수는 없다.

므로 앵혈이 부각되어야 할 것이다. 그렇지만 둘 다 모두 앵혈의 유무에 대해 언급이 없다. 이렇게 이들을 강남홍, 벽성선과 달리 서술한 이유는 양기성이 이 두 기녀를 첩으로 삼으려고 한 것이 아니라, 풍류의 대상으로 상대했기 때문이다. 강남홍, 벽성선을 대하는 양창곡과 달리, 양기성은 이 두 명을 육체적 이유로 친근하고 동침했다. 양창곡은 강남홍과 벽성선을 지기로 대했고 이들을 첩으로 삼았다. 그러나 기성은 설중매, 빙빙을 시정 화류계의 풍정을 좇아 풍류로 즐겼을 뿐, 애초부터 지기상합하여 첩으로 삼으려고 한 것이 아니었다. 그렇기에 이들에게 침혹해 있는 것을 양인성이 꾸짖었고, 기성 스스로도 이들과 지낸 과거를 방탕한 것으로 자책하여,[40] 설중매, 빙빙과의 관계가 부적절함을 은연중에 드러냈다. 이는 양창곡이 강남홍, 벽성선과의 관계를 한 번도 부정적으로 인식하지 않았다는 것과 크게 차이난다. 이렇게 다른 상황이 앵혈 문제를 부각시키느냐 그렇지 않느냐의 차이를 가져온 것이다. 첩이 되지 않을 것이므로 그녀들의 육체적 순결은 서사의 관심이 아닌 것이다.

'첩이 된다'는 것은 곧 '가문의 일원이 된다'는 것이고, 가문의 일원이 된 여성은 '자손을 생산하여 가문을 유지, 번성케 하는 역할을 담당'하게 된다.[41] 그러므로 이 여성들은 순결하고 깨끗하며 정결한 육체를 소유해야 하며, 그런 사실을 스스로 증명해야 한다. 그것이 앵혈을 유지하고 있는 것으로 증명되기에 서사는 그 앵혈을 초점화한 것이다. 벽성선이

---

40) 일〃은 긔셩이 셔당의 누어 샹두의 거울을 디흐여 얼골을 비취여 보민 <u>용뫼 슈쳑흐고</u> <u>긔샹이 방탕흐여 젼일과 딕샹 부동흔지라.</u> 번연 거좌흐여 구연탄식 왈 "니 부형즈제로 <u>소년 광실을 졔어치 못흐고 일시 풍류쟝의 놀아스나 엇지 이더지 환형홀 지경의</u> <u>이르럿나뇨. ……." (14 : 55앞~뒤)</u>

41) 실제로 〈옥루몽〉에서 妻인 윤 부인의 아들 '양경성'이 次子로 격하되고, 妾인 강남홍의 아들 '양장성'이 長子로 설정되어, 妾인 강남홍의 아들이 家權을 잇는다. 물론 출생이 앞섬으로 長子가 되는 것이 아님에도 불구하고, 작가는 妻의 아들을 제치고 妾의 아들을 長子로 설정한다.

육체관계를 요구하는 양창곡에게 하는 말은 바로 이런 사고의 반영이다.

> "첩이 일즉 드르니 증존의 효로도 증모의 투져홈믈 면치못ᄒ고 악양의
> 츙셩으로도 등산의 방셔 싱겨시니 하믈며 첩이 픔뉴장의 놀아 종적이 비
> 쳔ᄒ미리오. 만일 다른 날 군존 문하의 등산방셔 협듕의 가득ᄒ고 증모투
> 져를 희혹홀 비 업스면 첩의 신셰 진퇴무광이라. 그러ᄒ고로 십년 청누의
> 일졈 홍혈을 구〃히 즉회여 군존의 견부ᄒ시믈 ᄇ라미오 고당운우의 무정
> ᄒ미 아니로소이다." (3 : 37뒤~38앞)

벽성선은 양부(楊府)에 가서 자신이 앵혈을 지키고 있음을 확인시켜
야 하는 것이다. 자신이 양창곡 만나기 이전에도 '깨끗한 몸'으로 있었음
을 사회적으로 인정받아, 자신과 자신의 자손을 정당하게 가족에 편입
시키려는 의도이다. 혼전정절 문제가 당연시되는 사족 여자가 아니라,
하층 여성에게까지 이렇게 가부장제 이데올로기가 강요되고 확대되었
다는 것에서 <옥루몽>이 존재한 19세기 양반들의 시각이 드러난다. 첩
이라 하더라도 깨끗한 육체를 갖는 여성을 받아들이려는 것은 그녀에
대한 개인적 지배욕만 아니라, 그녀의 몸에서 태어나는 자식들의 순수
성을 담보 받으려는 가부장제의 통제적 메커니즘으로 가문의 순수성을
강조하는 것이다. 결국 앵혈은 육체에 가해진 가부장제 폭력의 드러난
표지이며, 그것은 가문의 순수성이 지켜지고 있다는 가부장 메커니즘의
사회적 공표이다.

이런 맥락에서 벽성선이 앵혈을 유지하기 위해 허신을 유예한 것이
라고 어느 정도 감안해서 생각할 수도 있다. 그러나 그녀가 육체를 전략
적으로 이용했음과 지기상합의 허구성이 드러나는 이유는, 동일한 조건
임에도 강남홍의 경우 전혀 허신 유예가 없었다는 점 때문이다. 강남홍
역시 이런 메커니즘을 알았겠지만 지기상합과 동시에 육체관계를 맺었

다. 그래서 강남홍과 양창곡의 지기관계는 진정한 의미의 지기관계이고 강남홍은 '지조 높은 기녀'의 전형이 된다. 그렇지만 벽성선과 양창곡의 관계는 그렇지 않다. 전략적으로 지기를 강조한 벽성선만의 문제가 아니라, 양창곡 역시 온전하게 지기로서 벽성선을 대하지 않았다는 점에서 지기관의 허구성이 드러난다.

> 난성이 탄식ᄒ고 션슉인의 팔를 달이여 나슴 스미를 것고 홍혼를 가리쳐 왈 "이샹ᄒ다 져 불근 졈이여 본디 궁쇽으로 지금은 아니 즉은 지 업스나 <u>셰간의 쟝부된 지 한갓 비샹 홍졈를 말ᄒ고 심샹 홍졈를 말ᄒ니 비록 션슉인의 탁월ᄒ 졀기가 만일 이 홍졈이 아니런들 우리 샹공의 지긔지심ᄒ시무로도 엇지 증모의 투져ᄒ믈 면ᄒ리오.</u>" 션슉인이 북그러는 비치 잇셔 스미을 나리와 팔을 가리오며 스례 왈 "쳡이 몸를 닷가 남의계 밋부믈 뵈이지 못ᄒ고 <u>구 〃 한 일졈 잉혈노 군즈의 의심홈믈 발명코져 ᄒ니</u> 족히 북그리는 일이라. 무슴 말할 비리오." (10 : 73앞)

이 대목은 가정 내의 모든 갈등이 일단락되고 연왕이 된 양창곡과 벽성선이 첫날밤을 보내기 직전에 모였을 때 상황이다. 앵혈이 없었다면 벽성선의 "탁월ᄒ 졀기"도 드러나지 않아 소용없고, 지기로 상통했다고 말하는 양창곡 역시 의심했을 것이라고 강남홍이 날카롭게 지적한다. 처첩간의 투기 갈등에서 벽성선이 끝까지 우위에 있었던 것은 바로 앵혈이 있었기 때문이라는 것으로 그 육체적 표지가 없었다면 지기로 통했다던 양창곡조차 의심했을 것이란 이 지적은, 그대로 이들의 지기상통이 전형적 지기관계에서 벗어나 있음을 말해준다. 그러므로 계속해서 지기관계를 전략적으로 강조하는 벽성선 뿐만 아니라, '지기이므로 육체관계가 가능하다'고 계속 강요했던 양창곡의 지기지심(知己之心) 역시 허구임을 알 수 있다.[42]

2) 이상화된 몸과 여성 욕망

<구운몽>에서 '지조 높은 기녀' 계섬월과 적경홍의 '지조'는, <옥루몽>에서는 더 이상 지조 높게 받아들여지기 힘들다. 그 정도의 지조는 설중매, 빙빙 정도의 수준으로 격하되어, 단순히 풍류의 대상으로 여겨지게 될 것이다. <옥루몽>의 설중매, 빙빙은 가족 구성원이 되지 않고 단순히 풍류의 대상으로 그치기에 그들의 이전 행적을 문제 삼지 않는다. 설중매처럼 다른 남성과 관계가 있었든지 빙빙처럼 없었든지 신경 쓰지 않는다. 그래서 이들의 앵혈은 부각되지 않는다.

<옥루몽>에서 '지조 높은 기녀'는 지기를 만나기 전에도 육체적 순결을 유지해야 한다. 이런 강요는 육체적 순수성을 요구할 수 없는 신분의 여성에게 가해졌다는 데 심각성이 있고, 더 큰 문제는 그 여성들이 이런 요구에 부응하여 자신의 육체를 남성 위주의 이상적 바람대로 구현했다는 점이다. 그래서 기녀라 하더라도 처녀성을 지니고 있으며 가부장에게만 처음 허신하는 순결한 몸으로 이상화되었다. 가부장에게만 복속되는, 앵혈로 드러나는 순결한 여성의 육체는, 그녀가 주인공이기에 심성 역시 선하다는 관념화된 사고와 합해져, 완벽한 이상화된 몸으로 형상화된다.

인간의 몸은 생물체로서의 측면과 사회적 존재로서의 측면이 통일을 이룬 것인데, 동물과 달리 인간이 사회적 존재이기에 몸의 사회적 속성이 생물적 속성보다 우선시된다. 몸의 사회적 속성은, 사회가 유지되기

---

42) 박희병은 전기적 인간의 미적 특질로 고독감, 내면성, 소극성, 문예취향을 지적하면서(박희병, 앞의 논문, 33~55쪽) <옥루몽>의 知己相合하여 결연하는 방식이 傳奇小說에서 연유함을 말했는데(박희병, 「한국한문소설사의 전개와 傳奇小說」, 『韓國傳奇小說의 美學』돌베개, 1997, 106~108쪽), 실상 <옥루몽>에 드러나는 남녀간의 사랑과 결연방식은 傳奇的 人間의 진실한 '깊은 신의와 유대를 지닌 상호독점적 관계'와는 거리가 있다.

위한 조절 기제인, 예(禮)로 총칭되는 사회적 규범을 내면화한 것이다. 인간이 사회에서 주체가 되어가는 과정은 그대로 이 예에 종속되는 과정이며, 그 과정은 예를 주관적으로 마음에 각인하는 과정이고, 그것을 육체에 배게 하는 과정이다. 즉, 외적 규범으로 인간을 도덕적으로 틀 지우는 것이다. 따라서 도덕적 주체성은 틀 지우기의 효과이고, 몸을 도덕적으로 틀 지우는 것이 바로 사회라는 큰 구조를 몸 안에 관념적으로 재생산하는 것이 된다.43) 벽성선이 자신의 미모를 주체적으로 인식하고 자기 신분을 벗어나려는 욕망을 달성하기 위해서 그녀가 해야 할 것은 이런 사회적 규범을 자신의 몸에 체현하고 틀 지우는 것으로, 그것은 곧 '앵혈 지키기'였다.

외적으로 드러난 육체의 표지는 그대로 그녀의 심성을 드러낸 것으로 사회적으로 이해하는데, 그것은 외적으로 틀 지워진 도덕적 규범이 곧 심성의 체현과 동일하다고 보는 관념 때문이다.44) 그래서 그녀의 내밀한 욕망과는 관계없이 그녀의 육체적 표지는 그녀의 심성을 말해주는 외표가 되고, 결국 그녀는 '현숙한 존재'로 인식되었다. 그녀를 죽이려던 자객 노랑이 그녀의 '외적 지표'인 앵혈을 보고 그녀의 '내적 현숙함'을 판단하는 것에서 이 점이 단적으로 드러난다.45) 정확히 말하면 앵혈은 육체적 순결을 지켰다는 것이지, 현숙하다는 것과는 하등의 상관 없는

<hr>

43) 김성태, 「몸–주체성의 표현 형식」, 『철학』43, 한국철학회, 1995, 37~59쪽.
44) 김성태, 앞의 논문, 37~38쪽.
45) 노랑이 별 갓흔 눈을 밉〃히 흘여 찬〃이 슬펴 보니 하여진 나삼 스미 반만 거드치고 빙셜 갓흔 팔이 절반이나 드러낫는디 일졈 홍졈이 촉하의 완연ᄒ니 운조션학을 이마의 드러니고 망졔원혼이 말근 피롤 토ᄒᄂᆞᆫ 듯 심샹흔 홍졈이 아니라 잉혈일시 분명ᄒ니 노랑이 간담이 셔늘ᄒ고 ᄆᆞᆷ음이 떨니여 …… 싱각ᄒ디 '아미의 투긔흠과 쳐비(賤婢–인용자)의 망극ᄒᆞᆷᄂᆞᆫ 내부터 잇는 비라. 증즈의 살인흠과 빅긔예 블희흔문(孝起의 不孝함은–인용자) 노신의 불쾌ᄒ여 ᄒᄂᆞᆫ 비라. 니 평싱의 의긔롤 조화ᄒᆞ다가 이런 사롬을 구치 아니ᄒᆞᆫ즉 녹〃한 녀지 되리로다.' ᄒ고 (6 : 37뒤~38앞)

것임에도 불구하고, 서사에서 육체적 순결은 현숙함으로 인정되고 통용된다. 이것은 육체적 지표로 드러난 것을 심성의 수양에 의한, 즉 사회적 규범을 내면화한 것으로 이해했기 때문이다. 이런 상황에 벽성선 대신 적경홍과 계섬월이 놓일 경우, 현숙하지 않은 것으로 판단하게 된다. 그러나 적경홍과 계섬월이 지기로 상합한 후 모든 것을 양소유의 의중에 맡기고, 자신들은 처분을 바라는 위치로 돌아가는데, 이것은 육체를 수단시하는 벽성선보다 더 현숙한 것이라 하지 않을 수 없다.

결국, 앵혈은 순결을 표방하는 육체적 표지일 뿐 아니라 내적 현숙함까지 포함하는 것으로, 여성을 관념적으로 이상화시키기에 실상에서 벗어나 허구적이다. 이런 이상화는 여성의 자연스런 감정을 통제하고 억압한다는 점에서 그 폭력성이 드러나고, 육체적 지표만을 강조하는 왜곡된 인식이 오히려 벽성선 같은 여성의 욕망 성취의 수단이 된다는 점에서 그 메커니즘의 한계가 드러난다. 벽성선의 내밀한 욕망과는 상관없이 외적 지표로 드러난 앵혈을 통해 그녀의 심성이 이해되고 규정되는 것은, 오히려 이데올로기적 심성 수양과 상반된 가치를 지향하게 만들기 때문이다. 그래서 강남홍이 "셰간의 장부된 지 한갓 비상 홍졈를 말ㅎ고" 나서야, 비로소 "심샹 홍졈를 말"한다며, 이런 허구적 메커니즘을 날카롭게 지적한 것이다.

벽성선은 심성과 상관없이 육체적 표지로 심성까지 규정되는 이런 메커니즘을 명확히 이해하고, 자신의 미모를 바탕으로 전략적 시도들을 수행했다. 그러나 이런 벽성선의 전략적 능란함도 결국은 가부장제 사회의 통제 하에서 이루어지는 것이다. 그렇기에 벽성선에게는 여성의 욕망성취를 위한 적극적이고 능란하며 주도면밀하고 야무진 여성의 측면과 함께, 그렇게 하지 않으면 성취할 수 없는 한계를 인식하고 그 안에서라도 성취하고자 애쓰는 잔약하고 가녀린 억압받는 여성의 측면이 동시에 중첩되어 나타난다. 고고함이 가지고 있는 광휘와 자신감·도도함과 함께, 남성의 마음에 들기 위해 혼신을 다해 옥적을 불고, 소식이 없는 박정한 남성을 기다리며 괴로워하는[46] 상반된 측면이 벽성선에게 같이 공존한다. 고고함은 자만이지만, 동시에 그렇게라도 해야 하는 그녀의 상황과 처지에 공감한 독자들은 연민과 동정의 시선으로 그녀를 바라본다. 그래서 그녀의 욕망과 성취 과정은 야무진 행위에 대한 객관적 시선과 함께 안쓰러운 동정의 시선을 공유한다. 따지고 보면, 그녀의 욕망과 전략의 모든 것은 그녀가 놓인 상황에서 빚어진 문제이고 그것은 당대를 사는 독자의 상황과 그리 다르지 않기에, 독자들은 그녀의 도도한 전략적 행동보다, 길고 오랜 그녀의 괴로움과 슬픔에 센티멘털한 동정심을 느끼고 그녀와 동일시하게 되는 것이다. 그래서 양창곡 앞에서 자신의 광휘를 발하려고 "긔식이 믹〃ᄒ야 구슬쌈이 넘아의 가득" 할 정도로 옥적을 부는 그녀의 모습에서 그녀의 욕망과 함께 그녀의 처절함에 대한 측은함이 같이 묻어난다. 결국 벽성선의 욕망은 '자기 육체에 대한 인식을 통한 전략'과 '육체에 가해진 가부장제의 통제' 사이에서 이루어진 것이다.

5. 결론

　〈옥루몽〉의 작가는 현실적이고 구체적으로 서사를 형상화하였다. 그래서 기녀의 모습들 역시 동일하지 않고 각기 다양한 편폭을 보여준다. 19세기 서울 시정의 풍류스런 모습을 그대로 보여주는 설중매와, 기녀로서 자기 정체성에 의혹이 없는 빙빙, 지조 높은 기녀로서 지기를

---

46) (4 : 6앞~뒤) 참조.

만나는 강남홍, 그리고 전략화된 육체를 통해 신분 상승 욕망을 꾀하는 벽성선. 이렇게 다양한 기녀들의 모습은 <옥루몽>의 현실성을 높여주고 서사의 활성화에 이바지한다.

특히, 벽성선은 앵혈로 드러나는 육체적 순결함과 자기 미모에 대한 자신감을 바탕으로 고고함을 꾀하고 그런 고고함과 신비화 전략을 통해 남성을 만나 신분 상승을 시도한다. 일련의 과정은 벽성선의 의도적 육체 이용을 통해 이루어지고, 그 주요한 전략은 허신 유예이며 그것은 앵혈 지키기로 모아진다. '지기상통'과 '지조 높은 기녀'의 가치는 명분적 허구일 뿐이어서 설중매의 금전 획득과 유사한 모습을 보여주는 수단적 가치로 전락한다. 허신 유예는 스스로의 육체적 광휘를 유지하여 이익을 획득하려는 전략인 동시에 사회 통제의 앵혈 메커니즘에 편입된 상황이기에 빚어진 것이다. 앵혈은 기녀라는 신분상 불가능한, 결연 이전 순결을 요구하는 것이지만, 그것을 지킨 기녀만이 '지조 높은 기녀'로 인정되어 사회적으로 용인 받아 결국 가문내로 편입이 가능해진다. 이런 통제 메커니즘은 육체와 심성을 통일적으로 파악하는 사고의 반영인데, 이는 여성의 내밀한 욕망과 관계없이 육체적 징표로 이해하게 한다. 결국 여성 개인의 욕망과 유리된 육체적 징표는, 남성에게는 여성을 관념화된 이상적 모습으로 이해하게 만들고, 여성에게는 그 허상을 수단적으로 이용하는 것이 가능해지게 하였다. 그 사이에 들어가 전략적으로 욕망을 수행한 인물이 벽성선인 것이다.

결국 벽성선에 대한 독자의 시선은 두 가지가 중첩될 수밖에 없는데, 하나는 신분 상승을 위해 노력하는 주도면밀함에 대한 객관적 시선과 다른 하나는 가부장제 사회 통제 메커니즘 하에서라도 자신의 욕망을 성취하고자 노력하는 여성에 대한 측은한 동정과 공감의 시선이다. 작가는 이렇게, 선·악, 긍정·부정으로 나뉘는 단순한 평면적 인물이 아닌, 자기 욕망에 충실한 인물, 활성화된 현실적이고 구체적인 인물을 서사적으로 형상화해낸 것이다. 이런 현실적인 인물 형상화는 〈옥루몽〉 현실성의 중요한 한 측면이다.

〈옥루몽〉 성애 표현의 서사적 기능과 은폐된 폭력성

1. 서론

〈구운몽〉에서 양소유는 인간이 누릴 수 있는 부귀와 풍류의 정점에 오르지만, 인생의 유한함으로 인해 무상감(無常感)에 빠진다. 그가 정점에 올랐기에 그 회의감은 더욱 크게 느껴진다. 그러자 양소유는 불교에 귀의할 생각을 품게 되고 결국 꿈에서 깬다. 양소유의 삶이 화려하면 할수록 회의감이 더욱 커졌고 그렇기에 궁극적으로 성진의 깨달음은 더욱 강조되었다. 작가는 이런 점에 주목한 것으로 보인다.[1] 그렇지만 독

---

[1] 〈구운몽〉 작가의 의도는 주제와 연관 지어 논의되었는데, 정규복의 〈금강경〉의 空사상 주제론과 김일렬, 조동일, 이원수의 반론으로 논의가 갈리었다. 여기에 설성경은 시간을 분석하면서 세 층위의 지속적 거듭 부정을 통한 인식과, 꿈의 층위 분석을 통한 〈구운몽〉의 세 겹 구조를 지적하였고, 장효현은 空사상 시비를 정리하고 텍스트 수용 양상에 따라 주제의 의미가 달리 수용됨을 지적하며, 주제를 등장인물의 인식 전환을 통한 세 번에 걸친 부정을 보여주는 것으로 파악했다. 정규복,『구운몽연구』, 고려대학교 출판부, 1974, 214~246, 347쪽 ; 김일렬, 「九雲夢 新考」, 장덕순선생화갑 기념논문집 간행위원회 편,『韓國古典散文硏究』, 동화문화사, 1981, 149~164쪽 ; 조동일, 「〈九雲夢〉과 〈金剛經〉, 무엇이 문제인가?」, 신동욱 편,『김만중연구』, 새문사, 1983, Ⅲ-9~21쪽 ; 이원수, 「〈구운몽〉의 구조와 그 중층적 의미」,『고전소설 작품세계의 실상』, 경남대학교 출판부, 1996, 64~96쪽 ; 설성경, 「구운몽에 나타난 시간 인식의 양상」,『배달말』6, 배달말학회, 1981, 213~238쪽 ; 설성경, 「夢의 통합적 層位와 系列相」, 신동욱 편,『김만중연구』, 새문사, 1983, Ⅰ-10~23쪽 ; 장효현, 「〈九雲夢〉의 主題와 그 受容史에 관한 硏究」, 정규복 외,『金萬重文學硏究』, 국학자료원,

자는 성진으로 돌아가 깨닫는 측면보다는 양소유의 풍류적 삶에 더 주
목했다. 존재론적 깊이를 느끼기보다는 삶의 유흥적 측면에 관심이 보
다 많았던 것이다. 그래서 〈구운몽〉의 후기 이본일수록 양소유의 삶이
더욱 강조되는 쪽으로 바뀌게 되는데2) 이런 변화는 작가의 의도와는
달리, 조선후기 독자들의 심정이 투사되었기 때문이다.3) 독자들 입장에
서는 성진의 깨달음보다 양소유의 행복한 삶이 더 재미있고 흥미 있으
며 또 자신들의 심정적 욕망과 통하기 때문이다.

　〈구운몽〉을 이런 입장에서 다시 읽은 〈옥루몽〉은 양소유의 풍류적
삶을 더욱 확장시켜 양창곡의 삶으로 형상화시켰다. 내용면에서도 더
풍류적이고 향락적일 뿐만 아니라, 구조적으로도 종결되지 않는 꿈의
구조를 취하고 있어, 〈구운몽〉과 달리 풍류적 삶의 영원한 이어짐을
의도하고 있다. 양창곡의 삶은, 결국 허무감을 주는 양소유의 삶과는 달
리, 극한의 쾌락적 흥성스러움과 즐거움이 강조되어 있는 것이다. 특히
꿈을 깨지 않고 마무리되는 것은 '아직도 이 세상에서 즐길 풍류가 많다'
는 점과 그 후에 돌아갈 공간도 역시 '풍류공간인 천상 신선계'라는 점
을 의도하는 것이어서, 풍류의 무한 반복 확대를 구조적으로 형상화한
것이다. 독자에게 〈구운몽〉은 현실의 부귀한 삶을 통해 불교의 적멸(寂
滅)에 대한 깨달음을 촉구했다면, 〈옥루몽〉은 현실의 극한 풍류에 이보
다 더 화려하고 끝없는 풍류가 이어질 것을 제시해 인간 욕망의 긍정과
삶의 즐거움을 강조하고 있다.

1993, 111~140쪽.

2) 장효현은 독자 수용층을 둘로 나누어 보았고 이를 발전적으로 계승한 서인석은 조선
　후기로 갈수록 양소유 쪽에 관심이 높아지는 것으로 보았다. 장효현, 앞의 논문, 122~
　137쪽 ; 서인석, 「〈구운몽〉 후기 이본의 변모 양상」, 사재동 편, 『서포문학의 새로운
　탐구』, 중앙인문사, 2000, 233~236쪽.

3) 서인석, 앞의 논문, 215~216쪽.

작가가 이렇게 현실적 풍류를 강조하는 것은, 관음보살이 인간 정욕을 긍정한 것에 잘 나타난다. 문창성과 선녀들이 옥련화를 가져다가 시를 쓰며 희롱하다 취해서 잠이 든다. 천상의 선관과 선녀들이 청정(清淨)한 옥련화를 훔쳐다가 희롱하며 즐기는 방탕함이 드러났지만, 여기서 옥련화를 찾아 간 관음은 이런 방탕함에 대한 경계나 훈계를 하는 것이 아니라 오히려 그런 방탕함과 욕망을 인정하는 설법을 한다. 아예 한걸음 더 나아가 그것이 청정한 옥련화와 상통한다고까지 말한다.

> "져 옥년홰 …… 즁싱에 비유흔즉 쳔셩이 허령ᄒ나 진근이 죵탁ᄒ야 오욕칠졍을 임의로 못 ᄒ고 칠계십뉼의 자취홈 갓튼지라. …… 더긔 사람의 심졍은 연화 갓고 졍욕은 츈풍이라 츈풍이 아닌즉 연화 피지 못ᄒ며 졍욕이 업슨즉 심셩을 씨닷기 어려우니 ……." (1 : 9뒤)[4]

이렇게 인간의 정욕을 긍정하는 보살의 말에 세존은 칭찬하고 연화를 어떻게 사용할지를 묻자, 아란은 원칙적이고 교조적인 방법을 내세운다. 그러나 세존은 그 의견을 물리치고, "팔진지미를 먹은즉 슉속의 담ᄒ믈 알고 문슈지복을 입은즉 포빅의 검소홈믈 씨닷나니 졔지 져 연화와 져 구슬을 가져 일죵 인연을 지어 쳔츄만셰에 취몽부싱으로 구경을 씨다라 불가상승의 쳥졍광디홈을 알게(1 : 10앞~10뒤)" 하겠다는 보살의 의견을 받아들여, 문창성과 5선녀가 양창곡과 5처첩으로 환생하여 온갖 풍류 부귀를 누리게 한다. 이런 환생의 의도는 <구운몽>과 달리 인간의 정욕을 긍정하는 바탕에서 이루어진 것이므로, 더 풍류적이고

---

4) 대본은 완질이면서 가장 시기가 이른 서울대 규장각본 14권 14책 <옥루몽>으로 한다(장효현, 「『玉樓夢』의 文獻學的 硏究」, 고려대학교 석사학위논문, 1981, 13~40쪽 참조). 권수와 쪽수를 괄호 안의 ' : '으로 구분하여 앞에 권수, 뒤에 해당 쪽수를 표시한다. 인용 대목의 기호와 강조는 모두 필자가 첨가한 것이다. 서울대본의 오류는 신문관본과 漢文懸吐本을 校勘하여 바로잡고 표시하여 밝힌다.

쾌락적이며 정욕을 구체적으로 추구하는 양상으로 나타난다. 그렇기에 인간 정욕은 〈구운몽〉에서는 부질없는 무상감을 이끌어내는 기제로 작용하지만, 〈옥루몽〉에서는 무한히 즐길 만할 가치 있는 것으로 이해되어 구현된다.

그러므로 〈옥루몽〉 연구에서 인간 정욕을 어떻게 드러냈는가를 탐색하는 것은 매우 의미 있는 일이다. 권력욕, 명예욕, 성취욕, 애욕 등 다양한 욕망 중에서 다수의 여성과 결합하고 즐기는 풍류적 삶과 가장 관련이 깊은 것은 애욕(愛慾)일 것이다. 이런 애욕이 서사에 구체화될 때, 관능적인 사랑의 이미지를 의식적 · 무의식적으로 환기시키는 에로틱(erotic)한 성애(性愛) 표현으로 드러나는 경우가 대부분이다. 에로틱한 감정은 의식적, 무의식적으로 환기되는 정서이므로, 은근하고 야릇한 쾌감을 촉발하는 것이나 성애 묘사를 통한 육체적 흥분을 직접적으로 유발시키는 것은 물론, 무의식적으로 성적 이미지를 환기시키는 것까지 포함된다.[5] 〈구운몽〉을 발전적으로 계승한 〈옥루몽〉이 존재론적 깨달음보다는 인간적 풍류와 욕망에 보다 관심을 두어 형상화하고 있으므로, 본고에서는 그 구체적인 실상을 살펴보는 한 방법으로 〈옥루몽〉에 나타난 성애 표현을 분석하기로 한다.[6] 논의는 우선 에로틱한 정서를

---

5) 무의식적으로 환기되는 에로틱한 정감 역시 관능적 감정을 촉발하는데, 그 관능적 감정은 죽음의 상황에서 느껴지는 감정과 맞닿아 있다. 그것은 에로틱한 감정의 본질적 속성으로, 은근한 쾌감과 육체적 흥분도 죽음을 추구하는 욕망의 구체화된 일부분일 뿐이다. 죠르주 바따이유, 『에로티즘』, 조한경 옮김, 민음사, 1989, 9~17쪽 ; 죠르주 바따이유, 『에로스의 눈물』, 유기환 옮김, 문학과 의식, 2002, 95~97쪽 참조.

6) 19세기는 性의 문학적 형상화가 두드러진 시기였다. 중국 음사소설이 유통되고 야담, 소설 같은 장르에서 구체적으로 성적 표현이 드러났다. 〈옥루몽〉의 성애 표현 역시 이런 시대적 사회적 분위기와도 관련 깊다. 최기숙, 「'성적' 인간의 발견과 '욕망'의 수사학」, 『국제어문』26, 2002, 53~86쪽 ; 최기숙, 「'사랑'의 담론화 방식과 의미론적 경계-18 · 19세기 야담집 소재 '사랑 이야기'를 중심으로」, 『열상고전연구』18, 열상고전연구회, 2003, 305~344쪽 ; 김경미, 「19세기 소설사의 한 국면-성 표현 관습의 변화

환기시키게 형상화한 작가의 의도와 구체적 실상을 살펴보고, 다음으로는 그런 표현이 어떻게 독자에게 기능하였는지에 주목하여 <옥루몽> 성애 표현에 은폐되어 있는 폭력성의 문제를 탐색하겠다.[7]

2. 서사의 활성화와 개연성 강화

<옥루몽>의 성애 표현은 단순히 말을 통한 연상 작용으로 성적흥분을 유발하는 것, 감춰진 것을 노출시키는 행위, 짓궂게 첫날밤을 묻는 언술처럼 은근한 것은 물론, 취몽(醉夢)중의 성교, 군중(軍中)에서의 정사, 육체적 만족감의 표현까지 광범위하게 서술되어 있고 심지어 동성애까지 나타난다. 작가가 성애 표현을 한 이유는 느슨해질 수 있는 서사에 자극적 요소로 탄력을 주어 독자의 감정을 고조시키며 흥미를 주어 서사에 몰입하게 하려는 의도와, 합리적이고 개연적인 상황을 연출하기 위한 의도로 나누어 볼 수 있다.

1) 긴장과 흥미유발을 통한 서사의 활성화

남만 원정에서 양창곡은 나탁이 초빙해 온 '홍혼탈'이라는 최고의 난적을 만난다. 그는 명군(明軍)의 선봉 뇌천풍을 격퇴시키고 용장 소유경의 얼을 빼놓았으며 심리전으로 피리를 불어 명군을 혼란시키기까지 한

를 중심으로」, 『한국고전연구』9, 한국고전연구학회, 2003, 69~90쪽 ; 김경미, 「淫詞小說의 수용과 19세기 한문소설의 변화」, 『고전문학연구』25, 한국고전문학회, 2004, 331~356쪽 참조.

7) <옥루몽> 성애 표현에 드러난 것을 '은폐된 폭력성', '은밀한 폭력성', '정당화된 폭력성'의 세 가지로 나누어 볼 수 있는데, 분량상 본고에서는 '은폐된 폭력성'만 다루고, 나머지 두 가지는 후속 연구로 미룬다.

다. 그런데 그가 바로 죽은 줄로만 알았던 양창곡의 정인(情人) 강남홍
이었다. 결국 홍혼탈은 투항하는 형식으로 명(明)으로 오고 명나라 원수
(元帥)가 되어 도독(都督)인 양창곡과 함께 군중에서 지내게 된다. 다른
장수들은 홍혼탈이 여성이라는 것을 모르지만, 양창곡은 그녀가 여성이
고 더욱 자신이 사랑하는 강남홍임을 알므로 그녀를 친근히 하려고 백
방으로 노력한다. 결국 강남홍과 양창곡은 군중(軍中)에서 정사(情事)를
벌인다.

> 잇떠 도독(양창곡-인용자)이 원슈(홍혼탈/강남홍-인용자)와 금 〃 을 년
> 하여 금슬이 화창ᄒ고 년 〃 흔 정회로 고비의 지리흔 근심을 위로ᄒ며 <u>원</u>
> <u>슈 즈연 곤뇌ᄒ여 시벽잠을 ᄭᅵ지 못ᄒ여 춘슈 몽농ᄒ거늘</u> 도독이 먼져 ᄭᅵ
> 여 보니 군둥 누슈 임의 깃니이고 셔산 잔월이 장등의 빗쵀여 조요흔디
> <u>원슈 비취금을 반만 헷치고 원앙침의 의지ᄒ여 옥 갓흔 살빗츤 월ᄒ의 녕</u>
> <u>농ᄒ고 구름 갓흔 터럭은 침상의 셔렷니디</u> 쳔식이 믹 〃 ᄒ고 긔운이 졔미
> ᄒ여 십분 어리고 칠분 연약흔지라. 도독이 가마니 어루만져 싱각흔디
> (7 : 46뒤~47앞)

성교의 피곤함으로 새벽까지 몽롱함과, 이불이 반쯤 흘러내려 아무렇
게나 드러난 옥 같은 살에 달빛이 조요하게 비추어 영롱하게 빛남. 그리
고 구름처럼 흩어진 머리터럭의 치렁치렁함. 이렇게 묘사된 상황에 군
중에서 밀회한다는 긴장감이 더해져 에로틱한 감정이 촉발된다. 죽은
줄로 알았던 여인이며, 한동안 군중에서 동침을 거부하던 상황에서 이
루어진 정사이기에 더욱 감정적 홍분이 고조된다. 서사에 반복적으로
계속되는 군담은 자칫 지루함을 줄 수 있는데, 작가는 그 사이사이에
놓인 양창곡의 끈질긴 구애행위와 구애 결과 벌어진 정사를 서술함으로
써 계속되는 군담의 지루함을 걷어내고 생동감 있는 서사로 활성화를

꾀하였다.

  양창곡의 아들 양기성은 화류계를 주유하면서 설중매와 빙빙이란 당대 명기(名妓)를 친근히 한다. 그의 정력은 절륜한 것으로 표현되고 동침한 설중매는 육체적 만족감에 미진함을 드러내기까지 한다.

> 양싱(양기성-인용자)이 소연이라. 일종 졍욕이 취흥을 좃츳 것잡지 못ㅎ니 상〃의 나아가 원앙디을 글으며 부용군을 볏겨 초쳔양디의 운위변복ㅎ더니, <u>민낭</u>(설중매-인용자)이 취안이 몽롱ㅎ고 지쳐 무력ㅎ여 다시 일어 의상을 경돈ㅎ며 심중의 싱각ㅎ되, '<u>내 양싱을 일기 미남ㅈ로 알어더니 엇지 품졍이 일이 과인홀 쥴 짐쟉ㅎ여스리요.</u> 곽샹셔 갓흔 ㅈ는 일기 비부탕긱이로다.' ㅎ며 <u>오히려 미진흔 마음이 잇셔</u> 가만이 문왈 "<u>샹공이 니졔 도라가시면 어내 날 다시 뵈오리잇고?</u>" (14 : 10앞~뒤)

  이런 양기성과 설중매의 정사는 방탕한 풍류객의 모습 그대로인데[8] 양기성은 심지어 잠자는 설중매를 친압하기까지 한다.

  이외에도 계속 유예되다 결국 치룬 양창곡과 벽성선의 첫날밤에 대해, 강남홍이 묻고 그것을 답하는 과정에서 드러나는 에로틱한 상황도 있다.[9]

파ᄉ벽셩월	벽셩산 달의 파ᄉ이 춤츄고	(娑娑碧城月)
용여ㅈ옥하	자옥ㅎ의 용여이 놀도다	(湧於紫玉河)
젹강인간셰	인간의 젹강ㅎ니	(謫降人間世)
인간츈ᄉ하	인간 봄이 엇더하던요	(人間春似何)

-강남홍의 시 (10 : 73뒤)

---

8) 김경미는 이 대목을 구체적인 장면화의 측면에서 보았다. 김경미, 앞의 논문, 2004, 352쪽.

9) 이승수, 「≪玉樓夢≫소고2-장르 포섭 양상과 삽입 작품들의 기능」, 『한국언어문화』 20, 한국언어문화학회, 2001, 83~84쪽.

다시천상난	천상 난죠의게 스례ᄒ노니	(多謝天上鸞)
체작젼셩하	오작를 디신ᄒ야 은ᄒ의 다리를 놋토다	(替鵲轉星河)
츈광지자히	봄빗츨 다만 스스로 히득할지니	(春光秖自解)
부감이여하	견디여 엇덧타 말ᄒ지 못ᄒ리로다	(不敢語如何)

-벽성선의 시 (10 : 74앞)

젼소교〃월	어제 밤 교〃한 달의	(前宵皎皎月)
일쳔경〃하	하 한늘 경〃한 은하슈로다	(一天耿耿河)
파니동누각	이ᄯᅦ 동편누의 잇는 손이	(此時登樓客)
욕면미면하	잠들고져 ᄒ되 잠들지 못ᄒ난 디 엇지할고	
		(欲眠未眠何)

-양창곡의 시 (10 : 74뒤)[10]

벽성선은 양창곡의 귀양지에서 그를 처음 만났을 때부터 지기(知己)로 상합(相合)했으면서도 육체적 허신은 계속 의도적으로 유예했다. 양창곡이, 군중에서 강남홍의 육체를 집요하게 요구하는 것처럼, 이때에도 벽성선의 육체를 집요하게 요구했음에도 불구하고 동침하지 못했다. 심지어 양창곡은 해배(解配)되어 가는 도중에 벽성선이 찾아와 동침하는 꿈을 꿀 정도로,[11] 간절히 벽성선의 육체를 원했다. 그렇지만 벽성선은 끝끝내 자신의 팔에 찍힌 앵혈로 표현되는 육체적 지표를 지켜냈고 이후 계속되는 고난 속에서도 꿋꿋하게 지켰다. 벽성선이 이렇게 육체적 관계를 유예한 이유는 그녀의 신분상승 욕망을 성취하기 위한 것으

---

10) 서울대본에는 시의 한글 음과 해석만 있는데 필사시의 오류로 어구에 착간이 있다. 이에 괄호 안에 신문관본과 한문현토본의 한자를 병기한다.

11) 이 꿈을(3 : 40뒤~4 : 1앞 참조) 실제 현실 속에서 이루어진 동침으로 잘못 이해한 연구가 있는데(조광국, 『기녀담 기녀등장소설 연구』, 월인, 2000, 230쪽 ; 정상진, 「고전소설에 형상된 기녀신분의 극복양상과 그 의미」, 『한국문학논총』28, 2001, 217쪽), 이는 오류이다. 둘의 동침은 먼 훗날 이루어진다(10 : 73앞~뒤 참조).

로 앵혈은 그 드러난 표지였다.12) 그러던 것이 드디어 첫날밤을 지내게 된 것이다. 벽성선의 내밀한 욕망을 잘 아는 강남홍은 희롱하려고 짓궂 게 물은 것이다.

그토록 '고고하게 지내다가 적강한 것처럼 속되게 되니 어떠한가?'라 는 첫날밤을 은유적으로 묻는 물음은 '아름다운 것의 깨어짐', '고귀한 것의 망쳐짐'의 표현 그대로 에로틱한 정감을 자아낸다.13) 사실 벽성선 도 첫날을 보내고 자신이 그토록 지키던 앵혈이 사라짐에 아쉬움을 느 끼고 있었다.14) 이때에 강남홍이 시를 지어 희롱하자, 벽성선은 스스로 만 알 뿐이지 구태여 말해도 모를 것이라고 그 감정을 숨겨 상상력을 자극하고, 이 숨김을 양창곡은 능청스럽게 "잠들고져 ᄒ되 잠들지 못" 했다는 성애의 은근한 강렬함과 쾌락적 도취의 표현으로 다시금 들춰내 어 에로틱하게 만들었다.

이렇게 성애 표현은 모두 서사에 다채로움과 흥미를 유발시킨다. 설 중매와 질탕하게 정사를 즐기는 양기성의 행위와 취몽성교 장면은 설중 매와의 관계와 풍류 놀음이라는 서사의 다채로움과 흥성스러움을 보다 강조하여 보여 주며 사실성과 구체적 섬세함을 더해 준다.15) 작가가 성

---

12) 벽성선의 욕망은 작게는 기녀 신분에서 벗어나 양창곡의 집안에서 자신이 받아들여 지는 것이고, 크게는 집안 내에서 우위를 점하는 것이다. 귀양지에서 양창곡의 계속된 육체 요구에 결국 벽성선은 다음 말로 그의 욕구를 정면으로 거절하는데, 여기에 벽성 선 욕망의 일단이 드러난다.
　"첩(벽성선-인용자)이 일즉 드르니 증주의 효로도 증모의 투져ᄒᆷ믈 면치 못ᄒ고 악 양의 츙성으로도 듕산의 방셔 싱겨시니 하믈며 첩이 풍뉴쟝의 놀아 죵젹이 비쳔ᄒ미 리오. 만일 다른 날 군ᄌ 문하의 듕산방셔 협듕의 가득ᄒ고 증모 투져를 희혹홀 빈 업스면 첩의 신셰 진퇴무광이라. 그러ᄒ 고로 십년 쳥누의 일졈 홍혈을 구ᄱ히 즉회여 군ᄌ의 견부ᄒ시믈 ᄇ라미오 고당운우의 무졍ᄒ미 아니로소이다." (3 : 37뒤~38앞)
13) 죠르주 바따이유, 앞의 책, 1989, 160~162쪽.
14) (벽성선이-인용자) 스스로 팔를 구버보믹 불근 혼적이 간디 업거늘 심중의 일변 놀 나며 일변 창연ᄒ더라. (10 : 73뒤)

애 표현을 한 이유는 단조로움을 극복하고, 긴장과 흥미유발을 통해 서
사에 몰입시키기 위해서였다. 이것은 긴 장편인 〈옥루몽〉을 더욱 재미
있고 흥미 있게 만들어 지루하지 않게 서사에 계속 몰입하게 한다. 실제
로 여타 군담소설보다 〈옥루몽〉의 군담이 더 길지만 결코 군담 장면이
지루하게 느껴지지 않는다. 이것은 다채로운 군담의 내용 때문만이 아
니라 그 구조적 짜임새, 그리고 거기에 적절하게 안배되어 있는 긴장과
풀림의 작용 때문이다.16) 이런 효과를 주면서 동시에 서사에 개연성을
높이는 방법으로 성애 표현을 사용하는 경우가 있는데, 그 경우 성애
표현을 통해 개연적 서사의 활성화가 이루어진다.

2) 서사의 합리적 개연성 강화

황자사의 겁박을 피해 강물에 투신한 강남홍을 손야차가 물속에 있
다가 구해낸다. 손야차는 물속으로 강남홍을 구해 가다가 어부 두 명에
게 구출 받는데 어부들은 사실 도적이었다. 어부들은 강남홍의 미색을

---

15) 조혜란은 이야기의 흥미와 오락물로서의 재미 측면에서 〈옥루몽〉을 접근하여 '인물
   과 사건의 대조/대비의 수사', '미시적 세계의 강화'를 지적하고 〈옥루몽〉 서사의 화
   려함과 섬세함을 미적 특질로 제시했다(조혜란, 「〈옥루몽〉의 서사미학과 그 소설사
   적 의의」, 『고전문학연구』22, 한국고전문학회, 2002, 225~252쪽). 필자는 여기에 성
   애 표현의 구체화와 사실적 형상화를 통한 서사의 다채로움과 흥미유발 역시 포함되
   어야 한다고 생각한다. 나아가 성애 표현이 화려함과 섬세함, 사실성, 구체적 장면화
   등의 효과 외에도, 서사 구성의 개연적 활성화 측면에 기능하고 있는 것은 〈옥루몽〉
   성애 표현의 중요한 특징이다.
16) 〈옥루몽〉 군담의 특징에 대해서는 몇몇 연구가 있는데, 모두 다채로운 군담 요소를
   지적했지만, 그 다채로움이 어떻게 구조화되었고 그 구조 속에서 어떤 요소들이 어떻
   게 기능하는지를 밝히는 데까지 나아가지는 못했다. 본고에서 주목하는 성애 표현은
   그 짜임새를 밝히는 작업의 하나이다. 〈옥루몽〉의 군담에 대해서는 서대석, 「〈구운
   몽〉·군담소설·〈옥루몽〉의 상관관계」, 『군담소설의 구조와 배경』, 이화여자대학교
   출판부, 1985, 241~262쪽 ; 군담 소재의 다양함을 포괄적으로 논한 것으로는 설성경·
   심치열, 『옥루몽의 작품세계』, 개문사, 1994, 135~160쪽 참조.

탐해서 강간할 마음을 먹는다. 이때 두 명의 어부를 이간시켜 목숨을 보존하려고, 손야차는 계략으로 강물로 도망치고 홀로 남은 강남홍이 다음과 같이 성적(性的)으로 도발하는 말을 한다.

> 홍이 닝소ᄒ고 션두의 나 안즈며 왈 "니 년소 녀즈로 풍뉴장의 노라 노류장화로 허다 열인ᄒ니 엇지 슌죵치 아니리오마ᄂ 두 ᄉ롬이 ᄒ 녀즈를 닷토믄 니 더옥 붓그리ᄂ 빈라. ᄒ 사롬이 담당ᄒ야 나션즉 니 맛당이 허락ᄒ리라." (2 : 33뒤~34앞)

두 명과 정사는 못하겠지만 한 명과는 흔쾌히 정사를 하겠다는 말은 급박한 상황에서 나온 계략이다. 손야차가 비록 이무기를 죽이는 힘이 있다고는 하지만, 오랫동안 강남홍을 데리고 물 속을 헤엄쳐 와서 힘이 빠졌고 상대는 두 명의 남성이기에 이길 수 없자, 이렇게 이간하여 한 어부가 다른 어부를 죽이게 한 후 물속에서 기습하여 남은 어부를 죽이는 것이다. 이것은 여성인 손야차가 두 명의 남성을 손쉽게 죽이는 것보다 훨씬 개연적이고 합리적이다.

초나라를 위기에서 구하고 잔치를 벌일 때, 개선장군인 양장성이 자신과 정혼한 초국 공주의 얼굴을 모든 사람들에게 드러나게 한다. 활로 새를 쏘는 것처럼 하다가 갑자기 공주 쪽으로 쏘아 발[簾]을 떨어뜨리는 그 대담함과 의기양양함은 갑작스럽게 드러나는 공주의 아름다운 자태와 용모, 그리고 수줍게 돌아서는 자취의 탐미적 여운과 묘하게 어울리며 에로틱한 정서를 자아낸다. 양장성의 군담은 양창곡 군담에 비해 그 분량이 적고 내용적 다채로움이 떨어진다. 양장성 군담의 성격이 새로운 것을 보여주는 측면보다는 반복, 확장적 속성이 우선시되기 때문이다. 그러므로 군담 부분에 놓이는 이런 에로틱하고 호쾌한 장면이 없다면 양장성의 초국 구원 군담은 밋밋한 서술이 되었을 것이다. 단순히 초국 구원과 공주와의 결혼, 이를 통한 양창곡 주도권의 계승이라는 서사의 뼈대만 이어 주게 되어 이 대목은 지루한 양상을 띠었을 것이다. 그런데 여기에 충격적 성애 표현을 서술함으로써17) 서사를 활성화시켜 초국 원정의 서사가 흥미 있고 다채롭게 된다. 〈옥루몽〉에서 양장성과 관련된 서술은 주로 이렇게 충격적 서술을 통해 서사의 지루함을 단번에 극복하여 그 인물 형상화와 서사를 모두 살리는 방식으로 꾸며져 있다. 후일 양장성은 격구(擊毬)하다가 동홍을 황제 앞에서 목을 잘라 죽이는 끔찍하고 충격적이며 정치적으로 무모한 행동을 하는데, 이것 역시 작가의 의도적 서술이다. 이 두 사건을 통해 드러난 의미는 첫째 양장성의 성격이 급하고 직설적이며 호쾌하다는 점과, 둘째 양장성이 외적 군공(초국 정벌)과 내적 정치(동홍 제거) 모든 분야에서 아버지 양창곡의 뒤를 잇는다는 점이다. 외적·내적으로 양창곡의 후계임을 보이기 위해 양장성의 군담과 정치담이 서술되어야 하는데, 그것들은 모두 양창곡이 보여준 것들의 반복이므로 새로울 것이 없어 흥미가 떨어지고 서사도 부가적이게 된다.

실제로 양장성의 군담과 정치 행위는 양창곡에 비해 매우 짧다. 그러나 양창곡이 보여준 것을 빠짐없이 다시 반복하여 보여준다. 양창곡의 남만 정벌은 양장성의 초국 구원으로 다시 서술한다. 황제의 북방 친정(親征)을 수행한 양창곡을 그대로 본뜨게 하기위해 황제는 다시 북방을 친정하고, 이번에는 양장성이 수행한다. 동성애로 발호하다 봉선(封禪)까지 하게 하면서 국가를 뒤흔들던 동홍이 다시 정국에 등장하여 이번에는 격구를 통해 파란을 일으키게 한다. 이런 설정은 너무 작위적이어

---

17) 자세한 것은 다음 절에서 논의한다.

서 개연성이 떨어진다. 남방은 나탁과 축융에 의해 굳건하게 지켜지고 있고, 북방 역시 황제의 친정으로 인해 완전히 복속되었는데 다시 발호한다는 것은 적절치 않다. 더욱 황제가 두 번씩이나 친정(親征)한다는 것도 너무 작위적이다. 그렇게 혼이 나서 개과천선한 강남홍의 사제 도동(道童) 청운(靑雲)이 다시 양장성의 군담에 나오는 것도 마찬가지이다. 이 모든 것은 양장성이 양창곡을 계승한 인물이라는 점을 서사에서 보여주려는 작가의 의도 때문이다. 양장성이 먼저 태어나기는 했지만 첩 강남홍의 자식이므로, 처 윤 부인의 소생 경성이 가문을 계승하는 것이 마땅하다. 그렇지만 작가는 첩의 아들 장성이 양창곡을 계승하는 것으로 서사화한다.[18] 이 상황을 합리적이고 개연적으로 만들기 위해, 문과만 급제한 경성을 급제하자마자 다시 집안에서 수업하게 하는 것으로 서사에서 배제시킨 것과 달리, 장성을 문·무과에 동시에 급제하게 하여 부각시켰다. 어린 나이의 양장성이 원수가 되는 것도 개연적이지 않다. 비록 강남홍이 자신의 아들 양장성을 추천하는 상소를 올렸다고 해도, 아직 젊은 나이로 활동할 양창곡도 있고 홍혼탈(강남홍)도 있는데, 급박한 외적의 침입에 굳이 어린 아이를, 그것도 한 번도 검증되지 않은 인물을, 상소 하나로 일약 원수로 임명해 대권을 맡긴다는 것은 너무 작위적이다. 동홍의 재발호 역시 타당하지 않다. 그가 음률과 동성애로 발호할 때의 상황과 격구로 발호할 때의 상황은 사뭇 다르다. 뒤의 상황은 양창곡이 완전히 정국을 주도하는 상황이다. 그런데도 온통 정국이 동홍으로 인해 어지럽게 되는 것으로 서술되고, 또 양창곡은 이에 대해 아무런 조치를 취하지도 않고 심지어 동홍에게 모욕을 당한다. 이때 양장성이 그의 목을 잘라 죽이는 것으로 동홍을 제거한다. 이 모든 서술의

---

18) 이렇게 서술한 작가 의도는 매우 중요한데, 자세한 것은 유광수, 「<옥루몽>연구」, 연세대학교 박사논문, 2005 참조.

의도는 양장성이 양창곡을 계승함을 서사적으로 보여 주려는 것이다. 작가도 이 부가적인 지루함과 작위성을 알기에 짧게 서술한 것이고, 한번은 에로틱한 표현을 통해, 다른 한번은 그로테스크한 표현[19]을 통해 단번에 지루함을 일소하는 방식으로 해결한 것이다.[20] 양창곡의 다른 아들들이 보여 주는 삶의 양상들은 양창곡이 보여 준 삶과 조금씩 차이가 있어 서사에 색다르게 작용하여 지루하지 않지만, 양창곡을 그대로 계승한 양장성의 경우는 특별히 새로울 것이 없어 지루하다. 작가는 이런 상황을 기법적 요소로 단숨에 극복하면서 인물의 성격 형상화까지 성공한 것이다.

이런 개연적 활성화는 황제가 동성애에 빠지는 것에서도 잘 드러난다. 남만과 홍도국 정벌로 태평해지자, 황제는 동홍과 동성애에 빠진다. 연왕 양창곡의 청당(淸黨)은 이런 황제의 실덕을 상소하지만 정치적으로 몰락하고, 급기야 양창곡은 귀양을 가게 된다. 황제는 봉선(封禪)하기 위해 황궁을 비우고 이를 틈타 흉노가 침입하여 국가의 운명이 매우 위급하게 된다. 황후는 피난 가고 황제 역시 궁지에 몰린다. 이 위기에 노

---

19) 그로테스크(grotesque)는 기묘함과 과장, 부조화, 비정상성, 양립할 수 없는 가치들의 동시적 존재로 인한 충격 등이라 할 수 있는데, 기묘함보다 과격하고 보다 공격적인 측면이 우세하다. 그래서 보통 섬뜩함과 겹치곤 한다. Philip Thomson,『그로테스크』, 김영무 역, 서울대학교 출판부, 1986, 8~78쪽 참조.

20) 양장성의 남방원정(초국 구원)은 그래서 군담에 주목하는 것이 아니라 공주와의 결연이 부각되고, 정치적 과단성은 정치적 갈등과 힘겨루기에 주목하는 것이 아니라 황제 앞에서 동홍의 목이 잘려 나갔다는 끔찍함이 부각된다. 만약, 남방원정에서 에로틱한 성애 표현이 서술되지 않았다면, 양장성의 원정은 단순히 군담의 밋밋함과 초국에 가서 공주를 데리고 왔다는 사실만 드러나게 되어, 양장성이 원정을 가야만 하는 타당성과 개연성이 손상된다. 동홍의 경우 역시, 과단성 있는 양장성의 성격이 드러남으로 인해 동홍의 비합리적 再跋扈나 정국의 혼란 등에 주목하는 것이 아니라 양장성의 호쾌함 쪽을 주목하게 된다.

균은 흉노에게 투항하고 상황은 파국을 향해 치닫는다. 그러던 것이 양창곡의 복귀로 흉노가 패퇴하고, 일지련과 양원외의 활약으로 서방 쪽의 문제가 해결되며, 벽성선의 고육지책(苦肉之策)으로 황후는 목숨을 구하게 된다. 동초와 마달 등 청당(淸黨) 인물들의 활약 역시 큰 도움이 되어 결국 황제는 위기를 벗어나고 모든 문제는 해결된다.

남만과 홍도국 정벌이라는 큰 문제의 해결로 국가는 태평성대를 구가하고 주인공 양창곡은 연왕이라는 지극히 존귀한 자리에 오르게 되어 서사는 일단락되는 느낌을 준다. 보통 일반 군담소설들은 이쯤에서 서사가 종결된다. 그런데 <옥루몽>에서는 이전보다 더 큰 혼란이 발생하고 양창곡을 비롯한 온 집안 인물들이 활약하는 보다 큰 스케일의 서사가 새롭게 이 부분으로부터 시작된다. 그 분기점이 바로 황제의 동성애 사건이다.

황제가 음률에 빠진 것은 동홍을 가까이했기 때문인데, 주목할 것은 동홍의 음률을 좋아해서 그를 친근히 한 것이 아니라 그를 친근히 하면서 음률을 부수적으로 즐겼다는 점이다. 황제를 음률로 풍간할 때, 벽성선은 동홍의 "슈법이 황잡ᄒ고 음늌이 착난한(8:56앞)" 것을 곧바로 파악한다. 황제도 동홍의 비파소리를 듣고 "너모 지리ᄒ여 싱신치 못(8:56뒤)"하다고 지적했다. 황제는 벽성선의 음률을 이해하고 풍간의 의미를 알아차릴 정도로 음률에 대한 식견이 높았다. 그런 그가 동홍의 황잡한 음률 때문에 그를 가까이했다고 보기 힘들다. 또 동홍이 황제를 음률로 침혹케 할 때도 '미소년'을 선발하여 균천제자를 만들었지, '미인'을 가려 뽑은 것이 아님을 의미 있게 보아야 한다. 황제가 동홍을 친애한 것은 그의 음률 때문이 아니라 그가 '미소년'이었기 때문이다. 다음을 보면 황제가 동홍의 육체에 빠졌음을 잘 알 수 있다.

(황제가-인용자) 불너 보시민 <u>미목이 청슈ㅎ고 거지 민첩ㅎ여 용모긔질</u>
<u>이 녀즈와 방불ㅎ니</u> (7 : 114앞)

장안소년들이 <u>홍(동홍-인용자)을 드리고 노다가 목견흔 바요</u>

(7 : 116앞)

잇써 동홍이 익예롤 짜라 궐너로 드러가니 임의 야심흔디라. 천지 편젼
의 계시샤 근시룰 드리고 노르실시 홍을 명ㅎ샤 젼상의 오르라 ㅎ시고 <u>다</u>
<u>시 즈시 보시니 의퓌 더욱 션명ㅎ고 용뫼 아름다와 가위 남듕 일식이라.</u>
샹이 미소ㅎ시고 두어 마듸 풍뉴룰 드르시고 문왈 <u>"짐이 너롤 갓가이 두고</u>
<u>져 ㅎ느니 네 소원이 무어신다?"</u> (7 : 117뒤)

샹이 엽희 노힌 칙을 흔 권을 주시며 일그라 ㅎ시니 홍이 밧즈와 무릅흘
쓸고 낭연이 일그니 <u>그 소리 의원이 옥을 보아는 듯</u> (7 : 118뒤)

잇써 천지 근시를 드리시고 야연ㅎ실시 홍이 좌우에 뫼셔 비록 모든 궁
녜 은장셩식으로 별갓치 셧스나 <u>홍이 흔 번 눈을 거듭 써 보미 업거놀</u> 궁
<u>인이 가르쳐 왈 "져 동흑스는 남듕 녀즈라."</u> ㅎ니 샹이 더욱 긔특이 녁이스
젼후 샹스ㅎ신 거시 누거만이라. (7 : 126앞~뒤)

묘사되는 동홍의 모습은 여성 모습 그대로다. 이런 동홍의 아름다운
외모를 보고 황제가 그를 친근하게 되었다는 것은 동성애적 상황을 의
미한다. 동홍이 아리따운 궁녀들이 즐비하게 서 있는 데서 한 번도 거들
떠보지 않았다는 것은 그의 남성 취향을 말하는 것이다. 궁녀들은 이런
동홍을 "남듕 녀즈"라고 말한다. 이 말은 그대로 동성애 용어다. 궁녀들
의 이 말에 황제는 매우 기뻐하고 많은 재물을 내린다. 황제가 기뻐한
이유는 동홍이 다른 여성들에게 눈을 돌리지 않는 것과 바로 '남자 중의
여자'라는 궁녀들의 칭찬 아닌 칭찬 때문이다. 황제와 동홍의 관계는 그
런 애정관계였다. 또, 이런 상황을 비판하며 극간(極諫)한 소유경을 파직
시켰다가 양창곡의 상소로 복직시킬 때, 황제는 "짐이 얼굴노 사람을
취ㅎ는 병이 잇더니 동홍은 진기 긔졀흔 인물이라.(7 : 122뒤)"고 입장을

설명하며 자신이 동홍의 육체를 탐했음을 인정한다.

　이렇게 황제를 동성애에 빠지게 설정한 것은 황제라는 지위의 인물
들이 흔히 동성애에 빠진 경우가 많았고,[21] 또 이런 동성애가 흔히 부정
적으로 인식되어[22] 황제에 대해 양창곡이 간섭하는 것을 합리화할 기
제로 이용할 수 있기 때문이다. 이런 개연적 상황 설정이 필요한 것은,
양창곡이 연왕이 되었다고는 하지만 아직 정국을 완전히 주도할 정도로
그의 위치가 확고하지 않기 때문이다. 황제에게 극간(極諫)했다는 것으
로 귀양 가는 상황을 보면 이를 잘 알 수 있다. 그러나 이후 탁당(濁黨)
을 모두 몰아내어 양창곡이 정권을 완전히 장악한 후에는 이보다 심한
경우에도 자신의 지위를 확고하게 지킨다. 심지어 앞에서 보았듯이 동
홍을 황제 앞에서 단칼로 죽이는 양장성의 기군망상 행위가 전혀 문제
시되지 않는다. 동홍을 벤 양장성의 당당한 행위는 지금 간곡하게 간하
는 양창곡의 모습과 사뭇 대조적이다. 즉, 양창곡이 그리 확고하지 못한
상태에서 극간할 수 있었던 자신감과, 황제 개인적 취향에 간섭할 수
있는 무례함이 용인되는 이유는 황제의 동성애 취향이 부정적으로 여겨

---

21) 중국의 동성애에 대한 역사서술은 주로 황제를 비롯한 고위 계급과 그렇지 못한 계급
　　남성과의 관계에 대한 것이었다. 그 내용은 조선에도 전해졌다. 『說苑』같은 子集類나
　　『左傳』, 『史記』, 『漢書』 같은 역사서처럼, 조선 양반들이 두로 섭렵했던 문적에 산견
　　되어 나타나기 때문이다. 이런 문적에 보이는 역대 중국 황제들의 동성애에 대한 서술
　　과 묘사는, 그대로 <옥루몽>의 황제와 동홍의 관계 서술과 묘사에 겹쳐진다. 중국의
　　동성애에 대해서는, 이수웅, 『中國娼妓文化史』, 대한교과서주식회사, 1987, 54~57,
　　69~73, 231~235, 297~301쪽 ; 류다린, 『중국성문화사』, 노승현 옮김, 심산, 2003,
　　176~189쪽 ; 윤가현, 『동성애의 심리학』, 학지사, 1998, 23~24쪽 참조.
22) 동·서양을 막론하고 동성애의 역사는 오래되었고 대부분 부정적으로 인식되었다(노
　　라 칼린, 『동성애자 억압의 사회사』, 심인숙 옮김, 책갈피, 1995, 21~42쪽 ; 류다린,
　　앞의 책, 176~189쪽 ; 윤가현, 앞의 책, 52~75쪽 참조). 조선시대에도 동성애는 부정적
　　으로 인식되었다. 대표적인 예로, 세종은 봉씨를 비롯하여 문종의 후궁들을 이혼시켰는
　　데 그 이유는 그들의 동성애 때문이었다. 이후 세종은 금지법까지 만들었다(정성희,
　　『조선의 성풍속』, 가람기획, 1998, 114~116, 273~281쪽 ; 윤가현, 앞의 책, 73~74쪽).

지는 취향이기 때문이다. 황제를 견제한 표면적 이유는 음률에 빠졌다는 것인데 실상 이것은 억지논리이다. 황제가 국무를 전폐한 것이 아니라[23] 일을 마친 후 음률을 즐겼을 뿐이라는 점과, 훗날 양창곡이 황제보다 더 크게 음률과 풍류를 방탕하게 즐긴다는 점에서 음률시비의 허위성이 드러난다. 황제를 견제한 실제 이유는 황제가 빠진 동홍 뒤에 양창곡과 대립되는 탁당의 영수인 노균이 있기 때문이다.[24] 실제로 황제가 동홍을 친근히 한 초기에는 누구도 상소하지 않았다. 노균이 동홍을 통해 황제에게 연결되기 시작하자 탄핵이 빗발친 것이다. 물론 그 주된 탄핵자들은 양창곡의 청당 인물들이다. 그렇지만 이들은 황제의 개인적 은밀한 성적 취향을 드러내고 탓할 수는 없었다. 그래서 그 개인적 동성애 취향을 정치적으로 비화시켜 음률 문제로 확대하여 탄핵한 것이다. 이는 양창곡이 상소에서 황제의 음률을 "당 명황의 이원지악과 진 후쥬의 옥슈지곡이 마음의 질겁고 귀의 싱신치 아니미 아니라, 그 질거옴과 싱신홈을 밋지 못ᄒᆞ야 병진이 〃러ᄂᆞ고 나라이 망ᄒᆞ엿스니(8:9뒤)"라고 과도하게 악평한 것에서 잘 드러난다. 작가의 의도는 황제의 개인적 취향을 간섭하고 통제하는 것의 정당화 기제로 1를 설정하여 양창곡의 과도한 간섭에 타당성을 부여하고 양창곡의 입장을 두둔하기 위함이다.[25]

---

23) 국무를 전폐한 것은 양창곡이 실각해서 귀양 간 시점이지 양창곡이 상소하는 이 시점이 아니다.

24) 나중에 양창곡이 동홍을 탄핵하는 상소를 올리는 이유를 스스로 설명하는데, 이를 보면 동홍 뒤에 숨어 있는 실세인 노균을 견제하기 위한 정치적 전략임을 확실히 알 수 있다.
    노균이 간악ᄒᆞᆫ 무리라 엇지 그 거동을 본 후 알이오. 다만 황상의 총명예지ᄒᆞ시무로 잠간의 부운의 가리오스 일월지명이 회식ᄒᆞ시니 닉 이졔 상소코져 ᄒᆞ노라. (8:7뒤)

25) 필자는 〈옥루몽〉의 양창곡이 忠君愛民의 인물이라고 생각지 않는다. 그는 개인적 풍류와 부귀공명을 위해 정치적으로 온갖 어려움을 헤쳐나간 입지전적 인물이지, 황제와 국가 수호를 목적으로 하는 전형적 忠義之士가 아니다. 많은 예가 있지만, 본고에서 든 軍中情事만 보아도 분명 충군애민과 거리가 있다. 양창곡은 개인적 풍류와

그 당연하게 보이는 간섭이 실상은 황제 개인 취향의 공론화·정치화로 반대당에 대한 견제 목적이었지만, 작가는 그것을 합리적이고 타당한 행동으로 이해되게 만들었다.

황제는 개인 취향에 대한 과도한 간섭을 황제권에 대한 도전으로 이해하고 양창곡을 귀양 보내는데, 이로 말미암아 흉노가 침입할 개연성이 자연스럽게 확보된다. 남만과 홍도국을 정벌한 양창곡이 그대로 황성에 있다면 흉노가 침입할 수 없고, 침입했다고 해도 양창곡과 홍혼탈이 쉽게 패퇴시킬 것이므로 황후를 비롯한 온 백성이 혼란에 빠지지 않게 될 것이다. 그렇게 된다면, 벽성선의 결백함과 일지련의 결연으로 이어지는 황후의 역할이 발생하지 않게 되어 이후 양창곡 집안의 화평으로 가는 중요한 서사적 장치가 활성화되지 않는다. 그러므로 황제를 잠시 탕음무도한 인물로 내려서게 만들고 그로 인한 혼란이 일어나는 것으로 서사를 진행시킨 것이다. 그 주요한 분기점에 동성애 표현이 사용된 것이다.

이렇게 작가는 서사의 활성화를 꾀하고 또 합리적으로 개연적 상황을 형성하기 위해 성애 표현을 이용하였는데, 이때 작가가 의도하지 않은 다른 상황이 유발되었다. 그것은 당대 사회의 폭력성이 이 성애 표현 속에 은폐되어 드러났다는 점과 그런 사실을 모르고 수용하는 독자들에

욕망을 꾀한 인물인데, 그가 추구한 가치가 국가의 이익에서 크게 벗어나는 것이 아니었기에 그를 충군애민으로 피상적으로 파악하게 된 것이다. 양창곡의 욕망의 목적과 지향점은 유교적 중세사회 수호가 아니라 개인적 부귀공명과 풍류이다. 이렇게 작가가 양창곡을 형상화한 의도는 현실적이고 사실적인 인물로 드러나게 하기 위해서였다. 선·악, 긍정·부정으로 단순하게 나뉘는 평면적인 인물이 아니라 다양한 측면이 공존하는 현실적이고 입체적인 인물들이 다양한 욕망을 가지고 서로 부딪히고 얽히며 조화를 이루는 이야기가 〈옥루몽〉이며, 이것이 〈옥루몽〉의 중요한 특징 중 하나이다. 자세한 것은 유광수, 앞의 논문, 2005 참조.

게 텍스트가 문화적 정당화의 기제로 작용하여 궁극적으로 당대 이데올로기를 재생산하게 만들었다는 점이다.

3. 풍류와 이데올로기로 은폐된 폭력성

1) 잠자는 여성 친압하기

양기성과 설중매는 서로 친근하게 사귀는 사이로, 어느 날 취하여 같이 자다가 기성이 먼저 깨게 되었는데 잠자는 설중매를 보고 정욕이 일자 그녀를 친압한다.

> 잇써 양싱이 맛춤 취흐야 미랑의 무릅을 베고 잠든지라. 졔인이 훗터지니 미랑이 금〃을 당긔여 싱을 가만이 덥허 옴겨 누이고 미랑이 역시 취흐여 그 녑히 잠들엇더니 싱이 몬져 잠을 씨여 보미, 비단장은 격〃이 들이 윗고 화로의 츠 쓸는 소리 삼경 창 밧게 세우 소린 듯, 일 미인이 엽히 누어 취교옥잠은 침변의 써러지고 보다나슴은 홍젼의 반듯흔디 도화 양협의 쥬훈이 몽몽흐여 긔식이 믹〃흔지라. 싱이 불승츈흥하여 그 취몽 즁 운우를 보니니 미랑이 잠과 슐이 일시의 씨여 의샹을 거두고 츠를 권흐며 한담홀 시 (14 : 44뒤~45앞)

비록 서로 사랑하는 사이이고 또 설중매가 기녀이지만 잠자는 여성을 범하는 행동은 남성에게는 풍류일지 몰라도 느닷없이 당하는 여성에게는 폭력이다. 양기성이 양창곡의 아들이고 또 작가가 그를 긍정적 시선으로 바라보고 있기에 그렇지, 이것은 풍자소설에 등장하는 풍자의 대상인 외입장이들의 행위나 다름없다.[26] 화로에 차 끓는 소리는 성적

---

26) 〈옥루몽〉의 기녀 풍속과 유흥적 분위기는 일찍부터 지적된 것으로(김종철, 「〈옥루

욕망을 청각적으로 자극하고 비녀가 떨어져 풀어진 머리채와 술기운에 발그레한 볼은 시각적으로 자극하여 급기야 취중에 잠자는 여인을 친압하게 된다. 특히 차 끓는 소리는, 창 밖의 빗소리로 비유되듯이, 외부 상황을 단절시켜 둘만의 성애 공간을 만드는 효과를 드리우면서, 소위 운우지락(雲雨之樂)의 상징으로 드러나며, 성애 교성(嬌聲)을 연상시키는 효과를 준다. 이렇게 풍류적으로 형상화된 성애는 잠을 자다가 갑작스런 친압을 당하는 여성 입장의 폭력적 강간 상황을 은폐한다. 설중매와 양기성이 서로 친근한 사이라는 점과 이미 육체관계가 있었다는 점, 당하는 입장의 설중매가 여성이고 특히 기녀라는 점에서 이런 강간 담론은 쉽게 은폐되어 풍류 담론으로 드러난다. 이 은폐에 기녀라는 신분적 차별 기제만이 아니라, 여성이라는 성적 차별 기제 역시 작용했음을 간과해서는 안 된다. 남성의 여성에 대한 폭력이 풍류로 미화된 것이다. 이렇게 에로틱한 시선과 풍류적 흥취가 전면에 나섬으로 인해 폭력이 은폐된 상황은 상호 교감적 성애 상황보다 오히려 더 자극적 상황으로 독자에게 읽히게 된다.

2) 군중(軍中)에서 동침하기

취몽친압의 폭력성보다 군중(軍中)에서 이루어진 정사(情事)의 폭력성이 더 깊이 은폐되어 있다. 군중정사는 취몽친압만큼 질탕하지는 않아도 색다른 맛이 있다. 이는 홍혼탈이 여성이라는, 드러나서는 안 되는

몽>의 대중성과 진지성」, 『한국학보』61, 1990 겨울, 26~27쪽 ; 조혜란, 「조선후기소설에 나타난 유흥 서술 연구」, 『한국고전연구』3, 한국고전연구학회, 1997, 111~115쪽). 이런 기성의 풍류적 모습은 조선후기, 특히 도시 행락과 풍류의 모습을 그대로 보여준다. 장풍 같은 인물을 부리고, 편을 나누어 기녀를 탐하는 것이나, 또 기녀에게 재산을 기울이고, 권세로 서로 뒷골목에서 행패를 부리며 싸우는 등, <옥루몽>에 드러난 시정인의 풍류는 모두 양기성을 통해 형상화되어 있다.

비밀로 인해 이들의 성애가 긴장이 감도는 밀회의 성격을 띠기 때문이다. 여성임이 드러나서는 곤란한 상황의 조마조마함에, 누군가 급박한 보고를 하러 들어올지도 모를 막사에서 정사를 즐기는 상황을 생각하면, 차 끓는 소리가 주는 심정적 공간의 단절감의 흐드러진 풍류와는 달리, 위병(衛兵)의 시위(侍衛)라는 실제적 단절감이 누구나 들어올 수 있다는 열린 공간이 되어 긴장감을 고조시킨다. 도독의 막사는 아무나 불시에 들어올 수는 없으나 전시라는 특수한 상황에 급한 보고로 들어오겠다고 한다면, 여기저기 널린 옷을 주워 입으며 복잡한 군장을 하는 상당한 시간의 허둥거림이 필요하다. 이런 열린 긴장감에 달빛이 교교하게 강남홍의 하얀 살을 비추는 대조는 차 끓는 소리의 풍류와는 색다른 자극적인 정감을 유발한다.

그런데 이런 정사를 강남홍이 의도한 것이 아니라 오히려 계속 거부했다는 점에 주목해야 한다. 강남홍이 찾아와서 결국 성애를 벌였다는 점만 놓고 볼 때, 그 폭력성은 드러나지 않는다. 강남홍이 동의했고 공모했다고 읽히지만 강남홍의 행위는 강요된 동의요, 포르노그래피(porno -graphy)에 등장하는 여성의 공모의 시선처럼[27] 만들어진 동의이다. 동침의 궁극적 이유는 계속된 양창곡의 집요한 육체 요구 때문이다. 홍혼

---

27) 포르노그래피에 나타나는 여성의 이미지는 실제 여성의 이미지가 아니다. 포르노그래피의 여성은 성적 욕망의 대상이지 주체가 아니기 때문이다. 포르노그래피에서 여성의 시선은 보통 독자를 향해 있다. 이 시선을 바라보는 남성은 그 대상을 문자 그대로 '지배한다.' 여기서 남성은 여성을 지배하는 수단으로 자신의 욕망에 의해 인식하고 그것을 당연하고 마땅한 것으로 고착화하게 된다. 여성의 시선은 남성 욕망을 인정하고 순복하고 따르는 시선을 하고 있으며 그것으로 인해 남성은 자신의 욕망과 만족을 당연하게 여기게 된다. 결국 포르노그래피의 여성은 남성 욕망의 왜곡된 분출과 지배를 공모하는 시선을 띤다. 포르노그래피에 드러난 여성의 시선과 욕망은 남성 환상 속의 욕망과 시선일 뿐이지 실제 여성의 시선과 욕망이 아닌 것이다. 앤소니 기든스, 『현대 사회의 성·사랑·에로티시즘』, 배은경·황정미 옮김, 새물결, 2001, 188~189쪽 참조.

탈이 된 강남홍은 처음 만남에서부터 홍혼탈로서는 육체관계를 가질 수
없다는 점을 분명히 했다. 그녀의 주장은 전시(戰時)라는 상황, 부하 군
사들의 고생, 개인적 쾌락보다 막중한 공적인 임무가 중요하다는 등의
확고하고 분명한 타당성이 있다. 하지만 전혀 아랑곳하지 않는 양창곡
은 집요하게 강남홍의 육체를 요구했고, 거듭된 거절에 상당히 편협하
고 차갑게 반응한다. 이에 강남홍은 자신이 너무 '강하고 드세게' 가부장
을 대하는 것은 아닐까 하는 자책과 번민에 빠지고, 그 결과 동침을 하
게 된 것이다.[28] 이때 그녀는 군공이 높고 사리에 밝은 동료 장수 홍혼
탈이 아니라 가부장에게 유순해야 할 첩 강남홍으로 기능한 것이다. 다
시 말하면, 양창곡의 집요한 요구에 그녀는 스스로 '홍혼탈이라는 장수'
의 위치에서 '일개 천첩 강남홍'의 위치로 스스로 정체성을 바꾸어 인식
하고 가부장에게 유순하게 복종한 것이다. 이렇게 군중정사는 강남홍이
자발적 동의가 아닌 폭력적 강요에 의한 자긍심 하락으로 이루어진 것
이고,[29] 그렇기에 그 정사는 짜릿한 쾌감이 더해진다.[30]

---

28) 침상의 누엇다가 다시 싱각ᄒᆞ여 왈 '닉 본릭 쳔흔 ᄌᆞ쵀로 안식을 뼈 사름을 셤기며
근일 규 # 흔 풍되 만코 유슌흔 긔식이 업셔 군직 미안(미타-인용자)이 보시미라. 이
엇지 나의 허물 아니리오' ᄒᆞ고 스스로 거울을 가져 얼굴을 빗쵀이여 보며 긔식을 곳
치고져 ᄒᆞ여 이러툿 싱각ᄒᆞ민, ᄌᆞ연 심식 번뇌ᄒᆞ여 잠을 일우지 못ᄒᆞ고 하눌이 발그민
(7 : 37뒤)

29) 강간은 다른 폭력과 달리 폭력에 의한 상처가 피해자에게 수치심을 각인시키고 인격
을 훼손시키며 자신에 대한 다른 사람의 인식 자체를 완전히 바꾸어 놓는다는 점에서
다른 상처를 유발한다(조르쥬 비가렐로, 『강간의 역사』, 이상해 옮김, 당대, 2002, 41
~42쪽). 자존감의 하락으로 인한 동침은 정체성의 혼란을 가져와 홍혼탈은 군중에서
번뇌에 잠겨 잠을 자지 못하고, 그 상처는 깊이 남아 이후 양창곡과 비교되는 모든
군담에서 수하 장수들에게 양창곡을 의도적으로 높이고 자신을 낮추는 일련의 행위와
언술을 한다.

30) 강간에서 가해자를 분석한 달레락은, 계속된 남성의 요구에 원하지 않던 여자가 반항
하다 지쳐서 결국 '예'라고 하게 되는 순간이 있는데, 이때 이런 강요에 의해 만들어진
'동의된 강간'에 짜릿한 맛이 있음을 남성 입장에서 확인하고 분석했다. 도미니크 달
레락, 『강간충동』, 하태환 역, 동심원, 1995, 29~34쪽.

남만 정벌이라는 중요한 때에 막중한 위치에 있는 양창곡의 집요한 육체에 대한 탐욕은 객관적으로 부정적이지 않을 수 없다. 그렇지만 서사는 그것을 긍정적 시선으로 바라본다. 이유는 양창곡이 다른 여성에 탐닉한 것이 아니라, 지기(知己)로 상합(相合)한 여인, 자신의 첩을 탐했기 때문이다. 개인의 쾌락보다 국가적 상황이 더 중요하고, 공과 사를 구분해야 하며, 장수로서 부하들의 고생을 먼저 생각해야 함에도 불구하고 육체적 사랑을 강압적으로 요구하는 것은 양창곡의 욕망이 육욕에 치우친 것이다. 그렇지만 그 욕망은 가부장 이데올로기 하에서 가부장이므로 인정되고 허용된 것이다. 그래서 군중정사는 양창곡이 '도독(都督)'으로 홍혼탈은 '원수(元帥)'로 기능한 것이 아니라, 양창곡은 '가부장'으로 강남홍은 '복종하고 순종해야할 첩'으로 기능한 것이다. 실제로 양창곡은 강남홍의 육체를 탐하면서 장수의 호칭으로 부르지 않고 '낭'이라는 여성 호칭으로 계속 불렀고 급기야 분노하면서 '유순함이 없다'고 질책했다.[31] 질책을 받은 홍혼탈이 강남홍의 유순함으로 정체성을 바꾸자, 양창곡이 "만진 듕의 장슈 되문 쉬우나 미혼진 듕의 가장 되문 어렵도다(7 : 45앞~뒤)"라며 만족스러워했다. 양창곡이 도독으로 원수 홍혼탈을 대한 것이 아니라, 가부장으로 첩 강남홍을 대하고 있음을 분명히 알 수 있다.

군중정사는 전쟁 중의 육욕적 사랑이라는 부정성에 서사의 초점이 놓인 것이 아니라, 비록 뛰어난 군공을 세운 장수라 하더라도 가부장에게는 복속되어야 한다는 가부장 이데올로기에 초점이 놓인 것이다. 더욱 주목할 점은 여성 영웅 강남홍이 여성 영웅으로 기능하는 시기, 즉

---

31) 호칭의 변화는 상대방의 정체성의 인식을 새롭게 부각시키는 기제로 작용한 것이다. 즉, '너는 장수가 아니고 나의 첩이다.'라는 인식의 강요이다.
　도독이 홀연 노식이 잇셔 왈 "근일 낭의 긔식을 보미 일분도 유슌흔 틔되 업고 넉 말을 거스리미 만흐니 그 무슨 도리뇨?" (7 : 36)

전쟁이 끝난 후 가정 내에 편입되기 이전 시기에도 가부장제 속에 놓여져야 함을 의미한다는 점이다. 이것은 가부장제의 확장과 강화의 한 측면임에 틀림없다.[32] 이렇게 군중정사에 폭력성이 은폐된 이유는 양창곡의 요구가 정당하다는 가부장 이데올로기 때문이다. 강남홍의 궁극적 고민은 '자신이 가부장에게 너무 유순하지 않은 것일까'라는 것으로 가부장제를 안에서의 고민이다. 군중정사를 바라보는 손야차 역시 가부장제의 시선을 통해서 본다. 양창곡 행동에 대한 손야차의 이해의 미소는 양창곡의 무리한 요구와 군중이라는 특수한 상황을 은폐시켜 버리고 그 행위를 정당화시킨다.

> 야치 응낙ㅎ고 도라오며 은근이 우셔 왈 "시속 남지 총첩을 둔작 스랑 솟히 다토고 다톤 긋히 동침흔다 ㅎ믈 니 변스러이 드럿더니 엇지 도독의 진듕ㅎ과 원슈의 단아ㅎ시무로 작일 풍파 금일 운우 될 쥴 알니오." (7 : 46뒤)

---

32) 조광국은 기녀의 자의식을 분석하면서, 강남홍을 기녀의 애정회구의식과 신분상승의식이 강화된 것으로 보아 남주인공의 총희 수준으로 그려지는 것을 탈피하였고, 그래서 <옥루몽>은 양반이 기녀의 인권과 자아를 존중하는 모습을 보여준다고 하였다(조광국, 앞의 책, 212~237 ; 318쪽). 그러나, 실상 군중에서까지 육체를 요구하여 여성을 번민에 빠뜨리며, 합리적 상황 설명을 도무지 듣지 않고 자신의 성적 욕망충족에만 몰두하는 양창곡의 모습은 도저히 기녀의 인권과 자아를 존중한다고 볼 수 없다. 더욱 이때는 전쟁이 끝나고 집으로 돌아가 첩의 위치에 놓이는 시점이 아니라, 전쟁에서 여성 영웅으로 활약하는 시기이다. 장수로서 기능하는 때까지 그렇게 대한다는 것은 과도한 가부장제의 폭력이다. 여성 영웅소설에서 여성 영웅이 군담에서 남성보다 우위를 점하지만, 그녀가 집안, 즉 가부장제 체제 안으로 편입되고 나면, 더 이상 우월적 영웅으로 기능하지 못하고 가부장에게 복종하는 일개 여성으로 전환된다는 것은 주지의 사실이다. 강남홍 역시 이런 점에서 다른 여성 영웅과 다르지 않다(이승수, 「<옥루몽> 소고1-男女知己論의 虛實과 여성의 발견」,『한국고전여성문학연구』창간호, 한국고전여성문학회, 2000, 206~208쪽). 그러나 <옥루몽>은 이보다 더 심각하게 '여성 영웅으로 기능하는 시기'에도 가부장에게 복종해야만 하는 가부장제의 확장된 모습이 드러난다.

여기서 군중정사의 폭력적 상황을 인정하는 존재가 다른 여성으로, 작가는 여성에 의해 여성 억압적 폭력의 합리화를 꾀한 것이다. 그래서 손야차 역시 홍혼탈을 '장수'로 보는 것이 아니라, '총첩'으로 보는 남성 위주의 시각을 통해 상황을 본다. 결국 손야차의 언술에 의해 '양창곡은 본래 진중한 인물이어서 절대 그럴 인물이 아니지만 총첩을 사랑하기에 그런 것'이라고 독자에게 호도하고, 손야차의 미소에 의해 그 군중정사를 여성도 인정하고 동의함을 공표하여 독자에게 그 폭력성을 은폐시키고 정당화를 꾀한 것이다. 도독의 위치에서 군중에서 성관계를 요구하는 양창곡의 행위는 이해하기 힘든 것으로 그 타당성은 계속 의심받게 된다. 그러므로 작가는 손야차의 시선과 미소를 통해, 양창곡의 육욕적 욕망을 이데올로기적 가치문제로 미화시키려고 노력한 것이다. 이에 독자는 설득되어 양창곡의 무리한 요구와 군중이라는 특수한 상황을 잊어버리고 오직 강남홍의 여성됨과 양창곡의 가부장됨에만 주목하게 된 것이다.

3) 공주 얼굴 노출시키기

앞의 두 경우보다 더 교묘하게 은폐된 것은 양장성이 초국 공주의 얼굴이 드러나게 한 행위인데, 여기에는 풍류와 가부장 이데올로기가 동시에 작용하고 있다.

잇쩌 초옥군쥬 뉴샹의 쥬렴을 들이오고 누안의셔 구경할시 양원쉬(양장성-인용자) 머지 안케 잇스믈 슬케 여겨 깃피 안져더니 궁녀의 지쩌리믈 듯고 잠간 발 압히 나와 구경흐더니 양원쉬 겻눈으로 짐작흐고 왈 '이 궁중의 날 못 본 지 업슬지니 닉 한번 초옥을 놀닉여 그 창황한 거동을 보리라.' 흐고 허리의 촌 살를 쎼여 갓치 쏘는 체흐고 누샹을 향흐여 한번 시위를

노흐미 별 갓튼 살이 달 갓혼 발 갈구리를 맛쳐 씨여지며 쥬렴이 써러지니
군쥬 밋쳐 피치 못ㅎ여 양원 츈슈양안으로(양원슈 츄슈 양안으로-인용자)
믹〃히 쏘와 보니 션연흔 틱도는 반륜명월이 구름 밧게 드르는 듯 총망한
긔식은 느는 기러기 발암결의 놀는 듯 붓그리믈 이기지 못ㅎ여 몸을 돌쳐
들어그니 양원쉬 미소하고 옥귀비를 스례왈 "소싱이 궁지 업셔 그릇 염구를
씨치니 무안ㅎ도소이다." 귀비 디소 왈 "셕인이 병풍의 그린 공작을 쏘아
빅년가연을 졍ㅎ엿느이 〃졔 염구 맛치신 거시 쏘한 긔이한 일이라. 원슈의
궁법이 〃갓치 신긔ㅎ니 다시 한번 구경코져 ㅎ느이다." (13 : 74앞~뒤)

은밀히 감춰진 것을 드러나게 하는 것과 그것을 보고자 하는 행위는
흥분과 긴장을 유발한다. 구체적으로 몸의 어느 부위까지인가는 사회
문화적으로 결정되는데, 조선시대 규방 여성의 경우 신체 다른 부분은
물론이고 얼굴도 드러내기 쉽지 않았다. 숨김은 감춰진 것을 보고자 하
는 욕망을 더욱 부채질했다. 이렇게 신체의 노출은 에로틱함을 자극한
다. 그것도 의도하지 않은 갑작스런 노출일 경우 더욱 그렇다.[33] 공주
처럼 존귀한 여성의 얼굴을 일반인에게, 더욱 전쟁을 겪은 남성들의 뭇
시선 앞에 강제적으로 드러나게 한 행위는 폭력적 쾌감을 유발시키는
것으로 남성의 여성에 대한 정복욕을 자극한 것이다. 신분적으로 우위
인 '공주'라 하더라도, 일개 '여성'일 뿐인 상황으로 바꾸어 버린 것이어
서 이 상황은 일종의 강간 상황과 동일하다. 아름다운 공주를 갑작스럽
게 노출시킨 것은 아름다움을 더럽힌 것으로 이를 통해 쾌감을 맛보게
된다. 고귀하고 아름다운 것을 범하는 과정에서 나타나는 에로틱한 상
황은[34] 남성 입장에서 강간의 성격을 띠게 되고, 그 상황은 포르노그래

---

33) <심생전>에서 심생이 엿혀가던 처녀의 얼굴을 언뜻 보고 반하는 것은 비단 그녀의
   용모가 빼어나기 때문만은 아니다. 보고 싶어 조바심을 내는데 돌개바람에 살짝 벗어
   지는 그 사이로 보았기에 에로틱한 정감이 더욱 촉발된 것이다.

피가 된다. 더욱 이 행위의 의도가 공주의 얼굴을 보고 싶어서가 아니라 "이 궁중의 날 못 본 지 업슬지니 니 한번 초옥을 놀니여 그 창황한 거동을 보리라"라는 것으로, 이것은 자신의 팔루스(phallus)를[35] 드러내서 우월함을 확인하고 다수에게 공표하고자 하는 행위로, 그대로 강간 담론과 통한다. 자신의 우월성과 타자에 대한 지배를 과시하려고 파괴하고 깨뜨리고 짓밟는 양장성의 행위와 그 행위로 갑작스런 침해를 당한 공주의 상황은 그대로 강간의 가해자와 피해자의 관계를 보여준다. 강간은 힘의 논리에 의한 폭력성을 띤다. '공주'는 권력적 우위를 지니므로 하층 군사들과의 관계에서 강간 상황이 성립하지 않는다. 그러나 '공주'가 창황히 도망할 수밖에 없는 '일개 여성'으로 격하되면, '공주'는 더 이상 권력을 지닌 '공주'로 기능하지 못한다. 이때에는 상대적으로 힘을 가진 '남성'이 권력의 우위에 서게 되며, '혼자'인 여성과 달리 '다수'인 남성은 수적 우세의 권력을 갖게 되어 강간의 상황이 성립한다. 강간은 피해자에게 수치심을 각인시키고 인격을 훼손시킨다는 점으로 보아도,[36] 자신의 얼굴이 드러남으로 인해 공주는 원치 않는 수치심을 느끼게 되었고 공주로서의 위엄을 상실하는 인격에 손상을 입었다는 점, 그리고 그 과정이 폭력적이고 파괴적이었다는 점에서 강간 상황이 성립한다.

---

34) 하층 여성의 얼굴, 언제나 드러나 있는 그래서 더 이상 더럽힐 필요가 없는 얼굴에서는 에로틱한 감정이 유발되지 않는다. 아름다운 것의 더럽혀짐은 죠르주 바따이유, 앞의 책, 1989, 160~162쪽 참조.

35) 팔루스(phallus)는 남성 성기를 뜻하는 페니스(penis)와 구별되는 것으로 자신의 욕망, 자신의 지표로 드러나는 想像的 男根이다. 이것은 남자의 성기에다 신체와 분리될 수 있고 다른 것으로 바꿀 수 있는 대체 가능한 대상이라는 가치를 부여한 것이다. 자세한 것은 J.-D. Nasio, 『정신분석학의 7가지 개념』, 표원경 옮김, 백의, 1999, 43~59쪽 참조.

36) 조르쥬 비가렐로, 앞의 책, 41~42쪽.

강간은 친밀감을 전제로 하지 않은 일방적 성적 욕구의 발산과 충동
으로, 이는 언제나 폭력성과 결부되는데, 남성의 팔루스적 우월성의 자
기 과시와 욕구 만족의 과정에서 파괴적으로 폭력성이 드러난다. 강간
은 관념적으로 포르노그래피와 통하는데, 포르노그래피에 등장하는 여
성 이미지가 사랑의 대상이 아니라 욕망의 대상이라는 점, 또 포르노그
래피의 주요한 주제가 남성의 권력 행사로, "자신의 육체적 강함을 구사
하여 모든 계층의 사람들에게 공포를 심어 주고 위협하는 것"이며 "여
자에 대한 상징적 정복"이어서, 결국 "남자는 위대하고 숭고한 권력의
다른 이름"임을 확인하려는 것이란[37] 점에서 그렇다. 포르노그래피에
서 보통 여성의 시선이 독자를 향해 있는데, 남성들은 이런 시선의 관습
으로 인해 여성 이미지를 정복하고 지배하는 위세 당당한 권력의 대리
만족을 경험하게 된다. 남성의 섹슈얼리티를 폭력 사용을 포함하는 독
단적인 성적 지배와 다른 한편으로 정력에 대한 지속적인 불안이라고
한다면, 포르노그래피와 강간은 이런 문제를 관념적으로 해결해주는 메
커니즘을 가지고 있다.[38]

이처럼 양장성의 행위는 그대로 강간과 통하고 그 상황은 포르노그
래피적 남성 환상에 기여한다. 이것은 잠자는 설중매를 친압하는 것보
다 더 파괴적이고, 강요에 의해 만들어진 강남홍의 경우보다 더 일방적
이다. 더욱 설중매와 강남홍은 당시 시점에서는 갑작스럽고 부자연스러
웠지만 근본적으로 상대 남성과 친밀성이 확보된 상태였다는 점에서 이
경우와 다르고, 또 그 두 경우의 성애는 둘만의 것이라는 점에서 어느
정도 우호적이지만, 이 경우는 둘만의 것이 아니라는 점에서 보다 심한
폭력이다. 이 폭력성이 은폐된 이유는 양장성이 긍정적 남성이며, 후일

---

37) 안드레아 드워킨, 『포르노그래피』, 유혜연 옮김, 동문선, 1996, 51~65쪽.
38) 앤소니 기든스, 앞의 책, 186~192쪽.

가부장이 될 '미래의 가부장'이라는 점, 그리고 공주 모친이 그 행위를 풍류로 인정했기 때문이다. 보다 본질적으로는 모친의 웃음과 함께 공주의 창황한 도망침이 폭력에 대한 '동의'로 읽혀졌기 때문이다.[39] 그래서 서사 속 인물이 '대소(大笑)'하는 것에 의해, 독자는 미소를 짓는 것으로 이 폭력성을 지나치게 된다. 포르노그래피에 등장하는 여성은 남성의 팔루스와 남성의 폭력적 행동을 인정하고 이해하며 나아가 적극적으로 수용하는 공모자로 놓인다. 그렇기에 여성의 시선은 언제나 남성의 행위를 긍정적으로 이해하고 인정해준다. 이런 여성의 공모하는 시선은 결국 남성과 여성 피차간의 동의에 의해 초래되었다는 사실을 암묵적으로 인정하는 결과를 가져온다. 공주가 저항하지도 거부하지도 않고 사태에 대해 이의를 표하지도 않고, 그저 아름다운 모습으로 부끄러워하며 창황히 사라지기만 한다. 더욱 같은 여성인 공주의 모친은 한술 더 떠 크게 웃으면서 양장성의 행위를 풍류로 칭찬한다. 이것은 그대로 여성이 공모하는 시선의 포르노그래피적 상황이다. 그래서 폭력성은 은폐되고 풍류적 행위로 호도되어 미화된 것이다.

---

39) 남성에 의한 강간의 경우, 여성은 언제나 자신이 해당 사항을 계속적으로 부정했다는 것을 구체적으로 보여주어야 한다. 그러지 못할 경우 強姦은 和姦의 문제로 이해된다. 이렇게 도발은 여성의 몫이라고 인식하는 시각이 상존해 있고, 수치심과 음란성의 부각으로 인한 폭력성의 은폐를 통해, 강간 문제는 쉽게 그 본질이 드러나지 않고 다른 문제로 전이되어 버린다. 더욱이 여성의 婦德이 강조되는 사회에서 권력자에 의해 자행되는 강간은 쉽게 그 폭력성을 파악하기 어렵고 그 상황은 강간으로 인식되지도 않는다. 강간의 폭력성 은폐에 대해서는 조르쥬 비갈렐로, 앞의 책, 18~72쪽 참조. 조선시대 여성에 대한 강간, 간통, 폭력의 문제는 최기숙, 「'관계성'으로서의 섹슈얼리티 : 성, 사랑, 권력」, 『여성문학연구』10, 한국여성문학학회, 2003, 243~272쪽 참조.

4. 이데올로기의 확대·고착·재생산

성애 표현에 은폐된 폭력성은 표면에 드러난 성적 자극의 강렬함과 본능적 관심으로 인해 쉽게 감지되지 않고, 오히려 그 자극적 이미지만이 당연하고 타당한 것처럼 각인되어 고착된다. 강간과 같은 폭력의 의도와 결과는 여성에 대한 남성적 욕망의 일방적 투사와 여성 길들이기이다. 포르노그래피에서 강조되어 드러나는 것은 여성의 쾌락과 일련의 에피소드들이지만, 그것은 실상 남성 팔루스에 굴복하고 복종한 왜곡된 쾌락이어서 여성 쾌락의 진실은 언제나 드러나지 않는다. 포르노그래피를 수용하는 남성은 그때 자신의 팔루스에 대한 만족과 쾌감 그리고 안도감을 느끼지만, 실제 여성의 성적 쾌락과 여성 본성과는 관계없는 남성적 환상 속의 여성 쾌락을 이해하게 될 뿐이다. 그럼으로 남성들은 여성이 무엇을 원하며 여성의 욕망에는 어떻게 대처해야 하는지에 대해 그들 남성 자신의 관점에서 이해하게 되는 것이다. 결과적으로 이런 양상은 그대로 재구성되고 확장되어 고착화되며 재생산하게 된다.

양장성의 무례하고 일방적인 행위는 큰 파장을 불러일으킬 만하지만 독자는 전혀 그렇게 반응하지 않는다. 오히려 공주의 이후 행동과 모습은 길들여진 여성의 동의하는 모습으로 남성 시각에 포착된다. 그래서 공주가 보여주는 일련의 행위들은 포르노그래피 속의 여성 이미지의 구현태가 된다. 결국 폭력성은 은폐되고 남성 욕망에 의해 창조된 환상만이 그 자리를 차지한다. 이는 취해서 자고 있는 설중매의 놀람과 창망함, 부끄러움 등이 사라진 채 남성 욕망의 풍류로만 채색되어 있는 상황이나, 집요한 육체적 요구에 여성 스스로 남성의 욕망을 거슬러서는 안 된다고 스스로 내면화한 강남홍의 경우와 동일하다. 이런 상황들은 모두 여성 입장에서 상호 친밀감을 전제로 한 성애가 아니다.[40] <옥루

몽〉성애 표현에 드러난 여성들은 모두 남성 시각에 길들여진 공모의 시선 속에 놓여있다. 세 경우 모두 강간 상황임에도41) 강간 담론으로 이해되지 않는 중요한 이유는, 포르노그래피의 동의하는 여성의 시선처럼 설중매, 강남홍, 초국공주가 모두 동의하는 시선을 취하기 때문이며, 보다 나아가 그 강간 상황을 다른 여성이 당연한 것으로 이해하고 인정하는 공모자로 등장하기 때문이다. 강남홍에게는 손야차가, 공주에게는 그녀의 모친이 각기 공모자로 등장하고 설중매의 경우는 그녀 스스로가 공모자로 기능한다.42) 그러므로 결국 강간 상황의 폭력성은 은폐되고 성애 표현은 풍류 상황으로 미화되며 이데올로기에 의해 정당화되어 버린다.

이 성애 표현을 수용하는 독자들은 이런 은폐된 폭력성에 주목하지 못하고 이 에로틱한 장면의 홍분과 긴장을 통해 남성 위주의 상호 친밀성이 거세된 사랑을 진정한 사랑으로 오해하는 무의식적 교육효과 속에 놓이게 된다. 그래서 이 은폐된 폭력성은 당연하고 마땅하며 그러므로 긍정적으로 인식되는 자리를 다시 점하게 되어 이데올로기를 새롭게 재

---

40) '친밀감'의 문제는 섹슈얼리티의 가장 중요한 측면인데, 이 친밀감은 평등화의 영역에서 기능하며 그것은 본질적으로 의사소통의 가능성과 연관된다. 일방적인 성적 요구, 의사소통이 단절된 요구, 평등적인 관계가 아닌 상황에서의 성적 결합은 진정한 性도 사랑도 아니며 그것은 상대의 측면에서 볼 때 폭력성이 드러난다. 앤소니 기든스, 앞의 책, 226쪽.

41) 잠자는 중에 당하는 것(설중매), 싫은 상황에서 강요에 의해 억지로 정사를 하는 것(강남홍), 의도하지 않은 벗겨짐(초국 공주), 모두 강간 상황이다.

42) 갑작스럽게 당한 설중매가 잠에서 깨어 여느 때와 다름없이 행동하는 것에서 '강간당한 여성'과 '그 상황을 보고 있는 여성'으로 분리되어 드러난다. 여성 내면성이 거세되어 아무렇지도 않은 듯이 "의상을 거두고 초를 권하며 한담흐"는 여성의 행동은 금방 '강간당한 여성'의 자연스러운 행동이라기보다는, 자신이 당한 행동을 타자화시켜 바라보는 또 다른 여성의 시각이며 그것은 강간의 상황을 긍정하는 시선이다.

성이 불승춘흥하여 그 취몽 중 운우를 보너니 미랑이 잠과 술이 일시의 씨여 의상을 거두고 초를 권하며 한담흘식 (14 : 44뒤~45앞)

생산하게 된다.43) 폭력성이 전면에 일방적으로 나서는 경우보다 은폐되
어 숨는 경우가 오히려 그 폭력성의 확대·재생산이 효율적이게 되는
데, 그것은 그 폭력성이 가부장제의 당연함이나 풍류적 남성의 있을 수
있는 풍정 등의 다른 것으로 자리 바꾸어 드러나므로 독자는 특별한 고
민 없이 긍정적으로 수용하고 이를 내면화하기 때문이다. 오히려 찾기
힘들고, 있다고 생각지 않는 상황이 주는 효과가, 드러난 교훈과 언술보
다 더 강하고 영속적이고 근본적인 담론의 기제로 작용하며, 그것은 다
시 자리 바꾸어 강화되어 돌아오게 된다.44)

5. 결론

<옥루몽>은 앞선 <구운몽>이 가지고 있는 관념적 깨달음의 측면을
창조적으로 다시 읽어 인간 욕망의 긍정을 통한 현실적 풍류의 즐거움
을 구체적으로 서사화하였는데, 이런 모습을 잘 보여주는 하나가 성애
표현이다. 긴 서사에 긴장과 흥미유발을 통해 서사를 활성화시켜 풍부
하고 세련되게 하고 자연스럽게 개연적인 상황으로 서사가 진행하도록
하는 데 크게 기여하였다.

---

43) 문학을 향유하는 것은 그것이 주는 교육적 효과에서 자유롭지 못하다. 독자가 의도하
든 그렇지 않든 상관없이 텍스트는 독자와 긴장적 영향관계에 놓여 독자에게 교육적
효과를 준다. 부르디외는 교육을 문화적 취향에 따른 재생산의 고착화에 기여하여 아
비튀스(Habitus)를 재생산하여 계층간의 불평등한 관계를 영속화하는 과정이라 보았
다. 즉 교육은 사회질서의 위계화를 내재화시키며 지배계급의 지배와 기득권을 정당
화시키고 이런 불평등한 문화사회적 구조를 고착화하고 은폐함으로써 지배계급에 의
해 정의된 문화를 주입시키는 상징폭력(Violence symbolique)을 행사하는 기제라고
판단한 것이다. 현택수, 「아비튀스와 상징폭력의 사회비판이론」, 현택수 외, 『문화와
권력』, 나남출판, 1998, 101∼120쪽 참조.
44) 미셸 푸코, 『성의 역사1-앎의 의지』, 이규현 옮김, 나남, 2004, 37∼95쪽.

19세기에 들어서면서 성애 표현은 다수의 소설 속에서 서술되는데 전대에 '운우지락(雲雨之樂)'으로 표현되는 단순성을 탈피하여 구체화되는 양상을 보인다. 이는 소설의 흥미와 재미를 유발하고 서사의 활성화를 가져오는 측면이 있다. 이 시기 소설의 성애 표현은 〈삼한습유〉와 같이 백과전서식으로 설명되거나, 〈오유란전〉처럼 희화화되기도 하고, 〈변강쇠가〉에서처럼 정면으로 응시되는 대상이 되거나, 〈절화기담〉처럼 성애적 분위기를 구체적이고 사실적으로 장면화하는 등으로 다양하게 나타난다.[45] 〈옥루몽〉의 성애 표현은 〈삼한습유〉처럼 사전적으로 설명되지 않고, 〈오유란전〉이나 〈변강쇠가〉처럼 노골적이지 않다. 사실적이고 구체적으로 장면화된다는 측면에서 〈절화기담〉과 통한다 할 수 있으나, 〈절화기담〉과 달리 〈옥루몽〉에는 남성 위주의 풍류와, 가부장제 이데올로기에 의해 폭력성이 은폐되어 나타난다는 점에서 그와도 구별된다.[46]

〈옥루몽〉 성애 표현의 중요한 점은 그 폭력성이 은폐되어 그것이 풍류와 가부장제 이데올로기에 의해 합리화되고 미화된다는 것이다. 폭력의 가해자인 남성이 모두 서사에서 중심인물들로 작가가 그들에 대해 긍정적 시선을 놓지 않고 있기에 그 폭력성은 쉽게 인식하기 힘들며, 피해자인 여성들이 모두 자신에게 가해진 폭력적 강간 상황을 인정하고 긍정하는 자세를 유지하고, 또 이 상황을 풍류와 가부장제 이데올로기

---

45) 김경미, 앞의 논문, 2003, 76~90쪽.

46) 〈절화기담〉에서 몸달아하는 이생과 결국 불륜을 저지르는 하층 여성 순매의 행동과 욕망은 유교적 시각을 벗어난다. 이생이 순매의 미모에 끌려 구애하지만, 그것이 우여곡절 끝에 이루어지는 과정을 볼 때 이생이 오히려 순매에게 휘둘리는 것으로 이해되기도 한다(김경미・조혜란 역주, 『19세기 서울의 사랑』, 여이연, 2003, 13~20쪽 참조). 또 순매가 자기 선택으로 이생과 사랑을 나누었다는 점이나 순매가 주체적 선택으로 다시 남편에게 돌아가는 것 등을 고려하면, 이생과 순매 사이에 폭력성이 개재된다고 볼 수 없다.

로 바라보는 공모자가 남성이 아니라 여성이라는 점에서 폭력성은 완전히 은폐된다. 그러나 원치 않는 상황에서 원치 않는 정사를 어쩔 수 없이 벌이는 강남홍이나, 잠자다가 느닷없이 당하는 설중매, 예기치 않게 모욕과 수치를 당하는 공주의 입장에서는 분명 폭력적이다. 이 폭력성은 사회적 신분이 낮은 기녀는 물론 뛰어난 군공을 세운 장수이든 심지어 고귀한 신분인 공주이든 가리지 않는 폭력성이다. 여성들은 각기 '기녀', '장수', '공주'로 기능하는 것이 아니라 '지배당하여야만 할 일개 여성'으로 놓이는 것이다. 이렇게 정당한 위치로 이해되지 못하고, 남성들의 시각과 남성들의 욕망에 의해 훼손하고 격하를 강요받는 것은 분명 폭력적이다. 이 폭력성이 잘 드러나지 않기에 여성 입장에서는 더욱 고뇌가 깊을 수밖에 없다. 강남홍의 고뇌가 이를 잘 보여준다. 특히 강남홍에게 가해진 가부장제의 폭력이 여성 영웅이 가정으로 돌아온 이후가 아니라 영웅으로 활동하는 그 시점에도 가해진다는 점과, 또 공주의 경우처럼 결연하여 시가(媤家)로 들어가 가부장 체제에 편입된 이후가 아니라 아직 부모를 떠나지 않은 결연 이전 시기에도 미래의 가부장이 통제한다는 점은 가부장제의 확산을 가늠할 수 있는 지표로 다른 소설들과 변별되는 중요한 지점이다.

작가가 폭력성의 인정, 가부장제의 강화 등을 위해 성애 표현을 서술한 것이 아니라, 서사의 활성화와 역동적 서술을 위해 긴장과 감정적 조임의 측면에서 서술한 것이고, 또 서사적 개연성을 위해 성애 표현을 적절히 사용한 것이지만, 이 표현들 속에 은폐되어 나타난 폭력성이 독자들에게 남성 중심적 가부장제의 긍정 · 확대 · 고착화의 교육적 효과를 드리웠다. 이렇게 작가가 의도하지 않은 것들이 나타난 근본 이유는 작가 자신도 역시 남성 위주 사회 자장으로부터 자유롭지 못했기 때문이다. 결국 흥미와 긴장을 통해 서사의 탄력성과 활력을 주고 개연적

이야기를 위해 창출해낸 성애 표현은 독자의 몰입, 긴장의 효과, 서사의 역동성, 개연적 활성화 등을 효율적으로 수행하여 〈옥루몽〉을 세련되게 만드는 데 크게 기여한 것은 분명하다. 그러나 동시에 은폐된 폭력성을 통해 이데올로기의 재생산에 기여하게 된 것 역시 부인할 수 없는 사실이다.

〈옥루몽〉에 나타난 성애 표현의 의미

－ 은밀한 폭력과 정당화된 폭력 －

1. 서론

　　〈옥루몽〉은 〈구운몽〉을 창조적으로 다시 읽어, 인간 욕망을 긍정적으로 드러내고 풍류적 삶을 구체적으로 서사화했다. 문창성의 욕망을 긍정하는 관음보살의 언술이나 적강을 통해 구체적으로 풍류를 즐기는 상황뿐만 아니라, 구조적으로도 종결되지 않는 꿈의 열린 구조를 취하여 풍류적 삶이 영원히 이어짐을 의도적으로 드러냈다.[1] 이렇게 욕망을 긍정적으로 생각하는 〈옥루몽〉 작가는 다양한 성애(性愛) 표현을 통해 구체적으로 인간 욕망과 풍류를 드러낸 것이다.[2] 18·19세기로 오면서 문학 작품 속에 성애 표현이 구체적으로 장면화되는데[3] 〈옥루몽〉 역

---

[1] 유광수, 「〈옥루몽〉 성애(性愛) 표현의 서사적 기능과 은폐된 폭력성」, 『한국고전여성문학연구』10, 한국고전여성문학회, 2005 참조.

[2] 이 연구는 '성애 표현의 서사적 기능'과 '은폐된 폭력성'을 분석한 앞선 연구(유광수, 앞의 논문, 2005)의 후속 연구로, 앞선 연구를 바탕으로 '은밀한 폭력'과 '정당화된 폭력'에 대해 분석한 것이다.

[3] 19세기는 性의 문학적 형상화가 두드러진 시기였다. 중국 음사소설이 유통되고 야담, 소설 등의 장르에서 성적 표현이 구체적으로 서술되었다. 최기숙, 「'성적' 인간의 발견과 '욕망'의 수사학」, 『국제어문』26, 2002, 53~86쪽 ; 최기숙, 「'사랑'의 담론화 방식과 의미론적 경계-18·19세기 야담집 소재 '사랑 이야기'를 중심으로」, 『열상고전연구』

시 이런 분위기와 무관치 않아, 작가는 성애 표현을 통해 인간 욕망과 삶을 긍정하는 주제적 측면뿐만 아니라, 서사의 활성화를 꾀하고 상황의 합리적 개연성을 확보하려고 노력하였다. 이런 의도가 효율적으로 이루어져 세련되고 섬세하며 다양하고 풍성한 서사가 되었다. 그러나 양반 남성인 작가의 상황으로 말미암아 자신도 모르게 남성 중심 사고가 성애 표현에 반영되게 되었고, 그 결과 여성에 대한 폭력이 성애 표현에 은폐되어 나타났다.[4]

이와는 달리 작가가 성애 표현에 폭력성이 결부됨을 알면서도 서술한 경우가 있는데, 미묘하게 폭력성이 드러나는 은밀한 경우와 전면에 폭력이 직접 드러나는 경우로 나누어진다. 앞의 경우는 주도권 다툼의 문제를 첫날밤의 성애를 묻고 답하는 것으로 바꾸어 드러낸 것과 주도권 쟁취를 위해 개인의 성적 취향에 간섭한 경우이고, 뒤의 경우는 하층민의 부도덕함을 부각하기 위해 성적 상황이 표현된 것과 변방 인물의 타자화에 성폭력 상황이 작용한 경우이다. 특히 뒤의 경우는 성애 표현으로 독자들을 감정적으로 자극해 폭력의 정당화를 꾀하고 있다. 이를 각기 '은밀한 폭력'과 '정당화된 폭력'으로 부를 수 있겠는데, 이때의 폭력은 은폐되어 있는 것이 아니기에 등장인물들이 모두 그 폭력성을 인식한다는 점에서 '은폐된 폭력'의 경우와[5] 다르다. 독자의 입장에서 은밀한 폭력의 경우

18, 열상고전연구회, 2003, 305~344쪽 ; 김경미, 「19세기 소설사의 한 국면-성 표현 관습의 변화를 중심으로」, 『한국고전연구』9, 한국고전연구학회, 2003, 69~90쪽 ; 김경미, 「淫詞小說의 수용과 19세기 한문소설의 변화」, 『고전문학연구』25, 한국고전문학회, 2004, 331~356쪽 참조.

4) 유광수, 앞의 논문, 2005.

5) '취몽친압', '군중정사', '공주 얼굴 노출시키기' 등에 폭력이 은폐되어 있는데, 가해자인 남성들은 자신의 행위를 폭력이라 생각하지 않고 그 행위를 가부장으로서 또 풍류남아로서 있을 수 있는 개연적 행위로 이해한다. 피해자인 여성도 그 폭력을 제대로 인식하지 못하는 것으로 나타난다. 내적 갈등이 그려지기도 하지만(軍中情事 때 강

그 폭력성을 쉽게 감지하기 어려운 측면이 있는데 이는 폭력이 은근하고 미묘하게 가해지기 때문이다. 또, 정당화된 폭력의 경우 폭력이 전면에 부각되지만 피해자들이 완전히 타자화되어 폭력이 정당화됨으로 인해 오히려 폭력성이 사라지고 만다. 심지어 피해자가 괴물로 이해되기도 하는데 이때 그에 대한 폭력은 유희적 성격을 띠게 되어 독자들은 그 폭력의 폭력성보다는 폭력의 다채로움에 주목하게 된다.

본고에서는 작가가 폭력이 결부됨을 알면서도 의도적으로 서술한 성애 표현에 주목하여, 성애 표현을 통해 그 폭력이 어떻게 은밀해지고 어떻게 바뀌며 어떻게 정당화되는지를 탐색하여 <옥루몽>에 나타난 약자(弱者)의 성(性)과 폭력의 관계를 분석하고, 성이 어떻게 '중심', '남성', '가부장' 이데올로기에 복속되는지를 밝히겠다.6)

2. 상황적 우위를 통한 은밀한 폭력

은밀한 폭력이 이루어지는 경우는 가해자나 피해자 모두 그 폭력을 분명히 인식하지만 서로 그것을 드러내서 지적할 수 없기에, 암묵적으로

남홍의 경우) 피해 여성의 구체적 고민과 상황은 거세, 누락되어 여성들은 남성 풍류와 가부장제를 인정하는 모습으로 나타난다. 더욱 피해자와 가까운 위치에 있는 여성들까지 그 폭력 상황을 남성 시각에서 바라보며 인정한다. 이렇게 여성들 스스로 남성 폭력에 '동조'하는 역할을 수행하고 '공모'하는 시선을 유지하여 결과적으로 포르노그래피(pornography)의 여성 모습으로 드러나게 되고 그 성애 상황은 포르노그래피적 환상을 제공하게 된다. 자세한 것은 유광수, 앞의 논문, 2005 참조

6) 연구 대본은 완질이면서 가장 시기가 이른 서울대 규장각본 14권 14책 <옥루몽>(장효현, 「『玉樓夢』의 文獻學的 研究」, 고려대학교 석사논문, 1981, 13~40쪽 참조)으로 한다. 권수와 쪽수를 괄호 안의 ' : '으로 구분하여 앞에 권수, 뒤에 쪽수를 표시한다. 인용 대목의 기호와 강조는 모두 필자가 첨가한 것이다. 규장각본의 오류나 불명확한 것은 신문관본과 한문현토본으로 校勘하여 바로잡고 표시하여 밝힌다.

다른 가치를 통해 드러내고 그래서 미묘한 긴장감이 형성된다. 가해자는 상황적 우위를 점하고 그 위치에서 다른 가치를 지적하는 것처럼 본질을 빗겨가는 은근한 폭력을 가하기 때문에, 피해자가 그 폭력에 대해 직접적으로 지적할 경우 피해자의 언술은 '과도한 민감', '과민한 반응'으로 호도되어 버려 오히려 가해자에게 유리한 상황으로 바뀌어 버린다. 이런 미묘함을 잘 아는 가해자는 의도적으로 은밀한 폭력을 가하고 피해자는 어쩔 수 없이 이 폭력적 상황에 놓이게 된다. 그래서 주도권의 문제인 강남홍과 벽성선의 관계는 첩들 간의 있을 수 있는 성적 희롱으로 바뀌어 드러난 것이고, 양창곡과 노균의 주도권 다툼은 황제와 동홍의 동성애를 중심으로 음률과 정치 문제로 전화되어 나타난 것이다.

1) 앵혈 깨짐에 대한 조롱과 주도권 확인

　허신(許身)을 오랫동안 미뤄오던 벽성선이 양창곡과 첫날밤을 보낸다. 그날 아침 일찍 강남홍이 찾아와 첫날밤의 성애가 어떠했는지를 묻고 답하는 에로틱한 장면이 있다.[7] 강남홍이 "인간의 격강ᄒ니 인간 봄이 엇더하던요?(10 : 73뒤)"라고 묻고, 이에 벽성선이 "봄빗츨 다만 스스로 힛득할지니 견디여 엇덧타 말ᄒ지 못하리로다.(10 : 74앞)"라고 숨김의 우회적 답을 한다. 여기에 양창곡이 밤새도록 "잠들고져 ᄒ되 잠들지 못ᄒ난디 엇지할고(10 : 74뒤)"라며 성애의 은근한 강렬함과 쾌락적 도취의 표현으로 응수하여 상황을 에로틱하게 만들었다.

　여기서 강남홍이 벽성선의 첫날밤에 대해 물은 이유는 그 성애 상황을 알고 싶어서가 아니라, 벽성선의 '고귀함'과 '고고함'의 깨어짐에 대

---

　7) 이승수, 「≪玉樓夢≫ 소고2-장르 포섭 양상과 삽입 작품들의 기능」, 『한국언어문화』 20, 한국언어문화학회, 2001, 83~84쪽 ; 유광수, 앞의 논문, 2005 참조.

한 은근한 조롱의 감정이 바탕이 된 것으로, 궁극적으로 가정 내에서 자신의 주도권을 공고히 하려는 것 때문이다. 양창곡 집안에서 우위는 처(妻)가 아니라 첩(妾)들이 차지하는데, 첩들 중에서도 강남홍이 우위를 점하고 벽성선은 이에 대해 은근한 견제의 성격을 띤다.8)

강남홍 입장에서 벽성선은 새로운 경쟁자이며 그녀의 출현은 예상치 못한 것이었다. 벽성선의 입장에서도 강남홍이 죽은 줄 알았지 홍혼탈이란 장수가 되어 양창곡과 같이 개선(凱旋)할 줄은 꿈에도 몰랐다. 강남홍은 군공(軍功)을 바탕으로 외적 상황에서 우위를 가지고 있고, 벽성선은 앵혈(鶯血)로 표상되는9) 육체적 신비함과 고고함으로 양창곡의 마음을 사로잡아 집안 내적 우위를 가지고 있었다. 이런 둘이 같은 집안 내에 모이게 되자 미묘한 긴장이 시작된다. 그렇지만 사라지지 않는 가치인 '군공의 업적'과 사라지는 가치인 '앵혈 메커니즘'의 대결은 쉽게 판가름 난다.10) 둘의 은근한 긴장은 이 첫날밤을 분기로 완전히 강남홍

---

8) 자세한 것은 본고의 논의를 벗어나므로 별고로 미룬다. 다만 분명히 지적할 점은 강남홍과 벽성선, 그리고 윤 부인, 황 부인의 관계가 <구운몽>의 8처첩이 보여주는 이상적인 조화의 모습이 아니라, 그와는 다른 긴장적 조화의 모습을 보여 준다는 점이다.

9) 鶯血은 궁녀를 들일 때 13세 이상 숙성한 소녀가 후보자 중에 있을 경우, 그 처녀성을 감별하기 위해 앵무새의 생피를 팔목에 묻혀서 묻을 경우 처녀로 판정하는 감별법을 말한다. 비과학적 속신에 불과하지만, 구한말까지 궁중에서 이것을 믿었다는 점이 (김용숙, 『한국 여속사』, 민음사, 1989, 226쪽) 그 위력을 실감케 한다. 속신이므로 앵혈을 팔에 찍어 동침하면 사라진다는 것은 더더욱 불가능하지만, 민간에서는 그대로 믿어져, 문학적 상상력으로 소설 속에 형상화된 것이다. 이런 형상화의 목적은 남성 욕망에 의한 처녀성의 독점욕이자 지배욕인데, 결과적으로 서사에서 정절의 문제를 확대시키는 결과를 가져왔다.

10) 앵혈 문제를 문학적으로 형상하는 것은 작가의 의도와 방식에 따라 다르다. 작품마다 그 서사화 의도와 방식이 다르므로, 어떤 의도에서 어떤 계층의 여성들에게 앵혈을 찍느냐는 서사 내적 맥락에서 파악해야 한다. 예를 들어 <하진양문록>의 경우, 사족 여성인 '교주', '옥윤', '양소저'에게만 앵혈이 서사화되는데, 여기서 앵혈은 사족 여성의 정절이 훼손되었음을 드러내는 서사적 기능을 한다. 그래서 진세백에게 가해진 결정적 모함이 교주의 앵혈이 사라짐을 확인하는 것이었다(<하진양문록> / 이대형 교

위주로 바뀌게 된다. 그러므로 강남홍 입장에서 벽성선이 첫날밤을 지
낸다는 것은 자신의 우위가 완전히 확정된다는 중요한 의미가 있다. 첫
날밤을 주선한 것도[11] 서둘러 아침 일찍 찾아간 것도 이런 이유에서였
다. 그래서 강남홍의 물음에는 벽성선이 그렇게도 지키기를 애썼던 육

주, 『하진양문록』 I , 이회, 2004, 110~112쪽 참조). 이렇게 앵혈은 각 작품마다 작가
의 의도에 따라 다르기 마련이다. 그러므로 〈옥루몽〉에서 앵혈이 어떻게 기능하는지
의 문제는 〈옥루몽〉의 서사 내적 상황에서 이해하고 분석해야 할 것이다. 〈옥루몽〉
에 많은 여성이 등장하지만, 오직 앵혈이 서사화되는 인물은 '강남홍'과 '벽성선'뿐으
로, 사족 여성인 윤 부인이나 황 부인, 또 같은 기녀인 설중매나 빙빙에게는 전혀 서사
화되지 않는다. '사족 여성'은 아버지 가부장의 직접적인 통제가 있으므로 사회적 통
제인 앵혈이 부각되지 않은 것이고, '설중매'는 19세기 당시 기녀 풍속을 사실적으로
보여주는 인물로 양기성과 만나기 이전에 이미 육체관계가 있었으므로 앵혈이 부각되
지 않는다. 그러나 지조를 지킨 '빙빙'의 경우는 분명 앵혈이 있을 것인데 앵혈에 대해
서사는 주목하지 않는다. 이유는 그녀와 관계 맺는 양기성이 빙빙을 가정 내로 편입시
킬 '첩'으로 대한 것이 아니라, 쾌락적 풍류의 대상으로 여겼기 때문이다. 반면, '강남
홍'과 '벽성선'은 가정 내로 들어가게 되므로, 지기를 만나기 이전의 육체까지 통제하
기 위해 앵혈을 부각시켜 서술한 것이다. 그런데 벽성선은 양창곡과 知己相通했다면
서도 의도적으로 허신을 유예하는 반면, 강남홍은 知己相通하자마자 육체관계를 맺
는다. 벽성선이 강남홍과 다른 점은 이것으로, 그녀는 앵혈로 표상되는 육체적 순결을
전략적으로 이용하여 신분상승을 꾀하고 그것을 효과적으로 성취한 것이다. 그래서
강남홍은 '지조 높은 기녀'의 전형으로 부각되지만, 벽성선은 전략적으로 육체를 이용
하는 욕망하는 인물로 부각된다. 그 중심에 앵혈이 있다. '벽성선의 욕망', '허신 유예',
'지기상통의 허구성', '네 기녀들의 차이' 그리고 '앵혈 메커니즘' 등에 대한 자세한 것
은, 유광수, 「〈옥루몽〉의 벽성선 : 욕망하는 인물, 전략화된 육체와 사회적 검열·통
제」, 『한국문화연구』8, 이화여자대학교 한국문화연구원, 2005 참조.
11) 벽성선의 시에서도 "천상 난죠의게 스례ᄒ노니 오작를 디신ᄒ야 은하의 다리를 놋토
다(10 : 74앞)"라고 하여 강남홍이 주선했음을 인정하고 있다. 강남홍은 벽성선과의
동침을 양창곡에게 강력하게 요구하는데, 이때 강남홍은 비유적이지만 분명하게 '앵
혈'을 부각시켜 지적한다. 특히 주목할 점은 〈옥루몽〉 전체에서 강남홍이 이렇게 무
료한 모습을 짓는 것은 오직 이 대목뿐이란 점이다.
 (양창곡이 강남홍의 처소에 가서-인용자) 술을 ᄎ져 난간머리의 황혼 월식를 디ᄒ야
셔로 슈비을 마실시 난셩이 초연이 무료한 빗치 잇셔 십분 질탕ᄒ 홍치 업거날 연왕이
곡졀를 무른더 난셩이 디왈 "첩이 다름 아니라 상공을 위ᄒ야 잠간 의아ᄒ난 일이
잇나이다. 상공이 션낭을 소셩지열의 두신 지 몃 ᄒ의 그 지조 ᄌ식를 ᄉ랑하시미 극ᄒ
시나 죵시 비상 홍졈를 의구이 두스 부〃지졍의 협흡ᄒ미 젹으시니 ……." (10 : 70뒤)

체적 표지의 깨짐을 시원해하고 다행으로 여기는 심정이 포함되어 있다. 실제로 첫날밤을 지낸 후 앵혈이 사라진 것을 보고 벽성선이 감상(感傷)에 젖는 것도[12] 자신이 집안 내에서 우위를 점한 이유가 바로 앵혈이었다는 점을 분명히 알고 있기 때문이다.

이렇게 묻는 의도뿐만 아니라, 개인 성애를 '묻는 행위' 그 자체도 폭력적이다. 남의 개인적 성애를 묻고 검열할 수 있는 위치에 있다는 것은 고백하는 자에 비해 상대적으로 우위에 있다는 것이고, '묻는 자'는 그런 우위에 있음을 '묻는다는 행위'를 통해 모든 이에게 공표하는 것이다. 즉 강남홍은 검열자, 개인적 성을 공개하기를 강요하는 감시자, 묻는 자로 기능하고 벽성선은 고백(confession)하는 자로 위치가 결정되어, 묻고 답하는 상황에서 '묻는 자' 강남홍의 권력이 드러나고 '대답하는 자' 벽성선은 고백해야만 하는 피지배자로 격하되게 나타난다.[13] 강남홍이 '묻는다'는 사실은 이미 권력의 행사이고 그에 대해 구체적인 대답의 유무에 상관없이 벽성선은 이미 권력에 대한 순응, 인정, 용인하는 측면으로 기능할 수밖에 없어, 묻는 행위는 더욱 강남홍의 권력을 확장시키는 기제가 된다.[14] 그래서 첫날밤 성애를 묻는 강남홍의 행위는 자신의 주도권을 강조하고 외적으로 확실하게 공표하는 기제로 작용한 것이다. 실제로 이후 가정 내의 역학관계는 확실하게 '강남홍 우위'로 재편되고, 서사도 이전까지는 가정 문제는 '벽성선', 외부 문제는 '강남홍'하는 식으로 구분되어 있던 것이 이 장면 이후부터는 가정에서까지 강남홍을

---

12) (벽성선이-인용자) 스스로 팔를 구버 보미 불근 흔적이 간 디 업거눌 심중의 일변 놀나며 일변 창연ᄒ더라. (10 : 73뒤)

13) 고백과 검열·통제, 그리고 성과 권력의 관계에 대해서는 미셸 푸코, 『성의 역사1-앎의 의지』, 이규현 옮김, 나남, 2004, 73~95쪽 참조.

14) 권력은 앎과 물음의 왕복관계에 의해 더욱 강화 확장된다. 미셸 푸코, 앞의 책, 116~119쪽 참조.

초점화한다.

　벽성선이 강남홍의 묻는 행위에 직접적으로 대응하지 못한 이유는 그 물음의 폭력이 은밀하기 때문이다. 벽성선이 정면으로 그 폭력성을 지적할 경우, 강남홍은 '첫날밤을 주선한 측면이 있어 궁금하고, 또 인간이면 누구나 가지고 있는 성적 호기심에서 물은 것이며, 같은 첩의 처지여서 격 없이 말한 것인데 너무 과민한 것 아니냐'라며 본질에서 빗겨 말하게 될 것이고, 그러면 벽성선은 그야말로 '별것 아닌 일'을 가지고 너무 '과도하게 반응'한 꼴이 되어 버린다. 이런 미묘함을 벽성선은 물론 강남홍도 잘 알기에 은밀하게 폭력을 가한 것이다. 벽성선의 반발이 예상되었다면 강남홍은 결코 이렇게 묻지 않았을 것이다.

2) 동성애에 대한 간섭과 주도권 다툼

　동성애가 실제 사회에 있었고 암묵적으로 인정되었다고는 하지만 동성애는 언제나 부정적인 것으로 여겨졌다.[15) 〈옥루몽〉에서 황제와 동홍은 동성애에 빠지는데[16) 이런 황제의 개인적 취향은 황제로서 흔히 있었던 일이기도 했다.[17) 황제가 동홍에게 빠졌지만 국사(國事)를 전폐

---

15) 동・서양을 막론하고 동성애의 역사는 오래되었고 대부분 부정적으로 인식되었다 (노라 칼린, 『동성애자 억압의 사회사』, 심인숙 옮김, 책갈피, 1995, 21~42쪽 ; 류다린, 『중국성문화사』, 노승현 옮김, 심산, 2003, 176~189쪽 ; 윤가현, 『동성애의 심리학』, 학지사, 1998, 52~75쪽 참조). 조선시대에도 동성애는 부정적으로 인식되었다. 대표적인 예로 세종은 봉씨를 비롯한 문종의 후궁들을 이혼시켰는데 이유는 그들의 동성애 때문이었다. 세종은 이후 금지법까지 만들었다(정성희, 『조선의 성풍속』, 가람기획, 1998, 114~116, 273~281쪽 ; 윤가현, 앞의 책, 73~74쪽 참조).
16) 자세한 것은 유광수, 앞의 논문, 2005 참조
17) 明을 방문했던 마테오 리치의 기록을 보면, "소년들이 여성처럼 화장을 하고 악기를 다루며 고운 옷을 입고 호객하는 행위가 북경 골목마다 가득했는데 그에 대한 규제가 전혀 없음"을 비판하고 있는데(조너선 D. 스펜서, 『마테오 리치, 기억의 궁전』, 주원준 옮김, 이산, 1999, 282~283쪽), 이를 보면 명 당대에는 동성애가 사회 일반에 널리

한 것도 아니고 게을렀던 것도 아니다. 국무(國務)를 마친 후 개인적 취향에 따라 쾌락을 즐겼을 뿐이다. 그래서 별다른 문제 없이 동홍과의 관계는 암묵적으로 용인되었다.

그런데 그 동홍이 노균과 연결되자마자 갑자기 양창곡과 그의 청당(淸黨)이 연이어 상소하면서 정치문제로 비화시켰다. 이때에도 직접 동성애를 언급하거나 노균과 연결된 것을 지적하지는 못하는데, 이는 은밀한 상황이며 확실하지만 드러낼 수 없는 미묘함이 있기 때문이다. 그래서 인재등용시비와 음률시비18)를 하는 것으로 우회한다. 사실 양창곡과 청당이 황제의 개인적 취향인 동성애를 배제하려고 했다기보다는

퍼져 있었음을 알 수 있다. 중국 성풍속을 史的으로 살핀 류다린 역시 중국 사회에서 동성애는 매우 널리 퍼져 궁정에서 민간에 이르기까지 적지 않은 사람들이 동성애에 빠져 있었으며, 특히 명 황제들은 男色을 매우 좋아했음을 지적했다(류다린, 앞의 책, 179~180쪽).

18) 晉律是非에 대해서는, 양창곡이 실각한 이후 완전히 실권을 손에 넣은 노균이 封禪을 획책하는 대목을 분석한 것과(설성경·심치열, 『옥루몽의 작품세계』, 개문사, 1994, 117~118쪽) 양창곡의 상소문을 분석한 연구(조광국, 「『옥루몽』에 나타난 王道·霸道 並用의 정치이념 구현 양상」, 『고전문학연구』15, 한국고전문학회, 1996, 261~264쪽), 포괄적으로 노균과 양창곡의 대결 구도 속에서 분석한 연구(서대석, 「<옥루몽>의 갈등구조」, 『군담소설의 구조와 배경』, 이화여자대학교 출판부, 1985, 337~346쪽)가 있는데, 음률시비의 발생 원인에 대해서는 주목하지 않았다. 동홍이 노균과 연결된 후 淸黨에서 상소한 이는 차례로 소유경, 윤형문, 양창곡인데, 소유경은 인재등용의 문제로 동홍을 배제하려고 했지 음률시비를 하지는 않았다. 음률시비를 처음 한 이는 윤형문이다. 그 상소의 중심 논지는 황잡하고 허탄한 음률에 빠짐을 지적한 것이 아니라 '태평성대가 아니고 교화가 만방에 미치지 못하여 아직 세상이 어지러운데 황제가 선정을 베풀지 않고 음률만 즐긴다면 백성들이 실망하여 낙심할 것이니 풍류를 그만두는 것이 좋겠다(8:5앞~뒤 참조)'는 것이었다. 윤형문이 탄핵되자 양창곡이 상소를 하는데 그 내용도 역시 윤형문과 다르지 않아, '태평성대가 아닌데 황제가 음률을 즐기는 것은 문제가 있으며 비록 소일하려고 음률을 즐기지만 그러다 보면 차츰 淫樂에 빠지게 되므로 그만두는 것이 좋겠다(8:8뒤~11앞 참조)'는 것이었다. 이때까지도 황제가 음률을 즐김은 소일하는 풍류였다. 음률의 부정적 속성이 강조되어 나타나기 시작한 것은 양창곡과 청당이 실각하고 난 이후이다. 즉 처음의 음률시비는 淫樂에 대한 경계의 문제가 아니라 동홍과의 관계를 차단하려는 의도에서 이루어진 것이다.

'동홍과의' 동성애를 배제하려고 한 것이었다. 이는 동홍 뒤에 있는 노균의 속셈을 간파하고 노균의 세력 확대를 원천적으로 봉쇄하기 위해 황제와 노균의 연결고리인 동홍을 배제하려 한 것이다. 동홍이 대상이 되고 방법은 인재등용시비와 음률시비였지만 그 궁극적 목적은 노균에 대한 견제였다.[19] 양창곡이 남쪽 원정을 통해 연왕이 되고 명실공히 중앙 정계의 실력자가 되어 급기야 '청당'이 결성되자, 노균은 자신의 세력 축소로 인해 고민한다. 그러다가 황제가 동홍을 친근히 함을 알고 동홍을 자신의 휘하에 두어 그를 통해 정치적 국면 전환을 노린다.[20] 이렇게 세력 확대를 노리는 노균의 술수를 간파한 양창곡이 이전까지 전혀 신경 쓰지 않던 동홍과의 관계를 정치쟁점화한 것이다.

황제에 대한 이런 은근한 간섭과 함께 양창곡은 동홍에게도 은근한 압력을 행사한다. 양창곡이 동홍에게 던진 중의적(重意的) 한마디는 동홍의 심정을 정곡으로 찌른다. 양창곡은 중의적 언술을 통해 드러냄과

---

19) 연왕이 동홍을 탄핵하는 상소를 올리면서 상소하는 이유로 노균을 거론하는 것을 보면, 동홍 뒤에 숨어 있는 실세 노균을 견제하기 위한 정치적 전략에서 상소가 이루어진 것임을 알 수 있다.
　　연왕이 몸을 이러 왈 "<u>노균이 간악흔 무리라 엇지 그 거동을 본 후 알이오.</u> 다만 황상의 총명 예지흐시무로 잠간의 부운의 가리오스 일월지명이 희싁흐시니 닉 이졔 상소코져 흐노라." 흐고 (8:7뒤)
20) 잇씨 참지졍스 노균이 …… 연왕의 관일지충과 통천지지로 졔우 융듕흐고 디공을 셰워 명망훈업이 날노 환혁흐믈 보고 흉두역장을 펼 곳시 업셔 긔운이 져상흔 듕 …… 일 // 은 일긔 소년이 와 동홍의 말을 고흐거눌 노균은 긔경흔 지라, 일 // 이 듯고 심듕의 디희흐여 …… "…… 흔번 조용이 불너 오라." 소년이 응낙흐고 가니라. 잇씨 노균이 소년을 보니고 별당의 깁히 누어 벽을 향흐여 삼일삼야롤 불언불소흐고 무어슬 싱각흐더니 …… 홍을 만뉴흐여 셔당의 두고 …… 일 // 은 익예 황명을 밧즈와 홍을 츠즈 노참졍 부듕의 니르럿거눌 …… 참졍이 두어 마디 말슴을 가르쳐 보니니라. (7:115뒤~117뒤)
　　잇씨 노균이 천지 동홍을 총이흐시믈 보고 남미지의롤 밋고져 흐여 심듕의 싱각흐디 '동홍으로 미부롤 명흔죽 누의 // 젼졍부귀는 말흘 빅 업고 닉 쏘흔 이를 인연흐여 죠흔 도리 잇스리라.' 흐고 (7:124뒤)

숨김의 은근한 신경전을 펼치며 은밀한 폭력을 가한다.

> 연왕(양창곡-인용자)이 봉안을 흘녀 잠간 보니 (동홍이-인용자) 관옥
> 갓흔 얼굴의 도화식을 씌여시니 춘산 ᄀᆞᆺ흔 눈셥의 잉슌이 분명ᄒᆞ여 십분
> 녀ᄌᆞ의 긔샹이 잇더라. …… 연왕이 소왈 "니 무어슬 알니오마는 <u>군은 다</u>
> <u>만 군의 몸을 잇지 말나.</u>" 동홍이 당황무어ᄒᆞ거늘 연왕이 다시 소왈 "<u>군이</u>
> <u>니 말을 몰나 듯ᄂᆞ뇨? ᄌᆞ식이 되여 불효ᄒᆞ며 신ᄒᆡ 되여 불츙ᄒᆞ면 그 죄</u>
> <u>어더 밋츠리오. 슈령을 보전치 못홀지니 그 엇지 니 몸을 이즈미 아니리</u>
> <u>오</u>" 동홍이 면여토식ᄒᆞ여 다시 답지 못ᄒᆞ고 도라 노균을 보고 탄왈 "연
> 왕은 심상흔 사름이 아닐너이다. 흔 마디 말의 청천벽녁이 쪽뒤롤 치는 듯
> 홍의 등의 ᄎᆞᆫ 쏨이 지금것 마르지 아니ᄒᆞ여이다." ᄒᆞ고 (7 : 123앞~124앞)

동홍이 양창곡을 찾아와 자신이 어떻게 황제를 섬겨야 하는지를 묻
자 양창곡은 "군은 다만 군의 몸을 잇지 말나"고 답한다. 이 말에 동홍
은 "청천벽녁이 쪽뒤롤 치는 듯"이 크게 놀라 "등의 ᄎᆞᆫ 쏨이" 한동안
마르지 않을 정도가 된다. 동홍이 이렇게 놀란 이유는 양창곡의 말이
중의적으로 자신의 심곡을 찔렀기 때문이다. 양창곡의 말에서 "군의 몸"
은 두 가지로 기능한다. 하나는 '너의 몸'이고 다른 하나는 '너의 목숨'이
다. 그래서 '너는 다만 너의 몸을 잊지 말라'와 '너는 다만 너의 목숨을
잊지 말라'는 이중적 의미를 내포한다. 앞의 것은 동성애에 대한 지적이
고, 뒤의 것은 '제대로 황제를 보필하지 못하면 너의 목숨은 부지하기
힘들 것이니 너의 목숨을 생각해서 잘 보필하라'는 일반적 의미이다. 누
구나 황제를 섬김에 있어 충성으로 하고 부모를 섬김에 있어 효로 해야
한다는 것은 사리에 합당한 말로 특별할 것이 없다. 그 정도 말에 그렇
게 놀랄 사람은 없다. 이미 동홍은 대신들에게 지탄을 받고 있는 상황으
로 본인이 그런 것을 모를 리 없다. 그러므로 사리에 합당한 말에 그렇

게까지 놀라지 않을 것이다. 아주 당연한 것 같은 이 말에 동홍이 놀란 이유는, 양창곡의 의도대로, "군의 몸"을 자신의 '목숨'으로 이해한 것이 아니라 자신의 '몸'으로 이해했기 때문이다. 그래서 '네가 방탕하게 부리는 네 몸이 문제다'라는 날카로운 양창곡 언술의 숨은 뜻을 이해했기에 크게 놀란 것이다. 동홍이 이렇게 놀라자 양창곡은 '웃으며' 전혀 아니란 듯이 "군이 니 말을 몰나 듯느뇨?"라며 당위적 의론을 펴서 자신의 의도를 숨기고 원래 의도한 것은 '너의 목숨'이었다고 발뺌한다. 자신의 의도가 적중했기에 자신이 의도했던 '몸'의 의미를 은근히 숨기고 황제에게 충성하지 않으면 '목숨'이 위태롭다는 원론적 말로 바꾸어 드러낸 것이다. 특히 양창곡이 '웃었다'는 것에서 그의 의도가 제대로 적중했음이 잘 드러난다.

이렇게 개인적 성애에 은근하게 간섭하는 것을 드러내서 대응할 수는 없다. 왜냐하면 동성애는 부정적으로 인식되고 그렇기에 상황적 우위는 동홍에게 있는 것이 아니라 간섭하는 양창곡에게 있기 때문이다.[21] 양창곡이 우위에 서 있으므로 동홍이 드러내서 대응한다면, 앞서 본 벽성선의 상황처럼, '과도한 신경', '과민한 반응'으로 되어버리기 쉽다. 사실 동성애를 스스로 드러내서 말하기도 어렵다. 그래서 정치적으로 능란한 양창곡은 정치적으로는 인재등용시비와 음률시비로, 동홍 개인에게는 중의적 언술을 통해 유연하게 자신의 의도를 관철시켜 주도권 확대를 꾀한 것이다. 동홍의 제거는 곧 노균의 몰락이기 때문이다. 이런 양창곡의 전략에도 불구하고 양창곡과 청당은 몰락하여 실각한다. 이후 서사는 황제의 봉선(封禪), 흉노의 침입, 노균의 배신 등으로 이어져 황제와 태후가 위태롭게 되고 국가의 운명이 위험에 처하게 됨을 보여 준

---

21) 동성애와 선정적 性의 정치적 이용에 대해서는, 린 헌트, 『포르노그라피의 발명』, 조한욱 옮김, 책세상, 1996, 11~54쪽 참조.

다. 이런 서사는 양창곡이 황제와 동홍의 동성애에 간섭한 것이 옳은 행동이었음을 서사적으로 정당화시켜 주는 것이다.

3. 절대 우위를 통한 정당화된 폭력

같은 인간으로서 타인의 개선과 교화의 가능성을 원천적으로 배제하며, 동시에 현재 상황으로 타인의 미래 상황까지 재단하여 결정한다는 점에서, 살인만큼 극단적인 폭력은 없다. 그래서 살인은 일어나서는 안 되는 것으로 여겨지고 일반적으로 살인자는 부정적으로 인식된다. 그런데 때로는 살인이 용납되는데, 자신이 죽을지도 모르는 상황에서 피치 못해 이루어진 '정당방위로서의 살인'과, 도저히 개선의 기미가 보이지 않고 이미 그 존재 자체로 충분히 해악을 끼쳤다고 여겨지는 경우에 수행되는 '처벌로써의 살인'이 그것이다. 그런데 정당방위와 달리 처벌의 경우는 방금 말했듯이 타인에 의해 미래의 개선 가능성까지 원천봉쇄된다는 점에서 그 반론이 만만치 않다. 그래서 처벌의 경우에는 피해자가 '죽어 마땅한 인물'이기 때문에 반드시 행해져야 함이 강조되는 '처벌 이유에 대한 설명'이 구체적이고 장황하게 제시된다. 그래서 소설에서 작가는 이 처벌적 살인은 명확하게 이유를 제시하고, 그 이유에 대해 주변의 인물들은 물론 죽을 당사자에게까지 동의를 받아낸다. 그리고 집행은 재빨리 신속하게 이루어지며 집행 상황은 묘사되지 않거나 짧게 언급하여 그 폭력적 행위에 대한 반발적 동정심을 막는다.[22] 결국 합법

---

[22] 공개 처벌이 차츰 비공개로 변하고 처벌 방법의 잔인함이 줄어든 가장 중요한 이유는 이런 반발적 동정심 때문이다. 미셸 푸코, 『감시와 처벌』, 오생근 역, 나남, 1998, 29~61쪽 참조.

적 살인인 '처벌'이 되기 위해서는 합리적인 설명이 필요하고, 그 설명이 인물들의 동의를 받아내야 하며, 처벌과정을 생략 또는 간명하게 서술하여 독자들의 동정심을 원천봉쇄해야만 한다.

정당방위로서의 살인은 폭력이 전면에 등장하여 누구나 상황이 폭력적임을 알지만 폭력에 대한 폭력이라는 점으로 정당화되기 때문에 그 폭력성이 사라진다.[23] 그런데 처벌로서의 살인은 앞서 말했듯이 가급적 집행과정을 숨기고 그 타당성만을 부각시키는 것이 일반적임에도 불구하고, 〈옥루몽〉에서는 오히려 전면에 폭력이 부각되고 길게 구체적으로 참혹하게 장면화되어 나타난다. 더욱 그 집행자가 여성이며 또 그녀가 한 번도 폭력을 저지른 적이 없다는 점에서 특이하다. 그렇지만 이 처벌적 살인 상황에서 독자들은 폭력성을 느끼기보다는 오락적 유희성을 느낀다. 왜냐하면 폭력이 난무하는 상황임에도 불구하고 그 폭력성이 사라졌기 때문이다.

1) 부도덕한 도발에 대한 정당방위

강간하려는 마음을 품은 어부를 작살로 찔러 죽이는 장면을 보면, 살인자인 손야차의 행동은 정당하며 마땅히 그래야만 할 것으로 이해하게 된다.

> 밤이 사오경의 갓가오미 쓸집 밧긔 양기 어뷔 셔로 가마니 슈작ᄒᄂᆫ 쇼리 나거늘 삼낭(손야차−인용자)이 귀를 기우려 드르니, 일기 왈 "분명이 모로고 엇지 경솔이 ᄒᆞ리요." 일기 왈 "니 젼일 어션을 팔나 항쥬 쳥누의 지날 시 누샹의 안즌 녀지 져 녀ᄌᆞ와 방불ᄒᆞ더니 이졔 노낭의 슈작를 드르니 졍녕ᄒᆞᆫ 항쥬 졔일방 홍낭이로다." 일기 우 왈 "우리 강호샹의셔 여러

---

23) 이브미쇼, 『폭력과 정치』, 나정원 옮김, 인간사랑, 1990, 85~115쪽.

힌 도젹질ᄒᆞ되 일즉 가속이 업셔 근심ᄒᆞ더니 강남홍은 강남 명기라. 묘흔 긔회를 허숑치 못ᄒᆞᆯ지니 우리 두리 합력ᄒᆞ야 그 노냥를 죽인즉 일기 잔약 흔 녀ᄌᆞ를 엇지 근심ᄒᆞ리오." ᄒᆞ거ᄂᆞᆯ (2 : 32뒤~33앞)

슈뉴의 그 양기 한지 부지불각의 씀집을 박츠고 달여들거ᄂᆞᆯ 삼냥이 놀ᄂᆞ 크게 소리ᄒᆞ고 물노 쒸여드니 …… 홍이 닝소ᄒᆞ고 션두의 나 안즈며 왈 "니 년소 녀ᄌᆞ로 풍뉴장의 노라 노류장화로 허다 열인ᄒᆞ니 엇지 순죵치 아니리오마ᄂᆞᆫ 두 스롭이 한 녀ᄌᆞ를 닷토믄 니 더옥 붓그리는 비라. 혼 사롭이 담당ᄒᆞ야 나션즉 니 맛당이 허락ᄒᆞ리라." ᄒᆞ되 그 즁 졈고 장디한 지손의 작술을 들고 비 머리의 나셔며 왈 "니 맛당이 낭ᄌᆞ을 구ᄒᆞ리라." 말리 맛지 못ᄒᆞ야 뒤의 셧든 한지 손의 든 작술노 그 한ᄌᆞ를 질너 물의 써르치민, 손삼냥이 슈듕의 업드렷다가 그 한지 물의 써러지믈(떠러짐을─인용자) 보고 그 손의 든 작술을 쎅셔 들고 쥬듕의 쒸여 올ᄂᆞ 쥬듕의 잇ᄂᆞᆫ 한ᄌᆞ을 마ᄌᆞ 질너 물속의 더지고 (2 : 33뒤~34뒤)

강남홍이 기녀임을 알아본 어부들은 손야차를 죽이고 강남홍을 강간하려 한다. 이 위급한 상황에서 강남홍은 성적(性的) 유혹으로 한 어부가 다른 어부를 죽이게 하고 손야차가 나머지를 죽이게 하는 계교를 세워 성공한다. 작살로 사람을 찔러 죽이는 것은 매우 끔찍한 살인이지만 등장인물이나 독자들은 이 행위를 당연하고 마땅한 것으로 인식하기에 그다지 끔찍스러워 하지 않는다. 여성스러운 기녀 강남홍은 자기 눈앞에서 처참한 살인이 두 번이나 일어나지만 전혀 놀라지 않는다. 강남홍의 이때 심정에 대해서 서술자도 침묵한다. 그래서 섬세한 여성인 강남홍도 이 살인을 정당한 것으로 생각하기에 그 폭력성에 반응하지 않는 것으로 여겨지게 된다.

어부들에 대한 폭력이 정당화된 이유는 그들이 '도적'이었다는 사실과 '손야차를 살인하려고 먼저 모의했다'는 사실이 바탕이 되기 때문이다. 그러나 무엇보다 강하게 부각되는 것은 양창곡과 지기상통한 강남홍을 '강간하려는 마음을 먹은 부도덕성' 때문이다. 여기에 어부들이 '지금 겁박하려고 급하게 들이닥친다는 긴박감'이 작용하여, 이런 위급한 상황에서 가능한 것은 어부들을 제거하는 방법 외에는 없다는 인식에 독자가 무의식적으로 동의하게 된다. 그래서 손야차의 '정당방위로서의 살인'이 사람을 작살로 찍어 죽이는 끔찍한 폭력으로 나타났지만 정당화된 것이다.

그러나 어부들의 입장을 생각해 볼 때, 과연 그들이 살인을 당할 정도로 과도한 잘못을 했을까 하는 의문이 든다. 그들이 강남홍을 강간하려 한 것이 잘못인 것은 분명하지만, 강남홍이 '기녀'이기 때문에 강간하려고 한 것이라는 점은 당대 사회 상황과 함께 고려해 볼 때 그것이 죽을 정도의 잘못이라고 하기 어렵다. 한 어부가 "분명이 모로고 엇지 경솔이 흐리요"라고 걱정하자 다른 어부가 '틀림없이 기녀 강남홍'이라는 점을 확인시킨다. 여기서 강조되는 것은 강남홍이 '아름다운 여자'라는 점이 아니라 '분명한 기녀 신분'이라는 점이다. 즉 어부들은 일반 부녀자들을 강간하려고 한 것이 아니라 기녀를 강간하려 한 것이다. 이 점은 어부들이 처음부터 강남홍을 겁박할 생각이 아니었다는 것에서도 확인된다. 어부들은 손야차와 강남홍을 물에서 건져준 후 뜸집까지 그들에게 내주었다. 처음부터 정욕에 끌렸다면 그때 손야차를 죽이고 강남홍을 취했을 것이다. 그러나 그렇게 하지 않고 "이곳의 인가 읍스니 엇지 구원하랴(2:31뒤)"며 그들의 신세를 걱정해 주었고 자신들의 처소까지 양보했다. 이들이 강남홍을 겁박하려고 한 것은 기녀임을 알아보고 의심하다가 강남홍과 "노낭의 슈작를" 듣고서 확실하게 '기녀'임을 확인했기 때문이다.

또 그 겁박 의도도 일회적인 쾌락적 욕망 때문이 아니라 근본적인 삶의 문제와 연관되어 있다는 점에서 어부들의 입장을 어느 정도 이해할 수 있다. 이들은 배에서 생활하는 하층민으로 가정을 이루지 못한 상태였다. 이들이 강남홍을 취하려는 이유가 "일즉 가속이 업셔 근심"했다는 것에 잘 드러난다. 강남홍을 일회적 놀이감으로 대한 것이 아니라 가족으로 삼으려고 한 것이다.[24)]

물론 손야차를 살인하려고 먼저 모의한 어부들이 나쁘다는 점은 분명하다. 그러나 손야차 같은 여성은 가족으로 삼기에는 적당치 않은 인물이라는 점을 먼저 고려해야 한다. 손야차는 여성이라기보다는 남성에 가까운데, 이는 서사에서 남성이면서 여성이어야만 하는 존재가 필요했기 때문이다.

> (셜파가─인용자) 흔 사룸을 다리고 드러와 소져를 보아 왈 "마참 그런 사룸이 남즈는 읍고, 일기 녀즈을 어드니, 강호상의 구슬 캐는 사룸이라. 물속으로 능이 오륙십 이을 힝ᄒᆞ는 고로 일컷는 지 '슈둥 야츠 손삼낭'이라 ᄒᆞᄂᆞ이다." …… 그 녀지 신장이 팔쳑이오 머리터리 누루고 얼골리 검어 겻티 오미 비린니 촉비ᄒᆞ니 …… (손삼랑이─인용자) 디왈 "노신이 일즉 졀강 어구의셔 구슬을 킈다가 이슴을 맛ᄂᆞ 셔로 ᄲᅡ와 삼십여 리을 쫏츠 다니다가 필경 잡아 억기의 머이고 나올 시 겨역 됴슈의 밀이여 다시 슈십여 리를 긔여 물밧긔 ᄂᆞ오니 만일 단신으로 힝ᄒᆞᆫ즉 칠팔십 이는 갈 거시오 무어슬 가진즉 계오 슈십 이를 힝ᄒᆞᄂᆞ이다." (2 : 29뒤~30앞)
>
> (삼낭이 물속에 있다가─인용자) 홀연 쥬둥이 요란ᄒᆞ며 일위 미인이 비머리의 ᄶᅥ러지니 <u>삼낭이 몸을 소소 두루쳐 업고 슬갓치 긔여 순식간의 륙칠 이을 힝ᄒᆞ야</u> …… 삼낭이 위여 왈 "급흔 사룸를 구ᄒᆞ라" ᄒᆞ디 …… 비

---

24) 이는 과부들을 약탈하는 풍속인 약탈혼의 일환으로 볼 수 있다. 중요한 것은 약탈혼은 하층민들 사이에서 일어나는 것으로, 사족 부녀를 약탈할 경우 범인들은 법에 의해 태장을 받게 되고 부녀는 원래대로 돌아가게 된다(손진태, 「寡婦 掠奪婚俗에 就하여」, 『韓國民族文化의 硏究』;『孫晉泰先生全集』2, 태학사, 1981, 141~151쪽)는 점이다. 그러므로 어부들이 상대가 기녀임을 재차 확인하는 모습은 하층민인 기녀가 확실해야 약탈혼이 성립하기 때문이다.

를 샬니 져허 이러거늘 삼낭이 그 녀즈를 업은 치 쥬듕의 쒸여 올ᄂ 나려
놋코 보니 (2 : 30뒤~31앞)

강남홍은 양창곡의 정인(情人)으로 여성이며 아름답다. 남성 시각에
서 볼 때 이런 여성을 다른 남성이 업고 헤엄쳐 구해낸다는 것은 온당치
못하다. 〈옥루몽〉은 하층 여성인 기녀의 결연 이전 정절까지 통제할
정도로 남성 위주, 가부장 위주의 시각이 강하다.[25] 그러므로 '죽을 자
를 구해낸다'는 절박성이 있기는 하지만 그것을 여성이 해야지 남성이
해서는 곤란하다. 그래서 설파가 구해온 인물이 '마침' 여성이어야 했고,
그 여성이 수행해야 할 일이 보통 남성도 하기 힘든 일이므로 그 여성은
"신장이 팔척이오 머리터리 누루고 얼골리 검"은 "슈듕 야ᄎ" 같은 인
물이어야만 했다. 결국 이 여성은 생물학적으로 여성일 뿐이지 실제로
는 남성이나 다름없다. 손야차에 대한 서술자의 호칭도 처음에는 '손삼
랑'이던 것이 강남홍과 함께 명군(明軍)에 투항했을 때부터 '손야차'로
바뀐다. 이때부터 '장수 손야차'가 되어 그야말로 '야차(夜叉)' 같은 능력
을 발휘한다. 강남홍은 백운도사에게 검술과 도술을 배우는 것이 서술
되었지만 손야차의 수행에 대한 서술은 없다. 단순히 같이 있었으므로
배웠을 것이란 추측이 될 뿐이다. 군담에서 손야차가 큰 역할을 하지만
그녀의 장수로서 용맹의 근거는 어디에도 없다. 그러나 서술자나 주변
인물 모두 그녀의 용맹에 대해 아무도 의아해하지 않는다. 심지어 고육
지계(苦肉之計)까지 그녀가 수행하지만 그녀가 '여성임'에 대해서는 아
무도 의심하지도 주목하지도 않는다. 그녀의 군중 생활을 보면 '호탕한
남성' 그 자체이며, 고육지계 때 적장들과 나누는 언술은 남성의 언어와
남성의 행위 그 자체이다.[26] 손야차가 나중에 여성임이 밝혀지지만[27]

---

25) 유광수, 앞의 논문, 2005 참조.

이때에도 다른 인물들은 그녀가 본래 여성이었다는 것에 대해 놀라지 않을 뿐더러 아예 관심조차 두지 않는다. 심지어 강남홍과 벽성선의 시비(侍婢)들까지 당대 명장인 동초와 마달에게 각기 결연하지만, 손야차는 결연은 물론 그녀가 어디에 거주하는지조차도 서사는 말해주지 않는다. 손야차는 여성이어야만 하는 남성이기 때문이다. 이런 손야차가, 어부들이 구해 주려고 배를 그녀 쪽으로 저어가자, 오랫동안 사람을 업고 헤엄쳐 왔음에도 불구하고 그대로 물 속에서 "그 녀ᄌ를 업은 치 쥬듕의 쒸여 올ᄂ"온다. 이를 본 어부들이 이 여성을 제거해야 한다고 생각하는 것은 어찌 보면 너무나 당연하기까지 하다. 이런 여성을 억지로 겁박하여 같이 살 수는 없을 것이다. 성적 매력의 문제만이 아니라 녹록한 인물이 아니기 때문이다.

이렇게 어부들의 행위에는 나름의 개연적인 이유가 있다. 그들이 살인과 강간을 모의한 것은 분명 잘못이지만, 그에 대한 대응이 꼭 '살인'이란 폭력이어야 하고 그것도 작살로 찍어 죽이는 끔찍한 방법이어야만 했던 것은 아니다. 손야차가 그녀 자신의 말대로 한 명 정도는 상대할 수 있으므로,[28] 죽고 남은 한 명의 어부를 제압할 수 있었을 것이고 그리고 그를 살인이 아닌 다른 방법으로 징치할 수도 있었을 것이다. 실상 그 어부들에게 도움을 받아 강남홍이 살아난 것도 사실이고 보면 은혜가 없다고 할 수 없는데, 그 선행과 은혜는 완전히 배제되어 있다. 어부들의 선행과 가정을 꾸리려는 인간적 상황은 배제되고, 그들이 원래 도적이어서 살인·강간이 마치 그들의 일상사인 것처럼 느껴지게 만들었

---

26) (5 : 61앞~73뒤) 참조.

27) 이 밝혀짐도 강남홍의 상소처럼 극적으로 드러나는 것이 아니라, 논공행상 때 양창곡이 손야차에게 상을 내리지 말기를 청하면서 그 이유로 밝혀진다.

28) 삼낭이 왈 "노신이 비록 무용ᄒᄂ 족히 일 인를 당ᄒ려이와 다만 이 인을 디젹ᄒ기 어려오니……." (2 : 33앞~뒤)

다. 이렇게 그들을 볼 때, 하층민으로 음란한 살인 도적인 그들에게 애
초부터 개선 의지가 있을 리 없고, 한 번 품은 음욕(淫慾)과 살의(殺意)는
이전에도 늘 그랬고 앞으로도 그럴 것이므로, 이들을 교화시키려는 것
자체가 무의미하다는 생각에 동의하게 된다. 실제로 이 어부들은 같은
동료끼리도 성적 욕망에 의해 쉽게 살인을 저지르는 믿을 수 없는 존재
들이다. 그래서 결국 어부들의 '변명'은 들어볼 가치도 없는 것이며 그들
의 '입장'은 고려의 대상도 아니게 되어 버린다. 여기에 갑자기 들이닥치
는 형세의 다급함과 강간이 벌어지려는 위급함이 독자의 감정을 흥분시
켜 별다른 고민 없이 손야차의 폭력적 살인을 마땅한 것으로 바라보게
한 것이다.

2) 음란한 변방 괴물에 대한 처벌

여성 '강남홍'이 전쟁터에서는 남성 '홍혼탈'이 되어 활약하는데, 양창
곡만 홍혼탈이 남성이 아니라 여성임을 알지 적군은 물론 다른 동료 장
수들도 여성임을 모른다. 미모가 뛰어난 강남홍은 남복(男服)을 입었어
도 미모를 감출 수 없어 미소년(美少年)으로 여겨져 종종 동성애적 시각
에 놓이게 된다. 중요한 점은 이런 동성애적 발언이나 시각이 적들에게
만 나타나지 명나라 군사들에게는 나타나지 않는다는 것이다. 물론 자
신의 상관(上官)을 그렇게 보아 말할 수 없기도 하겠지만, 홍혼탈이 명
나라로 귀순하기 전 적군으로 대치하고 있을 때에도 명나라 장수들은
어느 누구도 그에 대해 동성애적 발언을 하지 않는다.[29] 또 〈옥루몽〉
의 군담 중에서 적들에 의한 동성애적 발언과 시각이 노출되는 것은 오

---

[29] 이유는 오직 변방에서 중심을 도발하는 적들만이 음란하고 부도덕하고, 중심의 明은
정대하다는 이데올로기 때문이다.

직 '남쪽 원정'에서만이다. 북방 원정에서는 적들도 동성애적 발언을 하지 않는다. 이는 남쪽 오랑캐들이 북쪽 오랑캐들보다 더 무례하고 미개하기 때문이 아니라, 북방원정은 이미 '남성 홍혼탈'이 '여성 강남홍'임을 알게 된 이후에[30] 이루어진다는 점에서 동성애적 발언이 성립하지 않기 때문이다. 전쟁에서 적장을 모욕하고 적의 사기를 떨어뜨리기 위해 남성답지 못한 여성스런 장수들을 성적으로 희롱하는 것은 분명 있을 수 있는 일이다.[31]

이런 동성애적 욕망과 시선으로 인해 처벌되는 이가 발해인데, 그에 대한 폭력은 매우 극단적이어서 처참하고 끔찍하다. 더욱 그 폭력의 가해자가 원래 여성이고 이전까지 한 번도 살상을 저지른 적이 없었다는 점에서 특이하다. 그럼에도 불구하고 그 폭력이 정당화된다. 정당화되는 가장 근본적인 이유는 독자들은 심정적으로 발해의 동성애적 욕망과 시선에 대해 부정적으로 느끼기 때문이다. 이는 황제와 동홍의 동성애와 달리 상호 친밀성이 전제되지 못한 일방적인 폭력적 욕망이라는 점 때문이며[32] 그 동성애적 폭력의 대상이 강남홍이라는 점에서 그렇다.

---

30) 남방원정에서 개선한 후, 홍혼탈이 상소를 올려 자신이 여성 강남홍임을 밝힌다. 북방원정은 이후에 있다.

31) 홍혼탈을 援軍으로 데리고 가는 나탁의 속마음을 보면 홍혼탈의 외모를 바라보는 다른 인물들의 시각이 잘 드러나는데 여기에 여성스러움을 장수답지 못한 것으로 이해하고 있다.
나탁이 홍낭을 드리고 도라올시 심중에 싱각ᄒ되 '니 졍셩을 다ᄒ야 구완을 쳥ᄒ미일기 잔약ᄒ 쇼년을 드려가니 엇지 졔쟝의 조소ᄅ 면ᄒ리오 다만 그 용모 ᄌ식이 녀ᄌ의도 흔치 아닐지라. 만일 남ᄌ 아니런들 니 오더 동천을 헌신ᄀᆞᆺ치 ᄇ리고 오호편쥬로 범대부ᄅᆞᆯ 효측ᄒ리로다.' ᄒ더라. (5:34뒤~35앞)

32) '친밀감'의 문제는 섹슈얼리티의 가장 중요한 측면으로, 이 친밀감은 평등화의 영역에서 기능하며 그것은 본질적으로 의사소통의 가능성과 연관된다. 일방적인 성적 요구, 의사소통이 단절된 요구, 평등적인 관계가 아닌 상황에서의 성적 결합은 진정한 性도 사랑도 아니며 그것은 상대방 측면에서 볼 때 폭력성이 드러난다. 앤소니 기든스, 『현대 사회의 성·사랑·에로티시즘』, 배은경·황정미 옮김, 새물결, 2001, 224~

그래서 강남홍의 폭력은 강간에서 벗어나려는 정당방위의 성격을 띠기도 한다.

　발해의 동성애적 욕망과 상황을 강조하기 위해 발해와 홍혼탈은 각기 남성성과 여성성이 강조되어 나타나고 그 둘은 크게 대조된다. 발해는 탈해가 전세가 불리하자 청빙해 온 탈해의 동생이다. 새로 등장하는 발해와 이와 싸울 홍혼탈에 대해 작가는 일반적 수준에서 소개한다.

　　발히는 탈히의 아이(아우―인용자)라.[33] 만부부당지용이 잇고 셩품이 불 갓치 급ᄒ니라. (7 : 26뒤)
　　빵검을 글어 손야츠롤 맛기고 져근 환도롤 츠고 궁시롤 씌고 말게 오르니 아리짜온 모양과 한가흔 풍치 만장과 비ᄒ건디 너모 샹젹지 아니ᄒ니 (7 : 29뒤)

이 정도의 서술로는 둘이 크게 대조되지 않고 대조되지 않으면 동성애적 상황이 분명해지지 않아 궁극적으로 극단적인 폭력이 정당화되기 힘들어진다. 이에 다시 작가는 인물에 대한 묘사와 상황을 각기 상대 인물의 시점으로 바꾸어 서술하여 대조를 심화시킨다.

　　원쉬 도독과 진젼의셔 브라보니 발히의 신장이 이십 쳑이오 얼굴이 검고 범의 눈이오 곰의 갈기라. 흉녕흔 모양이 인형갓지 아니ᄒ고 두 손에 각ᄭ 쳘퇴롤 들고 소리 치고 다라드니 도독이 원슈롤 도라보며 왈 "이 엇지 사롬의 뉴리오, 만일 귀신이 아닌즉 즘승의 무리로다." ᄒ고 (7 : 28 앞~뒤)

226쪽 참조.

33) 다른 본에는 '탈해의 아우'라고 되어 있는데, 규장각본은 '탈히의 아이'라고 되어 있어 자식으로 착각하기 쉽다. 그렇지만 규장각본도 탈해가 발해에게 '현뎨'라고 말하고 있어 '아이'는 '아우'의 오자임을 알 수 있다.

　　각셜 소디왕 발히 철퇴롤 두루며 명진을 향ᄒᆞ여 무슈즐욕ᄒᆞ여 ᄡᅩᆂᆷ을
도ᄽ니, 홀연 명진으로 일기 <u>소년 장쉬</u> 머리의 셩관을 쓰고 금포롤 닙고
디완 셜화말을 타고 디유젼을 초고 보조궁을 씌여 표연이 나오니 <u>옥 갓ᄒᆞᆫ</u>
<u>용모와 별 갓ᄒᆞᆫ 눈의 졍긔 명낭 돌올ᄒᆞ고 풍치 표일ᄒᆞ여 시셕풍진의 보지</u>
<u>못ᄒᆞᆫ든 인물이라.</u> ᄯᅩᄒᆞᆫ 슈등의 병긔 업고 <u>셤ᄽ옥슈</u>로 말곱비롤 거스리 잡
아 완ᄽ히 나오니 발히 ᄇ라보고 대소 왈 "늘고 츄ᄒᆞᆫ 지(뇌천풍—인용자)
드러가고 졈고 묘ᄒᆞᆫ 지 나오니 노애 ᄒᆞᆫ번 쇼견코ᄌ ᄒᆞ노라." ᄒᆞ고 털퇴롤
공듕의 더져 지조롤 ᄌ랑ᄒᆞ며 홍낭을 얼너 왈 "<u>네 얼굴이 귀물이 아닌즉</u>
<u>경국가인이라. 노애 맛당이 싱금하여 가리라.</u>" (7 : 30앞～뒤)

　　발해의 외모와 심성이 야수 같아서 사실 인간이라기보다는 동물 쪽
에 가깝게 느껴진다.34) 남성미와 동물성이 강조되는 발해에 비해 홍혼
탈은 여성미가 강조된다. 평소처럼 검을 들지 않고 활을 들고 나온다는
것부터 그렇다.35) 이렇게 거무튀튀하고 동물 같은 발해와 서로 어울려
칼을 겨루며 맞부딪힌다는 것은 비록 남장을 했다고는 하지만 여성답지
못하다고 작가가 판단했기 때문이다. 또 이 전투 직전에 홍혼탈은 상당

---

34) 앞서 인용한 것처럼 서술자의 입장에서 인물을 묘사하는 것은 일반적으로 정형화된
　　관습적 묘사를 따른다. 그런데 발해의 경우는 그것을 등장인물의 시점으로 바꾸어 다
　　시 "엇지 사롬의 뉘리오, 만일 귀신이 아닌즉 즘성의 무리로다"라고 강조한 것이다.
　　이런 부각은 발해와 강남홍을 대조적으로 설정하기 위한 것이다. <옥루몽>에서 이런
　　발해의 묘사처럼 부각시켜 적장을 묘사하는 경우는 없다. 더 부정적인 적들이 많지만,
　　오직 발해만을 이렇게 부각시킨다. 그 이유는 '남성 홍혼탈'을 의도적으로 '여성 강남
　　홍'으로 서술하여 여성성을 강조한 것처럼 남성성을 과도하게 강조하여 동물성으로
　　진화시키고 나아가 괴물로 부각시키기 위해서이며, 또 그렇게 되어야만 동성애적 상
　　황이 강조되기 때문이다.
35) 이 장면 외에는 언제나 홍혼탈은 '芙蓉劍'을 사용한다. 훗날 아들 양장성에게 부용검
　　을 물려주는 것으로 자신의 검술과 기예를 전수하고, 이 '부용검'을 보고 강남홍의 사
　　제 靑雲이 강남홍이 온 것으로 생각하여 양장성에게 즉각적으로 항복한다. 부용검은
　　그대로 홍혼탈의 상징이어서 전쟁에서 부용검을 사용하지 않는다는 것 자체가 특이한
　　경우이다.

히 아팠다는 것도 역시 연약한 여성임을 강조하여 드러내기 위한 조치이다. 이런 대조적 상황에서 발해가 홍혼탈을 보고 내뱉는 "네 얼굴이 귀물이 아닌즉 경국가인이라. 노애 맛당이 싱금하여 가리라"는 말은 성적 욕망을 그대로 드러낸 것으로 동성애적 발언이다. 독자들은 이 동성애적 발언으로 인해 동성애와 이성애의 야릇한 넘나듦을 경험하게 된다. 만약 홍혼탈이 발해의 말대로 잡혀가게 될 경우, '남성 홍혼탈'을 능욕하려는 발해가 결국 확인하게 되는 것은 '여성 강남홍'이라는 점에서 동성애적 욕망이 이성애로 귀착하게 될 것을 연상하게 된다. 또 독자들은 홍혼탈의 정체를 알고 있으므로 이성애로 인식하면서도 서사에 깊이 몰입된 상태에서 발해의 동성애적 발언과 행동을 통해 동성애 감정을 촉발 받게 된다. 이 언술은 홍혼탈의 정체를 알고 있는 독자들에게도 순간적으로 동성애적 호기심과 상상을 불러일으키기 때문이다. 더욱 발해의 이후 행동이 강간을 의도하는 과도한 흥분의 상태로 여겨지기 때문에 성적 감정이 더욱 강조되는데 여기에 그로테스크한[36] 감정까지 같이 교차하여 서술되어 동성애와 이성애의 감정적 넘나듦이 더욱 고조되는 것이다.

> 홍낭이 미소하고 말 곱비를 들니며 보조궁을 다리여 옥쉬 번드기는 곳의 발회 좌편 눈을 마쳐 안쉬 돌츌하니 발회 한 마되 소리를 벽녁갓치 지르고 한 손으로 살흘 쌔며 한 손으로 철퇴를 들고 노긔 츙천하여 불 갓흔 성식이 일 빈나 더하여 갑옷슬 버셔 싸히 더지고 거문 살을 드러너여 왈

---

36) 그로테스크(grotesque)는 섬뜩함과 기묘함, 공포와 재미의 교차, 터무니없음과 과장, 비정상성 등의 부조화로 이루어진다. 근본적으로 육체적 특성을 강조하고 음란하며 잔인하고 야만적이기까지 하며, 이런 강렬한 육체적 특질은 시각적 효과에 주로 호소하고 그것은 재미의 측면에 기여한다. Philip Thomson, 『그로테스크』, 김영무 옮김, 서울대학교 출판부, 1986, 27~81쪽 참조.

"네 요괴로온 지조룰 밋고 이갓치 당돌ᄒ니 시험ᄒ여 다시 ᄡ라. 노애 맛당이 가슴으로 ᄶ 바드리라." ᄒ고 이룰 갈며 다라드니 홍낭이 ᄯ 미소ᄒ고 말을 돌니며 …… 발히 마샹의셔 니려셔며 비롤 너밀며 왈 "노애 맛당이 비로 ᄶ 네 살을 바들지니 요괴는 머리로 ᄶ 철퇴롤 바드라." ᄒ고 우슈의 철퇴롤 들고 홍낭을 향ᄒ여 더지니 낭이 급히 피ᄒ여 옥슈롤 번듯여 시위 소리 나는 곳의 별갓치 ᄲ른 살이 드러가 발히 말ᄒ는 입을 맛치민 발히 오히려 살을 ᄶ며 분긔롤 니긔지 못ᄒ며 피롤 ᄲ룸어 남은 눈이 등잔갓ᄒ 화광을 구울녀 말게 ᄲ여ᄂ려 범갓치 다라드니 …… 빈활의 속으믈 ᄶ닷고 더욱 분노ᄒ여 길々이 ᄲ며 다시 다라드니 홍낭이 …… 나는 살이 바로 발히 가슴의 ᄲ아 등ᄀ지 스못 나와시니 발히 바야흐로 반 길이나 소스 ᄒ 소리 지르고 업더지니 (7 : 30뒤~32앞)

홍혼탈과 발해의 대조는 갈수록 극명해진다. 홍혼탈은 작고 유약하며 '섬섬옥수'로 적을 원거리에 놓고 싸우는 활을 들고 나오고, 발해는 벽력같은 고함을 치며 '검은 살'로 기세등등하게 근접해서 침을 튀기고 숨을 내뿜으며 맹렬히 휘두르는 철퇴를 들고 싸운다. 싸움의 양상도 홍혼탈은 계속해서 미소를 지으며 여유 있게 화살을 쏘고 발해는 고함을 지르며 흥분하여 날뛴다. 홍혼탈이 정태적으로 머물러 있다면 발해는 계속해서 강남홍 쪽으로 급하게 달려드는 형세이다. 구체적 전투의 상황을 보면 남성성이 강조되던 발해는 동물처럼 여겨지다가 급기야 괴물과 같이 변해 버려 시종일관 깨끗하고 단정한 느낌을 주는 홍혼탈과 대조된다. 발해는 홍혼탈을 얕잡아보며 달려들다가 '눈 → 입 → 가슴' 순으로 활을 맞고 결국 죽는데, 각 상황마다 발해는 "소리룰 벽녁갓치" 질렀고 "이룰 갈며 다라"들었으며 급기야 "말게 ᄲ여ᄂ려 범갓치 다라"들었다. 눈알이 빠지는 것도 아랑곳하지 않았고 입안에 화살이 박히는 것에도 그의 동물적 광포함과 "길々이 ᄲ며" 흥분하는 것을 그만두지 않았다.

마지막에는 홍분하여 말에서 뛰어내려 달려드는 장면은 그야말로 이판 사판의 결사적인 흉포함이 나타난다. 이와는 대조적으로 홍혼탈은 피한 방울 튀기지 않고 여유 있게 미소 지으며 그저 활을 쏠 뿐이다.

이런 대조적 상황이 독자들을 더욱 홍분시킨다. 죽음과 삶, 피 흘림과 깨끗함, 남성적 동물성과 여성적 유약함, 강함과 부드러움, 검고 거대한 동물적 남성과 연약하고 파리한 병색의 작고 유약한 미소년, 미친 듯한 고함과 여유 있고 태평한 모습, 철퇴를 휘두르며 득달같이 달려드는 홍분과 차분한 활시위의 활달함. 특히 발해의 '검은 살'과 홍혼탈의 '흰 옥' 같은 용모는 남성-여성, 어른-아이, 시커먼 성인(成人)-흰 미소년(美少年)을 환기시키며 묘하게 대조되어 이성애와 동성애를 넘나들게 한다. 잡아먹을 듯이 달려드는 검은 살의 흉포한 함성과 피 튀기는 광풍 같은 돌진. 여유 있는 흰 모습의 흰 손이 번득이는 화살의 차분하면서도 단호한 날아감. 흰색과 검은색, 피와 고성의 교차적 배치는 에로틱한 감정의 고조와 함께 그로테스크한 감정이 더해져 더욱 강한 홍분과 긴장, 박진감을 준다.

독자들에게 이런 감정을 주기 위해 위에서 말한 대조적 상황과 서술에, 작가는 의도적으로 발해와 홍혼탈을 지칭하는 용어까지 대조시켜 서술한다. 발해는 계속해서 스스로 "노애"라고 부각시켜 남성이고 연장자임을 강조하고, 홍혼탈에 대해서는 작가가 의도적으로 "홍낭"이라고 지칭하여 여성임을 부각시켰다. 이 대조는 남성과 여성의 대조만이 아니라 연장자와 연소자, 힘이 넘치는 연륜의 인물과 유약한 어린 인물의 대조를 은연중에 드러내 동성애적 상황 인식을 강조하여 유도한 것이다. 작가는 의도적으로 서술상 공식 호칭인 '홍 원수'를 사용하지 않고 '홍낭'이라는 용어를 계속 의도적으로 사용한다. 발해와 접전하기 전과[37) 발해를 죽인 후를[38) 보면 군담에서 쓰는 '원수'라는 용어가 다시 분명하게 나타난다. 발해와 싸우는 대목에서만 '홍 원수'를 의도적으로 '홍랑'으로 바꾼 것이다. 이렇게 짧은 대목에서 '홍랑'으로 지칭한 것이 무려 8번이나 된다. 이로 미루어 보면 '홍랑'이라는 용어는 실수가 아니라 의도적으로 사용한 것임을 알 수 있다.[39] 실제로 '홍랑'이라는 용어는 양창곡과 강남홍이 아기자기하게 사랑의 밀어를 나누는 대목 외에는 군담 서사에서 절대 사용하지 않는 용어이다. 이 용어는 강남홍이 군사적 영웅으로서 기능할 때가 아니라 한 여성으로서 기능할 때만 사용한다.[40] 결국 여기서 '홍랑'이라 한 것은 홍혼탈을 '군사적 영웅'으로 기능하게 하려 한 것이 아니라 '여성'으로 기능하게 하려고 한 것으로 이해할 수 있다. 지칭하는 언어는 대상을 규정하는 효과가 있고 반복에 의해 사고를 고정시키므로, 독자들은 호칭을 통해 그 인물의 정체를 순간적으로 파악하게 된다.[41] 그래서 '홍랑'이라는 지칭의 잦은 사용은 독자들

37) 도독이 쏘훈 진상의 놉히 안즈 만일 홍 원쉬 위티ᄒ미 잇슨즉 대군을 모라 구원코져 ᄒ더라. (7 : 29뒤～30앞)

38) 도독이 디희ᄒ고 졔장 삼군이 면∥샹고ᄒ며 원슈의 궁법과 담더ᄒ믈 놀나더라. (7 : 32앞)

39) 작가의 실수나 필사자의 실수가 아니다. 또 본고의 대본인 규장각본의 이본적 특성도 아니다. 한문현토본, 신문관본, 갑진본 모두 규장각본과 동일하게 '홍랑'으로 서술되어 있다. 그러므로 이 용어는 원본 <옥루몽>에 있는 것으로 추측할 수 있고 작가가 의도적으로 썼음을 알 수 있다. 해당 부분은 다음과 같다.
  한문현토활판본 <原本諺吐 玉樓夢>(적문서관), 동국대학교한국학연구소편, 『활자본 고전소설전집』6, 아세아문화사, 1976, 229～230쪽 ; 신문관본 <신교 옥루몽>, 권2, 99～100쪽 ; 갑진본 <옥누몽>, 『나손본 필사본고소설자료총서』30, 보경문화사, 1991, 685～688쪽.

40) 군담에서 작가가 홍혼탈을 '홍랑'으로 지칭한 것은 오직 양창곡이 그를 개인적으로 대할 때이다. 즉 양창곡이 홍혼탈을 '장수'로 보지 않고 '여성'으로 보아 자신의 개인적 욕망을 드러내고 충족시키려 할 때에만 '홍랑'이라고 작가가 고려하여 지칭했다. 작가는 각 인물을 지칭하는 용어를 매우 정확하게 사용하고 있는데, 윤형문의 경우를 예로 보아도 '윤 자사', '윤 상서', '윤 각로' 하는 식으로 그가 승급할 때마다 정확하게 오류 없이 지칭한다.

에게 홍혼탈을 여성으로 보도록 강요한다. 그로인해 남성 홍혼탈과 남성 발해의 대결이 아니라 '여성 강남홍'과 '남성 발해'의 대결로 인식하게 하여 그들의 행위와 대조를 강한 성적 감정에서 인식하게 한 것이다.

그런데 이런 동성애적 상황만으로 앞서 보았듯이 과도한 폭력이 행해진다는 것은 너무 심한 감이 없지 않다. 발해를 죽이는 것도 단순히 죽이는 것이 아니라 조롱하듯이 그를 대해 발해가 길길이 날뛰며 죽게 하며, 그 과정에도 눈이 뽑히고 입안에 유혈이 낭자하며 화살이 가슴을 뚫고 지나가도록 하는 과도한 폭력이 난무한다. '강남홍'이 여성적인 활을 들고 나왔지만 이것은 '홍혼탈'이 칼을 들어서 죽이는 것보다 더 심하게 죽이는 것이며, 과정도 너무 구체적으로 장면화되었다. 이렇게 심하게 죽일 경우 비록 적이라 하더라도 독자들의 반발적 동정심을 유발하기 쉽다. 더욱 발해는 일반 병졸이 아니라 장수이다. 이후에 홍혼탈이 양창곡을 구하기 위해 마구 적진을 누비며 살인을 하는데, 그때 죽이는 적들은 모두 '익명의 병졸'들이며 지금 발해를 죽이는 것처럼 잔인하게 장면화하지도 않아 독자들의 심정적 동정심을 자극하지 않았다. 그렇지만 발해는 병졸처럼 배경적 인물이 아니며 그가 죽는 방식도 참혹하기 짝이 없다. 그러므로 그의 죽음과 방식에 대해서는 의미 있는 어느 정도의 설명이 있어야만 하고, 그렇지 않을 경우 독자들의 반발적 동정심을 자극하게 될 것이다. 그런데 전혀 별다른 설명이 없음에도 불구하고 이상하게도 발해에게 가해진 폭력은 전혀 문제 되지도 않고 반발적 동정

---

41) 인간에게 현실은 언어에 의해서 재단, 분석되고 해석되어 이해된다. 언어가 '그렇게' 지칭하므로 현실이 '그렇게' 되어있다고 인식하는 것이다. 즉 언어가 없다면 현실을 '그렇게' 인식할 수 없다. 세계를 인식하는 것은 언어를 통해서고, 언어 행위인 빠롤 (parole)에 의해 언어 구조인 랑그(langue)가 규정되므로, 언어를 부려 쓰는 행위에 의해 세계에 대한 인식이 결정되고 그렇게 세계가 이해되는 것이다. 소쉬르, 『일반언어학 강의』, 최승언 옮김, 민음사, 1990, 29~31쪽 참조.

심을 불러일으키지도 않는다. 이는 다음과 같은 이유로 발해에게 가해진 폭력이 정당화되었기 때문이다.

우선, 상황이 전쟁터라는 점이다. 서로 죽고 죽이는 것이 일반적인 전쟁터는 살인이 정당화되는 기초적 바탕을 마련한다. 이것은 달려드는 발해를 죽이지 않으면 내가 죽는다는 상황 인식으로 자신을 죽이려던 어부를 죽인 손야차의 정당방위와 같다. 그런데 문제는 이런 전쟁터에서 비록 강남홍이 장수로 전쟁을 수행했지만 그녀가 살인을 한 번도 하지 않았다는 점이다. 그녀가 살인을 한 경우는 그의 지아비 양창곡이 포위되어 위급하게 된 상황에서 그를 살리기 위해 물불을 가리지 않고 적진을 휩쓴 때인데, 그것은 이 발해를 죽인 이후이다.[42] 즉 전쟁에서 강남홍이 공식적으로 처음 살인을 한 때가 바로 발해를 죽이는 이 대목이다. 그동안 강남홍이 살인을 하지 않은 이유는 쉽게 이해할 수 있다. 그녀는 비록 장수이지만 언젠가는 가정으로 돌아갈 여성이므로 살벌지성(殺伐之性)을 풍길 수 없기 때문이다. 그런데 유독 발해를 죽이는 이 장면에서는 단순한 '살인' 정도가 아니라 '너무 과도한 폭력적 살인'을 자행한다는 점이다.

그래서 작가는 발해를 부도덕한 인물로 설정한다. 발해는 탈해의 동생인데, 탈해는 자신의 부모를 죽이고 왕위를 찬탈한 인물이다. 이런 탈해의 청빙에 동생 발해가 왔다는 것은 발해가 탈해와 사이가 나쁘지 않다는 것이고, 그것은 그대로 왕위찬탈에 직간접으로 동조 내지는 가담했음을 시사한다. 이런 부도덕성은 손야차가 어부들이 '도적'이고 '음심'을 품었다는 것을 살인의 정당화 기제로 사용한 것과 같다. 그러나 어부들을 죽이는 것은 짧은 단순 언급인데 비해, 이 대목은 너무 구체적으로

---

42) 홍혼탈/강남홍이 군담에서 직접적인 살상을 하는 것은 이 두 장면밖에 없다.

길게 폭력이 묘사되어 있다.

그래서 작가는 발해의 부도덕함에 동물적 성격을 부여하고 나아가 괴물로까지 확장시킨다. "범의 눈", "곰의 갈기", "흉녕흔 모양이 인형 갓지" 않다며 양창곡과 홍혼탈은 아예 "이 엇지 사룸의 뉘리오 만일 귀신이 아닌즉 즘성의 무리로다"라고 발해를 규정해 버린다. 이 규정은 그대로 독자들에게 의미 있게 받아들여진다. 홍혼탈을 아름답게 바라본 발해의 시각이 '옳았듯이',[43] 동물로 바라보는 양창곡과 홍혼탈의 시각 역시 '옳을 것'이라고 독자들은 생각하게 된다. 이후 싸움 장면에서 보여주는 발해의 모습은 이런 시각이 옳음을 구체적으로 보여주고 확신시켜 주는 것이다. 싸움에서 그렇게 밀리면서도 "소리룰 벽녁갓치 지르고" "갑옷슬 버셔" 버리고 "거문 살을 드러"내고는 오히려 "비룰 니밀며" 광분하고, "길ㅇ이 쒸"며 "범갓치 다라"드는 일련의 행위는 인간이 아니라 동물이며, 한쪽 눈에 박힌 화살을 뽑아 들고 입에 "피룰 쒐"으며 광분하여 흉포하게 달려들다가 결국 화살이 가슴을 뚫고 "등ㄱ지" 나와 "반길이나 소ㅅ 흔 소리 지르고 업더"지고 마는 것은 동물에서 나아가 괴물이 된 모습이다. 실제 그런 참혹한 지경에 이르러서도 발해는 전혀 고통을 느끼지 않는다. 고통은 인간이 느끼는 것이지 괴물이 느끼는 것이 아니기 때문이다.[44] 이렇게 발해를 동물과 괴물로 규정하게 됨으로써 그에 대한 징치는 마땅하고 당연하며 또 신속하게 이루어져야 할 것으로 여겨지게 된다. 동물에서 괴물이 되고만 발해는 빨리 제거되어져야 할 부정적 존재로 타자화된 것이다. 타자화된 발해는 더 이상 '동정

---

43) 독자들은 홍혼탈이 아름다운 여성 강남홍임을 알고 있으므로 발해의 시각에서 파악되는 홍혼탈의 모습을 쉽게 진실이라고 받아들이게 된다.

44) 실상 타자화된 괴물의 고통에 관심도 없으며 괴물이 고통을 느끼는지도 인간은 알수 없다. 괴물들의 고통은 그렇게 거세되는 것이다.

심을 기울여야 할 인간'이 아니고 그저 '제거되어야만 할 부정(不淨)한 오염물'일 뿐이다. 그러므로 그에 대한 살인은 정당화된다.

이렇게 타자화시킴으로써 발해를 제거하는 것이 정당화되지만 그 방식에 있어서의 끔찍한 폭력이 전면화되어 나타난 것은 여전히 쉽게 받아들여지기 힘들다. 이성적으로 생각해서, 동물이고 괴물인 발해를 제거하는 것은 이해되지만 그 방식의 과도함은 감정적 반발을 불러일으킬 수도 있다. 그래서 작가는 효과적으로 독자들을 호도하기 위해 이 장면에 에로틱한 감정과 그로테스크한 감정을 고조시키는 전략을 사용하였다. 그래서 독자들로 하여금 이 폭력 상황을 극도의 흥분과 감정적 몰입 상태에서 바라보게 하여, 독자들이 이성적인 냉철한 판단보다는 감성적인 주관적 판단을 하게 만든 것이다. 그래서 전쟁의 일반적 상황인 쌍방의 맞부딪힘과 전투가 아닌 일방적 상황의 과도한 폭력을 독자는 냉철하게 판단하기보다는 감정적인 쏠림으로 바라보게 된다.

발해의 동성애 발언으로 촉발된 상황은 "홍낭"과 "노애"라는 작가의 의도적 용어 서술과 대조로 인해 독자에게 동성애와 이성애의 미묘한 넘나듦을 경험하게 하고 계속되는 발해의 동물성과 괴물성으로 인해 독자의 심정적 판단이 옳음을 이성적으로 합리화시켜 준다. 그래서 결국 전쟁 중에서 한 번도 살상(殺傷)을 한 일이 없는 강남홍이 태연하게 극단적 폭력을 통해 살인을 자행함에도 전혀 의아하게 느껴지지 않는 것이다. 발해는 인간이 아닌 것이다. 그는 동물이고 괴물이며 우리를 파괴시키려는 병균과 같은 존재이다. 그런 그를 제거하는 것은 마땅하다 못해 신속히 이루어져야 할 조치이다. 그러므로 그를 제거하는 행위에는 하등의 갈등이 있을 수 없다. 태연하고 유연하게 활시위를 놀리는 강남홍의 담담한 모습은 독자들에게 이런 정당함을 역설한다.

여기서 왜 발해가 그렇게까지 처참하게 죽을 정도로 타자화되어야만 하는가를 생각해보자. 그것은 홍혼탈이 여기서 폭력을 수행해야 할 서사적 이유가 있기에 폭력을 수행하고, 그 폭력을 정당화하기 위해 발해를 동물·괴물로 타자화시킨 것이다. 앞서 지적했듯이 발해와 접전 대목 이후에 탈해와 소보살의 계책으로 양창곡이 포위되어 죽을 지경에 이르는데, 사면초가의 위급한 상황에 놓인 양창곡을 구하기 위해 홍혼탈이 정신없이 적진을 종횡무진 짓밟는다. 만약 이 대목이 없이 홍혼탈의 그런 모습이 서사화될 경우 조금 생경한 느낌을 준다. 왜냐하면 홍혼탈은 아무리 급해도 이성을 잃지 않고 특유의 여유 있는 웃음을 띠는 인물이며 또 살상을 한 번도 한 적이 없기 때문이다. 그러나 발해와의 접전으로 독자들은 정당화되기는 했지만 홍혼탈의 살인을 본 상태이고, 곧바로 양창곡 구출 서사가 이어지므로 그 살상이 크게 의아스럽게 여겨지지 않는다. 홍혼탈이 양창곡을 구하기 위해 가공할 만한 무용을 보여 주며 적들을 종횡무진 무찔러야 하기에 작가는 미리 발해와의 접전에서 정당화된 폭력 상황을 연출하여 서사에 합리성을 꾀한 것이다.

이런 이유로 발해가 타자화되어 처참하게 징치되는데 발해가 타자화될 수 있는 근거는, 그가 동물에서 괴물이 되어도 조금도 이상하지 않은 변방 인물이기 때문이다. 중국 중심에서 볼 때 그들은 중심을 혼란스럽게 만들고 중심의 정체성을 훼손시키는 존재들로 중심의 공적인 규범에 도전하는 이방인들이다. 그들은 부자연스럽고 경계를 침범하며 음란하고 모순적인 동시에 이질적이고 광기에 사로잡혀 있는 존재들이다.[45] 그렇기에 중국을 침범한 오랑캐 발해의 패륜, 동물성, 괴물성은 마땅하고 정욕에 치우친 동성애적 언행도 당연하게 여겨진다. '변방'에서는 능

---

45) 리처드 커니, 『이방인·신·괴물』, 이지영 옮김, 개마고원, 2004, 13~14쪽.

히 그런 인물이 있을 수 있기 때문이다. '변방'에서는 부모의 지위를 찬
탈하는 부도덕한 일이 가능하며, '황계', '철계', '도화계', '아계', '탕계'⁴⁶⁾
같이 사람이 살 수 없는 험지가 있는 것도 당연하게 받아들여진다. 이런
변방에 '괴물'이 출현한다 해도 이상할 것이 전혀 없다. 개와 사자가 교
미해서 생긴 '사자방(獅子厖)'이나, '악호(惡虎)', '석연(石燕)' 등은 모두
남방이나 북방, 즉 중국이 아닌 변방에 존재하는 괴물들이다. 변방에서
는 여우가 변신하여 여자가 되는 것이 가능하고(소보살), 도술을 부리는
존재들이 수두룩하다(소보살, 축융, 운룡도인, 청운). 홍혼탈이 도술을 배운
곳도 변방이지 중국이 아니다. 명나라를 위해 크게 도움이 된 도술을
사용하면서도 홍혼탈은 그 도술 자체를 공명정대한 것이 아닌, 어쩔 수
없는 편법으로 인식한다. 또 변방에서는 공주라 하더라도 아무 거리낌
없이 뭇 남성들과 어깨를 나란히 하며 전쟁에 나서기도 한다(일지련). 겉
과 속이 다른 야심을 드러내는 음흉함(축융)이 있는 곳도 역시 변방이다.
이 모든 변방의 것들은 모두 중심인 중국에 복속되어질 수밖에 없고 또
마땅히 그러해야만 한다. 모든 도술과 괴물들은 홍혼탈에 의해 패퇴당
하고 현란한 도술은 중국의 공명정대한 진법(陣法) 앞에 무용지물이 되
고 만다. 변방의 가치들은 모두 중국 중심 가치에 복속되고 지배당하며
제거된다.

변방의 존재가 중심을 어지럽히는 것은 단순히 물리침의 문제에만
그치는 것이 아니라 적극적으로 처벌받아 마땅한 행위로 부각된다. 대

---

46) "…… 그 ᄉᆞᆽ이 다ᄉᆞᆺ 시니 잇스니 일 왈 황계요, 이 왈 철계오, 삼 왈 도화계오, ᄉᆞ
왈 아계오, 오 왈 탕계니, 황계롤 건넨즉 사롬이 몸이 누르며 창질이 일고, 철계예 ᄲᅡ
진즉 금철이 녹아 물이 되고, 도화계ᄂᆞᆫ 삼월의 도화편즉 물결이 불거 독ᄒᆞᆫ 긔운이 십
니ᄅᆞᆯ 들니고, 아계ᄂᆞᆫ 모ᄅᆞ고 물을 마신즉 벙어리 되고 언어롤 통치 못ᄒᆞ고, 탕계ᄂᆞᆫ
항상 물이 끌어 사롬이 드러셔지 못ᄒᆞ니, 그러ᄒᆞᆫ 고로 강ᄒᆞᆫ 군스와 용밍ᄒᆞᆫ 장슈라도
이곳의 이르러ᄂᆞᆫ 속슈무칙ᄒᆞᄂᆞ니이다." (7:12뒤~13앞)

등한 위치의 국가와 국가의 대결이 아니라 '높고 정당한 중심'과 '낮고 비도덕적 변방'의 대결이기 때문이다. 그래서 발해를 죽이는 데에는 중심에 도전한 죄에 대한 '형벌(刑罰)'의 의미가 겹쳐진다. 홍혼탈이 발해를 화살로 쏘아 징치하다가 결국 죽이는데, 그 순서가 처음에는 '눈을 빼는 것'이고, 다음은 '입을 쏘아 말하지 못하게 하고', 나중에 '가슴을 쏘아 죽이는 것'이다. 이는 차례로 형벌의 '알안(挖眼)', '절설(截舌)', '사살(射殺)'에 해당한다.[47] 이렇게 징치하는 활을 쏘는 홍혼탈의 입장도 전쟁에서 적장을 대하는 것이 아니라 죄지은 자에게 형벌을 가하는 집행자, 훈계자의 자세임을 분명히 한다.

> (발해가-인용자) 남은 눈이 등잔 갓혼 화광을 구울녀 말게 쒸여 느려 범갓치 다라드니 홍낭이 셜화말을 타고 년망이 치져 피ᄒᆞ며 쑤지져 왈 "네 눈이 잇스나 하늘 놉흐믈 모르며 내 먼져 쏘미, 쏘 입이 잇시나 말을 삼가지 아니ᄒᆞ기 니 두 번 쏘미여늘, 오히려 이갓치 무례ᄒᆞ니 이ᄂᆞᆫ 무음이 막히여 그러ᄒᆞ니 흉두녁장을 포장ᄒᆞ미라. 니 셋지 더 잇스니 다시 네 심통을 쏘와 막히인 궁글 통ᄒᆞ게 ᄒᆞ리라." (7:31앞~뒤)

전쟁터에서 발해가 "범갓치 다라"드는 급박한 상황 속에서 여유로운 훈계를[48] 한다는 것은 정황상 어울리지 않지만, 상대가 격이 다른 하등

---

47) '挖眼'은 인체에서 가장 중요한 기관인 눈을 빼내는 것으로 그 잔인함은 코베기, 혀 자르기, 손 자르기, 다리 자르기를 능가한다. '截舌'은 사형의 예비적인 수단으로 한나라 초기에는 모반이나 반역의 대죄를 범하는 중죄인 경우에 행해지는 것으로 형을 집행할 때 소리를 지르거나 욕설을 퍼붓지 못하도록 하기 위해서 행해진다. 물론 '射殺'은 활로 쏘아 죽이는 형벌이다. 왕용쿠안, 『혹형, 피와 전율의 중국사』, 김장호 옮김, 마니아북스, 1999, 152~156 ; 146~151 ; 105~110쪽 참조.

48) 특히 활로 입을 쏜 것에 대해 "입이 잇시나 말을 삼가지 아니ᄒᆞ"였다는 것은 이전에 발해가 "네 얼굴이 귀물이 아닌족 경국가인이라. 노애 맛당이 싱금하여 가리라."고 한 것에 대한 지적으로, 더럽고 추잡한 동성애 언행에 대한 훈계이다.

한 존재라는 관점에서 납득할 수 있다. 우월한 입장의 홍혼탈이 미욱하고 저급한 동물 발해를 훈계하여 깨우치려 하는 것이다. 그러나 발해는 훈계를 받아들이지 않고 더욱 포악하게 행하여 괴물로 변해 버린다. 훈계와 개유에도 불구하고 인간이기를 스스로 거부해 버린 발해를 홍혼탈은 어쩔 도리 없이 제거할 수밖에 없는 것이다. 훈계에도 깨우치지 못한 변방의 발해는 제거되어야만 할 괴물로 제 스스로 떨어진 것이다.

결국 발해는 단순한 적장(敵將)이 아니라 중국 황제에게 도전한 대역무도한 죄인이며 중심을 혼란시키는 패륜아이며 동물이고 괴물이다. 마땅히 그 도전은 징치되고 즉각적으로 제거되어야만 한다. 궁극적으로 괴물에 대한 폭력은 폭력이 아닌 것이다. 그 폭력은 정의를 지키는 행위이고 윤리를 수호하려는 노력이며 중심을 높이려는 행동이기에 정당화되고 나아가 장려된다. 이렇게 정당화된 폭력은 오히려 유희적 재미와 쾌락을 유발한다. 독자들은 폭력 자체에 주목하는 것이 아니라 '어떻게 폭력을 행사하느냐'에 관심을 갖는다. 그러므로 다양하고 다채롭고 재미있게 징치하는 것을 보여주어야 하는 것이고, 그것이 더 자극적이고 다양하고 신선한 방법일수록 좋은 것이다.[49] 정당화되어 사라진 폭력성의 자리를 흥분과 재미, 격앙된 감정과 즐거움이 대신하는 것이다.

4. 성(性), 약자(弱者) 그리고 폭력

강남홍이 벽성선의 앵혈 깨짐에 대해 희롱하지만, 첫날밤에 대한 호기심이라는 누구나 공감하는 성(性)적 측면으로 드러냈기에 상황은 자

---

49) <옥루몽> 전체 군담에서 홍혼탈은 물론이고, 어떤 장수도 이렇게 잔혹하게 적을 죽이는 장면은 없다.

연스러워 보인다. 양창곡이 황제와 동홍의 동성애에 간섭하지만, 음률과 정치 문제, 그리고 중의적 언술로 드러냈기에 어쩌지 못하는 그들의 속사정도 있다. 이렇게 상황적 약자들의 성은 검열되고 공개되고 통제되지만 약자이기에 그대로 폭력적 상황에 노출될 수밖에 없다. 가해자들은 상황적 우위를 점하는 강자일 때만 압력을 가하는 치밀함이 있다. 첫날밤의 성애를 묻는 강남홍이 약자인 벽성선에게 묻지 양창곡에게 묻지 않는 이유가 그것이며, 노균과 주도권 다툼을 하는 양창곡이 직접 노균을 견제하지 않고 상황적 약자인 황제와 동홍의 성애에 간섭하는 이유가 그것이다. 만약 강남홍이 벽성선에게 묻지 않고 양창곡에게 첫날밤의 성애를 물을 경우, 양창곡이 정면으로 거부하면서 분노할 수 있다. 첩이 가부장의 성애에 대해 묻는 것이 외람될 뿐 아니라 묻는 강남홍의 행위가 투기로 비쳐질 수 있기 때문이다. 이렇게 첫날밤을 묻는 그 국면에서는 양창곡이 강남홍보다 상황적 우위를 점하기 때문에 양창곡에게 묻지 않은 것이다. 노균과 주도권 다툼에서 양창곡이 노균을 직접 거론하지 못한 것도 마찬가지이다. 뒤에 숨어 있어 전면에 나서지 않는 노균을 거론하는 것은 상황상 양창곡 스스로 약자의 위치에서 상황적 우위에 있는 노균에게 시비를 거는 상황이 되기 때문이다. 그래서 모두 자신보다 약자의 성을 간섭하고 통제하는 것이다. 다른 많은 가치들 중에서 굳이 성을 부각시킨 이유는, 성은 누구나 쉽게 공감하는 것이면서(첫날밤에 대한 호기심) 또 쉽게 '옳고', '그른' 것으로 판단되기(동성애) 때문이다. 인간 보편의 감정에 호소하고 또 누구에게나 쉽게 공유되는 '옳은 성'과 '그른 성'의 관념은 쉽게 다수의 호응을 이끌어낼 수 있기 때문이다.

약자의 성이 검열되고 박탈되는 정도가 아니라 아예 목숨까지 잃게 되는 경우가 있는데, 어부와 발해의 성이 그렇다. 이들의 성은 부도덕하게 규정되고 그래서 이들은 절대적 약자가 되어 버린다. 하층민의 약탈혼 풍습(어부)과 전쟁터에서 적군 사기를 저하시키려는 언술(발해)의 본래 의도와 입장을 거세하여 강간(어부)과 동성애적 강간 의도(발해)로 부각시켜 부도덕한 성으로 이해하게 만들었다. 상대적 약자에 가해지는 직접적인 폭력은 오히려 상황적 우열의 교차를 가져올 수 있기 때문에 폭력이 은밀하고 은근했지만, 어부와 발해는 절대적 약자가 되기에 그들에 대한 폭력은 전면에 나서고 과격한 양상을 띤다. 어부와 발해가 절대적 약자가 되는 가장 중요한 이유는 그들의 부도덕한 성 때문이다. 그렇지만 누구나 가지고 있는 성을, 부도덕하다는 이유만으로 죽음에 이르게 하는 것은 과도한 측면이 없지 않다. 그래서 작가는 어부들의 부도덕한 성에 '살인의도'를 부가시켰고, 발해의 부도덕한 성에 '변방 괴물성'을 덧붙였다. 그래서 손야차는 여성이 아닌 남성이 되어야만 했고, 둘 다 변방 인물임에도 불구하고 형 탈해와 달리 발해만 괴물이 되어야 했던 것이다.[50]

결국 약자의 성은 언제나 검열, 통제, 박탈의 위기에 놓이며 급기야 죽음에 이르게 하기까지 한다. 그래서 성은 오직 강자의 경우에만 인정되는데 그것은 '중심', '남성', '가부장'의 성으로, 이들의 성만이 정당화되고 미화되고 용인된다. 심지어 폭력적 강간 상황이라 하더라도 이들의 성은 '중심', '남성', '가부장' 이데올로기에 의해 풍류적으로 미화된다.[51] 은밀한 폭력의 상황적 우위도 이런 이데올로기적 정당화의 기반

---

50) 실제로 패륜적 찬역을 한 것도 탈해이고 직접 중국을 침범한 것도 탈해이지 발해가 아니다. 그렇지만 더 부도덕한 탈해는 발해와 같이 그렇게 극단적으로 타자화되지 않는다. 오히려 탈해는 양창곡을 일생일대의 위기로 몰아넣어 곤궁하게 할 정도로 지모가 뛰어난 면까지 보인다.

51) 醉夢親狎이나 軍中情事는 남성의 일방적 폭력으로 그대로 강간 상황이다(유광수, 앞의 논문, 2005). 특히 양기성이 설중매를 친압한 것은 순간적 정욕에 이끌린 우발적

에서 우위를 획득한 것이다. 강남홍의 우위는 '가부장' 양창곡의 사랑과
'중심'인 중국을 수호한 군공에 의해 획득된 것이고, 황제와 동홍을 간섭
한 양창곡의 우위는 '중심'을 섬기겠다는 의도를 바탕으로 한 간쟁(諫諍)
이라는 점에서 우위를 갖는다. 그러나 사랑이나 군공, 간쟁이라는 것은
그 자체가 우위를 생산하지 못하고 결국 다른 가치에 기대어 상호 관계
에서 우위가 결정되는 것이므로, 국면과 상황마다 우위가 바뀌기에 미
묘한 긴장감이 형성된다. 사랑의 대상은 바뀌기 마련이고 군공도 더 큰
군공 앞에서 퇴색하게 되며 간쟁도 결국 상대적일 뿐이다.[52] 그러므로
진정한 우위인 절대적 우위는 사랑을 주는 '남성', 가정 내 주체인 '가부
장', 판단의 주체이며 이념적 가치인 '중심'이 갖고[53] 이 절대적 가치의
전횡은 폭력적이라 하더라도 정당화된다. 어부들은 '풍류 남성'이 아닌
음란한 도적이며 강남홍의 '가부장'도 아니고 '중심 남성'인 귀족 남성이
아니라 평생을 물위에서 지내는 주변적 존재인 하층민일 뿐이다. 발해
역시 강남홍의 '가부장'이 아니라 '중심'에 도전하는 변방 인물이고 '진
정한 남성'에서 벗어난 패륜적 동물·괴물일 뿐이다.

　결국 인간 보편의 누구나 갖고 누리고 향유해야 할 성은 오직 그들만
의 성이 되어버렸다. 〈옥루몽〉 서두에서 관음보살이 인간 욕망에 대해

강간 그 자체로 설중매에 대한 인격적 존중은 전혀 없다. 그 상황도 일회적 욕망 분출
일 뿐이다. 양기성은 당연히 설중매를 첩으로 삼지 않는다. 그러므로 강남홍을 강간하
려고 모의했어도 성공하지는 못했고 그 의도도 일회적 쾌락이 아닌 가정을 만들려는
것이었던 어부들의 경우를 양기성과 대비해 볼 때, 어부들이 매우 억울함을 쉽게 알
수 있다. 그렇지만 양기성은 '중심'에 있는 '남성'으로 '하층', '도적' 어부에 비길 것이
아니다.
52) 간쟁이 상대적임은 주지의 사실이다. 그래서 양창곡의 상소도 처음에는 받아들여지
지만 나중에는 거부되어 결국 양창곡도 귀양 가게 된다.
53) '중심'의 관념은 지리적으로 '중국'이기도 하며 관념적으로 '유교'이고 신분적으로 '양
반'이며 확대될 경우 여성에 대한 '남성'이고 처첩에 대한 '가부장'이다. 이는 이데올로
기화되기 때문에 그 가치는 각 사회와 문화에 따라 다르게 변주된다.

긍정하는 언술을 하지만,[54] 그 욕망은 인간 모두의 욕망이 아니라 결국 '중심'에 있는 '남성', '가부장'의 욕망일 뿐이고[55] 욕망의 한 부분인 성 역시 그들만의 성일 뿐이다. 그들 외의 약자들의 성은 언제나 침해당하고 박탈당하며 왜곡되어 죽음에까지 이를 수 있지만 서사는 이에 대해 주목하지 않는다.

5. 결론

성(性)은 인간 본성이고 자연스러운 감정의 하나이며 지극히 개인적인 영역이다. 그렇지만 강자의 이익과 의도에 따라 약자의 성은 쉽게 검열당하고 통제되어 강자의 이익에 종속된다. 강자는 상황적 우위에서 자신의 이익을 위해 약자의 성을 희생시켜 자신의 주도권을 확산시키고 공고히 한다. 국면에 따라 달라지는 우위의 상대성으로 인해 폭력이 은밀해지고 상황이 미묘해진다.

상황적 우위까지 산출하는 절대적 우위는 '중심', '남성', '가부장'이 갖는다. 이는 이데올로기가 되어 약자들에게까지 그것이 옳다고 호도하여 정당화의 기반을 마련한다.[56] 이는 당시 사회를 사는 독자들에게도 예

---

54) 유광수, 앞의 논문, 2005 참조.

55) 주인공인 강남홍과 벽성선 등이 매우 자유롭게 욕망을 구현하는 듯하지만 그렇지 않다. 모든 것이 '가부장', '남성' 양창곡에게 복속된다. 강남홍은 여성영웅으로 활약하는 군담대목에서도 '가부장'에게 복종해야 할 '첩'으로 나타나고(유광수, 앞의 논문, 2005), 벽성선은 '남성 가부장' 사회 속에서 앵혈 메커니즘을 통해 신분상승 하려는 노력의 처절함과 측은함이 나타난다(유광수, 앞의 논문, 2005).

56) 이데올로기는 어떤 집단에 의해 사실 또는 진리로 받아들여진 가치체계 또는 신념체계로, 그것을 믿는 사람들에게는 세계에 관한 사실적이면서 당위적인 청사진을 제시해준다. 라이만 타우워 사르젠트, 『현대사회와 정치사상』, 부남철 옮김, 한울아카데미, 1994, 8~32쪽 ; 이명남, 『政治 이데올로기의 主體的 解明』, 전남대학교 출판부,

외는 아니어서 은혜를 베푼 어부들이 작살에 처참하게 죽음을 당해도 부도덕한 그들의 죽음은 당연하다고 생각하며, 괴물 발해는 즉각적으로 제거되어야만 할 오염물같이 여긴다. 어부나 발해는 모두 중심에 의해 소외된 타자이기 때문이다.

절대적 우위에 의해 중국, 남성, 가부장이 권위를 갖기에 변방, 여성, 처첩은 타자화되기 쉬운 위치에 놓이고 그들의 개인적 성도 역시 타자화되어 검열·박탈의 위기에 놓인다. 그들을 완전히 타자화시킬 경우, 그들에 대한 폭력은 유희적이게 되고 그들은 완전히 제거된다(정당화된 폭력). 반면 그들을 포용해야할 경우, 폭력은 은폐되어 폭력성이 드러나지 않게 된다(은폐된 폭력).57) 이 둘 사이에 있는 폭력은 상황과 국면에 따라 우위가 상대적으로 미묘하게 바뀌기에 전면에 부각되지도 못하고 그렇다고 완전히 은폐되지도 않는 은밀한 양상을 띤다(은밀한 폭력).

결국 〈옥루몽〉에 나타난 성은 절대적 우위를 갖은 그들만의 성이고 그들만의 풍류이며 쾌락이고 욕망이다. 그것이 구체적으로 서사에 드러난 것이 에로틱한 정감을 자극하지만 궁극적으로 이런 이데올로기적 정당성을 고착화시키며 재생산하는 기능을 수행하게 된다. 독자들은 텍스트를 수용하면서 자신도 모르는 사이에 그들의 우월적 가치를 인정하고 그 폭력적 상황을 타당한 것으로 내면화하기 때문이다.

2000, 26~42쪽 참조.
57) '은폐된 폭력'은 유광수, 앞의 논문, 2005 참조.

3장

대중적 텍스트의
계보와 연원

경판본 〈적성의전〉 이본고

1. 서론

<적성의전> 연구는 연구의 목적과 상황에 따라 경판23장본이나 완판74장본을 대본으로 연구가 진행되었다. 다수의 필사본이 있고 판각본도 경판31장본, 경판30장본, 안성판19장본이 더 있지만, 연구자들이 그 두 이본을 주로 사용한 것은 다른 텍스트들을 직접 이용하기 어려웠기 때문이다. 그러다 보니 <적성의전> 이본의 위상을 파악하는 총체적인 연구는 제대로 이루어지기 힘들었다.[1]

그간 외국에 있어 실물을 확인할 수 없었던 <적성의전> 이본 세 종을 최근 모두 입수하게 되었다.[2] 이제 비로소 <적성의전> 이본 연구의 바탕을 마련할 수 있게 된 셈이다.

---

[1] 조춘호에 의해 어느 정도 이본 연구가 이루어졌으나 개괄적인 언급이었고, 구체적인 해석도 완판74장본과 경판23장본의 비교였다. 조춘호, 「「적성의전」 연구」, 『국어교육연구』15, 경북대 사범대 국어교육연구회, 1983 참조.

[2] 현재 남아 있는 자료로 경판본은 31장본, 30장본, 23장본이고, 안성판은 19장본이 있다. 이 중 23장본을 제외하고는 현재 각기 유일본이며 모두 외국에 소재해 있다. 이들 외국 소재 이본 중 31장본과 19장본은 이윤석 교수에 의해 입수되었고, 30장본은 필자가 프랑스에서 입수하였다. 안성판은 경판의 한 형태로 인정하므로 본고에서도 경판계열에 넣어 논의한다. 일반적인 안성판 상황에 대해서는 김동욱, 「방각본에 대하여」, 『동방학지』11, 1970 참조.

본고에서는 제대로 알려지지 않았던 경판본 이본 세 종을 소개하고, 다른 이본들과의 관계를 분석하여 경판본 <적성의전>의 상황을 밝히고자 한다. 나아가 각 이본들의 변이 양상을 통해 그 변이가 단순 삭제나 생략이 아닌 의도적 축약, 개작을 시도한 것임을 밝혀보도록 하겠다.

2. 이본 상황과 비교

1) 31장본3)

이 이본은 현재 상트 페테르부르그(St. Petersburg) 소재 동방학 연구소에 있다.4) 이 이본은 스킬렌드(W. E. Skillend)에 의해 레닌그라드(Leningrad)에 소장되어 있다고 알려진 바로 그 텍스트다.5) 목판본으로 권수제(卷首題)는 '격성의전 권지단'이고 판권지는 없다. 장수는 31장으로 31장 전엽 13행까지 본문이 판각되어 있다.6) 모든 장에 계선(界線)이 없는

---

3) 소장처나 특이사항으로 이본을 명명해서 이 이본을 '페테르부르그본'이라고 하는 것이 좋겠으나 동일한 장수의 이본이 현재는 이 한 종뿐이므로 장수로 이본을 구분한다. 이하 마찬가지이다.

4) 국내에는 이윤석 교수에 의해 마이크로필름으로 들여와 연세대학교 중앙도서관에 소장되어 있다.

5) 레닌그라드(Leningrad)는 현 상트 페테르부르그(St. Petersburg)의 옛날 명칭으로 동일한 도시이다. 다만 기존에는 여기에 소장된 이본이 30장본으로 잘못 알려졌는데 (Skillend, W. E. 『古代小說』, University of London, 1968) 실제로는 30장본이 아닌 31장본이다.

6) 이를 (31앞 : 13)으로 표시하고 이하 인용문에 동일한 방식으로 표시한다. 또 본고에는 인용이 상당히 많은데, 해당하는 모든 구절을 논문의 분량 상 몇 개의 인용으로 가급적 줄여서 인용했다. 필사본 이본 연구와 달리 翻刻부분이 있는 판각본 연구는 그 미세한 차이들이 상당히 중요하고 의미가 있다. 그 차이가 한두 어휘라면 판각본이 떨어져 나간 것이라든지 각수의 단순 실수 정도로 생각하게 되기 때문이다. 본고에서 다루는 항목의 부분들은 모두 20군데 이상의 차이들을 발견할 수 있는 것 중에서 그

데 본고에서 다루는 이본 모두 계선은 없다.

이 이본의 행간에는 후대 독서자가 병기한 한자나 한글이 많은데, 특히 뒤쪽으로 갈수록 어색한 문맥을 고치거나 원문을 지우고 새롭게 바꿔 쓰는 경우가 증가한다. 이는 이 31장본이 뒤로 갈수록 오류가 많아지기 때문이다.

판본의 상황을 고려해 보면 다음 다섯으로 나뉜다.[7]

구분	魚尾	版心題	半葉당 행 수	매행당 글자 수	특이사항
① 1~24장	上二葉花紋魚尾	적 (魚尾 밑)	14행	23~25자	
② 25~26장	上二葉花紋魚尾	적 (魚尾 밑)	14행	25~30자	어미가 커지고 안쪽으로 더 내려왔다.
③ 27장	上二葉花紋魚尾	적 (魚尾 밑)	14행	25~30자	
④ 28장	上一葉花紋魚尾	적 (魚尾 밑)	14행	25~30자	
⑤ 29~31장	上二葉花紋魚尾	적 (魚尾 밑)	14행	25~33자	

어미를 중심으로 보면 ②·④의 경우가 기존의 판과 구별된다. ②와 ④를 기존의 판인 기본판이라 생각하지 않는 이유는 판각된 장수가 ①·③에 비해 적고, 다른 경판본 모두 ①·③과 동일한 어미인 상이엽화문어미(上二葉花紋魚尾)를 기본으로 하고 있기 때문이다. ②는 각자체도 ①과 약간 다르며 어미가 특이하게 매우 크고 안쪽으로 내려와 있어 한눈에 ①과 다른 판임을 알아 볼 수 있다. ④도 어미가 상일엽화문어미

몇 만을 인용한 것이다. 그러므로 모든 인용은 전체 인용이라고 따로 말하기 전에는 그 이상의 분량이 있다는 것을 염두에 두어야 한다.

7) '①, ②, ③, ④, ⑤, ⓐ, ⓑ, ⓒ, ⓓ' 등의 기호는 해당 이본의 부분을 표시한 것인데, 이하 본고 전체에서 동일하게 사용한다. 예를 들면, 31장본의 1~24장까지를 '①'로 표시하는데 이후 '①'은 계속 31장본의 1~24장 부분을 가리킨다.

(上一葉花紋魚尾)이므로 기본 어미와 달라 구분된다. 이 ②와 ④는 판목
의 분실이나 훼손 등으로 다시 보각한 것인데 어미가 각기 다름을 보아
그 시기는 동일하지 않은 것으로 판단된다.

매 행당 글자 수를 고려하면 ①/②③④/⑤로 나뉘는데, ②·③·④는
①에 비해 행당 글자 수가 증가한다. 여기에 ⑤는 글자의 크기가 상대적
으로 작아지면서 행당 글자 수가 더 증가한다. 이는 적은 종이에 많은
내용을 담으려 했기 때문이다. 여기서 31장본이 손쉽게 글자 수를 늘릴
수 있는 반엽 당 행수 늘리기를 하지는 않았다는 점을 주목해야 하는데,
이는 다른 경판에 비해 상대적으로 앞선 이본이라 판단되는 근거가 된
다.8) 구체적으로 말하면, 행수를 늘리고 행당 글자 수도 늘여 조밀하게
만든 23장본보다는 글자 수만 늘린 31장본이 축약을 하되 상대적으로
여유 있게 축약했음을 알 수 있다.

이런 판형의 사항뿐 아니라 내용상으로도 '①/②③④/⑤'의 구분은 유
효하다. 앞부분인 ①에도 오류가 있지만 그것은 어휘적 오류로, 뒤쪽
(②·③·④·⑤)에 보이는 문맥에 벗어나는 오류는 아니다. 앞부분과 뒷
부분의 이런 차이는 뒷부분이 앞부분과 같은 시기에 이루어진 것이 아
니라는 점을 시사한다.

뒷부분에서 행당 글자 수의 차이로 살펴보면 ②·③·④와 ⑤가 다
르다.9) 행당 글자 수는 방각본에서 매우 중요한 것이며10) 행당 글자 수

---

8) 판각본은 일반적으로 후대본으로 갈수록 장수 축소를 위해 행수를 늘리거나 행당
글자 수를 늘리는 경향이 나타난다. 이창헌, 「京板坊刻小說 板本 研究」, 서울대학교
박사논문, 1995, 290~299쪽 참조.
9) 실제로 모든 행을 다 점검한 결과 ②,③,④와 ⑤의 글자 수 차이는 확연하다. ⑤의
경우 행당 글자 수를 25~33자로 말했지만 실제로 25자로 된 행은 겨우 3행에 불과하
다. 그것도 반엽을 공백으로 남긴 31장의 전엽에 2행(31앞:9~10)과 30장 후엽에 1행
(30뒤-11)이다. 실제로 ⑤의 대부분은 평균 약 29자 정도이다. ⑤의 행당 글자 수를
순서대로 모두 살펴보면 이와 같다.

를 늘리는 것이 후대로 변해가는 모습이므로 ⑤가 다른 부분보다 더 뒤에 이루어진 것을 의미한다. 행당 글자 수가 늘어난다는 것은 일정 이야기를 더 적은 지면에 넣기 위한 것으로 그만큼 작품의 내용은 축약되기 마련이다.11) 내용에서도 ⑤에는 가필자가 신경질적으로 붓으로 길게 지운 부분이 3군데나 있을 정도로 문맥을 벗어나는 오류가 상당히 많다.

　31장본은 24장까지(①)부분을 앞선 판각본을 해책(解冊)해서 번각하고, 25장 이후의 뒷부분은 선행 판각본을 축약해서 개각(改刻)한 것으로 축약된 형태의 판식은 ②·③·④의 판식이다. 행당 글자 수를 고려할 경우 ①과 ②·③·④는 다르다. 그런데, 여기서 확실한 것은 22장까지 번각이 틀림없다는 점이다.12) 그렇다면 23장, 24장의 경우는 어떨까? 번각은 보통 번각 이후의 뒷부분을 축약하기 위해서 행해진다. 그런데 23장과 24장의 행당 글자 수는 25~28장(②·③·④)의 글자 수와 차이

　(29앞 : 31, 33, 30, 29, 31, 31, 32, 32, 32, 31, 31, 33, 29, 30 ; 29뒤 : 31, 32, 33, 33, 30, 30, 32, 29, 29, 30, 30, 30, 30, 30 ; 30앞 : 33, 32, 31, 29, 29, 29, 29, 29, 29, 29, 27, 30, 28, 27 ; 30뒤 : 29, 28, 29, 30, 30, 30, 28, 28, 26, 27, 25, 26, 25, 27 ; 31앞 : 32, 30, 31, 31, 28, 28, 28, 32, 25, 25, 19, 24, 24--여기서 31장 전엽의 맨 뒤의 두 행은 본문이 아니라 부기이고, 뒤에서 세 번째 행은 본문의 마지막 구절이다)

10) 이렇게 판식을 중요하게 고려하는 것은 이것이 필사본이 아니라 판각해서 유통하는 방각본이기 때문이다. 방각본은 한번 판각하면 바꾸기 어려우므로 처음 판하본을 필사할 때 다른 필사본들보다 신경 써서 필사하는 것이 일반적이다. 더욱이 방각본은 판매를 목적으로 하는 것이므로 시각적 정제성 역시 중요한 몫을 한다. 처음 판각을 하면서 굳이 판식을 엉망으로 하는 경우는 생각하기 어렵다. 그러므로 처음 판하본을 만들 때는 판식의 통일성과 정제성을 지향할 것이다. 그래서 어느 정도의 내용을 어느 정도의 분량으로 담아낼 것인지 결정할 것이다. 이런 전략적 판단은 장수와 행수 그리고 행당 글자 수의 고려일 것이고 이것들은 가지런한 정제성을 띠게 될 것이다. 그러므로 행당 글자 수가 처음부터 장마다 달라진다는 것은 있기 어렵다. 판식의 정제성에 대해서는 유탁일, 『韓國文獻學研究』, 아세아문화사, 1990 참조.

11) 물론 장수만 줄이고 내용은 그대로 집어넣었을 가능성도 완전히 배제할 수는 없지만, 새로 판각하는 판각비와 기존의 판목을 버리게 된다는 점에서 굳이 장수를 줄이기 위해 새롭게 판각하면서 내용을 그대로 했을 가능성은 상대적으로 적다.

12) 30장본과 비교를 통해 31장본의 22장까지는 번각한 것이 틀림없음을 확인할 수 있다.

가 나고 오히려 번각된 부분으로 확정된 22장 이전 부분과 동일하다. 그렇다면 중간에 끼인 이 두 장은 같은 판식을 가지고 있는 부분과 같이 생성되었다고 보는 것이 타당하다. 그러므로 번각은 24장까지 된 것으로 보는 것이 옳다.[13] 그러므로 31장본은 앞부분(24장까지)은 번각하고 그 뒷부분은 축약한 이본으로 앞부분은 행당 23~25자, 축약부분은 행당 25~30자였다. 이 중에서 일부를 다시 축약하여 ⑤가 된 현재의 형태가 된 것이다.

내용에서도 뒷부분이 축약된 것임을 확인할 수 있는데, 가필자가 교정해 놓은 것을 중심으로 몇 부분을 살펴보면 다음과 같다.[14]

> 즁노의 무습 변괴 잇슬가 ᄒᆞᄂᆞ니 일변 셔간를 닥가 기러기(로) ᄒᆞ여곰 부왕끠 소식를 통신ᄒᆞ고 (25뒤 : 1~2)
>
> 기간   별회   간절ᄒᆞ물 엇(지) ᄒᆞ리오. (25뒤 : 10)
>
> 오회(라) 모든 신령이 알름 잇거든 나의 비의 부쳐 고국의 **도아**<도아 → **도라**>가면 의탁홀 곳지 잇계홀 거시니 신령은 살펴라. (26뒤 : 12~14)
>
> 연ᄒᆞ여 슌풍를 맛나 돗츨 놉히 달고 나아가**리빠**<리빠 → **ᄂᆡ 쌔**>르기 살 갓더라. (26앞 : 3~4)
>
> 부미 합역ᄒᆞ여 십여합를 쏘**와**<와 → x>[15]홀시 기러기 쏘 모리를 쑤리니 (29앞 : 6~7)

---

13) 이는 30장본과 23장본의 관계를 같이 고려할 때 더욱 타당하다. 30장본과 23장본은 20장까지 번각 관계를 확인할 수 있다. 그렇지만 30장본은 실제로 22장까지 번각한 이본인 것이다. 22장까지 번각되었음은 다른 이본인 31장본이 있음으로 확인이 가능했다. 만약 31장본이 없었다면 30장본이 22장까지 번각임을 확인할 수 없었을 것이고 20장까지만 번각으로 판단할 수밖에 없었을 것이다.

14) 여기서의 인용은 다음의 원칙으로 했다. ⅰ)31장본의 원문은 그대로 드러낸다. 단 필요한 부분은 필자가 굵은 글씨와 밑줄로 강조한다. ⅱ)독서자가 한문을 가필한 것은 생략한다. ⅲ)국문으로 가필한 것은 '( )' 안에 써 넣는다. ⅳ)본문을 지우고 가필한 경우는 '< >'안에 그 사항을 표시한다.

15) 이것은 '와'를 가필한 필사자가 삭제한 것을 표시한 것이다.

성의 또한 일녕구(主) 구ᄒ던 일과 황샹 호승(上) 맛나 구ᄒ던 말과 단져로 황은를(을) 입ᄉ와 **아부**〈아부→후원〉의 두던 일과 공쥬로 창화ᄒ던 ᄉ연과 **호**〈호→**호승**〉샹의게 슈양으로 의탁ᄒᆫ 일을 고ᄒ니 (30앞 : 8~10)

부뷔**ㅣ**〈ㅣ→×〉 하직ᄒ고 **홍샹셔**〈홍샹셔→**호승샹**〉끠 하직 왈 소지 디인 은덕를(을) 닙ᄉ와 일시도 써나올**이요마ᄂᆞ**〈이요마ᄂᆞ→**수 업소오ᄂᆞ**〉 부득이 고국의 도라가오니 바라건디 기간 보즁ᄒ소셔. ᄒ거ᄂᆞᆯ 승샹부뷔 결연ᄒᄆᆞᆯ 마지 못ᄒ여 무ᄉ 왕환ᄒᄆᆞᆯ (當)부ᄒ더라. (25뒤 : 11~14)

인용한 것 중 마지막 것은, '호승샹'을 '홍샹셔'로 판각한 것으로 명백한 오류이다. 그래도 이 정도는 독서자의 가필 교정이 없더라도 어느 정도 문맥 파악이 가능하지만 다음은 그렇게 쉽게 되지 않는다.

공쥬 부마더러 왈 가다가 즁노의셔 필경 작변 잇슬가 ᄒᄂᆞ니〈니→**이다 ᄒ고**〉 슈쳑 보검과 갑쥬를 힝쟝의 간슈ᄒ고 희변의 나와 비를 타고 금범를 다라 힝홀시 (25뒤 : 14~26앞 : 2)

공쥬 문득 씨다라 한님다려 왈 셕일 군지 형쟝을 어듸셔 맛나시잇고. **한님 왈** 만경창파의 홀연니 당ᄒ여스니 어늬 곳인쥴 긔억ᄒ리요. **(공쥬 왈)** 금일 이곳의 와 난디 업ᄉ 곡셩이 들이오니 진실노 고이ᄒ고 져 우름 소리 가쟝 쳐량ᄒ니 반다시 죄 업시 (죽은) 슈즁무쥬고혼**을 위로ᄒ소셔.**〈을 위로ᄒ소셔→**인가 ᄒᄂᆞ이다**〉 한림이 크게 씨다라 왈 필시 셔쳔 갓던 격군이 함몰ᄒ던 곳이로다 (26앞 : 14~26뒤 : 2)

첫 번째 것은 공주의 말과 행동이 구분되지 않게 되어 있고, 두 번째 것은 '공쥬 왈'이란 말이 없어 대화가 전혀 이루어지지 않는데 가필함으로 문맥이 바르게 되었다.

광음이 여류ᄒ여 **텬지** 츈취 놉흐ᄉ **호련 승ᄒ니**〈호련 승ᄒ니→×〉 퇴

> 즈의 견위ᄒᆞ시ᄆᆡ …… 이쎠 **텬지** 츈취 졍셩ᄒᆞ시니 국기 티평ᄒᆞᄆᆡ 부뷔 셔
> 로 의논ᄒᆞ여 본국으로 도라가믈 고ᄒᆞᆫ디, **티샹황이 부득이 허ᄒᆞ시나** 창연ᄒᆞᆫ
> 마음이 비홀 디 업더라. (30앞 : 5~10)

　'텬지'가 승하해서 '티ᄌᆞ'에게 '젼위'했다고 본문에 서술되고[16] 조금
뒤에 '티샹황'이 부마 부부의 본국 귀환을 허락하는데, 죽은 '티샹황'이
귀환을 허락할 수는 없다. 그러므로 '텬지'는 승하하지 않고 춘추가 높아
서 '젼위'한 것이 되어야 옳다. 실제로 공주의 아버지인 '텬지'는 전위하
여 '티샹황'이 되고 그 '티샹황' 부부가 죽었다는 소식에 안평국에 있던
셩의와 공주가 중국으로 돌아와 국상을 지낸다. 결국 현 31장본은 '텬지'
를 두 번 죽이고 있는 셈이 된다. 이를 통해 보면, 31장본은 서지적 측면
이나 내용적 측면에서 볼 때 경판의 개판본(開板本)이라 하기에는 정제
성과 통일성이 많이 부족함을 알 수 있다.

　이상의 검토를 정리하면 다음과 같다.

　31장본은 앞선 판각본의 앞부분은 번각하고 이후는 축약하여 만든
이본이다. 판식과 행당 글자 수 차이, 또 문맥상 오류를 통해 ①/②·
③·④/⑤의 세부분으로 나누어지는데, 25~28장(②·③·④)과 29~31
장(⑤)은 시기적으로 차이가 나며 행당 글자 수가 더 증가한 29~31장
(⑤)이 더 후대의 것으로 이는 2차적으로 다시 축약된 것이다.[17]

　문맥을 거스르는 결정적인 오류는 모두 25~26장(②), 29~31장(⑤)에

---

16) 사실 '텬지'가 '승하'해서 '티ᄌᆞ'에게 '젼위'한다는 것 자체만으로도 옳은 서술이 아니
　다. '젼위'라는 것은 말 그대로 누군가가 누구에게 물려주어야 하는데 이미 '승하'한
　인물이 '젼위'한다는 것은 말이 되지 않는다.

17) 이는 행당 글자 수와 31장의 전엽 13행까지 판각된 것을 보아도 알 수 있다. 행당
　글자 수를 줄이면서도 실제로 31장 전체에 글자를 쓰지는 않았다. 이것이 바로 ⑤부분
　이 ②·③·④부분과 같이 판각된 것이 아닌 증거가 된다. 동일한 종이 비용이 들므로
　판각은 후엽까지 빽빽이 할수록 유리하다.

만 나오는데 대표적인 것은 ②부분의 '호승상'을 '홍상셔'로 판각한 것, ⑤부분의 공주의 아버지인 천자를 갑자기 죽게 하여 결국 두 번 천자가 죽는 오류 등이다. ②는 후대의 보각, ⑤는 2차 축약으로,[18] 결국, 31장본은 번각과 축약을 한 이본으로 판식이 일관되지 못하고 내용도 축약할 때의 오류로 인해 좋지 않은 상태가 된 이본이다.[19]

2) 30장본

현재 프랑스 파리 기메(Guimet)박물관에 소장되어 있는 목판본으로 책장이 조금 훼손되었지만 대체로 양호한 편이다. 표제(表題)는 '적성의전[20]', 권수제는 '적성의전 권지단'이다. 오침안(五針眼) 선장본(線裝本)으로 판권지는 없다. 장수는 총 30장으로 30장 전엽 14행까지 본문 내용이 있다. 판본의 상황을 고려해 보면 다음 네 부분으로 나뉜다.

구분	魚尾	版心題	半葉당 행 수	매행당 글자 수
ⓐ 1~20장	上二葉花紋魚尾	적 (魚尾 밑)	14행	23~25자
ⓑ 21장	上黑魚尾	적 (魚尾 밑)	14행	23~25자
ⓒ 22장	上二葉花紋魚尾	적 (魚尾 밑)	14행	23~25자
ⓓ 23~30장	上黑魚尾	적 (魚尾 밑)	14행	23~25자

---

18) 실제로 ②의 '홍상셔'는 어휘의 실수에 해당하지만, ⑤의 천자가 두 번 죽는 것은 문맥을 오독한 것으로 축약할 때 일어나기 쉬운 오류이다.

19) 필자는 판각본의 위상을 결정할 때 축약의 변이 양상과 그 축약의 방식이 중요하다고 생각한다. 단순히 장수만을 줄이기 위해 새로 필사해 판각했다기보다는 장수의 문제와 동시에 서사적 내용의 문제도 같이 고민했다고 본다. 그러므로 판각본 이본 연구에 있어 선행본만을 찾는 연구에서 한 걸음 더 나아가 각 이본이 가지고 있는 개별의 양상-주로 축약, 생략의 양상과 그 의미-에도 주목해야 한다고 생각한다. 그런데 현재 31장본의 경우, 보다 앞선 경판본이 없으므로 그 축약의 구체적인 양상을 확인할 길이 없다. 어쩔 수 없이 이를 앞으로 진행될 필사본 이본 연구에서 찾아야할 숙제로 남겨둔다.

20) 실제로 '적성의'와 '전'의 사이가 많이 떨어져 있다.

ⓐ·ⓑ·ⓒ·ⓓ 모두 행과 행당 글자 수가 동일해 외형적으로는 매우 정제되어 있다. 그러나 ⓑ와 ⓓ의 경우 상흑어미(上黑魚尾)로 기존 어미인 상이엽화문어미(上二葉花紋魚尾)와 다르다. 어느 것이 기본판인지 판단해야 하는데, 기본판은 상대적으로 숫자가 많은 것이 상식이고, 또한 상이엽화문어미(上二葉花紋魚尾)가 상흑어미(上黑魚尾)보다 앞선 어미 형태이며21), 상이엽화문어미(上二葉花紋魚尾)가 31장본, 23장본에서도 기본 판식에 쓰이고 있는 점으로 미루어 보아 ⓐ·ⓒ가 기본이 되고 ⓑ·ⓓ가 후대의 보각이나 개각이라 우선 생각하게 된다. 그런데 31장본과 비교를 통해, 22장까지(ⓐ·ⓑ·ⓒ)가 모두 번각임이 분명하게 밝혀지므로, ⓑ와 ⓓ는 각기 다르게 성립한 것임을 알게 되었다.

ⓓ는 번각 이후의 부분이므로 축약을 위한 개각(改刻)일 가능성이 높은데, 실제로 이 부분의 내용을 31장본과 비교한 결과 축약하여 개각한 것임을 확인하였다. 또 24장까지 번각한 31장본과 달리, 30장본은 22장까지만 번각상태인데, 이는 30장본의 23, 24장이 번각이 아니라는 것을 의미한다. 번각이 아니라는 것은 30장본의 23, 24장이 선행본과는 다른 내용을 가지고 있다는 것이다. 즉, 30장본의 23, 24장은 다시 판하본을 필사해서 새롭게 판각한 개각 부분이며 그 개각의 이유는 장수 축소를 위한 축약일 것이다.22) 실제로 작품 내용에서도 23, 24장 부분이 축약되었음을 확인할 수 있다.

ⓑ에 대해서는 두 가지 가능성이 있다. 우선 ⓑ는 번각부분(ⓐ·ⓑ·ⓒ)에서 21장 한 장(ⓑ)만이 중간에 끼인 상황으로 이는 선행 판본의 번각이라는 점에서 개각(改刻)이 아니라, 일반적으로 판목 유실로 인한 보

---

21) 천혜봉, 『韓國書誌學』, 민음사, 개정판 2쇄, 1999, 557쪽.

22) 만약 망실로 인해 보각할 필요가 있었다면 굳이 다시 필사해서 개각할 필요 없이 기존에 있던 본을 가지고 그대로 번각했을 것이다.

각(補刻)이라 볼 수 있다. 그러나 여기에 한 가지 새로운 가능성이 있는데, ⓑ가 보각이 아니라 원래 번각한 상태 그대로일 수도 있다는 점이다. 22장까지(ⓐ·ⓑ·ⓒ) 번각하면서 실수로 21장(ⓑ)만 어미를 각수가 파지 않았을 가능성도 완전히 배제할 수 없기 때문이다. 즉 선행 판각본을 펴서 판하본으로 삼아 각수가 판각할 때 21장(ⓑ)의 어미 부분의 이엽(二葉)을 실수로 파지 않고 그냥 넘어가 현재 보듯 흑어미(黑魚尾)로 남았을 가능성이 있다.[23] 실제로 21장(ⓑ)의 흑어미 크기는 ⓓ의 흑어미 크기보다 작고, 오히려 ⓐ·ⓒ의 상이엽화문어미(上二葉花紋魚尾)의 크기와 동일하다.

30장본의 내용은 전반적으로 문맥적 오류는 없으나 오각(誤刻)에 의한 생긴 어휘적 오류가 꽤 많다. ⓐ·ⓑ·ⓒ에 관계없이 고르게 오류가 나타난다. 다만 ⓓ는 오류가 없는 것은 아니지만 ⓐ·ⓑ·ⓒ에 비해 상대적으로 적다. 이는 22장까지(ⓐ·ⓑ·ⓒ)를 번각하고 23장부터(ⓓ) 축약한 것으로, 22장까지는 번각하는 판하본이 좋지 않은 상태여서 상당히 많은 오류가 나타난 것이고, 23장 이후는 필사자가 새롭게 축약해서 판하본을 만든 것이므로 어휘적 오류가 상대적으로 적게 나타난 것이다. 구체적 내용은 31장본과의 비교를 통해서 더 자세히 확인할 수 있는데 번각부분과 이후 축약부분으로 나누어 살펴보자.

가) 1~22장[24]

이 두 본의 앞부분은 글자의 크기나 획의 삐침 등으로 판단했을 때, 판목을 그대로 가져다가 쓴 것이 아니라 번각한 것임을 알 수 있다. 다

---

23) ⓑ(21장)가 한 장이어서 실수일 가능성 더욱 높다.
24) 인용의 괄호 안의 구절이 31장본이고 노출된 것이 30장본이다.

음으로 판단할 것은 번각의 양상이 상호 번각인가 아니면 각자의 선행
본에 대한 각기 번각인가하는 것이다. 확인 결과 두 이본은 상호 번각관
계가 아니라 앞선 선행본을 각기 번각한 것으로 우선[25] 판단된다. 직접
적인 번각관계가 아님은 서로 다른 부분이 꽤 있기 때문인데, 필사본이
라면 이런 지적 자체가 의미 없을 만큼 미미한 것들[26]도 있다. 그렇지만
번각은 기존 판각본을 해책해서 그대로 판각하는 것으로 글자의 착간이
심하기 어렵다는 점에서 여느 필사본의 경우와 다르게 보아야 한다. 다
음의 몇 가지 경우를 보자.

> 일 " 은 릴(궐)문 밧긔 흔 도시 븬와지라 쳥흔다 ᄒ거늘, (1뒤 : 6~7)
> 공쥐 탄 왈 닉 비옥(록) 궁즁녀귀(지)나 흔번 위로코져 ᄒᄂ니 (14앞 :
> 8~9)
> 문득 월식이 명낭ᄒ며 홀연 셔남(동남)으로셔 외기러기 슬픠 우는 소리
> 들니거늘 (16뒤 : 3~4)[27]

---

25) '우선'이란 단서를 붙인 것은, 현재 남아 있는 31장본과 30장본을 비교했기 때문이다.
번각은 판하본이 될 이본을 解冊하여 판목에 붙이고 그것을 그대로 깎아서 만든다.
그러므로 판하본은 번각시 사라지게 된다. 만약 30장본이 31장본을 대상으로 번각했
다면, 현재 우리가 보는 31장본이 아니라 다른 31장본을 가져다가 번각했겠고, 그렇게
판하본으로 사라진 31장본과 현재 남아 있는 31장본은 비록 같은 판으로 찍어낸 이본
이라 하더라도 印刷된 종이 상태나 먹의 상태가 완전히 동일할 수 없으므로 글자를
다르게 볼 가능성도 배제할 수 없다. 즉 30장본 각수가 그 글씨체를 잘못 인식하여
번각시 실수했을 가능성도 있기 때문이다. 더욱 이런 가능성을 아주 배제하기 어려운
이유는 30장본의 23장 이후의 뒷부분을 보면 30장본이 다른 선행본을 축약한 것이
아니라 31장본을 선행본으로 축약했기 때문이다.

26) 셩의 듯고 즉시 노흘 미여 노즛홀(츌) 밧그로 너여 보니니 (1뒤 : 13~14) ; 물너나와
왕긔 엿ᄌ오디(되) (2앞 : 1) ; 이 곳은 소상이라. 스단산이 빗쥐(최)거니와 (3앞 : 2~3)
; 이 부작을 몸의 다라 두면 희즁 농(룡)신이라도 감히 범(볌)치 못ᄒᄂ니라 (4뒤 :
6~7) ; 다만 셩의를 싱각ᄒ여 쥬(주)야 비쳑ᄒ더라 (9뒤 : 3~4) ; 셩의 ᄌ초(쵸)지죵
연유를 ᄌ셰히 고ᄒ니 승상이 듯기를 다ᄒ고(미) 크게 (19앞 : 12~13)

27) 작품의 내용을 보면 안평국의 위치가 중국의 동남쪽으로 되어 있으므로, 당연히 '동

네 비록 즘싱이나 능히 말니 소식을 전흐여 **봉황(부왕)**의 문안과 모후의
환후 (19앞 : 3~4)
이쩌 츈란이 나와 한러**(림)**을 보고 (22뒤 : 11~12)

이렇게 31장본이 옳고 30장본이 그른 경우는 이 외에도 상당히 많다.
반면, 31장본이 그르고 30장본이 옳은 경우는 적은데, 그 수가 적고 단
순 실수임을 확인하기 위해 모두 인용하면 다음과 같다.

샹지 왈 보탑존즈는 금강경 쳔불 **디(지)**시라. 인간 육신 **셔(여)**쳔의 드
러왓스니 그 졍셩을 신령이 감동흐미라. (5앞 : 13~14)
십여셰 소이 허탄흔 말을 **듯(듯)**고 어미를 위흐여 말니 창파의 졍쳐 업
시 어디로 향흐는고 (6뒤 : 7~8)
시는 과연 마음으로 난다 흐**니(나)** 본디 쳔인은 민간의셔 살고 왕즈는
궁중의 싱쟝흐느니 쳥컨디 심슈를 은닉치 말나. (14뒤 : 9~10)[28]
공쥬는 **아(어)**미 다시린 쟝뷔라 (15앞 : 4~5)
일〃은 셩의 잇던 별당의 드러가니 산호셔안의 셔칙필연은 의**구(수)**흐
나 (15앞 : 8~9)
요스이 밤마다 슬허 울**기(거)**를 긋치지 아니흐오디 (15뒤 : 2)
기러기 셰번 **소(초)**리 흐고 두 날기를 치며 (15뒤 : 9)
긔특이 **여(어)**기샤 즉시 인견 스쥬흐신 후 (21앞 : 11~12)
젹한님이 승명흐**여(어)** 닉젼의 드러가 츄젼흔디 (22뒤 : 5~6)

이외에도 두 이본의 차이를 보여주는 두 경우가 더 있는데 이것은 특
이할 뿐 아니라, 23장본과의 관계를 짐작케 한다.

남'쪽에서 기러기가 오는 것이 옳다. 23장본의 경우도 역시 '동남'이다.
28) 시는 마음에서 나오는 것이므로 시를 쓴 사람이 사는 곳에 따라 다른 마음을 가지게
되므로 당신처럼 훌륭한 시를 쓴 사람은 반드시 귀인일 것이라는 내용이다. 그러므로
문맥상 '니'가 타당하다. 23장본도 역시 '니'로 되어 있다.

31장본 : 부왕과 모후긔 하직   흔디 왕비 왈 (2뒤 : 6~7)
30장본 : 부왕과 모후긔 하직_고흔디 왕비 왈

이 경우는 단순히 '고'자가 있고 없고의 문제가 아니다. 31장본은 '고'자 없이 7행에 그냥 '흔디'로 시작하는데 30장본은 7행 맨 위에 '고'자를 조그맣게 판각해 넣어 '고흔디'가 된 것으로, '고'자와 '흔'자가 둘 다 '디'자에 비해서 상대적으로 작다. 23장본의 경우는 31장본의 경우를 따르고 있다.

31장본 : 그러나 모친   환휘 엇더ᄒ시며 일녕쥬를 써는지 못쎳는지 아지 못ᄒ니 (9앞 : 12~13)
30장본 : 그러나 모친의 환휘 엇더ᄒ시며 일녕쥬를 써는지 못쎳는지 아지 못ᄒ니

'모친의 환휘'라는 구절은 12행에 있는데 31장본의 경우는 '의'자가 없을 뿐만 아니라, 있어야 할 공간이 그냥 비어 있다. 그런데 23장본의 경우는 31장본처럼 '모친 환휘'로 되어 있는데, '의'라는 글자가 있어야 할 간격이 없이 그냥 매끄럽게 네 개의 글자가 동일한 간격으로 새겨져 있다. 이는 확실히 23장본이 후대의 번각본임을 보여주는 것이다.[29]

---

29) 있던 글자가 사라져서 판각을 할 경우 한 글자 정도는 자간을 맞추어서 깎을 수는 있을 것이다. 그러나 가지런하게 간격이 없는 곳에, 번각하면서 그 틈에 새로운 글자를 집어넣어 번각하기란 여간 까다로울 뿐 아니라 굳이 그렇게 할 필요도 없다. 그러므로 31장본과 30장본은 23장본보다 앞선 이본이고, 또 23장본은 30장본보다는 31장본과 친연성이 높은 이본임을 알 수 있다. 또한, 이를 통해 23장본이 31장본의 판목을 그대로 가져다가 쓴 것이 아니라 번각했음도 확인할 수 있다.

나) 23장 이하

두 이본의 뒷부분은 번각관계가 아니지만, 마지막 장까지 자구가 거의 동일하다. 모든 부분에서 같은 구절이 동일하게 나온다. 조금 다른 부분도 문맥에 거스르지는 않는다.[30] 30장본에는 31장본을 벗어나는 서술이 전혀 없다. 30장본에만 있는 몇몇 구절이 있지만,[31] 이는 31장본에만 있고 30장본에는 없는 구절에[32] 비해 그 수가 적고 그것들이 단순

---

30) 앞이 31장본 뒤가 30장본이다.
　　일모ᄒᆞ미 스비 퇴조ᄒᆞ여 호승샹 집의 도라와 (23앞 : 3)
　　놀이 겨믈미 퇴조ᄒᆞ여 호승샹 집의 도라와 (23앞 : 2~3)

　　공쥐 쟝셩ᄒᆞ엿스미 어진 ᄉᆞᄅᆞᆷ을 **갈히여** 부마를 **간퇴고져** ᄒᆞᄂᆞ니 (23앞 : 6~7)
　　공쥐 쟝셩ᄒᆞ여시미 어진 사름을 **어더** 부마롤 **졍코져** ᄒᆞᄂᆞ니 (23앞 : 6~7)

31) 매우 두드러진 구절을 보면 다음과 같다. 위가 31장본이고 아래가 30장본이다. 이하 모두 같다.
　　낭"이 기다이실지라.　　　　　　　이후 종〃 왕닉ᄒᆞ야 문후ᄒᆞ리이다 (25앞 : 6~7)
　　낭"이 기ᄃᆞ리실지라. **이졔 드러가오미** 이후 종〃 왕닉ᄒᆞ여 문후ᄒᆞ리이다 (25앞 : 3~4)

　　부왕의 소식를 통신ᄒᆞ고 일변　　　 발힝ᄒᆞ미 조홀가 ᄒᆞᄂᆞ이다 (25뒤 : 2)
　　부왕긔 소식을 통　ᄒᆞ고 일변 **슈습ᄒᆞ여** 발힝ᄒᆞ미 조홀가 ᄒᆞᄂᆞ이다 (25앞 : 14~25뒤 : 1)
　　이는 분명이 단져　 믿ᄂᆞᆫ 디 ᄆᆞᆺ치라　　비감ᄒᆞ여 왈 (26앞 : 8~9)
　　이는 분명이 단소 **롤** 믿ᄂᆞᆫ **던** 디 ᄆᆞᆺ치라 ᄒᆞ고 비감ᄒᆞ여 왈 (26앞 : 9~10)

32) 경의 **지식이 고명ᄒᆞ여** 지인지감이 잇스니 족히 디스를 의논홀지라 (23앞 : 5~6)
　　경이 ＿＿＿＿＿＿＿ 지인지감이 〃스니 족히 디스롤 의논홀지라 (23앞 : 5~6)

　　공쥬를 디ᄒᆞ샤 왈 **방금의 부마를 간퇴ᄒᆞ려 ᄒᆞᆫ즉** 좌승샹 말이 여츠 〃〃ᄒᆞ니 (23앞 : 12~14)
　　공쥬롤 디ᄒᆞᄉᆞ 왈 ＿＿＿＿＿＿＿＿＿＿＿ 좌승샹 말이 여츠 〃〃ᄒᆞ니 (23앞 : 12~13)

　　즉시 연유를 쥬달치 못ᄒᆞ**오나 기러기는 일노조츠 아ᄂᆞ이다** (23뒤 : 11~12)
　　즉시 연유롤 쥬달치 못ᄒᆞ**엿**＿＿＿＿＿＿＿＿ᄂᆞ이다 (23뒤 : 11~12)

　　치망ᄒᆞᆫ 구름밧긔 외기러기 **소릭 나겨놀 놀나 바라보니 기러기** 졈 〃 갓가와 (27앞

한 어휘적 차이란 점에서 30장본이 31장본을 축약했음을 알 수 있다. 즉 30장본이 새로 축약해서 개각하기 위해 판하본을 필사할 때 필사자가 몇 어휘 써넣은 정도이지 내용이 바뀌지는 않는다. 만약 31장본의 선행본을 보고 축약했다면, 31장본의 뒷부분도 축약된 부분이므로 31장본에는 없는 내용이 나타나야 정상이다. 그러나 그렇지 않다. 문체적으로 부연되고 수식하는 긴 어휘가 산략되는 단순한 것 외에 긴 구절이나 단락 전체가 30장본에 생략되는 경우가 있는데, 성의가 본국에 돌아가서 그동안의 고초를 상당히 길게 이야기하는 대목은 "전후설화롤 설파ᄒ다가(29뒤-13)"로 축약되고, 격군을 제사지내는 제문의 내용[33]과 본향으로 돌아가고 싶어서 우는 기러기와 수작하는 상당히 긴 분량이 생략되었다. 또 두 이본의 서사 전개가 유일하게 다른 부분으로 태상황 부부가 죽자 발상하고 이후 본국으로 돌아오는 대목이 있는데, 31장본과 달리 30장본에는 없어, 태상황이 살아 있지만 그냥 본국으로 돌아온 것으로 이해된다. 이렇게 30장본이 생략과 축약을 하지만 새롭게 길게 더 부연하거나 31장본의 서사에서 벗어나는 서술은 하나도 없다. 이를 보

   : 4~5)

   창망ᄒ 구롬밧긔 외기러기 ＿＿＿＿＿＿＿＿＿＿＿＿＿ 졈 〃 갓가와 (26뒤
   : 10)

   일위 소년이 **봉투구의 쇄ᄌ갑를 닙고** 삼쳑 보검를 **두르며 쥰구를 모라** 동셔치빙ᄒ니
   (29앞 : 4~5)
   일위 소년이 ＿＿＿＿＿＿＿ 삼쳑 보검을 **들어** ＿＿＿＿＿＿치빙ᄒ는지라
   (29앞 : 4)

   스람은 텬신갓고 말은 비룡갓튼지라 격장이 혼비 낙담ᄒ여 **홋터지거눌** (29앞 : 5~6)
   ＿＿＿＿＿＿＿＿＿＿＿＿＿＿＿＿＿ 심혼 낙담ᄒ여 ＿＿＿＿ (29앞 : 4~5)

33) 이 내용이 30장본에는 없고, 동일한 분량은 아니지만 23장본에는 나타난다. 3장으로 축약하는 가운데에도 제문의 내용을 삽입한 23장본과 달리 31장본과 거의 비슷한 분량의 30장본에 제문의 내용이 없다는 것은 30장본이 23장본과 31장본과는 일정 거리가 있는 본임을 알게 한다.

면 30장본 후반부는 31장본 후반부를 직접 축약한 것임을 알 수 있다.

30장본의 상황을 정리하면, 30장본은 크게 두 부분으로 22장까지 번각한 부분과 이후 축약을 위해 개각한 부분으로 나눌 수 있다. 30장본은 31장본에 영향을 받아 성립한 이본으로 경쟁관계에 있던 다른 방각소에서 만들어진 것으로 판단된다. 겨우 한 장을 줄이기 위해 같은 방각소에서 새롭게 다시 판각했다고 보기 어렵다. 만약 동일한 방각소에서 출판 비용을 고려해서 줄이려고 했다면 더 많이 줄였을 것이다. 새로 판각하기 위해 들이는 비용이 한 장 정도 줄이기에는 너무 크기 때문이다. 그러므로 30장본은 다른 방각소에서 판각해서 경쟁하려고 한 이본으로 보인다. 이 경쟁을 위해 30장본은 외형적 정제성을 많이 고려했는데, 31장본의 내용에서 미사여구, 부연된 상황, 제문 같은 구체적인 내용 등을 대폭 생략, 축약함으로써 결과적으로 행당 글자 수가 실제로 줄게 되었는데도 장수가 오히려 31장본에 비해 한 장 더 줄게 되었다. 이 30장본은 단순히 장수 한 장을 줄이기 위해 성립한 이본이라기보다는[34] 31장본과 경쟁을 위해 내용상 번잡스럽게 여길 수 있는 부분을 제거하고 서사의 내용을 그대로 전달하면서 일관된 정제성을 추구하는 방식으로 성립한 이본이라 하겠다.

다만 그 생략, 축약의 양상이 너무 '전달'에만 급급하여 실제 소설에서 중요한 흥미성, 감동, 독자의 감정 몰입의 기회 등을 제거해 버렸다. 대표적인 것이 격군을 위로하는 제문의 내용이다. 이 내용을 통해 그 참혹하고 원통한 죽음의 슬픔을 부각하고 동시에 성의의 '신의 있음'과

---

34) 이렇게 볼 수 있는 점은 30장본의 30장의 전엽까지 본문이 써 있다는 점이다. 장수만을 고려했다면 조금 더 줄이거나 내용을 생략해서 29장으로 줄였을 것이다. 30장본은 장수만을 고려해서 성립한 이본이라기보다는 외형적 정제성과 장수를 고려해서 성립한 이본이라 보아야 한다.

376 3장 | 대중적 텍스트의 계보와 연원

향의의 '신의 없음'을 대조적으로 부각시켜 이후 세자인 향의가 일개 무사에게 죽임을 당함에도 독자가 그 사건을 혼란스럽게 받아들이지 않고 당연하게 받아들이게 한다. 이것을 생략한 30장본은 이런 감정을 주지 못하고 있다.

30장본은 단순 줄거리만을 늘어놓는 밋밋한 서술로 인해 분위기, 흥미성, 감정의 촉발 등에서 멀어졌다. 소설은 단순히 이야기의 내용만을 전달하는 양식이 아니다. 내용이 '어떻게' 되어 있느냐가 더 중요한 양식인 소설에서 단순 서사의 줄거리를 늘어놓는 방식을 취한 30장본은 독자들로부터 점점 멀어질 수밖에 없었을 것이다. 30장본보다 더 장수를 줄인 23장본이 오히려 이런 흥미소를 그대로 간직하고 있는데, 그렇게 23장본이 30장본을 따르지 않고 31장본을 계승했다는 점에서도 30장본의 부족함을 확인할 수 있다.[35]

3) 23장본

31장본, 30장본은 유일본인지만, 23장본은 많이 존재한다.[36] 필자가 확인한 텍스트는 정신문화연구원본[37], 국립중앙도서관본[38], 김동욱 소

---

35) 물론 '23장본이 31장본을 판각한 동일 방각소에서 나온 것이므로 그런 것'라고 볼 수도 있겠으나, 실상 30장본에서 보았듯이 좋은 작품이라면 다른 방각소의 것이라도 가져다가 자신의 것으로 바꾸어 판각했을 것이다. 그러므로 23장본이 실상 31장본의 판각소와 같은 곳에서 나온 것인지 그렇지 않은지도 현재로서는 확인할 수도 없지만, 단순히 같은 방각소에서 나온 것이므로 자신의 판본을 썼다는 생각은 버려야 할 것이다. 실제로 23장본은 31장본을 따르기는 하지만 앞부분도 번각을 했지 판목을 그대로 가져다 쓰지 않았다. 즉 같은 방각소가 아닐 수도 있다는 것이다.

36) 국립중앙도서관, 정신문화연구원, 파리 동양어학교, 대영박물관, 김동욱 소장본, 이능우 소장본 등이 있다. 이에 대해서는 조희웅이 목록들을 일목요연하게 정리해 놓았다. 다만 조희웅 목록에 정신문화연구원에 소장된 大正10(1921)년으로 된 <격성의전>을 '25장'으로 기재했으나 실제 확인 결과 이도 역시 '23장'이다. 조희웅, 『고전소설 이본 목록』, 집문당, 1999 참조.

장본39)인데 세 텍스트 모두 동일한 판본으로 찍어낸 이본들이다.40) 23
장본 역시 목판본으로 권수제는 '적성의전 권지단'으로 다른 이본들과
동일하고41) 본문은 23장 후엽 12행까지 판각되어 있다. 판식에 따라 다
음 두 부분으로 나눌 수 있다.

구분	魚尾	版心題	半葉당 행 수	매행당 글자 수	특이사항
1~20장	上二葉花紋魚尾	적 (魚尾 밑)	14행	23~25자	
21~23장	上黑魚尾	적 (魚尾 밑)	15행	23~26자	각자체가 다르다

각자체만 봐도 확연하게 두 부분으로 구분되고 판식이나 행당 글자
수도 역시 다른데, 1~20장은 31장본, 30장본과 번각 관계에 있고, 21~
23장은 축약한 것이다. 뒷부분이 축약되었음은 행당 글자 수가 늘어났
음에서 확인할 수 있고, 또 31장본과 비교를 통해서도 확인할 수 있다.
개각한 부분은 31장본과 달리 문맥적 오류가 없는데, 이는 축약을 신경
써서 했음을 알 수 있다. 이는 31장본·30장본과 23장본을 비교를 통해
더 자세히 확인할 수 있다.

---

37) 두 본이 있는데 동일 판본으로, 각기 소장필름 번호 '001141-12', '001141-13'으로
   같은 마이크로필름 릴 안에 있다. 표제가 '격성의전 단'으로 되어 있고 4침안이다.
38) [고1] (한-48-78)로 소장되어 있고, 이를 정신문화연구원에서는 마이크로필름으로
   촬영(002945-13)해서 보관하고 있다. 표제는 '翟誠意傳'으로 되어 있고 5침안이다.
39) 김동욱, 『影印古小說板刻本全集』3권에 영인되어 있다.
40) 이 중 정신문화연구원본과 국립중앙도서관본에는 판권지가 있는데, 모두 한남서림
   판권지이기는 하지만 같은 시기의 판권지는 아니다.
41) 실상 세 이본 모두 번각관계이므로 동일할 수밖에 없다.

가) 1~20장

23장본의 20장까지의 부분은 31장본·30장본과 번각관계에 있다. 번각부분을 보면 23장본은 30장본보다, 31장본과 친연성이 높다.[42] 물론 31장본과 다르고 30장본과 같은 부분도 있지만 몇 안 되고, 그 양상도 큰 의미가 없든지 31장본의 어휘적 오류 부분이다[43]. 이는 30장본과 같기보다는 일반적인 현상이라 하겠다.[44]

---

[42] 이는 위의 31장본과 30장본의 비교에서도 몇 가지 확인했다. 이외에도 몇 구절을 보면 다음과 같다. 인용한 것은 위에서부터 순서대로 31장본, 30장본, 23장본이다.
만리창파의 엇지 인간 비로 득달ᄒ며 약슈를 엇지 건너리오. (2앞:8~9)
만리창파의 엇지 인간 비로 늑달ᄒ며 약슈를 엇지 건너리오.
만리창파의 엇지 인간 비로 득달ᄒ며 약슈를 엇지 건너리오.

셔역이 얼**민** 남아ᄂ뇨 (2뒤:13)
셔역이 얼**ᄆ** 남아ᄂ뇨
셔역이 얼**민** 남앗ᄂ뇨

셩의 ᄌ연 슬푸**고** **씬**다라 웨여 왈 (3뒤:5~6)
셩의 ᄌ연 슬푼**즁** **닌**다라 웨여 왈
셩의 ᄌ연 슬푸**고** **씬**다라 웨여 왈

[43] 23장본이 31장본의 판목을 가져다가 그대로 쓰지 않았나 하는 의문이 생긴다. 사소한 어휘적인 것들은 충분히 각수가 판각하면서 교정, 실수 등이 가능하지 않을까 하는 의문이다. 그렇지만 다음의 것을 보면 판목을 가져다가 쓴 것이 아님을 알 수 있다.
31장본 : 보탑존ᄌᄂ 금강경 쳔불 지시라. 인간 육신 **여쳔의** 드러왓스니
(5앞:14~15)
23장본 : 보탑존ᄌᄂ 금강경 쳔불 디시라. 인간 육신**이** 〃**곳의** 드러왓스니

[44] 긔화요초ᄂ 쳐〃 무셩ᄒ고 챵송취쥭은 벽계를 둘너ᄂ**되** (5앞:3~4)
긔화요초ᄂ 쳐〃 무셩ᄒ고 챵송취쥭은 벽계를 둘너ᄂ**딘**
긔화요초ᄂ 쳐〃 무셩ᄒ고 챵송취쥭은 벽계를 둘너ᄂ**딘**

쳔고의 긔특ᄒ고 이상ᄒ 일이 **필연** 오날놀 밧긔 업슬 듯 ᄒ지라 (18뒤:4~5)
쳔고의 긔특ᄒ고 이상ᄒ 일이 **필시** 오날놀 밧긔 업슬 듯 ᄒ지라
쳔고의 긔특ᄒ고 이상ᄒ 일이 **필시** 오날놀 밧긔 업슬 듯 ᄒ지라

셩의 **ᄌ쵸**지종 연유를 ᄌ셰히 고ᄒ니 승상이 듯기를 다ᄒ민 크게 **신긔**히 여겨 (19앞:12~13)

나) 21~23장

축약부분의 내용도 30장본이 아니라 31장본과 친연성이 깊다. 이는 30장본에는 빠져있는 화소들이 23장본에 와서는 오히려 다시 들어가 있는 점에서 확인할 수 있다. 대표적인 것으로 격군을 제사 지내는 제문의 내용이다. 31장본에 보이는 제문의 내용은 30장본에는 앞서 말했듯이 전체가 빠져 있는데 23장본에는 축약되었지만 구체적으로 나온다. 또 본향으로 돌아가려는 기러기와 수작하는 대목과 기러기가 돌아간 후 화상을 그려 놓고 그리워한다는 대목이 30장본에는 빠졌는데 23장본에는 "기러기도 본토로 도라가미 왕과 휘 창연ᄒ믈 마지 아니ᄒ고 기러기 화상을 그려 평성을 잇지 아니ᄒ더라(23-뒤)"라고 되어 있다. 이러한 부분은 23장본이 31장본을 대본으로 축약했음을 말해 준다.[45)

23장본에는 앞선 다른 경판과 전혀 다르게 서술된 부분이 둘 있는데, 성의가 공주와 결연하는 대목과 군담 대목이다. 우선 결연 대목을 보면, 31장본 · 30장본과 달리 23장본은 새롭게 서술한다.

> **샹과 휘 셩의** ″ 직질이 쎄혀나므로 부모을 유의ᄒᄉ 격한님을 명초ᄒᄉ 왈 "경이 비록 타국 스룸이ᄂ 짐의 ᄂ라의 드러와 소년등과ᄒ여 직명이 쎈혀난지라. 짐이 ᄒ 쌀이 잇스니, 비록 임ᄉ의 덕이 업스ᄂ 군ᄌ의 건즐을 소임ᄒᆯ지라. 이러므로 경으로 부미을 졍ᄒᄂ니 ᄉ양치 말ᄂ." ᄒ신디, 한님이 복지쥬왈 "신이 외국임믈노 명되 천박ᄒ옵거늘 셩상의 하희지틱을 입즈와 일신이 영귀ᄒ온 중 가지촉 셩은이 융즁ᄒ와 셩괴 여츠ᄒ시니, 신이

성의 ~~조초~~지종 연유를 ᄌ세히 고ᄒ니 승상이 듯기를 다ᄒ고 크게 ~~신기~~히 여겨
성의 자초지종 연유를 ᄌ세히 고ᄒ니 승상이 듯기를 다ᄒ고 크게 신긔히 여겨

45) 이 외에도 23장본에 생략된 것으로 호승상이 성의에게 赴擧하기를 권하는 장면, 호승상이 성의를 수양자로 삼아 자신의 딸과 兄妹之義를 맺게 하는 장면, 급제한 성의를 공주는 숨어서 보지만 성의는 보지 못하여 안타까워하는 장면, 성혼한 공주와 부마가 호승상 댁에 방문하는 장면 등이다.

<u>손복홀가 ᄒᆞᄂᆞ이다.</u>"(21앞~뒤)

이렇게 개작된 서술이 앞선 경판에 비해 서사의 개연성을 더 확보하는 역할을 한다. 세 이본이 모두 앞부분에 눈을 뜬 성의를 황제와 황후 둘 다 부마감으로 생각하는 대목이 있다.[46] 그런데 31장본·30장본의 뒷부분에는 급제한 성의를 황제와 황후가 부마감으로 꺼려하다가 기러기로 인해 하늘이 정한 인연임을 깨닫게 되어 결연시키는 것으로 되어 있다. 이는 실상 서사의 오류로[47] 이를 23장본은 서사에 맞게, 줄이면서도 새롭게 서술한 것이다.

이러다 보니 중요한 기러기 화소가 빠지게 되는데, 군담부분에서도 역시 기러기의 신이한 활약상이 빠진다. 31장본은 부마와 공주가 번갈아 싸우면서 적부리와 그의 동생 문리를 죽이는장면에서 기러기가 모래를 뿌려 도움을 주는데, 23장본에서는 아예 중국 군관이 출전하여 적부리를 죽이는 것으로 바뀌어 있다.[48] 이는 번갈아 싸우는 장면보다 분량

---

46) 니젼의 드르샤 희식이 만면ᄒᆞ시니, 황휘 문 왈 "폐히 오날놀 무슴 조흔 일이 계시니 잇가?" 샹 왈 "<u>공쥬의 비필을 어덧기로 ᄌᆞ연 희식이 잇ᄂᆞ이다.</u>" 휘 왈 "엇던 스룸이 잇고?" 샹 왈 "젼일 단져 부던 소동이라. 호승상이 안남국의 ᄉᆞ신 갓다가 회환시의 희샹의셔 다려온 아희니 비록 미여관옥이나 다만 두 눈을 감앗ᄂᆞ고로 민양 앗기더니, 이제 두 눈을 쓰고 근본이 안평국 왕자로셔 여츳 〃 〃 하여 긔특하고 이상한 일이 천고의 드무니 므슴 의심 잇스리오." ᄒᆞ니 황휘 쵸方 깃거ᄒᆞ여 다시 불너 보물 쳥하거늘, 샹이 ᄉᆞ관을 보니여 셩의를 부르시니 셩의 입궐ᄉᆞ빈ᄒᆞᆫ디 황휘 이윽히 보시고 칭찬 왈 "명월이 구름을 헷치고 광일이 안기를 버셔남과 갓도다." ᄒᆞ시고 금은최단을 샹ᄉᆞ ᄒᆞ시니 (31장본 : 19뒤~20앞) 번각부분이므로 세 이본 모두 동일하다.

47) 완판74장본의 경우 처음 눈뜬 성의를 보고 희색을 띠는 것은 동일하나 급제한 후 성의에 대해 부정적으로 보는 것이 아니라, 당연히 부마감임을 인정하고 황제가 공주를 놀리는 대목으로 재미있게 구성되어 있다. 활판본인 영창서관본에는 앞은 동일한데, 뒷부분은 난색을 표명하는 것이 빠지고 호승상의 천거에 그대로 혼인하는 것으로 되어 있으며, 세책본 동양문고본의 경우는 23장본과 동일하게 되어 있다. 경판이 아닌 다른 이본과의 관계는 별고에서 논하겠다.

48) 이 화소는 실제로 세책본 동양문고본이나 활판본인 영창서관본에서는 23장본과 동

이 상당히 많이 줄게 되며 동시에 공주, 부마라는 신분으로 직접 싸우는 것이, 귀한 신분으로 오면서 부하 군관을 대동하고 오는 것보다 덜 개연적이라고 판단한 것으로 보인다.[49)]

이렇게 큰 차이 외에도 장수를 줄이는 목적을 추구하면서도 서사의 미세한 부분까지 신경 써서 개작한 부분이 여럿 있다. 격군을 위로하는 제문을 보자.

> "유셰츠 모년 월일의 부마도위 젹셩의는 통곡ᄒ고 모든 격군의 고혼을 위로ᄒ나니, 오희라! 그디등으로 슈만니 고힝을 지니고 이곳의 이르러 원억히 참소ᄒ니 엇지 슬푸지 아니리요! 슈연이ᄂ 이 도시 명이라. 남을 원치 말고 죠혼 귀신이 되야 향화을 벗드라. ᄂ는 쳔우신됴ᄒ여 일신이 영귀히 도라오니 엇지 그디 등의 도으미 ᄋ니이요! **맛당히 그디 등 ᄌ손을 쵸용ᄒ리니**, 신령은 안심 흠향ᄒ소셔!" (22앞~22뒤)

이는 31장본의 내용을 줄인 것인데, 여기에 31장본에는 없는 "맛당히 그디 등 ᄌ손을 쵸용ᄒ리니"라는 구절이 새롭게 첨가 되었다. 이는 실상 더 부연한 것처럼 보이나, 31장본 뒷부분에 격군의 자손들을 초용하는 대목이 있는데 그것을 23장본에서는 생략하면서 제문 속에 한 구절로 바꾸어 넣은 것이다. 신실한 성의가 제사 지내며 말한 내용을 지키지

일하게 부마 부부가 어찌할 줄 몰라 할 때 군관이 나서서 적부리를 처치하는 것으로 동일하다. 그렇지만 완판74장본에서는 공주가 의연하게 군관을 시켜 대적하게 하고 그때 기러기가 도움을 주지만 해결하지 못하자, 공주가 나서서 적부리를 퇴치하고 문리는 환상적 기법을 통해서 해결한다. 이 화소는 〈적성의전〉 이본 계통의 중요한 변별점이다.

49) 다만 이 경우 변각부분인 앞부분에 공주가 무예에 뛰어난 것으로 설정되어 있어 일정 아쉬움을 준다. 그렇지만 무예가 뛰어난 것과 실제로 적부리를 물리치는 것은 다른 사항이라고 할 수 있다. 아마도 23장본을 만든 사람은 앞부분까지 내용을 바꾸고 싶어 했을 것이다. 그만큼 23장본은 전체적 서사에 충실하다.

않을 리 없다는 기본적 발상에 입각하여 뒷부분의 내용을 이 구절로 대신한 것이다.

또, 성의와 공주가 중국을 떠나기 전에 미리 기러기발에 편지를 묶어 모친에게 보내는데, 모친은 이를 통해 그동안의 상황을 알고 통곡하게 된다. 이 울음에 향의가 성의의 귀환을 알게 되고 적부리를 보낸다. 그러므로 기러기로 미리 편지를 보내는 화소는 꼭 필요하다. 이것을 23장 본은 다음과 같이 표현했다.

> "**션시의 기러기 발의 셔찰을 미여 본국의 몬져 고ᄒ엿드니**, ᄎ시 왕비 셩의 싱각ᄒ고 쳥텬을 양망ᄒ더니 기러기 슬피울고 ᄂ려와 안거늘 즈셔히 살펴보니 기러기 발의 셔찰이 미여거늘 기탁ᄒ즉 셩의 고필젹이라. 셔즁 ᄉ의 춤담ᄒ고 젼후 슈말이 버러더라." (22뒤)

길게 서술된 것을 축약하면서 꼭 필요한 것은 서사에 맞추어 서술하려는 작자의 의도를 알 수 있다. 이는 향의를 죽이는 무사 '태연'을 단순히 '흔 ᄉ롬'으로 표현한 것과 동일하다. 31장본처럼 '태연'임을 밝힐 경우 길게 서술될 수밖에 없는데, 죽이는 사람이 꼭 '태연'일 필요는 없으므로 '흔 ᄉ롬'으로 바꾸고 이로써 상당한 분량을 줄였다.[50]

> 믄득 **흔 ᄉ롬**이 디호 왈 "이 무지흔 놈이 동긔을 몰나 보고 이러듯 지약히 불냥ᄒ니 너 ᄀᆺ흔 놈을 버현 후인을 증계ᄒ리라" ᄒ고 일합의 버히고 즈문이ᄉᄒ니 엇지 쾌흔 쟝뷔 아니리요! (23앞)

이런 양상은 23장본이 전체 서사를 고려하면서 나름의 서사적 구성을

---

50) 23장본과 관련 있는 영창서관본과 동양문고본 역시 '태연'임이 빠져 있고, 완판74장 본은 '태연'임이 드러나 있다.

꾀했다는 것을 입증해 준다. 오류를 줄이고 내용을 짜임새 있게 줄이면
서도 흥미소는 살리는 이런 개작 양상은 실상 31장본과 30장본이 보여
주지 못했던 것으로, 단순히 장수가 적은 이본이 장수가 적으므로 많이
판각되고 유통될 것이라는 통념을 어느 정도 재고해야 함을 시사한다.
즉 판각비만으로 작품의 성패가 결정되는 것이 아니라 그곳에 담고 있는
서사 내용 역시 매우 중요한 성패를 결정짓는다는 것이다. 현재 23장본
이 많이 남아 있는 것은 이 이본이 보다 후대여서 많이 남아 있는 것이
아니라 이 이본이 다른 이본에 비해 성취한 정도가 높으므로 그로 인해
많이 출판되었고 결과적으로 많이 남게 되었다고 보아야 할 것이다.

4) 19장본

이 이본은 현재 일본 동양문고에 있는 이본으로 목판본으로 상태는
양호하다[51]. 표제(表題)는 '赤聖義傳 單[52]', 권수제는 '젹셩의젼 권지
단'이다. 오침안(五針眼) 선장본(線裝本)이고 판권지는 없다. 장수는 총
19장으로 19장 후엽 10행까지 본문이 있고 한 행 띄고 큰 글자로 '안성
동문이신판'이라 되어 있어 안성에서 판각된 것임을 알 수 있다.

구분	魚尾	版心題	半葉당 행 수	매행당 글자 수
1~19장	上二葉花紋魚尾	젹 (上白口)	15행	25~30자

19장본의 특징은 처음부터 끝까지 일관된 정제성을 들 수 있다. 기존
의 번각으로는 더 이상 장수를 줄일 수 없자, 행수를 한 행 더 늘리는

---

51) 이 이본은 정양완이 첫 장과 마지막 장을 영인하여 소개하며 해제를 한 것이 있다.
　　정양완, 『日本 東洋文庫本 古典小說 解題』, 국학자료원, 1994.
52) '赤聖' 옆에 아주 작게 '狄成'이라고 쓰여 있다.

방식으로 장수를 줄이기 위해, 완전히 새롭게 판하본을 필사해서 만든 이본이다. 이때 대본이 된 것은 23장본으로 몇몇 어휘적 착간[53])과 문맥적 오류[54])가 있지만 실상은 23장본을 그대로 가져다가 필사해서 판각한 것이다. 그런데 판하본을 필사한 필사자가 주의를 기울이지 않아 충분히 고칠 수 있는 오류도 고치지 못했는데, 대표적인 것으로 경판본 모두 가지고 있는 오류로 19장본은 이를 그대로 답습했다.

> 왕이 셩의로 셰즈를 봉코즈 흔디 **공경이 간왈 "즈고로 국가는 중즈로 셰즈를 봉흐오미 썻 〃 흐온 일이어늘 이졔 견흐계옵셔 츠즈로 셰즈를 봉흐여 륜긔를 숭코즈 흐시미 블가흐오믈 고흐니** 왕이 침음양구의 향의로 셰즈를 봉흐니라. (1앞 : 11~14)

이 오류는 완판74장본에는 보이지 않고 경판계열과 친연성이 높은 것으로 판단되는 세책본 동양문고본, 영창서관본에도 보이지 않는, 오직 경판본에만 보이는 오류이다. 다른 경판본들은 번각하는 것이므로

---

53) 이하 인용은 23장본, 19장본 순서이다.
   단져를 민드러 흔 곡조를 부니 **그 소리** 쳥아흐여 (10앞 : 8~9)
   단져를 만다라 흔 곡조를 브니 **쥭셩이** 쳥으흐여 (8뒤 : 8)

   "현졔 쩌난 후로 병셰 **일냥이시미** 현졔 오기를 고디흐엿노라."(7뒤 : 1~2)
   "현뎨 쩌는 후로 병셰 **흔 모양이시미** 현뎨 오기를 고디흐여노라."(6뒤 : 3~4)

   금계 **보효흐는지라.** 공쥐 몸을 니러나며 (15앞 : 3~4)
   금계 **시벽을 보흐난지라.** 공쥐 몸을 이러나며 (12뒤 : 3~4)

54) **만일 〃 녕쥬** 아니면 회츈키 어렵도소이다 (2앞 : 2)
   만일 령쥬 아니면 회츈키 어렵도소이다 (1뒤 : 15)

   다만 바롬이 닝 〃 흐면 밤이오 일긔 **훈 〃 흐면** 나진 줄 짐작흐나 (9뒤 : 5~6)
   다만 바롬이 닝 〃 흐면 밤이오 일긔 **훈 〃** 나진 줄 짐죽흐나 (8앞 : 9)

   셰류는 **의 〃 흐여** 황죄 왕닉흐는지라. 황졔 츈경을 스랑흐여 (13앞 : 3~4)
   셰류는 **의 〃** 황지 왕리흐는지라. 황졔 츈경을 스랑흐여 (11앞 : 1~2)

어쩔 수 없이 알면서도 그대로 판각했다 해도, 19장본은 새롭게 판하본을 필사해서 판각하는 것이므로 필사할 때 조금만 주의했다면 충분히 고칠 수 있었다. 그럼에도 불구하고 고쳐지지 않았다. 또한 장수를 줄여야 하는 상황에서도 다음과 같이 동일한 구절을 다시 반복하는 실수를 세 번이나 하는 것은 필사자의 수준을 가늠하게 한다.

> 구슬 갓한 약 두환을 가져다가 **셩의를 셩의를** 주어 왈 "이 약이 일령쥐니 (5앞 : 15)
> 궐ㄴ의 드러가 셩의〃 눈 쓴 ㅅ연과 안평국 **왕ㅈ로 왕ㅈ로** 고쵸ᄒ던 슈말를 아뢴더 (16앞 : 3)
> 츈난더러 왈 "ㅅ룸이 니국니가ᄒ미 회뢰 **간졀 간졀**홀지니 그 아니 가련ᄒ냐."(11뒤 : 13)

위의 세 번째 인용의 경우, 강조를 위해 두 번 반복해 쓴 것으로 볼 수도 있다. 하지만 강조하려고 한 번 더 쓴 것이라면 '간졀〃〃'이 되어야 할 것이다. 무엇보다 장수를 줄이려고 축약한 이본인 19장본이 굳이 강조할 필요 없는 대목에서 이렇게 부연했을 까닭이 없다. 물론 다른 세 이본은 '간졀'로만 되어 있다.

19장본은 전체가 일관된 체제를 가지고 있는 이본으로 23장본을 대본으로 새롭게 판하본을 필사해서 판각한 이본으로 23장본보다 장수는 4장 적지만 행수를 1행 늘려 그 분량을 맞췄다. 고칠 수 있는 대목을 고치지 못한 것이나 실수로 인한 잘못 등을 볼 때 좋은 이본이라 하기 어렵다.

3. 결론

31장본은 현재 확인할 수 있는 경판본 중에서 가장 앞선 것으로 경판의 마지막 형태로 보는 안성판19장본이 띄고 있는 정제성의 모습과 달리 다양한 판목의 형태들이 섞인 복합판식을 보여주고 있다. 이와는 달리 거의 같은 장수의 30장본은 31장본의 뒷부분을 줄이면서 형태적 정제성을 꾀한 이본이다. 그렇지만 서사적 내용 전달에만 치우친 개작으로 인해 외형적 정제성에도 불구하고 시장에서의 호응은 좋지 않았던 것으로 판단된다. 그래서 이후 23장본은 30장본이 아니라 31장본을 대상으로 성립한다.

23장본은 가장 많이 남아 있는 이본으로, 장수가 적어 판각비가 덜 든다는 경제적 이유 외에도 작품의 서사를 온전히 이루려는 개작의 노력이 주효한 이본으로 평가된다. 21장 이후의 부분을 불과 3장 속에 넣으면서도 단순 생략이 아닌 서사에 입각한 축약과 개작을 꾀했다. 이것은 경판본의 변이가 장수를 줄이기 위해 축소하는 방향으로 진행되었다는 소극적 시각에서 벗어나, 서사를 압축적으로 보여주며 개작하려고 했다는 적극적 시각으로 바뀌어야 함을 시사한다.

31장본부터 가지고 있던 문맥적 오류는 이후 모든 경판에 번각을 통해 계승되었는데, 19장본은 조금만 신경 썼다면 오류를 바로 잡을 수 있었을 텐데 그렇지 못했다. 이는 안성판의 위상을 보여주는 것으로 새롭게 정제된 형식으로 장수를 몇 장 더 줄이고 기존의 서사는 그대로 담는 것에 만족하고 있음을 알 수 있다.

본고는 아직 국내에 소개되지 않은 경판본 31장본과 30장본 그리고 19장본을 발굴하여 그 이본의 위상을 점검하고 경판본의 상황을 조망하였다. 앞으로 <적성의전> 이본 연구는 이를 바탕으로 계속 확장시켜 경판의 앞선 선행본 확인, 완판본과의 문제, 그리고 상업적으로 유통되었던 세책본 동양문고본과의 관계, 세책본과의 관계성이 밝혀지고 있는 활판본과의 관계[55]등과 다수의 필사본의 관계를 통해 〈적성의전〉의 다양한 층위를 찾아야 할 것이다. 각 이본은 그것을 향유했던 독자들이 각기 상이하게 존재하므로 단순히 이본 연구는 원본을 찾는 것만이 아닌, 다양한 이본의 상황과 그 위상을 통해 각기 동일한 작품을 어떻게 달리 읽고 향유했는가를 찾는 작업이 되어야 할 것이다. 〈적성의전〉의 경우는 본고에서 지적한 군담의 문제, 기러기 화소의 문제 등이 그 주요한 시사점이 될 것이다. 아울러 판각본 연구에서 본고의 23장본 분석이 시사하듯, 단순히 장수 축소와 변이의 문제 외에 그 축약, 개작 양상의 면밀한 검토를 통해 각 이본의 실상과 해당 작품의 위상을 점검해야 할 것이다.

---

55) 세책과 활판본과의 관계는 이윤석·大谷森繁·정명기 편저, 『貰冊 古小說 硏究』, 혜안, 2003 참조.

연세대 소장 〈적성의전〉 필사본과 초기 경판본의 관계

1. 서론

　이본 연구를 통해 원본을 확정하는 일은 지난한 작업일 뿐만 아니라 근본적 한계를 안고 가는 작업이다. 다수의 불특정 이본들 사이에서 헤매다가 정작 귀중한 이본을 간과하게 되는 경우뿐만 아니라, 근본적으로 원본이 인멸된 경우나 이본 변이의 귀중한 고리가 되는 이본이 사라진 경우 등이 비일비재하기 때문이다.[1] 그래서 중요한 이본을 만난다는 것은 단지 노력과 열심만으로 되는 것은 아닌 것 같다.

　필자가 이번에 연세대학교 도서관에서 발견한 〈적성의전〉 필사본은 아직까지 학계에 보고되지 않은 이본으로, 분석 결과 경판본 〈적성의전〉 변이과정에 중요한 고리가 되는 이본으로 판단된다. 이 이본은 경판본 〈적성의전〉을 보고 베낀 필사본으로, 그 모본(母本)이 되는 경판본이 현재는 남아 있지 않은 앞선 시기의 경판본[2]이라는 점에서 의미가 깊다. 필사본은 다른 필사본을 보고 베끼는 경우가 일반적이겠지만, 이

---

1) 외국에 소장되어 있어 접근하지 못하거나 어려운 경우도 여기에 포함된다.
2) 이 앞선 시기의 경판본을 본고에서는 '초기 경판본'으로 부르고자 한다.

렇게 판각본이나 구활자본을 대상으로 한 것도 있고, 심지어 신식 활자본을 대상으로 필사한 것도 있다.3)

본고는 이 연대본 〈적성의전〉을 면밀히 분석하여 경판본과의 관계를 밝히고, 지금은 남아 있지 않은 〈적성의전〉 초기 경판본의 모습을 재구해보도록 하겠다.

초기 경판본의 모습을 재구하는 것은, 경판본 〈적성의전〉의 변이 양상을 더 구체적으로 탐색할 수 있게 하고, 같은 판각본이면서도 경판과 완판이 다른 내용을 갖게 된 이유와 그 과정, 그리고 원 〈적성의전〉에 가까운 이본 계열을 고구하는 데 중요한 시발점이 될 것으로 생각된다.

2. 이본 상황

1) 연세대 소장 필사본

연대본 〈적성의전〉은 연세대학교 도서관에 소장되어 있는 한글 필사본으로 47장 단권이다. 표제는 '젹승의젼'이고 권수제는 '젹승의젼 권디단'이며, 매 쪽 12행 20자 내외로 되어 있다.

연대본의 표지는 개장(改裝)한 것으로 처음 필사했을 때 만든 표지가 아니라 다른 표지이다. 이 표지 뒷장 안쪽에는 본문 필체와는 다른 필체의 "소화 임신 삼월 경성 안국동 장책"이라는 기록이 있는데, 이는 '소화 임신'년인 소화7년(1932)에 개장(改裝)한 것을 밝힌 것으로 보인다.

'안국동 장책'이란 언급은 물론 소장처를 밝힌 것으로 생각할 수도 있지만, 그렇지 않다. 분명히 표지가 개장된 상태라는 점, 이 기록이 개장

---

3) 현재 연세대학교 도서관에 소장되어 있는 〈옥루몽〉의 한 이본은 1954년 정음사에서 펴낸 김구용 편역본 〈옥루몽〉을 보고 필사한 것이다.

한 표지에 있다는 점, 연대본 필사자가 필사기를 남겨 놓았는데 소장사항을 적으려 했다면 당연히 필사기 다음에 이어서 적었을 것이란 점 등을 고려할 때, 이 기록은 개장한 것을 밝힌 것이 분명하다.[4]

방금 언급한 것처럼 연대본에는 필사기가 있는데, 필사자가 본문이 끝난 후, 석 줄 정도 뗀 후 필사기를 적어놓았다.

> 신유 팔월 처음 필셔ᄒᆞ노라. 년기는 어리지 아니나 외ᄌᆞ 낙ᄌᆞ 만을 듯. 보실 이 허물을 다 용셔ᄒᆞ여 보시옵고, ᄎᆞ〃 유젼ᄒᆞ여 보려고 기록ᄒᆞᄂᆞ이 아모이라도 졍히 앗겨〃 보시옵.

신유(辛酉)는 1861년 또는 1921년인데, 조금 숙고가 필요하다.

연대본은 보존상태가 좋은 이본으로, 이런 상태로 판단하면 1861년보다는 1921년일 가능성이 높아 보인다. 그렇지만 상태가 좋다는 것만으로 단정하기는 아무래도 조심스러워진다. 보존 방법과 주변 여건에 따라 얼마든지 이본이 양호하게 남을 수 있기 때문이다.

이본의 전승 상황은 'ᄎᆞ〃 유젼'하려 했다는 필사자의 의도에서 어느 정도 엿볼 수 있다. 'ᄎᆞ〃 유젼ᄒᆞ여 보려' 했다는 것은 당대에 돌려보려고 했다[流傳]는 것이 아니라 후대에 전승하려고 했다[遺傳]는 것이 더 옳다. 그러므로 필사자가 정성 들여 필사하고 후대로 'ᄎᆞ〃 유젼'하여 '앗겨' 보았다면 1861년일 가능성도 충분히 있다.

여기서 중요한 단서는 1932년에 개장했다는 점이다. 연대본이 1921년에 필사된 것이라고 한다면, 개장은 불과 10년 정도 만에 이루어진 것이다. 물론 그동안 심하게 겉장이 파손되어서 개장했을 수 있지만, 10

---

4) 물론 개장한 표지 위에 다른 누군가가 소장상황을 적었을 가능성도 완전히 배제할 수는 없다. 그렇지만 개연성은 적어 보인다.

년 정도 만에 개장해야 할 정도로 겉장이 파손되었다면 본문이 적힌 안
쪽이 이렇게 깨끗한 상태를 유지하기는 힘들 것이다. 보통 표지가 안쪽
보다 많이 마모되는 것은 상식이다. 소중히 전해져 내려왔지만 개장해
야할 정도로 겉장이 훼손되려면, 또 안쪽이 양호한 상태에서 개장해야
할 정도로 겉장이 마모·오염되려면, 최소한 10년 이상의 시간이 흘러
야 할 것으로 보인다. 이렇게 본다면 연대본 필사는 1921년이 아니라
1861년에 이루어졌다고 할 수 있을 것이다.

물론 이는 외적 상황만으로 추론한 것이기에 절대적이라고 하기 어려
운 점이 없지 않다. 그런데 연대본이 담고 있는 내용을 검토해 보면, 내용
역시 필사연도를 1921년이라고 보기 보다는 1861년으로 보게 한다.[5]

2) 경판31장본 · 30장본 · 23장본 · 19장본

〈적성의전〉 중 현재 남아있는 경판 판각본은 31장본,[6] 30장본,[7] 23
장본,[8] 19장본[9]밖에 없다. 이들은 다른 경판 방각본 소설들이 그렇듯이

---

5) 이에 대해서는 다음 절에서 상론한다.

6) 현재 유일본으로 러시아 상트 페테르부르그(St. Petersburg) 소재 동방학 연구소에
소장되어 있다. 스킬렌드(W. E. Skillend)에 의해 30장본으로 알려졌는데(Skillend,
W. E.『古代小說』, University of London, 1968), 실제로는 31장본이다. 우리나라에
는 마이크로필름으로 연세대학교 도서관에 소장되어 있다.

7) 현재 유일본으로 프랑스 파리 기메(Guimet)박물관에 소장되어 있다. 필자가 마이크
로필름으로 가지고 있다.

8) 국립중앙도서관, 한국학중앙연구원, 파리 동양어학교, 대영박물관, 김동욱 소장본, 이
능우 소장본 등 〈적성의전〉 경판본 중에서 가장 많이 남아 있는 이본이다. 이에 대해
서는 조희웅,『고전소설 이본목록』, 집문당, 1999. 참조. 다만 조희웅 목록에서 한국학
중앙연구원에 소장된, 발간연도가 大正10(1921)년인 〈젹셩의젼〉을 '25장'으로 기재
했으나, 확인 결과 이도 역시 '23장'이었다.

9) 현재 유일본으로 일본 동양문고에 소장되어 있다. 우리나라에는 사진 자료로 이윤석
교수가 들여왔다. '안성동문이신판'이라는 간기를 통해 안성에서 판각된 것을 알 수
있다. 안성판은 경판의 한 형태로 인정하므로 본고에서도 경판계열에 넣어 논의한다.

후대로 갈수록 장 수를 축소하는 방향으로 변해왔다.[10] 31장본, 30장본, 23장본의 앞부분은 앞선 판을 번각한 관계에 있는데, 31장본을 기준으로 정리하면 다음과 같이 요약된다.[11]

구분	1~20장	21장	22장	23장	24장	25~30장	31장
31장본	①	②		③		축약	
30장본	①	②		축약			
23장본	①	축약					

1~20장 부분(①)은 세 이본 모두 번각관계이다. 그리고 21~22장 부분(②)은 31장본과 30장본만 번각관계이다. 즉, 30장본은 22장까지(①, ②)를 앞선 이본에서 가져와 번각하고 뒷부분은 축약한 이본이고, 23장본은 20장까지(①)만 번각하고 이후 내용은 축약한 이본이다.

문제는 31장본의 23~24장 부분(③)인데, 정확히 말하면 31장본만 가지고는 그것이 현재는 없는 앞선 경판본과 번각관계에 있다고 확증하기는 어렵다. 다만 31장본의 魚尾나 행당 글자 수 같은 판형 상황과, 내용상의 오류 등으로 보아 31장본은 앞선 경판본의 24장까지(①, ②, ③)를 그대로 가져와 번각하고 뒷부분을 축약한 이본으로 추측할 뿐이다.[12] 이는 31장보다 앞선 경판본이 발견될 경우 명확하게 확정될 것이다.

경판본과 안성판 등 판각본에 대해서는 김동욱, 「한글 小說 坊刻本의 成立에 對하여」, 『향토서울』8, 서울특별시, 1960, 38~67쪽 ; 김동욱, 「방각본에 대하여」, 『동방학지』11, 연세대학교 동방학연구소, 1970, 97~139쪽 참조.

10) 이창헌, 『경판방각소설 판본 연구』, 태학사, 2000, 506~522쪽 참조.

11) 19장본은 첫 장부터 판을 새로 짰으므로 번각관계가 아니다. 경판 <적성의전>의 상호 관계와 변이 양상에 대해서는 유광수, 「경판본 <적성의전> 이본고」, 『열상고전연구』18, 열상고전연구회, 2003, 349~381쪽 참조.

12) 필자가 앞선 논문에서 이렇게 추정했다. 유광수, 앞의 논문, 2003, 351~358쪽 참조.

이런 '번각-축약'의 양상은 각 경판본의 축약 의도와 의미를 탐색하는데 중요한 기준이 된다. 즉 상업을 목적으로 하는 판각본 제작자가 서사 내용에 어떤 부분까지 간섭했는지를 가늠할 수 있으며, 그것이 어떻게 문학적 변용을 초래했고, 그런 과정이 대중성에 어떤 영향을 끼쳤으며, 그리고 그 의미가 무엇인지를 문화지형 측면에서 밝히는 데 중요한 바탕이 된다.13)

3. 연대본과 경판본의 관계

1) 비교 분석

연대본을 여러 이본들과 비교 검토한 결과, 연대본은 경판본과 친연성이 아주 높은 이본으로 밝혀졌다. 단순히 서사 내용이나 묘사 등이 비슷한 정도의 친연성이 아니라, 필사시의 탈락 같은 오류를 제외하고는 구절까지 완벽하게 동일한 이본이다.14)

연대본은 필사자의 실수가 종종 나타난다. 31장본과의 비교를 통해 확인해보자.15)

---

13) 이는 이본 연구가 마땅히 추구해야 할 방향으로 〈적성의전〉을 대상으로 하는 이런 면밀한 검토는 본고에서 다룰 연대본의 상황이 확정되는 대로 이루어질 것이다.

14) 연대본은 필사본이므로 필사자의 필사 습관에 따라 '이'를 '니'로 쓰는 정도의 차이는 있다. 완벽하게 동일하다는 것은 후술되겠지만, 경판본 기준으로 24장까지 그렇다는 것이다.

15) 이후 특별한 언급이 없는 한, 인용한 것은 차례대로 (연대본)-(경판31장본)-(경판30 장본) 식으로 나란히 인용하고 맨 끝 괄호 안에 쪽수를 밝힌다. 이본들 간의 대조를 잘 보이기 위해 길게 이어지는 내용도 의도적으로 잘라서 인용했다. 그래서 맨 끝 괄호의 쪽수가 나오기까지는 생략 없이 내용이 이어지는 것이다. 생략의 경우 '……'로 표시했다.

국왕   셩언 젹니이 젹문공의 휘예라. 치국지리 요슌을 효측ᄒᆞᆷᅵ 인심니
순박   국틱민안ᄒᆞ여 (1앞)
국왕의 셩은 젹이니 젹문공의 후예라. 치국지되 요슌을 효측ᄒᆞ미 인심
이 슌박ᄒᆞ며 국틱민안ᄒᆞ여 (1앞)

츠시 왕비 우연 득병ᄒᆞ여   만분 위틱ᄒᆞ미 일국이 황〃ᄒᆞ나
마춤니 (1뒤)
츠시 왕비 우연 득병ᄒᆞ샤 졈〃 침즁ᄒᆞ여 십분 위틱ᄒᆞ미 일국이 황〃ᄒᆞ
나 마춤니 (1뒤)

이런 차이는 연대본의 모본이 가지고 있는 문제 때문에 생긴 것이 아
니라, 연대본 필사자의 실수로 보인다. 연대본은 실수에 의한 것으로 생
각되는 건너뜀이나 빠지는 것은 있어도 의도적 축약이나 다른 내용으로
벗어나는 서술이 없기 때문이다.

특히 다음과 같은 경우는 모본의 오류가 아니라 연대본의 오류가 분
명함을 알 수 있다.

"네 지셩을 막지 못ᄒᆞ나 엇지 쥬야의 <u>고문지망</u>을 억제ᄒᆞ리요 ……" (3뒤)
"네 지셩을 막지 못ᄒᆞ나 엇지 쥬야의 <u>〃문지망</u>을 억졔ᄒᆞ리오 ……" (2뒤)

성의를 기다린다는 표현으로 모친이 말하는 대목이므로 당연히 '의문
지망(依門之望)'이어야 한다. 이런 분명한 실수는 고유명사를 실수한 것
에서도 확인할 수 있다.

션관 왈 "나난 봉니 방쟝 영쥬 <u>요질</u>을 다 구경ᄒᆞ여쓰되 셔쳔을 못 보앗
거든 (5뒤)

션관 왈 "나는 봉닉 방장 영쥬 <u>요디</u>를 다 구경ᄒᆞ여스되 셔쳔을 못 보왓거든 (4앞)

나는 봉닉산 ᄌᆞ각봉의 젹숑ᄌᆞ ____ 진 엄군평 두목디로 긔약ᄒᆞ여괴로 (6뒤~7앞)
나는 봉닉산 ᄌᆞ각봉의 젹숑ᄌᆞ <u>왕ᄌᆞ진</u> 엄군평 두목지로 긔약ᄒᆞ엿기로 (4뒤)

고유명사가 잘못되거나 결락된 것은 축약 같은 인위적인 개작이 아니라 분명한 실수이다. 이는 연대본이 경판본에 영향을 준 것이 아니라, 연대본이 경판본을 보고 필사한 것임을 말해준다.

이런 실수 외에도 연대본 필사자는 행을 건너뛰는 실수도 저지른다.

셩의 졈 〃 ᄌᆞ라이 지덕이 겸비ᄒᆞ녀 요슌을 본바드미 졔신니 쥬달ᄒᆞ니
왕이 셩의로
셩의 졈 〃 ᄌᆞ라   지덕이 겸비ᄒᆞ여 요슌을 본바드미
왕이 셩의로

                                        셰ᄌᆞ를 봉ᄒᆞ오
미 (1앞)
셰ᄌᆞ를 봉코ᄌᆞ ᄒᆞᆫ디 공경이 간왈 "ᄌᆞ고로 국가는 쟝ᄌᆞ로 셰ᄌᆞ를 봉ᄒᆞ오
미 (1앞)

31장본을 보면 내용 중에 '셰ᄌᆞ를'이 두 번 반복되는데, 아마도 앞선 경판본을 모본으로 필사하던 연대본 필사자가 '셰ᄌᆞ를 봉코ᄌᆞ'로 써야 할 곳에서 '셰ᄌᆞ를 봉ᄒᆞ오미'로 쓰면서 건너뛴 것 같다.

다음의 두 경우는 비슷한 글자가 없지만 역시 행을 건너뛰는 실수를

저질렀다. 이 경우 모두, 내용에 오류가 생기기는 마찬가지이다.

　　　"나는 안평국 스람이러니 천성 금불보탑 존亽를 뵈오랴

　　　"나는 안평국 스룸이러니 천성 금불보탑 존亽를 뵈오랴 왓노라." 샹지

왈 "보탑존亽는 금강경 쳔불 지시라.

　　　　　　　　　　　　드러왓스니 그 졍셩을 신령　감동ᄒ미라. ……"

(7뒤)

　　　인간 육신 여쳔의 드러왓스니 그 졍셩을 신령이 감동ᄒ미라. ……"

(5앞)

　　　"그 쏘흔 피차 연분이니 무슴 ᄉ례ᄒ홀 비 잇스리오." ᄒ고

　　　"그 쏘흔 피ᄎ 연분이니 무슴 ᄉ례ᄒ홀 비 잇스리오." ᄒ고 시비로 쥬찬을

나와 권ᄒ며

　　　　　　　　　　　　　　"흔낫 녀식 쑌이라. 의외　날이 그ᄃ로 우

리를 쥬심이니 (30뒤~31앞)

　　　츄연 탄 왈 "우리 무즈ᄒ고 흔낫 녀식 쑌이라. 의외 하늘이 그ᄃ로 우리

을 쥬시미니 (21뒤)

이와 같이 단어를 잘못 쓰거나 구절을 건너뛰는 등의 실수는 필사시
에 흔히 일어나는 것이다. 필사할 때 주의를 좀 더 기울였다면 대본에
더욱 가깝게 필사된 이본을 얻었을 것이다. 이 말은 이런 필사자의 실수
를 제외하고 보면, 필사의 모본을 가늠할 수 있다는 말이 된다.

앞서 보았던 경판본의 상황에 비추어 볼 때, 최소한 31장본과 30장본
이 번각관계에 있는 22장까지(①, ②)는 앞선 경판본도 가지고 있는 것이
라고 할 수 있다. 이 22장까지 부분을 연대본과 비교해 보면, 연대본은

필사자의 실수 외에는 어긋나는 것이 하나도 없이 온전하게 같다.

조금 더 나아가 확인해 보면, 앞서 번각일 것이라고 추론한 31장본의 24장까지(①, ②, ③)는 필사시의 실수와 오류를 빼면, 연대본은 경판31장본과 완벽하게 동일하다.

이에 대해서는 23~24장 부분(③)을 살펴보면 분명하게 알 수 있다. 30장본은 그 부분이 축약되는 부분이므로, 31장과 비교하면 서술이 31장본에는 있지만 30장본에는 없는 부분이 많다. 그런데 바로 그렇게 없는 서술이 연대본에는 고스란히 남아 있다. 정확히 말하면, 31장본이 남아 있는 것처럼 연대본도 그대로 동일하게 남아 있다.

> " …… 져 기러기 안평국 왕비 셔신을 가지고 왓습기로 소녀 그 사연을 일너 들니압더니 그 동지 눈이 문득 쓰인지라.
> " …… 져 기러기 안평국 왕비 셔신을 가지고 왓습기로 소녜 그 셔의를 일너 들니옵더니 그 동지 눈이 문득 쓰인지라.
> " …… 져 기러기 안평국 왕비 셔신을 가기고 왓습기로 소녜 그 스의롤 닐너 들니옵더니 그 동지 눈이 믄득 쓰인지라.

> 그 일니 이샹ᄒ온디 불감ᄒ다 즉시 여유을 쥬달치 못ᄒ오나 기러기난 이뉴로 ᄎᄌ나이다."(33뒤)
> 그 일이 〃샹ᄒ오디 불감ᄒ와 즉시 연유를 쥬달치 못ᄒ오나 기러기는 일노조ᄎ 아ᄂ이다."(23뒤)
> 그 일이 〃샹ᄒ오디 불감ᄒ와 즉시 연유롤 쥬달치 못ᄒ엿ᄂ이다."(23뒤)

공주가 천자와 황후에게 기러기를 알게 된 사연을 말하는 대목인데, 30장본에는 삭제되었는데 31장본과 연대본에는 있음을 알 수 있다. 또, 황제가 성의와 공주의 성혼을 결정한 이후의 성혼 장면도 역시 마찬가지이다.

즉시 틱스관을 명초ᄒᆞᄉ 틱일ᄒᆞᆫ즉 츄팔월 망간이라. 황상이 틱셔ᄒᆞ미 청정으로 되물 디희ᄒᆞᄉ

즉시 틱스관을 명ᄒᆞ샤 틱일ᄒᆞᆫ즉 츄팔월 망간이라. 황상이 틱셔ᄒᆞ미 천경으로 되물 디희ᄒᆞ샤

즉시 틱스관을 명ᄒᆞᄉ 틱일ᄒᆞᆫ즉 츄팔월 망간이라.

젹셩의로 부마를 삼으시고 그 기러기 신긔ᄒᆞᆫ 영물이라 ᄒᆞᄉ ᄀᄌᆞ를 쥬시다.

젹셩의로 부마를 삼으시고 그 기러기 신긔ᄒᆞᆫ 영물이라 ᄒᆞ샤 가ᄌᆞ를 쥬시다.

(30장본 없음)

이러구려 길일니 다〃ᄅᆞ미 한님이 길복을 갓초고 금안빅마의 위의를 ᄎᆞ려 궐닉로 향ᄒᆞ여 만복젼의 이르러

이러구려 길일이 다〃ᄅᆞ미 한님이 길복을 갓초고 금안빅마의 위의를 출려 궐닉로 향ᄒᆞ여 만복젼의 이로러

어러구려 길일이 다〃ᄅᆞ미 한님이 길복을 갓초고 금안빅마의 위의롤 출혀 궐닉로 향ᄒᆞ여 만복젼의 니르러

젼안지에를 향할 시 그 구름 차일과 금슈평풍을 둘너 치고 노긔홍샹한 시녀 쌍〃이 버러스니

젼안지예를 힝홀 시 그 구름 차일과 금슈병풍을 둘너 치고 녹의홍샹ᄒᆞᆫ 시녜 쌍〃히 버러스니

젼안지녜롤 힝ᄒᆞᆫ 후

그 위의 범졀이 휘황출난ᄒᆞ더라. 공쥬로 교비할시 공쥬 칠보단장의 룡봉금의를 입고 (33뒤~34앞)

그 위의 범졀이 휘황찰난ᄒᆞ더라. 공쥬로 교비홀시 공쥐 칠보단장의 룡봉금의를 닙고 (23뒤)

공쥬로 교비홀시 공쥐 칠보단쟝의 뇽봉금의롤 입고 (24앞)

이렇게 이 대목들은 모두 31장본의 23~24장 부분(③)에 해당하는데 이를 통해 다음 두 가지 사실을 알 수 있다. 첫째 경판31장본은 24장까지는 앞선 경판본을 번각했다는 점, 둘째는 24장까지만 놓고 보면 연대본이 31장본을 보고 필사했다고 봐도 무관하다는 점이다.

31장본의 25장 부분부터는 축약부인데 연대본과 비교하면 24장까지 부분처럼 완벽하게 일치하지는 않지만, 대부분의 경우 구절까지 동일하며 서사에서 특이하게 어긋나는 내용은 없다. 연대본이 31장본보다 구절이 조금 더 있는 것이 다를 뿐이다.

여기까지의 분석을 통해, 연대본은 경판본과 친연성이 높은 이본이며 31장본의 24장까지는 완전히 부합하고 25장 이후의 뒷부분은 연대본의 서술이 더 있음을 알았다. 이는 연대본이 모본으로 삼았던 이본이 경판본일 것이란 점을 말해준다. 연대본 필사자가 경판본의 24장까지만 경판본을 보고 필사하고 이후 부분은 다른 필사본이나 활판본을 보고 필사했을 경우는 생각하기 어렵기 때문이다. 즉, 연대본의 앞부분이 31장본과 동일한 것은 연대본의 모본이 경판본이라는 것이고, 뒷부분이 31장본과 차이나는 것은 모본이 31장본은 아니라는 것이다. 결국 연대본은 31장본보다 더 앞선 경판본을 보고 필사했음을 알 수 있다.16)

그렇다면 연대본과 경판본의 관계는 다음 세 가지 중 하나에 해당할 것이라고 할 수 있다.17)

---

16) 31장본의 경우 24장까지는 번각부분이고 25~31장 부분은 축약부분이다. 이를 '앞부분', '뒷부분'으로 단순화해서 지칭하고, 해당 부분에 상응하는 연대본의 내용을 말할 때도 동일하게 지칭하기로 한다.

17) 필사본인 연대본이 판각본인 경판본을 직접 보고 베낀 것이 아니라, 그 사이에 다른 필사본이 더 존재할 가능성도 있다. 경판본을 보고 베낀 필사본을 다시 연대본이 보고 베꼈을 경우를 완전히 배제할 수 없기 때문이다. 그러나 연대본의 실수 정도를 보았을 때, 경판본을 보고 베낀 다른 필사본을 필사했을 가능성은 매우 적어 보인다. 중간에

가설 1 : 연대본은 경판의 개판본(開板本)을 보고 필사한 이본이다.
가설 2 : 연대본은 31장본의 선행 경판본을 보고 필사한 이본이다.
가설 3 : 연대본은 31장본을 보고 필사한 이본이다.

가설3은 옳지 않음은 앞서도 언급했는데, 연대본이 31장본보다 서술이 더 많고 연대본은 31장본의 오류를 저지르지 않기 때문이다. 31장본은 경판본을 모본으로 하여 번각과 축약을 통해 성립한 이본으로, 축약부분인 뒷부분(25~31장)의 내용이 연대본보다 훨씬 적다는 것은 최소한 연대본이 31장보다는 앞선 내용을 가지고 있다는 것을 의미한다. 무엇보다 축약부인 뒷부분에 31장본은 서사에 커다란 오류가 있는데 연대본에는 그 오류가 없다.

천즈와 황휘 부마 양인니 〃름물 보시고 시로이 반기미 층양 업고 ……
텬즈와 황휘 부마 냥인이 〃르물 보시고   반기미 층양 업고 ……

광음니 여류ᄒᆞ여 빅귀과극홈 갓흔지라. 천지 츈취 놉흐사
광음이 여류ᄒᆞ여   텬지 츈취 놉흐ᄉ 호련 승ᄒᆞ니

졈 〃 혼모ᄒᆞ시고 티지 십삼 세 되난지라. 희ᄉ의계 견위치국지되 요슌
을 효측ᄒᆞ니 강구의 격양가를 부르더라.
                    티즈의   견위ᄒᆞ시미   요슌
를 효측ᄒᆞ니 강구의 격양가를 부르더라.

…… 잇ᄯᅥ 천지 츈츄 정셩ᄒᆞ시고 빅셩이 안돈ᄒᆞ녀 국가이 티평ᄒᆞ민 부

다른 필사본이 더 있었다면, 그 필사본을 오독해서 생기는 오류처럼 좀 다른 의미의 실수가 연대본에 더 있어야 하기 때문이다. 현재 연대본의 필사 내용으로 판단했을 때는 '직접 경판본을 보고 베낀 이본'임이 분명하다.

마와 공쥬 계찰할 거시 업셔

…… 이씨 텬지 츈취 졍셩ㅎ시니   국긔   틱평ㅎ민

부뷔 셔로 의논ㅎ여 본국으로 가미 올타 ㅎ고 틱상황과 황틱후씨

부뷔 셔로 의논ㅎ여

본국으로 도라가믈 고흔디 틱상황이 부득이 허ㅎ시나 창연흔 마암이 비
할 씨 업더라. (45뒤~46앞)

본국으로 도라가믈 고흔디 틱샹황이 부득이 허ㅎ시나 창연흔 마음이 비
홀 디 업더라. (30뒤)

〈적성의전〉의 천자에겐 딸과 아들이 한 명씩 있는데 딸은 적성의와 성혼하고 아들은 태자가 된다. 31장본을 보면, 그 천자가 나이가 많아 홀연 승하하자 공주의 동생인 태자가 천자가 되는 것으로 나온다. 그런데 천자가 죽었는데 '틱즈의 젼위ㅎ시미'라는 어색한 구절과, 갑작스럽게 '틱상황'이 등장한다는 문제가 발생한다. 이는 31장본에 '호련 승ㅎ니'라는 구절이 들어있기 때문에 생긴 중대한 오류이다. 필사본과 달리 경제적 문제와 긴밀한 관련이 있는 판각본이라는 점에서 이 오류는 단순한 필사시에 흔히 있는 실수 이상의 의미가 있다. 31장본의 이런 오류는 31장본을 읽었던 독자들도 알고 있는 바였다.[18]

연대본에는 이 오류가 없는데, 이것은 연대본이 새롭게 서술을 고쳤기 때문이 아니라 원 서사에 처음부터 오류가 없었기 때문이다. 31장본

---

18) 현재 남아 있는 유일본인 31장본에는 독자가 漢字를 행간에 써 넣기도 하고 잘못된 구절을 붓으로 지우기도 하는 등 31장본을 나름대로 교정해 놓은 흔적이 남아 있다. 바로 이 독자가 이 대목의 '호련 승ㅎ니'라는 구절을 붓으로 지워 보이지 않게 했다. 마이크로필름으로 확인하지 않았으면 밑에 숨겨진 글자를 확인할 수 없을 정도로 확실하게 지웠다.

의 오류는 뒷부분을 축약하면서 제대로 축약하지 못해서 생긴 것이다.

결국 연대본은 31장본보다 앞선 경판본을 보고 필사한 것인데, 그 모본이 개판본(가설1)인지, 개판본 이후의 다른 경판본(가설2)인지는 조금 더 살펴봐야 할 것이다.

2) 초기 경판본 추정

이제까지의 논의를 통해 연대본은 31장본 이상의 경판본을 모본으로 성립한 필사본임이 분명해졌다. 이제 연대본이 모본으로 삼은 경판본이 어떤 경판본인지 살펴보도록 하자.

우선 연대본 필사자는 모본을 끝까지 충실하게 필사하려 했다고 볼 수 있다. 그의 필사기 진술처럼 오자·낙자가 많지만 후대에 전하려고 정성 들여 기록했다고 할 수 있기 때문이다. 이는 다른 소설 필사자들이 필사하다 귀찮거나 지루해서 또는 노환 같은 불의의 사태로 필사를 중도에 포기하거나 대충 얼버무려 끝낸 것과는 달리, 끝까지 모본을 그대로 필사하려 했다고 전제할 수 있게 한다. 필사의 일관된 외형적 정제성이 그 한 예가 될 것이다. 또 <적성의전>이 그렇게 긴 소설도 아니다. 그리고 앞서 보았듯이 31장본을 기준으로 24장까지의 대목은 완벽하게 동일하다는 것도 필사자가 소설의 끝부분까지 충실하게 필사했을 것이란 추정을 명확하게 한다. 24장까지의 대목 이후 더 필사해야 할 부분이 사실 그리 많이 남아 있는 것도 아니다.

이런 점들을 종합할 때, 연대본은 그가 대본으로 삼은 경판본을 온전히 그대로 필사했다고 보아도 좋을 듯하다.

여기서 연대본의 모본이 어떤 형태인지를 따지기 전에, 우선 그 모본이 개판본(開板本)인지(가설1), 아니면 개판본 이후의 경판본인지(가설2)에 대해 생각해 보도록 하자. 일반적으로 개판본의 경우를 상정할 때, 몇 가지 중요한 측면이 있다. 첫째, 내용상 오류가 있느냐의 여부, 둘째, 얼마나 많은 장수의 내용을 담고 있느냐의 문제, 셋째 시기이다.

결정적 오류가 없을수록, 길이가 길수록, 그리고 시기가 앞설수록[19] 개판본일 가능성이 높다. 왜냐하면, 온전한 판을 만드는 개판본은 내용상 오류가 거의 없을 것이고, 일반적인 경판본의 변이 양상에서 봤을 때 장수는 이후 판들보다는 길 것이기 때문이다.

남아 있는 경판본 〈적성의전〉 중에서 가장 앞선 31장본이 '번각-축약'의 형태이므로, 최소한 〈적성의전〉 개판본은 32장 이상이어야 할 것이다. 또한 〈적성의전〉의 서사를 필사본의 내용 등을 통해 가늠해 볼 때, 개판본의 대략적인 길이는 33장은 넘어야 할 것으로 보인다. 그러므로 〈적성의전〉 개판본은 오류가 없는, 33~36장 정도의 분량인 이본이 아니겠는가 하는 추론이 가능하다.

그렇지만 이는 근본적으로 추상적이고 관념적인 가치평가가 개입된 것으로 어느 정도 한계가 있다. 개판본을 만들 때 오류가 없을 것이라는 생각은 그렇게 상정한 관념적 상정일 뿐이지 실상과 꼭 부합한다고 하기 어렵다. 같은 〈적성의전〉인 19장본을 보면 이를 어느 정도 알 수 있다. 19장본은 안성판으로 기존의 판형을 번각하지 않고 새롭게 개판(改板)한 것이다. 즉, 처음부터 판목을 주의 깊게 만들었다는 말이 된다.[20] 그렇지

---

19) 開板本의 경우 당연히 가장 앞선 시기에 만들어진다. 이는 다른 경판본들과의 관계 속에서만 의미를 가질 뿐이지, 객관적으로 규정된 시기가 있는 것은 아니다. 각 소설 판각본마다 開板本의 시기가 당연히 다르기 때문이다. 그러므로 시기는 開板本을 추정하는데 상대적 시간으로만 의미가 있을 뿐이다.

20) 안성판은 당연히 〈적성의전〉의 開板本이 아니라, 改板本이지만 새로 판을 조판했다는 점에서는 開板本처럼 정제성에 신경 썼을 것이라고 말할 수 있다. 즉 開板이나

만 안성판에는 어처구니없는 실수가 여러 군데 나타난다.[21] 특히 장 수를 줄이기 위해 내용을 축약하려고 번각이 아닌 개판(改板)까지 했는데도, 같은 구절을 의미 없이 두 번씩 반복하는 실수도 저질렀다.

구슬 갓한 약 두환을 가져다가 <u>셩의를 셩의를</u> 주어 왈 "이 약이 일령쥐니 (5앞)

궐니의 드러가 셩의 〃 눈 쓴 ᄉ연과 안평국 <u>왕즈로 왕즈로</u> 고쵸ᄒ던 슈말를 아뢴디 (16앞)

츈난더러 왈 "ᄉ룸이 니국니가ᄒ미 회뢰 <u>간졀 간졀</u>ᄒ지니 그 아니 가련ᄒ냐." (11뒤)[22]

물론, 안성판은 경판본의 후대 상황으로 처음 개판(開板)할 때처럼 정제성이나 성실함이 부족하다고 할 수도 있다. 그렇지만 역으로, 초기의 개판본이라고 해서 이런 식의 오류를 안고 있지 않을 거라고 확정적으로 말할 근거도 역시 없다. 이렇게 개판본이라고 해서 내용상 오류가 없을 것이라는 추론은 어느 정도 위험성이 있다.

경판의 장수 역시 마찬가지이다. 다른 이본들의 상황이나 <적성의전> 내용으로 어림잡아 33~36장 정도일 가능성이 높다는 것일 뿐이다. 31장본의 축약부분인 대목에는 다른 서사로 파생되거나 더 첨가할 화소가 없다고는 해도 군담이 들어 있는데, 그 군담의 내용에 따라 편폭은

改板이나 판하본을 새롭게 필사했다는 점에서는 같고 그 판하본의 정제성에 주의를 기울였을 것이란 점도 같다.

21) 자세한 것은 유광수, 앞의 논문, 2003, 374~377쪽 참조.

22) 이 경우는 강조를 위해서 두 번 쓴 것으로 생각할 수도 있으나, 강조하려고 한 번 더 쓴 것이라면 '간졀 〃 〃'이 되어야 할 것이다. 장수를 줄이려고 축약한 이본에서 딱히 강조할 필요도 없는 것을 이렇게 부연했을 까닭이 없다. 31장본, 30장본, 23장본은 모두 '간졀'로만 되어 있다.

얼마든지 유동적일 수 있는 것이다.

결국, 오류와 장수 문제로 판정하는 것에는 근본적 한계가 있다는 것을 감안하면서, 상대적 수준에서 '더 가깝다'는 방향으로 추론하는 것이 지금으로서는 가장 현실적인 방안인 것 같다.

가) 오류 문제

연대본의 모본에 있는 오류를 따질 때, 당연히 앞서 예로 든 연대본 필사자의 실수는 제외되어야 한다. 그건 필사자의 실수이지 경판본의 실수가 아니기 때문이다. 연대본 필사자의 실수는 31장본의 번각부분인 앞부분이나 그 이후 부분이나 시종여일하게 동일하다. 그러므로 연대본 모본의 오류는 필사시의 실수 외에 근본적인 내용상 오류를 지적해야 할 것이다. 결론부터 미리 말하면, 번각부분 이후의 뒷부분에서 그런 오류를 찾기란 어렵다. 앞서 살펴보았듯이 오히려 31장본의 오류가 어떤 실수를 통해 오류가 되었는지를 알게 할 뿐이다.

연대본이 가지고 있는 오류는 오히려 31장본의 번각부분에 해당하는 곳에 들어있다.

눈 뜬 적성의를 본 천자는 그에게 전후사정을 듣고 기뻐하며 내당으로 들어가 황후에게 공주의 배필을 정했다며 흡족해한다. 이후 천자는 공주의 혼처에 대해 호승상에게 묻는데 호승상은 때마침 과거에 급제한 적성의를 추천한다. 그런데 천자는 '침음양구'에 내당으로 들어가 황후에게 우려를 표명한다. 외국인이라는 점 때문이었다. 황후 역시 그 점을 지적하며 직접 성의를 보겠다고 한다. 이런 서사는 연대본, 31장본, 30장본 모두 그렇다. 내용상 오류인데, 이 오류를 인식한 23장본에서는 이를 개연적으로 고친다.[23] 완판본과 구활자본 역시 이 오류가 고쳐져 있다.24) 즉, 앞선 경판본에서만 이렇게 서사에 오류가 있는데 연대본도 이 오류를 그대로 가지고 있다. 바로 이 대목은 번각부분인 23장에 있다. 그러므로 이 오류는 경판 개판본부터 이어져 내려오는 오류일 가능성이 매우 높다.

또, 안평국왕이 첫째 아들 향의 대신 둘째인 성의를 세자로 세우려고 하자, 대신들이 간하는 대목에 오류가 있다. 설명과 대사가 혼동되어 불분명하게 혼재되어 있는데, 이는 텍스트의 서술이 오류를 일으킨 경우이다.

> 어시의 셩의 졈 〃 ᄌ라 지덕이 겸비ᄒ여 요순을 본바드미 왕이 셩의로 셰ᄌ를 봉코ᄌ 흔디, 공경이 간왈 "ᄌ고로 국가는 쟝ᄌ로 셰ᄌ를 봉ᄒ오미 덧 〃 ᄒ온 일이여늘 이졔 젼하계옵셔 ᄎᄌ로 셰ᄌ를 봉ᄒ여 륜기를 샹코ᄌ 하시미 불가하오믈 고ᄒ니, 왕이 침음양구의 향의로 셰ᄌ를 봉ᄒ니라. (31 장본 : 1앞~뒤)25)

이 대목은 서사의 처음으로 당연히 경판본의 번각부분에 해당한다. 연대본, 31장본, 30장본, 23장본은 물론, 심지어 19장본까지 그대로 답습하고 있다. 완판본과 구활자본은 이 오류가 없다.26) 이 역시 개판본부터

---

23) 20장까지만 가져와 번각하고 그 이후는 축약한 23장본 입장에서는, 이 오류가 번각부분이 아니라 축약부분에 있었기 때문에 가능했던 것이다.
24) 이는 단순히 후대본이라고 해서 '단순 축약' 식으로 줄어드는 것이 아님을 강력하게 시사한다. 이에 대한 구체적인 논의는 본고의 목적에 벗어남으로 지면을 달리하여 면밀하게 검토하기로 한다.
25) 연대본의 경우 동일한 서사인데, 앞서 본문에 인용한 것처럼 중간 부분에 필사자의 실수로 한 줄을 빼먹어서 설명과 대사의 혼재 상황을 명확하게 보기 어려워 31장본을 대표적으로 인용하였다.
26) 필사본을 논하지 않는 이유는 해당 필사자가 몇 어구만 바꾸면 쉽게 교정할 수 있는 문제이므로, 그 이본을 포함한 문제나 그런 오류를 가지고 전승되는 해당 계열의 문제로 일반화할 수 없기 때문이다. 필자가 검토한 몇몇 이본(정명기본, 박순호본, 동양문

경판본에 내려오는 오류일 가능성이 높다.

결국, 연대본의 모본인 초기 경판본이 개판본인지 이후 경판본인지는 이것만으로는 불분명하다고 하겠다.

나) 장 수

경판31장본은 24장까지는 온전하게 연대본과 같고 이후 25~31장까지가 축약된 이본이므로, 연대본과의 대비를 통해 연대본의 모본이 몇 장이었는지 추측할 수 있다.

31장본의 축약 부분인 25장 이후를 보면 연대본과 31장본은 많이 차이가 나는데, 주로 연대본에는 서술이 있는데 31장본에는 없는 경우이다.[27] 이는 연대본은 서사에 어긋나지 않는데 31장본이 생략하든지 축약, 또는 실수로 탈락시킨 것이다. 두 군데만 예로 들어보면 다음과 같다.

> 원닉 이 장슈난 부리의 아오 문러니 쏘흔 용밍이 과인혼지라. 일지군을 거나려 부리의 승픠를 탐쳥ᄒ다가
> 원닉 이 쟝슈는 부리의 아오 문러라.

> 부리의 죽으믈 보고 분긔 격발ᄒ여 오빅 군을 휘동ᄒ여 즛쳐 드러오며
> 제형   죽으믈 보고 분긔 격발ᄒ여

고본)의 경우 이 오류는 없다. 이 오류가 원래 없는 것인지 고쳐서 없어진 것인지는 당연히 해당 이본만으로는 판단할 수 없다. 그러므로 '출판'이라는 명확한 경제적 의도를 가진, 그리고 동일한 이본을 대량 생산하는 경우인 '판각본'과 '활자본'만을 지적한 것이다.

27) '주로'라고 말한 것은, 딱 한 군데에서 연대본 서술이 31장본에 있는 것을 빼먹은 경우가 있기 때문이다. 이것은 앞부분에서도 계속 있었던 실수처럼 필사자가 실수로 행을 건너뛰어 필사한 것으로 판단된다. 이 부분을 빼면 모든 곳에서 연대본이 31장본보다 서술이 더 첨가되어 있다.

디호 왈 "황구 소이 감히 날를 당홀소야." (42뒤~43앞)
디호 왈 "   감히 날을 당홀소야." (29앞)

왕과 휘 한번 보미 불승희널ᄒ며 셩의를 다시 본즉
왕과 휘 ᄒ번 보미 불승희열ᄒ며 셩의   다시 보니

영미ᄒ 위의가 언연 디장뷔라. 왕의 부뷔 더옥 이즁ᄒ여 꿈인지 싱신지
분별치 못ᄒ며 (44뒤)

꿈인   싱신지

몰오며 (30앞)

이처럼 연대본에 있는 부분은 서술은 묘사나 섬세한 표현 부분으로
서사 내용과 직접적 관련이 없다. 31장본은 앞선 경판본을 축약을 하면
서 이런 부분을 대거 삭제한 것이다.

이렇게 31장본에는 없지만 연대본에는 있는 분량을 계산해 보면, 대략
1,200자 정도가 된다. <적성의전> 경판본의 반엽당 글자 수를 290자 정
도로 볼 때,[28) 1,200자 정도라면 반엽의 4배이므로 장 수로는 2장이다.

결국 연대본은 31장본에 비해 분량이 2장 정도 더 있는 셈이다. 그러
므로 연대본의 모본인 경판본은 '33장본'이라고 할 수 있다.

다) 시기

경판본 변이과정을 염두에 두면 경판33장본은 현재 남아 있는 다른
경판본들보다 선행했고, 이후 장수가 줄어드는 이본들이 순차적으로 출

---

28) 경판본의 계속된 번각부분, 즉 31장본의 경우는 24장까지, 30장본은 22장, 23장본은
20장까지 보면, 半葉당 행수가 14행이고 행당글자 수가 23~25자이다. 이를 계산한
것이다.

현한 것으로 보인다. 물론 31장본과 23장본이 같은 시기에 존재했을 가능성이 있으며, 실상 그런 경쟁 시기가 있었을 것이다. 그러나 그런 시기는 비교적 짧았을 것이고, 이후 19장본이 출현함으로써 더욱 그러해졌을 것이다.

현재 남아있는 〈적성의전〉 경판본은 간기가 하나도 없어 각 이본들이 언제 판각되어 간행되었는지는 분명치 않다. 그러나 남아있는 〈적성의전〉 23장본 중에서 한남서림의 판권지가 붙어 있는 것이 있어, 이를 통해 어느 정도의 판각시기를 추정할 수 있다.

다른 경판본은 유일본이지만 23장본은 다수가 남아 있는데, 필자는 한국학중앙연구원 소장본29), 국립중앙도서관본30), 김동욱 소장본31)을 검토했다. 이 중 한국학중앙연구원본과 국립중앙도서관본에 판권지가 붙어 있다. 둘 다 한남서림 판권지이기는 하지만 같은 시기의 판권지는 아니다. 편집 겸 발행자가 백두용(白斗鏞)이고 인쇄자가 조명천(曺命天)인 것은 같은데, 백두용의 주소가 각기 다르다. 한국학중앙연구원본은 백두용(白斗鏞)의 주소가 "京城府仁寺洞百七十番地"이고 국립중앙도서관본은 주소가 "京城府寬勳洞十八番地"으로 되어 있어 두 이본의 발행 시기가 차이난다.

두 이본 중 '인사동' 주소인 한국학중앙연구원본이 먼저 발행된 것이다. 왜냐하면 주소가 '관훈동'인 판권지를 보면 기존에 인쇄된 판권지에 일정부분을 산략하고 그 위에 붓으로 가필한 흔적이 있기 때문이다.32)

---

29) 두 본이 있는데 동일 판본으로, 각기 소장필름 번호 '001141-12', '001141-13'으로 같은 마이크로필름 릴 안에 있다. 표제가 '젹셩의젼 단'이고 4침안이다.

30) 국립중앙도서관에 [고1] (한-48-78)로 소장되어 있는데, 이것을 한국학중앙연구원에서는 마이크로필름으로 촬영(002945-13)해서 보관하고 있다. 표제는 '翟誠意傳'이고 5침안이다.

31) 김동욱, 『影印古小說板刻本全集』3, 1973에 영인되어 있다.

'관훈동' 판권지는 '인사동' 판권지를 가져다가 산략하고 가필하여 쓴 것이다.[33]

'관훈동' 주소인 판권지는 "大正九年 八 月二十五日 印刷"로 되어 있어 1920년임을 알 수 있는데, '인사동' 판권지는 "大正一年 月二十五日 印刷"로 되어 있어 '六'인지 '十'인지 불분명하다.[34] 그런데 '관훈동' 판권지는 '인사동' 판권지를 가져다가 그 위에 가필한 것이므로, '인사동' 판권지의 '一'는 '十'이 될 수는 없다. 결국 '六'이었던 것이 떨어져 나간 것이 분명하다.[35] 그래서 '인사동' 판권지가 붙은 한국학중앙연구원본은 1917년(大正6년) 발행되었고, '관훈동' 판권지가 붙은 국립중앙도서관본은 1920년(大正9년)에 발행되었음을 알 수 있게 되었다.

1909년 시행된 출판법으로 기존에 유통되던 서적에도 모두 판권지를

---

32) 1909년 출판법으로 인해 판권지를 붙여야 유통할 수 있는 상황이 되자, 판권지도 책 부수만큼 필요하게 되었다. 그러므로 판권지도 판각하여 찍어내 사용했는데, 기존의 판권지에서 변동사항이 생기면 할 수 없이 다시 판각해 찍어내든지, 작은 변동사항을 산략하고 象嵌하든지 아니면 이 경우처럼 산략해 찍어낸 후 가필했다. 출판법과 이 시기의 출판 양상에 대해서는 한기형, 「1910년대 신소설에 미친 출판·유통의 영향」, 『한국학보』84, 1996, 119~150쪽 ; 방효순, 「일제시대 저작권 제도의 정착과정에 관한 연구」, 『서지학연구』21, 서지학회, 2001, 215~250쪽 참조.

33) 이 점은 이창헌이 분명하게 지적했다. 이창헌, 앞의 책, 2000, 464~468쪽.

34) 남아 있는 부분('一')을 보면 '九'나 '七'이었다고 보기 힘들다. '七'의 경우, 가로획이 오른쪽으로 약간 올라가고 내려 긋는 획이 중앙이 아니라 왼쪽으로 치우치므로 아니고, '九'의 경우, '관훈동' 판권지에 '九'라고 가필한 것이므로 '인사동' 판권지가 같은 연도인 '九'였을 리는 없으므로 아니다.

35) 한국학중앙연구원에서는 이것을 '十'으로 생각해서 서지사항에 '大正十年(1921)'으로 해 놓았는데, 이는 오류이다.

  또, 한남서림 판권지가 붙은 <적성의전>에 대해 가장 먼저 주목하고 체계화시킨 것은 이창헌인데, '인사동' 판권지나 '관훈동' 판권지 모두 '大正六年'으로 정리해 놓았다(이창헌, 앞의 책, 2000, 464~468쪽). 두 판권지가 다르다는 점을 분명히 지적한 이후여서, 아마도 표기상의 실수로 보인다. 그리고 '인사동' 판권지의 '一'가 '六'이라는 것에 대한 설명이 없어, 어떤 과정을 통해 '六'으로 비정했는지는 알기 어렵다. 아마도 본고의 추론과 비슷했을 것으로 생각한다.

붙여야 했다. 그러므로 〈적성의전〉 23장본이 각기 1917년, 1920년에 발행될 때마다 판각된 것일 수도 있겠지만 그렇지 않고, 실상은 이전에 판각해 인쇄 유통되던 것에 그때마다 판권지를 붙였다고 보는 것이 온당하다.

어쨌든 분명한 것은 23장본이 1917년에도 발행되고 1920년에도 발행되었다는 점인데, 이것은 이 시기에 23장본에 대한 수요가 있었다는 것을 말해준다. 즉, 23장본이 언제부터 시장에 유통되었는지는 알 수 없지만, 최소한 1917~1920년에는 분명히 유통되고 있었다고 말할 수 있다. 그리고 지금 남아 있는 판각본들 중에서 23장본이 가장 많이 남아 있다는 것은 상대적으로 31장본이나 30장본보다 더 많이 인쇄되었다고 볼 수 있다. 그렇다면 23장본이 최소한 이 시기를 전후해서 다른 장수의 경판본들에 비해 우위를 점하던 주류 판본이었다고 해도 괜찮을 것이다.

이렇게 보면, 1917~1920년에는 〈적성의전〉 중 33장 분량의 경판본이 설 자리가 없었다고 보아도 틀리지 않을 것이다.

판각본 업자들은 경제적 문제로 판본을 줄였으므로, 〈적성의전〉의 경우뿐 아니라 다른 소설들의 경우에도 비슷한 장수의 소설은 비슷한 시기에 유통된 것으로 보인다.

20장 이하의 경판본은 주로 20세기 초, 즉 1900년대 이후에 유통되었다는 것을 알 수 있다. 〈정수정전〉 16장본이 판각된 것은 1905년이 분명하고[36] 그 비슷한 시기에 다른 판각소설들도 대략 16~17장 정도의 이본이 유통되고 있었다.[37]

이러한 점을 고려해 생각하면, 〈적성의전〉의 초기 형태인 33장본은

---

36) 작품 끝에 '大韓光武九年仲秋蛤洞新刊'이란 간기가 있다. 이창헌, 『이야기문학 연구』, 보고사, 2005, 96쪽.
37) 이창헌, 앞의 책, 2000, 536~547쪽 ; 이창헌, 앞의 책, 2005, 96~113쪽 참조.

23장본이 유통되던 1917년 이전에 유통되었을 것이 분명하다.

그러므로 경판33장본을 보고 필사한 연대본 필사자가 밝힌 '신유(辛酉)'라는 필사연도를 1921년이라고 보기에는 무리가 따른다.[38]

결국, 연대본의 필사 시기는 1861년이 분명하고, 초기 경판본인 <적성의전> 33장본은 최소한 1861년 이전에 판각되어 유통되었음을 알 수 있다.[39]

4. 결론

연세대학교 도서관에 소장되어 있는 <적성의전> 이본은 한글필사본으로, 현재는 남아 있지 않은 경판본의 초기 이본을 대본으로 필사한 것이다. 모본은 대략 33장 정도로 여겨지는데, 이 초기 경판본을 보고 연대본 필사자가 신유년(辛酉年)에 필사했다. 신유년은 1921년이 아니라 1861년인데, 이는 연대본 표지를 1932년 개장(改裝)했다는 사실 등의 외적인 측면과 연대본이 1921년에는 판각, 유통될 수 없는 초기 경판본의 내용을 담고 있다는 내적인 측면을 통해 확인하였다.

현재 남아 있는 경판본의 최고본(最古本)인 31장본은 후반부에 너무 많은 오류가 있어, 경판 판각본의 온전한 양상을 이해하는 데 큰 제약이 있었다. 그런데 이 연대본으로 인해 31장본보다 더 앞선 시기의 경판본인 경판33장본을 재구할 수 있게 되었다.

---

38) 물론, 유통되지는 않았지만 어딘가에 남아 있는 33장본을 1921년에 구해서 필사했을 가능성도 완전히 배제할 수는 없다. 그렇지만 매우 희박하다 하겠다.

39) 재구한 경판33장본이 開板本인지 아닌지는 명확한 판단은 현재로서는 어렵고 더 많은 자료와 이본을 분석한 이후로 미룰 수밖에 없다. 그러나 33장본의 유통시기가 1861년 즈음이라고 한다면 開板本일 가능성이 상당히 높다고 하겠다.

연대본을 통해 재구한 33장 분량의 경판본으로 인해, 〈적성의전〉이 31장본, 30장본, 23장본, 19장본으로 전변하는 과정과 그 변이 양상의 의미를 좀 더 면밀히 탐색할 수 있게 되었고, 그래서 〈적성의전〉의 경판본의 변이 양상과 완판본과의 관계, 나아가 세책본인 동양문고본, 그리고 대중적 매체로 전변된 구활자본과의 관계를 폭 넓게 논의하는 데 중요한 단서를 마련하였다.

앞으로 더 많은 이본 자료의 발굴과 검토를 통해 경판본을 비롯한 〈적성의전〉의 실상이 보다 분명하게 밝혀지기를 기대한다.

세책본 고소설의 성립 연원과 제작 방식에 대하여

– 향목동 세책본 〈적성의전〉(1915)을 중심으로 –

1. 서론

고소설이 대중적으로 유통되는 방식은 크게 세 가지였다. 판매 위주의 방각본, 세전을 받고 대여했던 세책본, 그리고 신식 활판 인쇄 방식이 들어온 후 만들어진 구활자본이[1] 그것이다. 방각본은 서울, 안성, 전주 등에서 판각되어[2] 그 주변에 유통되었고, 주로 필사본인 세책본은[3] 서울에서만 유통되었다.[4] 전국 규모로 유통된 것은 구활자본 고소설이 등장하면서부터라고 할 수 있다.

---

1) 활판 인쇄로 만들어진 고소설 텍스트를 통상 '구활자본'이라 불렀던 것을 따라, 본고에서도 텍스트에 한해서는 '구활자본'이라고 하겠다.

2) 안성판의 경우 경판의 자장권에 들어가는 것으로 여겨 같이 논의하는 것이 일반적이다. 이창헌, 「안성지역의 소설 방각활동 연구」, 『한국문화』24, 서울대 규장각한국학연구원, 1999, 99~140쪽 참조.

3) 주로 필사본이지만 목판본과 구활자본도 있었다. 이윤석, 「『임경업전』 목판본 49장본에 대하여」, 『열상고전연구』28, 열상고전연구회, 2008, 355~381쪽 ; 안춘근, 「韓國貰冊業變遷考」, 『서지학』6, 한국서지학회, 1974, 73~84쪽 ; 유춘동, 「20세기 초 구활자본 고소설의 세책 유통에 대한 연구」, 『장서각』15, 2006, 171~188쪽 참조.

4) 조선후기 서울에서만 세책점을 찾아볼 수 있었다는 언급은 꾸랑을 비롯한 외국인들이 공통적으로 지적했다. 모리스 꾸랑, 『朝鮮書誌』, 이희재 옮김, 일조각, 1994, 3~4쪽 참조.

　　그간의 연구를 보면, 방각본과 구활자본에 비해 상대적으로 세책본에
는 관심이 적었다.5) 최근에야 비로소 세책본 고소설에 대한 연구가 집
중되면서 주요한 성과가 나오고 있다. 세책업소의 위치와 세책장부의
존재, 세책본으로 유통되었던 고소설의 현황 등이 구체적으로 밝혀지면
서 논의가 활발히 이루어지고 있다.6) 특히 세책본 고소설이 구활자본
고소설의 주요 원천이었음이 밝혀지면서,7) 대중적 텍스트의 관련 양상
이 차츰 분명해지고 있다.

　　세책본에 대한 이런 연구 성과에도 불구하고, 아직 '세책본 고소설의

5) 이른 시기의 주요 연구는 다음과 같다. 안춘근, 앞의 논문, 1974, 73~84쪽 ; 김동욱,
　「李朝小說의 作者와 讀者에 對하여」, 『장암지헌영선생화갑기념논총』, 1971, 43~83
　쪽 ; 大谷森繁, 『朝鮮後期 小說讀者 研究』, 민족문화연구소, 1985, 75~83, 103~
　115쪽 ; 大谷森繁, 「朝鮮 後期의 貰冊 再論」, 『韓國古小說史의 視覺』, 국학자료원,
　1996, 147~165쪽.
6) 이윤석・大谷森繁・정명기 편저, 『貰冊 古小說 研究』, 혜안, 2003, 21~392쪽 ; 정
　명기, 「세책본소설의 유통양상–동양문고 소장 세책본소설에 나타난 세책장부를 중심
　으로」, 『고소설연구』16, 한국고소설학회, 2003, 71~99쪽 ; 정병설, 「세책 소설 연구의
　쟁점과 방향」, 『국문학연구』10, 국문학회, 2003, 27~57쪽 ; 마이클 김, 「서양인들이
　본 조선후기와 일제초기 출판문화의 모습」, 『열상고전연구』19, 열상고전연구회, 2004,
　173~198쪽 ; 정병설, 「일본 교토대학 소장 새자료 소개」, 『문헌과 해석』28, 2004 가
　을, 216~227쪽 ; 정명기, 「세책본소설에 대한 새 자료의 성격 연구–『諺文厚生錄』소
　재 목록을 중심으로」, 『고소설연구』19, 한국고소설학회, 2005, 227~254쪽 ; 정병설,
　「조선후기 한글소설의 성장과 유통–세책과 방각을 중심으로」, 『진단학보』100, 진단학
　회, 2005, 263~296쪽 ; 전상욱, 「세책 대출장부 연구1」, 『열상고전연구』27, 열상고전
　연구회, 2008, 361~391쪽 ; 전상욱, 「세책 대출자의 특성에 대한 연구–동양문고본 대
　출장부를 중심으로」, 『고소설연구』26, 한국고소설학회, 2008, 239~274쪽.
7) 이윤석, 「구활자본 고소설의 변이양상」, 이윤석・정명기, 『구활자본 야담의 변이양상
　연구』, 보고사, 2001, 104~171쪽 ; 주형예, 「향목동본 『현수문전』의 서사적 특징과
　의미, 이윤석・大谷森繁・정명기 편저, 『貰冊 古小說 研究』, 혜안, 2003, 207~245
　쪽 ; 김경숙, 「동양문고본 『남정팔난기』연구」, 『열상고전연구』20, 열상고전연구회,
　2004, 29~66쪽 ; 유춘동, 「세책본 <금령전>의 텍스트 위상 연구」, 『열상고전연구』20,
　열상고전연구회, 2004, 99~121쪽 ; 이윤석, 「『금방울전』활판본 원고에 대하여」, 『열
　상고전연구』26, 열상고전연구회, 2007, 373~401쪽.

연원이 어디인지?', '세책본 고소설을 제작하는 방식은 어떠했는지?'에 대해서는 실질적인 논의가 이루어지지 못했다. 연원을 추적하기 힘든 근본적인 이유는 세책본 제작자가[8] 세책본을 제작할 때 대본으로 삼았던 텍스트를 찾아내기 어렵기 때문이다.[9] 그래서 막연히, 많은 필사본 중에서 하나를 대본으로 골라 세책본을 만들었으리라 추측할 뿐이다. 이렇게 세책본의 연원을 찾지 못하다 보니, 세책본 제작자가 어떤 목적으로 텍스트를 선정하고 어떤 의도에서 어떤 방식으로 텍스트를 가공했는지 그 제작 방식 역시 알기 어려워졌다.

고소설의 대중적 유통 방식에서 중요한 위치를 차지하는 세책본에 대해 제대로 알 수 없다면, 조선후기 문화지형과 고소설 텍스트의 변모 양상, 근대 대중적 취향과 매체와의 상관관계[10] 등에 대한 논의를 설득력 있게 진행하기 힘들 것이다.

세책본의 원천과 제작 방식을 탐색하는 연구는 포괄적인 논의보다는 분명한 텍스트에 입각한 구체적이고 실증적인 논의가 우선되어야 한다고 생각하는데, 이는 세책본으로 유통되었던 작품 하나하나를 해당 작품의 다른 이본들과 면밀히 비교·검토해 각각의 존재 방식을 명확히 하는 작업이 선행되어야 한다. 길고 지난한 일이지만 꼭 이루어져야 할 중요한 연구이다. 현재 필자는 여기에 천착하고 있는데, 유통되던 세책본 고소설이 '긴 소설'과 '짧은 소설'로 구분되어 있었다는 사실을[11] 미

---

8) 본고에서는 '세책본 제작자'와 '세책업자'를 구분해서 부르겠다. 세책본을 필사한 작자와 세책을 유통시킨 업자가 다를 경우도 있기 때문이다.
9) 대본이 망실된 경우, 연원을 추적하는 것은 원천적으로 불가능하다.
10) 최근 조선후기 대중적 텍스트의 존재 양상을 '매체'의 측면에서 접근하는 논의가 이루어지고 있다. 정병설, 「조선후기 한글·출판 성행의 매체사적 의미」, 『진단학보』 106, 진단학회, 2008, 145~164쪽 ; 주형예, 「매체와 서사의 연관성으로 본 19세기 대중소설 시장의 성격」, 『고소설연구』27, 한국고소설학회, 2009, 201~229쪽.
11) 세책업자가 소설을 '길칙'과 '소셜칙'으로 구분해서 기록한 세책장부가 발견되었다.

루어 세책본의 연원에도 크게 둘이 있었을 것으로 추정하고 그 두 흐름을 나누어 연구를 진행 중이다.

본고에서는 우선 '짧은 소설' 중에서[12] <적성의전>을 대상으로 세책본과 그 주변 다른 이본들을 면밀히 비교 검토해,[13] 세책본 고소설의 성립 연원과 그 제작 방식을 탐색해 보겠다. 세책본의 연원에 대한 논의가 전무한 지금, <적성의전>이 짧은 세책본 고소설들을 대표하는 작품이라고 확언할 수는 없다. 그 위상은 앞으로 다른 세책본 소설들에 대한 연구가 진행되면서 분명해질 것으로 생각한다. 지금은 <적성의전>을 세책본 고소설의 연원과 제작 방식을 풀어나가는 시작으로 삼을 뿐이다. 다만 본고의 논의를 통해 밝혀지는 결과들은, 세책본 고소설 중 <적성의전>의 대표성 유무와 상관없이, '세책본 <적성의전>의 실상을 명확히 밝히는 것'임은 물론, '세책본 고소설의 연원과 제작 방식의 주요한 한 가지 계통을 밝히는 것'이라는 점은 분명할 것이다.

2. 세책본 고소설의 연원

1) 세책본의 상황

세책본 <적성의전>은 한글 필사본으로 현재 일본 동양문고에 소장되어 있다. 상하 두 권(2권 2책)으로 각 권당 30장으로 총 60장이다. 매

각기 '긴 소설', '짧은 소설' 정도가 된다. 정명기, 앞의 논문, 2005, 227~254쪽 참조.

12) '긴 소설'의 연원에 대해서는 지면을 달리해 논하겠다.

13) 본고에서는 세책본과 구활자본의 비교·대조는 하지 않는데, 세책본의 연원이 구활자본일 가능성은 희박하기 때문이다. <적성의전> 세책본은 1915년 4월에 필사되었는데, 구활자본은 가장 이른 것이 1915년 5월 24일에 발행한 世昌書館본이므로, <적성의전>의 경우 '구활자본 → 세책본'은 불가능하다.

쪽 당 11행, 매 행 당 12~16자 정도로 필사되어 있다. 쪽 당 글자 수가 적은 점이나, 손으로 잡아 넘기는 부분에 한두 글자 들어갈 만한 빈칸을 두고 필사한 점, 매 장마다 위에 크게 장수 표시를 한 점 등, 전형적인 세책본 고소설의 모습을 띠고 있다. 무엇보다 각 권 말미에 "셰 을묘 스월 일 항목동 셔"라는 간기가 있어, 1915년[乙卯] 항목동 세책점에서 필사해 유통하던 세책임을 알 수 있다.14)

<적성의전>의 여러 이본들과 이 항목동 세책본을 비교 검토해 본 결과, 항목동본은 경판본과 매우 밀접한 관계에 있는 것을 확인했다. 결론부터 미리 말하면, 단순히 친연성이 높은 정도가 아니라 항목동본의 약 90% 정도가 서술 문면까지 경판본과 완벽하게 일치한다.

2) 경판본과의 관계

항목동 세책본과 경판본이 많은 부분에서 일치한다면 다음 두 경우 중 하나이기 때문일 것이다.

> 가설 1 : 세책본 → 경판본
> 가설 2 : 경판본 → 세책본

이 중 어느 것이 옳은지 판단하기 위해서는 우선 경판본의 상황부터 면밀히 따져봐야 한다.

경판 방각본 <적성의전> 중 실물이 남아 있는 것은 4종으로, 31장본,

---

14) <적성의전> 중 현재 세책본으로 확인된 것은 오직 이 항목동본밖에 없다. 그러므로 본고에서 '세책본'이라 함은 있었을지도 모를 다른 세책본들까지 포함해 지칭하는 것이 아니라, 1915년 필사된 이 항목동본만을 한정한 것이다.

30장본, 23장본, 그리고 안성판19장본이다.15) 여기에 지금은 실물이 남아 있지 않은 경판33장본을 보고 그대로 필사한 필사본까지16) 포함하면 모두 5종이 된다. 이 경판본들은 시대가 지남에 따라 장수가 많은 판에서 적은 판으로 변모했다.17) 이 경판본들은 모두 간기가 없어 언제 판각·유통되었는지는 정확히 알 수는 없다. 다만 33장본을 보고 베낀 필사본의 필사연도가 1861년라는 것을 통해 33장본이 1861년 이전에 판각되었다는 것과, 23장본 중 두 이본에 한남서림 판권지가 붙어 있어 각기 1917, 1920년에 유통되었음을 알 뿐이다.18)

<적성의전> 경판본들은 모두 선행 경판본의 앞부분을 번각하고, 뒷부분의 내용을 축약해서 새로 판각하는 방식으로 장수를 줄여왔다. 다만 안성판19장본은 앞선 경판23장본과 서사 내용이 동일한데, 이는 장당 행수를 늘여 새로 필사한 것으로 개판(開板)했기 때문이다.

뒷부분이 축약되었다고는 해도, 33장본에서 31장본, 30장본이 될 때까지는 서사 내용이 크게 바뀌지 않았다. 묘사나 번다한 서술을 없애는 방식으로 내용을 줄였기 때문이다. 뒷부분의 서사가 크게 바뀌는 것은 23장본에 와서이다. 그러므로 서사 내용으로 경판본을 대별하면 '33장-31장-30장'과 '23장-19장'으로 나뉘진다.

---

15) 23장본만 여러 종 남아 있고, 다른 이본은 모두 유일본이다. 자세한 것은 유광수, 「경판본 <적성의전> 이본고」, 『열상고전연구』18, 열상고전연구회, 2003, 349~381쪽 참조.

16) 연세대도서관에 소장되어 있는 한글필사본 <적성의전>은 경판33장을 대본으로 1861년에 필사한 이본이다. 이를 통해 <적성의전>에 경판33장본이 존재했음과, 33장본이 1861년 이전에 유통되었고, 경판본이 가지고 있는 오류 문제는 경판 開板本부터 가지고 있던 문제임이 밝혀졌다. 유광수, 「연세대 소장 <적성의전> 필사본과 초기 경판본의 관계」, 『열상고전연구』28, 2008, 383~410쪽 참조.

17) 경판본의 장수 축소에 대해서는 이창헌, 『경판방각소설 판본 연구』, 태학사, 2000, 506~522쪽 참조.

18) 유광수, 앞의 논문, 2008, 404~407쪽.

'23장-19장'이 되면서 크게 바뀐 서사는 둘로, 공주와 결연하는 우여 곡절과 군담 내용이다.

'33장-31장-30장'에서는 황제가 과거에 급제한 성의를 보고 부마로 삼는 것을 주저한다. 외국인이기 때문이다. 하지만 기러기를 통해 공주 와 하늘이 정한 인연이 있음을 알고 결연시킨다. 이와 달리 '23장-19장' 에서는 황제가 급제한 성의를 보고 흔쾌히 부마가 되라고 말하며 결연 시킨다. 이 대목만 놓고 보면 두 경우 모두 딱히 문제될 것은 없다. 하지 만 앞부분의 내용을 감안하면 '23장-19장'이 한결 낫다.

앞에서 언급했듯이, 경판본의 앞부분은 번각관계이므로 5종 모두 내 용이 같다. 그 앞부분에, 황제가 눈을 뜬 성의를 보고는 '부마감을 얻었 다'며 즐거워하는 대목이 들어 있다. 황제가 너무 기뻐하자 황후까지 성 의를 불러 보고 흔쾌하게 여긴다. 그러므로 '33장-31장-30장'의 뒷부분 처럼 부마 간택을 놓고 주저하는 것은 어색하다. 그것을 '23장-19장'으 로 만들면서 온당하게 고친 것이다.

또 '33장-31장-30장'의 군담 내용을 보면, 향의가 보낸 적부리와 문리 를 부마와 공주가 맞아 싸우고 위급할 때마다 기러기가 날개로 모래를 뿌려 도와주는 내용으로 되어 있다. 이것이 '23장-19장'에서는 적부리만 등장하는 것으로 줄어들고, 맞아 싸우는 것도 부마와 공주가 아닌 중국 의 군관으로 바뀐다. 분량을 줄여야 했던 23장본 제작자는, 간략하게 하 기 위해, 부마와 공주가 번갈아 출전하고 그때마다 기러기가 도와주는 식의 번잡한 화소를 없앤 것이다. 주목할 것은 부마나 공주 중 하나가 적부리를 퇴치하는 것으로 고치지 않고, 이전에는 없던 '군관 화소'를 만들어냈다는 점이다. 그것이 더 개연성이 있기 때문이다.

적부리를 대적하러 부마가 나설 경우, 느닷없는 성의의 영웅적 행동 은 근거 없는 것으로 비춰지기 쉽다. 또, 부마는 가만히 있는데 공주만

나설 경우는 어느 정도 품위에 손상이 있다. <적성의전>이 주인공 성의의 영웅적 활약에 초점이 있는 것이 아니라 그의 효성과 신이함에 있기에, 성의가 군담 대목에서 활약하는 것은 확실히 엉뚱하다.[19] 공주의 경우 역시 느닷없이 여성 영웅의 면모가 부각되는 것이어서 낯설다. 심하게 말해, 공주는 성의의 효성의 보응으로 얻어지는 측면에서 기능하는 인물이지 서사에서 독자적인 의미를 갖는 인물이 아니다. 어느 경우든 중국 부마와 공주 행차에 위급함을 대처할 만한 인물이 아무도 없다는 것은 개연성이 떨어진다. 그래서 23장본 제작자는 군담의 다채로움은 떨어지나 부마와 공주가 직접 나서서 싸우는 것보다는 낫다고 판단해서 이렇게 '군관 화소'로 고친 것이다.[20]

이렇게 확연하게 대별되는 두 무리의 경판본을 세책본과 비교·검토해 본 결과, 세책본은 '23장-19장'과 같음을 확인했다. 세책본이 경판본의 후대 이본인 '23장-19장'과 동일하다면, 세책본은 경판본 성립에 영향을 준 것이 아니라는 것이 분명하다. 결국, 앞서 제기했던 가설 중에서 가설2(경판본 → 세책본)가 옳다는 것을 알 수 있다.

세책본이 뒷부분이 크게 바뀐 '23장-19장'과 동일하므로 다시 다음 두 가지 경우가 가능하다.

> 가설 2-a : 세책본 → '23장-19장'
> 가설 2-b : '23장-19장' → 세책본

---

19) 완판본의 경우에는 성의가 나서려 하자, 공주가 '무례을 익키지 안이 하엿사오니 엇지 능히 용검ㅎ리요.'라며 만류한다.
20) 경판본 모두를 놓고 보았을 때, 서사의 완성도나 개연성이 가장 높은 것이 경판23장본이다.

  가설a는 경판23장본의 후반부 축약에 세책본이 개입했다는 가설이
다. 즉, 23장본 제작자가 전반부는 경판본을 번각했지만 후반부를 축약
하면서 세책본을 보고 참고했을 가능성이다. 이 가설a가 옳지 않음은
후반부 문면을 면밀히 따져보면 알 수 있다.[21]

>   믄득 흔 스룸이 디호 왈 "이 무지흔 놈이 …… " 흐고 일 합의 버히고
> 즈문이스흐니 엇지 쾨흔 쟝뷔 아니리요. (경23 : 23앞)
>   믄득 흔 스룸이 디호 왈 "이 무지흔 놈아 …… " 흐고 일 합의 버히고
> 즈문이스흐니 엇지 쾌활치 아니리오. 이 스룸은 안평국 협긱일너라. (안19
> : 19앞)
>   믄득 한 사롬이 디호 왈 "이 무지흔 놈아 …… " 흐고 일 합의 버혀 죽이
> 고 스사로 자문이스흐니 엇지 쾌활치 아니리오. 이 스룸은 인평국 협긱이
> 러라. (세책 : 2권 27뒤~28앞)

  안성판19장본은 경판23장본을 그대로 베낀 이본으로 그 둘 사이에
다른 것이 끼어들 여지는 전혀 없다.[22] 그러므로 가설a가 옳다고 한다
면, 세책본에 있는 '안평국 협긱'이라는 서술을 23장 제작자가 삭제하여
23장을 만들었는데, 이후 19장 제작자가 다시 '안평국 협긱'이란 구절을
되살렸다는 말이 된다. 그렇게 되기는 상당히 힘들다. 이 외에도 세 이
본이 이런 식으로 얽힌 대목이 꽤 많다.
  결국 가설b가 옳음을 알 수 있다.

  세책본이 '23장-19장'에 영향을 받은 것이 분명한데, 이제 그 둘 중

---

21) 이후 인용은 각기 '경23', '안19', '세책'식으로 약칭하고 해당 쪽수를 밝히겠다. 긴 내
  용은 '……'로 생략한다.
22) 이는 앞선 연구에서 분명하게 밝힌 내용으로 재론하지 않는다.

어느 이본에서 받은 것인지를 확인해야 한다.

위의 인용에서도 짐작할 수 있듯이, 세책본은 19장본의 영향을 받은 이본이 분명하다.

　　향의는 돈연무려ᄒ고 셩의는 쥬야로 불탈의디ᄒ고 <u>탕약을 맛보아 봉양</u>ᄒ며 하늘씌 축수ᄒ여 (경23 : 1앞)

　　향의는 돈연무려ᄒ고 셩의는 쥬야로 불탈의디ᄒ고 <u>시탕ᄒ여</u> ᄒ날 축슈ᄒ야 (안19 : 1앞)

　　항의는 돈연불고ᄒ고 셩의는 쥬야로 불탈의디ᄒ고 <u>시탕ᄒ며</u> 하날긔 축슈ᄒ여 (세책1권 : 2앞)

　　션관 왈 "나는 봉닉 방장 영쥬 <u>요디를</u> 다 구경ᄒ여스되 (경23 : 4앞)

　　션관 왈 "나는 봉닉 방즁 영듀 ＿＿＿를 다 구경ᄒ여시되 (안19 : 3뒤)

　　션관 왈 "나는 봉닉 방장 영쥬 ＿＿＿롤 다 구경ᄒ여시디

　　　　　　　　　　　　　　　　　　　　　　　(세책1권 : 6뒤~7앞)

　　무스를 당부ᄒ여 누셜치 말나 ᄒ고 금빅을 마니 쥬고 ＿＿＿＿＿＿ 궐즁의 드러가 (경23 : 8뒤)

　　무스를 당부ᄒ여 누셜치 말나 ᄒ고 금빅을 마니 주어 <u>심복을 숨고</u> 궐즁의 드러가 (안19 : 7뒤)

　　무스롤 당부ᄒ여 누셜치 말나 ᄒ고 금빅을 만히 쥬어 <u>심복을 삼고</u> 궐닉의 드러 (세책1권 : 16앞)

　　"네 일즉 경영 흔 밍인이러니 엇지 일조의 냥안이 다시 밝앗ᄂ뇨?" 셩의 자초지종 연유를 ᄌ셰히 고ᄒ니 승상이 듯기를 다ᄒ고 크게 신긔히 여겨 희싴을 씌여 ＿＿＿＿＿＿＿ 즉시 궐닉의 드러가 (경23 : 19앞)

　　"네 ＿＿＿＿＿＿＿＿＿ 엇지 일조의 양안이 다시 발가나뇨?" 셩의 ᄌ초지종을 비로소 ᄌ셔　고ᄒ니 승상이 듯기를 다ᄒ고　신긔히 여겨 히싴을 씌여 왈 "<u>만고의 희흔 일이라</u>" ᄒ고 즉시 궐닉의 드러가 (안19 : 16앞)

　　"네 _____ 엇지흐여 일조의 양안이　　밝앗나뇨?"
셩의 자쵸지죵을 비로쇼 자셔이 고흐니 승상이 듯기룰 다흐고 신긔희 너
겨 희식을 씌여 왈 "만고의 희한흔 일이다." 흐고 즉시 궐너의 드러가 (세
책2권 : 13앞)

　　이 외에도 많은 부분에서 세책본은 23장본을 따르지 않고 19장본의
문면을 그대로 따르고 있다.
　　이상의 논의를 통해, 향목동 세책본 <적성의전>은 안성판19장본을
대본으로 놓고 필사해서 성립된 텍스트임을 알 수 있다.

　　그런데 세책본에는 19장본에는 없는 대목이 군데군데 나타난다. 서술
이 19장본과 완벽하게 일치하다가, 갑자기 내용이 확장되는 것이다. 글
자 수가 20~40여 자 정도 늘어난 여덟 군데 정도는 필사하다가 조금
늘어난 거라고 여길 수도 있다. 하지만 80자가 넘게 확장된 부분도 있기
에 그렇게 단순히 볼 수만은 없다. 더욱이 그런 대목이 15군데나 된다.

　　허리의 단검을 쌘혀 그 디룰 버혀 단져룰 믿드러 흔 곡조룰 부니 그 소
리 쳥아흐여 〃원여소흐미 산쳔이 위로흐여 감동흐는 듯흐니, 이는 희상
의셔 신션의 져 소리 듯고 곡조룰 능통흔 비러라. (경23 : 10앞)
　　허리의 단검을 쎄야 그 디룰 버혀 단져룰 만다라 흔 곡조룰 브니 쥭셩이
쳥ㅇ흐여 〃원녀모흐미 산쳔이 위로흐여 감동흐는 듯흐니, 이는 희상의셔
신션의 져 소리 듯고 곡졀룰 능통흔 비러라. (안19 : 8뒤)
　　허리의 단검을 쌔혀 그 디룰 버혀 단져룰 밍가라 한 곡조룰 부니 쥭셩이
쳥아흐여 〃원여모흐미 산쳔이 감동흐는 듯흐니, 이는 희상의 신션의 져
소리룰 듯고 능통이 불미라. <u>초홉다! 무변쥭님의셔 엇지 살며 쥬야로 부모
룰 불너 호읍흐며 단져로 심회룰 붓쳐 일분도 형을 원망치 아니〃 그 텬셩
디효룰 텬지신명이 엇지 도으시지 아니리오.</u> (세책1권 : 18뒤~19앞)

　서술을 늘이기로 결정한 것은 분명 세책본 제작자이다. 쉽게 생각하면, 제작자가 19장본을 따라 필사하다가 필요한 대목에서 자신의 생각과 느낌에 따라 확장해서 서술했을 것으로 보인다.

　하지만 다른 이본들과 면밀히 비교 검토한 결과, 세책본 제작자는 임의로 서술한 것이 아니란 점이 확인됐다. 제작자는 철저한 의도에 따라, 19장본 외에 또 다른 이본 텍스트를 참고해서 선별적으로 서술을 확장했던 것이다.

　세책본 제작자는 안성판19장본을 기초대본으로 필사하면서, 19장본으로는 미흡하다고 여겨지는 대목에서는 다른 텍스트를 참고해서 서사를 매끄럽게 깁고 고치기도 하고, 때론 의도적으로 첨가·확장했다. 그가 이용한 참고대본은 완판본이었다.

3) 완판본과의 관계

　완판방각본 <적성의전>은 1종이 있는데, 상권 38장 하권 36장, 합해서 74장으로 되어 있다. 이 역시 간기가 없어 정확한 판각 시기는 알 수 없는데, 류탁일은 완판방각본 국문소설의 서체 형성상 1907년 이후에 간행된 것으로 보았다.[23]

　앞서 인용한 대목에 해당하는 완판본 구절을 보면 다음과 같이, 세책본과 서술이 같음을 알 수 있다.

　　낭중의 칼을 니 딥을 베여 단져를 만드려셔 한곡조을 부니 소리 쳐량ᄒᆞ여 산쳔초목이 다 우질기는 듯ᄒᆞ더라. 차시의 셩의 오작의게 밥을 부치고

---

23) 류탁일, 『完板坊刻小說의 文獻學的研究』, 학문사, 1981, 209~210쪽.

단져로 버슬 삼어 심회을 덜며 일분도 그 형을 원망치 아니ᄒ고 주야의
부모을 싱각ᄒ니 그 쳔셩ᄃᆡ효을 쳔지신명이 엇지 도웁지 아니ᄒ리오. (완
판上 : 17앞)

완판본의 구절을 그대로 가져오지 않은 이유는 분명하다. 그대로 끼
워 넣기에 어려움도 있었겠지만, 이미 19장본의 톤과 분위기를 따라가
고 있으므로 그대로 끼워 넣을 경우 느낌에 혼선이 생길 수 있기 때문이
다.24) 그래서 세책본 제작자는 그 대략의 내용만을 참조하여 서술했다.

길게 확장되는 대목 외에도 8군데 정도 있는 짧은 대목도 완판본을
참조했음을 알 수 있다. 몇을 보면 다음과 같다.

　　쳐량ᄒ 단져 소리 은〃히 들니거늘 호승샹이 하리을 명ᄒ여 져 소리를
ᄎᆞᆽ 부르라 ᄒ더 (경23 : 10앞)
　　쳐량ᄒ 단져 소리 은〃이 들니거늘 호승샹이 ᄒ리를 명ᄒ여 져 소리를
ᄎᆞᆽ 브르라 ᄒ더 (안19 : 8뒤)
　　쳐량ᄒ 쇼리 은〃이 들니거늘 호승샹이 혜오되 '이곳이 무인지경이 필
경 션동이 옥져롤 희롱ᄒ미라.'ᄒ고 하리롤 명ᄒ여 져 쇼리롤 차자 부르라
ᄒ더 (세책1권 : 19앞)
　　쳬량한 졋소리 풍편의 들이거늘 호승샹이 혜오되 '이 고슨 무인지경이
라 분명 션동이 옥져을 부러 속긱을 희롱ᄒ는쏘다.' ᄒ고 시동을 명ᄒ여
'져 소리 나는 곳을 차자 보라.' ᄒ신더 (완판上 : 17뒤)

　　공쥐 지삼 보다가 화답ᄒ니 기 시 왈 (경23 : 14뒤)
　　공쥐 지슴 보다가 화답ᄒ니 기 시 왈 (안19 : 12앞)

---

24) 완판본의 경우 전라 방언을 사용하는 등 향토색 짙은 지방색이 가미되어 있으므로
(김동욱, 「방각본에 대하여」, 『동방학지』11, 연세대 동방학연구소, 1970, 114쪽), 주요
서술 내용과 요소만을 참고한 것이다.

공쥐 지삼 음영ᄒ다가 옥슈로 셔안을 치며 왈 "시법이 졀묘ᄒ도다." ᄒ
고 공쥐 쏘한 일슈 시를 지어 화답ᄒ니 왈 (세책1권 : 30뒤)
　공주이 글 을푸며 옥수로 셔안을 치며 왈 "시법 졀묘하니 금셰의 디지로
다." 하시고 공주 쏘한 시을 지어 화답ᄒ니 그 글의 하엿스되 (완판上 : 28앞)

　이렇게 세책본 제작자는 안성판19장본을 기초대본으로 필사하다가
군데군데 완판74장본을 참조하여 확장했는데, 그 대목을 살펴보면 세책
본 제작자의 제작 태도를 짐작할 수 있다.

　① 세책본 제작자는 19장본으로는 알 수 없는 대목이 나오면 완판본
을 참조했다.

　"……네 위친지셩이 지극ᄒ여 만경창파를 지쳑만 여겨 쳔신만고ᄒ여 오
눌 올 쥴　이왕 아랏노라. 이 약을 주ᄂ니 ᄲᆌ리 도라가 모환을 구ᄒ라.
……"(경23 : 5뒤~6앞)
　"……네 위친지셩이 지극ᄒ여 만경충파의　　　　　　　　쳔신만고ᄒ여
오날 올 쥴　이왕 아라더니 이 약을 주ᄂ니 ᄲᆌ니 도라가 모환을 구ᄒ라.
……"(안19 : 5앞)
　"……네 위친지셩이 지극ᄒ여 만경창파의　　　　　　　　쳔신만고ᄒ여
오날 올 쥴　아라더니 과시 오도다."ᄒ고 환약 일 봉을 쥬며 왈 "이 약이
일령쥬니 ᄲᆡ니 도라가 모환을 구ᄒ라.……"(세책1권 : 10앞~뒤)
　"……이졔 네 효도ᄒ여 위친지셩이 지극ᄒ여 극낙 셔역이 창히 누말이
여날 부모의게 호도ᄒ미 위친지셩으로 질을 삼마 금일노 올 졸을 알아던
이 과연 오도다." ᄒ며 환약 일 봉을 주며 왈 "이 약이 일영주니 밧비 도라
가 모환을 구ᄒ라. (완판上 : 9앞~뒤)

　23장본은 분명한데, 19장본이 되면서 서술이 흐트러져서 앞뒤 문맥이

불분명해졌다. 그래서 이 대목에서 완판본을 보고 참조해 매끄럽게 서술을 기운 것이다.

② 80자 이상 길게 확장된 대목은 불분명한 문맥을 깁기 위해서가 아니라, 개연성을 높이기 위해 확장한 것이다.

> 홀연 외기러기 슬피 울거늘 고이ᄒᆞ녀 무른디 시녀 등이 디왈 "이 기러기는 공ᄌᆞ의 기르시던 비라. 거년의 공ᄌᆞ 님힝시의 기러기를 쓰다듬아 경계왈 '네 날노 더브러 일시도 써나ᄆᆡ 업더니 이졔 말니 원별을 당ᄒᆞ니 언져나 모드리오. 만일 무슴 일 잇거든 네 두 날기를 붓쳐 소식을 젼ᄒᆞ라.' ᄒᆞ시고 가신 후의 궁녀 등이 밥을 먹이더니 요ᄉᆞ이 밤마다 슬허 울기를 긋치지 아니ᄒᆞ오디 니궁이 초원ᄒᆞ기로 낭〃이 못 드러 계시니이다." 왕비 즉시 기러기를 어루만져 왈 "네 임지 어듸 갓ᄂᆞ뇨 힝중의셔 죽엇ᄂᆞ냐 스랏ᄂᆞ냐? 만일 스랏거든 ᄂᆡ 압희셔 셰 번을 울나." ᄒᆞ니 (경23 : 15앞~뒤)

> 홀연 외기러기 슬피 울거늘 고이ᄒᆞ여 무른디 시녀 디왈 "이 기러기는 공ᄌᆞ의 기르시던 비라. 연전의 공ᄌᆞ 임힝시의 기러기를 쓰다듬어 경계 왈 '네 날노 더브러 일시도 써나ᄆᆡ 업더니 이졔 만리 원별을 당ᄒᆞ니 인졔나 모드리오. 만일 무슴 일 잇거던 네 두 날기를 붓쳐 소식을 젼ᄒᆞ여라.' ᄒᆞ시고 가신 후의 궁녀 등이 밥을 먹이더니 요ᄉᆞ이 밤마다 슬피 울기를 긋치지 아니ᄒᆞ오디 니젼이 소원ᄒᆞ기로 낭〃이 못 드러 계시나이다." 왕비 즉시 기러기를 어로만져 왈 "네 임지 어듸 갓나뇨, 힝회중의셔 죽어나냐 스라나냐? 만일 스라시면 ᄂᆡ 압희셔 셰 번을 울나." ᄒᆞ니 (안19 : 12뒤~13앞)

> 홀연 기러기 슬피 울거늘 <u>왕비 우름을 긋치고 네 비록 금슈나 셩의〃</u> <u>소식을 젼코자 왓나냐?</u>" ᄒᆞ고 눈물을 금치 못ᄒᆞ더니 기러기 쏘 울거늘 <u>고희녀겨</u> 시녀다러 무른디 〃왈 "이 기러기는 공자의 기르시던 비라. 년젼의 공지 님힝시의 기러기룰 쓰다듬어 경계 왈 '네 날로 더부러 일시도 써나ᄆᆡ 업더니 ᄂᆡ 이졔 곤뎐 <u>환후</u>로 ᄒᆞ여 만니 원졍의 가 약을 구ᄒᆞ여 올지라. 기간 원별을 당ᄒᆞᄆᆡ 창연ᄒᆞ지라. 너는 모로미 쳐소롤 써나지 말고 부

더 나 도라오기롤 기다리고 잇시라. 만일 무삼 쇼식이 닛거든 곳 젼흐라. 지금 쩌나미 언제 셔로 모도리오?' 흐시니 기러기 디답흐눈듯 응흐여 울거눌 공직 등을 어로만져 가장 스랑흐시고 가신 후 우금 나가지 아니 흐옵기로 궁녀 등이 밥을 먹이옵더니 요스이 밤이면 슬피 울거눌 이상흐오나 닉뎐이 쵸원흐옵기로 낭〃이 모로시미니이다." 왕비 쳥파의 시녀 등을 디칙하샤 왈 "여 등이 〃런 말을 날다려 아니 흐다?" 궁녀 등이 황송흐와 머리롤 슉이더라. 비 즉시 기러기롤 어로만지시며 왈 "네 비록 미물이나 네 임자의 닛는 곳을 알지니 셔텬의 드러가 살앗는냐, 망〃 디희지중의 죽어 〃별의 밥이 되엿느냐? 만약 살아거든 닉 압흐셔 세 번 울나." 흐시니 (세책2권 : 2뒤~3뒤)

   문듯 기럭이 실피 울거눌 왕비 우름을 근치고 가로디 "차시는 하말추초 여눌 어이한 기러인다? 네 비록 김싱이나 삼쳔우조 중의 유의한지라. 셩의에 소식을 젼코져 왓눈야?" 흐시며 눈물을 금치 못흐더니, 기러기 쏘 울거눌 고히 역여 시녀을 불너 무르신디 시녀 고왈 "젼일의 공자 기루시던 기러이로소이다. 연젼의 공자 림힝시의 기러기을 어로만지시며 경게 왈 '네 날노 더부려 일시도 쩌느미 업더니 닉 이제 곤젼환우로 흐여곰 누말이 원졍의 가 약을 구흐여 도라올 거시니 기간 원별을 당흐미 창연흐느, 너는 부디 쳐소를 쩌나지 말고 나 도라오기를 기달여 조히 잇스라. 만일 그간의 무삼 소식이 닛거던 곳 젼흐라 지금 쩌느미 언제나 셔로 상봉흐랴 원졍의 만완할가 져어흐노라.' 흐시니 기러기 디답흐는 듯 응흐여 울거눌 공자 기러기 등을 어루만지시며 가장 사랑흐시고 가신 후로 지우금 박기 나가지 아니하옵기로 궁녀 등이 밥을 주어 며기압더니 요시의 밤이 당흐오면 실피 울거눌 이상흐오나 닉젼이 초원흐옵기로 낭〃이 모르시미로소이다." 왕비 쳥파의 시녀 등을 디칙하사 왈 "그러하면 너히 등이 엿틱〃지 닉게 와 말치 아니하엿는다?" 궁녀 등이 황공흐여 머리을 수겨 디죄하더라. 왕비 즉시 닉리사 기러기을 어로 만지시며 낙누 왈 "네 비록 미무리느 네 님자 잇난 곳슬 알지여다. 셔쳔의 드러가셔 사라눈야, 망〃한 디희 중의 죽어셔 어별의 밥이 되엿는야? 닉 마음 답〃흐도다. 네 주인 말일 사라쩌든 닉 압페셔 세 번만 울나." 하시니 (완판上 : 30앞~31뒤)

성의 모친인 안평국 왕비가 기러기 발에 서신을 매달아 보내게 되는 중요한 대목의 도입부이다. 이 기러기가 공주와 성의가 만나 수작하는 곳으로 날아가고, 기러기 발의 서신을 공주가 읽을 때 성의가 눈을 뜨게 된다. 효성스런 성의가 눈을 뜨는 우여곡절이 이 작품의 핵심에 해당되므로, 이 부분은 중요한 대목이라 하겠다.

그런데 19장본을 보면, 왕비가 기러기에게 대뜸 성의의 소식을 묻고, 또 성의가 살아 있으면 "니 압희서 세 번을 울나"는 조금 작위적인 언행을 한다.[25] 이 점을 느낀 세책본 제작자는 완판본을 참고하여, 왕비가 물을 때 기러기가 말을 알아듣는 듯 우는 것과 성의가 기러기에게 떠나지 말라고 당부해서 떠나지 않았다는 것을 첨가하여, 기러기의 신이성을 부각시켰다. 더욱 왕비가 이런 기러기의 신이함을 일찍 알리지 않았다며 책망하는 대목까지 넣음으로써, 왕비가 기러기의 신이성을 믿고 있음을 드러냈다. 즉, 왕비는 기러기를 단순한 미물이 아닌 영물(靈物)로 인식하고 있음이 강조된다. 그래서 기러기에게 서신을 부탁하는 행동이 자연스런 신앙적 행동으로 비춰지게 된다. 그래서 이후 이 서신 때문에 성의가 눈을 뜨는 일련의 신기한 일들이 벌어져도 그 또한 그럴듯하게 받아들여진다.

개연적이게 내용을 가다듬은 또 다른 대목을 보면, 기러기가 가져온 성의의 서신을 보고 왕비가 통곡하는 대목이다. 19장본은, 왕비의 통곡소리를 들은 향의가 대뜸 '셩의 만일 스라 도라오면 본격이 탈노홀지라'며 성의의 귀환을 짐작하고 적부리를 보내 해코지하려 드는 것으로 서술되어 있다. 왕비의 통곡소리만 듣고 이렇게 상황을 깨닫고 대응한다는 것은 너무 작위적이다. 세책본도 그 대목은 19장본과 동일하지만, 그

---

25) 19장본뿐만 아니라 모든 경판본의 내용이 동일하다.

보다 앞선 대목에서 다음과 같이 서술을 확장시켜, 그 대목에서 향의가 그렇게 반응하는 것이 개연적이게 만들었다.

> 기러기 셰 번 소리 ᄒ고 두 날기를 치며 쳥쳔의 쩌 운간으로 드러 셔북을 향ᄒ여 가니라. (경23 : 15뒤)
>
> 기러기 셰 번 소리 ᄒ고 두 날기를 치며 쳥쳔의 쩌 운간으로 셔북을 향ᄒ여 가니라. (안19 : 13앞)
>
> 기러기 셰 번 쇼리 ᄒ고 두 날기롤 치며 쳥텬의 올나 운간으로셔 셔북을 향하여 가는지라. 왕비 보고 깃거ᄒ여 텬우신조ᄒ여 소식 듯기롤 바라며 궁즁 시녀 등이 다 희한이 너겨 깃거ᄒ더라. 이 말이 자연 젼파ᄒ여 향의 듯고 기러기롤 마져 업시치 못ᄒᄆᆯ 흔ᄒ며 무스ᄃ려 가마니 말ᄒ디 "졔 비록 와룡지지 닛셔도 살지 못ᄒ리라." 셔로 말ᄒ나 의심이 업지 아니터라. (세책2권 : 4앞~뒤)
>
> 기러기 소리을 셰 번 지르고 두 날ᄂ 치며 즁쳔 놉피 쩌셔 빅운을 무름쓰고 셔북을 향ᄒ야 가난지라. 왕비 보고 깃거 하여 왈 "쳔위신조하여 셩의의 소식을 드를는가." ᄒ시고 만″ 히환ᄒ시더라. 잇디 궁즁 시녀덜도 모다 깃거하며 화기가 등″하더라. 이 말이 자연 젼파되니 셰자 향의 듯고 기러기을 진즉 업셰지 못ᄒᄆᆯ 한탄ᄒ며 무용 잇ᄂ 무사을 불너 은밀리 말을 ᄒ되 "졔가 비록 와룡지지가 잇셔도 살지 못ᄒ리라." 하며 셔로 귀에 디이고 말은 하되 의심이 업지 안터라. (완판上 : 32앞)

이렇게 기러기가 서신을 가지고 떠난 소식이 궁중에 퍼져 향의가 내심 벼르고 있다고 서술함으로써, 뒷부분에서 보일 향의의 행동에 개연성을 확보했을 뿐만 아니라 왕비의 울음에 즉각적으로 낌새를 차리는 교활한 향의의 명민함까지 같이 드러내게 되었다.

③ 이렇게 완판본을 참조하여, 문맥이 흐트러져 매끄럽지 못한 부분

을 고치고, 조금 어색한 서사를 개연적이게 만드는 외에도, 세책본 제작자는 다음과 같이 압축적이고 밋밋한 서술을 생동감 있게 바꾸려 노력했다. 주로 대화체를 구사하여 장면화시켰다.

이윽고 누셩이 잔ᄒ미, 공쥐 시녀로 ᄒ여곰 셩의를 인도ᄒ여 보니고 침소로 도라오니라. (경23 : 12뒤~13앞)

이윽고 누셩이 잔ᄒ미, 공쥐 셩의를 인도ᄒ여 보내고 침소로 도라온이라. (안19 : 10뒤)

이윽고 누셩이 진ᄒ니, 공쥐 셩의롤 인도ᄒ여 보니고 침쇼의 도라와, <u>셩의 〃 폐밍ᄒ믈 한탄ᄒ여 젼 〃 불민ᄒ더라. 셩의 쳐소의 도라와 벽옥을 보니고 낙누 차탄 왈 "니 공쥬롤 보지 못ᄒ나 반다시 범인이 아니로다." ᄒ며 더옥 본국 싱각이 간졀ᄒ더라. 셩의 낫이면 슈심으로 희롤 보내고 밤이면 단져로 셰월을 보니며 쥬야 암츅ᄒ기롤 부뫼 만슈무강ᄒ시믈 츅슈ᄒ면셔 슈회 심ᄒ면 단져롤 희롱ᄒ여 심회롤 붓치더라.</u> (세책1권 : 25앞~26앞)

이러구려 계명셩이 ᄂ니 공주 리러며 빅옥으로 공자을 인도하라 하고 공주 침소의 도라와, <u>셩의 밍인 되물 한탄ᄒ며 젼 〃 불민하여 잠을 리루지 못ᄒ더라. 잇디 셩의 쳐소의 도라와 빅옥을 보니고 낙누 차탄 왈 "니 공주을 보지 못ᄒ나 반다시 범인은 아니로다." 하며 더옥 고국 싱각이 간졀ᄒ더라. 쥬야로 부모 양위 만수무강ᄒ시믈 츅수ᄒ니 디져 출쳔디효라. 엇지 명쳔이 감동치 아니ᄒ리요.</u> (완판上 : 24앞)

이� 셩의 맛춤 잠을 깁히 드럿다가 놀나 니러 안즈니, 공쥬의 시녀 벽옥이라. 반가온 ᄆ음 층양업셔 잠간 혜오되 '앗가 꿈이 비상ᄒ니 오날놀 일졍 조흔 일이 〃 슬낫다.' ᄒ고 (경23 : 16앞)

잇� 셩의 맛춤 졈을 깁히 드러다가 놀나 이러 안지니, 공쥬의 시녀 벽옥이라. 반가온 마음 층량업셔 졈간 혜오되 '앗가 꿈이 미숭ᄒ니 오날 〃 일졍 조흔 일이 잇슬낫다.' ᄒ고 (안19 : 13앞~뒤)

츠시 셩의 맛참 잠이 깁히 드럿다가 놀나 니러 안지며, <u>왈 "뉘라셔 날을</u>

찾나뇨?" 벽옥이 디왈 "닉노라."ᄒ니 셩의 공쥬의 시녀 벽옥인 쥴 알고 반가온 마음이 측양업셔 잠간 혜오디 '앗가 꿈이 비상ᄒ니 오날 〃 일졍 조흔 일이 닛슬낫다.' ᄒ고 (세책2권 : 5뒤)

잇디 셩의 몸이 곤비ᄒ여 바야허로 자더니, 부르는 소리의 씨다라 안지며, 왈 "뉘라셔 나를 찾는요?" ᄒ거늘 빅옥이 디왈 "닉로라." ᄒ니 셩의 공쥬 시녀 빅옥인 조를 알고 반가온 마음이 층양 업셔 잠간 혜오디 '악가 꿈이 비상ᄒ니 오늘 무삼 조흔 이리 잇슬는가.' 하야 (완판上 : 34앞~뒤)

상이 디열허ᄉ 흠텬관의 틱일흔즉 지격일슈흔지라. 길일이 다 〃 르미 (경23 : 21뒤)

승이 디열허ᄉ 〃천감으로 틱일흔즉 겨오 일슌이 격흔지라. 길일이 다 〃 르미 (안19 : 17뒤)

상이 디열ᄒ샤 ᄉ텬관의 틱일ᄒ라 ᄒ시니 일자가 불과 일슌이 격ᄒ엿는지라. 한님이 흘일업셔 퇴조ᄒ여 승상부의 도라와 승상을 뵈옵고 연중셜화룰 고홀시 셩의 구드심과 은상의 후덕을 칭숑ᄒ여 누쉬 종횡ᄒ는지라. 승상이 위로 왈 "차역텬슈오, ᄯ한 그디 몸이 영귀홀 씨니 이졔는 귀국 부모룰 뵈옵기 쉬온지라. 심중의 깃거ᄒ미 가ᄒ거늘 도로혀 비창ᄒ믄 불가ᄒ도다." ᄒ고 만단위로ᄒ더라. 한님이 셔실의 도라와 부모룰 싱각고 마음을 진졍치 못ᄒ더라. 상이 니뎐의 드샤 셩의로 부마 졍ᄒ 말씀이며 길일이 일슌을 격ᄒ여시믈 황후다려 말슘ᄒ시니 취 ᄯ한 디열ᄒ샤 굴지계일ᄒ시더라. 이러구로 길일이 다 〃 르니 (세책2권 : 21앞~22앞)

상이 디열ᄒ사 가라사디 "짐이 경을 더부려 동힁지신을 삼고자 하야 부마을 완졍ᄒ고 일관으로 틱일ᄒ니 길일리 십일지간이라. 경은 사양ᄒ던 마음을 이지라." 하시거늘 할임이 할임26) 할릴업셔 사은ᄒ고 물너나와 승상의 도라가 승상게 언중셜화을 고할시 황상의 구드신 은총과 승상의 후덕을 층숑하며 비회자발하여 낙누하는지라. 승상이 위로 왈 "차역쳔수요 ᄯ한 그디 몸이 영귀할 씨라. 이졔는 귀국의 게신 부모을 뵤압기 쉬온지라.

---

26) '할임'이란 글자가 잘못 들어가 있다.

심중의 깃거하미 가하거날, 도로혀 비창하문 불가하도다." 하시며 위로하
더라. 할님이 셔당의 도라와 부모을 싱각하고 비회을 금치 못하더니 잇디
상이 니젼의 드사 셩의로 부마 완정한 말삼이며 길일리 십일을 지격한 말
삼을 황후다려 하시니 황후 더열하사 궁여의 분부하여 빅사을 신칙하시더
라. 이러구러 길일리 당하미 (완판下 : 11뒤~12뒤)

　이상을 통해 보면, 세책본 〈적성의전〉은 안성판19장본을 기초대본
으로 필사하다가, 문맥이 매끄럽지 못한 부분이나 덜 개연적인 부분, 장
면화를 꾀하여 서사에 몰입을 유도하려는 부분 등에서 완판74장본을 참
고하여 서술을 확장했음을 알 수 있다.

　그런데 세책본에는 다음과 같이 19장본은 물론 완판본에도 없는 확
장된 서술 대목이 있다.

　　"……그디의 져 소리를 듯고져 부르시미니 스양치 말고 가미 엇더하
뇨?" 셩의 마지 못하여 벽옥을 짜라 완월누의 이르러 (경23 : 12앞)
　　"……그디의 져 소리를 듯고ᄌ하여 부르시미니 스양치 말고 가미 엇더
하뇨?" 셩의 마지 못하여 짜라 완월누의 이르러 (안19 : 10앞)
　　"……그디의 져 쇼리롤 드르시고 부르시미니 스양치 말고 가미 엇더하
뇨?" 셩의 왈 "나의 단져는 션싱도 업시 빈혼 거시어눌 옥쥬의 분뷔 여츠하
시니 감은하오나 엇지 존젼의셔 음율을 희롱하리오? 이는 만〃불가하오니
부르시는 명을 봉승치 못하미 만〃황숑하온 말삼을 고하여 밍인의 일신이
편케 하여 쥬시믈 바라옵ᄂ이다." 하거늘, 벽옥이 그 마음이 견여반셕이믈
알고 공쥬긔 이더로 고하니, 공쥐 쳥파의 올희 너기나 니심의 오지 아니믈
미은하여 벽옥다려 왈 "졔 말이 유리한 듯하나, 염여치 말고 오라 하여 다리
고 오라." 벽옥이 승명하고 다시 와 셩의다려 왈 "옥쥐 그디의 말이 올혼
줄 아르시나 부디 다려오라 하시니 쳥컨디 동자는 빨니 가자." 하거늘, 셩의
홀일업셔 벽옥을 ᄯ라 완월누의 니르러 (세책1권 : 22뒤~23뒤)

　　공자의 단져 셩을 드르시고 간져리 쳥하시ᄂ니 겸양치 마르시고 나와
한가지로 드러가사이다.” 차시 셩의 마지 못하야 시비을 ᄯ러 완월누의 올
나가 (완판上 : 21뒤～22앞)

　이 인용문처럼 19장본은 물론, 완판본에도 없는 대목은 하나 더 있는
데, 부마와 공주가 귀국한다며 감사가 장계를 올리는 대목이 그렇다. 또,
내용이 있기는 하지만 내용이 서로 다르게 된 대목도 있는데, 성의가
과거 시험을 보는 대목과 군담에서 중국 군관이 이틀에 걸쳐 싸운다는
대목이다. 이렇게 네 군데는 세책본 제작자가 완판본을 참고해서 서술
한 부분이라 하기 어렵다.
　세책본 제작자가 완판본을 참고해서 확장한 부분이 길고 짧은 곳 모
두를 합해 23군데 정도이므로, 네 군데라면 그리 많은 것은 아니다. 하
지만 위의 인용처럼 분명하게 의도적으로 확장되어 있음을 볼 때, 단순
하게 넘길 문제는 아니다.
　19장본도 아니고 완판본도 아닌 새로운 확장 대목이 있는 것에 대한
타당한 설명은 다음 세 가지 중 하나일 것이다.

　　　① 이 네 군데는 세책본 제작자가 임의로 서술한 대목이다.
　　　② 세책본 제작자가 참고한 이본은 완판본이 아니라, 이 넷과 완판본의
　　　　확장부분들까지를 모두 포함하고 있는 다른 어떤 필사본이다.
　　　③ 세책본 제작자는 완판본 외에 또 다른 이본을 참고대본을 사용했다.

　현재까지 필자는 능력이 미치는 범위 안에서 <적성의전> 필사본을
검토했다. 아직까지는 세책본의 확장된 부분을 완판본보다 더 많이 가
지고 있는 이본은 찾지 못했다. 또, 완판본에 없는 위의 네 군데를 모두
가지고 있는 이본도 아직 못 보았다.[27] 아직 찾지 못했다고 그런 이본이

없다고 할 수는 없다. 또, 있었지만 현재는 남아 있지 않을 가능성도 얼마든지 있다. 그렇다고 이 네 군데에서만 제작자가 임의로 서술했다고 보는 것은 너무 안이한 시각이기도 하다.

결국, 어쩔 수 없이 잠정적 결론을 내릴 수밖에 없다. 세책본 제작자가 이 네 군데에서 제3의 텍스트를 참고했는지(③), 임의로 서술했는지(①)는 확실치 않지만, 적어도 확장된 모든 대목을 포함하고 있는 다른 필사본을 참고한 것(②)은 아닌 것 같다.[28] 세책본 제작자 입장에서는 판각되어 널리 유통되고 있는 완판본을 구하는 것이 개인적으로 필사해 소장하고 있는 필사본을 구하는 것보다 훨씬 쉬웠을 것이기 때문이다. 사실, 그보다 더 중요한 것은 어렵사리 구한 필사본이 얼마나 '대중적 취향'에 적합한지 판단하기 어렵기 때문이다.

세책본은 본질적으로 '대중들에게 읽히기 위한 목적'으로 태어났다. 이런 세책본을 제작하는 제작자는 자신이 구할 수 있는 한두 종의 필사본을 가지고 섣불리 판단해 제작하지는 않았을 것이다. 그러는 것보다는 구하기도 쉽고, 이미 시장에서 검증도 받은[29] 방각본인 완판본을 참

---

27) 필자의 과문함이 문제겠지만, 사실 네 군데 중 하나라도 동일하게 가지고 있는 이본도 아직 못 보았다.

28) 세책본 <춘향전>의 경우, 앞선 세책본을 후대에 그대로 베껴 동일한 내용의 세책본이 유통되었다. 같은 맥락에서 1915년 향목동 세책본 <적성의전> 역시 선행한 세책본을 그대로 베낀 세책본일 가능성이 있다. 하지만 그렇다고 해도, '그 선행 세책본의 연원은 어디인가?'라는 질문을 제기한다면, 1915년 향목동 세책본의 상황과 동일한 문제로 귀착하게 된다. 즉, 선행 세책본 역시 안성판19장본과 완판본의 문면을 그대로 가지고 있는 이본일 테니 말이다.

29) 방각본이 시장에서 검증받았다는 의미는 그것이 많이 팔렸느냐와 상관없이 엄청난 판각비용을 지불하면서 그 텍스트를 제작했다는 점에 있다. 1900년대 초의 회상이기는 하지만, 쌀 한 가마에 4원일 당시, 방각본을 판각해서 소설 한 권을 만들려면 대략 400원 정도가 들었다고 한다(최철, 「李朝小說 讀者에 關한 研究」, 『연세어문학』6, 연세대학교 국어국문학과, 1975, 258~283쪽). 이렇게 큰 경제적 부담을 안고 판각해 내는 것이 방각본 소설이었다. 당연히 방각업자는 텍스트 내용을 시장성 측면에서 신

고대본으로 삼는 것이 훨씬 더 안정적이라고 판단했을 것이다.

어떻든, 제작자가 19장본을 기초대본으로 하고 완판본을 참고대본으로 했음은 틀림없는 사실이다. 제3의 텍스트를 참고했다고 해도(③), 임의로 서술했다고 해도(①), 제작자가 완판본을 참고한 대목이 훨씬 많은 것도 분명한 사실이다. 이제, 이런 사실을 바탕으로 세책본 제작자가 어떻게 세책본을 만들었는지 살펴보도록 하자.

3. 세책본 고소설의 제작 방식

1) 대본 선정 방식

우선, <적성의전> 세책본 제작자가 안성판19장본을 기초대본으로, 완판74장본을 참고대본으로 선정한 이유를 생각해 보자.

기초대본으로 19장본을 택한 이유로 먼저 생각할 수 있는 것은, 세책본을 제작하던 1915년 당시 가장 손쉽게 구할 수 있는 것이 19장본이었다는 생각이다. 하지만 설득력이 떨어진다. 현재 남아 있는 이본 중 그 수가 가장 많은 것이 23장본이고, 앞서 보았듯이 23장본은 1917년과 1920년에 서울에서 유통되었다. 이런 점을 고려하면, 서울의 세책가에서 안성판19장본을 구하는 것보다는 경판23장본을 구하는 것이 훨씬 쉬웠을 것이 틀림없다. 결국 제작자가 의도적으로 19장본을 구했다는 말이 된다.

안성판19장본은 간기가 없어 언제 판각·유통되었는지는 모르지만, 이 안성판을 보고 제작자가 1915년 세책본을 만들었으므로, 적어도

중하게 점검했을 것이다.

1915년 이전에는 판각되어 유통되었을 것이다. 또, '경판23장 → 안성판 19장'의 관계가 명확하므로, 19장본은 23장본 이후에 나온 것도 틀림없 다. 여기에 23장본이 1917, 1920년에도 유통되었다는 사실을 합해 생각 해 보면, 23장본과 19장본은 거의 비슷한 시기에 유통되던 경쟁 관계에 있었다고 추측할 수 있다. 누차 언급했고 인용문에서도 보았듯이, 23장 본이나 19장본은 내용과 서사에 차이가 없다. 그러므로 그 경쟁은 '장수' 에 따른 제작비용과 판매 금액의 문제에 달려 있었을 것이다.

그런데 세책본 제작은 대본을 새롭게 필사하는 것이므로, 대본의 내 용과 관련 있지 그 '장수'와는 상관없다. 즉, 23장본을 대본으로 필사해 도 아무 문제가 없다는 말이다. 그런데도 세책본 제작자는 상대적으로 쉽게 구할 수 있는 경판23장본을 두고, 굳이 안성판19장본을 구해서 대 본으로 삼았다. 여기에는 분명 어떤 이유가 있을 것으로 짐작된다.

경판본과 똑같게 세책본을 만들 경우, 경판본업자의 항의와 다툼의 소지가 생기기에 의도적으로 피했을 수도 있다.[30] 하지만 실제 이유는 '기존에 유통되는 대중적 텍스트와는 차별되는 텍스트를 제작하려는 의 도' 때문으로 보인다. 즉, 경판본은 세책본과 같은 지역인 서울의 대중적 텍스트이므로 그것을 의도적으로 피한 것으로 생각된다.[31]

---

30) 가능성이 없는 것은 아니나 거의 없다고 생각한다. 당시는 저작권의 개념이 없었고, 경쟁하는 세책업자끼리도 서로 베껴서 같은 내용의 세책본 텍스트를 유통시켰기(이 윤석, 「구활자본 고소설의 변이양상」, 앞의 책, 2001, 159~160쪽 참조) 때문이다.

31) 여기서 자연스런 의문이 하나 제기된다. "<적성의전> 경판23장본과 안성판19장본은 내용이 같으므로 경판본을 피해 안성판을 택했다는 것이 설득력이 없지 않은가?"이 다. 타당한 질문이다. 이는 <적성의전>만이 아닌, 보다 많은 세책본을 한꺼번에 제작 해내는 일련의 과정 중에 <적성의전>이 속해 있었다고 보면, 의문이 풀린다. 즉, 세책 본 제작자는 <적성의전>뿐만 아니라, 다른 소설들의 안성판을 대거 수집해서 그 안 성판을 기초대본으로 삼아 세책본을 제작해냈는데, 그런 일련의 과정에 <적성의전> 도 끼여 들어갔기에, 경판과 내용상 차이가 없는데도 안성판을 기초대본으로 삼았을 것이란 설명이다. 이는 앞으로 다른 고소설의 안성판과 세책본을 면밀히 검토하면 자

경판본과 세책본은 같은 서울 지역의 대중적 텍스트였지만 유통방식은 조금 달랐다. 경판본은 판매 위주이고 세책은 대여하는 것이기에 시장이 다르다고 할 수 있다. 하지만 어느 정도 겹쳤을 것이 분명하다. 즉 경판본을 소장한 사람도 세책본을 빌려 볼 수 있었을 것이고, 거꾸로 세책본을 빌려 보던 사람도 경제적 여력이 생겨 경판본을 구입할 수도 있었을 것이다. 그러므로 세책업자 입장에서 시장에 유통시킬 텍스트는 '기존의 것과는 다른, 차별성 있는 텍스트'여야만 했을 것이다.[32]

세책본 제작자의 고심은 차별성 있는 텍스트를 제작하는 것과 함께, '대중성이 있는 텍스트를 제작해내야 한다'는 것이었다. 그래서 새롭게 창작하지 않았던 것이다. 새로운 창작은 어렵기도 하지만, 무엇보다 시장에서 검증받지 않았다는 불안감이 있기 때문이다. 그러므로 시장에서 대중성을 검증받았으면서도, 자신의 시장인 서울에서 유통되는 것과 차별성이 있는 안성판과 완판을 선정한 것이다.

완판을 기초대본이 아닌 참고대본으로 활용한 것은 '대중의 취향을 고려했기' 때문으로 보인다. 세책본은 가급적 장수를 늘여 많은 분량을 만드는 것이 좋을 수 있다. 세전을 더 받을 수 있기 때문이다. <적성의 전> 완판본은 경판본에 비해 풍부한 내용을 가지고 있고 서사 내용도 더 길다. 언뜻 생각하기에 세책본의 기초대본으로 삼기에 좋아 보이지만, 그렇지 않다. 서울 대중의 취향과 동떨어져 있기 때문이다. 완판본이 가지고 있는 미적 특질이 서울의 취향과 맞지 않기에,[33] 기초대본으로

연스레 밝혀질 것으로 보인다. 앞으로의 과제이다.

32) 이는 구활자본 고소설의 경쟁을 했던 출판사간의 광고문안이나, <춘향전>이나 <구운몽>의 경우처럼 실제 내용을 조금씩 바꿔서 경쟁했던 상황을 볼 때, 어느 정도 짐작해 볼 수 있다. 세책 제작 상황도 이와 크게 다르지 않다고 생각한다.

33) 완판본에 대하여 김동욱은 "지방색이 가미되어 전라 방언을 사용하는 등 향토색 짙은 토착문학의 터전을 이룩하였다."고 평가했다. 김동욱, 앞의 논문, 1970, 114쪽.

삼지 않았던 것이고 그것을 참고할 때도 그대로 대입하듯 텍스트에 집어넣지 않았던 것이다.

이렇게, <적성의전> 세책본 제작자는 기존 텍스트와는 차별성 있으면서도, 대중성이 있고, 나아가 서울의 문화 취향에 맞는 텍스트를 제작해내려고 노력했다.

한 마디로 세책본 고소설은 시장성을 염두에 두고 대중 독자들의 생각과 취향에 민감하게 반응하면서 생산된 '상품'이었던 것이다.

2) 텍스트 제작 방식

일반적인 고소설 필사 방식은 대본을 하나 놓고 그대로 베끼는 것이다. 그런데 필사하는 도중에 예기치 않게 발생하는 오탈자, 행 건너뜀 같은 실수와 대본을 오독하거나 제대로 이해하지 못해서 빚어지는 오류들이 생기기도 한다. 때론 필사하던 중도에 그만 두는 경우도 없지 않다. 이런 부정확한 이본들이 다시 필사될 경우, 실수와 오류들이 더 증가하기도 하지만 식견 있는 필사자를 만날 경우 줄어들기도 한다. 가끔씩 주관이 뚜렷한 필사자들은 아예 개작을 하기도 한다. 이렇듯 필사의 과정과 경우가 다양해도 모두 하나의 대본을 놓고 필사한다는 것은 같다.

대본 하나를 놓고 필사하는 이유는 간단하다. 소설은 경서처럼 엄정함이 요구되는 텍스트가 아니기 때문이다. 그 필사의 이유도 심심파적인 경우가 대부분이다. 가끔씩 한문소설에 평점을 가하는 경우도 있지만, 그것은 독자가 시시비비를 들어 평하는 자신의 안목과 식견을 드러내기 위함이지, 엄정한 텍스트 확정 또는 제작을 위한 교감의 성격이라 하기는 어렵다.[34] 한 마디로 소설은 그렇게 할 만큼 대단한 것이 못 되었다.

---

34) 현재 남아 있는 상트 페테르부르그 소장 <적성의전> 31장본에는 독자가 교정·가필

그런데 향목동 세책본 <적성의전>의 제작은 달랐다. 제작자는 기초 대본을 보고 필사하다가 중간중간 필요한 부분에서 다른 대본을 참고해 필사하는 방식을 택했다. 단순히 심혈을 기울여 만들었다는 설명만으로는 부족한데, 일반 필사와는 다른 세책본 제작만의 특징이라 할 수 있다.[35]

우선, 제작자는 세책본 제작 이전에 여러 이본 텍스트를 검토했고, 그 이본적 차이를 분명히 인식하고 있었음이 분명하다. 대본으로 삼을 텍스트는 수차례 읽어 그 내용적 결함과 부족함, 상품으로서의 가능성 등을 면밀히 검토했을 것이다. 참고대본을 선정해 놓은 것이 그 한 근거이다. 다수의 이본을 검토한 이유는 분명한데, 대중의 취향에 부응하여 읽힐 수 있는 시장성 있는 텍스트를 제작해내야 했기 때문이다. 한마디로 세책본 제작자는 사전에 시장의 상황을 면밀히 분석했던 것이다.

또, 대본을 '자신의 생각으로 깁고 보충하는 일반적 필사'와 달리, '깁고 보충하기 위해 따로 준비한 텍스트에서 차용하는 것'이 제작 방식이었다. 자신의 생각대로 텍스트를 만드는 것보다 미리 정한 대본을 따르는 것이 더 낫다는 생각은, 시장에서 독자들에게 읽히기에 그것이 더 낫다는 판단이 근저에 깔린 행위이다. 적당히 짜깁기한 텍스트를 만들지 않은 것이나, 완전히 새롭게 창작하지 않은 것도 같은 이유이다. 시장에서 벗어날 위험이 있기 때문이다. 즉, 세책본 제작은 자신의 생각, 느낌, 취향대로 텍스트를 만드는 작업이 아니라, 텍스트를 수용하는 독자 입장에서 텍스트를 만드는 작업이었다. 향목동 세책본 <적성의전>

한 흔적이 남아 있다. 하지만 이 역시 '독자로서의 행위'이다.

35) 이것이 모든 세책본 고소설의 특징이라고 할 수는 없다. 하지만 분명 하나의 패턴이었을 것으로 생각한다. 앞으로 다른 세책본 고소설의 검토가 이루어지면 보다 더 분명하게 될 것이다.

의 제작자는 시장성 있는 상품을 제작한다는 분명한 목적의식이 있었던 것이다.

4. 결론

세책본 고소설에 대한 여러 연구에도 불구하고 세책본의 연원과 그 제작 방식에 대해서는 명확하게 밝혀진 것이 없었다. 본고에서는 향목동 세책본 <적성의전>을 여러 이본과 비교 검토해서, 세책본 고소설의 연원과 제작 방식을 탐색했다.

세책본 <적성의전>은 안성판19장본을 기초대본으로 필사하다가, 중간중간 필요한 부분에서 완판74장본을 참고해서 확장한 이본임을 밝혔다. 세책본 제작자는 19장본이 가지고 있는 미비점을 매끄럽게 다듬고, 개연적이게 내용을 확장했으며, 대화체로 꾸며 장면화를 꾀했다. 이렇게 기초대본과 참고대본을 가지고 필사하는 방식은 독자 대중의 취향을 염두에 둔 시장성 있는 텍스트 제작 방식으로, 세책본 제작의 중요한 한 가지 패턴으로 생각된다.

서울의 경판본과 같은 시장에서 경쟁해야 하는 세책본 제작자는 기존의 내용과 차별성이 있으면서도, 대중성이 있고, 서울의 문화적 취향과 분위기에서 벗어나지 않는 텍스트를 제작하려고 노력했다. 시장성이 있는 상품을 제작하겠다는 분명한 목표의식을 가지고 대중들에게 읽히기 위해 독자들의 취향을 고려한 제작을 했던 것이다.

본고는 <적성의전>의 경우만을 검토한 것으로 논의에 일정한 한계가 없지 않다. 하지만 <적성의전> 세책본처럼, 그 연원이 대중적 방각본에 있고, 그 제작 방식이 기초대본과 참고대본으로 나누어지는 일련의 과정을 통해 만들어진 세책본 고소설은 더 많을 것이다. 이런 제작 방식은 일정한 하나의 패턴을 형성했을 것으로 생각된다. 이런 점은 다른 세책본 고소설의 연원과 제작 방식이 밝혀짐에 따라 더 분명하고 명확해질 것이다. 이는 앞으로의 과제이다.

구활자본 〈적성의전〉의 두 연원에 대하여

1. 서론

19~20세기 초 고소설이 대중적으로 유통되는 방식이 크게 셋이었는데, '방각(坊刻)', '세책(貰冊)', '활판 인쇄(活版印刷)'가 그것이다. 방각은 서울, 안성, 전주 등에서 판각되어 간행된 것으로 주로 판매 방식으로 유통되었고, 세책은 서울의 세책점에서 대여하는 형식으로 시중에 유통되었다. 그러다가 활판 인쇄를 통해 제작된 구활자본 고소설들이[1] 등장하면서 서울의 서점/인쇄소에서 발행한 고소설들이 전국으로 퍼져 나가게 되었다. 이 활판 인쇄를 통해 비로소 동일한 제명의 고소설을 동일한 내용의 공통 텍스트로 향유할 수 있게 되었고, 지역적 한계를 넘어 전국적으로 확산되면서 명실공히 고소설이 대중적이게 되었다.

고소설이 대중화되는 방식을 온전히 이해하기 위해서는 이런 방각본, 세책본, 구활자본의 관계를 잘 알아야 하는데, 그러기 위해서는 이들 대중적 텍스트가 어떻게 성립하게 되었는지를 규명하는 것이 중요하다. 많은 독자들에게 널리 읽히도록 하는 것이 이들 방각업자, 세책업자, 활판업자들의 공통된 목적이었기에, 이들은 대중적인 텍스트를 제작·유

---

1) 活版印刷로 제작된 고소설을 통상 '구활자본'으로 통칭하던 것을 따라, 본고에서도 고소설 텍스트에 한해서는 '구활자본'이라 하겠다.

통하려 했을 것이 분명하다. 즉, 더 많은 이윤을 얻기 위해 당대 대중들의 취향에 적합한 작품을 '찾아', '변형'시켜 '제작'하려고 노력했을 것이다. 이렇게 이들이 '어떤 작품의 어떤 텍스트를 선별해 어떤 상품을 만들어냈는가?' 하는 문제는 고소설의 대중성을 규명하는 중요한 지점이다.

하지만 아직까지는 이들 세책업자, 방각업자, 활판업자들의 고소설 제작 방식이 온전히 드러난 것 같지는 않다. 그동안 방각본, 세책본, 구활자본 고소설에 대해 많은 논의가 다양한 측면에서 심도 있게 이루어졌지만, 이들 세 상업적 텍스트의 유래와 연원에 대해서는 더 많은 연구가 필요한 것 같다. 지금까지로는 세책본 고소설이 구활자본 고소설의 주요 원천임이 밝혀진 것과,2) 세책본 고소설의 한 연원이 안성판일 가능성이 제기된3) 정도이다.

고소설의 대중성을 제대로 이해하기 위해서는 이들 대중적 텍스트들의 상호 관계와, 이들을 제작해낸 업자들의 제작 방식과 의도를 밝히는 것이 중요하다. 그러기 위해서는 해당 작품의 모든 이본들을 하나하나 검토해서 상호 관계를 추적하고 규명해야 하는데, 이는 시일이 오래 걸리는 지난한 일인 데다가, 핵심 이본 텍스트가 인멸되었을 경우 논의가 난항에 빠질 위험까지 안고 있다. 하지만 꼭 필요한 작업이라 하겠다.

필자는 세책본, 방각본, 구활자본이 모두 있는 작품 중에서 〈적성의

---

2) 이윤석, 「구활자본 고소설의 변이양상」, 이윤석·정명기, 『구활자본 야담의 변이양상 연구』, 보고사, 2001, 104~171쪽 ; 주형예, 「향목동본 『현수문전』의 서사적 특징과 의미, 이윤석·大谷森繁·정명기 편저, 『貰冊 古小說 硏究』, 혜안, 2003, 207~245쪽 ; 김경숙, 「동양문고본 『남정팔난기』 연구」, 『열상고전연구』20, 열상고전연구회, 2004, 29~66쪽 ; 유춘동, 「세책본 〈금령전〉의 텍스트 위상 연구」, 『열상고전연구』20, 열상고전연구회, 2004, 99~121쪽 ; 이윤석, 「『금방울전』 활판본 원고에 대하여」, 『열상고전연구』26, 열상고전연구회, 2007, 373~401쪽.

3) 유광수, 「세책본 고소설의 성립 연원과 제작 방식에 대하여-향목동 세책본 〈적성의전〉(1915)을 중심으로」, 『고소설연구』29, 한국고소설학회, 2010, 443~474쪽 참조.

전>을 중심으로 일련의 연구를 진행하고 있는데, 본고에서는 구활자본 <적성의전>을 대상으로 구활자본 텍스트가 어떻게 성립하게 되었는지를, 그동안 비교·대조·검토한 것을 통해 설명하려 한다.

현재까지 알려진 <적성의전> 구활자본은 '세창서관본(1915.5)', '영창서관본(1917)', '한성서관·유일서관본(1915.8)', '박문서관본(1917)', '회동서관본(1926)', '세창서관본(1962)'[4], '태화서관본(1926)'이다. 이중 실물을 구하지 못한 태화서관본을 제외한[5] 모든 구활자본을 상호 비교 검토했고, 이들을 각기 경판본[6]과 세책본[7], 다른 필사본들[8]과 다시 비교 검토했다.

그 결과, <적성의전> 구활자본은 모두 동일한 내용으로 되어 있는 것이 아님을 알아냈다. 크게 두 계열로 명확하게 나누어지는데, 한 쪽은 안성판19장본을 대본으로 활판 인쇄한 계열이고, 다른 한 쪽은 향목동 세책본을 대본으로 활판 인쇄한 계열이라는 것을 밝혀냈다.

---

4) 광복 이후 발행된 이본으로 앞의 '세창서관본'과는 다른 이본이다.

5) <적성의전>이 태화서관에서 1926년에 간행되었다는 것은 이주영의 목록(이주영, 『구활자본 고전소설 연구』, 월인, 1998, 226쪽)에서 보았는데, 필자 능력의 한계로 이 이본을 구하지 못했다. 그런데 이 목록은 실물을 보고 작성하기도 했지만, 앞선 여러 목록을 정리하고, 여기에 다른 고소설의 광고지 등에 나와 있는 작품 내용을 합해 작성한 것이다. 당시 출판한다고 광고하고도 출판하지 않는 경우도 있었으므로, 실제로 태화서관에서 발행했는지는 확실치 않다. 만약 발행했다면 출판연도가 1926년이므로, 다른 구활자본 <적성의전>과 전혀 다른 연원을 가지고 있다기보다는, 아마도 본고의 결론인 '경판본 계열', '세책본 계열' 두 연원 중 어느 한 쪽일 것 같다.

6) <적성의전> 경판본 중 현재 남아 있는 것은 '31장본', '30장본', '23장본', '안성판19장본'이 있고, 실물이 남아 있지 않지만 경판33장본을 보고 그대로 필사한 것으로 판단되는 필사본 1종(연세대47장본)이 있다. 이들을 비교 검토했다.

7) 향목동 세책본 1종이 남아 있다.

8) 다수의 필사본을 비교 검토했지만, 본고에 의미 있는 필사본은 단국대26장본이다. 자세한 것은 본문에서 상론한다.

안성판은 경판의 자장권에 드는 것으로 생각해 일반적으로 경판본 계열로 보는데,[9] 〈적성의전〉의 경우에도 안성판19장본은 경판23장본의 내용을 그대로 가져다가 改版한 것이므로 같은 계열에 속한다고 볼 수 있다. 그래서 본고에서는 안성판19장본을 대본으로 성립한 구활자본들을 '경판본 계열'로, 향목동 세책본을 대본으로 성립한 구활자본들을 '세책본 계열'로 부르고자 한다.

2. 경판본 계열

1) 세창서관본(1915.5)

〈적성의전〉 구활자본 중 가장 먼저 출판된 것이 바로 이 세창서관본이다. 〈장화홍련〉과 합철된 것으로, 앞에 〈장화홍련〉이 나오고 이어 〈적성의전〉이 나온다.

표제 : 薔花紅蓮 附 積成義傳　京城 世昌書館 發行[10]
권수제 : 古代小說 積成義傳　고딕소셜 적셩의젼[11]

분량은 〈적성의전〉만 치면 35쪽이다. 22쪽까지는 쪽 당 13행에 행 당 35자이고, 23쪽에서 끝까지는 쪽 당 16행에 행 당 35자이다. 본문이 끝나는 35쪽에는 행을 바꿔 홍보문구가 적혀 있다.[12]

---

9) 이창헌, 「안성지역의 소설 방각활동 연구」, 『한국문화』24, 서울대학교 규장각한국학연구원, 1999, 99~140쪽 참조.
10) '薔花紅蓮'은 작은 글씨로 두 줄, '積成義傳'은 큰 글씨로 한 줄이고, 그 아래 석 줄 작은 글씨로 '京城 世昌書館 發行'이라 되어 있다.
11) 각기 '古代小說', '고딕소셜'은 두 줄 작은 글씨로 되어 있다.

판권지를 통해 세창서관본은 1915년(大正4) 5월에 발행되었음을 알
수 있다. 주요 사항을 보면 다음과 같다.

> 大正四年 五月 二十三日 印刷
> 大正四年 五月 二十四日 發行
> 著作兼發行者 姜義永
> 發行所 世昌書館
> 장화홍년젼 부 젹셩의젼 金 二十五 錢

판권지 뒷면에 광고지가 붙어 있는데, 세창서관에서 발행하는 서적과
해당 금액을 적어놓았다. 거기에 "世昌書館 主 姜義永"이라 명기되어
있는 것으로 보아, <적성의전>의 저작 겸 발행자(著作兼發行者)로 되어
있는 강의영이 세창서관의 주인임을 알 수 있다.[13)

세창서관본은 <적성의전>을 최초로 활판 인쇄한 이본이라는 점에서
의미 깊은데, 강의영이 활판 인쇄를 하기 위해 대본을 선정하는 데 심혈
을 기울였을 것으로 생각된다. 확인 결과, 세창서관본은 <적성의전> 안
성판19장본을 대본으로 했음을 알아냈다.

현재 <적성의전> 방각본은 경판31장본, 경판30장본, 경판23장본과
안성판19장본, 완판74장본이 실물로 남아 있고,[14) 실물은 남아 있지 않

---

12) 텍스트 본문이 끝나고, 행을 바꿔 다음과 같은 홍보문구가 쓰여 있다.
   ○본 셔관이 기업흔 지 우금 다년의 원근지방 쳠위에 익고흔심을 후몽흐와 업무를
   일층 디확쟝흐옵고 각종 신구셔젹 수쳔 죵이 구비흐온 바 기 셩의를 보답하기 위흐야
   금번의 특별이 고디소셜 중 손방실긔와 디셩용문젼과 님화졍연 기타 슈십 죵를 발힝
   흐옵고 그 중 가졍샹불가졀흐고 취신식 션문보감 부 언문편지법을 다년 연구흔 바
   금의 출판흐깃스오니 다슈 강남흐시옵
13) 일제에 의해 1909년 출판법이 실행된 후, 실제 작가는 아니지만 판권을 매입한 출판
   사 사주가 著作兼發行者로 명시되는 경우가 일반적이었다. 자세한 것은 방효순, 「일
   제시대 저작권 제도의 정착과정에 관한 연구」, 『서지학연구』21, 서지학회, 2001, 215
   ~250쪽 참조

은 경판33장본을 보고 필사한 필사본이 한 종 있다.15) 이 판각본들 모두
간기가 없어 정확한 판각 시기는 알 수 없지만, 경판본의 경우 시대가
지남에 따라 장수가 축소되는 판으로 변모했음을 알고 있고,16) 경판23
장본과 안성판19장본은 내용이 똑같지만 '23장본→19장본'으로 바뀌
었다는 것을 알고 있다.17) 즉, 경판본은 '33장본→31장본→30장본→
23장본→19장본'으로 바뀌었다.

판각본에서 장수를 축약하는 방법은 번각한 앞부분과 내용을 축약해
새로 만든 뒷부분을 합해 하나로 만드는 것으로, 후대로 갈수록 뒷부분의
축약 정도가 심해지기 마련이다. 그래서 〈적성의전〉의 경우 '33장본-31
장본-30장본'과 '23장본-19장본'의 후반부 내용이 크게 차이 난다.18)

세창서관본을 이들과 비교한 결과, 세창서관본의 내용은 '23장본-19
장본'의 내용과 동일함을 알아냈고, 자구까지 면밀히 검토한 결과 세창
서관본은 19장본을 대본으로 삼아 성립한 것임이 드러났다.

　　〈가〉
　　"니 아희 셩효 지극ᄒ나 셔역은 하늘 가히라. 만리창파의 엇지 인간 비
　로 득달ᄒ며 약수를 　　　엇지 건너리오. 〃활혼 말 〃나." ᄒ고 (경23
　　: 2앞)19)

---

14) 23장본만 여러 종 남아 있고, 다른 이본은 모두 유일본이다. 자세한 것은 유광수, 「경판
　　본 〈적성의전〉 이본고」, 『열상고전연구』18, 열상고전연구회, 2003, 349~381쪽 참조.
15) 연세대도서관에 소장되어 있는 한글필사본 〈적성의전〉으로, 경판33장본을 대본으
　　로 1861년에 필사한 이본이다. 자세한 것은 유광수, 「연세대 소장 〈적성의전〉 필사본
　　과 초기 경판본의 관계」, 『열상고전연구』28, 2008, 383~410쪽 참조.
16) 경판본의 장수 축소에 대해서는 이창헌, 『경판방각소설 판본 연구』, 태학사, 2000,
　　506~522쪽 참조.
17) 이에 대해서는 유광수, 앞의 논문, 2003, 349~381쪽 참조.
18) 구체적 내용의 차이와 근거에 대해서는 유광수, 앞의 논문, 2008, 383~410쪽 참조.
19) 괄호 안에 해당 판본과 쪽수를 ' : '를 중심으로 구분해 표시한다. 이하 마찬가지다.

"니 아의 셩효 지극ᄒ나 셔역은 ᄒ날 가이라. 만경충파의 엇지 <u>인간 션</u>
<u>쳑으로</u> 득달ᄒ며 <u>약슈 슴쳔리를</u> 엇지 건네리오. 〃활흔 말 〃나." ᄒ고 (안
19 : 2앞)

"오이 효셩이 지극ᄒ나 셔쳔은 하늘 가이라. 만경쳥파의 엇지 <u>인간 션쳑</u>
<u>으로</u> 득달ᄒ며 ᄯ흔 <u>약수 삼쳘니를</u> 엇지 건너리요. 오활헌 말을 말나." ᄒ
고 (세창 : 2)

ᄉ공 왈 "이 곳은 소상이라. ᄉ면 산이 <u>빗최거니와</u> 삼쳔리 약수는 하늘
가히니 일 년을 간들 엇지 가보리오. 혜아리건더 <u>양진을 건너면</u> 셔쳔을 바
라보리이다." ᄒ고 (경23 : 3앞)

ᄉ공 왈 "이 곳은 소상이라. ᄉ면 산이 <u>뵈거니와</u> 약슈는 하날가이니 일
년을 간덜 엇지 가보리오. 혜ᄋ리건더 <u>양진을 보면</u> 셔쳔을 바라보리이다."
ᄒ고 (안19 : 2뒤)

ᄉ공 왕20) "이 곳은 소상이라. ᄉ면 산니 <u>뵈거니와</u> 약수는 ᄒ늘가히니
일 년을 간들 엇지 가보리요. 혜아리건더 <u>양진을 보면</u> 셔쳔을 바라보리니
다." ᄒ고 (세창 : 3)

션관 왈 "나는 봉니 방장 영쥬 <u>요디를</u> 다 구경ᄒ여스되 …… (경23 : 4앞)
션관 왈 "나는 봉니 방중 영듀 ＿＿를 다 구경ᄒ여시되 …… (안19 : 3뒤)
션관 왈 "나는 봉니 방쟝 영쥬 ＿＿을 다 구경ᄒ엿스되 …… (세창 : 4)

ᄒ고 일 합의 버히고 ᄌ문이ᄉᄒ니 <u>엇지 쾌흔 쟝뷔 아니리요.</u> (경23 : 23앞)
ᄒ고 일 합의 버히고 ᄌ문이ᄉᄒ니 엇지 쾌활치 아니리오. <u>이 ᄉ롬은</u>
<u>안평국 협긱일너라.</u> (안19 : 19앞)
ᄒ고 일 합에 버고 ᄌ문니사ᄒ니 엇지 <u>상쾌치 안니리요.</u> 차인은 안평국
<u>협긱일너라.</u> (세창 : 34)

---

20) 역시 '왈'을 '왕'으로 오식했다. 처음으로 활판을 만드는 것이다 보니 이런 터무니없는
오식이 생겼다.

〈나〉

문득 월식이 명낭ᄒ며 ＿＿＿＿＿＿ 홀연 동남으로셔 외기러기 슬피 우는 소리 (경23 : 16뒤)

문득 월식이 명낭ᄒ며 ＿＿＿＿＿＿ 홀연 동남으로셔 기러기 슬피 우는 소리 (안19 : 13뒤)

문득 월식은 만경ᄒ고 <u>츄풍은 소슬ᄒ디</u> 호련 동남으로 외기러기 슬피 우는 소리 (세창 : 25)

〈다〉

왕이 셩의로 셰자를 봉코즈 ᄒ더 공경이 간 왈 <u>"즈고로 국가는 쟝즈로 셰즈를 봉ᄒ오미 덧〃ᄒ온 일이여늘 이졔 전하계옵셔 츠즈로 셰자를 봉ᄒ여 륜긔를 샹코즈 ᄒ시미 불가ᄒ오믈</u> 고ᄒ니 (경23 : 1앞)

왕이 셩의로 셰즈를 봉코즈 ᄒ더 공경이 간 왈 <u>"즈고로 국가는 중즈로 셰즈를 봉ᄒ오미 쩟〃ᄒ온 일이어늘 이졔 전ᄒ계옵셔 츠즈로 셰즈를 봉ᄒ여 륜긔를 숭코즈 ᄒ시미 블가ᄒ오믈</u> 고ᄒ니 (안19 : 1앞)

왕이 셩의로 셰자을 봉코자 ᄒ디 공경더신이 간ᄒ여 가로디 <u>"즈고로 국가는 쟝자로 셰자을 봉ᄒ시미 쩟〃ᄒ온 일리온디 이졔 폐희 츠자로 셰자을 봉ᄒ사 윤이을 샹코져 ᄒ시미 불가ᄒ니이다."</u> ᄒ온디 (세창 : 1)

〈라〉

이씌 공쥐 쟝님의 잇다가 셩의를 바라보니 <u>명월이 벽공의 걸엿는 듯 표〃ᄒ 풍치 월하의 볼 젹과 다른지라. 심중의 그윽이 안폐ᄒ믈 앗기더라.</u> (경23 : 13뒤)

잇씌 공쥐 즁님의 잇다가 셩의를 바라보니 <u>명월의 벽공의 걸인 듯 표〃ᄒ 풍치 월ᄒ의 볼 젹과 다른지라. 심중의 그윽이 안폐ᄒ믈 앗기더라.</u> (안 19 : 11뒤)

잇씌 공쥐 장막 안의 잇다가 셩의를 바라보고 <u>그 아롭다온 용모와 씩〃ᄒ 풍치를 칭찬 왈 "일윤명월이 벽공을 헤치는 듯 표〃ᄒ 기상은 월하에셔 단져 볼 젹과 다른지라."</u> 심하에 그윽키 안폐ᄒ믈 앗기더라. (세창 : 21)

세창서관본이 23장본이 아니라 19장본을 대본으로 했음은 <가>의
경우를 통해 분명히 알 수 있는데,21) 그대로 따르는 것이 아니라 <나>
의 경우처럼 문맥에 맞게 어구를 첨가하는 경우도 종종 있고, <다>의
경우처럼 오류를 고치기도 하고, <라>처럼 의도적으로 대화체를 구사
하여 장면을 활성화시키려는 노력을 하기도 한다. 이상을 통해 생각하
면, 세창서관본은 초판이 지니기 마련인 오자 등이 없지 않지만 안성판
19장본을 충실히 따르며 문맥을 다듬거나 오류를 고치려 노력한 이본임
을 알 수 있다.

그런데 여기서 '세창서관본이 안성판19장본을 따른 것이 아니라, 거
꾸로 안성판19장본이 세창서관본을 대본으로 삼았을 수도 있지 않은
가?'라는 의문이 들 수 있다. 하지만 그렇지 않다. '23장본→19장본'의
수수관계에 다른 이본이 끼어들 여지가 전혀 없을 뿐만 아니라,22) 1915
년에 출판된 세창서관본보다 안성판19장본이 먼저 판각된 것이기 때문
이다.

<적성의전> 안성판19장본은 "안성동문이신판"이란 간기만 있을 뿐,
그 판각연대는 알 수 없다. 안성판에 대한 지금까지의 연구로 볼 때,
안성판은 1880년대를 전후해서 출현했을 것으로 여겨지고,23) 또 안성
동문리에서 간행된 텍스트에, 1909년 출판법 시행 후 북촌서포나 박성
칠서점 판권지가 첨부된 것들을 고려해 생각하면, <적성의전> 19장본
은 적어도 세창서관본이 출판된 1915년보다는 먼저 출현했을 것으로
생각된다.

---

21) 위에 인용한 부분 외에도 많은 부분에서 이 점을 확인할 수 있다.
22) 유광수, 앞의 논문, 2003, 349~381쪽 ; 유광수, 앞의 논문, 2008, 383~410쪽 참조.
23) 이창헌은 '안성 동문리'에서 간행한 작품들이 대략 20장 안팎이라는 점을 들어 1880
    년대를 전후한 시기에 활동하던 방각소로 추정했다. 이창헌, 앞의 논문, 1999, 99~140
    쪽 참조

하지만 꼭 그렇게 쉽게 단정할 수 없는 난점도 있는데, 안성 동문리에서 판각한 "안성동문이신판"이란 간기를 지닌 작품들에 붙은 판권지의 연도에 1912년도 있고 1917년도 있기 때문이다.[24] 이런 정황을 고려하면, "안성동문이신판" 간기를 지니고 있는 〈적성의전〉 19장본의 출현 시기가 세창서관본 〈적성의전〉(1915)보다 나중일 가능성도 낮기는 하지만 완전히 배제할 수는 없다.

결국 안성판19장본의 출현 시기는 다른 지점에서 확인해야 하는데, 필사본들과의 비교를 통해 추적하는 것이 하나의 방법이 된다. 필자가 여러 필사본들을 검토한 결과, 〈적성의전〉 안성판19장본은 적어도 1910년 이전에 판각되었음을 알아냈다.

단국대학교 도서관에는 나손 김동욱 선생께서 수집하신 고소설들이 소장되어 있는데, 그 중에 〈적성의전〉 필사본이 여럿 있다. 차례로 검토한 결과 "庚戌年 六月 十六日 終"이란 필사기를 지니고 있는 단국대 26장본[25]이 안성판19장본을 대본으로 필사한 이본임을 밝혀냈다.

단국대26장본은 거의 그대로 안성판19장본을 따르고 있는데, 주지하다시피 안성판19장본이 경판23장본을 대본으로 개판(改版)한 이본이므로, 23장본이 아니라 19장본임을 확정하기 위해서는 좀 더 면밀히 살펴봐야 한다. 몇 군데를 보면 다음과 같다.

---

24) 안성판 고소설의 종류, 발행연도, 제반 사항에 대해서는 최호석, 「안성의 방각본 출판 입지」, 『국제어문』34, 국제어문학회, 2005, 89~120쪽 ; 이정원, 「安城板 坊刻本 출판 현황」, 『어문연구』33, 한국어문교육연구회, 161~184쪽 ; 최호석, 「안성판 방각본 출판의 전개와 특성」, 『어문논집』54, 민족어문학회, 2006, 173~197쪽 ; 이정원, 「안성판 방각본의 소설 판본」, 『한국고전연구』14, 한국고전연구학회, 2006, 219~244쪽 참조.
25) 單券으로 26장인 한글필사본이다. 이본의 명칭을 '나손본' 등으로 해야 옳겠지만, 최종 소장처를 명시하는 것이 접근이 용이하고 혼란이 적을 것으로 판단해 이렇게 명명한다. 참고로 나손 선생의 필사본이 전집으로 영인되었지만 편집상 심각한 문제를 지니고 있기에, 그 영인본을 연구대본으로 삼는 것은 오류를 빚어낼 가능성이 높다.

<A>

<u>어시의</u> 셩의 졈 〃 ᄌ라 지덕이 겸비ᄒ여 요슌을 본바드미

...... (경23 : 1앞)

<u>잇ᄯ</u> 셩의 졈 〃 ᄌ라 지덕이 겸비ᄒ여 요슌을 본바드미

...... (안19 : 1앞)

<u>잇ᄯ</u> 셩의 졈 〃 잘아미 지덕이 겸비ᄒ여 요슌을 본바드미

...... (단국26 : 1앞~뒤)

즁노의 가와 <u>죵젹을</u> 탐지ᄒ고 혹 풍파의 불힝ᄒ 일이 잇ᄉ와도

(경23 : 7앞)

즁로의 가와 <u>소식을</u> 탐지ᄒ고 혹 풍파의 불힝ᄒ 일이 잇ᄉ와도

(안19 : 6앞)

즁로의 가 <u>쇼식을</u> 탐지ᄒ고 혹 풍파의 불항ᄒ 일이 잇사와도

(단국26 : 7앞)

홀연 부르시물 듯고 즉시 <u>승명ᄒ여</u> 드러가셔 어젼의 복디ᄒᄃ

(경23 : 13앞)

홀연 부르시물 듯고 즉시 <u>승샹의 명을 듯고</u> 드러가셔 어젼의 복지ᄒᄃ

(안19 : 11앞)

홀연 불으심를 듯고 즉시 <u>승샹의 명을 듯고</u> 드러가셔 의젼의 복지ᄒᄃ

(단국26 : 13뒤~14앞)

<B>

션관 왈 "나는 봉ᄂ 방장 영쥬 <u>요디를</u> 다 구경ᄒ여스되...... (경23 : 4앞)

션관 왈 "나는 봉ᄂ 방즁 영듀 ___를 다 구경ᄒ여시되...... (안19 : 3뒤)

션관 왈 "나는 봉ᄂ 방장 령쥬 ___를 다 구경ᄒ여시되

...... (단국26 : 4앞)

이윽고 누셩이 잔ᄒ미 공쥐 <u>시녀로 ᄒ여곰</u> 셩의를 인도ᄒ여 보니고 침

소로 도라오니라. (경23 : 13앞)

　　이윽고 누셩이 잔흥미 공줘 ＿＿＿＿＿ 셩의를 인도ᄒ여 보내고 침소로
도라온이라. (안19 : 10뒤)

　　이윽고 누셩이 진흥미 공줘 ＿＿＿＿＿ 셩의를 인도ᄒ여 보니고 침쇼로
도라오니라. (단국26 : 13뒤)

　　셩의 왈 "기혹언경이라 ᄒ니 그런 일이 업ᄂ이다." (경23 : 14뒤)

　　셩의 왈 "＿＿＿＿＿＿＿ 그런 일이 업ᄂ이다." (안19 : 12앞)

　　셩의 왈 "＿＿＿＿＿＿＿ 그런 일이 읍나이다." (단국26 : 15뒤)

이 외에도 많은 부분에서 단국대26장본이 경판23장본이 아닌 안성판
19장본을 대본으로 필사했음을 확인할 수 있다.

단국대26장본이 1910년(庚戌年)에 필사된 것이므로, 안성판19장본은
적어도 1910년 이전에 시중에서 유통되었이 분명하다.

이상의 논의를 통해, 1915년 활판 인쇄된 〈적성의전〉 세창서관본은
안성판19장본을 대본으로 성립한 것임을 알 수 있다.

2) 영창서관본(1917)

영창서관본은 현재 실물을 확인할 수 있는 판본으로는 3판(1917)과 4
판(1921) 두 종이 있다. 재판(再版)을 1916년에 냈다는 판권지 기록은 있
지만 실물은 확인하지 못했다.

3판과 4판은 내용은 물론 판형까지 동일한데, 총 33쪽으로 16쪽까지
는 쪽 당 17행에 행 당 35자이고 17쪽부터 끝까지는 쪽 당 13행에 35자
로 되어 있다. 3판, 4판은 동일 판형에 표지 그림까지 같다. 하지만 표제
가 차이 난다.

╟ 3판

표제 : 古代小說 翟成義傳   京城 永昌書館 發行[26]

권수제 : 고디소셜 젹셩의젼[27]

╟ 4판

표제 : 薔花紅蓮 附 翟成義傳   京城 永昌書館 發行[28]

권수제 : 고디소셜 젹셩의젼[29]

4판의 표지가 앞서 살펴본 세창서관본의 표지와 동일한데,[30] '세창서
관(世昌書館)'이 '영창서관(永昌書館)'으로 바뀐 것만 다를 뿐이다. 결론
을 먼저 말하면, 영창서관본은 세창서관본과 같은 이본이다. 판권지에
도 이 점이 드러난다.

╟ 3판

大正四年 五月 二十四日 初版 發行

大正五年 十月 九日 再版 發行

大正六年 十二月 五日 三版 印刷

大正六年 十二月 二十二日 三版 發行

著作兼發行者 姜義永

發行所 永昌書館

젹셩의젼 定價 金 二十 錢

---

26) '古代小說'은 작은 글씨로 두 줄, '翟成義傳'은 큰 글씨로 한 줄이고, 그 아래 석 줄
작은 글씨로 '京城 永昌書館 發行'이라 되어 있다.

27) '고디소셜'은 두 줄 작은 글씨로 되어 있다.

28) '薔花紅蓮'은 작은 글씨로 두 줄, '翟成義傳'은 큰 글씨로 한 줄이고, 그 아래 석 줄
작은 글씨로 '京城 永昌書館 發行'이라 되어 있다.

29) '고디소셜'은 두 줄 작은 글씨로 되어 있다.

30) 표지 그림도 동일하다.

▶ 4판
著作兼發行者 姜義永
發行所 永昌書館
大正四年 五月 二十四日 初版 發行
大正十年 十一月 四日 四版 印刷
大正十年 十一月 十日 四版 發行
장화홍련 부 적셩의젼 定價 二十五 錢

　영창서관 판권지 내용에 따르면, 강의영(姜義永)이란 인물이 영창서관에서 〈적성의전〉 초판을 大正4년(1915) 5월에 낸 것이 된다. 그런데 이 '강의영(姜義永)'은 앞서 보았던 세창서관의 주인 그 '강의영(姜義永)'이고,[31] 〈적성의전〉 초판 날짜라고 한 것 역시 앞서 살핀 세창서관본 〈적성의전〉의 출판 날짜이다. 또 영창서관 4판 판권지 뒤에 붙은 광고지에는 영창서관의 여러 소설 소개와 함께 "永昌書館 主 姜義永"이라 적혀 있다.

　이런 정황으로 보아, 강의영은 세창서관에서 1915년(大正4) 5월에 〈적성의전〉 초판을 내고, 이후 1917년 3판, 1921년 4판을 계속해서 영창서관에서 냈음을 알 수 있다.[32] 결국 영창서관본은 세창서관본과 같은 계열의 이본인 것이다.

　같은 내용이긴 해도, 영창서관본은 세창서관본과 약간의 차이가 있다. 영창서관본을 만들면서 조판을 새로 했기 때문이다.

---

31) 강의영은 세창서관을 왕세창과 공동 경영하다 1917년 영창세관을 세웠다. 자세한 것은 최호석, 「영창서관의 고전소설 출판에 대한 연구」, 『우리어문연구』37, 우리어문학회, 2010, 349~379쪽 참조.
32) 1916년 재판 〈적성의전〉은 실물을 찾지 못해 명확히 말할 수는 없지만, 영창서관이 1917년에 설립되기에 再版 〈적성의전〉은 世昌書館에서 나온 것으로 생각된다.

<가>

왕에 부붸 과이ᄒ고 일국이 흠션ᄒ니 향의 미양 불측ᄒᆞᆫ 마음으로 셩의
에 인효ᄒ믈 싀긔ᄒ여   히홀 뜻을 두더라. 이젹의 셩의 졈〃 ᄌ라미
…… 공경디신이 간ᄒ여 가로디 "ᄌ고로 국가는 쟝자로 셰자을 봉ᄒ시미
씻〃ᄒᆞᆫ 일이온디 이졔 폐희 ᄎ자로 셰자을 봉ᄒᆞ사 윤이을 상코져 ᄒ시
미 불가ᄒ니이다." (세창:1)

왕에 부붸 과이ᄒ고 일국이 흠션ᄒ니 향의 미양 불측ᄒᆞᆫ 마음으로 셩의
에 인효ᄒ믈 싀긔ᄒ야 미양 히홀 뜻을 두더라. 이러구러 셩의 졈〃 ᄌ라미
…… 공경대신이 간ᄒ야 갈오디 "ᄌ고로 국가는 쟝ᄌ로 셰ᄌ를 봉ᄒᆞᆫ 거
시 씻〃ᄒᆞᆸ거늘 이졔 뎐희 ᄎ례를 걸너 셰ᄌ를 봉코ᄌ ᄒᆞ사 윤리를 상코
ᄌ ᄒ시니 스례에 불가ᄒ니이다." (영창:1)

<나>

츈노 등이 디 왈 "요사이에 그 소동에 말이 왕〃이 귀를 놀니더니다."
공쥐 탄 왈 "닉 비록 녀자나 흔번 불너 위로ᄒ고져 ᄒᄂ니 너에 등 소견에
는 엇더ᄒ요." 츈난이 디왈 "소비에 마음에도 님이 헤아린 비로소이다."
ᄒ고 (세창:22)

츈난 등이 디 왈 "요ᄉ이 그 소동에 말이 왕〃이 귀를 놀니더이다." 공
쥐 탄 왈 "소비에 마음에도 임에 헤아린 비로소이다." ᄒ고 (영창:17~18)

<나>의 경우처럼 한 줄을 빼먹는 결정적인 실수를 하기도 하지만 전
반적으로 문맥을 매끄럽게 다듬으려고 노력했음을 확인할 수 있다. 오식
을 고치기도 하고,[33] <가>처럼 중국 황제가 있는데 안평국 왕을 '폐희'로
지칭하는 세창서관본의 명백한 오류를[34] 고치는 등, 영창서관본은 세창
서관본을 토대로 문맥을 다듬고 정제하려는 노력을 기울인 이본이다.

---

33) '사공 왕→사공 왈', '성에→섬에' 등과 같은 것이 그렇다.
34) 세창서관본의 대본인 안성판은 "뎐ᄒ"로 되어 있다.

3. 세책본 계열

1) 한성서관 · 유일서관본(1915.8)³⁵⁾

〈박씨전〉과 합철된 것으로, 먼저 〈박씨전〉이 나오고 이어 〈적성의전〉이 나온다.

> 표제 : 적성의전 附 朴氏傳36)
> 권수제 : 젹셩의젼 남궁셜 편집37)

분량은 〈적성의전〉만 치면 42쪽이다. 쪽 당 14행으로 앞서 본 다른 이본들과 달리 띄어쓰기가 되어 있다. 행 당 글자 수는 32자 정도 된다. 판권지의 주요 사항을 보면 다음과 같다.

> 大正四年 八月 五日 印刷
> 大正四年 八月 十日 發行
> 著作兼發行者 南宮楔
> 總發賣所 漢城書館 · 唯一書館
> 定價 金 三十 錢

한성서관본 〈적성의전〉(1915년 8월)은 세창서관본 〈적성의전〉(1915년 5월)이 출판된 지 석 달 후에 나온 이본이다. 여러 점에서 한성서관본은 세창서관본을 경쟁적으로 바라보고 있음을 알 수 있는데, 세창서관본이 〈장화홍련-적성의전〉으로 시장에 뛰어든 것을 한성서관본은

---

35) 이하 인용할 때는 '한성서관본'으로 칭하겠다.
36) 다른 판본들의 표기 방식과 마찬가지로 '적성의전'은 작은 글씨 두 줄, '朴氏傳'은 큰 글씨로 한 줄인데, '적성의전'의 경우 한자로 되어 있을 것인데, 영인된 이본(『구활자소설총서』7, 민족문화사, 1983)이 잘려 있어 알 수 없다.
37) 권수제 밑에 '남궁셜 편집'이라 쓰여 있다.

<박씨전-적성의전>으로 경쟁하려 했다는 것도 그렇고,[38] 굳이 한성서관의 남궁설(南宮楔)이 '남궁셜 편집'이라고 권두에 쓸 정도로 차별성을 부각하려 노력했던 것도 그렇다.

아무리 '비창작적 저작물'이라 해도[39] 동일한 <적성의전>을 몇 달 뒤에 출판하는 부담이 없지 않았을 것이다. 아울러 시장에서 얼마나 성공적일 것이냐도 중요했을 것이다. 한성서관의 남궁설은 대본을 정하는 데 이런 점을 고민했을 것이다.

한성서관본의 대본이 어떤 것인가를 여러 이본들과 비교한 결과, 한성서관본은 향목동 세책본 <적성의전>을 대본으로 성립한 것임을 알아냈다.

현재 실물이 남아 있는 세책본 <적성의전>은 이 향목동본밖에 없는데, 상하 두 권(2권 2책)으로 된 한글 필사본이다. 각 권 당 30장으로 총 60장이고, 각 권 끝에 "셰 을묘 스월 일 향목동 셔"라는 필사기가 있어 1915년[乙卯] 4월에 필사되었음을 알 수 있다. 이 세책본은 세책본 제작자가 안성판19장본을 기초대본으로, 완판74장본을 참고대본으로 필사한 이본이다.[40] 이 세책본에는 안성판도, 완판본에도 없는 확장된 서술 대목이 크게 4군데, 한두 줄 정도 늘어난 작은 곳이 23군데 정도 있기 때문에 다른 이본들과 크게 변별되는 이본이다.

향목동 세책본과 한성서관본을 면밀히 비교 검토한 결과, 다른 부분

---

38) 가격은 세창서관의 경우 25전인 데 비해 한성서관의 경우 30전으로 조금 더 비싸다. 하지만 한성서관의 <박씨전-적성의전>의 쪽수가 더 많다는 것을 감안하면 어느 정도 이해할 수 있다.

39) 고소설, 민요, 시조, 노랫말을 수록한 창가서, 尺牘, 經書, 註解書 등과 같은 것은 저작자를 확인할 수 없기에 1909년 출판법 시행 이후에는 저작권이 편찬, 발행자에게 속했다. 자세한 것은 방효순, 앞의 논문, 2001, 215~250쪽 참조.

40) 향목동 세책본의 연원과 상황에 대한 자세한 것은 유광수, 앞의 논문, 2010, 443~474쪽 참조.

은 물론 이런 확장대목들까지 모두 일치함을 확인했다. 번다함을 피하기 위해 한 군데만 인용하면 다음과 같다.

"……그디의 져 소리를 듯고ᄌ하여 부르시미니 ᄉ양치 말고 가미 엇더ᄒᄂᆢ?" 셩의 마지 못ᄒ여 짜라 완월누의 이르러 (안19 : 10앞)

"……그디 져 소리를 드르시고ᄌ ᄒ야 불르시미니 사양치 말고 가미 엇더ᄒ요?" 셩의 마지 못ᄒ여 짜라 완월누에 이르러 (세창 : 18~19)

"……그디의 져 쇼리롤 드르시고 부르시미니 ᄉ양치 말고 가미 엇더ᄒᄂᆢ?" 셩의 왈 "나의 단져는 션셩도 업시 비혼 거시어눌 옥쥬의 분뷔 여츠ᄒ시니 감은ᄒ오나 엇지 존젼의셔 음율을 희롱ᄒ리오? 이는 만〃 불가ᄒ오니 부르시는 명을 봉승치 못ᄒ미 만〃 황송ᄒ온 말삼을 고ᄒ여 밍인의 일신이 편케 ᄒ여 쥬시믈 바라옵ᄂᆞ이다." ᄒ거눌, 벽옥이 그 마음이 견여반셕이믈 알고 공쥬긔 이디로 고ᄒ니, 공쥐 쳥파의 올희 너기나 닉심의 오지 아니믈 미은ᄒ여 벽옥다려 왈 "제 말이 유리ᄒ 듯ᄒ나, 염여치 말고 오라 ᄒ여 다리고 오라." 벽옥이 승명ᄒ고 다시 와 셩의다려 왈 "옥쥐 그디의 말이 올혼 쥴 아ᄅ시나 부디 다려오라 ᄒ시니 쳥컨디 동자는 쌜니 가자." ᄒ거눌, 셩의 홀일업셔 벽옥을 ᄯᆞ라 완월누의 니르러 (세책1권 : 22뒤~23뒤)

"……그디의 져 소리를 드르시고 부르시미니 사양치 말고 가미 엇더ᄒ요?" 셩의 왈 "나의 단져은 션셩도 업시 비혼 거시어눌 옥주의 분부 여츠ᄒ시니 감은ᄒ오나 엇지 존전에셔 음율을 희롱ᄒ리요. 이는 만만 불ᄀ ᄒ오니 부르시는 명을 봉승치 못ᄒ매 만만 황송ᄒ온 말ᄉ음을 고ᄒ여 밍인의 일신이 편ᄒ게 ᄒ여 주시믈 바라나니다." ᄒ거눌, 벽옥이 그 마음이 견여반셕 갓탄쥴 알고 공주께 그디로 고ᄒ니 공주 쳥파에 올희 여기나 닉심에 오지 아니함을 미안이 여겨 벽옥다려 왈 "제 말이 유리ᄒ나 염여치 말고 오라ᄒ여 다리고 오라."하니 벽옥이 승명하고 다시 와 셩의다려 왈 "옥주 그디의 말이 올혼 쥴 아ᄅ시나 부디 다려오라 ᄒ시니 쳥컨디 동ᄌ은 쌜이 가ᄌ." ᄒ거눌, 셩의 할일업시 벽옥을 짜라 완월누에 이르러 (한셩 : 17~18)

이렇게 향목동 세책본(1915년 4월)을 대본으로 한성서관본(1915년 8월)

이 제작되었음을 알 수 있는데, 두 이본의 상황은 꼭 '세책본 → 한성서관본'이 아니라, '한성서관본 → 세책본'의 경우로 보아도 논리적으로 타당한 설명이 가능하다. 쉽게 말해, '세책본 → 한성서관본'이 옳다고 보는 근거는 향목동 세책본의 필사기가 판권지를 통해 알 수 있는 한성서관본의 출판시기보다 몇 개월 앞선다는 점 때문이다.

그런데 세책본은 판각이나 활판보다 상대적으로 오류가 생기기 쉬운 필사본으로,41) 의도적 · 비의도적 오류의 가능성이 상존한다.42) 즉, 향목동 세책본의 "셰 을묘 스월 일 항목동 셔"라는 필사기의 진정성에 대해 고민해 봐야 한다.

판각이나 활판처럼 한번 완성된 것으로 계속 찍어내는 제작 방식과 달리 필사는 단 한 번으로 완성되므로 상대적 집중도가 떨어질 가능성도 있고, 또 좋지 않은 의도를 지닌 세책업자가 8월에 먼저 출판된 한성서관본을 대본으로 향목동본을 제작하고는 논란을 피하기 위해 필사기를 당겨 "스월"로 썼을 가능성도 완전히 배제할 수 없다. 이 모두 1915년에 몇 달을 두고 시장에 같이 나온 텍스트들이기에 제기될 수 있는 의혹이다.

향목동 세책본과 한성서관본을 면밀히 검토한 결과, 다행히도 이런 의혹이 옳지 않음을 확인할 수 있었다. 다행이라 함은 한성서관본이 뜻하지 않은 큰 실수를 빚어냈기 때문으로, 만약 실수하지 않고 제대로 만들었다면 의혹을 풀 수 없었을 것이기 때문이다.

---

41) 세책본은 대부분 필사본으로 유통되었고, 본고의 대상인 <적성의전> 역시 필사본이다. 하지만 목판본이나 구활자본 세책본도 없지 않았다. 목판본, 구활자본 세책에 대해서는 이윤석, 「『임경업전』목판본 49장본에 대하여」, 『열상고전연구』28, 열상고전연구회, 2008, 355~381쪽 ; 안춘근, 「韓國貰冊業變遷考」, 『서지학』6, 한국서지학회, 1974, 73~84쪽 ; 유춘동, 「20세기 초 구활자본 고소설의 세책 유통에 대한 연구」, 『장서각』15, 2006, 171~188쪽 참조.

42) 세책본의 전반적인 상황에 대해서는 이윤석 · 大谷森繁 · 정명기 편저, 『貰冊 古小說 研究』, 혜안, 2003, 21~392쪽 참조.

한성서관본의 35~36쪽을 읽어보면 내용이 어색함을 느낄 수 있다. 눈을 뜬 성의가 과거에 응시하여 급제하는 장면 이후, 황제가 불러 부마로 삼는 내용이 나온다. 그 다음에 엉뚱하게도 황제가 급제한 성의를 신래(新來)로 부르는 대목과 황제가 성의를 부마로 삼으려고 마음에 두는 대목, 호승상 집에 돌아와 수작하는 대목 등이 이어진다. 본래의 내용과는 달리 혼선이 빚어져 있다.

한성서관본이 이렇게 된 이유는 바로 향목동 세책본(2권2책)의 2권 19장과 20장을 뒤바꿔 조판했기 때문이다.

 ᄎ시 셩의 시축을 션천의 밧치고 두로 단니며 구경ᄒ더니 젼두관이 호명ᄒ여 왈 "금방 장원은 젹셩의라." ᄒ거ᄂᆯ 셩의 만인총즁을 헷치고 옥계하의 츄진ᄒ온디, 상이 인견 ᄉ쥬(2권 : 19앞)ᄒ시고 즉시 한님학ᄉ를 졔슈ᄒ시니 한님이 텬은을 슉ᄉᄒ온디 텬지 어악과 쳥동ᄡᅡᆼ기를 ᄉ급ᄒ시고 신리를 부ᄅ샤 슈삼 ᄎ 진퇴ᄒ시니 셩의 더옥 텬은을 황감ᄒ여 머리의 어ᄉ화를 꼿고 몸의 쳥나의를 닙고 은안 빅마의 안자 궐문의 나오니 니원 풍악이며 쳥동ᄡᅡᆼ기 젼ᄎ후옹ᄒ여 승상 부즁의 도라올시 승상부 허다 하리 장원(2권 : 19뒤)을 옹위ᄒ여 디로상으로 나오니 도로관광지 칙〃 칭션ᄒ며 ᄯᅡᆯ 둔 자ᄂᆫ 져마다 유의치 아니 리 업더라. 한님이 승상부의 니ᄅ러 승상긔 뵈온디 승상의 환열ᄒ믄 일필난긔러라. 한님이 비록 영귀ᄒ나 경ᄉ를 고홀 곳이 업셔 누쉬 옷깃슬 젹시더라. ᄎ시 공쥐 젹공자의 급졔를 심니의 암희ᄒ더라. 상이 젹한님의 긔질이 ᄲᅡ혀나믈 보시고 부마를 유(2권 : 20앞)의ᄒ샤 젹한님을 명쵸ᄒ여 돈유 ᄒ샤 왈 "경이 비록 타국 사ᄅᆷ이나 짐의 나라의 드러와 소년 등과ᄒ여 지명이 ᄲᅡ혀ᄂᆫ지라. 짐이 한 ᄯᅡᆯ이 〃시나 비록 님ᄉ의 덕이 부죡ᄒ나 군자의 건질을 소임홀지라. 이졔 경으로뼈 부마를 졍ᄒ나니 ᄉ양치 말나." ᄒ신디, 한님이 닉심의 환희ᄒ나 거즛 사양ᄒ여 복지 쥬 왈 "신이 외국 인믈노 위인이 노둔ᄒ고 명되 쳔박ᄒ옵(2권 : 20뒤)거ᄂᆞᆯ 셩의 융셩ᄒ와 하ᄒᆡ지퇴을 닙ᄉ와 일신이 영귀ᄒ옵거ᄂᆞᆯ 가지

록 셩은이 융즁ㅎ와 하괴 여ㅊㅎ시니 신이 손복ㅎ올지라. 복원 폐하는 신
의 구구ㅎ온 사졍을 살피샤 부마지교룰 거두시고 신의 외로온 몸을 편케
ㅎ시면 결쵸보은ㅎ와 국은을 만분지일이나 갑습고자 ㅎᄂ이다." 상이 불
윤ㅎ샤 갈오ᄉ디 "경은 너모 사양치 말나." ㅎ시니 한님(2권 : 21앞)이 더
옥 황공ㅎ여 셩은을 슉ᄉㅎ나 복이 손홀가 츅쳑불안ㅎ여 몸둘 바룰 아지
못ㅎ거눌 상이 디열ㅎ샤 'ᄉ텬관의 틱일ㅎ라.' ㅎ시니 일자가 불과 일슌이
격ㅎ엿ᄂ지라. 한님이 홀일업셔 퇴조ㅎ여 승상부의 도라와 승상을 뵈옵고
연즁셜화룰 고홀시 셩의 구드심과 은샹의 후덕을 칭숑ㅎ여 누쉬 죵횡ㅎᄂ
지라. (셰책2권 : 18뒤~21앞)

초시 셩의 시츅을 션쳔에 밧치고 두로 다니며 구경ㅎ더니 젼두관이 호
명ㅎ여 왈 "금방 장원은 젹셩의라." ㅎ거눌 셩의 만인총즁을 헷치고 옥계
하에 츄진ㅎ온디, 상이 인견ㅎᄉ 왈 "경이 비록 타국ᄉ람이나 짐의 나라에
들어와 소년등과ㅎ여 지명이 쌔혀ᄂ지라. 짐이 ᄒ ᄯᆯ이 잇스니 비록 님ᄉ
의 덕이 부죡ㅎ나 군ᄌ의 건즐을 소님할지라. 이졔 경으로써 부마을 졍ㅎ
나니 ᄉ양치 말나." ㅎ신디, 할님이 니심에 환희ㅎ나 거짓 사양ㅎ여 복디
쥬왈 "신이 외국인물노 위인이 노둔ㅎ고 명되 쳔박ㅎ옵거눌 셩의 융셩ㅎ
와 하희지튁을 입ᄉ와 일신이 녕귀ㅎ옵거눌 가지로 셩은이 융승ㅎ와 하괴
여ㅊㅎ시니 신이 손복하올지라. 복원 폐하은 신의 구구ㅎ온 ᄉ졍을 살피
ᄉ 부마지교을 거두시고 신의 외론 몸을 편쩨ㅎ시면 결쵸보은ㅎ와 국은을
만분지일나나 갑습고ᄌ ㅎ나니다." 상이 불윤ㅎᄉ 갈아사디 경은 너머 사
양치 말나 ㅎ시고, 즉시 할님학ᄉ을 제슈ㅎ시니 할님이 텬은을 츅ᄉㅎ은디
텬ᄌ 어악과 쳥동쌍긔을 사급ㅎ시고 실니를 부르사 슈슘 초 진퇴ㅎ시니
셩의 더옥 텬은을 황감ㅎ여 머리에 어ᄉ화 곳고 몸의 쳥나의을 입고 은안
빅마의 안ᄌ으로 궐문에 나오니 이원풍악이며 쳥동쌍긔 젼ㅊ후옹ㅎ여 승
상부즁에 도라올새 승상부 허다 ㅎ리 장원을 옹위ㅎ여 디로상으로 나오니
도로관광지 칙 〃 층션ㅎ며 ᄯᆯ 둔 ᄌ은 져마다 유의치 아니 리 읍더라. 할
임이 승상부에 이르러 승상께 보온디 승상의 환열함은 일필ᄂ그러라. 할
님이 비록 녕귀ㅎ나 경ᄉ을 고할 곳시 읍셔 누슈 옷깃슬 젹시더라. 초시
공쥬 젹공ᄌ의 급계함을 심이 암희ㅎ더니 상이 젹할임의 긔질이 쌔혀나믈

보시고 부마을 유의ᄒ니 더옥 황공ᄒᆞ여 셩은을 츅ᄉᆞᄒᆞ나 도로혀 복이 손
할가 츅쳑불안ᄒᆞ여 몸둘 바을 아지 못ᄒᆞ거늘 상이 디열ᄒᆞ사 텬관에 틱일
ᄒᆞ라 ᄒᆞ시니 일ᄌᆞ가 불과 일슌이 격ᄒᆞ엿ᄂᆞᆫ지라. 할님이 할일읍셔 퇴조ᄒᆞ
여 승상부에 도라와 승상졔 연즁셜화을 고ᄒᆞᆯ 시 황상의 구드심과 승상의
후덕을 층송ᄒᆞ며 누슈 죵횡ᄒᆞᄂᆞᆫ지라. (한성 : 35~36)

밑줄 친 부분이 세책본 2권 19장의 내용으로 세책본은 문맥이 제대로
되어 있는데, 한성서관본을 보면 이 19장 내용이 그대로 뒤로 옮겨져서
문맥이 헝클어지게 되었음을 알 수 있다. 한성서관본을 제작할 때, 세책
본 20장을 먼저 옮기고 이후 19장을 옮김으로써 빚어진 결과이다. 이렇
게 세책본 2권의 19장과 20장이 뒤바뀌어 있는 한성서관본의 상황을 볼
때, '한성서관본→세책본'이 아니라, '세책본→한성서관본'임을 분명
히 알 수 있다.

결국, 한성서관본(1915.8)은 향목동 세책본을 대본으로 제작한 것이고,
세책본의 "셰 을묘 ᄉᆞ월 일 향목동 셔"란 필사기는 오류가 아님을 알
수 있다.

2) 박문서관본(1917)

다른 이본들과 달리 표제가 가로쓰기로 되어 있고 표지 그림도 해상
에서 향의가 성의를 만나 핍박하는 장면으로 되어 있다.

표제 : 古代小說 狄成義傳 덕셩의젼43)
권수제 : 젹셩의젼

---

43) '狄成義傳'이란 글이 가장 크게 중간에 있고 그 위에 작은 글씨로 '古代小說'이라
써 있고, 큰 글씨 '狄成義傳' 아래 작은 글씨로 '덕셩의젼'이라 되어 있다.

분량은 43쪽으로 쪽 당 14행에 행 당 32자 정도로 띄어쓰기가 되어 있다. 판권지의 주요 사항은 다음과 같다.

大正六年 六月 一日 印刷
大正六年 六月 五日 發行
著作兼發行者 盧益亨
發行所 博文書館
定價 金 二十 錢

박문서관본을 다른 이본과 비교 검토한 결과, 박문서관본은 앞에서 본 한성서관본과 동일한 이본임을 알아냈다. 크게 다른 부분이 한 곳 있는데, 바로 앞서 살펴본 세책본 2권의 19장과 20장이 뒤바뀐 부분을 올바르게 고쳐 놓은 곳이다. 즉, 박문서관본은 향목동 세책본과 동일하게 되어 있는 것이다.

여기서 박문서관본이 앞선 한성서관본을 따르다가 착간이 있는 대목을 올바르게 고친 것인지, 아니면 처음부터 향목동 세책본을 대본으로 삼은 것인지 판단해야 한다. 면밀한 검토 결과, 박문서관본은 한성서관본이 아니라 향목동 세책본을 대본으로 삼은 것임을 알아냈다. 몇 군데를 보면 다음과 같다.

> 만조졔신이 간 왈 "자고로 국가는 장자로 셰자롤 봉ᄒᆞᄂ 거시 올커늘 이졔 젼희 차ᄌᆞ롤 봉ᄒᆞ여 셰자롤 삼고자 ᄒᆞ시미 윤긔롤 상ᄒᆞ미니 불가ᄒᆞ니이다." (세책1권 : 1앞)
> 만죠졔신이 간왈 "ᄌᆞ고로 국아은 장ᄌᆞ로 셰ᄌᆞ을 봉ᄒᆞᄂ 거시옵ᄂᆞᆫ디 이졔 젼하게옵셔 ᄎᆞᄌᆞ로 셰ᄌᆞ을 삼고ᄌᆞ ᄒᆞ시니 이난 윤긔을 손상ᄒᆞ미니 불가ᄒᆞ니이다." (한성 : 1)
> 만죠졔신이 간왈 "ᄌᆞ고로 국가는 장ᄌᆞ로 셰ᄌᆞ를 봉ᄒᆞᄂ 것이 올커늘 이졔

전하 초자를 봉호여 셰자를 삼고져 호심이 윤긔를 상홈이니 불가호니이다."
(박문 : 1)

초홉다. <u>무변죽님의셔</u> 엇지 살며 쥬야로 부모롤 불너 호읍호며 단져로
심회롤 붓쳐 일분도 형을 원망치 아니 〃 그 텬셩디효롤 텬지신명이 엇지
도으시지 아니리오. (세책1권 : 18뒤~19앞)

초홉다. <u>해변죽님에셔</u> 엇지 살며 쥬야로 부모을 불너 호읍호며 단져로
심회을 붓쳐 일분도 형을 원망치 아니호니 그 텬셩디효를 텬지신명이 엇
지 도으시지 아니리오. (한성 : 14)

초홉다. <u>무변죽님에셔</u> 엇지살며 주아로 부모를 불너 호읍호며 단져로
심회를 붓쳐 일분도 형을 원망치 아니호니 그 천셩디효를 천지신명이 엇
지 도으지 아니리오. (박문 : 14~15)

셩의 낫이면 <u>슈심으로</u> 희롤 보내고 밤이면 단져로 셰월을 보니며 쥬야
암축호기롤 부뫼 만슈무강호시믈 축슈호면셔 슈회 심호면 단져롤 희롱호
여 심회롤 붓치더라. (세책1권 : 25뒤~26앞)

셩의 나지면 <u>슈심을</u> 살우고 밤이면 단져로 셰월 보니며 쥬야 암축호기
을 부모 만슈무강호심을 축슈호며 슈회가 심호면 단져을 희롱호여 심회을
붓치더라. (한성 : 20)

셩의 낫이면 <u>슈심으로</u> 희를 보니고 밤이면 단져로 셰월을 보니며 쥬야
암축호기를 부모 만슈무강호심을 축슈호면셔 수회 심호면 단져를 희롱하
여 심회를 붓치더라. (박문 : 20)

부마 공쥐 호승샹부의 나아가 승상 부〃롤 보니 승상이 깃거호여 <u>그 스이</u>
<u>호쇼졔 출가호믈 말삼호더라.</u> 초시 황뎨 춘취 놉호샤…… (세책2권 : 29뒤)

부마와 공쥬 호승샹부에 나아가 승상 부부을 보니 승상이 깃거호며 <u>그</u>
<u>스이 셥셥함을 말슴호더라.</u> 초시 황졔 춘츄 놉흐소…… (한성 : 41~42)

부마 공쥐 호승샹 부즁에 나아가 승상 부부를 보니 승상이 깃거호며 <u>그</u>
<u>사히 호소져 출가홈을 말슴호더라.</u> 초시 황뎨 춘취 놉흐샤…… (박문 : 42)

한성서관본과 박문서관본이 크게 차이 나지 않는 이유는 두 이본 모
두 세책본을 따랐기 때문이다. 하지만 위의 인용처럼 박문서관본은 한
성서관본을 따르지 않고 직접 세책본을 대본으로 삼아 제작했음을 알
수 있다.

3) 회동서관본(1926)

표지 그림이 앞서 살펴본 세창서관본, 영창서관본과 같은 그림이다.
표제 역시 세로쓰기로 되어 있다.

> 표제 : 翟成義傳
> 권수제 : 적성의전
>
> 大正十五年 一月 二十日 印刷
> 大正十五年 一月 卄五日 發行
> 著作兼發行者 高裕相
> 發行所 匯東書館
> 적성의전 定價 十五 錢

분량은 32쪽 17행에 행 당 35자로 되어 있다. 띄어쓰기가 없는 것까
지 세창서관본, 영창서관본과 같다.

표지 그림이나 본문을 인쇄한 형식 등을 보면 세창서관본과 같은 계
열(경판본 계열)로 여겨지지만, 그렇지 않다. 내용을 면밀히 검토한 결과,
회동서관본은 한성서관본, 박문서관본과 같은 세책본 계열에 속함을 알
아냈다. 더 정확히 말하면 회동서관본은 착간이 있는 한성서관본이 아
니라, 박문서관본과 동일하다.

4) 세창서관본(1962)

이 이본은 광복 이후 세창서관에서 회동서관본 지형을 그대로 가져다가 찍은 이본으로 회동서관본과 동일본이다. 표제는 박문서관본처럼 가로쓰기로 표시하고, 표지는 박문서관본의 표지 그림처럼 바다에서 향의와 성의가 만나는 것을 그렸다.

> 檀紀四二九五年 八月 一〇 印刷
> 檀紀四二九五年 十二月 三〇 發行
> 著作兼發行者 申太三
> 發行所 世昌書館

회동서관본과 동일한 지형이므로 당연히 세책본 계열에 속한다.

4. 결론 : 대중적 텍스트의 상황과 과제

이상의 검토와 논의를 통해 구활자본 〈적성의전〉의 연원은 안성판19장본을 대본으로 한 '경판본 계열'과 향목동 세책본을 대본으로 한 '세책본 계열'이 존재한다는 것을 알게 되었다.[44] 아울러 안성판19장본 〈적성의전〉이 1910년 이전에는 간행된 것이 분명함을 확인했다. 이런 점을 선행연구에서 밝혀진 향목동 세책본의 상황과[45] 함께 영향관계를 생각해 보면 다음과 같다.

---

44) 같은 계열 안에 속하는 구활자본 이본들은 서로 내용의 차이가 없이 동일하고, 또 각 연원이 되는 안성판19장본과 향목동 세책본과 구활자본 텍스트가 온전히 부합하므로 두 계열의 내용적 차이는 결국 안성판19장본과 향목동 세책본의 차이와 같다. 이 두 텍스트의 내용적 차이는 앞선 연구들에서 이미 밝혀졌으므로 생략한다.

45) 유광수, 앞의 논문, 2010, 443~474쪽 참조.

<적성의전>의 경우에만 한정되기는 하지만, 구활자본 고소설의 연원이 세책본만이 아니라 방각본인 안성판도 있다는 사실은 주목해야 한다. 안성판이 속한 경판본 계열이 존재한다는 것은 그간 밝혀지지 않았던 중요한 사실이다. 이런 사실은 <적성의전>의 경우에만 한정되는 것이 아닐 가능성이 높다고 판단되는데, 다른 고소설의 경우에도 가장 선행하는 구활자본 한두 종만을 검토할 것이 아니라 해당 구활자본 전체를 검토하는 것이 중요하다는 생각이 든다.[46]

아울러 1915년 즈음에 동일한 구활자본이 경쟁적으로 다른 텍스트를 시장에 내놓으려 했다는 점도 눈여겨 보아야 한다. 세창서관본보다 몇 달 늦게 된 한성서관본의 남궁설이 굳이 "남궁설 편집"이란 언급까지 하면서 색다른 텍스트라는 것을 강조하려 한 것은 수익을 목적으로 하는 대중적 텍스트의 정황을 잘 드러내 보여준다. 이런 움직임은 1917년 박문서관본을 만들면서 큰 오류가 있는 한성서관본을 따르지 않고 직접 세책본을 대상으로 새로 조판하는 것으로까지 이어진다. 이런 정황을 고려할 때, 1915년을 중심으로 넓게 잡아 1920년대 초까지는 경쟁적으로 새로운 상품을 내놓으려는 노력이 치열했음을 짐작해 볼 수 있다.

---

46) 극단적인 예로, <적성의전> 한성서관본과 박문서관본 등이 인멸되어 없는 상황에서, 연구자가 선행 판본만 검토한다면 구활자본 <적성의전>의 연원을 경판본 계열로만 보는 오류에 빠질 위험도 없지 않다.

그리고 거기에 중요하게 원천으로 이용된 것들이 방각본과 세책본이었음을 알 수 있다. 앞으로 다른 구활자본 고소설의 경우도 1915년을 전후해 1920년 초반까지의 텍스트는 이런 역동적 상황 속에서 이해하는 시각이 필요할 것이다.[47]

또한, 안성판의 의미를 새롭게 생각해 볼 필요가 있다. 역시 〈적성의전〉의 경우에만 해당될 우려가 없지 않지만, 생각보다 안성판이 서울의 대중적 텍스트 형성에 큰 역할을 하고 있음이 확인되고 있다. 안성판은 서울의 경판본의 최종적 형태가 영향을 미쳐 성립한 것이 분명한데, 이 안성판이 방각본이 아닌 다른 매체에는 오히려 거꾸로 영향을 주고 있는 것이다. 안성판 방각본이 어떻게 서울의 대중적 텍스트에 영향을 미쳤는지, 그 이유는 무엇인지에 대해서는 앞으로 보다 심도 있는 논의가 이어져야 하는데, 다른 고소설의 경우까지를 폭넓게 검토할 때 어느 정도 안성판의 독특한 위치와 역할이 밝혀질 것으로 기대된다. 이는 앞으로의 과제이다.

끝으로, 〈적성의전〉 구활자본의 두 계열 중 더 지속적인 생명력을 지니고 있는 것이 세책본 계열임도 생각해 보아야 한다. 기존의 연구가 모두 구활자본 고소설의 원천을 세책본에서 찾고 있음을 볼 때도, 세책본의 대중성을 높이 사야할 것 같다. 하지만 두 원천이 있는 작품으로 〈적성의전〉 한 작품의 상황만을 살펴본 현재로서는 경판본(안성판)의 미적 특질보다 세책본의 미적 특질이 더 대중적 취향에 적합했다고 성급히 단언할 수는 없다. 이 역시 앞으로 더 많은 작품의 구체적 상황을

---

47) 나아가 1920년대 중반 이후 구활자본 고소설의 새로운 움직임이 둔화되는 이유가 새로운 작품거리를 찾아내지 못하는 것인지, 더 이상 고소설 텍스트가 대중적 취향에 적합하게 여겨지지 않는 사회 풍토가 된 것인지, 독자 대중의 시각이 상승했기 때문인지 등등에 대해서는 앞으로 지속적인 연구가 필요하겠다.

살핀 논의가 축적될수록 더 분명해지고 첨예해질 것으로 보인다.

　본고는 <적성의전> 구활자본 텍스트들을 대상으로 구활자본의 연원이 경판본과 세책본 둘이 있었다는 사실과, 1915년~1920년대 초의 구활자본 시장의 역동적인 상황, 안성판의 영향, 더 대중적인 내용을 담은 텍스트가 무엇이냐는 문제 등을 생각해 보았다. 이런 대중적 텍스트의 역동적 관계를 앞으로 다른 고소설 텍스트의 경우까지 확대해 검토함으로써 더 명확하고 포괄적인 결과와 의미들을 도출하게 될 것이다.

〈옥련몽〉 이본과 선본 계열 추정

1. 서론

우리 고소설 연구사를 볼 때 〈옥련몽〉에 대한 연구는 거의 이루어지지 않았다고 해도 과언이 아니다. 초기 몇몇 연구를[1] 제외하고는 지금까지 거의 주목받지 못했다. 작가가 〈옥련몽〉을 창작한 후 개작하여 〈옥루몽〉을 창작했다는 점과, 〈옥루몽〉의 문학적 세련미가 더 뛰어나다는 점, 또 〈옥련몽〉 서사가 〈옥루몽〉 서사와 비슷하다는 점 때문에, 〈옥련몽〉은 〈옥루몽〉을 논의하면서 부분적으로 언급하는 정도였다. 그러나 〈옥련몽〉은 나름의 문학성을 가지고 있는 완결된 작품이며, 작가가 〈옥련몽〉을 습작으로 만든 것이 아니라 완성본으로 완결해서 창조해냈다는 점을 볼 때, 〈옥련몽〉을 〈옥련몽〉답게 평가해야 할 것이

---

[1] 차용주, 성현경, 장효현, 신재홍 등이다. 성현경은 〈옥루몽〉보다 〈옥련몽〉을 주목해야 한다고 했지만, 그 결과는 〈옥루몽〉의 연구 결과와 크게 차이가 없어 〈옥련몽〉만의 특징을 밝혔다고 보기 어려우며, 차용주는 원작 문제에 치중했다. 장효현은 이본 연구를 통해 〈옥련몽〉의 의미를 지적했고 이를 발전시켜 신재홍이 두 작품의 개작 양상을 분석했다.
  차용주, 「「玉蓮夢」의 作者 및 著作年代考」, 『어문논집』10, 안암어문연구, 1967, 37~46쪽 ; 성현경, 「玉蓮夢研究」, 『國文學研究』9, 국문학연구회, 1968, 23~96쪽 ; 차용주, 『玉樓夢研究』, 형설출판사, 1981, 1~32쪽 ; 장효현, 「玉樓夢의 文獻學的 研究」, 고려대학교 석사논문, 1981, 12~104쪽 ; 신재홍, 「〈옥련몽〉과 〈옥루몽〉의 비교 검토」, 『韓國夢遊小說研究』, 계명문화사, 1994, 376~405쪽.

다. <옥루몽>의 세련미가 <옥련몽>보다 뛰어난 것은 사실이나, 결코 <옥련몽>이 없이 <옥루몽>이 창조될 수 없었다는 점만 봐도 <옥련몽> 가치에 대해 정당한 평가가 이루어져야 함을 알 수 있다.

우리 소설사에서 한 작가가 의도적으로 장편소설을 창작하고, 그것을 다시 의도적으로 개작한 예는 <옥련몽>-<옥루몽> 경우를 제외하고는 없는 것 같다. 이 두 작품의 면밀한 창작의식-개작의식에 대한 분석은 19세기 소설 창작 방법을 가늠하는 중요한 지표가 될 것이다.

이를 위해 무엇보다 먼저 이루어져야 할 것은 작가가 창작한 원본(原本)에 가까운 선본(善本)을 찾는 것이라 하겠다. 그 선본을 정본(定本) 삼아 창작의식과 개작의식을 분석해야 하기 때문이다. <옥련몽>·<옥루몽> 이본에 대한 연구는 아직까지 장효현의 선구적 연구와[2] 필자의 연구 외에는 없다.[3] 장효현은 <옥루몽> 이본 계열을 '한문현토본계', '규장각본계(규장각본, 신문관본)', '갑진본계'로 나누었는데, 필자의 검토를 통해 '한문현토본계'와 '규장각본계'의 구분이 무의미하다는 것과, 같은 계열로 묶은 규장각본과 신문관본이 서로 변별적이며 오히려 신문관본은 한문현토본과 더 친연성이 있음이 밝혀졌다. 그리고 <옥루몽>의 선본(善本)을 규장각본으로 추정했다.

<옥련몽> 이본에 대해서 장효현은 '한문본계열', '무신본계열', '혼합본계열'로 나누었다. '한문본계열'은 이화여대소장 정유본(丁酉本)을 멸실(滅失)된 한문본 <옥련몽>의 국역본으로 상정하여 나눈 계열이고, '무신본계열'은 이화여대소장 무신본(戊申本) 등의 여러 필사본과 활판본인 박학서원본을 포함하는 계열이고, '혼합본계열'은 <옥련몽> 속에 <옥루몽>이 섞여 있는 이본 계열이다. 12, 13책 두 책만 남아 있는 정유

---

2) 장효현, 앞의 논문, 1981, 13~104쪽

3) 유광수, 「<옥루몽> 연구」, 연세대학교 박사논문, 2005, 16~20쪽.

본(丁酉本)만 가지고 현재 멸실된 한문본을 상정한 이본계열인 '한문본계열'은 조금 더 많은 이본 검토를 통해 설득력을 높일 필요가 있고,[4] '무신본계열'과 '혼합본계열'에 대해서는 좀 더 정치한 이본 검토를 통한 분석이 필요할 것 같다. 특히 〈옥련몽〉 이본을 정유본(丁酉本)과 혼합된 이본 몇을 제외하고 모두 '무신본계열'에 넣은 것은 더 검토가 필요한데, 본고의 논의를 통해 명확해질 것이다.

　〈옥루몽〉·〈옥련몽〉 이본 연구가 지난한 이유는 다수의 필사본이 남아 있다는 점과 함께 분량이 상당히 길다는 점, 그런데도 각 이본이 이본적 의미를 담고 있는 변이를 보여주기보다는 거의 비슷하다는 점 때문일 것이다. 더욱 〈옥련몽〉과 〈옥루몽〉의 내용이 상호 습합된 경우와, 내용과 회제(回題)가 혼동된 경우, 분회(分回)하는 위치가 차이 나는 등 마치 난마(亂麻)와 같이 얽혀져 있어 그 원류를 풀어내기가 쉽지 않기 때문이다. 본고는 선행연구를 바탕으로 정치한 이본 비교를 통해 〈옥련몽〉 이본 상황을 탐색하여 이본의 계열을 나누고 가능한 범위 안에서 선본(善本)을 추정하도록 하겠다.[5]

---

4) 본고는 〈옥련몽〉 완질을 주로 검토했다. 이는 낙질본을 검토하지 않은 것이 아니라 낙질본의 남은 부분이 다른 〈옥련몽〉 이본들과 다르지 않고 대동소이하기 때문이다. 예를 들어, 선행연구에서 중요하게 다룬 丁酉本의 경우를 간단히 언급한다면, 현재 남아 있는 정유본은 〈옥련몽〉의 종결부로 이 낙질본만 가지고는 이본 계열 상 어디에 속하는지 판단이 불가능하다. 왜냐하면 본고에서 다룬 이본들과 모두 비교했을 때 낙질되고 남은 부분의 서사가 대동소이하기 때문이다. 다만 丁酉本을 '한문본계열'로 선행연구에서 본 것에 대해서는 더 검토가 필요한데 이는 본고의 분량상 후속 연구로 미룬다.

5) '현재 가능한 범위'는 필자의 능력의 가능과 자료적 가능성을 모두 말한다. 필자 능력의 부족으로 현재 모든 이본을 다 검토한 것이 아니라는 점과, 〈옥련몽〉 전체를 보아야 하므로 완질 위주로 검토했다는 점, 그리고 대부분의 이본 연구가 그러하겠지만 본고의 결과는 현재까지의 잠정적 결론, 잠정적 善本이라는 점에서 그렇다.

2. 이본 상황

1) 박학서원본(博學書院本, 1913)

박학서원에서 1913년 간행한 5책 완질의 한글활판본이다. 총 20권, 51회로 되어 있다. 1책 앞에 남영로의 후손 '남뎡의'가 1912년 쓴[6] 서문이 있다. 이 서문을 실마리로 <옥련몽>과 <옥루몽>의 작가가 남영로로 밝혀졌다.[7] 이후의 활판본은 모두 박학서원본을 대본으로 이루어진 것이다.[8]

박학서원본은 오자가 상당하다. 조사나 어미 같은 사소한 것뿐만 아니라 명백하게 잘못된 오류도 꽤 많다. 대표적인 몇 가지를 보면 다음과 같다.

> ㉮ "……명일 용계ᄒᆞ라." 홍ᄉᆞ마 낙낙ᄒᆞ고 나가거늘 시야의 원쉬 홍ᄉᆞ마롤 장중으로 블너 소ᄉᆞ마의 계교롤 말ᄒᆞ고 ……. (박학 232)[9]
> "……명일 용계ᄒᆞ라." 소ᄉᆞ민 낙〃ᄒᆞ고 나가거늘 시야에 원쉬 홍ᄉᆞ마롤 장듕으로 블너 소ᄉᆞ마의 계교롤 말ᄒᆞ고 ……. (무신 권8)
> ㉯ 윤각뇌 왈 "황상계옵셔 ᄉᆞ실노 미루심은 …… 오작 형의 싱각디로 홀지니 무산 전례 잇스리오." 윤각뇌 크게 소리하야 왈 "그러치 안이타. ……." (박학 277)
> 윤각뇌 왈 "황상계옵셔 ᄉᆞ실노 미뤄심은…… 오직 형의 싱각디로 홀지

---

6) 서문 끝에 '임자 사월 일 편ᄌᆞ 시댱남뎡의'라고 쓰여 있다. 壬子는 1912년으로 간행한 大正2년(1913)보다 1년 앞선다. 간행연도보다 1년 앞서 서문을 작성한 것으로 되어 있는 것은 남정의 쪽에서는 신문관본 <옥루몽>을 의식했기 때문으로 보인다. 신문관본 <옥루몽>은 1912년인 '임자 십월'에 간행되었다.

7) 차용주, 앞의 논문, 1967, 37~39쪽 ; 성현경, 앞의 논문, 1968, 23~96쪽.

8) 장효현, 앞의 논문, 1981, 58~61쪽.

9) 박학서원본의 인용은 <옥련몽>(인천대학교 민족문화연구소, 『舊活字本 古小說全集』10, 은하출판사, 1983)을 이용한다. 이하 해당 쪽수만 표시한다.

니 무슨 졀네잇시리오." 황각뇌 크게 소리흐야 왈 "그럿치 아니타. 젼일은
……." (무신 권10)

　㉯ 쟝셩은 병부샹셔롤 비하샤 식읍 팔쳔호롤 쥬시고 힁군샤마 한비렴은
병부원외랑을 비흐야 식읍 오쳔호롤 쥬시고 이하 졔쟝은 다 각 〃 고뇌디
로 샹슈흐신 후 (박학 631~632)

　양쟝셩은 병부샹셔롤 비하야 <u>식읍 만호롤 쥬시고 부원슈 뇌경운은 좌쟝
군을 비흐샤</u> 식읍 팔쳔호를 쥬시고 힁군스마 한비렴은 병부원외랑을 비흐
야 식읍 오쳔호를 쥬시고 그 부를 풀게 흐시니라. 이하 졔쟝은 다 각 〃
공뇌로 샹슈흐신 후 (무신 권25)

㉮는 소유경이 공략을 해보겠다고 양원수에게 말하는 대목이고, ㉯는
벽성선을 논죄한 황각로의 말에 윤각로가 반론을 말하고 이에 다시 황
각로가 반론하는 대목이다. 그러므로 각기 박학서원본이 명확한 오류임
을 알 수 있다. ㉯는 양장성의 남방원정 후 논공행상 대목으로 해당 구
절을 실수로 빠뜨린 것이다. 이런 오류는 모두 의도적 생략이나 변형이
아닌 것으로 보아, 박학서원본의 대본이 된 선행본의 문제일 수도 있겠
지만 활판화하면서 실수한 것으로 보인다.

박학서원본은 이런 실수를 제외하고는 대부분의 〈옥련몽〉과 동일한
내용을 가지고 있다. 축약이나 삭제된 부분은 없다. 서사 중간에 〈옥루
몽〉의 서사[10]와 혼합되지도 않았다. 그러나 근친(覲親) 대목은 '원 〈옥
련몽〉'과 다르게 되어 있다.[11]

---

10) 〈옥루몽〉 역시 다양한 이본이 있는데, 그 이본적 편폭은 〈옥련몽〉보다 더 심하다.
　　본고에서 '〈옥루몽〉 서사'라고 할 때는 〈옥루몽〉 규장각본과 신문관본, 한문현토활
　　판본 그리고 갑진본을 기준으로 모두 동일할 때를 말한다. 이들 이본의 대표성에 대해
　　서는 유광수, 앞의 논문, 2006, 16~20쪽 참조.

11) '원 〈옥련몽〉', '원 〈옥루몽〉'은 작가가 창작했던 原本을 지칭하는 용어로 사용한다.
　　즉, 박학서원본의 覲親 대목은 원본과 다르게 되어 있다는 것이다. 覲親 문제에 대해
　　서는 다음 절에서 모든 이본을 모아서 상론한다. 이를 통해 어떤 것을 '원 〈옥련몽〉'

2) 무신본(戊申本, 1908~1909, 1911)

이화여자대학교 도서관에 소장되어 있는 한글 필사본으로 28권 28책 완질이다. 표제는 '玉蓮夢 卷之一' 식으로 되어 있다. 매 쪽 10행 20자 내외로 되어 있는데, 23책 후반은 8~9행이고, 25책·26책·27책·28책 은 11행으로 되어 있다. 시종 1인 필체인데, 다만 13책이 일실(逸失)되어 신해년(辛亥年, 1911)에 다시 보충한 것이어서12) 13책만 필체가 다르다.

장정은 5침안, 6침안이 섞여 있지만, 일관되게 파란색 겉장으로 되어 있다. 겉장에 표제를 직접 쓴 것이 아니라 흰 종이(1책~9책), 붉은 종이 (10책~28책), 붉은 종이지만 크기나 색깔이 조금 다른 종이(13책) 위에 "'玉蓮夢 卷之一"식으로 표제를 썼다. 1책 겉장 안쪽에만 한문 회제가 쓰여 있고 나머지는 없다. 애정을 가지고 정성스럽게 필사하여 보관하 려고 한 이본이다. 잘못 필사한 부분은 종이를 덧대서 그 위에 다시 써 서 고치기도 했다.

필사자는 사직동에 살던 70세 노인으로 무신년(戊申年, 1908) 8월부터 시작하여 이듬해인 기유년(己酉年, 1909) 2월까지 수양딸을 위해 필사했 다. 필사자가 딸을 위해서 하는 것이 아니라면 중도에 포기하고 싶다고 말할 정도로 요통과 노안으로 고생하면서도 온전히 필사하려는 열정을 보이고 있다.13) 23책 본문 내용 뒤에 필사자가 지은 '노인탄가'를 써 놓

으로 볼 수 있는지도 자연스럽게 밝혀지게 될 것이다.
12) 신히 이월 초이일 셕졍동 필셔 낙길되야셔 흉슈흐노라. 상흥공장 삼십팔장 (권13)
13) 다음과 같은 필사기를 보면 알 수 있다.
칠십 늙그니 안혼 요통으로 글시 망측하나 우리 슈양쫄을 위하야 지셩으로 벗기ᄂᆞ니 외즈낙셔 흐야셔도 눌러 보시읍 (권1)
사룸이 셰상의 나거든 늙지 말고 죽어시면 무슨 한이 잇시리오. 또 늙거든 눈 어둡지 말고 무병흐면 뉘가 그리 셟다 흐랴. 귀 어둡고 안혼흐고 요통 현긔ᄀ 극흐니 졍신인 들 잇슬손가. 글시도 변하고 줄도 바로 쓰지 못흐고 된지 만지 벗기니 그러나마 우리 쫄을 위흐야 어려워도 어려움으로 잇고 벗기ᄂᆞ니…… (권2)

은 것이나, 16책의 필사기 내용 중에 늙음을 탄식하는 것이 있는 것으로 보아 늙고 외로운 가운데 〈옥련몽〉을 위로 삼아 필사한 것 같다.

무신본은 총 51회로 되어 있는데, 필사자의 실수로 장회 숫자에 착간이 있다.[14] 숫자의 실수는 있으나 회제나 내용은 하나도 빠진 것이 없이 온전하다. 박학서원본(1913)과 비교해 볼 때, 회제와 분회하는 위치까지 완전히 동일하다.

박학서원본과 무신본의 내용을 비교해 보면 근친(覲親) 문제만 빼고는 조사와 어미 같은 사소한 것까지 거의 동일하다. 앞서 말한 박학서원본의 단순 실수인 오자와 빠뜨린 구절의 경우는 무신본에서 모두 정확하고 바르게 되어 있어, 두 이본만 놓고 볼 때는 무신본이 선본(善本)이라 할 수 있다.

칠십 늙그니가 정신이 업셔 외즈 낙셔가 만홀 거시니 보시느니 가다 곳쳐 가며 보시고 흉보지 마옵소셔 (권3)

일듕의 칙 벗기는 일이 말질이니 눈 빨곳고 허리 압푸고 손 시럽고 정신 들고 억기 바르고 현긔 나니 쳔하의 못된 일이로세. 늙그니 일이 더듸기는 엇지 그리 더된지 모를네 (권14)

올은 졔만도 못흐야 안혼과 요통이 심흐여 더욱 글시가 아니 되고 이졔 붓도 다 되여 업셔 묵덕 붓스로 쓰니 더욱 글시 망측흐고 슬증도 나고 칙이 이졔 거위 다 되여 가니 무옴의 급흐기도 흐여 외즈 낙셔도 더홀 듯흐니 눌너 보시옵 (권27)

14) 필사자는 마지막 장회를 '졔오십회 회만왕뎐즈스연 유옥누보살셜몽'이라고 하여 50회로 표기했지만, 실제로는 51회이다. 15회에 '졔십오회 정황혼뎐지쥬미파 영옥인동지하강쥬'로 바르게 적었지만, 16회에 '졔십오회 쇼슌무치격보급경 양상셔즈쳔위원융'이라고 15회로 오기함으로 인해 한 회씩 뒤로 밀렸다. 여기에 다시 '졔십칠회 노파미약 닙별당 투부음독경노친', '졔십칠회 양원슈디쳡흑풍산 남만왕쥬입오록동'이라고 같은 장회수를 두 번 적는 실수를 하여 결과적으로 2회씩 밀리게 되었다. 그러던 것이 '졔삼십칠회 파니원뎐즈용현신 음미쥬연왕회계랑' 이후 '졔삼십구회 뎐지헌슈영춘젼 낭왕회렵상남원'이라고 한 회를 건너 뛰었다. 결과적으로 1회의 착오가 생겼다.

3) 서강대본(西江大本, 1913)

서강대학교 도서관에 소장되어 있는 한글 필사본으로 20권 20책의 완질이다. 매 쪽 10행 24자 내외로 1인 필체이다. 장정은 5침안이고 표제는 "玉蓮夢 一"식으로 일관되게 되어 있다. 필사자에 대해서는 명확히 알기 어렵지만, 무신본처럼, 노년의 필사자가 주변에 아는 사람에게 물려주려고 했다는 것과,15) 1책 끝에 "옥년몽 계일종 계축 뉴월 일 필"라고 한 것과 2책 끝에 "딕정 이년 계축 음육월 니십일 필"이라고 한 것을 통해 계축(癸丑)이자 대정(大正) 2년인 1913년에 필사된 것을 알수 있을 뿐이다.16)

서강대본 역시 총 51회로 되어 있고, 회제는 박학서원본이나 무신본과 동일하며 내용도 같다. 다만 28회에서 30회로 이어지는 대목에서 분회되는 부분이 앞의 두 이본과 다르다.17) 내용은 세 이본 모두 동일한데, 29회가 시작하는 위치가 서강대본만 다르다.

구분	박학서원	무신	서강대
28회	明兵無恙渡五溪 元帥携酒聽鷦鵠	명병무량도오계 원슈휴쥬쳥ㅈ고	명병무량과오계 원슈휴쥬쳥ㅈ고
29회	紅桃王誤入率鳶陣 孫夜叉暗傳狐白裘	홍도왕오입솔연진 손야치암젼호빅구	

---

15) 갓득흔 꼴이 여덜 달 감긔예 오륙 츠 긔통흐니 칙을 벗길 슈가 업는디 요통 안혼 극심흐고 붓슨 시체 봇시고도 늙그니를 업슥이 넉여 도모지 말을 듯지 아니흐니 인는 디로 쓰고 칙은 칙디로 꼴이 못 되여시니 가이 업고 무안흐옵마는 나홀 싱각흐고 용셔흐고 눌너보시옵 (권19)

16) 겉장 안쪽에 붉은 볼펜으로 "\14,400 (全 18冊) 5-20-67 通文館"이라고 써 놓은 것을 통해, 서강대학교 도서관에서 이 이본을 수장하게 된 경위를 어느 정도 짐작할 수 있다.

17) 장회수는 박학서원본(51회)을 기준으로 매겼다. 이하 특별히 언급하는 경우를 제외하고는 장회수나 回題는 모두 박학서원본의 것을 기준으로 인용한다.

30회	蘇菩薩作法降魔王 紅元帥單騎救都督	소보살작법강마왕 홍원쉬단긔구도독	홍도왕오닙솔연진 손야치암젼호빅구 소보살쟉법강마왕 홍원슈단긔구도독

회제와 내용의 정합성을 고려하면 서강대본이 분회하는 위치가 옳고, 박학서원본과 무신본은 옳지 않다. 〈옥련몽〉 전체의 회제와 내용의 정합성을 따져볼 때 오직 이 대목에서만 박학서원본과 무신본이 적절치 않은데, 서강대본은 이를 옳게 한 셈이다. 이렇게 회제와 내용의 정합성 측면에서 볼 때 서강대본이 가장 선본(善本)으로 여겨지나, 근친(覲親) 문제를 따져볼 때 선본이라 하기 어렵다.

4) 나손정미본(羅孫丁未本, 1907)

나손 김동욱 선생 소장 한글 필사본으로 낙질이다. 현재 3책~16책의 14책만 남아 있다.[18] 매 쪽 12행 25자 내외의 1인 필체로 되어 있다. 매 책마다 "丁未二月中旬 棗川書"와 같은 식으로 필사기가 명확하게 되어 있어 필사연도가 1907년임을 알 수 있다. 또, 16책 표지 이면의 기록으로 보아[19] 세책으로 사용되었던 이본임을 알 수 있다.[20]

---

18) 실물은 확인하지 못하고 영인본을 이용했다. 대본은 〈옥년몽〉(『羅孫本 筆寫本古小說資料叢書』36·37, 보경문화사, 1991)을 사용한다. 이하 인용은 괄호 안에 이 영인본의 권수와 쪽수로 표시한다.

19) 이 췩을 번역ᄒᆞ여 숨 년을 두고 근동노소간 모〃지인에게 이습 츳식 구쳥을 시힝ᄒᆞ엿ᄉᆞ오니 이 ᄉᆞ람더러 박ᄒᆞ다 아니할지라. 금년 십월보텀 셰젼을 바드오니 실숭은 이를 취홈이 아니라 쳣지ᄂᆞᆫ 지필가이나 찻고 둘지ᄂᆞᆫ 장구이 젼할 뜻시오니 누가 그르다 ᄒᆞ리오. 민권 ᄒᆞ로 져역 보ᄂᆞᆫ 셰젼이 동젼 四分이오 만일 아니 보고 이틀 밤을 두어도 곱셰젼을 바드오니 누긔시던지 그리 알고 보시옵소셔. 隆熙三年 四月初十日 冊主人 書 (37:133)

20) 이에 대해서는 장효현의 논의(장효현, 앞의 논문, 1981, 47~51쪽)가 있었는데, 더

근친(覲親) 문제를 제외하고는, 내용은 앞서 살펴본 세 이본과 동일하다. 그런데 회제와 분회의 위치가 조금 다른 부분이 있다. 29회의 위치가 나손정미본은 서강대본과 동일하고, 박학서원본과 무신본과는 다르다. 즉, 내용과 회제가 옳게 되어 있는 것이다.[21] 여기까지만 볼 때 나손정미본과 서강대본이 같고, 박학서원본과 무신본이 같다고 할 수 있다. 그렇지만 다음처럼 회제와 분회 위치가 다르게 된 부분도 있다.

구분	박학서원	무신	서강대	나손정미
37회	訪道師燕王夜入玉淸館 求樂工石衡習律命燮亭	방도샤연왕야입옥쳥관 구악공셕형습늘명기졍	방도샤연왕야입옥쳥관 구악공셕형습늘명기졍	訪道師燕王暗入玉淸館 諫天子仙娘將到鳴岐亭
38회	設酒店陸吉造僞札 斷瑟絃仙娘又諷諫	셜쥬졈뉵길조위찰 단슬현션낭우풍간	셜쥬졈뉵길조위찰 단슬현션낭우풍간	
				罷梨園天子用賢臣 飮梅酒燕王會諸娘
39회	罷梨園天子用賢臣 飮梅酒燕王會諸娘	파니원뎐즈용현신 음미쥬연왕회졔랑	파니원뎐지용현신 음미쥬연왕회졔랑	
40회	天子獻壽迎春殿 兩王會獵上林苑	텬지헌슈영츈젼 냥왕회렵샹님원	텬지헌슈영츈젼 냥왕회렵샹님원	天子獻壽迎秋殿 兩王會獵上林苑

37회의 회제가 다른 것과 38회에 해당하는 회제가 없고, 39회의 회제가 먼저 시작한다는 점이 다른 이본들과 다르다. 회제가 다르기 때문에 내용과 정합성 측면에서 볼 때는 박학서원본 등의 이본이나 나손정미본 모두 이 부분에서는 정합성이 있다고 할 수 있다. 이 부분을 포함해서 전체 내용은 네 이본 모두 동일하다.

세밀한 논의가 필요한 것 같다. 세책의 존재방식 속에서의 나손정미본의 위치와 그 문제점, 필사자와의 문제 등에 대해서는 후속 논의로 미룬다.

21) 나손정미본은 앞부분이 낙질인데다 回題의 횟수를 명시하지 않아 장회수를 알 수 없다. 그래서 박학서원본을 기준으로 장회수를 말한다.

나손정미본은 앞의 세 이본과 다른 회제를 가지고 다른 분회 방식을 보인다는 점에서, 더 세밀하게 나눌 때는 앞서 본 셋과는 다른 계통이라 하겠다.

5) 박순호A본

박순호 선생 소장 한글 필사본으로 17권 17책의 완질이다.[22) 매 쪽 12행 35자 내외로 되어 있다. 권수제와 회제를 한자로 쓰고 다시 한글로 음을 달았다. 권6의 26회부터는 권수제에 한글만 나온다. 대신 책 맨 앞에 한문으로 해당 책의 모든 회제를 써 놓았다. 본문에 있는 시(詩) 등도 한문으로 쓰고 한글로 음을 달았다.

이 이본은 〈옥련몽〉으로 시작해서 내용이 〈옥루몽〉으로 되었다가 다시 〈옥련몽〉으로 돌아와 마치는 이본이다. 처음부터 20회(假羅卓伏兵 獼猴谷 明元帥智取花果洞)까지는 〈옥련몽〉과 동일한데, "薦道師雲龍歸本洞 救羅卓紅娘鬪陣法"가 되어야할 21회에 〈옥루몽〉의 회제인 "失洞壑那咤請兵 薦道士雲龍還山"이 나오면서 내용이 〈옥루몽〉이 된다. 박순호A본의 순서대로 하면 64회가 되는 "오선암졔낭농션젹 자기봉양왕관일츌"까지 〈옥루몽〉과 동일하고, 다음 회인 65회 "연왕딕젼취셩동 졔낭위션자긔봉"[23)에서 〈옥련몽〉으로 돌아와서 끝인 70회(회만당 천주사연 유옥누보살셜몽)까지 〈옥련몽〉으로 되어 있다.

중간에 끼어들어간 대목이 원 〈옥련몽〉이 아니라 〈옥루몽〉이라고 보는 이유는 분명하다. 그 부분이 내용은 물론 자구까지 여러 〈옥루몽〉

---

22) 실물은 확인하지 못하고 영인본을 이용했다. 대본은 〈옥련몽〉(『한글필사본고소설자료총서』32·33, 오성사, 1986)을 사용한다. 이하 인용은 괄호 안에 이 영인본의 권수와 쪽수로 표시한다.

23) 박학서원본의 경우에는 43회(燕王歸田聚星洞 諸娘爲仙紫盖峯)에 해당한다.

이본들과 같다는 점, 끼인 대목의 끝부분(64회의 마지막 부분)에서 갑자기 서사를 무단으로 종결시켰다는 점, 그리고 끼인 대목에 나온 진왕과의 풍류 이야기가 다시 <옥련몽> 부분인 65회에서 반복한다는 점, 끼인 대목에 <옥련몽>에 등장하는 인물인 서문통 대신 <옥루몽>의 등장인물인 우격이 등장하고, 노랑이 서사에 나타나는 시기가 <옥련몽>이 아니라 <옥루몽>과 같다는 점, 벽성선이 갇히지 않고 出府된다는 점 등을 보면 알 수 있다.

박순호A본은 오자가 많을 뿐만 아니라 기초적인 용어도 틀린 곳도 꽤 있다.[24) 이로 보아 박순호A본은 원 <옥련몽>에서 가장 멀리 떨어진 이본 같다. 다만 <옥루몽>으로 바뀌기 이전의 <옥련몽> 대목에, 근친(覲親) 대목이 있으므로 <옥련몽>에서 근친 문제를 살펴볼 때는 박순호A본도 고려해야 한다.

6) 박순호B본(1902)

역시 박순호 선생 소장 한글 필사본으로 14권 14책의 완질이다.[25) 일정한 글씨체의 달필로 권6까지는 매 쪽 10행 19자 내외,[26) 권7에서 권14까지는 10~12행 19자 내외로 되어 있다. 권1 끝에 "壬寅八月日奉上巳秋布把掌(76:489)"이라는 것을 통해 1902년 필사한 것임을 알 수 있다.

---

24) 문맥에 맞지 않게 '옥녀'라고 할 부분에서 '옥제(32:257)'라고 한 것이나, '태을진군'을 '틱을쳔군(32:256)'이라고 한 것, '홍난성'을 '옥난성(32:257)'이라 한 것처럼 보통은 틀리지 않는 것까지 잘못 쓰고 있다. 이 외에 구체적 구절까지 보면 서너 장에 한 번 꼴로 오류가 발견된다.

25) 실물은 확인하지 못하고 영인본을 이용했다. 대본은 <옥련몽>(『한글필사본고소설자료총서』76·77·78, 오성사, 1986)을 사용한다. 이하 인용은 괄호 안에 이 영인본의 권수와 쪽수로 표시한다.

26) 권1 첫 장부터 5장까지는 9행으로 되어 있고 이후는 모두 10행이다.

내용을 보면 오류와 실수로 건너 뛴 부분이 상당히 많다. 회제만 보아
도 박학서원본과 비교해 볼 때, 없는 회제가 꽤 있다. 26회(降蠻王元帥報
捷書 散黃金春月再用計), 44회(設道場老師講妙法 瞻眞像仙娘拜父親), 45회
(登龍門楊生聯璧 救楚王尙書出戰), 47회(楊尙書擊毬斬董洪 孫先生東床迎佳
婿), 50회(天子北登單于臺 胡王率從皇帝獵), 51회(會蠻王天上賜宴 遊玉樓菩
薩設夢)의 회제가 없이 그냥 내용이 이어져 있다. 8회의 경우 회제가 "到
皇城蒼頭回報相思字 望長安紅娘暗寄死生書"인데 그냥 "도황셩창두
회보상사자"라고만 쓰여 있기도 하다. 사실 1회의 회제인 "文昌翫月白
玉樓 觀音散花南天門"부터 없다.[27]

내용을 의도적으로 압축하거나 생략하는 부분이 많다. 그럼에도 불구
하고 일정한 달필로 되어 있다. 어구 축약, 생략, 결락이 많아 선본(善本)
이라 하기 어려운 이본이다.

7) 국도12책본

국립중앙도서관 소장 한글 필사본으로 12권 12책의 완질이다.[28] 표
제는 '옥련몽 일'식으로 되어있다. 매 쪽 13행, 35자 내외로 되어 있다.
특별한 필사기는 없고[29] 매 책 앞에 해당 책의 회제가 써 있다. 박순호
A본처럼 이 이본도 중간에 〈옥루몽〉으로 바뀌었다가 다시 〈옥련몽〉
으로 돌아온다.[30] 다만 그 부분이 박순호A본과 달리, 박학서원본의 10

---

27) 그 장회의 내용을 모두 생략했다는 것이 아니라, 작품에서 중요한 回題까지 빼먹을
   정도로 텍스트에 빠지고 생략하는 것이 많다는 것을 지적한 것이다.
28) 분류기호 : 조선총독부 고서부 古朝48, 청구기호 : 한古朝48-43
29) 장효현은 표지 뒷면에 붙인 종이가 '한성염직회사'에 관한 기사가 적힌 〈대한매일신
   보〉인 것을 근거로 1904년 이후에 필사된 것으로 판단했다. 장효현, 앞의 논문, 1981,
   51~52쪽 참조.
30) 이에 대해서는 장효현도 지적했다.

회에서 13회 중간 정도까지만 <옥루몽>이다. 해당 부분에서 <옥련몽>
과 <옥루몽> 서사는 크게 차이나지 않고 자잘한 어휘적 차이만 있기
때문에 <옥련몽>이라고 할 수도 있겠다. 그렇지만 해당 부분이 분명하
게 <옥루몽>의 회제와 같고 분회 방식도 <옥루몽>과 같다는 점, 그리
고 미세한 어휘까지 <옥련몽>이 아니라 <옥루몽>과 동일하다는 점을
볼 때, 이 부분이 <옥련몽>이 아니라 <옥루몽>임을 알 수 있다. 주목
할 점은 이 부분에 근친(覲親) 대목이 있다는 점이다. 국도12책본은 <옥
련몽>이지만, 중간에 <옥루몽>이 끼어들어간 이본이고, 그 끼어들어간
부분에 근친 대목이 있으므로, 근친 대목을 분석할 때, 국도12책본의 근
친 대목은 <옥루몽>의 근친 대목으로 보아야 한다는 점이다.

국도12책본이 <옥련몽>의 선본(善本)이라 하기 어려운 것은 회제와
분회 방식을 보아도 그렇다. 29회(紅桃王誤入率鳶陣 孫夜叉暗傳狐白裘)가
분회되는 곳이 서강대본, 나손정미본, 박순호B본처럼 회제와 내용의 정
합성이 있기도 하지만, 39회와 46회의 회제를 쓰지 않은 것이나, 45회처
럼 회제가 없을 뿐만 아니라 끊어지지 않고 다음 회에 그대로 이어져
있는 것, 47회(楊尚書擊毬斬董洪 孫先生東床迎佳婿)가 미리 분회되어 회
제와 내용의 정합성이 어그러진 것 등을 볼 때, 선본이라 하기 어렵다.

3. 이본 비교와 선본 계열 추정

1) 〈옥련몽〉에 〈옥루몽〉이 끼어든 이본

앞의 이본들을 상호 비교한 결과 <옥련몽>에 <옥루몽> 서사가 끼
어들어간 이본이 있음이 확인되었다. 박순호A본과 국도12책본이 그렇
다. 그러나 두 이본이 직접적 친연성은 없다. 박학서원본을 기준으로 할

때, 박순호A본은 21회에서 42회까지가 〈옥루몽〉이고, 국도12책본은 10회에서 13회 중간까지가 〈옥루몽〉이기 때문이다. 이 두 이본 외에도 〈옥루몽〉이 끼어들어간 이본이 더 있을 것으로 보인다.[31]

여기서 이들 이본을 '〈옥련몽〉'으로 볼 것인지, '〈옥루몽〉'으로 볼 것인지를 판단해야 한다. 단순히 표제가 '〈옥련몽〉'이라고 해서 〈옥련몽〉으로 규정할 수는 없다. 왜냐하면 〈옥련몽〉과 〈옥루몽〉의 경우 표제와 내용이 다른 이본이 존재하고,[32] 표제와 권수제가 다르게 되어 있는 경우도 있고, 이본의 경우에 따라 권에 따라 〈옥련몽〉과 〈옥루몽〉이 섞여 나오기도 하기 때문이다.[33] 결국 내용을 가지고 판단할 수밖에 없다.

〈옥루몽〉 앞뒤에 〈옥련몽〉 서사가 붙었다기보다는 〈옥련몽〉에 〈옥루몽〉이 끼어들어갔다고 보는 이유는, 우선 서사 시작을 〈옥련몽〉으로 시작하고 끝을 〈옥련몽〉으로 끝내기 때문이다. 즉, 해당 텍스트의 성립·존재 기반이 〈옥련몽〉을 필사 또는 독서하겠다는 의도에서 성립한 것으로 보아야 한다. 작가 후기가 〈옥련몽〉의 작가 후기라는 점을 볼 때 더욱 그러하다. 〈옥루몽〉과 〈옥련몽〉 모두 작가 후기가 있는데 그 내용은 비슷하나 어구에 차이가 있어 〈옥루몽〉과 〈옥련몽〉이 구별된다. 이들 끼어든 이본의 경우 모두 〈옥련몽〉 후기를 따르고 있다.

또 간과하기 어려운 것은 박순호A본의 경우다. 앞서 말했듯이, 박순호A본은 끼어든 〈옥루몽〉의 서사를 중도에서 끊어버리고는 장회를 바

---

31) 장효현본 역시 그렇다(장효현, 앞의 논문, 1981, 53~55쪽). 장효현본에 대해서는 검토하지 못했다.

32) 연세대학교 소장 〈옥련몽〉의 경우 내용이 〈옥련몽〉임에도 불구하고 〈옥루몽〉으로 표제를 한 경우가 있다. 이것이 물론 후대에 사라진 겉장을 改裝하면서 생긴 문제일 수도 있음을 완전히 배제할 수는 없다.

33) 장효현본의 경우가 그렇다.

꿔 <옥련몽>을 서술한 이본이다. 이는 필사자가 <옥련몽>을 서술하는 도중에 실수로 <옥루몽>을 서술하다가 이것이 옳지 않다는 생각에 다시 <옥련몽>으로 갑작스레 선회했음을 보여준다. 아니면 박순호A본의 선행본이 혼합된 이본인데 필사자가 그것을 모르고 필사하다가 끊어버리게 되는 지점 즈음에서, 자신이 현재 필사하고 있는 것이 <옥련몽>이 아니라 <옥루몽>이란 사실을 깨닫고, 무단으로 서술을 중단하고 다른 <옥련몽> 텍스트를 찾아 필사를 이어갔을 수도 있다. 어떤 경우든 박순호A본의 필사자는 분명 '<옥련몽>을 필사한다.'는 생각을 가지고 있었던 것으로 보인다. 그렇다면 그가 대본으로 삼은 선행본이 어떤 이본이든 그는 '<옥련몽> 이본을 선정했다.'고 생각하고 필사에 임했다고 보아야 옳을 것이다.

그리고 장효현이 검토한 <옥루몽> 이본들과 그 외에 필자가 더 확인한 <옥루몽> 이본들의 상황을 볼 때에, 아직까지는 <옥루몽>에 <옥련몽>이 끼어든 이본이 없다는 점도 하나의 방증이 될 것이다. <옥루몽>으로 시작하고 끝맺는 서사 중간에 <옥련몽>이 끼어들어 있는 이본은 현재로서는 아직 확인한 바가 없다.

결국, 이들 혼합본들은 <옥련몽> 서사에 <옥루몽> 서사가 끼어들어간 이본임이 분명하다. 이렇게 혼합이 생긴 이유는 두 작품의 친연성이 매우 높기 때문일 것이다. 주요 등장인물이나 서사 후반부를 제외하고는 거의 비슷하기 때문에 필사자나 독자들은 이를 혼동하기도 했을 것이다.[34] 검토한 박순호A본과 국도12책본은 이렇게 끼어들어가는 이본의 최초 텍스트는 아닌 것 같다. 왜 끼어들게 되었는지, 그리고 어디에서 어디까지 끼어들어가게 되는지, 그리고 박순호A본이나 국도12책본처럼

---

34) 이런 상황은 표제와 권수제의 불일치, 표제와 내용의 불일치 등을 볼 때도 그렇다.

끼어들어간 위치가 다르게 각 이본들이 어떻게 남게 되었는지 등에 대해서는 더 많은 이본 검토가 있어야 명확하게 드러나게 될 것 같다.

다만 분명한 것은 이들 끼어들어간 이본들은 결코 원 〈옥루몽〉도 원 〈옥련몽〉도 아니라는 점이다. 이유는 내용의 정합성이 이루어지지 않기 때문이다. 박순호A본처럼 진왕과의 풍류가 중복되는 것이나, 국도12책본처럼 다시는 등장하지 않는 노균이 등장한다는 점 등이 그렇다. 〈옥루몽〉의 주요 등장인물인 노균이 국도12책본에 등장한 이유는 그 해당 부분이 〈옥루몽〉을 베낀 부분이기 때문이지, 작가가 그곳에 노균이란 인물을 형상화해서가 아니다. 당연히 서사가 〈옥련몽〉으로 돌아간 후에는 노균이 등장하지 않는다. 그러므로 작가 남영로가 현재 있는 것과 같은 형태의 끼어들어간 이본을 창작했다고 볼 수는 없다. 〈옥련몽〉은 〈옥련몽〉이고 〈옥루몽〉은 〈옥루몽〉으로, 각기 나름의 다른 서사를 가지고 있었다.

2) 근친(覲親) 문제와 선본(善本) 계열

위에서 검토한 이본들은 모두 근친 대목을 제외하고는, 같은 이본 계열이라고 할 수 있을 정도로 내용이나 서술이 동일하다. 몇몇 어휘나 자구의 출입이 있는 정도다. 회제와 분회의 위치를 무시할 경우 완전히 같은 이본들이라 할 것이다. 박순호A본과 국도12책본도 끼어들어간 〈옥루몽〉 부분을 제외하고는 그렇다.[35]

특히 박학서원본과 무신본의 경우는 29회의 회제와 내용의 정합성이 맞지 않는 분회 방식까지 동일할 정도로 다른 이본들보다 친연성이 두

---

35) 覲親 문제는 모든 〈옥련몽〉 이본 서사가 거의 동일함에도 불구하고, 오직 이 부분만이 완전히 다르다는 점에서 마땅히 주목해야 한다. 이전까지 이 문제에 대해서는 아무도 주목하지 않았다.

드러진다. 그러나 이 두 이본이 결코 같은 계열이 아님은, 다음과 같이 서사가 전혀 다른 부분이 있기 때문이다. 바로 12회(楊翰林射策天門 尹尙書議定女婚) 서술 중, 양창곡이 급제 후 근친을 가느냐 가지 못하느냐의 차이이다.

박학서원본 : 근친(覲親) 간다.[36]

한님이 그 의혼홀 의향이 잇심을 짐작ㅎ고 몸을 일어 도라올 시 문외의 누오미 연옥과 창두ㅣ 마젼의 문후ㅎ고 일희일비ㅎ야 도라 셔 〃 울거늘 한님이 쏘흔 츄연함누ㅎ야 왈 "니 슈일 후 고향에 근친ㅎ랴 가고져 ㅎ느니 너희는 흔번 종용이 오라." 연옥과 창두 응낙ㅎ더라. 양한님이 상소ㅎ야 근친을 쳥ㅎ니, <u>상이 탑젼의 인견ㅎ시고 하교 왈 "짐이 경을 시로 으더 오러 좌우의 쩌느미 창연ㅎ나 경의 부모의 〃려지졍을 위로코져ㅎ야 슈월말미롤 허ㅎ느니, 낭친을 밧드러 경졔로 오게 ㅎ라."</u> 다시 하교ㅎ야 창곡 부 양현을 녜부원외랑을 비ㅎ야 본군으로 거마롤 쥬어 치송ㅎ라 ㅎ시니, 이는 특별흔 은뎐이라. 졔우의 융즁홈을 알지로다.

① 고향으로 가는 양한림에게 윤 상서와 황각로가 찾아와 수작한다.
② 고향으로 가는 길에 항주를 거쳐 간다.
③ 항주자사가 양한림을 맞이하고, 양창곡이 부거(赴擧)하던 때에 지어 서 부채에 썼던 시를 기생이 읊으며 강남홍에 대해 말한다.
⑤ 양한림이 강남홍을 위로하는 제문(祭文)을 짓는다.
⑥ 소주땅에서 예전의 주점을 찾고 은자를 주어 감사한다.
⑦ 도적 만났던 고개가 넓은 길이 되어 있다.
⑧ 고향에서 기다리던 부모와 상봉하다.
⑨ 부모와 같이 황성으로 떠난다.
ⓐ 윤 상서와 부인이 양창곡과 결연할 것을 의논하고 연옥이 이것을 듣는다.

---

36) <옥련몽> 활판본의 처음 판본이 '박학서원'이고 이후 太學書館·光東書局이 그대로 만들었다. 그래서 太學書館·光東書局의 경우도 역시 '근친 가는 것'으로 되어 있다. <옥련몽> 太學書館·光東書局本, 권1 78~84쪽 참조.

ⓑ 연옥이 윤 소저에게 강남홍과 양창곡의 언약을 말하고 강남홍이 윤 소저를 추천했음을 말한다.

⑩ 일행이 수십일 만에 황성이 이른다. (이씨 양쳐ᄉ 일힝이 슈십 일만의 일으러 날이 느즘을 보고 일힝을 지쵹ᄒ야 황셩의 드러올 시 거마츄종이 길을 덥허시니 보는 지 쳐ᄉ 부〃의 다복홈을 흠션치 안이리 업더라. 이튼날 양원외 궐하의 ᄉ은ᄒ 디 텬ᄌ ㅣ 별노히 인견ᄒᄉ왈 ……) (박학 102~109)

무신본 : 근친(覲親) 못 간다.

한님이 그 의혼홀 의향이 잇스물 짐쟉ᄒ고 몸을 일어 도라올 시 문외에 나아오미 연옥과 창뒤 마젼의 문후ᄒ고 일희일비ᄒ야 도라 셔 울거늘 한님이 ᄯ오흔 츄연함누ᄒ야 왈 "너 슈일 후 고향에 근친ᄒ랴 가고져 ᄒ니 너희는 흔번 도용이 오라." 연옥과 창뒤 응낙ᄒ더라. 양한님이 상소ᄒ야 근친을 쳥ᄒ니 <u>텬지 답왈 "한님흑ᄉ 양창곡은 딤의 근시ᄒ는 신하라. 멀니 ᄯ나지 못홀 거시니 창곡의 부친 양현으로 ᄒ야곰 네부원외랑을 비ᄒ야 본현의 분부ᄒ야 거마힝쟝을 치송게 ᄒ라."</u> ᄒ시니 양한님이 쳔은을 축ᄉᄒ야 근힝을 멈츄고 동ᄌ를 고향의 보니여 냥친게 편지를 올닐시 한님이 슈십 금 은ᄌ로 동ᄌ를 쥬어 왈 "올나올 졔 유슉ᄒ던 쥬졈 쥬인을 갓다 쥬고 젼일을 말ᄒ라." ᄒ고 냥친게 상셔 왈 (권4)

㉮ 양창곡이 부모께 편지를 쓴다.

㉯ 편지의 내용 : "중로(中路)에 마중을 가겠다."

㉰ 편지와 황명을 받은 부모는 황성으로 올라온다.

　ⓐ 윤 상서와 부인이 양창곡과 결연할 것을 의논하고 연옥이 이것을 듣는다.

　ⓑ 연옥이 윤 소저에게 강남홍과 양창곡의 언약을 말하고 강남홍이 윤 소저를 추천했음을 말한다.

㉱ 중로에서 양창곡이 부모를 만나 눈물로 수작한다.

㉲ 양창곡이 부모를 모시고 황성으로 온다. (쳐시 날이 느즈물 보고 일힝을 지쵹ᄒ야 황셩의 드러올 시 거마츄종이 길을 덥허시니 보는 지

쳐스 부″의 다복흠을 흠션치 아니 리 업더라. 이튼날 양원외 궐하의
스은흔더 쳔지 별노이 인견ᄒ샤 왈 ……) (무신 권4)

근친 문제 이젼과 이후 그리고 그 사이에 끼인 ⓐ ⓑ부분은[37] 완전히
동일하다. 그 외에는 이처럼 확연하게 서사가 다르다. 위에 보이듯 박학
서원본과 무신본의 친연성은 조사와 어미까지 다르지 않을 정도이다.
그런데 오직 이 근친 대목만이 이렇듯 크게 차이난다. 간명하게 말해서
둘 중 하나가 원 <옥련몽>의 서사이다.

근친 대목을 어떻게 형상화했는지 다른 이본들을 살펴보면 다음과
같다.

　　　　근친(覲親) 간다: 박학서원 ≒ 서강대 (≒ 국도12책)[38]
　　　　근친(覲親) 못 간다: 무신 ≒ 나손정미 ≒ 박순호A ≒ 박순호B

이들 각 계열은 각기 서사가 자구까지 완전히 동일하다. 즉, 박학서원
본이나 서강대본의 일탈적 서사 변개가 아니라 이들의 선행본에서부터
있었던 의도적 형태라는 점이다.

주목할 것은 앞서 보았듯이, 올바른 29회의 분회는 '서강대 ≒ 나손정
미 ≒ 국도12책 ≒ 박순호B'이고, 잘못된 분회는 '박학서원 ≒ 무신'이라
는 점이다.[39] 그러므로 이본간의 근친 유무 문제는 분회(分回) 문제보다

---

37) 이 부분은 윤 소저와 양창곡이 결연하게 되는 이야기로 근친을 가느냐 않느냐와 상관
　　없이 尹府에서 이뤄지는 일이다. 그 놓이는 위치만 다를 뿐이지 내용은 자구까지 완
　　전히 동일하다.
38) 국도12책의 경우 근친 가는 것으로 되어 있으나, 그 해당 대목을 포함한 전후 대목이
　　<옥련몽>이 아니라 <옥루몽>의 대목이기 때문에 다른 <옥련몽> 이본들과 구별된
　　다. 즉, 근친 가는 것으로 되어 있지만 이것은 <옥루몽>이기 때문에 근친 가는 것이
　　지, <옥련몽>의 근친 가는 계열이란 것은 아니다.
39) 박순호A본을 비교하지 않은 것은, 박순호A의 경우 29회 대목이 <옥루몽>이므로

먼저 있었던 문제라는 것을 알 수 있다. 또, 조사와 어미까지 면밀하게 비교한 결과, 서로 친연성이 가장 높은 이본은 박학서원본, 무신본, 서강대본이다. 그런데 이들은 이렇게 각기 분회(分回) 위치와 근친(覲親) 유무로 얽힌다.

여기서 생각해 볼 것은 〈옥련몽〉에 있는 근친 가는 것과 근친 가지 못하는 대목을 작가가 쓴 것인가 아니면 후대인이 개작한 것인가를 판단해야 할 것이다. 우선 작가가 한 〈옥련몽〉을 두 가지 방법으로 서술했을 리는 없다. 둘 중 하나는 틀림없이 작가가 〈옥련몽〉을 창작할 때 쓴 것이 분명하다. 그렇다면 나머지 하나는 누가 서술한 것일까?

근친 가는 내용을 보면 단순히 축약하는 서술이 아니다. 구체적인 제문(祭文)이 나올 정도로 상황이 잘 형상화되어 있고, 근친 가지 못하는 이본 역시 양창곡의 서간(書簡) 내용이 나올 정도로 서술이 구체적이다. 제문(祭文)이나 서간(書簡) 같은 것은 단순한 서술로 축약되기 쉬운 요소이다. 그런데도 구체화되어 있는 것을 볼 때, 두 경우 모두 의도적 형상화를 꾀한 것임을 짐작할 수 있다.

또 위의 인용에서 ⓐ, ⓑ로 표시한 부분은 윤 상서가 양창곡을 사위로 맞으려고 한다는 말을 강남홍의 몸종인 연옥이 듣고, 연옥이 이전에 강남홍이 양창곡에게 윤 소저(윤 상서의 딸)를 천거했던 것을 생각하고 윤 소저에게 수작하는 대목이다. 이 대목은 근친 가는 이본이나 못 가는 이본이나 모두 자구까지 동일하다. 만약 근친 가든 못 가든 둘 중 하나를 다른 사람이 개작했다면 그는 원래 있었던 ⓐ, ⓑ를 그대로 중간에 넣으면서 개작한 것이 되는데, 그렇다면 이는 상당히 섬세한 개작 태도라 하겠다.

分回의 의미가 없기 때문이다.

그 넣은 위치도 자연스럽다. 근친 가는 이본의 경우, ⓐ, ⓑ를 양창곡이 부모를 만나 황성으로 발행하는 대목(⑨)에서 황성에 도착하는 대목(⑩) 사이에 놓았다. 즉 양창곡이 고향에서 부모를 모시고 황성으로 올라오는 시간(story time)에 서술자가 ⓐ, ⓑ를 서술함으로써 이야기시간(story time)과 서술시간(narrative time)을 교묘하게 맞추고 있다.[40] 다시 말하면 황성으로 올라오는 동안에 시간(story time)이 걸리는 것을 서술자는 ⓐ, ⓑ를 서술하는데 시간(narrative time)을 씀으로써 서사의 긴밀성을 높이고 있다. 근친 가지 못하는 이본의 경우도 마찬가지다. 편지를 받은 양원외가 황성으로 출발하고(㉕) 중로에서 기다리던 양창곡을 만나는 대목(㉖) 사이에 ⓐ, ⓑ를 놓음으로써, 황성으로 올라오는 시간(story time) 동안 ⓐ, ⓑ를 서술하여 시간의 흐름을 맞춘 것이다. 이는 매우 정교한 수법일 뿐만 아니라, 무엇보다도 작가 남영로가 작품에서 신경 써서 사용하는 서사 방법이다.[41] 이렇게 볼 때 근친 가는 대목이나 가지 못하는 대목이나 상당히 섬세하고 세련된 서술 방식으로 짜여 있음을 알 수 있다. 작가가 모두 창작했을 심증이 생긴다.

여기서 잠시 <옥루몽>의 근친 대목을 살펴보자. <옥루몽> 이본의 경우 <옥루몽> 축약본 계열을[42] 제외하고는 모두 근친 가고, 그 서사

---

40) 채트만은 '담화시간(discourse time)'과 '이야기시간(story time)'으로 즈네뜨는 '서사시간(narrative time)'과 '이야기시간(story time)'으로 지칭하는 것을 여기서는 '서술시간(narrative time)'과 '이야기시간(story time)'으로 통일해서 지칭한다. 시모어 채트만, 『영화와 소설의 서사구조』, 김경수 옮김, 민음사, 1996, 73~74쪽 ; 제라르 즈네뜨, 『서사담론』, 권택영 옮김, 교보문고, 1992, 23~25쪽 참조.

41) 작가 남영로가 이야기시간(story time)과 서술시간(narrative time)을 고려해서 전체 서사 구조부터 세부적인 장면에 이르기까지 면밀하게 조직화시키고 있음은 유광수, 앞의 논문, 2006, 269~276 ; 293~299 ; 313~315쪽 참조.

42) <옥루몽>의 축약본 계열은 낙선재본, 연세대본, 국립중앙도서관본으로 장효현의 비교 검토가 있었다(장효현, 앞의 논문, 1981, 121~138쪽), 이 축약본 계열에는 세책본인 동양문고본도 포함되는데, 이 네 이본은 모두 覲親을 가지 않는 것으로 되어 있어,

는 물론 자구까지 완전히 박학서원본(≒서강대본)과 동일하다. 여기까지 볼 때 '근친 가는 대목'은 작가가 창작한 것이 분명하다는 것이 밝혀졌다. 다만 아직 그것이 <옥련몽>에 있는 것을 그대로 수용한 것인지 <옥련몽>에 있는 것을 개작한 것인지는 좀 더 살펴봐야 한다.

결론을 먼저 말하면 근친 가는 것이나 못 가는 것이나 둘 다 작가가 서술한 것이다. 근친 못 가는 것은 <옥련몽>에서, 근친 가는 것은 <옥루몽>에서 작가가 서술한 것이다. 처음에 근친을 못 가도록 <옥련몽>에 서술한 것을 작가가 근친 가도록 <옥루몽>에서 바꾼 것이다.

다음 몇 가지를 통해 이를 알 수 있다.

우선, 서사 중간에 <옥루몽>이 끼어든 <옥련몽> 이본인 국도12책본이 근친 가는 것으로 되어 있다는 점이다. 12회의 근친 대목이 있는 부분을 포함해서 앞뒤로 크게 <옥루몽>이 끼어들어 있는데, 그 대목에 근친 가는 것으로 서술되어 있다. 그렇다면 그것은 바로 원래 <옥루몽>이 근친 가는 것으로 되어 있다는 증거가 된다. 또, <옥련몽> 이본의 상황으로 볼 때, 근친 가지 못하는 이본이 더 많다는 점도 하나의 방증이 된다. 그러나 무엇보다도 근친 유무의 문제는 작품 내용을 통해 규명하는 것이 더 적절할 것이다.

근친 대목 앞뒤 내용을 보면 근친 못 가는 것이 <옥련몽>이어야 함을 알 수 있다. 작가가 <옥련몽>을 창작한 후 <옥루몽>으로 개작했기에,43) <옥련몽>과 <옥루몽>의 서사는 다르다. 앞서 인용한 것처럼, 근

기존 <옥루몽>과는 다름을 필자가 확인하였다. 이들 축약본 계열은 <옥루몽>을 의도적 목적을 가지고 개작한 이본들로 근친을 가지 않게 서술한 이유가 달리 있다. 축약본 계열은 전반부가 개작되고 후반부가 축약된 이본들로 원 <옥루몽>이라 할 수 없다. <옥루몽> 축약본 계열의 근친 문제와 이본간의 관계에 대한 자세한 분석과 논증은 본고의 범위를 벗어나므로 후속 연구로 미룬다.

43) 차용주, 앞의 논문, 1967, 37~46쪽 ; 성현경, 앞의 논문, 1968, 102~140쪽.

친 가는 이본이나 근친 못 가는 이본이나 모두 윤부(尹府)에서 양창곡이 강남홍의 시비(侍婢)인 연옥을 보고 근친 갈 때 자신을 찾아오라고 하는 장면이 있다. 이 장면은 근친 유무에 관계없이 모든 <옥련몽>에 공통적으로 형상화되어 있어 원 <옥련몽> 서사로 보인다. 그런데 <옥루몽>은 이를 삭제해 다음과 같이 되어 있다.

> 한림이 그 의혼홀 뜻이 잇슴을 짐작ㅎ고 도라와 샹쇼ㅎ야 근힝흠을 청ㅎ니 샹이 탑젼에 인견ㅎ시고 하교 왈 "짐이 경을 새로 엇어 오래 좌우에 써남이 챵연ㅎ나 경의 부모의 의려지졍을 위로코져 ㅎ야 수월 말믜를 허ㅎ느니 량친을 받스러 샬니 경데로 올나오라." …… (<옥루몽> 신문관본 권지일 87쪽)44)

앞서 말했듯이 모든 <옥루몽>은 근친 간다. 그러나 근친 갈 때 연옥이 따라가지 않는다. 왜냐하면 연옥을 만나 수작하는 <옥련몽>과 달리, 위에서 보듯 <옥루몽>은 아예 그런 수작 장면이 없기 때문이다.

그런데 <옥련몽>의 경우도 연옥이 근친 갈 때 따라가지 않는다는 것이 문제다. 근친을 못 가는 이본의 경우는 근친을 아예 못 가므로 연옥과 한 약속이 무의미해지지만, 근친 가는 이본의 경우(박학서원본=서강대본)는 양창곡이 약속을 지키지 않는 것이 되기 때문이다. 그러므로 근친 가지 못하는 것이 내용적 합리성을 따질 때 더 옳다.45) 즉, <옥루몽>처럼 애초에 연옥과 약속하지 않았으면 모를까, 박학서원본처럼 '근친 갈

---

44) 대표해서 신문관본을 인용했다. 규장각본이나 한문현토활판본 등의 다른 이본들도 동일하다.

45) 그렇다면 굳이 작가가 <옥련몽>에서 연옥과 수작하는 대목을 서술한 이유가 무엇일까 하는 의문이 든다. 이는 양창곡이 연옥을 만남으로 인해 강남홍에 대한 생각이 들고 측은해하는 심정을 고조시켜 서술하기 위함이다. 이 장면을 삭제한 <옥루몽>은 이런 감정을 祭文을 통해 구체화시켜 형상화한다.

것이니 연옥에게 오라고 약속'하고 '실제로 근친 가면서' 연옥에 대해서
나 몰라라 하는 것은 양창곡의 정대한 성격에 비추어 온당치 못하다.
마땅히 근친 가게 되었다면 연옥이 찾아왔을 것이고 양창곡은 연옥을
데리고 갔을 것이다. 이 근친 대목 전후해서 〈옥련몽〉은 연옥에 대해
상당히 신경 써서 형상화한 반면, 〈옥루몽〉은 그렇지 않다는 것을 보아
도46) 〈옥련몽〉에는 연옥에게 근친 갈 때 오라는 장면이 있는 것이 옳
고, 연옥이 근친 때 따라가지 못한 이유는 양창곡도 근친을 못 갔기 때
문이라고 보는 것이 온당하다.

　만약, 작가가 〈옥련몽〉을 창작할 때 박학서원본처럼 근친 가는 것으
로 형상화하고, 〈옥루몽〉을 창작할 때 바꾸지 않고 그대로 서술했다면,
무신본 등이 보여주는 근친 가지 못하는 것은 후대 누군가의 개작이라
는 말이 된다. 만약 그렇다면, '도대체 누군가가 왜 다른 부분은 그만두
고 꼭 그 부분만 바꾸었나?'하는 의문이 생긴다. 앞서 확인한 것처럼 박
학서원본이나 무신본은 오직 이 근친 대목만 다르고 나머지는 자구까지
같기 때문이다. 그러므로 후대 개작자는 다른 부분은 그대로 놔두고 오
직 근친 대목만 바꾼 셈이 되는 것이다. 또 그렇게 후대 누군가가 개작
했다면 '왜 하필 근친 못 가는 것으로 바꾸었을까?' 하는 문제도 뒤따른
다. 앞서 말했듯이 근친 가나 못 가나 〈옥련몽〉에서는 전체 서사에 전
혀 문제가 없다. 특별히 이 부분을 개작해야 할 이유가 없다. 내용상으
로나 인물의 형상화, 이데올로기적 차원 어디를 살펴봐도 특별할 것이

---

46) 츠셜 윤소졔 황셩으로 온 후에 인하야 홍을 싱각ᄒ고 연옥을 고호ᄒ야 각별 ᄉᆞ랑ᄒ며
　일시 좌우에 ᄯᅥ느지 안이터니, 일〃은 윤샹셔ㅣ 니당으로 드러와 부뷔 샹디ᄒ야 소져
　의 혼ᄉᆞᆯ 의론홀 시 샹셔ㅣ 탄왈 "신방 쟝원 냥창곡을 보니 그 인긔 문쟝이 후진
　즁 졔일이라 ……." (〈옥련몽〉 박학 107 ᄂᆞ 무신 권4)
　차셜 윤샹셰 당일 한림을 보고 도라와 부인 소씨를 디하야 왈 "내 녀ᄋᆞ를 위ᄒ야
　가셔를 구ᄒ나 합의ᄒᆞᆫ 재 업더니 신방 쟝원 양창곡이 후진 즁 뎨일 인물이나 ……."
　(〈옥루몽〉 신문관본 권1 91쪽)

없다. 결국, 근친을 못 가는 것이 원 <옥련몽>의 서사라고 보는 것이 온당하다. 이는 다음 논의를 통해서 더욱 명확해진다.

작가가 왜 <옥련몽>에서 근친을 못 갔는데 <옥루몽>에서는 근친 가게 형상화했을까? 이는 매우 중요한 문제이고, 이로 인해 원 <옥련몽>이 분명히 근친 못 가는 것임이 분명해진다. 앞서 근친 가나 못 가나 '<옥련몽> 서사에는 크게 다를 것이 없다'고 했는데, 그것은 <옥련몽>의 경우만 그렇지, <옥루몽>의 경우에는 전혀 그렇지 않다. '<옥루몽>은 반드시 근친을 가야만 한다.'

근친 가는 <옥루몽> 서사에서 핵심은 무엇일까? 근친 가는 것이나 못 가는 것이나 서사의 결과는 양창곡의 부모가 황성으로 올라오게 되어 이로 인해 양창곡이 윤 소저와 정혼하게 된다는 것이다. 즉, 근친의 서사적 기능은 부모가 와서 결연을 맺게 하는 것이다.[47] 그것은 근친을 가나 못 가나 다르지 않다.

근친 가는 대목을 볼 때, 단순히 부모가 황성으로 올라온다는 것 외에, 아니 그보다 더 중요하게 서술된 것이 있는데, 그것이 바로 양창곡이 근친 가는 도중에 강남홍을 추모하는 제문(祭文)을 짓는 것이다.[48] 근친을 못 갈 경우, 강남홍과 만났던 장소에 가지 못할 것이고 그러면 추모하는 제문을 짓지 못하게 된다. 이 대목의 근본적 차이는 단순히

---

47) 양창곡이 황각로의 집요한 결연 제의를 피했던 근거는 부모께 허락받지 못했다는 것으로, 양창곡이 尹府에서 윤시랑의 의향을 탐지하고 觀親하기로 주청한 것도 윤 소저와 결연할 수 있었기 때문이다. <옥루몽>·<옥련몽>에 나타난 이런 모습은 17세기 <구운몽>이 보여주는 모습과 크게 다르며, 이는 19세기 사회의 일정한 반영이다(유광수, 앞의 논문, 2006, 91~101쪽 참조). 그러므로 근친을 가든 가지 못하든 근친 대목의 핵심은 부모가 황성에 와서 양창곡 부친과 윤시랑이 서로 결연하기로 결정하는 것이 서술되기 위한 개연적 단계가 되는 것이다.

48) 근친 못 가는 쪽은 '양창곡의 편지'가 있는데, 이는 서사적으로 긴밀한 연관관계에 있지 않고, 서사를 풍부하게 하는 기능으로 작용한다.

근친을 황제가 윤허하느냐 하지 않느냐의 차이나, 양창곡이 고향에 가느냐 가지 못하느냐의 차이가 아니라, 강남홍을 기리는 제문을 짓느냐 짓지 않느냐의 차이이다. 〈옥루몽〉에서 이 제문(祭文)은 이후 벽성선이 양창곡을 만나 전략적으로 가까워지는 계기를 마련하는 데 중요하게 기능한다.

작가가 〈옥련몽〉을 〈옥루몽〉으로 개작하면서, 벽성선을 더 강조해서 형상화했다. 〈옥루몽〉의 벽성선은 육체를 통한 전략적 욕망성취를 이루는 인물로 입체화되어 나타난다. 이때 〈옥련몽〉의 벽성선과 달리, 〈옥루몽〉의 벽성선은 양창곡이 지은 제문을 통해 강남홍이 죽었다는 사실을 이미 알고 있었다. 또 그녀는 일개 기녀였던 강남홍을 그리워해 애절한 제문을 지었던 그 남성을 만나고자 하는 욕망을 품는다. 그러다가 그 당사자인 양창곡을 만나게 된다. 이때 벽성선은 문제의 그 제문을 곡조로 바꾸어 연주해 양창곡의 마음을 자극하고, 결국 양창곡의 마음을 사로잡는 데 성공한다.[49] 양창곡이 결정적으로 벽성선에게 기울게 되는 데 제문이 핵심적인 역할을 한다. 이런 〈옥루몽〉 전체 서사를 고려할 때, 〈옥루몽〉에서는 반드시 양창곡이 근친하러 고향에 가야만 하고, 가는 도중에 강남홍을 그리워하는 제문을 꼭 지어야만 한다.

그러나 〈옥련몽〉의 경우, 벽성선은 이미 강남홍에 대해 친근한 마음을 가지고 있었고, 이미 마음으로 강남홍과 지기상통(知己相通)한 상태였다. 그리고 〈옥루몽〉의 벽성선보다는 전략적이지 않은 모습으로 형상화되어 있다. 그래서 양창곡과 사귀는 대목의 미묘한 긴장감도 덜 하

---

49) 벽성선과 양창곡의 만남, 벽성선의 은근하고 의도적인 상대방 탐색, 육체의 전략적 이용, 양창곡이 지은 祭文의 결정적 역할 등에 대해서는 유광수, 「〈옥루몽〉의 벽성선 : 욕망하는 인물, 전략화된 육체와 사회적 검열・통제」, 『한국문화연구』8, 이화여자대학교 한국문화연구원, 2005, 213~254쪽 참조.

다. 결정적으로 양창곡이 지은 제문을 가지고 곡조로 바꾸어 연주하는 대목이 없다. 이는 근친 못 가는 이본이나 근친 가서 제문을 짓는 이본이나 마찬가지로 동일하다.

이렇게 근친(覲親)의 유무는 제문(祭文)의 유무이고, 제문은 벽성선의 전략적 행동에 꼭 필요한 서사적 기능을 하는 것이므로 <옥루몽>에서는 필수지만, <옥련몽>에서는 필수가 아니다. 물론 <옥련몽>에서 제문이 벽성선과의 수작에 전혀 사용되지 않았다고 해서 근친하러 고향에 가면서 제문을 지은 것이 전혀 부질없는 것이라고 하기는 어렵다. 그러나 명확하게 박학서원본 같은 이본의 근친 대목이 자구까지 그대로 <옥루몽>의 근친 대목과 동일한 것을 볼 때, 결코 박학서원본처럼 근친 가는 이본이 원 <옥련몽>이 아니라 <옥루몽>과 일정 관계를 갖고 있는 이본이라고 할 수 있다.50) 원 <옥련몽>은 근친을 못 가는 이본이다.

4. 결론

<옥련몽>은 작가 남영로가 창작한 한문장편소설이다. 현재 한글본으로만 남아 있는데, 이들 이본은 거의 비슷한 내용으로 되어 있다. 이본들을 면밀히 검토한 결과, <옥루몽>이 중간에 끼어든 이본들과, 근친 가는 것으로 구성된 이본, 그리고 원 <옥련몽>에 가깝게 근친 가지 못하는 것으로 구성된 이본이 있음을 확인했다.

---

50) 근친 가는 이본의 경우 혼합본 계열과 관련이 궁금하다. 그러나 혼합본 계열은 이들보다 더 크게 끼어들어 있어 끼어들어가는 양상이 장회 단위나 서사의 큰 단위로 이루어진다. 이 근친 가는 이본처럼 세심하게 중도에 들어가 있지 않다. 이 둘 사이의 관련성과 근친 가는 이본 계열의 성립 이유에 대해서는 현 상황에서 성급한 판단을 유보하고, 더 많은 이본 검토를 거친 후 논의할 것이다.

〈옥련몽〉 이본을 가르는 핵심은 근친(覲親) 대목의 유무에 있고, 선본(善本) 계열은 근친(覲親)을 가지 못 하는 계열이다. 본고에서 근친 문제를 주목하는 이유는 근친 문제가 중요해서가 아니라, 해당 〈옥련몽〉 이본을 면밀하게 검토한 결과 이 대목만이 서로 달랐기 때문이다. 그러므로 이 대목의 차이를 통해 이본 계열을 나눈 것은 특정 선입관이나 시각에 따른 것이 아니라 당대 필사자·독자들이 향유했던 이본의 실상에 따라 분류한 것이다. 본고는 이렇게 차이나는 근친 문제를 통해 이본을 계열화하고 〈옥루몽〉과의 관련 양상을 통해 근친 못 가는 이본이 작가가 창작한 원래의 〈옥련몽〉 서사임을 밝혔다.

이상의 논의를 정리해 잠정적 용어로 계열화하면 다음과 같다.

> 혼합본 계열 : 박순호A본, 국도12책본
> 박학서원본 계열 : 박학서원본, 서강대본
> 무신본 계열[善本 계열] : 무신본, 나손정미본, 박순호B본

이본 연구가 언제나 진행형이듯이 본고 역시 확인한 결과 안에서만 옳다. 아직까지 '왜 박학서원본이 〈옥루몽〉의 근친 가는 대목을 수용했는지'와 '박학서원본의 선행본은 어떤 필사본인지', 그리고 '박학서원본 계열과 혼합본 계열의 관계가 있는지의 여부' 등은 온전히 밝혀지지 못했다. 이는 앞으로 더 많은 이본 자료의 꼼꼼한 분석을 통해 밝혀지기를 기대하는 문제들이다.[51] 다만, 분명한 것은 작가 남영로가 창작한 원 〈옥련몽〉은 무신본 계열에서 크게 거리가 멀지 않으리라는 것이다.

---

51) '기대한다'고 한 이유는 의미는 앞으로 더 많은 자료를 검토한다고 해서, 꼭 위의 문제의 해답을 찾을 수 있다는 것이 아니라는 점에서 그렇다. 궁금증을 시원하게 해결할 수 있는 자료가 있을 경우라야 비로소 가능한 일이기 때문이다.

〈옥루몽〉 한글원작설 변증

– 정유본 〈옥련몽〉을 중심으로 –

1. 서론

〈옥련몽〉과 〈옥루몽〉은 담초(潭樵) 남영로(南永魯 : 1810~1857)가 창작한 한문장편소설로 추정되는데, 현재 두 작품 모두 한문본 실물은 남아 있지 않다.[1] 이들 작품의 선후와 창작 상황에 대해서는, 〈육미당기〉 발문에 두산(斗山) 서돈보(徐惇輔)[2]가 "吾友南潭樵玉樓夢"[3]이라고 한 것을 통해 〈옥루몽〉은 적어도 1877년 이전에는 읽혀졌음[4]을 알 수 있었고, 또 한문현토활판본 〈옥련몽(玉樓夢)〉 서문에 "快讀我玉蓮子之 玉樓夢"[5]란 언급을 통해 〈옥련몽〉과 〈옥루몽〉의 상관관계가 짐작되

1) 〈옥루몽〉의 경우, 20세기 초에 들어 활판 인쇄된 한문현토본은 있다.
2) 차용주가 〈육미당기〉를 논평한 사람들을 추적해 '斗山'이란 호를 썼던 인물로 '徐惇 輔'를 추정한 것을(차용주,『玉樓夢 研究』, 형설출판사, 1981, 23쪽 각주18), 장효현이 명확한 근거를 통해 '徐惇輔'로 확증했다(장효현, 「〈六美堂記〉의 작자 再論」,『고전 소설 연구의 방향』, 한국고전문학연구회, 새문사, 1985, 251쪽).
3) 〈육미당기〉(한글필사, 서울대 가람문고) / 김기동 편,『筆寫本 古典小說全集』1, 아 세아문화사, 1980, 607쪽.
4) 斗山의 跋이 있는 가람문고본 〈육미당기〉의 필사기가 "歲在丁丑流月念一日駱居畢 寫"라고 되어 있는 것을 통해 가람문고본 〈육미당기〉는 1877년에 필사된 것으로 판단 된다. 그러므로 1877년 이전에 斗山이 〈옥루몽〉의 존재를 알고 있었음이 확인된다.
5) 〈原本諺吐 玉樓夢〉(한문현토활판, 적문서관, 1924) / 동국대학교 한국학연구소,『活

었는데, 차용주, 성현경, 장효현 등의 연구로 남영로가 〈옥련몽〉을 창작한 후 〈옥루몽〉으로 개작했음이 밝혀졌다.6)

　두 작품 모두 20세기 초까지 널리 유통되어 필사본과 활판본이 많이 남아 있는데, 낙질까지 헤아리면 상당수가 된다. 상당히 긴 작품인 데다, 이본 수도 많고 다양해, 장효현의 선구적 연구7)와 두 작품의 선본(善本)을 추정한 두 편의 논문8) 외에는 별다른 이본 연구가 이루어지지 못하고 있다.

　필자는 〈옥련몽〉과 〈옥루몽〉 이본을 검토하는 연구를 계속 진행하고 있는데, 이화여자대학교 도서관에 소장된 낙질 〈옥련몽〉이 꽤 의미 있는 단서를 담고 있다고 생각한다.

　이화여자대학교 도서관에는 한글본 〈옥련몽〉 이본이 두 종 있는데, 한 종은 완질이고 한 종은 낙질이다. 완질은 28권 28책으로, 서울 사직동에 살던 70세 노인이 무신년(戊申年, 1908) 8월부터 이듬해인 기유년(己酉年, 1909) 2월까지 수양딸을 위해 필사한 이본으로, 보통 '무신본'이라 부른다.9) 낙질은 4권 2책만 남아 있는데, "丁酉五月二十日書于果洞精舍 新刊"이란 필사기가 있어 '정유본'이라 부를 수 있다.

　이 정유본 〈옥련몽〉은 작가 후기, 필사기 등을 비롯한 몇 가지 단서를 지니고 있어 의미 있는 조망을 가능하게 하는데, 지금까지는 장효현

　字本 古典小說全集』6, 아세아문화사, 1976, 3쪽.
6) 차용주, 「玉蓮夢」의 作者 및 著作年代考」, 『어문논집』10, 안암어문연구회, 1967, 37~39쪽 ; 차용주, 앞의 책, 1981, 11~54쪽 ; 성현경, 「玉蓮夢硏究」, 『國文學硏究』9, 국문학연구회, 1968, 23~96, 103~114쪽 ; 장효현, 「玉樓夢의 文獻學的 硏究」, 고려대학교 석사논문, 1981, 82~104쪽 참조.
7) 장효현, 앞의 논문, 1981, 1~236쪽.
8) 〈옥련몽〉의 善本은 무신본이고, 〈옥루몽〉의 善本은 규장각본이다. 유광수, 「〈옥련몽〉 이본과 善本 계열 추정」, 『동양학』42, 단국대학교 동양학연구소, 2007, 1~21쪽 ; 유광수, 「〈옥루몽〉 연구」, 연세대학교 박사논문, 2005, 22~29쪽 참조.
9) 무신본에 대한 자세한 사항은 유광수, 앞의 논문, 2007, 1~21쪽 참조.

의 연구 한 편 외에는 주목한 바가 없다.[10] 그간의 연구가 <옥련몽>보다는 <옥루몽> 쪽에 집중된 데다가, 정유본이 낙질이다 보니 더 그랬던 것 같다.

정유본은 낙질이긴 하지만 다른 <옥련몽>과는 구별되는 중요한 특징을 담고 있다. 작가 후기에 "그러헌 고로 언문으로 번역ᄒ여 부인 녀ᄌ와 여닥하쳔거지 다 보게 ᄒ노라."라는 구절이 있는데, 이런 언급이 있는 것은 현재까지 살펴본 바로는 정유본이 유일하다. 또, 정유본은 1897년에 필사된 것으로 보이는데,[11] 그렇다면 정유본은 현전하는 <옥련몽> 이본 중 가장 앞서는 이본이 된다. 이렇게 볼 때 정유본 <옥련몽>에 대한 검토는 작가의 창작 상황과 <옥련몽>, <옥루몽>의 전변 양상을 살피는데 중요하다 하겠다.

본고에서는 정유본 <옥련몽>을 검토하여 필사연도를 확정하고, 작가 후기에 "언문으로 번역ᄒ"였다는 언급의 의미를 해석하고, <옥련몽>인 정유본 텍스트가 <옥련몽>, <옥루몽>과 관계 맺는 양상을 살펴보겠다. 이를 통해 작가의 창작 상황과 <옥련몽>, <옥루몽>의 원작 표기문자에 대해 그동안 명확치 못했던 부분을 밝혀보도록 하겠다.

2. 정유본 〈옥련몽〉의 상황

1) 기초서지

정유본은 한글필사본으로 현재 12책, 13책만 남아 있다. 두 책 모두 5침안 장정이고, 겉장과 속장 군데군데 좀이 슬어 있다. 각 책마다 두

---

10) 장효현, 앞의 논문, 1981, 40~41쪽.
11) 이에 대해서는 본론에서 밝힌다.

권씩으로 구성되어 있어 현재 남은 것만 보면 4권 2책이다. 13책에서 〈옥련몽〉 서사가 끝나므로, 매 책마다 일관되게 두 권씩 들어간다고 상정하면, 낙질되기 전의 온전한 형태는 26권 13책이 된다.

본문은 한 명의 필체로 매 쪽마다 12행에 매 행마다 25자 내외로 필사되어 있다.

12책의 겉장 두꺼운 표지에는 표제가 "玉蓮夢 卷之十二"로 되어 있고 그 오른쪽에 장회명이 두 개씩 "楊尚書擊毬斬董洪 孫先生東床宴佳客 雪中梅餞春會玉郎 郭尚書乘醉打靑樓"라고 순차적으로 써 있다. 겉표지 안쪽에는 그 한문 장회명을 한글로 "냥상셔격구참동홍 손선싱동상연가셔 셜즁미젼춘회옥낭 곽상셔승취타쳥누"라고 써 있다.12) 13책의 경우도 마찬가지인데, 겉표지에는 "玉蓮夢 卷之十三"과 그 오른쪽에 "楊生連中三場試 天子親征北單于 會蠻王天子賜讌 遊玉樓菩薩說夢"이라고 써 있고 표지 안쪽에 "양싱연듕삼장시ᄒ고 천ᄌ친졍북션우라 천ᄌ만왕을 모와 잔치을 쥬고 옥경누의 보살 쑴구어 말ᄒ고 놀다"라고 써 있다.13)

13책 맨 뒷장의 안쪽에는 "차 칙이 소셜도 못 되고 디셜도 못 되고 가관 쳐 업셔 다만 양창곡 슴 디만 츄고 젹셔지분도 아니 가리여 쓰니 아무라도 그리 짐작ᄒᆞᆯ 거시요 불과 근일 ᄉᆞ찰 호변ᄌᆞ식로 됴작일듯ᄒ노라."라는 혹평이 써 있는데, 평의 내용이나 글씨체, 평을 적어 놓은 곳14)

---

12) 안쪽에는 "손션싱동상연가셔"로 '佳壻'가 되어야 하는데 겉장에는 '佳客'이라 되어 있어 차이가 난다.

13) 13책의 경우는 표지 안쪽의 한글 회제 옆에 한문회제가 다시 흘림체로 써 있다.

14) 후술하겠지만, 정유본의 필사자는 "丁酉五月二十日書于果洞精舍 新刊"라는 필사기 이후에 "비록 변〃치 못하오나 보압시나니 과이 쩍졍 마르시읍소셔"라는 논평을 하고 있다. 만약 더 논평하고 싶었다면 이어서 쓸 것이지, 이처럼 겉장에 따로 쓰지 않았을 것이다.

등으로 보아 정유본을 필사한 필사자의 논평이 아니라 후대 다른 독서
인의 평으로 보인다.

내용과 연관되는 것이기도 하지만, 정유본은 오자가 많고 겉장 안쪽
에 낙서가 되어 있는 등 여러 점을 고려할 때, 작가 남영로의 친필본이
라 하기는 어렵다.[15)

2) 필사연도

정유본에는 "丁酉五月二十日書于果洞精舍 新刊"이라는 필사기가
있어, 丁酉年에 필사했다는 것을 알 수 있다. 작가 남영로(1810~1857)의
생몰연대를 고려해 정유년을 상정하면 1837년, 1897년, 1957년이 가능
한데,[16) 1837년은 남영로가 살아 있을 때이고, 1897년은 남영로가 죽은
지 40년 뒤이고, 1957년은 그보다 더 먼 훗날이다. 필자의 판단으로는
정유년은 1897년인 것 같다.

여러 정황상, 1837년은 너무 촉급하다. 1837년은 남영로가 28살이 되
는 해로, 정유본 <옥련몽>이 존재하려면, 일단 남영로가 한문 <옥련
몽>을 창작하고[17) 그것을 한글로 번역한 후라는 말이 된다. 그러므로
정유본 필사자가 남영로든 다른 인물이든, 남영로는 28살 이전에 <옥련

---

15) 텍스트 내용과 연결된 논증이므로 다음 절에서 상론한다.

16) 장효현은 정유본이 枯朽하게 보인다는 것과 "언문으로 번역"했다는 작가 후기를 들어
   '1837년과 1897년 둘 모두가 가능성이 있다'고 말했다. 만약 1837년이라면 "漢文으로
   지은 玉蓮夢을 南永魯 자신이 國文으로 번역한 諺譯 <玉蓮夢>의 最初本이 되는
   셈"이라고 지적했고, 만약 1897년이라면 "이는 南永魯가 下世한 지 40年 後의 일이며,
   당시까지 漢文 筆寫本 <玉蓮夢>이 遺傳되어 왔고 이를 該本의 筆寫者가 번역해
   낸 것으로 볼 수 있다'고 말했다(장효현, 앞의 논문, 1981, 87~90쪽). 하지만 枯朽하다
   는 판단은 주관적 견해여서 조금 다른 시점에서 근거를 찾아 명확히 할 필요가 있고,
   아울러 丁酉年이 1837년과 1897년 둘 중 언제인지도 분명히 해야 할 것 같다.

17) 남영로가 <옥련몽>을 한문으로 창작했음은 주지의 사실이다.

몽〉을 창작했어야 한다. 이는 구술이긴 하지만, 남영로 집안과 또 인척 관계에 있는 다른 집안의 증언들과 거리가 있다. 이들은 남영로가 말년에 〈옥련몽〉을 창작했다고 입을 모은다.[18] 또, 박학서원본 〈옥련몽〉 서문을 쓴 후손 남정의도 남영로 창작 이후 "칠십여 년"이 흘렀다고 회고하고 있다.[19] 남정의가 서문을 쓴 것이 1912년이므로[20] 그의 언급을 의미 있게 받아들인다면, 〈옥련몽〉은 대략 1850년 전후에 창작된 것이 된다.

  게다가 〈옥련몽〉 창작 이유가 소실을 위로하기 위해서라는데, 물론 28살에도 소실을 둘 수는 있겠지만 그 소실을 위로하기 위해 소설을 창작했다고 하기에는 너무 젊다. 이 소실은 서울의 여러 판서 집을 마다하고 굳이 남영로를 찾아온 여자로, 남영로가 죽은 후 원본 〈옥련몽〉을 지니고 떠났다고 한다. 그렇다면 남영로는 28살에 둔 소실을 위해 소설을 창작한 후, 그 소실과 무려 20년을 같이 살았다는 말이 된다. 아무래도 28살의 젊은 남영로가 아니라 더 늙은 남영로가 소실을 위로하기 위해 지었다고 보는 것이 온당할 것 같다.

  또, 내용을 설명하는 다음 절에서 밝히겠지만, 정유본은 많은 오자를 지니고 있는 데다 허술하여 작가 친필본이라 하기 어렵다. 그렇다면 다른 필사자에 의해 만들어진 것인데, 작가가 정제한 한글 〈옥련몽〉에서 정유본이 나오기까지의 시기가 너무 짧아 이토록 많은 오류를 담고 있다는 것이 문제가 된다. 결국 1837년은 작가의 창작이나 한글로 번역,

---

18) 이들의 구술 내용은 차용주, 앞의 논문, 1967, 37~46쪽 ; 성현경, 앞의 논문, 1968, 102~132쪽 참조.
19) 〈옥련몽〉(한글활판, 박학서원, 1913) / 인천대학교 민족문화연구소 편, 『舊活字本 古小說全集』10, 은하출판사, 1983, 3~4쪽.
20) 박학서원본이 간행된 것은 1913년이지만, 남정의의 서문은 1912년 4월에 쓴 것으로 되어 있다.

그것을 필사하는 과정 등을 생각할 때 너무 촉박하다. 반면, 정유년을 외적 서지 상황상 1957년으로 보는 것은 너무 늦은 것 같다. 하지만 명확히 1957년이 아니라고 단정하기도 쉽지만은 않다.

아무래도 필사연도 확정을 위해서는 필사기에 있는 "果洞精舍"라는 단서를 추적해 볼 필요가 있다. 과동(果洞)은 과목동(果木洞)으로, 종로구 연건동(蓮建洞)에 있던 마을 이름이다. 연건동 22통 일대에 과실나무가 많이 있던 데서 이름이 유래되었는데, 과동 또는 과목골이라고도 했다.[21] 이 연건동(蓮建洞)은 조선 초기에는 한성부 동부 연화방(蓮花坊)과 건덕방(建德坊)에 속했고, 1894년 갑오개혁 때는 행정구역이 개편되어 과동(果洞), 함춘동(含春洞), 신교동(新橋洞), 남이탑동(南爾塔洞), 반송정동(盤松井洞), 남장동(南墻洞) 등이 되었는데, 1914년 행정구역 통폐합에 따라 과동(果洞)을 비롯한 여러 동들이 합해져 연건동(蓮建洞)이 되었다. 일제강점기에 일본식으로 연건정(蓮建町, 1936년)이 되는 등 몇 차례 동명에 변화가 있었지만, 연화방(蓮花坊)과 건덕방(建德坊)의 머리글자를 따서 만든 '연건(蓮建)'이란 이름은 변하지 않았다.[22] 그러므로 "果洞精舍"라는 지칭은 엄밀하게 말하면, 1894년에서 1914년까지만 쓸 수 있는 거였다. 물론 개인적 습관이나 취향에 따라 그 이후에도 계속 쓸 수도 있겠지만, 1957년까지 썼다고 보기는 어렵다.[23]

이상을 통해 보면, 정유본 〈옥련몽〉은 남영로가 죽은 지 40년 후인 1897년에 현재 서울 연건동 지역에 살던 어떤 인물에 의해 필사된 이본이라고 생각된다.

---

21) 서울특별시사편찬위원회, 『서울지명사전』, 2009, 57쪽.
22) 서울특별시사편찬위원회, 『洞名沿革考 1-종로구편』, 1992, 572~579쪽.
23) 거꾸로 1837년에 이미 민간에서 "果洞"으로 불렀을 가능성도 완전히 배제할 수는 없지만 이 역시 어렵다 하겠다.

3) 작가 후기

〈옥련몽〉 본문이 끝나면 작가 후기로 보이는 상당히 긴 내용이 이어진다.[24] 내용은 인생에 대한 나름의 견해를 피력한 후, 〈옥련몽〉은 패관소설이어서 허황되지만, 착한 것을 찬양·권면하며 악한 것을 배척하여 후생을 경계하는 것에 공이 있고, 위로 공경사대부와 부인 여자로부터 아래로 천한 사람들에게까지 권선징악하는 것이므로 결코 성현의 경전보다 못할 것이 없다는 것으로 되어 있다.

이 내용을 작가가 쓴 후기로 판단하는 이유는 이 후기 다음에 필사자의 필사기가 붙기 때문이다. 필사기가 없는 이본의 경우에도 이 후기만큼은 꼭 본문처럼 이어진다. 이로 보아 작가 후기라 할 수 있다. 〈옥련몽〉 이본들은 본문 다음에 이 작가 후기가 붙어 있는데 조사 정도의 어휘적 차이를 제외하고는 모두 같다.[25] 그런데 특이하게도 정유본만 후기의 내용이 조금 다르다.

〈옥련몽〉의 대표적 이본인 무신본과 박학서원본을[26] 정유본과 비교해 보면 다음과 같다.

무신본 〈옥련몽〉(1908)

① 추희라. 사름이 세상의 나미 샹수는 빅셰요 즁슈는 팔십이요 하슈는 뉵십이라. …… 피관소셜을 다 밋을 비 아니로더 보는 지 만일 이러혼 샤름이 업다 홀진더 그 쪼혼 아혹혼 말이요 쪼혼 이러한 사름이 잇다 홀진더 쪼혼 허황혼 셜홰라. 고인을 임의 너 눈으로 보지 못ㅎ고 다만 젼ㅎ는 필

---

24) 무신본 〈옥련몽〉을 예로 들면, 11줄로 4쪽에 걸쳐 필사되어 있다.

25) 필자가 지금까지 확인한 모든 〈옥련몽〉이 그렇다.

26) 善本인 무신본과 그와는 조금 다른 계열인 박학서원본을 함께 살펴본다면, 현존하는 〈옥련몽〉 이본의 전체를 포괄한다고 할 수 있을 것이다. 이 두 이본의 대표성에 대해서는 유광수, 앞의 논문, 2007, 1~21쪽 참조.

묵을 밋을지니 ⓐ그 필묵을 비러 착흔 즈는 찬양흐야 사롬을 권흐고 악흔
즈는 비척흐야 후인을 경계케 흠은 픽관소셜이 쏘흔 공이 업다 못 흘지니
엇지 이룰 빙즈흐야 우흐로 공경스디부와 부인 녀즈와 지여여디하천신지
권션징악흐는 뜻즐 모로게 흐리오. 그러한즉 픽관소셜의 공이 쏘흔 셩경
현젼에 아리의 잇지 아닐가 흐노라.

② 긔유²⁷⁾ 니월 초오일 스직동 필셔 종. 스십오장

③ 조회도 다 되고 붓도 업고 먹도 업셔 더욱 잘 쓰지 못흐고 글시도
계년만 못흐니 으히 지룽 늘 듯 흐는 늙그니 일이 졈 〃 못흐니 우습도다.
이 췩을 못 다 벗겨 쥬고 죽을가 걱졍흐여더니 다 벗겨시니 다힝흐는다.
벗긴 사롬은 업셔져도 이 췩은 잇시리라. 사롬이 산 동안의 모든 일을 흐
고져 흐니 우슈운 일이로다.

박학서원본 <옥련몽>(1913)

① 츠회라. 사롬이 셰상에 남이 샹슈는 빅셰오 즁슈는 팔십이오 하슈는
뉵십이라. …… 픽란소셜을 다 밋을 비 안이로더 보는 지 만일 이러흔 사
롬이 업다 흘진더 그 쏘흔 아혹흔 말이오. 쏘흔 이러흔 사롬이 잇다 흘진
더 쏘흔 허황흔 셜화라. 고인을 임의 니 눈으로 보지 못흐고 다만 젼흐는
필묵으로 밋을지니 ⓐ그 필묵을 비러 착흔 즈는 찬양흐야 사롬을 권흐고
악흔 즈는 비척흐야 후셩을 경계케 흠은 픽란소셜이 쏘흔 공이 업다 못흘
지니 엇지 이룰 빙즈흐야 우흐로 공경스대부와 부인 녀즈와 지어여디하쳔
신지 권션징악흐는 뜻을 모로게 흐리오. 그러흔즉 픽란소셜의 공이 쏘흔
셩경현젼의 아리에 잇지 안일가 흐노라.

정유본 <옥련몽>(1897)

① 츠회라. 사롬이 셰상의 나미 샹수는 빅셰요 듕슈는 팔십이요 하슈는
육십이라. …… 픽관쇼셜을 다 미들 비 아니로더 보는 만일 이러헌 스람이

---

²⁷⁾ 무신본은 70대 노인이 戊申年(1908)에서 이듬해인 己酉年(1909)까지 정성스럽게 필
사한 이본으로 마지막에 해당하는 이 대목은 己酉年에 필사되었다.

업다 헐진디 그 쏘흔 아혹흔 말이요 쏘흔 이러흔 사롬이 잇다 헐진디 쏘흔
허황헌 셜화라. 고인 니 눈으로 임의 다 보지 못흔즉 다만 필묵을 미들지
니 ⓐ필묵을 밋더 착흔 말을 효측하고 악흔 말을 증계흥믄 피관소셜이 쏘
흔 고금 스칙의 디지 아닌지라. ⓑ그러헌 고로 언문으로 번역흥여 부인 녀
즈와 여딕하쳔거지 다 보게 흥노라.
　② 丁酉五月二十日書于果洞精舍 新刊
　③ 비록 변〃치 못하오나 보압시나니 과이 썩정 마르시읍소셔.

　②가 필사기이므로 ③은 작가가 아닌 필사자의 논평이 분명하다. 그
러므로 ③에 해당하는 무신본 필사자의 논평과 정유본 필사자의 논평은
다를 수밖에 없다. 이런 짜임새를 고려하면 ①은 필사자가 필사하기 위
해 모본으로 삼은 이본에 원래 있던 것으로 볼 수 있다. 정리하면, 필사
자는 ①까지 모본에 있는 것을 쓴 후, ②를 씀으로써 자신이 텍스트를
필사했다는 것을 명확히 인식하고 종결한다. 그리고 이후 자신의 생각
을 ③으로 덧붙인 것이다. 어찌 보면 당연한 논의를 재론하는 것은 바로
정유본의 작가 후기인 ①에 다른 〈옥련몽〉에는 없는 "그러헌 고로 언
문으로 번역흥여 부인 녀즈와 여딕하쳔거지 다 보게 흥노라(ⓑ)"는 언급
이 있기 때문이다.
　반복하면, 작가 후기(①)는 무신본이나 박학서원본을 비롯한 모든
〈옥련몽〉 이본이 동일하다. 다만 정유본만 다르다. ⓑ가 있고, ⓐ는 의
미는 같지만 분량에 차이가 나기 때문이다. 필사기(②)와 논평(③)을 쓴
필사자의 태도를 놓고 볼 때, 분명 ①은 작가 후기인데 이렇게 무신본과
정유본이 차이가 난다는 것은 극단적으로 말해, 둘 중 하나는 원래의
작가 후기이고 다른 하나는 그 작가 후기를 부분적으로 고친 것이라고
할 수 있다. 물론 그렇게 고친 이유는 "언문으로 번역(ⓑ)"한다는 언급이
더 이상의 의미를 갖지 못하기 때문이다.

정유본(1897)은 무신본(1908)을 비롯한 다른 이본들보다 가장 앞선 이본이라는 점과, 정유본처럼 "언문으로 번역"했다는 ⓑ와 ⓐ가 있는 작가 후기를 지닌 이본은 현재까지 정유본뿐이라는 점, 아래에서 살펴보겠지만 본문 내용도 정유본은 다른 <옥련몽>들과 조금 다른 면모를 지니고 있다는 점 등을 생각할 때, 정유본은 무신본, 박학서원본 등과는 다른 계열을 형성한다고 하겠다.

여기서 ⓐ와 ⓑ의 차이가 생긴 원인을 생각해볼 필요가 있다. 정유본의 ⓐ와 ⓑ는 분명하게 한문 <옥련몽>의 존재를 상정하게 하는데, 그런 의미에서 ⓐ와 ⓑ는 한문에서 한글로 번역한 작가 남영로의 언급으로 보인다. 여기서 한문 <옥련몽>을 번역한 한글 <옥련몽>이 존재함을 알 수 있다. 이 정유본은 그 원 한글 <옥련몽>을 필사한 이본인데, 아래에서 자세히 논증하겠지만, 정유본 필사자는 한문본이 아닌 한글본을 모본으로 필사하면서도 부주의하게 그대로 작가 후기의 이 ⓐ, ⓑ 언급을 베껴 놓았다. 별다른 의식 없이 모본을 있는 그대로 필사했기 때문이다.[28] 그래서 결과적으로 원 한글 <옥련몽>의 내용을 고스란히 담게 된 것이다.

반면, 무신본을 비롯한 다수의 이본들은 ⓑ를 삭제하고 ⓐ를 부연했는데, 이는 "언문으로 번역ᄒ여"라는 구절이 더 이상 필요 없다는 것으로, 대본으로 삼은 텍스트가 한문본이 아닌 한글본이라는 것을 의미한다. 그러므로 무신본 등이 선행대본으로 원 한글 <옥련몽>을 모본으로 삼았다고 해도 정유본보다는 원 한글본에서 조금 더 거리를 두고 있다고 하겠다. 또, 다음 절에서 내용을 비교한 것을 보면 알 수 있겠지만, 무신본 등과 정유본은 자잘한 차이를 보인다. 계통을 나눌 수 있을 정도

---

28) 다음 절에서 논증한다.

의 어휘적 차이가 있다. 이런 사실에 무신본 등이 ⓐ와 ⓑ를 변개했다는 점과 정유본 필사자가 의식 없이 그대로 필사했다는 점까지 아울러 생각해 보면, 정유본은 무신본을 비롯한 다른 이본들보다 훨씬 더 원 한글 〈옥련몽〉에 가까운 이본이라는 것을 알 수 있다.29)

그렇다면 무신본, 박학서원본 등의 차이는 언제 어디서 발생했는지가 의문이다. 현재로서는 명확한 근거가 없어 추정에 그칠 다름인데, 남영로의 일가친척을 비롯한 주변에서 이루어진 것으로 생각된다. 박학서원본에 대해, 남영로 후손인 남정의가 '자신의 집안에 내려오는 한글본으로' 출판했다며30) 그 한글본이 선대로부터 자신의 집에 있었음을 말했고, 구술이긴 하지만 남영로 주변 친지들이 〈옥련몽〉을 여러 번 베꼈음을 말한 것 등을 고려해 보면, 남영로와 주변 친지들 사이에서 현재 보는 것 같은 여러 이본들의 계통이 생겼을 것으로 짐작된다.

이상을 통해 몇 가지를 추정해보면, 남영로는 한문 〈옥련몽〉을 창작한 후, 그것을 한글로 번역했는데 그것을 보고 필사한 정유본과 같은 하나의 계열이 있고, 또 다른 측면에서 그 한글 〈옥련몽〉을 필사한 무신본, 박학서원본 등의 계열이 존재한다. 두 계열의 ⓐ와 ⓑ차이는 남영로가 한글 〈옥련몽〉으로 번역한 이후 시간적 공간적으로 매우 근접한 상황에서 이루어진 것으로 생각된다. 한글 〈옥련몽〉으로 번역한 것은 남영로가 분명하지만, 현재 다수를 점하는 무신본, 박학서원본과 같은

---

29) 이는 정유본의 필사연대가 가장 앞서기 때문만이 아니다. 필사연대가 후대라 해도 얼마든지 원본에 가까운 내용을 고스란히 담고 있을 수 있다. 반복하지만, 정유본이 원 한글 〈옥련몽〉에 가까운 것은 ⓐ, ⓑ의 내용이 다른 이본들의 내용보다 앞서 존재하는 내용이기 때문이다. 즉, 무신본 등의 다른 이본들은 원 한글 〈옥련몽〉이 지니고 있던 ⓐ, ⓑ를 의도적으로 바꾸었는데, 이로 인해 정유본보다는 조금 더 거리를 둔 변이가 생기게 된 것이다.

30) 원본은 한국전쟁 때 소실되었다고 한다. 자세한 상황은 앞의 차용주, 성현경 논문의 구술 상황을 참조.

계열을 이루는 이본으로 바꾼 것이 꼭 남영로인지는 현재로서는 명확치 않다. 다만 남영로가 한문 〈옥련몽〉을 한글 〈옥련몽〉으로 번역한 시공간에 매우 근접한 곳에서 이루어진 것만은 분명한 것 같다.

3. 정유본 〈옥련몽〉의 위치

1) 작가 친필본과의 거리

앞서 간략히 말했듯이 정유본은 정제성이 떨어지는 이본이다. 내용에 오자가 꽤 많다. 필사자는 중간중간에 빠진 글자를 행간에 보충해 넣기도 하고 쓴 글자 위에 종이를 오려 붙여 교정하기도 했다. 때로는 붓으로 뭉뚱그려 지우고 옆에 새로 쓰거나 덧칠을 해서 고치기도 했다. 그럼에도 불구하고 여전히 자잘한 오류가 많이 남아 있다. 한 군데를 보면 다음과 같다.[31]

"슈삐 국가를 위ᄒᆞ야 현ᄌᆞ를 쳔거하니 <u>금일 딤의 형뎨 이갓치 담낙홈은</u> <u>슈삐의 공이라.</u> 그 갑홀 바를 아지 못ᄒᆞ거니와 금일 딤이 불속지긱으로 좌셕에 참녜홈은 슈삐의 ᄌᆞ부 보ᄂᆞᆫ ……." (무신 권25)

"슈씨 국가룰 위ᄒᆞ야 현ᄌᆞ를 쳔거하니 <u>금일 딤의 형뎨 이갓치 담낙홈은</u> <u>슈씨의 공이라.</u> 그 갑홀 바롤 아지못ᄒᆞ거니와 금일 딤이 불속지긱으로 좌셕에 참예홈은 슈씨의 ᄌᆞ부 보ᄂᆞᆫ ……." (박학 633)

"슈씨 국가를 위ᄒᆞ여 현ᄌᆞ를 쳔거하니 (▼) 금일 짐이 불속지긱으로 좌셕의 참에ᄒᆞᆫ 슈시의 ᄌᆞ부 보ᄂᆞᆫ……." (정유 권23)

31) 박학서원본 〈옥련몽〉의 경우는 인천대 민족문화연구소에서 편찬한 『구활자본 고소설전집』10(은하출판사, 1983)을 대본으로 사용하는데, 괄호 안에 해당 쪽수를 밝히고, 이해를 돕기 위해 인용문에 특정 부호를 사용한다. 이하 마찬가지이다.

정유본은 밑줄 부분이 **빠**졌는데, 정유본 필사자가 '금일'이라는 말이 반복됨에 따라 실수로 건너 뛰어 필사한 것이다. 이는 한글본을 대본으로 했을 때 쉽게 빚어지는 실수다. 이런 실수만 봐도 정유본은 남영로의 친필본이라 하기 어렵다. 이렇게 크고 작은 실수와 오류들을 면밀히 살펴보면,[32] 정유본 필사자는 그리 수준 높은 인물이 아님을 알 수 있을 뿐만 아니라, 정유본은 한문 〈옥련몽〉을 보고 '번역'한 이본이 아님도 알 수 있다.

〈옥련몽〉 후반부에 양 원수가 북방원정 후 북방 오랑캐들과 함께 사냥하는 대목이 나오는데, 이때 다른 이들이 양 원수를 "천신이 ᄒ강ᄒ미오"라고 평한다. 간단하고 분명한 문장이다. 모든 〈옥련몽〉 이본들이 동일하게 되어 있다. 그런데 정유본은 이 구절을 "천신이 호강ᄒ미오"라고 필사하고 있다. 이를 의식했는지 필사자는 '호'자를 둥글게 동그라미 치고 옆 행간에 'ᄒ'라고 써넣었다. 이 교정을 정유본 필사자가 한 것인지, 후대 다른 독서자가 한 것인지는 명확치 않지만, 분명한 것은 정유본 필사자는 결코 한문본을 대상으로 번역한 것이 아니라는 점이다. 한문 〈옥련몽〉의 이 단어는 '下降' 또는 '謫降' 정도였을 텐데, 이를 번역하면서 실수로 '호강'이라 하기는 어렵다. 이 정유본이 '호강'이라 된 것은, 앞선 다른 한글본에 'ᄒ강'이라고 된 것을 보고 베낄 때, 'ᄒ'자가 '호'자와 비슷하게 보여 실수로 필사한 것이고, 이 잘못을 나중에 깨달아 'ᄒ'라고 교정한 것이다.

또, 정유본에서 삼능발도와 싸우는 대목을 보면, "발되 밋쳐 피치 못ᄒ여 도치 씃희 뇌후을 마져 입으로 입으로 피을 흘니며 더욱 디로하여"라고 본문에 필사되어 있는데, 반복된 '입으로' 중에서 앞의 것에 동

---

32) 번잡하게 인용하지는 않지만 낙질인 두 책 전체에 걸쳐 두루 나타난다.

그라미를 표시하여 하나는 삭제해야 함을 지적하고 있다. 이 역시 한문본을 직접 번역하다가 생기는 실수가 아니라, 한글본을 필사하면서 일어난 실수다.

정유본은 1894년에 필사되었기에 결코 남영로(1810~1857)의 친필본일수는 없다.[33) 한문본을 직접 보고 베낀 이본이 아니라 한글본을 보고 베낀 이본이다. 수준이 높지 않은 필사자가 꽤 많은 실수를 저지르고 있다는 것을 생각하면, 작가 후기의 "언문으로 번역ᄒᆞ여 부인 녀ᄌᆞ와 여딕하쳔거지 다 보게 ᄒᆞ노라ⓑ"는 언급의 실체를 짐작해 볼 수 있다. 정유본은 한문 <옥련몽>을 번역해 만들어진 원 한글 <옥련몽> 원본을 보고 필사한 이본인데,[34) 오류와 실수가 잦은 정유본 필사자가 "언문으로 번역ᄒᆞ여 부인 녀ᄌᆞ와 여딕하쳔거지 다 보게 ᄒᆞ노라"는 구절까지 별다른 생각 없이 그대로 죽 베껴, 지금의 정유본과 같은 모습이 된 것이다.

2) 〈옥련몽〉, 〈옥루몽〉과의 거리

정유본의 내용과 체재를 보면 독특한 면이 있다. 정유본은 <옥련몽>임에도 불구하고 장회명과 장회가 나누어지는 지점, 그리고 서술 내용이 다른 <옥련몽>들과 같은 것이 아니라 오히려 <옥루몽>과 같다는 점이다.

---

33) '혹시 정유본이 남영로가 초벌 번역한 이본이나 연습본은 아닐까?' 하는 의문이 생길수도 있다. 하지만 그렇게 보기 힘들다. 남영로의 연습본이라면 앞서 보았듯이 작가후기로 끝나야지, 굳이 "丁酉五月二十日書于果洞精舍 新刊(②)"처럼 필사연도에 '新刊'이라는 말까지 쓰고, 거기에 "비록 변〃치 못하오나 보압시나니 과이 썩졍 마르시옵소셔(③)"같은 언급을 덧붙일 리 없다. 정유본의 필사자는 작가와는 전혀 다른 인물이다.

34) 원 한글 <옥련몽>과 정유본 사이에 다른 한글본이 더 끼어 있을 가능성이 분명 있다. 정유본이 낙질이 아니라 완질이라면 더 구체적인 추정이 가능하지만 현재로서는 더 이상의 무리한 추정은 의미가 없는 것 같다.

　남영로는 〈옥련몽〉을 창작한 후 그것을 바탕으로 다시 〈옥루몽〉을 창작했는데, 두 작품의 내용을 보면 대체로 비슷하지만 인물과 사건에 차이가 있다. 하지만 후반부, 특히 양장성의 북방원정 대목부터는 〈옥련몽〉이나 〈옥루몽〉은 자구나 어휘의 차이만 있을 뿐 동일하다. 아섭게도 낙질인 정유본은 바로 이 뒷부분만 남아 있다. 이 정유본의 내용과 장회가 나뉘는 것을 다른 〈옥련몽〉과 〈옥루몽〉의 장회가 나뉘는 것과 비교하면 다음과 같다.35)

〈옥련몽〉 무신본(1908)	〈옥련몽〉 박학서원본(1913)	〈옥련몽〉 정유본(1897)	〈옥루몽〉 규장각본(1906)
보쳡셔원슈인셩인 솔군쥬쳔직친부연	報捷時元帥因成姻 率郡主天子親赴宴	냥샹셔격구참동홍 손션싱동샹연가셔	양샹셔격구참동홍 손셩싱동샹연가셔
양샹셔격구참동홍 손션싱동샹영가셔	楊尙書擊毬斬董洪 孫先生東床迎佳婿		
셜듕미젼츈회옥낭 곽샹셔승취파쳥누	雪中梅餞春會玉郞 郭尙書乘醉破靑樓	셜즁미젼츈회옥낭 곽샹셔승취타쳥누	셜즁미젼츈희옥낭 곽샹셔승취타쳥누
빙낭듕슈구쳥누 양싱연듕삼장시	氷娘重修舊靑樓 楊生連中三章詩	냥싱연즁삼장시 텬직친졍북션우	양싱연즁삼장시 텬직친졍부션우
텬직븍등션우디 호왕솔종황졔렵	天子北登單于臺 胡王率從皇帝獵		옥누몽 이십사
회만왕텬즈스연 유옥누보살셜몽	會蠻王天子賜宴 遊玉樓菩薩設夢	회만왕쳔직사연 유옥누보살셜몽	회만왕텬지스연 유옥누보살셜몽

　위의 표는 내용에 따라 나뉘는 부분을 구분해서 정리한 것인데, 이를 보면 내용은 동일한데도 무신본 등과 정유본은 각기 다른 장회명을 매겼을 뿐만 아니라 그 위치 역시 다름을 알 수 있다. 하지만 그 다른 위치

---

35) 〈옥루몽〉은 善本인 규장각본을 대본으로 하고, 내용을 인용할 경우 ' : '로 권수와 쪽수를 구분해 표시한다.

와 장회명이 오히려 <옥루몽>과 동일한 것이다.36)

　<옥련몽>을 창작한 후 작가가 더 고민해서 <옥루몽>을 창작한 것일 테니 <옥련몽>과 <옥루몽>의 장회명이 다른 것은 어찌 보면 당연하다. 그런데 <옥련몽>인 정유본이 다른 <옥련몽>과 다르고, 오히려 <옥루몽>과 같은 것이다. 이처럼 장회명과 장회가 나뉘는 부분만이 아니라 본문 내용까지 그렇다. 정유본 <옥련몽>은 다른 <옥련몽>들보다는 <옥루몽>과 더 친연성을 보인다.

　정유본의 내용을 꼼꼼히 살펴보면, 정유본은 <옥련몽>보다는 <옥루몽>에 가깝다는 것을 확인할 수 있다. 이미 밝혀진 대로 현존 <옥련몽> 이본들의 내용은 근친(覲親) 유무를 제외하고는 큰 어휘적 차이 없이 대체로 동일하다.37) 그런데 정유본은 다른 <옥련몽>과 자잘한 어휘적 차이를 보이고 있다. 이렇게 다른 <옥련몽>끼리는 모두 같은데 정유본만 다르게 되어 있는 부분이 특정 대목을 지적할 필요도 없을 정도로 두루 나타난다.38) 더욱 이런 차이가 <옥루몽>의 내용과 동일하다는 점은 쉽게 간과할 수 없다.

---

36) 정유본의 "냥셩연즁삼장시 텬지친졍북션우"에 해당하는 장을 <옥루몽> 규장각본이 둘로 나누어 있는데, "옥누몽 이십사"라는 언급으로 장을 나눈 곳이다. 이 "옥누몽 이십사"는 장회명이 아니다. <옥루몽> 이본들에 대한 논의는 본고의 범위를 넘기는 하지만 간략히 말하면, 이 부분에서 "옥누몽 이십사"라며 장을 나눈 것은 규장각본과 선행대본 사이에서 발생한 문제로 빚어진 것이다. 기실 여기서 장회는 나뉘었지만 본문 내용은 변함없이 매끄럽게 이어진다.

37) <옥련몽>의 선본 계열로 분류되는 무신본, 나손정미본 등은 물론 박학서원본, 서강대본 모두 覲親 대목을 제외하고는 자구가 동일하다. 자세한 것은 유광수, 앞의 논문, 2007, 1~21쪽 참조.

38) 장효현은 정유본이 정유본의 13책의 뒷부분 즉, '회만왕쳔지사연 유옥누보살셜몽' 부분에서만 <옥련몽>에서 신문관본 <옥루몽>으로 바뀐다고 보았는데(장효현, 앞의 논문, 1981, 40~41쪽), 확인 결과 그렇지 않음이 밝혀졌다. 낙질로 남아 있는 정유본 전체가 모두 규장각본 <옥루몽>과 동일하다.

초왕이 쏘흔 답읍 왈 "ᄌᄒ지미우를 못 본 지 <u>칠팔 년</u>에 쳥춘공명이 문무를 겸젼ᄒ니 금일 상봉은 실노 의외라. 젹쟝이 임의 물너갓시니 <u>잠간 셩듕의 드러가 쉬미 엇더ᄒ뇨?</u>" 원쉬 응낙ᄒ고 한뇌 냥쟝ᄃ려 왈 "공 등은 왕셩의 드러가 <u>군듕을 진졍ᄒ고 샹흔 ᄃ를 됴셥ᄒ고 소울지를 단ﾉ이 가두어 두라.</u>" ᄒ고 초왕을 뫼셔 기ᄌ셩의 드러오니 초왕이 기용 스왈 "과인이 ……." …… 원쉬 ᄃ왈 "금일 도젹을 파함은 <u>우흐로 셩텬ᄌ의 위령소게오</u> 아리로 ᄃ왕의 홍복이시니 소지 엇지 승당ᄒ리잇고." (무신 권25)

초왕이 쏘흔 답읍ᄒ고 왈 "ᄌᄒ지미우를 못 본 지 <u>칠팔 년</u>에 쳥춘공명이 문무를 겸젼ᄒ니 금일 샹봉은 실노 의외라. 젹병이 임의 물너갓시니 <u>잠간 셩즁에 드러가 쉬미 엇더ᄒ뇨?</u>" 원쉬 응낙ᄒ고 한뇌 냥쟝다려 왈 "공 등은 왕셩에 드러가 <u>군즁을 진졍ᄒ고 샹흔 ᄃ를 됴셥ᄒ고 소울지놀 단단히 가</u>두어 두라." ᄒ고 초왕을 뫼셔 기ᄌ셩에 드러오니 초왕이 기용 스왈 "과인이 ……." …… 원쉬 ᄃ왈 "금일 도젹을 파ᄒᆷ은 <u>우으로 셩텬ᄌ의 위령소게</u>오 아리로 대왕의 홍복이시니 소지 엇지 승답ᄒ리잇고." (박학 623)

초왕이 쏘흔 답읍ᄒ고 왈 "ᄌ긔미우을 못본 지 <u>팔구 년</u>의 쳥춘공명문무를 겸젼ᄒ니 금일 상봉은 실노 의외라. 젹병이 임의 물너낫시니 <u>좀간 셩즁의 들어가미 조흘가 ᄒ노라.</u>" 원쉬 응낙ᄒ고 한뇌 냥쟝을 도라보아 왈 "공 등은 황셩39)의 드러가 <u>군즁을 진졍ᄒ고 소울지을 단ﾉ이 가두어두라.</u>" ᄒ고 초왕을 뫼셔 기자셩의 이르니 <u>초왕이 최셕을 난와 빈쥬지례로 ᄃ졉ᄒᆫ ᄃ 양원쉬 시양ᄒᆯ믈 마지 아니커놀,</u> 초왕이 기용 스왈 "과인이 ……." …… 원쉬 ᄃ왈 "금일 도젹을 파ᄒᆫ <u>젼ᄒ의 홍복이라.</u> 소지 엇지 승당ᄒ리잇고." (정유 권23)

초왕이 쏘한 답읍 왈 "원ᄌ지 미우를 못 본 지 <u>팔구 연</u>의 쳥춘공명이 문무를 겸젼ᄒ니 금일 샹봉은 실노 의외라. 젹병이 임의 퇴ᄒ여스니 <u>잠간 입셩ᄒ미 조흘ᄀ ᄒ노라.</u>" 원쉬 응락ᄒ고 한뇌 양쟝다려 왈 "공 등은 왕셩의 들어가 <u>군즁을 진졍ᄒ고 소울지을 단ﾉ이 가두어 두라.</u>" ᄒ고 초왕을 뫼셔 기ᄌ셩으로 일으니 <u>초왕이 뜻슬 난화 빈쥬지례로 ᄃ졉ᄒ니 원쉬 스</u>

---

39) '왕셩'의 오류이다.

양ᄒᆞᆯ 마지 아니커ᄂᆞᆯ 초왕이 긔용ᄉᆞ 왈 "과인이……." …… 원슈 ᄃᆡ왈 "금일 파격ᄒᆞᆷ은 <u>전하의 홍복이라</u>. 소지 엇지 승당ᄒᆞ리잇고." (<옥루몽> 규장각 13 : 64뒤~65앞)

ᄎᆞ셜 젹쟝 야션이 픠군을 슈습ᄒᆞ야 <u>일긔 도ᄉᆞ</u>로 더부러 천병 디젹ᄒᆞᆯ 방략을 의논ᄒᆞ더니 (무신 권25)

ᄎᆞ셜 젹쟝 야션이 픠군을 슈습ᄒᆞ야 <u>일긔 도ᄉᆞ</u>로 더부러 텬병 디젹ᄒᆞᆯ 방략을 의론ᄒᆞ더니 (박학 624)

ᄎᆞ셜 젹쟝 야션이 픠군을 슈습ᄒᆞ여 <u>청운도사</u>와 더부러 천병을 디젹ᄒᆞᆯ 방약을 의논ᄒᆞ더니 (정유 권23)

ᄎᆞ셜 젹쟝 야션이 픠군을 슈습ᄒᆞ여 <u>청운도인</u>과 천병 디젹헐 방약을 의논ᄒᆞ더니 (<옥루몽> 규장각 13 : 66앞)

"…… 우리 모친겨오셔 초년의 포박ᄒᆞ야 빅운도ᄉᆞ의게 <u>졔ᄌᆞ 노릇</u> ᄒᆞ셧다 ᄒᆞ오니 션셩은 즉 우리 모친의 <u>고위라</u> ……." (무신 권25)

"…… 우리 모친게오셔 초년에 표박ᄒᆞ야 빅운도ᄉᆞ에게 <u>뎨ᄌᆞ 노릇</u> ᄒᆞ셧다 ᄒᆞ니 션싱은 즉 우리 모친의 <u>고우라</u>. ……." (박학 625)

"…… 모친이 초연 표박ᄒᆞ여 빅운도ᄉᆞ를 <u>스계로 셤기시니</u> 션싱은 즉 모친의 <u>고인이라</u>. ……." (정유 권23)

"…… 모친이 초연 표박ᄒᆞ여 빅운도ᄉᆞ를 <u>스계로 셤기시니</u> 션싱은 곳 모친의 <u>고인이라</u>. ……." (<옥루몽> 규장각 13 : 68뒤~69앞)

연왕이 ᄃᆡ희ᄒᆞ야 슈일 후 등졍ᄒᆞᆯ시 텬지 금치단을 무슈히 부조ᄒᆞ시며 왈 "<u>ᄯᆞᆯ녀의 혼</u>시니 부조ᄒᆞᆯ 거시요 <u>닙공ᄒᆞᆫ 신ᄌᆞ의 셩녜ᄒᆞᆷ이니</u> ᄯᅩ 부조ᄒᆞᆯ 거시요 난셩후의 ᄌᆞ부 보는 ᄃᆡ ᄯᅩ 부조ᄒᆞᆯ 거시니 오히려 이 부조ᄒᆞᆷ이 경ᄒᆞ도다." 연왕이 ᄉᆞ야치 못ᄒᆞ니라. ᄎᆞ셜 양원슈 …… (무신 권25)

연왕이 ᄃᆡ희ᄒᆞ야 슈일 후 등졍ᄒᆞᆯ시 텬지 금빅치단을 무슈히 보조ᄒᆞ샤 왈 "<u>ᄯᆞᆯ녀의 혼</u>시니 부조ᄒᆞᆷ이오 <u>닙공ᄒᆞᆫ 신ᄌᆞ의 셩례니</u> ᄯᅩ 부조ᄒᆞᆷ이오 난셩후의 ᄌᆞ부 보ᄂᆞᆫᄃᆡ ᄯᅩ 부조ᄒᆞᄂᆞ 거시ᄂᆞ 오히려 부조ᄒᆞᆷ이 경ᄒᆞ도다." 연왕이

<u>스양치 못ᄒ니라.</u> ᄎ셜 양원쉬 …… (박학 630)

연왕이 딕희ᄒ야 슈일 후 등정홀시 금빅치단을 무슈이 부조ᄒ시니라. ᄎ셜 양원쉬 …… (정유 권23)

연왕이 딕희ᄒ여 수일 후 등정홀시 쳔지 금빅치단을 무슈이 부조ᄒ신이라. 챠셜 양원쉬 …… (〈옥루몽〉 규장각 13 : 76뒤)

그 민첩홈은 바름 갓고 <u>그 졍졔홈은 훤화홈이 업ᄉ니</u> 경긱지간의 슈륙이 구비ᄒ고 비반이 졍졔하야 무불판비한지라. (무신 권25)

그 민첩홈은 바람 갓치 <u>그 졍졔홈은 헌화홈이 업ᄉ니</u> 경각지간에 쥬뉵이 구비하고 비반이 졍졔ᄒ야 무비판비ᄒ 비라. (박학 632)

그 민첩ᄒᄆᆫ 바람 갓고 <u>졍졔ᄒᄆᆫ 털ᄭᆾ 갓트니</u> 경각지간의 슈육이 구비ᄒ고 비반이 졍졔하여 무불판비ᄒ지라. (정유 권23)

그 민첩ᄒᄆᆫ 바람 ᄀᆾ고 <u>그 졍졔ᄒᄆᆫ 터럭ᄭᆾ ᄀᆾ타여</u> 경각간의 슈육이 구비ᄒ고 비반이 졍졔ᄒ여 일호라도 미흡ᄒ미 업는지라. (〈옥루몽〉 규장각 13 : 80앞)

"…… 복원 폐하는 격구위를 파ᄒ샤 일월지명을 가리옴이 업게 ᄒ시고 <u>인ᄒ야 신의 망녕도이 텬위지쳑지젼에 인명 살ᄒᆡᆫ 죄롤 다스리샤 왕부의 ᄂᆞ리오샤 의률을 쳐단ᄒ소셔.</u>" (무신 권25)

"……복원 폐하는 격구위를 파ᄒ샤 일월지명을 가리옴이 업게 ᄒ시고 <u>인ᄒ야 신의 망녕도이 텬위지쳑지디에 인명을 살ᄒᆡᆫ 죄롤 다스리샤 왕부에 ᄂᆞ리샤 의률 쳐단ᄒ소셔.</u>" (박학 639)

"…… 복원 폐하는 격구위를 파ᄒᄉ 일월지명의 가리우미 업계 ᄒ소셔." (정유 권23)

"…… 복원 폐하는 격구위를 파ᄒᄉ 일월지명에 가리오미 업게 ᄒ쇼셔." (〈옥루몽〉 규장각 13 : 93뒤)

긔셩의 나히 십삼세라. 녜부상셔 <u>유공낭의 녀ᄋᆞ와 셩혼ᄒ니</u> 유소져의 유한졍 〃 홈과 ……. (무신 권26)

긔셩의 나히 십삼셰라. 례부샹셔 <u>유공낭의 녀ㅇ와 셩혼ㅎ니</u> 유소져의
유한뎡졍홈과 ……. (박학 653)

긔셩의 나히 십슘셰 되미 녜부샹셔 <u>뉴공낭의 뚤과 셩혼ㅎ니 셩의빅 뉴
그의 후라.</u> 뉴소져의 유흔졍 〃홈과 ……. (졍유 권24)

긔셩의 나히 십슘셰 되미 예부샹셔 <u>유공낭의 뚤과 셩혼ㅎ이 셩의빅 유
그의 후예라.</u> 뉴소져의 유한졍졍홈과 ……. (<옥루몽> 규장각 14 : 2앞)

' …… 뿔니 네 지방을 가져 항복하라. <u>그럿치 아닌즉 너 디군을 거나려
일으는 곳에 어육이 되리라.</u>' ㅎ여더라. 텬지 남필에 디로ㅎ샤 …… 텬지
듯지 아니시고 친졍홈을 결단ㅎ시니 <u>연왕이 쏘 상소ㅎ니</u> 기 소의 왈 "폐히
친졍코져 ㅎ실진디 신이 원컨디 폐하를 디신ㅎ야 한마지노를 사양치 아니
ㅎ리이다." ㅎ여더라. 상이 비답 왈 "경의 위국진츙지심은 딤이 깁히 감동
ㅎ나 딤의 뜻의 임의 결단ㅎ야시니 경은 과려치 말나." ㅎ시니 연왕이 홀
일업셔 여러 번 닷토지 못ㅎ니라. (무신 권27)

' …… 뿔니 네 지방을 가져 항복ㅎ라 <u>그럿치 아닌즉 너 대군을 거느려
이르는 곳에 어육이 되리라.</u>' ㅎ엿더라. 텬지 남필에 대로ㅎ샤 …… 텬지
듯디 안이시고 친졍홈을 결단ㅎ시니 <u>연왕이 쏘 상소ㅎ야</u> 왈 "폐히 친졍코
즈ㅎ실진디 신이 원컨디 폐하를 디신ㅎ야 한마지노를 스양치 아니ㅎ리이
다." ㅎ얏더라. 상이 비답 왈 "경의 위국진츙지심은 딤이 깁히 감동ㅎ나
딤의 뜻에 임의 결단ㅎ얏시니 경은 과렴치 말나" ㅎ시니 연왕이 할일업셔
여러 번 다토지 못ㅎ니라. (박학 700)

'…… 뿔니 네 지방을 가져 항복ㅎ라.' ㅎ엿더라. 천지 남필의 디로ㅎ스
…… 천지 듯지 아니시고 즈장 친졍ㅎ믈 결단ㅎ시니 연왕이 헐일업셔 여
러 번 다토지 못ㅎ니라. (졍유 권25)

'…… 뿔니 네 지방을 가져 항복ㅎ여 텬운을 어긔지 말나.' ㅎ엿더라. 텬
지 남필에 디로ㅎ샤 …… 텬지 불쳥ㅎ시고 친졍ㅎ시믈 결단ㅎ시니 연왕이
여러 번 닷토지 못ㅎ는지라. (<옥루몽> 규장각 14 : 60앞~뒤)

…… 일반 명쟝과 빅만 디군을 조발ㅎ야 힝군ㅎ실시 졍긔 폐공ㅎ고 고

각이 휘텬ᄒᆞ니 엄슉ᄒᆞᆫ 군령과 졍 〃 ᄒᆞᆫ 위의 텬지 진동ᄒᆞ고 일월이 광ᄎᆞ를 돕더라. <u>만됴빅관이 삼십니 밧게 나와 지송홀시 연왕이 다시 고왈 "흉노의 취산이 무졍ᄒᆞ오니 폐하는 십분 경젹지 마르시고 깁히 드러가지 마르소셔." 텬지 허락ᄒᆞ시니 연왕이 쏘 물너와 장셩을 불너 경계 왈 "네 임의 몸을 나라의 허하야시니 다만 일심진력ᄒᆞ야 십분 소루홈이 업게 ᄒᆞ라." 진삼 당부ᄒᆞ니 장셩이 부슈청명하더라.</u> 텬지 디군을 거ᄂᆞ려 지나는 곳마다 빅셩을 위로ᄒᆞ시며 (무신 권27)

…… 일반 명장과 빅만 디군을 조발ᄒᆞ야 힝군ᄒᆞ실 시 졍긔 폐공ᄒᆞ고 고각이 흔텬ᄒᆞ니 엄슉ᄒᆞᆫ 군령과 졍 〃 ᄒᆞᆫ 위의 텬디 진동ᄒᆞ고 일월이 광치 돕더라. <u>만됴빅관이 삼십니 밧게 나와 지송홀시 연왕이 다시 고왈 "흉노의 취산이 무뎡ᄒᆞ오니 폐하는 십분 경젹지 말으시고 깁히 드러가지 말으소셔." 텬지 허락ᄒᆞ시니 연왕이 쏘 물너와 창셩⁴⁰⁾을 불너 경계 왈 "네 임의 몸을 나라에 허ᄒᆞ얏시니 다만 일심진력하야 십분 소루홈이 업게 ᄒᆞ라." 진삼 당부하니 쟝셩이 부슈청명ᄒᆞ더라.</u> 텬지 대군을 거ᄂᆞ려 지ᄂᆞ는 곳마다 빅셩을 위로ᄒᆞ시며 (박학 701)

…… 일반 명장과 빅만 디군을 조발ᄒᆞ여 힝군ᄒᆞ실 시 졍긔 폐공ᄒᆞ고 〃각이 흔쳔ᄒᆞ니 엄슉ᄒᆞᆫ 군령과 졍 〃 ᄒᆞᆫ 위의 쳔디 진동ᄒᆞ고 일월이 광치를 돕드라. 쳔지 디군을 거ᄂᆞ리ᄉ 지ᄂᆞᆫ 곳마다 빅셩을 위로하시며 (정유 권25)

…… 일디 명장과 빅만 디군을 조발ᄒᆞ여 호 〃 탕 〃 이 힝군홀 시 졍긔는 폐공ᄒᆞ고 고각은 흔텬흔디 엄슉 군령과 졍졔흔 군용이 쳔디 진동ᄒᆞ고 일월이 징광이라. 소과디방에 텬지 빅셩을 위로ᄒᆞ시며 (<옥루몽> 규장각 14 : 60뒤)

"……<u>삼십 년 후 다시 와 옥황게 조회ᄒᆞ고</u> ……." …… 셜파의 셕장을 드러 공듕의 던지미 무지게 니러나며 흔 소리 벽녁에 난셩이 놀나 씨치니 <u>일쟝디몽이라.</u> 난셩이 몽ᄉᆞ를 의아ᄒᆞ야 …… (무신 권28)

"……<u>삼십 년 후 다시 와 옥황게 됴회ᄒᆞ고</u> ……." …… 셜파의 셕장을

---

40) '장셩'의 오자이다.

드러 공중에 던지미 무지기 니러나며 한 소리 벽녁에 난성이 놀나 씨치니 일장대몽이라. 난성이 몽사를 의아ᄒᆞ야 …… (박학 729)

"…… <u>사십 년 후</u> 다시 와 옥황게 됴회ᄒᆞ고 …….." …… 셜파의 셕장을 드러 공중의 더지미 무지기 이러ᄂᆞ며 ᄒᆞᆫ 쇼리 벽녁의 난성이 놀나 씨치니 <u>자긔 몸이 의구이 취봉누의 누엇더라.</u> 난성이 몽ᄉᆞ을 의아ᄒᆞ여 …… (정유 권26)

"…… <u>사십 년 후의</u> 다시 와 옥황뎨게 죠회ᄒᆞ고 …….." …… 셜파의 셕 장을 드러 공중의 더지미 치식 무지기 이러나며 홀연 벽녁 일성의 난성이 쌈작 놀나 씨니 <u>즈긔의 몸이 취봉누 셔안 압희 의구이 누엇ᄂᆞᆫ지라.</u> 난성이 몽ᄉᆞ를 의아ᄒᆞ여 …… (<옥루몽> 규장각 14 : 88뒤~89앞)

번다하게 인용했지만 정유본의 처음부터 끝부분까지 살펴보면 모두 위와 같은 결과이다. 즉, 정유본은 <옥련몽>과 같은 것이 아니라 <옥루 몽>과 같다.[41]

이렇게 보면 정유본 <옥련몽>은 <옥련몽>이 아니라 꼭 <옥루몽> 의 한 이본처럼 보이기까지 한다. 실제로 표제가 '옥련몽'이지만 <옥루 몽>일 가능성도 없지는 않다. 더욱 정유본 필사자처럼 수준이 높지 않 고 부주의한 인물일 경우 그럴 가능성이 더 있다.

하지만 정유본은 <옥련몽>이 분명하다. 서사의 차이가 분명한 앞부 분이 없는 낙질이라 한눈에 분별되지는 않지만, 현재 남아 있는 부분만 가지고도 정유본이 <옥련몽>이라는 사실은 명확히 알 수 있다.

초옥공주의 모친인 <옥련몽>의 '옥귀비'가 <옥루몽>에서는 '괵귀비' 로 바뀌고, <옥련몽>에서 악인인 '석형'이 동홍을 끌어 들이는데 <옥루

---

41) 본문에는 <옥루몽>이 善本인 규장각본만 인용해 보였지만, 다른 이본인 신문관본 역시 같은 어휘와 구절로 되어 있다. <옥루몽> 이본들의 정치한 이본 분석은 본고의 대상이 아니지만, 현재까지 필자가 검토한 <옥루몽> 이본들은 모두 위에 대표해서 인용한 규장각본과 조사 등의 자잘한 차이를 보일 뿐 내용은 같다.

몽>에서는 '노균'이 동홍을 끌어 들인다. 이 인물들은 후반부에서도 확인할 수 있는 인물들인데, 정유본은 '옥귀비', '석형'으로 분명하게 서사화되어 있다.

또, <옥련몽>에서는 벽성선의 시비인 '소청'이 시집가지 않고 작품 끝까지 벽성선을 모시는데, <옥루몽>에서는 후반부에 시집을 가기 때문에 벽성선을 모시지 못한다. 그래서 <옥루몽>에서는 시비(侍婢)가 모시는 것으로 되어 있다. 정유본은 여느 <옥련몽>들과 같이 '소청'이 시집가지 않고 모시는 것으로 되어 있다.

> "…… 낭이 친히 간검하야 부디 지가지일보다 더 조심하게 하라." 선낭이 슈명하고 <u>소청 즈연과</u> 일힝을 거느려 티야를 뫼셔 등졍홀시 (무신 권26)
>
> "…… 낭이 친이 간검하야 부디 지가지일보다 더 조심하게 하라." 선낭이 슈명하고 <u>소청 즈연과</u> 일힝을 거느려 티야롤 뫼셔 등졍홀시 (박학 657)
>
> "…… 낭이 가음 알아 부디 지가지일의 더하게 하라." 슉인이 슈명하고 <u>소청 즈연과</u> 일힝을 거나려 티메42)을 뫼셔 등졍홀시 (정유 권24)
>
> "…… 낭이 가음 알아 부디 지가지일보다 더하게 하라." 슉인이 승명하고 일힝을 거나려 티야을 뫼셔 등졍홀시 (<옥루몽> 규장각 14:8뒤)
>
> " …… 가듕의 술을 두미 업노라." 하고 <u>소청을</u> 불너 왈 (무신 권27)
> " …… 가즁에 둠이 업노라." 하고 <u>소청을</u> 불너 왈 (박학 681)
> " …… 가즁의 두미 업노라." 하고 <u>쇼쳥을</u> 불너 왈 (정유 권25)
> " …… 가즁의 두미 업다." 하고 <u>소비</u>를 불너 왈
>
> (<옥루몽> 규장각 14:40앞)

---

42) 필사시 오류로 보인다. '태야'가 되어야 옳다.

이런 점은 정유본이 <옥련몽>이라는 점을 분명히 알게 할 뿐만 아니라, 정유본이 <옥루몽>을 대본으로 베낀 것이 아니라는 것까지 알게 한다.

정유본과 <옥루몽>을 비교하면, 정유본이 <옥루몽>보다 더 간략하게 되어 있는 부분도 있고, 그 반대의 경우도 있다. 둘이 전혀 다르게 서술된 부분도 있다.[43] 결국, 정유본은 <옥련몽>으로 <옥련몽>의 서사를, 규장각본은 <옥루몽>으로 <옥루몽>의 서사를 따르고 있음이 분명하다.

이상의 검토를 통해 정유본은 <옥련몽>임이 분명하지만, 무신본을 비롯한 여타 <옥련몽>보다는 <옥루몽>과 더 친연성이 높은 이본임을 알 수 있다.[44]

4. 원작 표기문자와 창작 상황

지금까지 정유본 <옥련몽>에 대해 몇 가지 중요한 점을 알아냈다. 정유본은 작가 남영로가 죽은 지 40년만인 1897년에 필사되었다는 것과, 한문 <옥련몽>이 아닌 한글 <옥련몽>을 보고 필사했다는 것, 자잘한 오류가 있는 등 정제성이 떨어진다는 것, 필사자의 수준이 그리 높지 않아 작가 후기에 "언문으로 번역ᄒᆞ여"라는 구절까지 그대로 필사했다

---

43) 번다해서 구체적인 인용은 생략한다.
44) 첨언하면, 당연한 말이지만 정유본은 <옥련몽>이기에 <옥루몽>의 작가 후기와는 다르다. 당연히 정유본의 작가 후기는 다른 <옥련몽>의 작가 후기와 똑같다. 다만 앞서 논했듯이 "필묵을 밋더 착ᄒᆞᆫ 말을 효측하고 악ᄒᆞᆫ 말을 증계ᄒᆞᆷ믄 픠관소셜이 쏘ᄒᆞᆫ 고금 소칙의 다지 아닌지라(ⓐ). 그러헌 고로 언문으로 번역ᄒᆞ여 부인 녀ᄌᆞ와 여ᄃᆞ 하쳔거지 다 보게 ᄒᆞ노라(ⓑ)."는 부분만 다를 뿐이다.

는 것, 〈옥련몽〉임은 분명하지만 체제와 내용상 현존하는 다수의 〈옥
련몽〉보다는 오히려 〈옥루몽〉과 가깝다는 것 등이다.

이런 검토를 고려해 추론하면 몇 가지 중요한 결과가 도출된다.

첫째, 현재는 남아 있지 않지만 정유본의 모본이었을 원 한글 〈옥련
몽〉은 남영로 원작인 한문 〈옥련몽〉을 직접 번역한 이본이라는 점이
다. 이는 정유본 작가 후기에 "언문으로 번역ᄒᆞ여"라는 구절과, 정유본
이 현존하는 〈옥루몽〉과 친연성이 높다는 점이 뒷받침한다. 작가는
〈옥련몽〉을 창작한 후 이를 수정해 〈옥루몽〉을 창작했는데, 이는 원
본 〈옥루몽〉은 원본 〈옥련몽〉을 바탕으로 창작되었다는 것을 뜻한다.
그런데 정유본이 현존 〈옥루몽〉과 친연성이 높다는 것이 밝혀졌다. 결
국 이것은 정유본의 모본이었을 원 한글 〈옥련몽〉이 〈옥루몽〉이 창작
될 당시의 텍스트라는 점을 시사한다.

둘째, 다수를 점하는 다른 〈옥련몽〉 이본들과 정유본은 계통이 다르
며, 정유본이 더 원 한글 〈옥련몽〉에 가깝다는 점이다. 이는 정유본이
1897년에 필사되었다는 점 때문만이 아니라, 작가 후기에 "언문으로 번
역ᄒᆞ여"라는 구절을 있는데, 다른 이본들은 이를 삭제하고 내용을 고쳐
서 부연하고 있기 때문이다. 즉, 원 한글 〈옥련몽〉을 그대로 베낀 정유
본과 달리 다른 이본들은 조금 더 거리를 둔 이본들인 것이다.

셋째, 정유본이 다른 〈옥련몽〉 이본들과 자잘한 어휘 측면에서 모두
다른데, 그렇게 차이나는 부분이 〈옥루몽〉과 같다는 것은 결국, 정유본
의 모본인 원 한글 〈옥련몽〉과 한글 〈옥루몽〉이 매우 밀접한 관계라
는 것을 의미한다. 이것은 현존 한글 〈옥루몽〉의 원류였을 원본 〈옥루
몽〉 역시 원 한글 〈옥련몽〉과 밀접하다는 뜻이며, 이것은 결국 한글
〈옥련몽〉과 한글 〈옥루몽〉 사이에 한문 〈옥루몽〉이 끼어들 여지가
없다는 것을 말해준다.

다시 말하면, 기존 학계의 통설처럼 한문 <옥루몽>이 존재하고 이를 번역해 한글 <옥루몽>이 만들어졌다고 한다면 결코 현존 한글 <옥루몽>의 구절들과 정유본의 구절들이 이토록 일치할 수는 없다. 왜냐하면 한문 <옥련몽>을 번역한 결과인 한글 <옥련몽>과 한문 <옥루몽>을 번역한 결과인 한글 <옥루몽>이 이토록 동일하게 번역된다는 것은 어렵다기보다는 거의 불가능에 가까운 일이고, 또 작가가 굳이 그렇게 번역해야 할 필요성도 없기 때문이다. 기실 한문 <옥련몽>을 한글 <옥련몽>으로 번역한 이유가 작가 후기의 언급처럼 "부인 녀ᄌ와 여디하천 거지 다 보게 ᄒ"려는 것이었는데, <옥련몽>을 <옥루몽>으로 창작하면서, 굳이 한문 <옥루몽>으로 창작하고 그것을 다시 한글 <옥루몽>으로 번역하는 번잡한 작업을 할 필요성이 있었을지도 의문이다. 현재 남아 있는 이본들의 상황을 보면, 원 한글 <옥련몽>을 대상으로 작가 남영로가 한글 <옥루몽>을 창작했다고 보아야 온당하다.45)

지금까지는 <옥루몽> 역시 한문으로 창작한 후 한글로 번역했을 것으로 여겼다.46) 이는 구체적인 이본 상황을 통한 논증이 아니라 작품의 전반적인 내용의 측면과 주변 정황 등을 통한 방증의 성격이 강했다.47) 그래서 한글원작설이 제기되기도 했지만 설득력이 부족했고, <옥련몽>

---

45) 물론 현존하는 한글 <옥루몽>의 구절들과 다른, 漢文 <玉樓夢>을 번역한 다른 계통의 한글 <옥루몽> 이본들이 존재할 수 있다는 점을 완전히 배제하지는 못한다. 하지만 현재까지 필자가 검토한 <옥루몽> 이본들은 규장각본, 신문관본 등을 비롯해 모두 동일한 구절들을 지니고 있다.

46) 원작 표기에 대한 그동안의 연구사에 대해서는 유광수, 앞의 논문, 2005, 10~13쪽 참조.

47) 이를테면, 국문시가가 삽입되었다는 것에 대한 논쟁이나, 1918년 德興書林에서 간행한 <유충렬전> 뒷장 겉표지에 한문현토본 <옥루몽>을 광고하는 문안이 "諺文 刊行만 有ᄒ고 漢文譯이 無흔 거슬 四海 僉位 文學 愛好家의 遺憾이 積滯ᄒ얏기 本書林의셔 … 字字히 漢文으로 譯述 校正ᄒ야 今始 發刊"한다고 나와 있는 것과 같은 것을 둘러싼 논쟁이 그것이다.

과 〈옥루몽〉의 상황을 구분하지 않아 〈옥련몽〉까지 한글 원작으로 보는 등 내적인 문제를 안고 있었다.[48]

현재로서 분명하게 남아 있는 실증적 자료들을 통해 얻은 결과는, 지금까지는 한문 〈옥련몽〉을 창작했다는 것과 그것을 번역한 한글 〈옥련몽〉이 있었다는 것뿐이다. 한문 〈옥루몽〉의 존재에 대한 명확한 실증 자료는 없다.[49] 오히려 한문현토활판본의 광고 문안의 언급처럼 '한문본이 없기에 한글본을 두고 한문으로 번역했다'[50]는 언급만 있을 뿐이다.[51] 그런데 본고의 검토 대상인 정유본을 통해 원 한글 〈옥련몽〉에서 한글 〈옥루몽〉으로 창작했을 가능성이 드러난 것이다.

결국 〈옥련몽〉과 〈옥루몽〉의 창작, 번역, 창작의 과정은 "한문 〈옥련몽〉 → 한글 〈옥련몽〉 → 한글 〈옥루몽〉"이 옳은 것 같다.

이상을 정리하면 다음과 같다.

---

48) 한글원작설은 성현경의 주장(성현경, 앞의 논문, 1968, 97~114쪽)인데, 일면 타당한 논거들을 들고 있으나, 차용주(차용주, 앞의 책, 1981, 33~54쪽), 장효현(장효현, 앞의 논문, 1981, 82~104쪽) 등의 논박에 의해 부정된 것은 〈옥련몽〉과 〈옥루몽〉의 관계를 나누어 살펴보지 않았기 때문이다. 그래서 〈옥련몽〉까지 '한글로 창작되었다'는 주장을 편 것이다. 한문원작설의 주장처럼 한문본이 아니면 나타날 수 없는 것들은 漢文 〈玉蓮夢〉에서부터 기인한 요소들이고, 한글본이 아니면 존재하기 힘든 요소들은 한글 〈옥련몽〉으로 번역되고 한글 〈옥루몽〉으로 창작되면서 나타난 것들이라 보아야 할 것이다.

49) 구술이긴 하지만 漢文 〈玉蓮夢〉을 보았다는 주장이 있었다(차용주, 앞의 논문, 1967, 37~46쪽). 이 역시 '〈玉蓮夢〉'이지 '〈玉樓夢〉'이 아니었다. 漢文 〈玉樓夢〉의 실체는 실물이든 구술이든 확인된 바가 없다.

50) 물론 이것은 원작이 한문본이 아니라 한글본이라는 의미의 명확한 증거가 될 수는 없다. 그 언급의 신빙성도 문제 삼을 수 있겠지만, 무엇보다 원본 漢文本이 한문현토활판본을 출간하던 당시에는 없었다는 것으로 풀이될 수도 있기 때문이다.

51) 성현경, 「夢字小說研究」, 『韓國小說의 構造와 實相』, 영남대학교 출판부, 190~202쪽 참조.

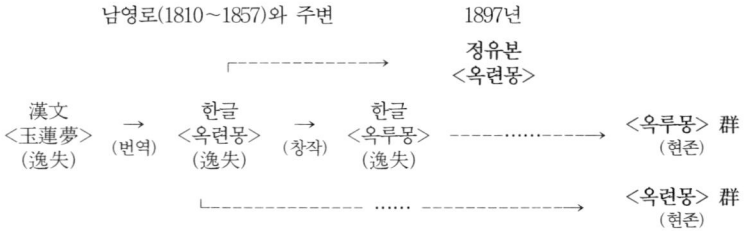

5. 결론

본고에서는 이화여자대학교 도서관에 소장된 정유본 <옥련몽>(한글 필사, 1987)을 여러 측면에서 검토했다. 이를 통해 밝혀진 결과들로 작가 남영로가 <옥련몽>과 <옥루몽>을 창작한 정황을 짐작할 수 있었다.

기존 연구에서 밝혀진 것처럼 남영로는 한문으로 <옥련몽>을 창작 했고, <옥련몽>을 창작한 후, 다시 <옥루몽>을 창작했다는 것은 알고 있다. 현재까지 우리가 분명하게 알지 못한 것은 그 두 작품의 연결 고 리와 그 관련 양상이었다. 그런데 본고의 논의를 통해 그 상황이 어느 정도 드러나게 되었다.

남영로는 한문 <옥련몽>을 창작했고, 그것을 번역해 한글 <옥련몽> 을 만들었고, 다시 남영로는 한글 <옥련몽>을 바탕으로 한글 <옥루 몽>을 창작한 것이다. 즉, <옥련몽>의 원작 표기는 '한문'이지만, <옥 루몽>의 원작 표기는 '한글'이었던 것이다.

이본 연구는 잠정적 결론에 그칠 수밖에 없는 태생적 한계를 지니고 있다. 자료가 없다면 더 이상 진행하기 어렵다. 또한 진실을 밝힐 자료 가 인멸된 경우도 없지 않을 것이다. 본고의 논의는 다행히도 정유본

<옥련몽>이 남아 있기에 가능했다.

앞으로 정유본이 필사된 1897년보다 앞서는 새로운 이본이 발굴되거나, 정유본과 같은 계열로 보이는 이본이 찾아진다면 연구에 새로운 활력이 생길 것이고, 또 <옥루몽> 이본들을 폭 넓게 비교·대조하고 작가 창작 상황에 대한 주변 상황을 더 면밀히 탐색한다면, 본고의 결과가 더 분명해질 것이다.

아울러 무신본을 비롯한 다수의 <옥련몽> 이본들의 계통이 존재하게 된 이유와 정유본과 다른 형태가 된 이유, 정유본의 모본이었을 원한글 <옥련몽>이 사라지고 무신본 계열이 <옥련몽>의 주류가 된 이유 등에 대해서도 면밀한 탐색이 필요하다. 지금으로서는 남영로와 그 친지 등에 의해 이루어진 상황을 어렴풋이 짐작할 따름이다. 구체적인 증거가 찾아진다면 한문 <옥련몽> 창작 이후 벌어진 번역, 유포, 전승 등에 누가 주체적으로 어떤 역할을 했는지를 알 수 있을 것이다. 그렇다면 19세기 소설 창작 방식과 전승 방식에 대해 더 많은 것들을 알게 될 것으로 보인다.

이런 과제들을 향후 연구의 방향으로 삼는다.

세책 〈옥루몽〉 동양문고본에 대하여

1. 서론

세책본 고소설은 값을 주고 빌려 보는 텍스트였다. 세책본을 구비한 업자는 텍스트를 문학 작품이라는 입장보다는 경제적 이득을 취할 상품이라는 입장에서 접근했고[1] 경제적 이득을 위해 텍스트 선정과 필사과정은 물론, 그 결과로 만들어진 세책본 텍스트 내용에도 신경 썼다. 세책본은 주로 필사본으로 유통되었기에[2] 텍스트를 제작할 때 생각만 있다면 쉽게 바꿀 수 있었다. 세책본 텍스트들이 다른 필사본 고소설들과 조금씩 다른 내용을 지니고 있는 것은 필사라는 상대적으로 편한 방식과 경제적 이득을 위해 시장에서 호응 받을 만한 내용으로 바꾸려는 의도가 반영되었기 때문이다. 모든 세책본을 면밀히 살펴보지는 못했지만, 대강의 세책본 고소설들을 살펴본 바로는 적어도 문맥을 세련되게 다듬

---

[1] 세책본의 경우 같은 내용이어도 많이 빌려 줄 수 있도록 여러 권으로 나눠서 구비한 것이 그 한 예이다.

[2] 주로 필사본이지만 목판본과 구활자본도 있었다. 목판본 세책에 대해서는 이윤석, 「『임경업전』 목판본 49장본에 대하여」, 『열상고전연구』28, 열상고전연구회, 2008, 355~381쪽 참조. 구활자본 세책에 대해서는 안춘근, 「韓國貰冊業變遷考」, 『서지학』6, 한국서지학회, 1974, 73~84쪽 ; 유춘동, 「20세기 초 구활자본 고소설의 세책 유통에 대한 연구」, 『장서각』15, 2006, 171~188쪽 참조.

으려는 노력 이상의 의도가 있음을 확인했다.[3] 본고는 이런 지속적인
연구의 한 부분이다.

고소설 연구에서 세책본에 대한 연구는 다른 분야에 비해 상대적으
로 관심이 적었는데[4] 최근에 연구가 집중되면서 세책업소의 위치와 세
책장부의 존재, 세책본으로 유통되었던 고소설의 현황 등이 구체적으로
밝혀지고[5] 세책본 고소설의 원천이 밝혀지는[6] 등 연구가 활발해지고

---

3) 현재까지 필자가 분명하게 확인한 것은 <적성의전>인데, 세책본 텍스트는 다른 필사
   본이나 판각본과는 구분되는 의도성이 개재되어 제작되었다. 유광수, 「세책본 고소설
   의 성립 연원과 제작 방식에 대하여-향목동 세책본 <적성의전>(1915)을 중심으로」,
   『고소설연구』29, 한국고소설학회, 2010, 443~474쪽 참조.
4) 이른 시기의 주요 연구는 다음과 같다. 안춘근, 앞의 논문, 1974, 73~84쪽 ; 김동욱,
   「李朝小說의 作者와 讀者에 對하여」, 『장암지헌영선생화갑기념논총』, 1971, 43~83
   쪽 ; 大谷森繁, 『朝鮮後期 小說讀者 硏究』, 민족문화연구소, 1985, 75~83, 103~
   115쪽 ; 大谷森繁, 「朝鮮 後期의 貰冊 再論」, 『韓國古小說史의 視覺』, 국학자료원,
   1996, 147~165쪽.
5) 이윤석·大谷森繁·정명기 편저, 『貰冊 古小說 硏究』, 혜안, 2003, 21~392쪽 ; 정
   명기, 「세책본소설의 유통양상-동양문고 소장 세책본소설에 나타난 세책장부를 중심
   으로」, 『고소설연구』16, 한국고소설학회, 2003, 71~99쪽 ; 정병설, 「세책 소설 연구의
   쟁점과 방향」, 『국문학연구』10, 국문학회, 2003, 27~57쪽 ; 마이클 김, 「서양인들이
   본 조선후기와 일제초기 출판문화의 모습」, 『열상고전연구』19, 열상고전연구회, 2004,
   173~198쪽 ; 정병설, 「일본 교토대학 소장 새자료 소개」, 『문헌과 해석』28, 2004 가
   을, 216~227쪽 ; 정명기, 「세책본소설에 대한 새 자료의 성격 연구-『諺文厚生錄』소
   재 목록을 중심으로」, 『고소설연구』19, 한국고소설학회, 2005, 227~254쪽 ; 정병설,
   「조선후기 한글소설의 성장과 유통-세책과 방각을 중심으로」, 『진단학보』100, 진단학
   회, 2005, 263~296쪽 ; 전상욱, 「세책 대출장부 연구1」, 『열상고전연구』27, 열상고전
   연구회, 2008, 361~391쪽 ; 전상욱, 「세책 대출자의 특성에 대한 연구-동양문고본 대
   출장부를 중심으로」, 『고소설연구』26, 한국고소설학회, 2008, 239~274쪽.
6) 이윤석, 「구활자본 고소설의 변이양상」, 이윤석·정명기, 『구활자본 야담의 변이양상
   연구』, 보고사, 2001, 104~171쪽 ; 주형예, 「향목동본『현수문전』의 서사적 특징과
   의미」, 이윤석·大谷森繁·정명기 편저, 앞의 책, 2003, 207~245쪽 ; 김경숙, 「동양문
   고본 『남정팔난기』연구」, 『열상고전연구』20, 열상고전연구회, 2004, 29~66쪽 ; 유춘
   동, 「세책본 <금령전>의 텍스트 위상 연구」, 『열상고전연구』20, 열상고전연구회,
   2004, 99~121쪽 ; 이윤석, 「『금방울전』, 활판본 원고에 대하여」, 『열상고전연구』26,
   열상고전연구회, 2007, 373~401쪽 ; 유광수, 앞의 논문, 2010, 443~474쪽 참조.

있다. 하지만 세책본 고소설의 연원과 제작 방식에 대해서는 더 심도
있는 연구가 필요한 것 같다. 세책본 고소설 작품이 다양한 만큼 각각의
세책본 고소설의 연원과 제작 방식 역시 다양했을 것이다. 확인한 몇
작품의 제작 방식을 통해 일률적으로 모든 작품의 제작이 그러했을 것
으로 추정하는 것은 온당치 않다. 세책본이 있는 각 작품마다 면밀히
검토해야 할 이유가 이 때문이다. 이는 하나하나의 텍스트를 일일이 비
교하고 대조하는 길고도 지난한 과정이긴 하지만, 그래야 세책본 텍스
트의 실상이 제대로 드러날 것이다.

본고에서는 <옥루몽> 세책본에 주목하고자 한다. 19세기 창작된 <옥
루몽>은 내용 측면에서 볼 때 충분히 시장에서 경쟁력 있는 상품이 될
만했는데, 현재는 일본 동양문고에 한 종이 남아 있다.7) 본고는 이 동양문
고본 <옥루몽>을 대상으로 그 현황을 파악하고, 동양문고본과 같은 계열
에 속하는 축약본 계열 텍스트들과의 관계를 검토한 후, <옥루몽>, <옥
련몽>과 면밀히 비교 대조하여 동양문고본의 위치를 밝혀 보도록 하겠
다. 이를 통해 동양문고본의 상황이 밝혀짐과 함께 세책본 고소설 중
<옥루몽>의 제작 방식과 의미를 가늠하게 될 것이다.

2. 동양문고본의 상황

1) 서지와 현황

현재 일본 동양문고에 소장되어 있는 <옥루몽>은 30권 30책으로 되
어 있는 완질 한글 필사본이다.8) 매권은 30장 내외, 매 쪽 11줄, 13~16

---

7) 물론 이 동양문고본 세책 외에도 다른 세책본 <옥루몽>이 있었을 것으로 추정되지
만 아직까지는 분명하게 확인된 것은 없다.

자 정도로 필사되어 있다. 매 권 말미에 "셰무신ㅅ월일"이라는 필사기
가 있어 1908년에 필사되었다는 것과, 형태상 서울 지역에서 세책으로
빌려주던 것임을 알 수 있다.

　서울이라는 중심 도시에서 널리 유통되던 세책이라는 점을 생각하면
동양문고본은 의미 있는 이본이기는 하지만, 여러 측면으로 보아 선본
이라 하기는 어렵다. 장회가 있는 소설의 경우, 어느 이본이나 첫 회 정
도는 장회명이 있기 마련이다. 그런데 동양문고본은 첫 회부터 장회명
이 없고 '옥누몽 권지일'이란 권수제만 있고, 이어 2회에 해당하는 '허부
인츈유옥년봉 양공ㅈ노봉녹님긱'은 있지만 다시 장회명이 없다. 이렇게
장회명이 있고 없고를 반복하는 식으로 고르지 않게 되어 있고, 또 장회
가 나누어지는 부분도 〈옥루몽〉의 원래 서사와[9] 상관없이 제각각이다.
장회명이 인멸된 것은 동양문고본의 선행 이본의 문제였는지 동양문고
본 필사 때의 문제인지는 확실치 않으나, 장회명과 내용이 일치하지 않
는 것은 세책업자가 이득을 취하려는 목적으로 매권을 의도적으로 30장
내외로 맞춰 꾸몄기 때문이다. 이렇게 형태적 측면만 놓고 볼 때, 동양
문고본이 30권 30책인 것은 실제 〈옥루몽〉과는 상관없는, 세책업자의
의도 때문이라 하겠다.

---

8) 국내에는 이윤석 교수가 촬영한 사진 자료로 들여왔다. 현대역으로 풀이하고 활자화
　한 원문을 붙여 출간한 바가 있는데(이윤석·최우영 교주, 『옥루몽 Ⅰ, Ⅱ』, 경인문화
　사, 2006), 본고에서는 원본의 상황을 직접 보기 위해 이윤석 교수가 촬영한 사진 자료
　를 대상으로 한다.
9) 본고에서 〈옥루몽〉, 〈옥련몽〉의 '원 서사'라고 부르는 것은 해당 작품의 善本 텍스
　트를 기준으로 여타 다른 필사본들을 참고한 것을 기준으로 말한다. 〈옥루몽〉의 선
　본은 규장각본(한글필사, 1906)이고, 〈옥련몽〉의 선본은 무신본(한글필사, 1908~
　1909)이다. 자세한 것은 유광수, 「〈옥루몽〉 연구」, 연세대학교 박사논문, 2005, 22~
　29쪽 ; 유광수, 「〈옥련몽〉 이본과 善本 계열 추정」, 『동양학』42, 단국대학교 동양학
　연구소, 2007, 1~21쪽 참조

사실, 많은 권으로 나눠야 권마다 빌려 줄 수 있는 세책의 경제성 때
문에 30권일 뿐이지, 내용을 살펴보면 원 <옥루몽>보다 반 정도 적은
양이다. 선본(善本)인 규장각본이나 신문관본, 한문현토본 등과 비교하
면 이를 확연히 알 수 있는데, 군데군데 다른 대목이 있어 그렇기도 하
지만, 분량이 이렇듯 줄어든 이유는 후반부의 서사가 사라지고 없기 때
문이다.

<옥루몽>을 화소 위주로 보면, 가정에서 이루어지는 사건들과 당쟁
이나 전쟁 같이 국가적 차원에서 이루어지는 사건들이 긴밀하게 연결되
어 있고, 서사의 흐름으로 보면 그 두 줄기 사건들이 양창곡이 중심이
되어 진행되다가 2세들을 낳은 후에는 그들이 중심이 되어 진행된다.
그래서 편의상 양창곡이 중심이 되는 앞을 전반부, 자식들이 전면에 나
서는 뒤를 후반부로 나누고, 가정사와 국가사가 혼란에 빠졌다가 안정
되는 국면까지 고려해, <옥루몽> 서사를 순차적으로 정리하면 다음과
같이 크게 세 부분이 된다.10)

<전반1>
① 국가/가정-양창곡의 성장과 정계진출
② 국가-남만 정벌 출정
③ 가정-1차 처첩 갈등, 벽성선 집안에 유폐
④ 국가-남만 정벌 완료, 홍도국 정벌 출정 지시
⑤ 가정-2차 처첩 갈등, 벽성선 출부
⑥ 국가-홍도국 정벌 완료, 귀국
⑦ 국가/가정-논공행상, 치가,
<전반2>
⑧ 국가/가정-동홍 발호, 연왕 유배, 벽성선 풍간

---

10) <옥루몽>의 구조와 의미에 대해서는 유광수, 앞의 논문, 2005, 266~299쪽 참조.

⑨ 국가-흉노 침입, 연왕 복귀, 흉노 패퇴, 황제 북방 친정
⑩ 가정-황제 선랑 신원, 황 부인 출부, 벽성선 복귀, 황 부인 회과
⑪ 국가/가정-상춘원 꽃놀이, 풍류진, 대연(大宴)

〈후반〉

⑫ 국가/가정-우뢰지변, 취성동 은거
⑬ 국가-진왕과 풍류
⑭ 가정-2세들 진출
⑮ 국가-남만의 발호, 양장성 1차 출전
⑯ 가정-2세들 결연과 풍류
⑰ 국가-황제 북방 친정, 양장성 2차 출전
⑱ 국가/가정-대연(大宴)과 풍류

  동양문고본은 이 중에서 후반부(⑫~⑱)가 없다. 마구잡이로 잘려나간 것이 아니라 자체적으로 다른 종결을 맺으려고 나름의 마무리를 꾀하고 있다. 그래서 내용상 후반부로 이어지는 '전반2'부분부터 차이가 난다. 다음 항에서 자세히 살펴보겠지만, 후반부로 이어지는 서사의 단초가 되는 내용들인 ⑨와 ⑩의 내용이 변개되고 ⑪에서 국가에 관련된 사항을 삭제하면서 이야기를 맺었다.
  이렇게 동양문고본은 〈옥루몽〉의 다른 이본들과 내용이 크게 차이나는 이본인데, 여기서 몇 가지 분명히 할 것이 있다.
  먼저 동양문고본처럼 후반부가 없는 것이 원 〈옥루몽〉인지 아닌지에 대한 판단이다. 물론 1908년에 필사된 현재의 동양문고본이 작가 남영로(南永魯 : 1810~1857)의 원본일 수는 없지만, 동양문고본이 대상으로 했던 선행이본이 작가 원본일 가능성도 있기 때문이다. 다시 말해 지금 남아 있는 동양문고본의 체재와 내용처럼 작가 남영로가 창작했을 가능성을 완전히 배제할 수는 없다. 하지만 결론을 미리 말하면, 동양문고본

과 동일한 내용의 이본이 원본일 가능성은 없어 보인다.

우선, 동양문고본처럼 후반부가 없는 이본은 현재까지 필자가 확인한 바로는 3종뿐이지만, 선본인 규장각본처럼 후반부까지 내용을 지니고 있는 이본이 대다수이기 때문이다. 현대적 활판 인쇄가 주류를 이루기 전에는 개인이 일일이 베껴 복제하는 필사본이 대종을 이루었는데, 그 필사본의 숫자가 많다는 것은 그만큼 더 많이 퍼지고 유통되었다고 할 수 있다. 즉, 후반부가 없는 텍스트가 작가 원본이라면 당연히 그 텍스트가 후반부가 있는 텍스트보다 선행했을 것이고, 후반부를 누가 만들었느냐의 문제는 차치하고라도, 후반부 없는 텍스트의 필사본이 현재 더 많이 남아 있어야 사리에 맞기 때문이다.

무엇보다 동양문고본이 원본이 되기 어려운 것은 작가 남영로가 <옥련몽>을 창작한 후 그것을 바탕으로 개작해 <옥루몽>을 만들었기 때문에 그렇다. <옥련몽>에는 후반부 서사가 모두 들어 있다. <옥련몽>과 <옥루몽>은 몇몇 등장인물과 화소의 차이가 있지만 이야기의 시작과 종결은 같은 구조이고 서사의 큰 줄기도 같다. 다시 말해 두 작품 모두 자식 세대의 활동이 동일한 비중 동일한 분량으로 등장하는데, 동양문고본만 그렇지 않은 것이다.

또, 이미 밝혀진 바이지만 <옥루몽>은 세련됨과 서사의 긴밀함, 짜임새 등이 탁월한 작품인데, 동양문고본은 그 수준이 떨어진다. 작가의식과 의미는 그만두고라도 어색하기까지 한 부분이 있을 정도로 문제적이다. 아래에서 자세히 살피겠지만, 투기를 일으켰던 황 부인이 별다른 반성이나 후회 없이 그대로 받아들여지는 것이나, 모진 고초와 죽을 고비를 넘겼던 벽성선이 투기 갈등을 일으키던 때와는 달리 철저하게 황 부인에게 사죄하고 복종하는 모습을 보이는 것 등은 느닷없을 정도로 어색하다. 동양문고본이 원작이라고 하기에는 규장각본을 비롯한 다른 텍스트에 비해 격이 너무 떨어진다.

　부수적으로 남영로 후손들의 구술을 보면 〈옥루몽〉의 장회가 64회
라고 했는데,11) 그것이 옳다면 그 반 정도의 회수인 동양문고본보다는
규장각본을 비롯한 다른 텍스트들이 원본에 가깝다고 할 것이다.

　이상을 통해 보면, 〈옥루몽〉은 후반부까지 있는 것이 원본인 것이
분명하고, 서술이나 내용으로 미루어 동양문고본은 원본에 가까운 이본
이라 하기에는 부족하다는 것을 알 수 있다.

　그렇다면 지금의 동양문고본은 그렇다고 해도 동양문고본의 선행본
이 만약 후반부까지 있는 것이었다면 그 이본은 원본에 가까울 수 있느
냐에 대한 판단도 필요하다. 이것은 동양문고본이 인멸이 쉬운 세책본
이기에 꼭 짚어보아야 할 문제이다. 세책본은 여기저기 빌려주기 때문
에 닳거나 찢어져 사라지기 쉽고 다른 필사본에 비해 뭉텅이로 몇 권씩
빠지기도 쉽다. 즉, 1908년 필사된 동양문고본이 이런 내용을 담아 만든
최초의 세책본 〈옥루몽〉이 아니라 지금은 사라져 없지만 동양문고본
보다 앞서 시장을 돌아다니던 선행 세책본이 있었는데, 그 세책본을 보
고 필사한 것이 동양문고본이라면, 이때 선행 세책본의 뒷부분이 인멸
되어 사라지자 세책업자가 뒷부분을 제외하고 종결하는 식으로 지금의
동양문고본을 만들었을 가능성도 있는 것이다.

　이런 가정의 타당성 검토는 사라진 뒷부분(⑫~⑱)과 종결시키기 위해
일부 변개시킨 부분(⑨~⑪)을 논외로 하고, 남아 있는 부분(①~⑪)만 놓
고 원본 〈옥루몽〉에 가까운지를 비교 분석하면 된다. 결론을 미리 말하
면, 그래도 동양문고본은 원본에 가깝다고 할 수 없다. 아래에서 자세히
드러나겠지만 전반부에도 의도적으로 바뀐 부분이 많고 그것이 작가의

---

11) 차용주, 『玉樓夢硏究』, 형설출판사, 1981, 19~31쪽 참조.

식과 배치되는 것은 물론, 동양문고본 자체 서사에서도 서로 충돌하는 경우가 있기 때문이다.

또 한 가지 앞서의 가정이 문제적인 것은 선행 세책본의 뒷부분이 사라졌다면 시중에 있는 많은 필사본 중에서 <옥루몽> 텍스트를 구해 해당 내용을 보충하면 간단하게 해결할 수 있는데, 굳이 일부(⑨~⑪)를 변개시키는 수고와 위험을 무릅쓰면서까지 새로 만들지는 않았을 것이기 때문이다.[12] 장회와 내용이 맞지 않음에도 의도적으로 권수를 늘리려고 30권씩이나 만든 세책업자가 거의 반 정도나 되는 후반부를 그렇게 날려버리는 경제적으로 어리석은 결정을 했을 거라고 생각하기는 쉽지 않다. 결국 동양문고본의 선행 세책본이 있었다고 해도, 그 세책본은 지금의 동양문고본의 형태와 내용에서 크게 벗어나지 않았을 것이 분명하다. 선행 세책본이 있었든 그렇지 않고 동양문고본이 최초의 세책본이든, 지금과 같은 형태의 동양문고본은 처음부터 이런 형태로 제작되었을 가능성이 높다.

그렇다면 동양문고본을 유통시킨 세책업자는 왜 이런 내용의 <옥루몽>을 선택, 제작했을까? 다른 <옥루몽>이 시중에 상당수 있음에도 불구하고 세책업자는 이런 내용과 형태의 세책본 <옥루몽>을 유통시켰던 이유는 결국 이런 내용이 시장에 더 적합했을 것으로 판단했다고 볼 수 있다.[13] 그 판단이 적중했는지 그렇지 않은지는 현재로서는 명확히 알 수 없으나 동양문고본 세책 <옥루몽>을 제작하고 유통시켰던 업자

---

12) 가정대로라면, 새로 이야기를 짜내야 한다는 것이 '수고'스럽겠지만 세책업자 입장에서 정작 문제는 그렇게 만든 이야기가 시장에서 호응을 받을지 여부를 모르면서 '위험'하게 뚝 자르듯이 이야기를 만든다는 점이다. 세책업자 입장에서 눈만 돌리면 다른 <옥루몽>이 얼마든지 있는 상황인데 그렇게 결정한다는 것은 이야기에 강한 자신감이 있기 전에는 위험한 결정이다.

13) 물론 세책업자가 다른 <옥루몽> 텍스트를 구할 수 없었다는 점도 완전히 배제할 수는 없으나, 설득력이 부족하다. 앞서 말했듯이 <옥루몽>은 무척 흔한 텍스트였기 때문이다.

는 그렇게 판단했던 것이다.

이상의 논의를 통해, 동양문고본은 작가 아닌 누군가에 의해 만들어진 것이 분명하다는 점과, 그것이 처음부터 세책을 목적으로 그렇게 만들어진 것인지 아니면 누군가 만들어 놓은 이본을 세책업자가 가져다가 그대로 세책으로 꾸민 것인지는 알 수 없으나, 어떻든 세책으로 유통하기 위해 세책업자가 '선택', '필사'하는 과정에 개입하여 세책 고소설이 되었다는 점은 분명하다. 그러므로 동양문고본의 내용과 상황을 통해 그 의도를 가늠하는 것은 세책본 텍스트의 현황을 파악하는 데 의미 있을 것으로 생각된다.

2) 축약본 계열과의 관계

동양문고본처럼 후반부가 축약 · 변개되어 있는 이본은 3종이 더 있다.[14]

> **연대16책본** : 16권 16책, 낙질(4,5권), 한글필사 / 연세대학교 중앙도서관
> 소장[15]
> 권당 25~32장, 매쪽 12줄, 매줄 25자 내외
> **국도5책본** : 5권 5책, 완질, 한글필사 / 국립중앙도서관 소장
> 권당 50~60장, 매쪽 12줄, 24자 내외
> **낙선재본** : 15권 15책, 완질, 한글필사 / 한국학중앙연구원 장서각 소장
> 권당 28~34장, 매쪽 10줄, 15자 내외

---

14) 장효현은 이 세 이본을 '축약본 계열'로 명명하고 서사 단락을 면밀히 검토해 표로 제시하고, 이들의 영향관계를 '연대16책본 → 국도5책본 → 낙선재본'으로 보았다. 장효현, 「玉樓夢의 文獻學的 研究」, 고려대학교 석사논문, 1981, 102~103, 부록 참조.
15) 선행 연구에서 '연대본', '국립중앙도서관본'식으로 명명했는데, 해당 소장처에 다수의 〈옥루몽〉, 〈옥련몽〉이 있어 구분할 필요가 있기에 책 수를 감안해서 부르기로 한다.

이 이본들은 모두 동양문고본처럼 후반부가 없는데, 그래서 후반부로 이어지는 '전반2'대목이 동양문고본처럼 축약과 변개가 일어나 있다. 축약 변개 양상을 비교해 보면, 네 이본 모두 홍도국 정벌 대목에서 '5계를 건너는 대목'까지는 동일한데 이후 조금씩 다르다. 낙선재본은 '5계를 건너는 대목' 이후 변개되고, 국도5책본과 연대16책본은 5계를 건넌 후 발해를 처참하게 죽이는 대목과 양창곡과 강남홍의 군중정사 대목까지 서술된 후 변개되는데, 동양문고본은 양창곡에게 호백구를 보내 경계하는 대목까지 서술된 후 변개가 이루어진다. 우선 동양문고본은 소위 축약본 계열에 속한다고 할 수 있겠다.

네 이본의 '전반1'부분에 해당하는 앞부분을 규장각본과 비교해보면, 단순한 어휘적 차이나 오류, 결락 이상으로 차이나는 부분이 많은데,[16) 네 이본끼리는 그렇게 차이나는 부분이 대체로 같다. 좀 더 면밀히 동양문고본을 세 이본과 검토해본 결과, 동양문고본은 특히 연대16책본과 친연성이 두드러짐이 드러났다.

동양문고본은 양창곡이 자고성에서 강남홍과 운우지락을 나누는 대목, 일지련이 찾아온 후 철목탑을 보내는 대목 등이 낙선재본, 국도5책본과 달리 연대16책본과만 동일하다. 또, 중국을 침범한 흉노의 우두머리가 규장각본을 비롯한 대다수 이본에서 '선우'로 등장하는데, 이는 축약본 계열인 이 네 이본들도 마찬가지다. 그런데 동양문고본과 연대16책본만은 '선우'라고 호칭하다가 중간에 '묵특'이라고 호칭이 바뀌어, 한동안 '묵특'이라는 호칭으로 불리다가 다시 '선우'로 돌아온다. 같은 의

---

16) 다음 절에서 동양문고본과 <옥루몽>의 비교 부분을 보면 구체적으로 확인할 수 있는데, 문창성이 무료함을 말하는 대목이나 제방옥녀의 투호 이야기, 홍난성 오작교 수작 대목, 도화성 묘사, 연화가 구슬로 변하는 대목, 압강정 시사 대목, 양창곡이 등용되는 대목 등 많은 곳에서 차이를 보인다.

미이긴 하지만 동일 대상을 한 텍스트에서 달리 부르는 것은 오류라 할
수 있는데, 같은 축약본이지만 국도5책본과 낙선재본은 '묵특'으로 바뀌
지 않는데 동양문고본과 연대16책본은 그렇다. 더욱 그렇게 '묵특'으로
바뀌어 불리는 대목의 시작과 끝부분도 동일하고 그 사이의 사소한 어
휘까지 동일하다. 또, 투기갈등을 일으켰던 황 부인이 서사 끝부분에서
는 회과하고 집안에 받아들여지는데, 규장각본 같은 다른 이본들과 그
내용과 서술이 다르긴 해도 국도5책본과 낙선재본은 회과하는 내용이
있다. 하지만 연대16책본과 동양문고본은 아예 회과 대목이 없다.

이렇게 동양문고본은 축약본 계열 이본 중에서 연대16책본과 가장
친연성이 두드러지지만, 두 이본은 직접 수수(授受)관계는 아니다. 둘이
서로 각기 다르게 되어 있는 부분도 여러 군데 있기 때문이다. 대표적으
로 뇌천풍과 소보살의 싸움 대목, 홍도국에서 회군할 때 양창곡과 강남
홍의 동침 유무, 벽성선이 황 부인을 만나 대죄하고 수작하는 대목 등에
서 둘은 차이를 보인다. 결국 동일한 선행 이본에서 동양문고본과 연대
16책본이 갈라져 나온 것으로 생각된다.[17]

이상을 통해 몇 가지를 알 수 있다. 축약본 계열 중에서도 동양문고본
과 연대16책본, 그리고 국도5책본과 낙선재본은 서로 조금 다르기는 하
지만 같은 계열에 속하고, 규장각본과 비교할 때는 크게 계통이 다르다
는 점을 감안하면, 네 이본의 선행 이본이 지금 보는 네 이본처럼 후반
부가 생략된 축약본 형태로 존재했을 가능성이 높다. 그리고 마무리 부
분의 축약 양상과 종결되는 위치를 감안해 보면, 일단 동양문고본과 연
대16책본은 축약본 계열에서도 선행하는 이본이라고 할 수 있겠다.[18]

---

17) 국도5책본과 낙선재본의 선후와 계통까지 논하는 것은 본고의 범위를 넘으므로 자세
   한 비교와 계통은 후속 연구로 미룬다.
18) 이는 동양문고본의 필사연대인 1908년 이후에 다른 이본이 필사되었다고 확정하는

3. 동양문고본의 위치

1) 〈옥루몽〉, 〈옥련몽〉과의 관계

앞서 말했듯이 동양문고본은 〈옥루몽〉의 선본인 규장각본과는 다른 부분이 많은데, 규장각본과 동양문고본을 면밀히 비교 대조해 보면 특이한 점이 발견된다. 동양문고본은 '〈옥루몽〉'이란 표제를 한 것처럼 분명 〈옥루몽〉의 내용이기는 하지만 몇몇 대목에서는 〈옥루몽〉이 아닌 〈옥련몽〉의 서사를 보여준다는 점이다.[19]

옥녜 미소 답왈 "향일 녕소보젼에 샹데를 뫼셔 투호칠시 문챵이 맛춤 샹데 옯히셔 봉조를 초흐시다가 쳡의 물호흠을 보시고 잠간 우으시더니 이졔 임의 오빅 년이 되여시니 션가 광음이 쏘흔 훌훌흠을 씨드를 비로소이다." (무신본 〈옥련몽〉 1 : 3뒤)
옥녜 미쇼 답왈 "향일의 영소보뎐의셔 샹데롤 뫼셔 투호롤 칠시 문챵이 맛참 압히셔 봉조롤 쵸흐시다가 □□ 투호 치믈 보고 잠간 우으시더니 이졔 임의 오빅 년을 지니여시니 션가 광음이 훌〃흐믈 알니로다." (동양문고본 〈옥루몽〉 1 : 4앞~뒤)

도화셩이 미쇼흐고 즈하거롤 돌녀 빅옥누의 올으니 문챵과 모든 션낭이 일시에 몸을 일어 맛거놀 도화셩이 문챵을 보고 슈습흔 빗치 눗 우희 ᄀ득흐니, 디기 텬샹 녀션 듕에 도화셩이 안식이 가장 곱고 쏘흔 년긔 어린 고로 심샹 션관을 보지 아니흐야더니 이늘 홍난셩의게 속은 비 되여 문챵과 마조치미 슈습흠이 만면흐야 계육위에 안즈며 즈로 홍난셩을 눈 쥬어

것은 아니다. 섣불리 시기를 비정하지 못하는 가장 큰 이유는 동양문고본이 세책본이기 때문이다. 앞서 말했듯이 세책본의 특성상 동양문고본의 선행 세책본이 존재했을 가능성이 있고, 그 세책본에서 연대16책본 등이 파생되었을 가능성이 있기 때문이다.
19) 이하 인용의 경우 해당 권수와 쪽수를 ' : '로 구분해 표시한다.

미원ᄒᆞᄂᆞᆫ 빗치 잇더라.　　　　　　　　　（무신본 〈옥련몽〉 1 : 6뒤）

　도화셩이 미쇼ᄒᆞ고 ᄌᆞ하거ᄅᆞᆯ 도로혀 빅옥누의 오ᄅᆞ니 문챵과 모든 션낭이 일시의 니러 맛거ᄂᆞᆯ 도화셩이 문챵을 보고 슈습ᄒᆞᄂᆞᆫ 빗치 옥면의 가득ᄒᆞ거ᄂᆞᆯ, 더기 텬샹 션녀 중의 도화셩의 안식이 졔일이오 ᄯᅩ한 년긔 어린 고로 항상 션관을 보지 아니터니, 이날 홍난의게 속은 비 되여 문챵과 마조 치미 옥면의 슈식을 ᄯᅴ여 졔뉴위의 안지며 ᄌᆞ로 홍난을 눈 쥬어 블편ᄒᆞᆫ 빗치 잇더라.　　　　　　（동양문고 〈옥루몽〉 1 : 8뒤～9앞）

　제방옥녀가 500년 전에 투호 하던 때 문창성을 만났다는 이야기나, 도화성에 대한 긴 묘사는 〈옥련몽〉에는 있지만, 〈옥루몽〉에는 없다.[20] 그런데 이 대목이 동양문고본에는 있다. 반면 〈옥루몽〉에는 있지만 〈옥련몽〉에는 없는 '홍난성이 오작교를 건너다가 북해용왕 때문에 흩어지는 봉변을 당했다고 말하며 웃는 대목'은 동양문고본이 〈옥련몽〉과 똑같이 없다.

　이렇게 보면 동양문고본은 〈옥련몽〉이라 볼 수도 있지만 그렇지는 않다. 이외의 모든 부분에서 〈옥루몽〉의 서사와 내용을 따르기 때문이다. 한 대목만 보면 다음과 같다.

　그 ᄒᆞᆫ 소년이 ᄯᅩᄒᆞᆫ 미〃히 우으며 왈 "ᄯᅩ 그 중의 더옥 묘리 잇ᄂᆞᆫ 곡졀이 잇시나 으희게ᄂᆞᆫ 부당ᄒᆞᆫ 닐이라. 말ᄒᆞ어 쓸더업도다." 그 ᄒᆞᆫ 소년이 소왈 "그러치 아니ᄒᆞ다. 비록 쟝위 다르나 동시 남아로 이러ᄒᆞᆫ 닐을 알아두미 무방하도다." ᄒᆞ고 왈 " …… 명일 압강졍 노름의 흥을 쳥ᄒᆞ야 여러 지ᄌᆞ의 문장을 ᄭᅩ는다 ᄒᆞ니 엇지 쟝관이 아니리오." 챵곡이 〃 말을 듯고 "ᄂᆞᄂᆞᆫ 지조 업셔 승회의 참예치 못ᄒᆞᆯ지라. 냥위 션싱은 지조ᄅᆞᆯ 다ᄒᆞ야 소·항쥬

---

20) 〈옥련몽〉의 경우 선본인 무신본은 물론, 박학서원본, 서강대본, 박순호A본, 박순호B본, 연대9책본, 국도12책본, 국도10책A본 등이 모두 동일하게 있다. 하지만 〈옥루몽〉의 경우 선본인 규장각본을 비롯해 신문관본, 한문현토본, 갑진본, 육기록 등 모두 없다.

의 일홈을 빗너소서." 그 소연이 가〃 디소ᄒ고 슐을 마시며 서로 슈작ᄒ되
"사룸이 이 셰상의 나미 홍 갓튼 경국을 좌우의 두지 못ᄒ즉 엇지 쟝부라
ᄒ리오." 그 홍나삼을 닙은 지 소왈 "황즈ᄉ 갓튼 귀인도 오히려 홍의 눈에
ᄎ지 아니커든 허물며 우리 갓튼 사룸이야 망상인들 너여 무엇ᄒ리오." 녹
포 닙은 지 팔을 쏨니며 디답왈 "너 만권셔를 닑고 십인을 디젹홀 용밍이
잇셔 횡횡텬하의 무셔울 비 업는지라. 홍의 박복ᄒ고 지견이 업셔 영웅을
몰라보니 너 이졔 명일 슈시로 듬미ᄒ야 천금쥰마를 허비치 아니ᄒ고 소
쳡을 어들지니 형은 너 슈단을 귀경ᄒ라." 셜파의 디소ᄒ고 금낭을 여러
쥬치를 갑고 헤어져 가니   (무신본 <옥련몽> 1:23뒤~24뒤)

    그 중의 일 기 쇼년이 쏘 우어 왈, "더옥 묘ᄒ 곡졀이 잇ᄂ니 비록 년긔
셩장치 못ᄒ여시나 종시 남지라. 이러ᄒ 일을 아라도 무방홀가 ᄒ노라. ……
명일 압강졍의 잔치ᄒ미 전혀 홍을 위ᄒ미니, 그 중의 반다시 장관이 잇실
듯ᄒ나 우리ᄂ 무부라 문인 좌셕의 참예치 못ᄒ거니와 슈즈ᄂ 가 구경ᄒ미
조홀가 ᄒ노라." 공지 소왈 "나는 본디 무지ᄒ 아희라. 이러ᄒ 승회의 엇지
참예ᄒ리오?" 두 쇼년이 디소ᄒ고 금낭을 열고 쥬치를 쥰 후 가거늘
                          (동양문고본 <옥루몽> 1:31앞~32앞)

    그 중 일 기 소년이 쏘 우어 왈, "그 중의 더욱 묘리 잇는 곡졀이 잇스니,
슈지 비록 년긔 셩관치 못ᄒ여시ᄂ 동시 남즈라 일어ᄒ 닐을 아라 두미
무방홀지라. …… 명일 압강졍 놀음도 젼여 홍을 위ᄒ미니, 그 중의 반다시
장관이 잇슬 듯ᄒᄂ 우리ᄂ 무부라 문인 좌셕의 참예치 못ᄒ거니와 슈지
ᄂ 가 귀경ᄒ미 조홀가 ᄒ노라." 공지 소왈 "나는 본디 무지ᄒ 아희라. 일
어ᄒ 승회에 엇지 참예ᄒ리잇고?" 두 소년이 디소ᄒ고 금낭을 열어 쥬쵀
를 갑고 나가거날   (규장각본 <옥루몽> 1:21뒤~22앞)

    부거길에 도적을 만나 봉변을 당한 양창곡이 주점에서 두 소년 협객
과 수작하는 대목인데, <옥련몽>은 두 소년의 호걸스러움이 강조되어
부각되며 상대적으로 양창곡이 왜소하게 그려지는 반면, <옥루몽>은
두 소년이 일반적으로 그려지면서 강남홍과 만나게 되는 압강정 시사를

가르쳐 주는 메신저 역할 정도로 약화된다. 이는 〈옥루몽〉에서 양창곡의 당당함과 영걸스러움을 부각시키기 위한 의도와 함께 전체 서사에 자연스러움을 꾀하기 위해서였다. 이 두 소년은 동초와 마달로 훗날 양창곡의 휘하 장수가 되어 여러 공을 세우고, 이후 양창곡의 첩인 강남홍과 벽성선의 몸종들과 결혼하는 인물들이다. 양창곡과 비교하면 격이 떨어지는 인물들인 것이다. 〈옥련몽〉에서는 무부(武夫)로서 강한 인상을 주어 후일 전쟁터에서 빼어난 용맹을 떨치는 것을 합리화하려는 목적이었다면, 〈옥루몽〉은 양창곡보다 더 우위에 선 듯한 인상을 주는 것을 삭제하여 상대적으로 양창곡을 당당하게 그리려는 목적으로, 그 지향이 이처럼 상이했다. 바로 동양문고본은 이런 지향의 〈옥루몽〉을 따르고 있다. 이외에서도 동양문고본의 서사 흐름은 모두 〈옥루몽〉의 지향을 따른다. 동양문고본이 〈옥련몽〉과 동일한 대목은 그리 많지도 않지만, 화소적 차원에서 차용한 정도로, 서사적 흐름을 〈옥련몽〉 식으로 가져간 것은 아니다.21) 동양문고본은 〈옥루몽〉이 분명하다.

그런데 동양문고본 내용에는 〈옥루몽〉도 아니고 〈옥련몽〉도 아닌 부분도 있는데, 어쩔 수 없이 마무리 짓기 위해 축약한 뒷부분을 제외하고서도 곳곳에서 드러난다. 의도적으로 바꾸었다고 할 수 밖에 없는 이런 부분들 중, 대표적인 한 대목을 보면 다음과 같다.

> 옥뎨 보시고 디희 칭찬ᄒᆞ샤 ᄒᆞ야곰 누상에 삭이라 ᄒᆞ시고 곳쳐 잔을 드러 문창을 권ᄒᆞ시며 그 글을 다시 읇흐시더니, 홀연 놀라시는 빗치 잇셔 틱을진군을 도라보시며 왈 "문창의 글이 극히 아름다오나 다만 졔 삼 장의

---

21) 〈옥련몽〉과 〈옥루몽〉의 서사가 비슷하지만 그 지향과 의미가 다름은 선행 연구에서 누차 지적된 바이다. 성현경, 「玉蓮夢硏究」, 『國文學硏究』9, 국문학연구회, 1968, 23~96쪽 ; 장효현, 앞의 논문, 1981, 62~104쪽 ; 신재홍, 「〈옥련몽〉과 〈옥루몽〉의 비교 검토」, 『韓國夢遊小說硏究』, 계명문화사, 1994, 376~405쪽 참조.

일으러 하계에 젹강홀 긔샹을 씌여시니 문챵은 년소흔 셩관이요 나의 ㅅ
랑흐는 비라. 엇지 ㅇ쳐롭지 아니리오." 진군이 쥬왈 "근일 문챵셩의 미우
희 ㅈ황긔를 씌워 부귀 긔샹이 ㄱ득흐야시니 <u>잠간 진셰 속연이 잇실가 흐
ㄴ니다.</u>"   (무신본 <옥련몽> 1 : 2앞~뒤)

옥뎨 보시고 디희 칭찬흐시며 근시롤 명흐샤 '누상의 삭이라' 흐시고 곳
쳐 잔을 드러 문챵을 권흐시며 다시 글을 읇푸시더니 홀연 텬안이 경동흐
샤 티을진군을 도라보샤 왈, "문챵의 지은 글을 ㅈ셔이 보니 ㅅ의 가장 진
즁흔지라. 경텬위지홀 마음과 츙의지시 만흐니 엇지 아롬답지 아니리오?
경은 모로미 마음의 엇더흐뇨?" 진군이 쥬왈 "신이 근일의 문챵셩과 시부
롤 챵화흐오며 그 위인을 솗피오니 흉즁의 졔셰지지조롤 품엇고 면모의
부귀지샹이 현져흐오니 신이 신이[22] 졍이 의아흐ㄴ이다."
(동양문고본 <옥루몽> 1 : 2앞~3앞)

옥졔 보시고 디희 츙찬흐ㅅ 누상의 상이라 흐시고 지슴 을프시더니, 홀
연 옥식이 블열흐ㅅ 티을진군을 도라보시며 왈, "문챵의 글이 극히 아롬다
오나 졔 삼 쟝의 <u>잠간 진셰 인연이 잇스니</u> 문챵은 연소망즁흔 션관이라
나의 ㅅ랑흐는 비니 웃지 앗쳐롭지 아니리요?" 진군이 쥬왈 "근일 문챵셩
미우의 ㅈ황긔 가득흐여 부귀 긔샹을 씌엿ㅅ오니 <u>잠간 진셰의 젹강흐여
겁긔를 소멸케 흐미 됴홀가 흐ㄴ이다.</u>" (규장각본 <옥루몽> 1 : 2앞~2뒤)

<옥련몽>이나 <옥루몽> 모두 옥황상제와 태을진군의 입을 빌어 인
간 세상에 적강(謫降)해야함을 명시적으로 말하지만 동양문고본은 이를
의도적으로 피하고 있다. 또, <옥련몽>, <옥루몽> 모두 백옥루를 중수하
고 잔치를 벌이는 것인데 동양문고본만 그냥 어느 날 잔치를 벌이는 것으
로 되어 있다. 백옥루를 찾아온 홍난성이 문창성에게 먼저 인사하고 수작
하는 것도 동양문고만 그렇다. 양창곡의 아버지 양현이 불도(佛道)를 좋
아하지 않는다는 사실도 <옥련몽>, <옥루몽> 모두 명시되지만 동양문

---

22) 동양문고본 필사자가 실수로 '신이'를 반복해서 필사했다.

고본은 이를 빠뜨리고 있다. 동양문고본만의 독특함은 이렇게 〈옥루몽〉, 〈옥련몽〉과 차이나는 대목이 연대16책본과도 다르다는 점이다. 앞서 보았듯이 같은 축약본 계열 중 친연성이 높아 동양문고본과 대부분 동일한 연대16책본도 백옥루를 중수한 후 잔치하고, 진세에 적강해야 함을 언급하고, 홍난성이 먼저 인사하고 수작하지 않으며, 양현이 불도를 좋아하지 않는다는 사실은 빠뜨리지 않고 그대로 서술하고 있다.

이렇게 동양문고본만의 독자적인 대목은 앞서 본 〈옥련몽〉 화소가 몇 군데 있는 것보다 그 수가 더 많고 텍스트 전체에 두루 편재되어 있는다.[23] 크게 보면 〈옥련몽〉 화소를 차용한 것도 이런 의도적이고 독자적인 서술의 한 방법이었을 가능성이 높아 보인다. 이렇게 동양문고본은 필사자가 의도적으로 서술과 화소를 고치려고 나름의 노력을 한 이본인 것은 틀림없다.

2) 개작 의도와 의미

동양문고본 필사자[24] 생각에는 〈옥루몽〉에는 매끄럽지 않은 것이 많아 보였던 것 같다.[25] 선한 인물이 꼭 악한 행위라고까지는 하기는 그렇지만 분명 좋게 보기 힘든 껄끄러운 행동을 하는 대목이 너무 자주

---

23) 구체적인 대목과 내용은 다음 항에서 상론한다.
24) 앞서 가능성을 언급했듯이, 동양문고본의 선행 세책본이 존재하고 그것을 그대로 필사한 것이 동양문고본일 수 있으므로, 지금 보이는 동양문고본의 내용이 선행본을 제작한 필사자의 의도였을 수 있다. 하지만 현재 선행본의 유무를 확인할 수 없고, 또 실물로는 동양문고본만을 대상으로 할 수밖에 없기에, 용어의 내포적 오류의 가능성을 감안한 채 '동양문고본 필사자'란 용어를 개작과 축약을 한 인물로 잠정적으로 쓰고자 한다. 앞으로 더 많은 이본 연구가 진행되면 이를 분명히 할 수 있을 것으로 기대한다.
25) 본고에서 논하는 〈옥루몽〉이 지니고 있는 내용에 대한 해석과 구체적인 논증은 일일이 설명하지 않고, 모두 선행 연구(유광수, 앞의 논문, 2005, 1~368쪽)를 따른다.

보이기 때문이다. 군중에서 여성을 겁박해 동침하는가 하면,26) 잠자는 여성을 덮치고, 장안 무뢰배들을 끌고 다니며 싸움질, 기생질을 일삼는 것은 물론, 아버지의 권위를 내세워 돈을 뜯는 등 보기에 따라 부정적인 부분이 허다했다. 자기 이익을 위해 정치 상황을 이용하는 남성들은 물론 일개 기녀인 여성들도 자기 욕망대로 움직이고27) 제 위치를 망각한 채 전면에 나서서 집안을 뒤흔들어대는 것이다.28) 그렇다고 이들이 악한 인물은 아니었다. 모두 주인공이고 선한 인물, 아니 선해야만 하는 인물들이었다. 동양문고본 필사자 생각에는 그들이 보여주는 모습은 온당치 않아 보였다. 그들의 언행은 중세 유교적 가치체계와 선악의 분명한 이분법적 대립의 시각에서 볼 때 분명 문제적이었다. 유교적 명분과 도덕성 측면에서 보자면 인물들의 말과 행동은 동일하게 부합해야 하며 뚜렷한 선악의 가치 구분이 있어야 했다. 동양문고본 필사자는 이런 측면에서 텍스트를 다듬고 고쳤다.

양창곡이 남만을 정벌하는 시급한 상황에 자신의 육욕을 채우려고 강남홍과 군중에서 정사를 벌이는 대목은 분명 문제적이다. 강남홍은 사리와 명분을 들어 동침할 수 없음을 거듭 말하지만 양창곡의 집요한 강요를 통해 결국 군중에서 동침한다. 이런 군중정사를 동양문고본은

---

26) 이에 대해서는 유광수, 「<옥루몽> 성애(性愛) 표현의 서사적 기능과 은폐된 폭력성」, 『한국고전여성문학연구』10, 한국고전여성문학회, 2005, 465~503 참조.

27) 벽성선의 전략적 행위와 입체적 모습에 대해서는 유광수, 「<옥루몽>의 벽성선: 욕망하는 인물, 전략화된 육체와 사회적 검열·통제」, 『한국문화연구』8, 이화여자대학교 한국문화연구원, 2005, 213~254쪽 참조.

28) 이런 인물들의 입체성이 남영로가 <옥련몽>을 창작한 후 <옥루몽>으로 개작하면서 가장 심혈을 기울인 부분이다. 자세한 것은 유광수, 「<옥련몽>에서 <옥루몽>으로 개작된 여성 인물의 양상과 의미-'윤 부인', '일지련', '강남홍'의 개작 양상을 중심으로」, 『고소설연구』25, 한국고소설학회, 2008, 269~300쪽 ; 유광수, 「<옥련몽>·<옥루몽>의 '창작-개작' 양상과 의미」, 『고소설연구』27, 한국고소설학회, 2009, 167~199쪽 참조.

화락하는 분위기로 바꾸며 상황을 띄워 그 폭력성과 문제점을 더 깊이
은폐시키고는, 다시 고소성에서 자발적으로 정사를 또 갖는 것으로 서
술하여 무마시켰다.

또, 원 〈옥루몽〉에서는 배반자 노균을 전쟁터에서 뇌천풍이 도끼로
찍어 둘로 쪼개 죽이는데, 동양문고본에서는 노균을 사로잡아서 '법부
로 문죄ㅎ여 능지처참ㅎ(30∶29뒤)'는 것으로 고쳐 버린다. 사소해 보이
지만 여기에는 유교적 이데올로기가 바탕에 깔려 있다. 아무리 배반자
라고는 해도 '권신'이었던 '남성'을 그로테스크하게 '처벌'하는 것은 온당
치 않다는 생각이다. 〈옥루몽〉에서 처참하게 처벌 받는 대상은 춘월과
같은 '여성', '몸종'인 경우였다. 같은 '여성'이지만 귀족인 황 부인, 위
씨는 처참하고 끔찍한 징벌을 꿈이라는 환상적 장치를 통해 받게 하여
현실과 거리를 두어 순화시켰다. 남자의 경우는 어부처럼 '하층민'이거
나, 발해처럼 '변방'의 '짐승' 같은 '이민족'인 경우였다.[29] 노균이 뇌천풍
의 도끼로 죽임을 당한 것은 '전쟁이라는 상황'과 '중심을 배신'했다는
측면에서 그렇게 그려졌던 것이다. 하지만 동양문고본 필사자는 귀족이
자 대신이고 관료였던 남성을 함부로 죽이는 것을 문제라고 생각했던
것 같다. 아무리 전쟁터라도 마구잡이식으로 죽이는 것은 변방의 짐승
같은 괴물 발해나 다를 바 없기 때문이다. 그래서 그를 잡아 유교적 절
차에 따라 정당하게 죄를 묻고 벌을 내리는 당대의 시스템에 따라 처벌
하는 식으로 고친 것이다.

귀족이라는 점은 여성이긴 하지만 황 부인과 위 씨의 끔찍한 징벌에
도 영향을 미쳤다. 앞서 말했듯 꿈이라는 거리를 두어 순화시켰지만, 동
양문고본 필사자는 그 정도로는 만족할 수 없었던 것 같다. 지옥을 체험

---

29) 유광수, 「〈옥루몽〉에 나타난 성애(性愛) 표현의 의미–은밀한 폭력과 정당화된 폭력」,
  『고소설연구』20, 한국고소설학회, 2005, 137∼178쪽 참조.

하고 무서워 벌벌 떨며 태장을 맞고 뼈를 깎이는 고통을 당하고, 창자를 토해내는 참혹한 형벌을 명문 귀족 여성이 받는다는 것은 온당치 않다고 생각한 것이다. 동양문고본 필사자는 이 모두를 삭제해 버린다.

　동양문고본 필사자는 선악이 분명하게 구분되어야 한다는 생각에서, 양창곡이나 그의 첩들은 물론 부수적인 인물들도 그래야 한다는 생각에서[30] 서술을 고쳤다. 홍도국 정벌 때 적수였던 소보살과 탈해를 죽이고 살려 주는 것을 서로 바꾸어 서술함으로써 일련의 이율배반적 행동을 제거했다. 원래는 소보살은 용서해서 풀어 주고 탈해는 목을 베어 죽였다. 그런데 동양문고본은 소보살은 죽이고 탈해를 용서해 살려 준다. 정반대로 바꾼 것은 단순히 착간이나 오류가 아니라 의도적 서술이다. 원래 소보살은 여우요정이 변신한 것으로 강남홍이 도술을 닦을 때 인연이 있었다. 그래서 그녀를 살려 주는데, 소보살은 이후 북방원정 때 다시 나타나 난리를 피운다. 또 탈해를 죽이고서 탈해가 다스리던 홍도국을 축융왕에게 다스리도록 양창곡이 독단적으로 결정하는데, 바로 이 축융왕은 양창곡의 셋째 첩 일지련의 아버지이자, 남만에서 전쟁을 일으켰던 나탁을 도와 명나라를 괴롭혔던 인물이다. 물론 그가 잘못을 뉘우치고 그녀의 딸을 꼭 '볼모'인 것 마냥 양창곡에게 보내는 등의 유화 제스처를 보내지만, 그를 더 넓은 땅인 홍도국을 다스리도록 주는 것은 양창곡 개인의 이득을 위한 정치적 행위가 아닐 수 없다. 축융이 선의가 아니라 의도적으로 접근했다는 점을 양창곡도 강남홍도 분명하게 알고

---

30) 해당 계층에 속하는 사람들은 자신들을 남들과 구별짓기를 통해 자기 지위를 고착화하는 경향이 있다. 당연히 그 구별짓기는 자기 자신만이 아니라 자기가 속한 계층 전체에 미쳐야 한다고 생각한다. 동양문고본 필사자의 의도는 이런 측면에서도 이해할 수 있다. 구별짓기에 대해서는 삐에르 부르디외, 『구별짓기 : 문화와 취향의 사회학』, 최종철 옮김, 새물결, 1995, 20~29, 11~29, 172~193쪽 ; 현택수, 「아비튀스와 상징폭력의 사회비판이론」, 현택수 외, 『문화와 권력』, 나남출판, 1998, 101~120쪽 참조.

있었다는 점에서 더욱 그렇다.[31] 그럼에도 불구하고 홍도국을 축융왕에게 맡기는 것으로 결정해 버린다. 아예 서술자는 등장인물의 입을 통해 "츕늉대왕이 탐이 만하 녜믈이 젹은즉 즐겨 오지 아닐가 ㅎᄂ이다.(5 : 60뒤)"라고 묘사하기까지 한다. 동양문고본은 〈옥루몽〉 원래의 서사와 달리, 소보살은 죽이고 탈해는 살려 주는 것으로 서사를 바꾸어 버림으로써 이런 축융의 이율배반성을 제거한다. 동양문고본에서는 탈해가 죽지 않고 살기 때문에 홍도국을 그대로 다스린다. 그렇게 자연스레 축융이 다스리지 못하는 것으로 서술하면서, 축융의 이율배반적 행동과 논평, 양창곡과 강남홍의 미심쩍은 정치적 행위 등을 같이 삭제해 버린다.

따지고 보면 인물들이 가장 이율배반적인 행동을 보이는 부분이 바로 동양문고본에서는 빠져버린 후반부이다. 양창곡은 우뢰지변을 통해 자신이 기존에 주장하던 바와는 정반대의 정치적 행위를 정당화하며 정치적 입지를 강화하고, 북방원정에서는 강남홍인 홍혼탈이 황제보다 더 위세 좋게 행동하며 전면에 나선다. 북방 오랑캐들은 황제에게 복속되기보다는 양창곡과 강남홍 개인에게 더 집중되어 강남홍의 생사당을 만들겠다는 논의까지 일어날 정도다. 또한 자식들이 정계에 진출하면서 완벽하게 대를 잇는 가문의 안정과 정권 장악을 보여주는 것이나, 아울러 자식들이 벌이는 행동은 문제적이다. 서울 장안의 무뢰배들과 어울려 싸움을 벌이며 기녀를 찾아다니고 기둥서방이 되어 지내는 행동이나, 잠 자는 기녀를 덮치는 것이나, 아버지의 권세를 등에 업고 빌리는 형식

---

31) 원쉬(홍혼탈-인용자) 도독(양창곡-인용자) 장듕의 와 죵용 고왈 "상공이 츕늉의 먼 니 와 슈고ᄒᆞᄂᆞ 뜻슬 짐작ᄒᆞ시ᄂᆞ니잇가?" 도독 왈 "니 ᄯᅩ한 의심ᄒᆞ미 잇스니 낭은 몬져 말ᄒᆞ라." 원쉬 소왈 "츕늉은 욕심이 만흔 지라. 홍도지방이 광활ᄒᆞ여 남방 듕 소국이 아니 # 츕늉이 반다시 이를 희긔(希覬-인용자)하여 쓰두는 돗ᄒᆞ여이다." 도독 이 소왈 "니 ᄯᅩ한 이를 의심ᄒᆞ노라. 탈히의 무도ᄒᆞ이 셩명을 요더치 못홀진디 홍도국 을 진압홀 지 업슬가 ᄒᆞ엿더니 인ᄒᆞ여 츕늉의 소원을 일워주미 무방홀가 ᄒᆞ노라." 원 쉬 맛당ᄒᆞ믈 일로고 (규장각본 7 : 78뒤~79앞)

으로 돈을 뜯어내 기녀루를 중수해 주는 등 당대 시정의 핍진한 묘사와 서술은 동양문고본 필사자 입장에서는 결코 좋게 보이지 않았을 것이다.

무엇보다 가장 큰 문제는 처를 제치고 첩들이 집안을 주도적으로 치리한다는 점이다. 기첩인 강남홍과 벽성선이 귀족 출신인 윤 부인, 황 부인을 제치고 전면에 나서 매사에 당당하게 집안을 주도하는 것은 정말 문제적이다. 심지어 처인 윤 부인의 아들이 있음에도 불구하고 집안의 대를 기첩인 강남홍의 아들 양장성이 잇는다. 도저히 있을 수 없는 상황이다. 이런 황당한 내용은 동양문고본의 후반부가 없으므로 모두 같이 사라졌다.[32)]

처첩간의 올바르지 않은 관계를 문제적으로 보았음은 후반부가 사라졌다는 점 외에서도 쉽게 찾아볼 수 있다. 처첩간의 바른 위상 정립을 꾀하기 위해, 동양문고본은 다음과 같이 어색할 정도로 고쳐 버린다.

> 션낭이 믈너 눈 부인긔 문후ᄒ고 황 부인 침쇼의 가 거젹을 쌀고 죄를 청ᄒ니 황 부인이 블승참괴ᄒ여 션낭을 붓드러 당의 올녀 좌를 쥬고 젼과를 스례 왈 "그디의 고쵸ᄒ미 나의 비ᄌ의 간악ᄒ 연괴니 나의 허믈이 엇지 업다 ᄒ리오? 그러나 간비 임의 승복ᄒ엿고 그디의 무죄ᄒ미 빅옥 ᄀᆞᆺᄒ니 무삼 허믈이 〃시리오?" 션낭이 사례 왈 "쳔첩이 인시 블민ᄒ므로 니런 화를 당ᄒ엿더니 부인의 관홍ᄒ신 덕틱을 드리오샤 쳔인을 좌하의 용납ᄒ시니 첩이 일싱의 부인 은틱을 다 갑지 못홀가 ᄒᄂᆞ이다." 황 부인이 호언으로 관위ᄒ고 쥬과를 ᄂᆞ와 먹이니 션낭이 죵일토록 부인을 뫼셔 말삼ᄒ

---

32) 필자는 동양문고본이 되었든, 앞서 논했듯이 동양문고본의 선행본이 그랬든, 후반부를 의도적으로 뺏을 것으로 추측한다. 면밀히 살펴보면 후반부는 2세들의 등장과 정권 재창출에 초점이 맞춰져 있다. 새로운 사건이 진행되기보다는 앞서 아버지 양창곡이 수행했던 사건들을 다시 반복적으로 수행하며 2세들이 양창곡을 이어 지속적으로 권세와 풍류를 누릴 것을 보여 주는 것이 목적이다. 그 2세들의 중심에는 강남홍의 아들로 가문의 대를 잇는 양장성과 시정의 풍류를 온 몸으로 보여주는 벽성선의 아들 양기성이 있다. 아무래도 마뜩치 않았을 것이다.

드가 셕양의 쳐소로 도로 와 텬즈의 비답ᄒ시믈 듯고 심즁의 황공ᄒ여 오
희려 즐겨 아니ᄒ더라.　　　(동양문고본 〈옥루몽〉 30 : 28뒤~29앞)

　황 부인이 투기갈등을 일으켰다는 것이 만천하에 밝혀졌는데도 불구
하고 황 부인은 이렇듯이 당당하게 벽성선을 맞이하고 벽성선 역시 이
렇게 '첩답게' 행동한다. 이는 앞 대목에서 보여준 황 부인과 벽성선의
일련의 행동과는 어울리지 않는 언행이다. 투기를 일으켰던 황 부인은
아예 일말의 뉘우침조차 언급되지 않는다. 기껏해야 '황 부인은 악심이
잇는 고로 ᄌ손이 업다가 자긔 일신이 스러지니(30 : 31앞)'라는 식의 서
술이 고작이다.[33] 첩 위주의 주도적 치가가 온당치 않기에, 황 부인에
대한 서술을 이렇게 바꾼 것이다. 원 〈옥루몽〉에서 왜소하게 등장했던
윤 부인이 동양문고본에서는 전면에 부각되며 강조되어 나타나는 것도
마찬가지 맥락에서 이해할 수 있다. 사실 중세적 가치가 지배적인 사회
에서 귀족 여성인 '처'와 기녀 출신의 '첩'은 감히 쳐다볼 수조차 없을
정도로 현격한 차이를 지니고 있다. 그런데 〈옥루몽〉은 '처'가 '첩'을
투기하는 상황을 형상화했던 것이다.[34] 그 세련된 서술과 내용으로 인
해 황 부인이 악처로 자리매김 되었지만 그녀의 억울함은 중세의 구조
적 계약을 어긴 양창곡의 문제적 행동에 기인했다.[35]
　투기에 대해서도 동양문고본은 일률적으로 바꾸는데, 원 〈옥루몽〉
에 있던 투기에 대한 이중적 중층서술도 동양문고본은 모두 빠지든지
변개된다. 투기에 대한 상청부인의 말이나 설파의 말, 그에 대한 주변

---

33) 원래는 황 부인이 모진 고초를 겪은 후 회과하고, 이후 자식을 낳는다.
34) 실제 현실에서 남편의 총애를 받는 첩이 처를 투기하는 상황이 아주 없지는 않았을
　　것이다. 하지만 이는 당대 이데올로기에 벗어난 것으로, 그런 이데올로기를 이상적으
　　로 그려내는 작품에서는 있기 힘든 상황이다.
35) 이에 대한 자세한 것은 유광수, 앞의 논문, 2005, 142~181쪽 참조.

인물들의 논평 등을 삭제하며 순화시켜, 투기를 긍정하는 측면은 대폭 생략과 변개가 이루어진다.

<옥루몽> 전체의 구조적 측면에서도 동양문고본은 완전히 다른 방향을 택하는데, 그것은 열린 결말을 통한 천상계로의 회귀가 아니라 천수를 누리다가 죽는 것으로 바꾼 것이다.

> 세월이 여류ᄒ여 연왕의 나희 팔십의 니르고 눈 부인과 황 부인이 년갑이 되고 삼 낭이 칠십이 되엿더라. 틴상왕 부뷔 빅 셰의 갓가와 일조의 부″ 냥 인이 긔셰ᄒ니 연왕 부″의 망극ᄒ미 비홀 듸 업더라. 틴상왕의 삼 년을 맛친 후 왕이 니어 긔셰ᄒ니 년이 팔십숨 셰러라. 눈 부인이 망극 즁 텬경을 닙승ᄒ고 국즁을 다스ᄒ니라. 눈 부인이 미양이 잇더니 집안의 향취 진동ᄒ며 삼 낭으로 더부러 병 업시 일졔이 긔셰ᄒ니 ᄌ손의 망극ᄒ미 비홀 듸 업더라. 인ᄒ여 명산 길지롤 갈히여 안장ᄒ고 황 부인을 지셩으로 봉양ᄒ더니 슈 년이 지난 후 황 부인이 니어 긔셰ᄒ니 ᄌ손의 망극 이통ᄒ믈 형언치 못ᄒ너라. 디져 연왕과 눈 소져와 삼 낭은 마음이 어진 고로 신션이 되고, 황 부인은 악심이 잇는 고로 ᄌ손이 업다가 자긔 일신이 스러지니 일노 보아도 후셰인이 현심을 닥글지어다.
>
> (동양문고본 <옥루몽> 30 : 30뒤~31앞)

이런 결말을 맺음으로 인해 동양문고본은 원래의 <옥루몽>이 지니고 있던 가치 대신 다른 군담소설처럼 도식적인 결말이 되게 했다. 즉, 천상의 탁월한 존재들이 지상에 적강하여 이런저런 일을 겪으며 국가와 민족을 구하다가 천수를 누리는 매우 익숙한 도식이 된 것이다.

이상과 같이 생략하고 바꾸고 고치는 식으로 동양문고본 필사자가 개작한 방향은 중세적 세계관에 입각한 체제수호적 이념을 강화하는 측면이었다.[36] 이율배반적인 그래서 분명한 선악의 이분법으로 보기 어려운 입체적인 인물들이 평면적인 인물들이 되는 대신, 이분법적 대립이 꾀해졌고, 사건의 정황과 배경, 상황 등도 평이하게 바뀌었다.

이런 개작의 결과 동양문고본은 구조적 완결미가 감소하고 세련미 역시 떨어지게 되었다. 갑작스런 종결로 인해 황 부인 문제처럼 제대로 처리되지 않고 끝내는 등 서술이 어색하게 되었고, 또 중세 수호적 이념 이 강화됨으로 인해 내용적 도식성을 벗어나지 못하게 되었으며, 살아 움직이는 듯하던 인물의 입체성이 사라지고 배경과 주변부의 활성화된 내용이 단조롭게 바뀌며 궁극적으로 중층적 의미를 통해 독서의 즐거움 을 주던 패러디적 의도성까지 사라져 버렸다.

결국 동양문고본 필사자는 중세적 가치에 맞게 고친다고 고친 것이 원작자가 의도했던 중층서술과 미묘하게 내재시켰던 체재내적 비판 등 의 긴장미와 흥미를 감소시키게 되었고, 결과적으로 조금 다채로운 사 건이 있는 '군담소설'이라 하면 꼭 알맞게 변해 버리고 말았다. 하지만 놓치지 말아야 할 점은 동양문고본이 세책본이란 점으로, 이런 내용을 지닌 텍스트가 '〈옥루몽〉'으로 서울을 중심으로 유통되었다는 사실이 다. 그것은 실제 〈옥루몽〉의 내용에 상관없이 동양문고본이 의미 있는 아비튀스(Habitus)로 작용했을 거란 점이다.37) 앞서 지적했듯이 동양문

---

36) 물론 세책업자가 소설을 통해 체제중심적이고 체제옹호적인 가치 지향을 의도적으 로 추구하는 강한 정치적 의도가 있었다기보다는 '소설은 이러이러해야 한다'는 당대 시정의 보편적인 상식 측면에서 이런 지향을 했을 것으로 생각된다. 다시 말해, 소설 이 껄끄럽지 않은 이야기를 담아야 한다는 생각으로 당대 이데올로기에 크게 벗어나 지 않는 지향을 하게 된 것으로 보인다. 당대 시정에서 통속적인 이야기가 어떤 서사 적 의도를 지니고 고안되었으며 그것이 어떤 독서경험을 주었는지에 대해서는 주형 예, 「19세기 한글통속소설의 서사문법과 독서경험」, 『고소설연구』29, 한국고소설학 회, 2010, 379~403쪽 참조.

37) 부르디외는 교육을 문화적 취향에 따른 재생산의 고착화에 기여하여 아비튀스 (Habitus)를 재생산하여 계층간의 불평등한 관계를 영속화하는 과정이라 보았다. 즉 교육은 사회질서의 위계화를 내재화시키며 지배계급의 지배와 기득권을 정당화시키

고본 필사자가 개작한 것이 아니라 그 앞선 선행본이 그렇게 되어 있는 것을 그대로 따라했다 해도, 세책본인 동양문고본이 이렇듯 되어 있는 형태에 동일한 지향이 내재한다는 점에서는 마찬가지다. 즉, 개작했든 그런 선행본을 그대로 가져왔든, 세책업자 입장에서 이런 내용과 지향이 시장에 호소력이 있다고 판단했던 것이다. 즉, 이런 내용의 <옥루몽> 외에도 온전한 내용의 <옥루몽>이 있었을 텐데도 이런 내용의 <옥루몽>을 유통시킨 것은 당대 이데올로기에 맞게 된 이런 식의 무난한 내용이 더 시장에 적합하다고 보았기 때문이다.[38]

동양문고본 <옥루몽>의 의의는 축약과 개작으로 인해 작가 원본에서 멀어졌다는 점에서 찾을 것이 아니라, 그렇게 멀어진 것을 또는 멀어지도록 '의도적'으로 제작한 그것을 유통시켰다는 점에서 찾아야 한다. 거기에는 당대 시장의 취향과 흐름을 파악한 세책업자의 선택과 판단이 있었고, 경제적 이득을 꾀하려는 계산이 내재해 있었다. 무엇보다 외적으로는 당대를 살던 우리 민중들의 삶의 태도와 인식 수준이 전제된 문화지형이 있었다. 즉, 그것은 높은 수준의 양반이 창작한 <옥루몽>이 지니고 있는 중층성과 활성화된 인물과 패러디적 의도성을 지닌 사건들의 모습들을 이해하기보다는 단지 현실의 위안과 쾌락적 향유를 더 중요하게 생각하는 독자들이 대다수였던 시장 상황을 생각하면,[39] 소설이

고 이런 불평등한 문화사회적 구조를 고착화하고 은폐함으로써 지배계급에 의해 정의된 문화를 주입시키는 상징폭력(Violence symbolique)을 행사하는 기제라고 본 것인데, 직접적인 교과교육뿐만 아니라 비교과적 교육 역시 그 상징폭력을 행사하는 점에서는 마찬가지이며, 오히려 의도성이 숨게 됨으로써 그 효과가 극대화된다고 할 수 있다. 삐에르 부르디외, 앞의 책, 20~29, 11~29, 172~193쪽 참조.

38) 실제로 1930년대까지 우리 소설 시장에서 주류를 이루었던 것은 고소설이고, 그 작품들의 대부분이 도식적인 군담소설이라는 점과 함께 생각해 보면, 동양문고본이 세책본으로서 유통되었던 상황 역시 크게 다르지 않아 보인다.

39) 조선후기 대중소설의 특징은 독자의 흥미를 유발하기 위해 나름의 소재와 기법을

이들에게 줄 것은 원 〈옥루몽〉 같은 내용과 지향이 아니라 동양문고본
과 같은 내용과 지향을 지닌 이야기였던 것이다. 현실을 잊고 선악을
호쾌하게 구분해 주는, 그로 인해 도식적인 위안을 얻는 이야기가 입맛
에 맞았던 것이다.

4. 결론

일본 동양문고에 소장되어 있는 〈옥루몽〉은 세책본이다. 고르고 가
지런하게 필사하여 30권 30책을 만들었지만 원 〈옥루몽〉 서사에서 후
반부가 사라지고 축약·변개된 이본이다. 동양문고본처럼 후반부가 사
라진 이본들과 동양문고본을 비교한 결과, 연대16책본과 가장 비슷한
내용을 지니고 있으며, 이런 축약본 계열 이본 중에서는 앞선 이본임을
확인했다. 동양문고본이 축약본 계열을 최초로 유발시킨 이본인지는 확
실치 않으나, 의도적으로 세책본으로 활용하려고 제작한 이본인 것은
분명하다. 이런 형태와 내용이 되도록 동양문고본이 처음 시도한 것이
든 그렇지 않든, 세책업자가 세책본으로 활용하기 위해 이런 내용을 필
사했다는 점은 동양문고본을 이렇게 제작하겠다는 의도가 분명하게 있
었다고 하겠다.

동양문고본 필사자는 원래의 서사와는 다르게 의도적으로 개작을 시

활용한 데서 찾을 수 있는데, 대체로 작품에 상관없이 정형화되어 있으며 그 내용 또
한 권선징악에 토대한 지배 이데올로기의 수호를 주제로 하고 있다(임성래, 『조선후
기의 대중소설』, 보고사, 2008, 204~253쪽). 이런 통속성은 1950년대 신문소설에도
그대로 이어져, '순응적이고 타협적인 사회의식'이 지배적인 내용을 담아냈다(김동윤,
『신문소설의 재조명』, 예림기획, 2001, 63~144쪽). 대중들에게 소설은 힘겨운 가치를
찾아야 하는 경전텍스트가 아니라 현실을 잊고 즐기는 텍스트였다.

도했는데, 그것은 <옥루몽>이 지니고 있는 내용이 온당치 않다고 판단
했기 때문이다. 처첩의 위상이 역전되어 있는 것이나, 인물들이 이율배
반적인 행동을 하는 것, 투기 등에 대해 긍정적인 관점을 유지하는 것,
등 온당치 않은 내용들이 있다고 생각해서였다. 동양문고본 필사자는
이런 부분들을 과감하게 삭제, 개작해 버렸다. 그런 결과 원래 <옥루
몽>이 지니고 있던 인물의 입체성, 내용의 중층성과 배경의 활성화된
모습 등이 사라지고, 선악의 구별이 분명한 중세지향적이고 체제 유지
적인 모습을 띠게 되었다. 그래서 조금 색다른 내용을 지닌 군담소설
정도로 받아들여지게 되었다.

　이런 내용의 동양문고본이 세책으로 제작된 기저에는 이런 내용이
당대 대중에게 통속적으로 받아들여지기 쉬울 것이라는 세책업자의 판
단이 있었고, 이를 통해 제작된 동양문고본이 세책으로 널리 유통되면
서 '<옥루몽>이란 이런 것이다'는 의미로 자리매김하게 되었으며, 그
중세지향적이고 선악 이분법이 명확한 가치가 아비튀스로 작용하며 대
중의 인식에 교육적 효과를 주게 되었다.

　앞으로 더 탐색할 것이 있는데, 동양문고본 외에 세책으로 유통되던
다른 세책본 텍스트의 존재 유무이다. 혹시 찾아진다면, 그 세책본은 동
양문고본과 같은 내용인지, 그렇지 않고 규장각본과 같은 원본에 가까
운 내용인지 면밀히 분석해 봐야 한다. 만약 다른 세책본이 있고 또 찾
을 수 있다면, 그 텍스트와 동양문고본의 관계는 어떠한지도 궁금하다.
아울러, 동양문고본의 선행본이 존재했는지의 문제와, 동양문고본이 유
통되던 시기에 같이 경쟁하던 활판본과의 관계는 어떠한지도 앞으로 면
밀히 따져봐야 할 부분이다.

　이런 문제들은 <옥루몽>, <옥련몽> 이본 자료를 더 많이 발굴하고
검토함으로써 풀릴 수 있다. 이를 앞으로의 과제로 삼는다.

참고문헌

자료

<강남홍전>(한글활판, 회동서관) / 인천대학교 민족문화연구소, 『舊活字本 古小說全集』4, 은하출판사.

<구운몽>(한글필사, 서울대본) / 이승욱·정병욱 교주, 『구운몽』, 교문사, 1984.

<구운몽>(한문필사, 노존본) / 정규복·진경환 역주, 『구운몽』, 고려대학교 민족문화연구소, 1996.

<남원고사>(한글필사) / 김동욱 외, 『春香傳 比較 硏究』, 삼영사, 1979.

<벽성선>(한글활판, 신구서림) / 인천대학교 민족문화연구소, 『舊活字本 古小說全集』4, 은하출판사.

<신교 옥루몽>(한글활판, 신문관본)

<옥누몽>(한글필사, 갑진본) / 『나손본 필사본고소설자료총서』30, 보경문화사, 1991.

<옥련몽>(한글필사, 국도12책본) / 국립중앙도서관 소장본

<옥련몽>(한글필사, 나손정미본) / 『羅孫本 筆寫本古小說資料叢書』36·37, 보경문화사, 1991.

<옥련몽>(한글필사, 무신본) / 이화여자대학교 소장본

<옥련몽>(한글필사, 무신본) / 이화여자대학교 소장본

<옥련몽>(한글필사, 박순호A본) / 『한글필사본고소설자료총서』32·33, 오성사, 1986.

<옥련몽>(한글필사, 박순호B본) /『한글필사본고소설자료총서』76・77・
78, 오성사, 1986.

<옥련몽>(한글필사, 서강대본) / 서강대학교 소장본

<옥련몽>(한글필사, 정유본) / 이화여자대학교 소장본

<옥련몽>(한글활판, 박학서원본) / 인천대학교 민족문화연구소,『舊活字
本 古小說全集』10, 은하출판사. 1983.

<옥루몽>(한글필사, 갑진본) /『羅孫本 筆寫本古小說資料叢書』30・31・
32, 보경문화사, 1991.

<옥루몽>(한글필사, 국도5책본) / 국립중앙도서관 소장본

<옥루몽>(한글필사, 규장각본) / 서울대학교 규장각 소장본

<옥루몽>(한글필사, 낙선재본) / 한국학중앙연구원 장서각 소장본

<옥루몽>(한글필사, 동양문고본) / 일본 동양문고 소장본

<옥루몽>(한글필사, 연대16책본) / 연세대학교 중앙도서관 소장본

<옹고집전>(한글필사, 강전섭본) / 최래옥,「옹고집전 이 편」,『사대논문집』
4, 한양대, 1986.

<옹고집전>(한글필사, 김삼불본) / 김기동 외,『한국고전소설선』, 새글사,
1965.

<옹고집전>(한글필사, 김일근본) / 최래옥,「옹고집전 이 편」,『사대논문집』
4, 한양대, 1986.

<옹고집전>(한글필사, 박순호30장본) / 최래옥 표기,『한국학논집』10, 한양
대 한국학연구소, 1986.

<옹고집전>(한글필사, 연세대본) / 최래옥,『동양학』19, 단국대학교 동양학
연구소, 1989.

<옹고집전>(한글필사, 최래옥본) / 최래옥 해설주석,『한국학논집』11, 한양
대학교 한국학연구소, 1987.

<용성원전>(한글필사, 박순호본) / 월촌문헌연구소편,『한글필사본고소
설자료총서』37, 오성사, 1986

<原本諺吐 玉樓夢>(한문현토활판, 적문서관본)／동국대학교 한국학연구
소,『活字本 古典小說全集』6, 아세아문화사, 1976.

<육괴록>(한글필사)／『羅孫本　筆寫本古小說資料叢書』47, 보경문화사,
1991.

<육미당기>(한문필사, 서울대 가람문고본)／김기동 편,『筆寫本 古典小說
全集』1, 아세아문화사, 1980.

<적성의전>(한글판각, 경판23장본)／국립중앙도서관 소장본

<적성의전>(한글판각, 경판23장본)／김동욱,『影印古小說板刻本全集』3
권, 1973.

<적성의전>(한글판각, 경판23장본)／한국학중앙연구원 소장본

<적성의전>(한글판각, 경판30장본)／프랑스 파리 기메(Guimet)박물관 소
장본

<적성의전>(한글판각, 경판31장본)／러시아 상트 페테르부르그(St. Peters
-burg) 소재 동방학 연구소 소장본

<적성의전>(한글판각, 안성판19장본)／일본 동양문고 소장본

<적성의전>(한글판각, 완판74장본)／한국학중앙연구원 소장본 (001141-
11)

<적성의전>(한글필사, 김동욱본)／『나손본필사본고소설자료총서』54, 보
경문화사, 1993.

<적성의전>(한글필사, 단국대26장본)

<적성의전>(한글필사, 동양문고본)／일본 동양문고 소장본

<적성의전>(한글필사, 박순호본)／『이본류한글필사본고소설자료총서』86,
오성사, 1986.

<적성의전>(한글필사, 박순호본)／『이본류한글필사본고소설자료총서』87,
오성사, 1986.

<적성의전>(한글필사, 박순호본)／『한글필사본고소설자료총서』43, 오성사,
1986.

<적성의전>(한글필사, 박순호본) /『한글필사본고소설자료총서』44, 오성사, 1986.

<적성의전>(한글필사, 연세대본) / 연세대학교 도서관 소장본

<적성의전>(한글필사, 정명기본)

<적성의전>(한글필사, 조동일본) /『조동일소장국문학연구자료』15, 박이정, 1999.

<적성의전>(한글활판, 박문서관본)

<적성의전>(한글활판, 세창서관본, 1915)

<적성의전>(한글활판, 세창서관본, 1962)

<적성의전>(한글활판, 영창서관본)

<적성의전>(한글활판, 한성서관・유일서관본)

<적성의전>(한글활판, 회동서관본)

<崔文獻傳>(한문필사, 신독재수택본전기집 소재본) / 정학성,『역주 17세기 한문소설집』, 삼경문화사, 2000, 57~127쪽.

<최충전>(한글 필사, 히브리대학소장본)

<하진양문록>(한글필사, 동양문고본) / 이대형 교주,『하진양문록』Ⅰ, Ⅱ, Ⅲ, 이회, 2004.

<배따락이>,『創造』9, 1921. / 김열규 외,『金東仁硏究』, 새문사, 1986.

『삼국사기』

『삼국유사』

『韓國口碑文學大系』, 한국정신문화연구원 편, 1989.

Skillend, W. E.『古代小說』, University of London, 1968.

곽철환 편저.『시공 불교사전』, 시공사, 2003.

빅토르 츠매가치・디터 보르흐마이어 편저,『현대 문학의 근본개념 사전』, 류종영 외 공역, 솔, 1996.

서울특별시사편찬위원회,『洞名沿革考 1-종로구편』, 1992.

서울특별시사편찬위원회,『서울지명사전』, 2009.

송재선 엮음,『동물 속담사전』, 동문선, 1997.

운허 용하,『불교사전』, 홍법원, 1971.

조희웅,『고전소설 이본목록』, 집문당, 1999.

『불교용어사전』, 경인문화사, 1998.

연구논저

E. M. 포스터,『소설의 이해』, 이성호 옮김, 문예출판사, 1975.

J. G. 카웰티,「도식성과 현실도피와 문화」, 박성봉 편역,『대중예술의 이론
　　　들』, 동연, 5쇄 2000.

J.-D. Nasio,『정신분석학의 7가지 개념』, 표원경 옮김, 백의, 1999.

Philip Thomson,『그로테스크』, 김영무 옮김, 서울대학교 출판부, 1986.

강명관,「『삼강행실도』-약자에게 가해진 도덕의 폭력」,『한국고전여성문학
　　　연구』5, 한국고전여성문학회, 2002.

강상순,「<구운몽>과 17세기 장편소설의 정신분석」,『배달말』27, 2000.

──────,「九雲夢의 상상적 형식과 욕망에 대한 연구」, 고려대학교 박사논
　　　문, 1999.

곽정식,「「雍固執傳」研究」,『한국문학논총』8·9, 한국문학회, 1986.

권택경,「「최고운전(崔孤雲傳)」연구」, 한국교원대학교 박사논문, 2006.

권택영 엮음,『자크 라캉 욕망이론』, 민승기 외 옮김, 문예출판사, 2000.

권택영,『소설을 어떻게 볼 것인가』, 문예출판사, 1995.

──────,『영화와 소설 속의 욕망이론』, 민음사, 1995.

권혁래,「동아시아 전쟁의 기억과 후금(後金)·청(淸)의 형상화」,『한국고
　　　소설학회 87차 정기학술대회 논문집』, 한국고소설학회, 2009.11.14.

김경미, 「19세기 소설사의 한 국면-성 표현 관습의 변화를 중심으로」, 『한국고전연구』9, 한국고전연구학회, 2003.

_____, 「19세기 한문소설의 새로운 모색과 그 의미」, 『한국문학연구』창간호, 고려대학교 민족문화연구원, 2000.

_____, 「淫詞小說의 수용과 19세기 한문소설의 변화」, 『고전문학연구』25, 한국고전문학회, 2004.

김경미·조혜란 역주, 『19세기 서울의 사랑』, 여이연, 2003.

김경숙, 「동양문고본『남정팔난기』연구」, 『열상고전연구』20, 열상고전연구회, 2004.

김교빈, 「문화원형의 개념과 활용」, 『인문콘텐츠』6, 인문콘텐츠학회, 2005.

김기덕, 「문화원형의 층위(層位)와 새로운 원형 개념」, 『인문콘텐츠』6, 인문콘텐츠학회, 2005.

_____, 「콘텐츠의 개념과 인문콘텐츠」, 『인문콘텐츠』1, 인문콘텐츠학회, 2003.

김기진, 「대중소설론」, 조성면 편저, 『한국 근대대중소설 비평론』, 태학사, 1997.

김기창, 「지하국대적퇴치설화 연구」, 『국제어문』18, 국제어문학회, 1997.

김동욱, 「방각본에 대하여」, 『동방학지』11, 연세대학교 동방학연구소, 1970.

_____, 「李朝小說의 作者와 讀者에 對하여」, 『장암지헌영선생화갑기념논총』, 1971.

_____, 「한글 小說 坊刻本의 成立에 對하여」, 『향토서울』8, 서울특별시, 1960.

_____, 『한국가요의 연구』, 을유문화사, 1961.

김동윤, 『신문소설의 재조명』, 예림기획, 2001.

김미란, 「기녀(妓女)풍속으로 본 춘향전의 몇 가지 문제」, 『춘향전 연구의 과제와 방향』향사설성경교수화갑기념논문집, 국학자료원, 2004.

김병국, 「九雲夢 著作時期 辨證」, 『한국학보』51, 일지사, 1988.

김병국, 「九雲夢의 에피그라프 '記夢'-西浦와 그의 꿈」, 『국어교육』14, 한국국어교육연구학회, 1968.

김성태, 「몸-주체성의 표현 형식」, 『철학』43, 한국철학회, 1995.

김용숙, 『한국 여속사』, 민음사, 1989.

김용옥, 『금강경 강해』, 통나무, 1999.

김욱동, 「단성적 문학과 다성적 문학」, 『대화적 상상력-바흐친의 문학이론』, 문학과지성사, 1999.

김일렬, 「九雲夢 新考」, 장덕순선생화갑기념논문집 간행위원회 편, 『韓國古典散文硏究』, 동화문화사, 1981.

_____, 「구운몽과 금강경 관계 논쟁의 행방」, 『배달말』27, 배달말학회, 2000.

김종주 옮김, 『라깡 정신분석의 핵심용어』, 하나의학사, 2003.

김종철, 「「王樹記」 硏究」, 『국문학연구』71, 서울대학교, 1985.

_____, 「「옹고집전」 연구-조선후기 요호부민의 동향과 관련하여」, 『한국학보』75, 일지사, 1994.

_____, 「<옥루몽>의 대중성과 진지성」, 『한국학보』61, 일지사, 1990 겨울.

김진영, 「古典小說의 流通과 口演 事例 考察-영동군 학산면 민옥순을 중심으로」, 『한국언어문학』63, 한국언어문학회, 2007.

김치수 편저, 『구조주의와 문학비평』, 기린원, 1989.

김현룡, 「「雍固執傳」의 根源說話 硏究」, 『국어국문학』62·63, 국어국문학회, 1973.

_____, 「「崔孤雲傳」의 形成時期와 出生談攷」, 『고소설연구』4, 한국고소설학회, 1998.

_____, 『韓中小說說話比較研究』, 일지사, 1976.

김화경, 「百濟文化와 夜來者 說話의 硏究」, 『백제논총』1, 백제문화개발연구원, 1985.

南懷瑾, 『금강경 강의』, 신원봉 옮김, 문예출판사, 1999.

노라 칼린, 『동성애자 억압의 사회사』, 심인숙 옮김, 책갈피, 1995.

니콜라 디코스모, 『오랑캐의 탄생』, 이재정 옮김, 황금가지, 2005.

大谷森繁, 「朝鮮 後期의 貰冊 再論」, 『韓國古小說史의 視覺』, 국학자료원, 1996.

大谷森繁, 『朝鮮後期 小說讀者 研究』, 민족문화연구소, 1985.

데이빗 매튼, 「대중예술의 미학의 필요성」, 박성봉 편역, 『대중예술의 이론들』, 동연, 2000(5쇄).

도미니크 달레락, 『강간충동』, 하태환 옮김, 동심원, 1995.

라이만 타우워 사르젠트, 『현대사회와 정치사상』, 부남철 옮김, 한울아카데미, 1994.

로버트 패티슨, 「통속성, 낭만주의 그리고 범신론」, 박성봉 편역, 『대중예술의 이론들』, 동연, 2000(5쇄).

롤랑 부르뇌프 · 레알 윌레, 『현대소설론』, 김화영 편역, 현대문학, 1996.

柳基龍, 「<배따라기>의 審美的 作品構造」, 김열규 외, 『金東仁研究』, 새문사, 1986.

류다린, 『중국성문화사』, 노승현 옮김, 심산, 2003.

류탁일, 『完板坊刻小說의 文獻學的研究』, 학문사, 1981.

르네 지라르, 『폭력과 성스러움』, 김진식 · 박무호 옮김, 민음사, 1993.

_____, 『희생양』, 김진식 옮김, 민음사, 1998.

리처드 커니, 『이방인 · 신 · 괴물』, 이지영 옮김, 개마고원, 2004.

리파드 팔머, 『해석학이란 무엇인가』, 이한우 옮김, 문예출판사, 2001.

린 헌트, 『포르노그라피의 발명』, 조한욱 옮김, 책세상, 1996.

마슈레 · 발리바르, 「라캉과 철학 : 주체성과 상징성의 이론이라는 쟁점」, 윤소영 번역, 『이론』10, 1994 가을 · 겨울.

마이클 김, 「서양인들이 본 조선후기와 일제초기 출판문화의 모습」, 『열상고전연구』19, 열상고전연구회, 2004.

마이클 티어노, 『스토리텔링의 비밀』, 김윤철 옮김, 아우라, 2008.

모리스 꾸랑, 『朝鮮書誌』, 이희재 옮김, 일조각, 1994.

문소정, 「한국 가부장제의 확립 배경에 관한 연구」, 『사회와 역사』33, 한국 사회사학회, 1992.

미셸 푸코, 『감시와 처벌』, 오생근 옮김, 나남, 1998.

_____, 『성의 역사1-앎의 의지』, 이규현 옮김, 나남, 2004.

민영대, 「崔忠傳 異本研究」, 『한남어문학』7·8, 한남대학교 국어국문학회, 1982.

박병완, 「夜來者傳說」, 『설화문학연구』下, 화경고전문학연구회, 단국대학교 출판부, 1998.

박성봉, 『마침표가 아닌 느낌표의 예술』, 일빛, 2002.

박일용, 「「崔孤雲傳」의 작가의식과 소설사적 위상」, 『고전문학연구』16, 한국고전문학회, 1999.

_____, 「<최고운전>의 창작 시기와 초기본의 특징」, 『고소설연구』29, 한국고소설학회, 2010.

_____, 「삼한습유를 통해서 본 김소행의 작가의식」, 『한국학보』42, 일지사, 1986.

_____, 「인물형상을 통해서 본 <구운몽>의 사회적 성격과 소설사적 위상」, 『정신문화연구』44, 한국학중앙연구원, 1991.

박희병, 「傳奇的 人間의 美的 特質」, 『韓國傳奇小說의 美學』, 돌베개, 1997.

_____, 「한국고전소설의 발생 및 발전단계를 둘러싼 몇몇 문제에 대하여」, 『한국전기소설의 미학』, 돌베개, 1997.

_____, 「한국한문소설사의 전개와 傳奇小說」, 『韓國傳奇小說의 美學』, 돌베개, 1997.

발터 벤야민, 『발터 벤야민의 문예이론』, 반성완 편역, 민음사, 2004(19쇄).

방효순, 「일제시대 저작권 제도의 정착과정에 관한 연구」, 『서지학연구』21, 서지학회, 2001.

배영동, 「문화콘텐츠화 사업에서 '문화원형' 개념의 함의와 한계」, 『인문콘텐츠』6, 인문콘텐츠학회, 2005.

배재홍, 「朝鮮前期 妻妾分揀과 庶孼」, 『대구사학』41, 대구사학회, 1991.

블라디미르 프로프, 『민담형태론』, 유영대 옮김, 새문사, 1987.

_____, 『러시아 민담 연구』, 이종진 옮김, 한국외국어대학교 출판부, 2005.

삐에르 부르디외, 『구별짓기 : 문화와 취향의 사회학』, 최종철 옮김, 새물결, 1995.

서대석, 「<구운몽> · 군담소설 · <옥루몽>의 상관관계」, 『군담소설의 구조와 배경』, 이화여자대학교 출판부, 1985.

_____, 「<옥루몽>의 갈등구조」, 『군담소설의 구조와 배경』, 이화여자대학교 출판부, 1985.

_____, 「百濟神話 硏究」, 『백제논총』1, 백제문화개발연구원, 1985.

_____, 「조선의 로망, 21세기의 로망」, 『우리고전 캐릭터의 모든것』1, 휴머니스트, 2008.

서신혜, 『김소행의 글쓰기 방식과 삼한습유』, 박이정, 2004.

서인석, 「<구운몽> 후기 이본의 변모 양상」, 사재동 편, 『서포문학의 새로운 탐구』, 중앙인문사, 2000.

_____, 「<구운몽>의 문체적 변주-김광순본 <구운몽>의 경우」, 『고전문학과 교육』5, 한국고전문학교육학회, 2003.

_____, 「조선 후기 향촌 사회의 악인 형상-놀부와 옹고집의 경우」, 『인문연구』20, 영남대학교 인문과학연구소, 1999.

釋 眞悟 역해, 『금강경 연구』, 고려원, 1988.

설성경, 「구운몽에 나타난 시간인식의 양상」, 『배달말』6, 배달말학회, 1981.

_____, 「九雲夢의 構造的 硏究(Ⅰ)-時間論」, 『인문과학』27 · 28, 연세대학교 인문과학연구소, 1972.

_____, 「九雲夢의 構造的 硏究(Ⅲ)-素材의 時間的 要素」, 『국어국문학』

58-60합병호, 국어국문학회, 1972.

설성경, 「夢의 통합적 層位와 系列相」, 신동욱 편, 『김만중연구』, 새문사, 1983.

설성경・심치열, 『옥루몽의 작품세계』, 개문사, 1994.

설중환, 「옹고집전의 구조적 의미와 불교」, 『문리대논집』4, 고려대학교 문리대, 1986.

성현경, 『韓國小說의 構造와 實相』, 영남대학교 출판부, 1989.

_____, 「玉蓮夢硏究」, 『國文學硏究』9, 국문학연구회, 1968.

소쉬르, 『일반언어학 강의』, 최승언 옮김, 민음사, 1990.

손진태, 『韓國民族文化의 硏究』; 『孫晉泰先生全集』2, 태학사, 1981.

송성욱, 「문화콘텐츠 창작소재와 문화원형」, 『인문콘텐츠』6, 인문콘텐츠학회, 2005.

스티브 톰슨, 『설화학원론』, 윤승준・최광식 공역, 계명문화사, 1992.

시모어 채트만, 『영화와 소설의 서사구조』, 김경수 옮김, 민음사, 1996.

신동흔, 「설화와 소설의 장르적 본질 및 문학사적 위상」, 『국어국문학』138, 국어국문학회, 2004.

신재홍, 『韓國夢遊小說硏究』, 계명문화사, 1994.

沈家楨, 『금강경의 연구』, 임우재 옮김, 미주현대불교, 2000.

아즈마 히로키, 『동물화하는 포스트모던』, 이은미 옮김, 문학동네, 2007.

안드레아 드워킨, 『포르노그래피』, 유혜연 옮김, 동문선, 1996.

안창수, 「구운몽에 나타난 형식과 내용의 관계」, 『한민족어문학』16, 한민족어문학회, 1989.

안춘근, 「韓國貰冊業變遷考」, 『서지학』6, 한국서지학회, 1974.

앤소니 기든스, 『현대 사회의 성・사랑・에로티시즘』, 배은경・황정미 옮김, 새물결, 2001.

왕용쿠안, 『혹형, 피와 전율의 중국사』, 김장호 옮김, 마니아북스, 1999.

우정권 편저, 『한국문학콘텐츠』, 청동거울, 2005.

움베르토 에코, 『대중의 슈퍼맨』, 김운찬 옮김, 열린책들, 1994.

웨인 C. 부스, 『小說의 修辭學』, 이경우·최재석 옮김, 한신문화사, 1990.

유광수, 「만남과 깨달음으로 본 <洛山二大聖 觀音·正趣, 調信>의 의미」, 『연세어문학』32, 연세대학교 국어국문학과, 2000.

_____, 「경판본 <적성의전> 이본고」, 『열상고전연구』18, 열상고전연구회, 2003.

_____, 「<옥루몽> 성애(性愛) 표현의 서사적 기능과 은폐된 폭력성」, 『한국고전여성문학연구』10, 한국고전여성문학회, 2005.

_____, 「<옥루몽>의 벽성선 : 욕망하는 인물, 전략화된 육체와 사회적 검열·통제」, 『한국문화연구』8, 이화여자대학교 한국문화연구원, 2005.

_____, 「<옥루몽>에 나타난 성애(性愛) 표현의 의미-은밀한 폭력과 정당화된 폭력」, 『고소설연구』20, 한국고소설학회, 2005.

_____, 「<구운몽> : '자기 망각'과 '자기 기억'의 서사-성진이 양소유 되기」, 『고전문학연구』29, 한국고전문학회, 2006.

_____, 「'쥐 변신 설화'의 소설적 적용과 원천소재 활용 양상」, 『고소설연구』23, 한국고소설학회, 2007.

_____, 「<옥련몽> 이본과 善本 계열 추정」, 『동양학』42, 단국대학교 동양학연구소, 2007.

_____, 「<구운몽> : 두 욕망의 순환과 진정한 깨달음의 서사」, 『열상고전연구』26, 열상고전연구회, 2007.

_____, 「<옥련몽>에서 <옥루몽>으로 개작된 여성 인물의 양상과 의미-'윤 부인', '일지련', '강남홍'의 개작 양상을 중심으로」, 『고소설연구』25, 한국고소설학회, 2008.

_____, 「연세대 소장 <적성의전> 필사본과 초기 경판본의 관계」, 『열상고전연구』28, 열상고전연구회, 2008.

_____, 「<옥련몽>·<옥루몽>의 '창작-개작' 양상과 의미」, 『고소설연구』

27, 한국고소설학회, 2009.

유광수, 「세책본 고소설의 성립 연원과 제작 방식에 대하여-향목동 세책본 <적성의전>(1915)을 중심으로」, 『고소설연구』29, 한국고소설학회, 2010.

_____, 「<최고운전>의 설화적 전승과 '최치원설화'의 연원」, 『한국문학연구』39, 동국대학교 한국문학연구소, 2010.

_____, 「구활자본 <적성의전>의 두 연원에 대하여」, 『열상고전연구』32, 열상고전연구회, 2010.

_____, 「<옥루몽> 한글원작설 변증-정유본 <옥련몽>을 중심으로」, 『고소설연구』31, 한국고소설학회, 2011.

_____, 「<최고운전>의 원천소재 활용 양상과 '의미 겹침'으로서의 소설」, 『온지논총』29, 온지학회, 2011.

_____, 「세책 <옥루몽> 동양문고본에 대하여」, 『열상고전연구』35, 열상고전연구회, 2012.

_____, 「<옥루몽> 연구」, 연세대학교 박사논문, 2005.

유병환, 『九雲夢의 불교사상과 소설미학』, 국학자료원, 1998.

유춘동, 「20세기 초 구활자본 고소설의 세책 유통에 대한 연구」, 『장서각』15, 2006.

_____, 「세책본 <금령전>의 텍스트 위상 연구」, 『열상고전연구』20, 열상고전연구회, 2004.

윤가현, 『동성애의 심리학』, 학지사, 1998.

윤영옥, 「崔孤雲傳攷-「嶺南大學本」紹介를 兼하여」, 『영남어문학』3, 1976.

윤주필, 「베트남의 <鼠精傳>과 한국의 <甕固執傳>의 비교-眞假爭主 설화의 수용미학적 관점」, 『고소설연구』, 한국고소설학회, 2006.

윤채근, 「金萬重 思惟의 世界表象 樣式과 『九雲夢』-空의 의미와 通俗性을 중심으로」, 『한국한문학연구』34, 한국한문학회, 2004.

윤호진, 『無我 輪廻問題의 硏究』, 민족사, 1992.

윤효녕 외, 『주체 개념의 비판-데리다, 라캉, 알튀세, 푸코』, 서울대학교 출판부, 1999.

이강수·이권, 『장자 I 』, 길, 2005.

이강엽, 「'자기실현'으로 읽는 <옹고집전>」, 『고소설연구』17, 한국고소설학회, 2004.

이강옥, 「『구운몽』에 나타난 환생과 思念現實의 의미」, 『우리말글』27, 우리말글학회, 2003.

이광규, 『한국 가족의 사적 연구』, 일지사, 1983.

이규호, 『앎과 삶』, 연세대학교 출판부, 1992.

이명남, 『政治 이데올로기의 主體的 解明』, 전남대학교 출판부, 2000.

이문구, 『金東仁 小說의 美意識 硏究』, 경인문화사, 1995.

이브미쇼, 『폭력과 정치』, 나정원 옮김, 인간사랑, 1990.

이상구, 「『구운몽』의 구조적 특징과 세계상」, 『민족문학사연구』25, 민족문학사학회, 2004.

이석래, 「「雍固執傳」의 硏究」, 『관악어문연구』3, 서울대학교 국어국문학과, 1978.

이수웅, 『中國娼妓文化史』, 대한교과서주식회사, 1987.

이순형, 「조선시대 가부장제의 유학적 재해석」, 『한국학보』19권 2호, 일지사, 1993.

이승수, 「≪玉樓夢≫소고2-장르 포섭 양상과 삽입 작품들의 기능」, 『한국언어문화』20, 한국언어문화학회, 2001.

_____, 「<옥루몽> 소고1-男女知己論의 虛實과 여성의 발견」, 『한국고전여성문학연구』창간호, 한국고전여성문학회, 2000.

_____, 「『玉樓夢』에 나타난 王覇倂用論의 역사적 맥락과 사상적 함의」, 『한국학논집』35, 한양대학교 한국학연구소, 2001.

이신복, 「崔孤雲傳에 대하여」, 『한문학논집』1, 근역한문학회, 1983.

이원수, 「<구운몽>의 구조와 그 중층적 의미」, 『고전소설 작품세계의 실상』,

경남대학교 출판부, 1996.

이원주, 「古典小說 讀者의 性向-慶北 北部 地域을 中心으로」, 『한국학논집』3, 계명대학교 한국학연구소, 1975.

이유섭, 『성관계는 없다』, 민음사, 1997.

이윤기, 『잎만 아름다워도 꽃대접을 받는다』, 동아일보사, 2000.

이윤석, 「구활자본 고소설의 변이양상」, 이윤석·정명기, 『구활자본 야담의 변이양상 연구』, 보고사, 2001.

＿＿＿, 「『금방울전』 활판본 원고에 대하여」, 『열상고전연구』26, 열상고전연구회, 2007.

＿＿＿, 「『임경업전』 목판본 49장본에 대하여」, 『열상고전연구』28, 열상고전연구회, 2008.

이윤석·大谷森繁·정명기 편저, 『貰冊 古小說 硏究』, 혜안, 2003.

이효재, 「신분상승과 가부장제문화」, 『조선조 사회와 가족』, 한울 아카데미, 2003.

이정원, 「安城板 坊刻本 출판 현황」, 『어문연구』33권 2호, 한국어문교육연구회, 2005.

＿＿＿, 「안성판 방각본의 소설 판본」, 『한국고전연구』14, 한국고전연구학회, 2006.

이종필, 「<崔孤雲傳>의 초기 소설사적 의의에 관한 연구」, 고려대학교 석사논문, 2006.

이주영, 「<구운몽>에 나타난 욕망의 문제」, 『고소설연구』13, 한국고소설학회, 2002.

＿＿＿, 『구활자본 고전소설 연구』, 월인, 1998.

이중훈, 「丁貞烈 판소리의 玉樓夢에 나타난 音盤史的 考察」, 『한국음악사학보』6, 한국음악사학회, 1991.

이창헌, 「안성지역의 소설 방각활동 연구」, 『한국문화』24, 서울대학교 규장각한국학연구원, 1999.

이창헌, 『경판방각소설 판본 연구』, 태학사, 2000.

_____, 『이야기문학 연구』, 보고사, 2005.

이채연, 「<대적퇴치> 설화의 탐색담적 구조와 의미」, 『한국문학논총』11, 한국문학회, 1990.

이혜구, 「宋晩載의 觀優戲」, 『판소리연구』1, 판소리학회, 1989.

이혜화, 「崔孤雲傳의 形成背景研究」, 고려대학교 석사논문, 1984.

이효재, 「한국 가부장제와 여성」, 『여성과 사회』7, 한국여성연구소, 1996.

인권환, 「失傳 판소리 사설 연구」, 『동양학』26, 단국대학교 동양학연구소, 1996.

_____, 「雍固執傳의 불교적 고찰-근원설화와 주제를 중심으로」, 『민족문화연구』28, 민족문화연구소, 1995.

임성래, 『조선후기의 대중소설』, 보고사, 2008.

임형택, 「나말여초의 전기문학」, 『한국문학사의 시각』, 창작과 비평사, 1984.

장 벨맹-노엘, 『문학 텍스트의 정신분석』, 최애영·심재중 옮김, 동문선, 2001.

장 보드리야르, 『시뮬라시옹』, 하태완 옮김, 민음사, 2001.

장덕순, 「說話의 小說化-雍固執傳과 裴裨將傳을 中心으로」, 『동아문화』7, 서울대학교 동아문화연구소, 1967.

_____, 「崔致遠과 說話文學」, 『한국민속과 문학』, 박이정, 1995.

_____, 「韓國의 夜來者 傳說과 日本의 三輪山 傳說과의 比較研究」, 『한국민속과 문학』, 박이정, 1995.

장석규, 「<옹고집전>의 구조와 '구원'의 문제」, 『문학과 언어』11, 문학과 언어 연구회, 1990.

장정희, 『선정소설과 여성』, L.I.E., 2007.

장효현, 「『玉樓夢』의 文獻學的 研究」, 고려대학교 석사논문, 1981.

_____, 「<九雲夢>의 主題와 그 受容史에 관한 研究」, 정규복 외, 『金萬重

文學硏究』, 국학자료원, 1993.

장효현, 「<玉樓夢> 硏究史」, 우쾌제 외, 『고소설연구사』, 월인, 2002.

_____, 「<六美堂記>의 작자 再論」, 『고전소설 연구의 방향』, 한국고전문
학연구회, 새문사, 1985.

전상욱, 「세책 대출자의 특성에 대한 연구–동양문고본 대출장부를 중심으
로」, 『고소설연구』26, 한국고소설학회, 2008.

_____, 「세책 대출장부 연구1」, 『열상고전연구』27, 열상고전연구회, 2008.

정규복, 『구운몽연구』, 고려대학교 출판부, 1974.

정길수, 「<구운몽>의 독자는 누구인가」, 『고소설연구』13, 한국고소설학회,
2002.

정명기, 「세책본소설에 대한 새 자료의 성격 연구–『諺文厚生錄』소재 목록
을 중심으로」, 『고소설연구』19, 한국고소설학회, 2005.

_____, 「세책본소설의 유통양상–동양문고 소장 세책본소설에 나타난 세책
장부를 중심으로」, 『고소설연구』16, 한국고소설학회, 2003.

정병설, 「세책 소설 연구의 쟁점과 방향」, 『국문학연구』10, 국문학회, 2003.

_____, 「일본 교토대학 소장 새 자료 소개」, 『문헌과 해석』28, 태학사, 2004
가을.

_____, 「조선후기 한글소설의 성장과 유통–세책과 방각을 중심으로」, 『진
단학보』100, 진단학회, 2005.

_____, 「조선후기 한글·출판 성행의 매체사적 의미」, 『진단학보』106, 진단
학회, 2008.

정병욱, 「최문헌전(崔文獻傳)에 대하여」, 『한국고전의 재인식』, 홍성사,
1979.

정상진, 「雍固執傳의 庶民意識과 판소리로서의 失傳考」, 『국어국문학』23,
부산대학교 국어국문학과, 1986.

정성희, 『조선의 성풍속』가람기획, 1998.

정인한, 「雍固執傳의 說話 硏究」, 『문학과 언어』1, 문학과 언어 연구회,

1980.

정지영, 「조선 후기의 첩과 가족 질서」, 『사회와 역사』65, 한국사회사학회, 2004.

정출헌, 「<九雲夢>의 作品世界와 그 理念的 基盤」, 정규복외, 『金萬重文學硏究』, 국학자료원, 1993.

_____, 「<최고운전>을 통해 읽는 초기 고전소설사의 한 국면」, 『고소설연구』14, 한국고소설학회, 2002.

_____, 「가부장적 가족제도의 질곡과 <사씨남정기>」, 『배달말』27, 배달말학회, 2000.

_____, 「『구운몽』의 작품세계와 그 이념적 기반」, 『고전소설사의 구도와 시각』, 소명출판, 1999.

정충권, 「『옹고집전』이본의 변이양상과 그 의미」, 『판소리연구』4, 판소리학회, 1993.

제라르 즈네뜨, 『서사담론』, 권택영 옮김, 교보문고, 1992.

조광국, 「『옥루몽』에 나타난 王道·覇道 並用의 정치이념 구현 양상」, 『고전문학연구』15, 한국고전문학회, 1996.

_____, 『기녀담 기녀등장소설 연구』, 월인, 2000.

조너선 D. 스펜서, 『마테오 리치, 기억의 궁전』, 주원준 옮김, 이산, 1999.

조동일, 「<九雲夢>과 <金剛經>, 무엇이 문제인가?」, 신동욱 편, 『김만중 연구』, 새문사, 1983.

_____, 『한국소설의 이론』, 지식산업사, 1997.

조르쥬 비가렐로, 『강간의 역사』, 이상해 옮김, 당대, 2002.

조민환, 「儒家美學에서 바라 본 몸」, 『동양철학연구』18, 동양철학연구회, 1998.

조혜란, 「<삼한습유> 연구」, 이화여자대학교 박사논문, 1994.

_____, 「<옥루몽>의 서사미학과 그 소설사적 의의」, 『고전문학연구』22, 한국고전문학회, 2002.

조혜란, 「조선후기소설에 나타난 유흥 서술 연구」, 『한국고전연구』3, 한국
　　　고전연구학회, 1997.

조희선, 「한국가족에서 첩제도의 법제도사적 변화」, 『인문과학』25, 성균관
　　　대학교 인문과학연구소, 1995.

조희웅, 「백두산설화와 민간의식」, 『이야기문학모꼬지』, 박이정, 1995.

죠르주 바따이유, 『에로티즘』, 조한경 옮김, 민음사, 1989.

　　　　　　　　, 『에로스의 눈물』, 유기환 옮김, 문학과 의식, 2002.

주명희, 「婦女拉致型 大賊退治說話考」, 『韓國古典散文硏究』, 동화문화
　　　사, 1981.

주형예, 「매체와 서사의 연관성으로 본 19세기 대중소설 시장의 성격」, 『고소
　　　설연구』27, 한국고소설학회, 2009.

　　　, 「향목동본 『현수문전』의 서사적 특징과 의미, 이윤석·大谷森繁·
　　　정명기 편저, 『貰冊 古小說 硏究』, 혜안, 2003.

차용주, 「玉蓮夢」의 作者 및 著作年代考」, 『어문논집』10, 안암어문연구,
　　　1967.

　　　, 『玉樓夢硏究』, 형설출판사, 1981.

최기숙, 「'관계성'으로서의 섹슈얼리티 : 성, 사랑, 권력」, 『여성문학연구』10,
　　　한국여성문학학회, 2003.

　　　, 「'사랑'의 담론화 방식과 의미론적 경계-18·19세기 야담집 소재
　　　'사랑 이야기'를 중심으로」, 『열상고전연구』18, 열상고전연구회,
　　　2003.

　　　, 「'성적' 인간의 발견과 '욕망'의 수사학」, 『국제어문』26, 국제어문학
　　　회, 2002.

　　　, 「권력담론으로 본 최치원전」, 『연민학지』5, 연민학회, 1997.

　　　, 「소설의 기능과 고전의 가치 1-깨달음을 통한 자기완성의 서사:
　　　「구운몽」 읽기」, 『동방고전문학연구』1, 동방고전문학회, 1999.

최래옥, 「설화와 그 소설화 과정에 대한 구조적 분석-특히 장자못전설과

옹고집전의 경우」, 『국문학연구』7, 서울대 대학원, 1968.

최래옥, 「옹고집전」, 『고전소설연구』, 화경고전문학연구회, 1993.

_____, 「雍固執傳의 諸問題 硏究」, 『동양학』19, 단국대학교 동양학연구소, 1989.

최삼룡, 「崔孤雲傳의 出生譚考」, 『어문논집』24, 민족어문학회, 1985.

_____, 「崔致遠의 人物傳說과 崔孤雲傳」, 『고전문학연구』3, 한국고전문학회, 1986.

최재석, 「朝鮮前期의 家族形態」, 『진단학보』37, 진단학회, 1974.

최 철, 「李朝小說 讀者에 關한 硏究」, 『연세어문학』6, 연세대학교 국어국문학과, 1975.

최호석, 「안성의 방각본 출판 입지」, 『국제어문』34, 국제어문학회, 2005.

_____, 「안성판 방각본 출판의 전개와 특성」, 『어문논집』54, 민족어문학회, 2006.

_____, 「영창서관의 고전소설 출판에 대한 연구」, 『우리어문연구』37, 우리어문학회, 2010.

츠베탕 토도로프, 『환상문학서설』, 이기우 옮김, 한국문화사, 1996.

한기형, 「1910년대 신소설에 미친 출판·유통의 영향」, 『한국학보』84, 일지사, 1996.

한석수, 『崔致遠傳承의 硏究』, 계명문화사, 1989.

한설야 외 12명, 「조선문학의 지향-문인좌담회 속기록」, 『김남천 전집』II, 정호웅·손정수 엮음, 박이정, 2000.

현택수, 「아비튀스와 상징폭력의 사회비판이론」, 현택수 외, 『문화와 권력』 나남출판, 1998.

홍인숙, 「봉건가부장제의 여성 재현」, 『여성문학연구』5, 한국여성문학회, 2001.

황패강, 「「夜來者」 說話의 小說적 變容」, 『동아문화』31, 서울대학교 동아문화연구소, 1993.

찾아보기

▌유광수

현재 연세대학교 학부대학 조교수로 재직 중이며, 연세대학교 국어국문학과를 졸업하고 같은 대학원에서 고전문학을 공부했다.

2005년 「〈옥루몽〉 연구」로 박사학위를 받았고, 2007년 『진시황 프로젝트』로 조선일보 주최 제1회 뉴웨이브문학상을 수상했다.

다양한 분야에 걸친 연구와 창작 활동으로 고전을 현재에 되살리는 방법을 모색하고 있다. 고전서사와 대중성에 관한 다수의 논문을 발표했고, 저서로는 장편소설 『진시황 프로젝트』 (2008), 『왕의 군대』(2011), 『윤동주 프로젝트』(2012)와 고전번역서 『홍계월전』(2011), 인문서 『가족기담』(2012) 등이 있다.

고전서사의 대중성

2013년 7월 29일 초판 1쇄 펴냄

지은이 유광수
펴낸이 김흥국
펴낸곳 도서출판 보고사

책임편집 이유나
표지디자인 윤인희

등록 1990년 12월 13일 제6-0429호
주소 서울특별시 성북구 보문동7가 11번지 2층
전화 922-5120~1(편집), 922-2246(영업)
팩스 922-6990
메일 kanapub3@naver.com
http : //www.bogosabooks.co.kr

ISBN 979-11-5516-046-6 93810
ⓒ 유광수, 2013

정가 35,000원

이 도서의 국립중앙도서관 출판시도서목록(CIP)은 서지정보유통지원시스템 홈페이지 (http : //seoji.nl.go.kr)와 국가자료공동목록시스템(http : //www.nl.go.kr/kolisnet) 에서 이용하실 수 있습니다. (CIP제어번호 : CIP2013011589)